御窑重器

吴仕民 著

作家出版社

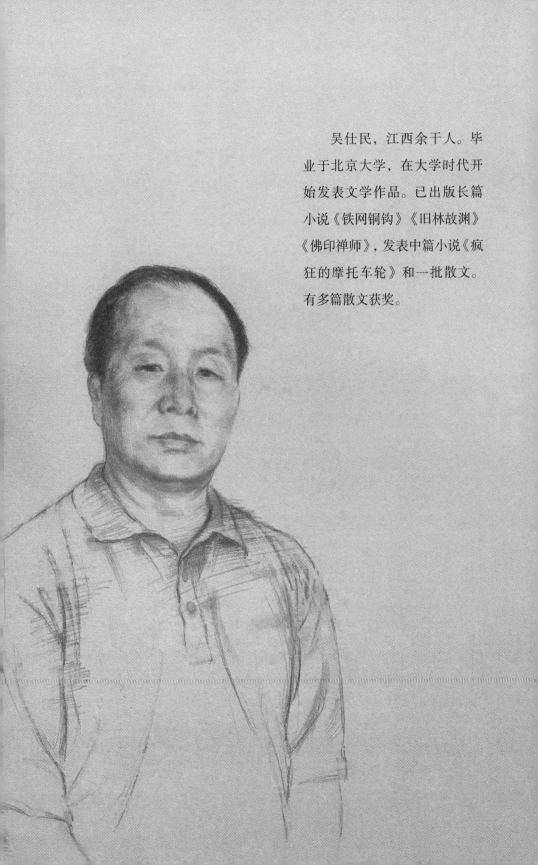

吴仕民，江西余干人。毕业于北京大学，在大学时代开始发表文学作品。已出版长篇小说《铁网铜钩》《旧林故渊》《佛印禅师》，发表中篇小说《疯狂的摩托车轮》和一批散文。有多篇散文获奖。

目 录

卷四　　新窑情思 / 331

卷一

窑厂血泪

紫禁城的冬日

公元 1903 年，大清光绪二十九年。冬至。

紫禁城太和殿前的晷针正指到申时区间。西天，黑色和灰色的云涛相互推搡挤压，如山峦重叠，从那重重峰峦的缝隙中挤出的残阳，费力地将一抹抹显得弱而无力的光线，斜斜地投洒到紫禁城内。虽然平添了些许亮光和暖意，却无法荡去殿宇楼阁中的陈旧气息，无力驱走那墙内墙外弥漫着的砭人寒气。即将归巢的几只乌鸦费力地迎风站在端门的最高处，把嘴张开得近乎一个直角，朝西北体和殿方向连叫了好几声，那"呜哇——呜哇——"的拖腔在寒风中带着几分凄厉。

但，这紫禁城主人的心境却丝毫没有被凛冽的寒气和乌鸦的噪声打搅。这片禁地的主人是一位姓叶赫那拉的女人，普天之下都称她为"太后"或"慈禧太后"。据说，在她降生的时候，她家的房顶上一连三日有密密麻麻的乌鸦翻飞，就像飘荡的黑云。有人以此来卜测国运兴衰，或说大清将日月重光，或说大清将坠入暗夜。在慈禧看来，乌鸦不是凶鸟，鸦声不是恶声。这与她的族属有关，也与她此时的心境有关，大半个下午，她都轻松而愉悦，就像冬日里的暖阳照进了心间，因为她一直在做一件她十分喜爱的事情——欣赏瓷器。

慈禧现在常住的地方是紫禁城中的储秀宫，加上与储秀宫廊庑相连的体和殿，形成了慈禧受贺、理政、就餐、歇息为一体的建筑群，体现的是"前朝后寝"的帝王模式。此刻，在体和殿里摆满了大大小小、五光十色的瓷器，这些瓷器来自江西景德镇御窑厂，是为太后七十寿辰专烧的寿瓷。自慈禧四十岁开始，但凡逢十的生日，皇家都要专门为她烧造寿瓷，屈指算来，这当是第四回了。

以中国瓷器制作的大势而论，在清朝康雍乾时代，如朝日喷薄，光华极天际地，烧造瓷器的品类和质量，都超越历朝历代，但在其后便如云封雾锁，光敛彩收。然而在光绪朝时，又如晚霞出云，显露出几分落日余晖的绚丽，所以这次烧制的瓷器极为精美。

这次烧造的寿瓷有三百九十多种，共耗银十五万多两。今天陈列了其中的一部分，供太后过目。对一般人而言，欣赏瓷器就像看戏一样，多半是瞧热闹，关注的只是瓷质的细白、造型的雅致、釉色的艳丽、纹饰的漂亮。对慈禧而言，却远不是这样。慈禧虽然读书不多，她的近臣私下对她的评价是带着贬义的"太后能识字"。但她从小受过书画训练，又本禀赋过人，所以能书善画。与此相联系，她的艺术鉴赏力包括对瓷器的鉴赏力，绝然不低。

晚清官窑瓷器的落款与前朝大有区别，除了通常署写皇帝年号，还有一些瓷器署写宫殿的名称，如大雅斋制、储秀宫制、体和殿制、长春宫制等。做这种署款，个中大有原因，这些款名都是慈禧先后住过的宫殿名称，见证过慈禧人生的重要时刻，留下过慈禧人生的深深印记。单是从瓷器署款这一件事就足以看出，太后拥有凌驾于皇权之上的地位，有着睥睨一切的胆量。

只说几句那"大雅斋"瓷吧。咸丰五年，皇帝在一张洒金宣纸上写下"大雅斋"三字赐给一位懿嫔，这位懿嫔就是后来的慈禧。这三个字被制成两块匾额，一块悬挂在圆明园一座叫"天地一家春"的殿堂内，那悬匾的房间是慈禧习字作画的地方。圆明园被西人焚毁以后，这块匾也被付之一炬。另一块则挂在了养心殿的西耳房平安室，慈禧正是寝居在这平安室的日子里，被晋封为懿嫔，后又在这里生下皇子载淳，既而被晋封为懿贵妃。慈禧被封为圣母皇太后，在养心殿垂帘听政，平安室仍然是她歇息的处所。同治大婚后，慈禧移住长春宫，大雅斋匾也移挂长春宫。为太后四十庆典烧制的专用瓷器款署"大雅斋"，同时有"天地一家春"印章，底写"永庆长春"铭文，且书写格式别具一格，都在器身上部横写。可以说，一块只有几尺长的大雅斋匾额，写满传奇，慈禧太后分外珍爱，所以被她用作了瓷器的款识。

那些烧造于光绪初年的大雅斋瓷器，其精美程度几乎可以与康乾时代的瓷器媲美。也许少有人相信，这些个大雅斋瓷器的真正设计者，既不是精于书画的艺术家，也不是身怀绝技的制瓷人，而是慈禧自己，几乎每一件瓷器都融进了她的理念、追求、情趣。所以，她看瓷论瓷自是与众不同。

慈禧明亮而犀利的目光或疾或缓地睃巡在一排排、一件件华美的瓷器上，最后在一个大盘子前停住了。

这个盘子，黄釉粉彩，图案是五蝠捧寿，在靠近口沿的地方，等距离地写有四个楷体红字："万寿无疆"。最让人震撼的是这个盘子的尺寸，直径约三尺，宛如一个大磨盘，这件大盘是众多工匠费了无数心血，反复多次才烧制成功的。制瓷人的行话是"美器易得，大器难成"，烧制大器对原料、工艺、火候的要求极高，任何一个环节的闪失，都可能会使瓷器变形变色，出窑后成为次品甚至是废品。尺寸超大是这件瓷器的最大特点和最大看点。

慈禧对这件大盘专注地看了许久，这让许多人大惑不解，其中有一个人则是心如擂鼓，咚咚直响。这人是专门护送瓷器来京的督陶官孙之顺，他非常担心太后对这件瓷器会挑剔乃至否定。因为这件大盘可以说是这批瓷器中的将帅，不仅硕大，而且那"万寿无疆"四个字便包含了这批瓷器的全部意涵。如果太后对这件瓷盘不满意，其他瓷器烧得再好，也差不多如同在空窑里投柴举火——白烧。今天老佛爷长时间盯着这件瓷盘细看，足证这件瓷盘在太后心目中的位置，莫非发现有不如意的地方？

今天的太阳似乎比平日落山早，室里光线渐暗，一个大太监招呼："亮灯！"殿内所有的吊灯、壁灯、桌灯霎时全亮起来了，如日涌月出，一片辉煌。在灯火的辉映下，那些瓷器更是通身显出耀眼的珠光宝气，件件华彩四溢。

似乎是灯光引亮了太后的嗓门。"看瓷好比看人，不仅要看高矮胖瘦、五官四肢、肤色发色，更要看气质韵致。"

但太后接下来并没有对这件大盘作出评判，而是在纵论如何品评瓷器的高下优劣："瓷器就好比人一样，如果缺了气质与韵致，其他方面再好，也只能算是俗人一个。瓷器这种气韵蕴藏在造型中、色彩中、质地中，也体现在瓷器闪射出的光泽中。若论瓷器这光泽，可是大有讲究，有死光、贼光、灰光、温光、玉光、妙光的区别，且只可意会，不可言传。"

孙之顺虽然只有四十多岁，但长得老气，像个干瘦的老头。他曾说，自己是个招烦惹恼的命，三岁时便有抬头纹，十五岁时耳鬓便着了霜。此刻，他那平时就像车轮碾过湿地的脑门，沟壑显得更深。沟壑深处看不见的大脑神经在车轮般地滚动：太后说得大有道理，只是这"只可意会，不可言传"的标准最难把握，但不知道这件大寿盘溢散出来的属于什么类别的光泽？

慈禧又开口了："以这件大盘为例，"听到这里，孙之顺的心像吞了钩的鱼，一下被提了起来，只听太后接着说道，"器形如此之大，诚为难得，造型、瓷质、施釉、绘画也都不赖。"

督陶官心里暗叫不好，听太后这口气，显然接下来便是转折，定是讲这件瓷器的缺憾了，并且多半是讲这瓷盘的光泽有亏了。

果然，太后接下来讲的是光泽："至于这件瓷器的光泽嘛……"

孙之顺更紧张了，不知太后要作出什么评判。太后此时犹如阎王殿里的阎王爷，一句话便可判定这件瓷器的高下优劣，也一句话便可判定这次督陶的成败得失，还可以一句话判定督陶官的升贬生死。

但太后没有立即作出判决，而是扫视了一眼左右："你们谁来说说这件大瓷盘的光泽如何？"

周围的人一个个面面相觑，还本能地把上下嘴唇闭合得更紧。太后身边的人虽然见过的瓷器无数，但要对瓷器光泽这样高深的问题作出评价，实在是有如架梯揽月摘星。还必须顾忌的是，今天摆在这里的全都是寿瓷，如果一句话说偏了、说漏了，那可不是闹着玩儿的。

太后见无人应声，便指了指孙之顺："你是督陶官，这些瓷都是由你督造的，你对这件寿盘的光泽作何评价？"

孙之顺的后背呼地一下渗出一层冷汗，心脏刚才"咚咚"地跳得又急又响，这时却似乎已经成松了发条的钟表，不动了。他条件反射般地跪倒在地上："太后心明眼亮，如日月之光；臣等只是暗灯鼠目，无力看清、判明这宝物的光泽。"

太后没有理会孙之顺的话："说说你的评判吧。"

孙之顺知道不能敷衍了，但如何回答呢？他大脑里的车轮转得越来越快：如果说"不好"，自己就有欺上之嫌。因为这些瓷器是自己督造的，明知不好，为什么还要进呈？如果说"好"，却又有自吹之虞，太后没有说好，督陶官岂可妄作评价，自加褒奖？真是进也难，退也难，左也难，右也难。

孙之顺犹豫了一阵，又把目光落在了那大寿盘上，当看见那盘子上"万寿无疆"四个大字时，顿时有了主意："回太后，这件瓷盘的光泽如何，臣下不敢妄断。但可以肯定的是，俟太后八十大寿时，定可烧出比这件大盘更大更美、光泽更亮更妙的寿盘来。臣祝太后万寿无疆，万寿无疆！"

一听这话，太后笑逐颜开："起来。看来你不仅会烧瓷，还很会说话。这件大盘的光泽且美且妙。"

孙之顺顿时觉得如释重负，缓缓地站了起来，又下意识地抹了抹额头沟壑里的汗液。

慈禧交代贴身宫女："赏给督陶官字一幅。"

宫女走入慈禧平日练字的素房，拿出一件太后手书的"福"字，这是太后经常用来赏赐臣下的礼物。

孙之顺接过字，诚惶诚恐而又满心欢悦地退到一旁。

慈禧在一个绣墩上坐了下来，她已经有些累了，有宫女送过来一个镶金的白玉小盖碗，里面装的是茶水，慈禧轻轻地呷了一口。又有宫女递过来用掐丝珐琅装饰的水烟壶，慈禧呼噜呼噜地吸了一阵。这一茶一烟，似乎使她立马驱去了疲劳，又变得容光焕发、大有精神了。

慈禧接着兴致勃勃地把陈列着的所有瓷器看完，这才回到储秀宫，斜靠在一张躺椅上休息，有宫女为她轻轻地揉肩捶腿。

"当、当、当……"室内洋人送来的自鸣钟连着响了六下，用晚膳的时辰到了。一声"传膳"的吆喝声，从储秀宫一声接一声地响到御厨房。各类菜肴盛进碗里，装进碟里，再用黄云缎包好，逐一传送到了储秀宫东面的两间屋子里。

碗、盘、碟、盏上覆盖的黄云缎依次揭去，一百道菜品像围棋子一般摆在了桌子上。

当慈禧从寝宫走出来时，又换了一身衣服，脸上也已重新补妆。平日里，太后的换衣补妆都不会少于三次。

太后落座后，用眼睛瞄哪道菜，侍膳的老太监就把哪道菜用羹勺舀起一些，放进一个小碗里，再轻轻放到太后面前。太后尝过后，如果说一句"这菜还不错",老太监就再舀一勺。随后,便有人走过来,小心地把这道菜撤下,一道菜决不用第三次。今日的晚膳,有好几道菜太后用过两次。

用完晚膳,太后一边吸着水烟,一边还高兴地自言自语:美食离不开美器。怪不得明朝永乐帝对外夷进贡的白玉碗了无兴趣,着礼部退还,认为本朝烧造的甜白瓷洁素莹然,胜过白玉。确实,玉碗金盏都不抵瓷碗瓷盏好看好使。

看来,太后今日情绪好、胃口好,是因为下午看了那些精美的瓷器。宫里的生活刻板有序、寡乐无趣,少有民间的自在随意、快乐有趣,这寿瓷也是十年一烧,喜爱美、喜爱瓷的太后见到这批漂亮的新瓷,并且是专为自己生日烧制的新瓷,自是分外高兴。但是,她的这种高兴劲儿,并没有持续多久,确切地说,没能持续到就寝时分,而坏她兴致的事情又恰恰和瓷器有关。

御窑厂的去留

太后左右手习惯性地往后一背,向批阅奏折的静室走去。下午一多半时间全花在了瓷器上,还得看看今日是否有政事需要处理。

刚刚坐定,掌事的宫女便把装着奏折的黄匣子捧了上来,轻轻地放在太后面前,然后速速退了出去。其他的宫女、太监也都闪避开了,所有的人连大气也不敢出,宫里一下变得像夜幕下的田间地头,寂然无声。太后批阅奏折、处理天下大事,需要宁神静气,不得有任何杂声乱音打扰。这时如果谁有一个动作、一句话语扰了太后的思绪,添了太后的心烦,那就无异于水里的鱼和地上的鸡蹦跶到砧板上,活生生地往刀口上撞。

太后将奏折一件件展开阅批。唉,这年头,实在少有让人开心省心的事。今天的奏折,有赈灾济民的急事,还有惩治贪浊和失职官吏的要事,她一一定夺。其中还有一件叫人哭笑不得的荒唐事,一个县令的千金偷了家里的祖传玉雕,跟了一个洋教士私奔,县令竟上本乞求朝廷找寻女儿,追回宝物。慈禧心里斥责着:这等事也上奏,也要我管，这不活生生让人过早白了头？不过，为了显示自己至高无上的地位，她还是在奏折上写下了："此事既是洋人无良之行，也是家教无方之过，着好好自省。"其实，她愿意阅批这类折子，正是这类折子会送到她案头的原因。

有些累了。慈禧轻轻旋了旋有些不适的脖颈，耸了耸有些酸胀的双肩，然后将最后一件奏折展开。当她的目光触及这件奏折的题目时，立刻心情大变，奏折最上面的一行字如急雷狂飙，以巨大的冲击力奔到眼底，撞进心怀：《奏请设立江西瓷业公司并关停御窑事》。怪也，狂也！谁有如此胆子，竟敢上这等奏折？她瞥了一眼奏折结尾处的署名，是江西巡抚。

她带着恼怒看了起来：

> 自庚子事变以来，朝廷为求国强民富，允倡改革，推行新政。太后晓谕天下，进陈良言善策，故臣下冒死进言，当改数百年来御窑之制，设立江西瓷业公司。

接下来，奏折中概括性地叙述了御窑厂的若干功绩，然后话锋一转：

> 但，御窑厂专设机构、专有人员，造器不计成本，耗费甚大，这不仅使国家财力难堪重负，亦会引起民众怨恨。故审时度势，关之废之势在必行……

奏折最后的用语是：

> 臣下忠心无二，为国家、为万民，不避刀斧。若臣此言无当，固而蒙罪赐死，亦无憾矣。

屋里两个火盆中的木炭正烧得通红，慈禧此时觉得，有一块火炭搁在了自己心头。她恨不得将这奏折连同那上奏折的人一同扔到那火盆里。这该死的江西巡抚，实在是无知透顶、狂妄至极。我大清承明朝之制，自顺治朝开始，在景德镇设立御窑厂，烧造官瓷，烧成无数珍宝，铸就辉煌历史，可以说这是大清王朝的功业之一，谁人不知？这御窑厂如果在我手里关门闭火，岂不留下千古骂名？况且这一制度废除，必然累及其他制度。如此一来，大清王朝何存？朝廷上下也无不知道我酷爱瓷器。这小小巡抚却居然冒天下之大不韪，上这等奏折，实在可气可恼，可恨可杀！

慈禧进而还想到：官窑制度正式设于明朝，明朝永乐、成化、宣德三朝，制瓷业极为辉煌，新釉、新彩、新器迭出，瓷器贸易风行于海内外，但到了天启、崇祯年间，则因为国势不振，御窑厂逐渐不再举火，窑闭烟消。

御窑在大清重光，康、雍、乾三代，御瓷烧制超过明代，不幸的是，现今已大显颓势。如果恰在这个时候关闭御窑厂，岂不极像明代故事，昭示大清王朝已到末路？

想到这里，她不由得打了个寒噤。这狂徒居然还大有慷慨激昂、不避生死之态，既然你这不识时务的巡抚不惧刀斧，罔顾生死，那就成全你了。她想好了懿旨：攻击祖制，诽谤朝政，着刑部严加查究。

就在她手中的笔尖要触及纸张的时候，侍寝的宫女轻轻走了进来："太后，歇息的时辰到了。"

慈禧极为重视养生养颜，养生养颜的诸般讲究中又最看重睡眠。她每天的起居时间如同钟表一般准确，十一时到下午一时必睡午觉，晚上九时则一定准备就寝。今夜时间已过九时，所以侍寝的宫女便来探看和提醒，不料太后正在恼怒之中，这下可真是撞在刀口上了。

太后脸带怒气："你进来干什么？"

"太后，已到歇息时分了。"宫女怯怯地回答。

"你可懂宫里规矩？"

一听这话，宫女顿时吓得直打哆嗦，便跪地说了一句宫里人常说的话："奴才有罪。"

"来人。"慈禧对着门外喊了一声，当值的太监应声走了进来，他步履不慢，脚下却像放了肉垫一般，走路不带一点声响。

慈禧没瞧太监一眼，似是对着面前的桌子交代："将这贱人带出去，责打二十，禁闭七日，然后赏给一个老公公为妻。"

太监弯腰说了一声"喳"，带着眼泪汪汪的宫女走了出去。

太后重新提起笔来，准备再批奏折，却觉得有些心神不定，手也微微颤动。她放下笔，在屋里慢慢走动，以调整心绪。走了几步之后，忽然又觉得：这上奏折的巡抚是个很聪明的家伙，选择了刚刚办完七十寿瓷的时机，并且奏折一开始便叙说时局，把关停御窑与朝廷的除弊革新联系在一起。是啊，自己避庚子之乱从陕西回銮之后，便顺应朝野呼声，在思谋革故鼎新。朝廷已颁布推行新政诏书，以图强国固本。像那科举制度已有一千三百多年，去年冬已确定废除。科举制度可以废除，这御窑制度可以固若山岳、不动不变吗？

她复又回坐案前，拿起奏折再看。这时她又似乎觉得这奏折中颇多有见地之论，有道理之言。比如，奏折中提到：烧制御瓷，耗费甚大，财力难以为继；御窑厂靡费民力民财，难免引起民众怨恨。是啊，此语不虚，当年为自己烧制大雅斋瓷，因府库资金不足，只好分作两批烧制，因而这批瓷的烧造时间跨了两个朝代，从同治年间开始绘制纸样，直到光绪二年才算烧成。现在，国力较之当年，很像这从初冬进到隆冬的气温，在不停地下降，若再费用大量库银烧造御瓷，确非所宜。如此说来，似乎又该同意这巡抚所请了？

太后端起小巧的瓷制茶杯，喝了一口茶。今天的茶味中似乎多了些苦涩。唉，治理这样一个又穷又弱的大国，大不易呀。就是一个御窑厂是存是废的事情，也让人大费心思、大伤脑筋。但她还是想出了办法，提笔在奏折上批下：着军机处细加审视，具明意见。

批完奏折，太后觉得心中的气恼消散了许多。该就寝了，这时虽然已经过了她该上床的钟点，但每天临睡前必做的事情依然一件也没有省减。她躺在了卧榻上，有宫女端着一个银盆走了进来，宫女将那盆里柔软发热的毛巾轻轻铺在了太后的脸上，这叫熘脸。熘脸结束后，又有宫女端进来一个银盆，盆里的温水冒着淡烟一般的热气，宫女用热毛巾把太后的手细心包裹了好几层，然后放到水里浸泡，这叫泡手。这一熘一泡是慈禧养生驻颜的秘诀之一，所以她那七十岁的手和脸，与十七岁宫女的手和脸相比，那细腻、润滑、白皙的样子，乍一看并无太大差别。

待一切做完，时针已接近十一点的位置了，这比平日晚了一个小时。

慈禧上床以后，翻来覆去睡不着了，脑子里不断闪现的意念是：对江西巡抚的奏折，军机大臣们会给出一个什么样的奏议呢？

在紫禁城隆宗门边，有一排显得简陋的平房，和高高耸立而又金碧辉煌的殿堂相比，这一排房子显得实在是太寒酸、太卑微了，就像几只乌鸦站立在一群凤凰身边。但，人不可貌相，房子也是如此，这是清廷至关重要的一个官署，其重要性恐怕仅次于金銮殿，这个机构是大名鼎鼎的军机处。

军机处接到太后的懿旨后，依照制度，迅即办理。军机大臣们各动心思，各陈己见，细说利害，详论得失。但，两种完全相左的看法像山峰一般对峙着。

领班大臣权衡了各位大臣的意见后，捋了捋长长的胡须，他从御窑官瓷与国运国势的角度，阐述了自己的意见：从国之根本而论，当今最为要紧的是发展经济，扩展实业。办实业，如无一定根基，收益难期，我大清之瓷器则独有优势，若关停御窑而引入西方公司之制，必可有助于瓷业兴盛，进而带动其他实业的发展，大利国家。从安邦定国而言，这御瓷的烧制，消耗大量人力物力，朝廷已难以承受。说到这里，他还列算了一笔账目：御瓷且精且巧，但实则都是用银子堆砌而成。康雍乾三代为造瓷耗银甚多，后随着国力不济，难以为继，朝廷不得不在嘉庆四年限定了用于烧造御瓷用银的数目，规定"统以五千两为数"。然而，这只是纸糊的笼子囚虎豹，完全不起作用。比如，同治七年用银一万九千余两，光绪二十年用银十二万九千余两，这次太后七十大寿的寿瓷则耗银更多。权衡利弊，御窑还是关停为宜。

这一番话得到了大多数人的赞同，又经几番论争、几番商讨，最后确定的奏议是："似可允准江西巡抚所奏。"

此时，天边的曙色已经开始照进紫禁城。军机大臣们一个个疲惫不堪，哈欠连连。

太后当日下午便将奏议退回。军机处领班大臣出示了太后的懿旨，只有寥寥三字："着再议。"

大臣们见到这三个字，一个个如手提竹竿探海，心中无底。为何还要再议？

其实，太后批下这三字，可是煞费了苦心。当看过军机处的奏议后，太后很是气恼地在心中骂着：这班大臣，平日里高官厚禄，养尊处优。一到关键时刻，却犹如墙头草一般，左右摇摆，肩胛骨发软，全没些担当。过去面对夷人的长枪大炮是如此，如今对着江西巡抚的一纸奏折也是如此，随声附和了事。虽然她也觉得军机处的奏议不无道理，但她决不肯轻易便把这御窑厂就如此一关了之，不仅要听听这些大臣的所见所论，还要问问神道的明示暗喻。

一个十八九岁模样的太监被叫到太后面前。他叫尤善，八岁入宫时，太后见他眉清目秀，一副机灵的模样，便有几分喜欢，和颜悦色地问："你叫什么名字？"

"禀太后，我叫尤小龙。"小太监跪地回答。

太后的脸收紧了："你家父母胆子也忒大了吧。皇帝称作龙，竟敢把你唤作小龙？"

"回禀太后，小龙是蛇的意思，我是属蛇的。"尤小龙没有很畏惧的样子，快速作答。

听到这一解释，又见这小太监一副十分天真而又极为认真的样子，倒让太后心中一乐，差点笑出声来，但依然板着脸说："那小龙小蛇可都是会长大的呀。"

尤小龙眨巴了一下圆乎乎的眼睛："太后，那就把我的名字改一改，改叫小虫吧。虫子是怎么也长不大的。"

太后又差点乐了："唔，那就改个名字，你今后就叫尤善吧。"

尤善几年后来到了太后身边听差，不过他再也没有敢这样在太后面前随便张嘴动舌了，通常出口的只是一个字：喳。因他聪慧过人，手脚勤快，办事得体，很快便得慈禧喜欢。太后今天要着他去办一件很重要的事情。

听了太后的交代，尤太监一番着装打扮之后，大踏步出了宫门。

他先到了京城最大的关帝庙，在关公像前虔诚地跪下，默默地祈祷，然后向功德箱内塞进五两银子。又到签筒边，极为庄重地伸手抽了一签，只见竹片制成的签牌上写着："云不可留水向东。"

解签人穿着灰袍，似僧似道。他从尤太监手中接过签牌看了看，又打量了一番抽签人："客官，您是要问事、问物还是问人？"

尤太监不紧不慢地反问："若是问事呢？"

"耽于旧事，不如再开新业。"解签人答。

尤太监又问："若是问物呢？"

"守持旧物，不如弃旧图新。"解签人又答。

尤太监再问："若是问人呢？"

"留守旧地，不如开启新程。"解签人再答，又指了指高大威武的关公塑像，"那关公的忠肝义胆、武艺豪气，全表现在过五关斩六将上，如果他留在许昌而不去追寻刘备，也就不会有后来的关公。"

尤太监对签语及其解释谨记在心，随后离开关帝庙，穿街过巷，来到了地安门的刘瞎子门前。

这个刘瞎子年幼时双目失明，却是大有神通，好像能洞察万物，目见千里，打卜算卦，十分灵验，红遍半个京城，人称"刘伯温"。

"刘伯温"正好将一位客人送到门外，转而对着尤太监作揖："欢迎客官光临寒舍。"

尤太监好生奇怪，这算命先生双目不明，怎么会知道自己要来找他算卦测字？

这时，又听"刘伯温"说道："客官，你虽然不是富贵人，却是身在富贵门。"

尤太监更觉得惊异，便随"刘伯温"进入庭院。尤太监一看，这"刘伯温"的居所虽然算不上高宅大院，但也绝不是寒舍，在京城至少属中等人家。

双方坐下，一个貌如宫女的女子递上茶来，这是"刘伯温"的妻室。

尤太监心生感叹：太监的命运远不如一个残疾之人。他没有再往下想，很恭敬地对着"刘伯温"作了一个揖："我今天特来请刘先生测字。"

"请问，所测何字？"

"窑。"

"刘伯温"的眼眶里好像没有眼珠，只是两个能放进莲子的窟窿，他仰头朝天用力地眨了几下永远无法睁开的眼皮："是琼瑶之瑶，还是遥远之遥，或是……"

尤太监识字不多，算命先生说的这些字他都不认识，所以也听不懂，赶紧接话："是烧窑的窑。"

"刘伯温"稍作沉默后："是问人、问事，还是问物？"

"若是问人呢？"

"窑可居，不可久居。王宝钏在丈夫从军后，住寒窑十八载，受尽苦难；风尘女子的居所，也称作为窑。所以不可久留，不可常住。"

"若是问事呢？"尤太监又问。

"窑可停，不可久停。窑是烧造砖瓦缸甓的地方，三五天即可烧土为器，便当开窑取器。所以办事也如同烧窑，进出有时，不可拖延。"

"若是问物哩？"尤太监再问。

"窑可用，不可久用。烧造器皿，虽然窑不可少，但窑会损会破，因而当适时加以整修，或拆旧而建新。"

尤太监又以五两银子谢过"刘伯温"，然后速速回到宫里，向太后禀报情况。

慈禧太后笃信佛道神灵，每有大事，往往着太监到关帝庙和"刘伯温"处求签问卜，这已经成为习惯，就和她每天要燀脸泡手差不多。当尤太监把签上文辞及解签人的话语，还有"刘伯温"拆字时说的话细细禀明之后，她发现，两者竟是惊人地相似，内容都是"不可留"，看来天意如此，那就只能顺天应时。但她心中却还另有想法，所以便写下了"着再议"。

军机处的官员不知内情，所以又在费力地猜测太后的真实想法。昨日所议定的意见已经十分明确，为何却还要再议？又朝哪个方向再议？

补弊之计

很长时间无人开腔。有人在心中暗议：太后为何写下如此模棱两可、意思不明的三个字，叫人苦思苦猜，费心费力，何不如开石裂帛，简单明了，既省精力，又省时间？

总算有人说话了：昨夜已经就御窑的去留进行过细致的讨论，利害得失，已经穷尽，太后也并没有否定的话语，所以可维持旧议，只在呈送太后的奏议上写明"经再议"一词便可以了。

但有人另有看法：如果太后并不反对，却为何又着再议？所以"再议"，既可以是维持昨日奏议，也可以是变更旧议而提出新的奏议。

似是制瓷拉坯的转轮，转来转去还是停在了原处，双方转眼间回到了昨日讨论的起点，又在究竟是否同意江西巡抚所请上各执一词，你来我往，不可开交。

领班一看，天已二更，再如此无止无休地争论下去，恐怕到鸡鸣天晓也不会有一个大家都认同的结果。太后对御窑厂去留之事已朱批两次，但也并没有给出明确谕示，足证对此事的重视，足证此事非同小可。他提出了一个思路：原议不要轻易改变，但可作更周全的考虑。

多数人认为这是高论，便等待领班大臣的明确意见。

领班大臣道出了自己的想法：考古而察今，虑近而及远，御窑厂还是以关停为宜，但可宽限时日，择机而行。

大家欣然赞同这个意见，这是一个虚实共存、去留两可的意见，且不会和太后任何抉择相悖。

一天后，太后又有朱批下达，第一句话竟然又是"着再议"。这似乎是一顿廷杖，重重地落在军机处大臣们的身上。不过再加细看，太后这次还另有批语："御窑关停当有确切时间，更当有善后之策，以补救关窑之弊。"

大臣们既大感意外，也大感轻松，看来太后已经同意关闭御窑，只是需要一个关窑的具体时间，这不难拟制意见，只是太后所言的"善后之策"大费猜度。

这关闭御窑会产生什么弊端呢？大臣们便又开始你一言我一语地推究起来。细细论来，停烧御窑，利远大于弊，弊端究竟何在？但最后还是从乱麻中理出了头绪：会影响皇家用瓷，或换言之，如果再为皇帝、太后专门烧制瓷器，便有所不便了。

于是大臣们便集中讨论如何解决这一"弊端"。最后议出了两条"补弊"之计：一是沿用和扩展乾隆以后"官搭民烧"的做法，今后但凡宫廷所需瓷器，着新开办的江西瓷业公司烧造；二是在关闭御窑之前，再为宫廷实则为太后再专烧一窑。这样，关窑的时间也可以由此确定下来，最后一窑御瓷烧完之日，便是御窑厂关停之时。

奏议送交内廷之后，军机处便等待太后的懿旨。可惴惴不安地等了三天，却是不见任何动静，军机大臣们心里直犯嘀咕：十有八九是太后又另有想法，看来还得再议。

朝霭暮云。又揪心揪肠地等了两天，军机处终于见到太后的朱批："允准所议。"

至此，关闭御窑这件事，军机处便算是办结了。接下来那善后之策——烧最后一窑御瓷的事，太后一定会亲加布置督办，军机处自是不用费心，也不敢费心。

军机处的预见果然不差。几天后，太后传内务府总管大臣入宫。

总管大臣是一个精明练达的旗人，他本姓佟，是满洲八大姓之一。太后很喜欢这个总管，因为他体胖无腰，身子像个水桶，一次便戏谑地说：论职掌内务府由你统管，论姓氏你是佟总管，看长相你倒挺像个桶总管。

"桶总管"这三个字后来便成为了他的称呼，他本来的姓和名倒少有人知道了。

桶总管一听太后召见，又在习惯性地猜测：太后不知又动了什么心思，或是要兴土木，或是要外出巡游，或是要造、要买什么奇珍异宝？反正十有八九是要办费心费力、费物费银的事情。可现在皇家府库如同穷人家的钱袋子，空空如也。如之奈何？但又能奈何？

太后开口了："今日召你来，是为了办一件大事，并且是大清立朝以来的收官之事。"

桶总管一阵纳罕：既是王朝大事，却为什么要到此终结？

只听太后徐徐说道：御瓷乃属国之珍宝，也曾是大清王朝鼎盛的表征之一。无奈，自道光年后，天倾地坼，外有强敌侵逼勒索，内有刁民造反起事，致使国力日弱。为省减国力民力，顺应民心民意，朝廷已照准江西巡抚的奏折，关停御窑厂，设立江西瓷业公司。

桶总管听了，悬着的心便立即放了下来，还生出几分喜悦。这可是大好事也，不唯天下百姓高兴，我等也要山呼万岁，这可省去许多金钱、许多精力、许多麻烦。这件事应当昭告天下，作速办理，召我来干什么呢？

太后接下来的话让他知道了答案："御窑本是国家脸面，所以便不能像乡间土窑小炉，说关就关。故依军机处奏议，在关窑停烧之前，再烧最后一窑。"

老佛爷原来还是要再烧窑制瓷呀？桶总管顿时心里发沉。进而又想到，既然是最后一窑，恐怕数量、品种、品质都非同一般，耗力糜银自是更甚。难也！

太后转为了降旨："这是御瓷的最后一窑，故应当是最好的一窑。"

桶总管暗暗叫苦，这一窑瓷属"最后"好说，称"最好"却是难求。以现在的人力物力、工艺水平，若再烧制御瓷，别说在整个大清王朝的瓷器中不可能求得最好，就是与过去专为太后烧造的瓷器相比，要成为最好怕也是难以遂愿。比如，纵然使出九牛二虎之力，能烧出与"大雅斋"瓷相媲美的瓷器来吗？

容不得桶总管多想，只听太后又说道："这次主要烧造餐器为主的日用器，另烧一批陈设器。"还特别提到，要烧造用于熥脸和泡手的瓷盆，泡手的瓷盆要选用薄胎瓷。这还不算完，更有重头戏在后面，"御瓷本为国造之器，可称之为国器，最后一窑定要烧造一件重器。这件重器当在我朝独一无二，要作为大清官窑瓷器的压轴之作，压窑之器。"

桶总管还没有完全听明白，太后便就有关具体事项作了交代：重器的纸样由内务府造办处绘制，瓷盆和餐器、陈设器的纸样我另着人绘制。

桶总管赶紧把一件十分重要的事情说了："这件重器的器形、尺寸、图案、釉色，请太后明示。"

太后轻轻地挥了挥手："你等先好好琢磨去吧。"

桶总管不敢再问，摇晃着硕大的身躯离去。

随后，太后着宫女叫进来一位个头不高的女子。这女子虽然年过六十，但依然步履轻盈，风采照人。她不是男子，但拥有许多须眉不能比肩的才华，能吟诗为文，更擅写字绘画；她不是嫔妃，却有着众多嫔妃不能相比的地位，穿戴的是三品官员的衣冠，并有太后赏赐的红翎一顶，甚至在太后面前可以免跪。她姓缪名嘉蕙，人称缪先生。祖籍云南，十五岁随家人为避乱而移居四川。她生在世代书香之家，自幼读经史百家，习琴棋书画。光绪十五年，朝廷降旨各省督抚，要求举荐民间精于翰墨、绘画的中年妇人，入宫为太后"伴闲"。多年守寡的缪嘉蕙由四川督抚选送入京，由于才华出众，成了宫中女画工的领班，被封为"御廷女官"，相伴在太后左右，还教太后绘画，或为太后提刀。这十多年来，那些专为慈禧而烧的瓷品上的绘画，大都出自这位才女之手。

慈禧在书画方面大有兴趣，也颇有造诣，她常常仿效前朝帝王，挥笔弄墨。慈禧最爱画的是花卉，其中又以兰为首，这或许与她小名兰儿有关。太后绘画功力不浅，往往寥寥数笔，画笔上便会如肥田沃土上长出生机盎然的花草。在设色上则别出心裁，一般是画什么花，便用这种花捣汁作为墨彩，仅凭这一点，就使她的画如同花苑中的牡丹，姿色压过群芳众卉。正因为慈禧爱花并且擅长画花，所以为慈禧烧造的瓷器中，以花盆为大宗，装饰则以花鸟为多，款署"体和殿制"和"大雅斋制"的器物尤其如此。这些瓷器通身弥漫着女性的气质，洋溢着阴柔的秀美，因而少了一般御瓷中帝王的气质，也减了官府的味道，在众多的宫廷瓷器中独具特色，别有韵致。不知道这最后一窑瓷器的设计，慈禧又要摆弄出什么新奇的花样。

缪嘉蕙进门后，慈禧便微笑着示意她坐下，这与对待其他朝臣相比，要客气得多，随和得多。

慈禧便将要关闭御窑厂，但要烧制最后一窑御瓷的事情告知缪女官。接着提出了设计要求，尤其是对餐器的要求讲得十分明细：总共烧制四套，以一年四季为序，选用各季的代表性花卉为装饰。春器用桃花、杏花，夏器用牡丹、荷花，秋器用菊花、兰花，冬器用水仙、梅花。这样便可随着季节的变换，使用不同图案和颜色的餐器，也体现顺应天转地换、时令交替。此外，还要烧造一批瓶、尊、盒、食盒、鱼缸、花盆、渣斗①，造型要体现圆润、秀美、精巧，用色力求淡雅。用色出浓而入淡，这或许与太后渐入老境有关。太后对瓷器设计的要求，很像巧手绣花，针针精巧，线线绵密。

缪嘉蕙一一允诺。

宫廷画坊立即开始忙碌起来，着手绘制纸样。纸样实则是施工图纸，绘有瓷器的图形、尺寸、装饰图案，还标明用色、施釉以及数量等方面的要求，再交由设在景德镇的御窑厂照样制作烧造。

经过了差不多一年的时间，由缪嘉蕙主持绘制的纸样陆陆续续地送到了太后面前。太后一一认真看过，一如过去，提出了许多改动意见，经过无数次的大修小改，最终把纸样确定下来。

造办处承办的重器纸样绘制工作，却是逆水逆风走重船，行进得极不顺利。这倒不是画师、设计者的功力不济，而是与懂行而又挑剔的太后想法不易契合。第一稿设计的是一个硕大的瓶子，上面绘的是大有古意和诗情的"月照松壑图"，但太后只草草看了一眼，便斥之

———————————————————

① 渣斗：用于盛放唾吐物及食物骨、刺、渣的小型容器。

为"古画旧图，了无新意，且无半点重器模样"。

造办处这时才意识到，这次太后要烧造的瓷器有别于往常。便一次次地琢磨：太后要的是重器，何为重器？画师们便翻检收存的历代瓷器图谱，细加研读，逐步理出了思路。在中国历朝历代的陈设重器中，首推鼎，地位崇高，历来被视为国家权力的象征。这与"禹铸九鼎"的传说有关。画师便考虑以青铜鼎为范本，绘制一个大瓷鼎。造鼎还有"革故鼎新"的寓意，这同太后倡导的变革改制正好相合。

但有人提出，以鼎为原形的瓷器历代多有烧造，现在再造再烧能被太后认可吗？

这话大有道理。于是便有人提出，不如烧造大龙缸，因为自从盘古开天地，在所有的瓷器中，以明朝烧制的青花大龙缸体形最大，最有气派。高一尺有余，上口直径二尺还多，体厚超过二寸，重量有一百一十多斤，可谓一缸可纳天下丘壑，一器压倒天下瓷品。如能烧造一只更大更美的龙缸，可大有皇家气象，尽显重器气魄。

提出烧造瓷鼎的人进而建议，为保险起见，可以上奏烧造瓷鼎和龙缸两个方案，供太后选定。

大家似乎思路大开，接着又有人提议，为求万无一失，可以再增加一个方案，烧造一只巨型三阳开泰瓶。因为三阳开泰历来是瓷中珍品，烧造始于乾隆时代，名称来自《易经》上"正月为泰卦，三阳生于下"之语，象征冬去春来，万物复苏，寓意国家的富足与强盛，并且是用名贵的乌金釉和郎红釉交织填涂，通过窑变形成神秘无定的釉色，烧成后如日光铺洒，云霞灿烂，别有风采。

面对大家的七嘴八舌，桶总管用手指轻轻地敲了敲桌子，感叹道："要是这个人还在造办处就好了。"

有人问："这个人"是谁？

"王青。"桶总管说出了这个人的名字。

大家一听王青的名字，顿时肃然起敬。确实，倘若王青在，许多事便会变得容易顺畅。这王青本是景德镇御窑厂画师，因画技出众，年轻时便进入宫中，参与了许多御瓷的设计与绘制，只是因为一个无法道明的原因，后又让他离开了。此人现在远离京城的景德镇御窑厂彩绘房任职，远水不救近火，并且即使让他进京参与纸样设计，也恐怕多有不便之处。

设计一鼎、一缸、一瓶，供太后择定的方案最终确定下来。但，会是一个什么样的结果呢？

重器形制

三张纸样一并送到了太后面前。

太后戴着外国人送的老花镜，凝神注目。但慢慢地，她那本来威严而平静的脸庞，肌肉在收紧，眉头有了皱纹。太后平时尽量不皱眉头，因为这个动作会像折叠纸张一样，容易使脸上形成皱纹。很快，她摘下眼镜，舒展开眉头，把纸样重重地甩在了桌子上，话也响起来了："盲人瞎马。"

桶总管等内务府官员又一次被召到了太后面前。请安后，还未坐稳，太后便重复了她对重器纸样的四字评价。众官员立即明白，三件纸样都已经成了为废纸，好几个月的呕心沥血已全部流进了下水道。尤其要命的是，太后今天还使用了"盲人瞎马"这个词，也就是说，路子完全错了。

太后开始对三件纸样逐一评点："先说这鼎，乃是古代国家之重器。但今夕何夕？再造再用，了无新意。"

众人不敢出声，只是频频点头。

"再说那龙缸，明万历年间烧制时便连连失手，那本是难成难美却易残易毁的器物，谁能保证体形硕大的大缸这次能够顺利烧成？"这时太后加重了语气，"你们说，谁有这本事？"连问两回，自是无人应声。其实太后心里还有没说出口的话，明王朝是把龙缸放在皇陵中当作冥器使用，认为龙缸体积大、放油多，可以在地宫里久燃不灭，成为名副其实的长明灯。现在再烧造这种大缸作为重器，听来倒让人觉着晦气。

太后言犹未尽："你们应当知道，当年为烧造龙缸还曾惹出震动朝野的事端。"

听到这里，大家立即想起来了：明万历年间烧造龙缸时，因器形太大，三番五次烧造不成，督陶的太监便凶狠地责罚窑工。有一个叫童宾的看火工愤而跳入了烈火熊熊的柴窑中，龙缸因此最终烧成。但却激起民愤、民变，窑工放火烧了课税衙门和御窑官署。官府被迫费力费钱安抚窑工，还破天荒地在御器厂内建了一座庙，唤作"风火神庙"，用以祭祀童宾，才算把事态平息。

"再说那三阳开泰瓶，意蕴自是不差，用的窑变釉也自是神奇。然则器上的颜色及其深浅、形状悉由窑变决定，谁又能保证成器成色之后，一定会有大器面貌？会有超越前代同类瓷器的质地？"说到这里，太后有意顿了一下，然后接着放慢语速，"要烧造一件普通观赏器可以一试，要烧造一件国之重器却甚为不当。怎么能把要烧造的一件重要器物，寄托于不可知、不可控的窑变？"对于三阳开泰，她心里也还另有话语：三阳开泰还可能被人理解或联想为天上有三个太阳，现在一帝一后已是麻烦不断，所以对此不可不察、不可不防。

桶总管听着听着，觉得太后这些话确是大有道理，要造的是国之重器，怎么能简单，又怎么能随意？

太后的气恼逐渐散去，语调变得平静了："现今的这些个纸样自是不行了，你们可另有什么好的方案？"

无人作声。这已成一堆废纸的纸样，是许多人花了无数心血、耗费许多时日才绘制出来的，要在即刻间想出新的方案，这不犹如登天揽月？即使能想出个什么方案，又怎敢在这个场合一张口动舌便吐了出来？

桶总管心想，今天必须请太后对重器形制加以明示，若不明不白地回府，再去苦思冥想，就是想得脑袋开缝、肚子抽筋，怕也难以想出太后中意的方案。如此来回反复，必然耽搁时日，难免受责挨罚。于是壮着胆子说："启禀太后，臣等昧暗驽钝，重器的形制还请太后明示。"

太后听了这话，不置可否，殿内变得沉寂，好长时间的沉寂，这时如果有蚂蚁从地面爬过，也许都可能听出声音来，看来太后真的是自己在思考重器的形制了。

如大石入水，沉寂打破，太后果真就器形发话了："古人曰'天下定于一尊'，这句话意蕴甚好。虽然尊的器形历来也有烧造，但其形其质其色可以多有变化。你等可照这个路子去思索谋定。"然后起身离殿。

桶总管等回到内务府后，便又召集造办处官员，一起商议如何执办太后懿旨。这次最大的收获是，器形确定，烧造一件瓷尊。

不过有官员说："天下定于一尊"这话颇费思量。因为《孟子见梁襄王》中记载：梁襄王问孟子，天下如何才能安定？孟子回答说"定于一"。所以原话原意应当是"天下定于一"，而不是"天下定于一尊"。不过，也许是太后有意改了古人的言语和意思，或是太后急切地盼着纷纷扰扰的天下能尽快安定。

桶总管最后拍板：不必探究天下定于一尊还是天下定于一，照太后的旨意设计瓷尊便得了。

画师们搜肠刮肚，参酌古代青铜尊和凤尾尊、灯笼尊等瓷尊的造型，几经反复，总算设计出了瓷尊纸样：侈口粗颈，溜肩，腹部下收，高圈足；颈部两侧各有一个鹿头，鹿的口中含一颗灵芝，由此这尊便有了名头——鹿尊，乾隆时烧制成了大有名气的百鹿尊，这尊便有传续盛世的立意。整个器形古拙、大方而又灵动，那细微处莫不迎合太后的喜好：美人以溜肩为美，这尊设计为溜肩，便是象征美人之肩，用意不言而喻；釉色用的不是浓烈的红、橙、黄等色，而是极显典雅的豆青色，这不仅是太后喜爱的颜色，还和整个尊体形成了极有反差而又相得益彰的效果。在雄劲中有婉约之美，在方正中有清丽之气，在稳实中有灵秀之姿。

慈禧看过纸样后，脸上犹如平静的水面上有清风吹过，漾起了看不见的波纹，这是带着愉悦的波纹。看来她对这件纸样是肯定的，至少是不否定的。这让桶总管立即觉得一直如有巨石重压的肩头，松快了许多。

太后问缪女官："嘉蕙，你觉得如何？"

缪嘉蕙深深地知道为太后设计瓷器的不易，并且看来太后已经大致认可了这纸样，便说："整个器形古中有新，甚好。"

"难道已无懈可击？若另有想法，尽可说出来，俾之更臻完美。"太后说完，又抬眼看了一下缪女官。

缪嘉蕙知道太后已认可这器形了，只求更加完美而已，便如往常一般，略无顾忌地把自己的想法说了出来："釉色似乎可以再加斟酌。"

慈禧微微点了点头："嘉蕙说得对。这是重器，与餐器等不同，用清新淡雅的豆青色并非所宜。"

"当用何色？请太后谕示。"桶总管立即接话，他希望太后定下器形，定下釉色，定下一切。

但太后没有立即作答，而是反问桶总管："你有何想法？"

桶总管不曾想到太后竟会向自己提问，一时显得有些慌乱，但旋即镇定下来。他对造瓷当然不是内行，但也绝不是门外汉，他想起在商议这件瓷尊的用色时，有位画师说了一个他很赞同的意见，便在情急之下来了个移花接木："太后，能否考虑使用珐琅彩？"

应当说，这是个很不一般的想法。在陶瓷的各种釉和彩中，珐琅彩最有故事，也最为尊贵。究其身世，珐琅彩绘十五世纪源起于比利时、法国、荷兰三国交界处，于康熙年间传入中国。康熙至爱珐琅彩，甚至延请法兰西工匠来中国，在皇宫内传习烧造珐琅器。至乾隆朝，珐琅彩瓷艺术更是发展至极盛，瓷质细腻，彩料凝重，色泽艳丽，画工精致。但制作这种釉彩的瓷器却极为费时费工费钱，乾隆以后，随着国力不济，珐琅彩便如新雨后的天上彩虹，很快销声匿迹了。所以珐琅彩瓷器只是官府烧造，皇家使用，犹如龙案龙椅只是皇帝的专用物件，显得极为尊崇和名贵。如果最后的御瓷重器使用珐琅彩，可谓锦上添花。

慈禧没有立即作出是或否的决断，而是又问缪嘉蕙："如何？"

缪女官略加思索后回答："总管说得大有道理。只是珐琅彩多年没有烧过，这次重绘再烧，未必能达到前朝水准；况且康雍乾三代珐琅彩烧的都是小器，现在要烧的瓷尊属大器，能否使用珐琅彩需要细加斟酌。"

慈禧点头认可。她原本忽闪过赞同使用珐琅彩的念头，但随后又否定了，真实原因却是：这珐琅彩源自国外。道光以来，大清屡遭西人侵凌，自己至为喜爱的圆明园也被焚为断壁残垣，自己还差点成了外国人的战利品，被迫把从未离身的旗袍换成短身棉袄，仓皇西逃，自己的床还被一位外国将军睡过。还有，她这几年来一直想让龙椅上换一个人，取光绪而代之，却不料外国人蛮横地从中作梗，她只好把这件事暂时放下。所以，一想到黄发碧眼大鼻子的外国人，内心便痛苦不堪，憎恨连连，因而这件重器决不能用这来自西方的釉彩。缪嘉蕙的一番话强化了她弃用珐琅彩的想法："那珐琅彩便不用了。"

接着太后自己定下釉色："尊身底色用黄釉，图案用粉彩，颈部和底座用乌金釉。"

太后说完，又把纸样细细看了一遍，竟然又找出了不如意的地方："这尊的双耳现在是鹿首，换一换为好。"

缪嘉蕙接话："换成龙首如何？"

大家觉得太后一定会认同缪女官的意见。如果尊耳换成龙首，这件瓷器便可称之为龙尊了，与太后需要的"重器"在名与实上都很是匹配，就好比是宝马配金鞍。

可是太后另有想法："换成羊首吧。宫内有一件周代的三羊铜尊，可为参照。"

桶总管很不明白，龙尊应当比羊尊更有重器品貌，为什么弃龙而选羊？他的猜测是：龙尊会被人联想到皇帝，所以弃用；又因为太后的生肖属羊，这样整个瓷尊的意蕴便是：天下定于一尊，这尊又归于一羊。

但，太后的想法瞬间又变了："尊耳还是改为凤的图形吧，烧造一件凤尊。"

在场的人很快明白了太后的用意：凤为飞禽神鸟，在世人心目中，地位远远胜过山羊绵羊。更重要的是，古往今来，常常以凤指代出色的女性，其中包括皇后，太后本是女性中的千古一人，以凤相喻最是恰当。

但，太后的心思并不是他人能轻易猜中的。要烧凤尊，另有曲衷。当年她被咸丰封为皇后时，内务府曾在景德镇御窑厂专造"龙凤呈祥"瓷瓶一对，以志庆贺。不料，在英法联军火烧圆明园时，龙瓶被毁。圆明园遭劫前几天，她正在临摹凤瓶上的图案，凤瓶因而侥幸存留下来，由此更加珍爱。在庚子事变中仓皇西逃时，她随身带的瓷器只有一件，就是这只凤瓶，却不料在途中因车马颠簸而开裂。所以，她要在烧最后一窑御瓷时，再烧一件带凤的瓷器。她不烧瓶而烧尊，是因为尊比瓶更有重器的品格。

就在桶总管认为纸样已经定妥的时候，太后又开口了："还有，这件瓷尊要制成镶器，以增加重器之重，尊器之尊。那件三羊青铜尊便是方腹而非圆腹。"

瓷器根据形制，有圆器、琢器、镶器之分。圆器，是在转盘上以手操控，一次成型的瓷器；琢器是不能一次成型，需要再加雕琢的瓷器；镶器则是由若干块构件镶接而成的瓷器，会有方形、多边形等形状。因而镶器比圆器、琢器的制作烧造要难得多，瓷家的行话是，"一镶顶十圆"。不过这镶器烧造的千难万难，悉由景德镇御窑厂承担了，与纸样绘制者无涉。于是桶总管便赶紧卷收纸样，免得波澜起伏。

可就在纸样卷好、桶总管要退出去的时候，太后又有了想法："整件尊器的腹部可由五片组成。"

桶总管等一听，心里暗暗叫难叫苦，镶器比圆器难成，而镶器由单片组合又比由双片组合难成，更兼这尊上圆、下圆，中间是上粗下细的五面体，这三部分的镶接也是难度极大，这就需要拉坯制形工匠的超人功夫了。不知谁能当此重任？

尊身既由五片组成，相伴而来便有图案设计的问题。这五片上是合绘一整幅画作，还是每个单片各绘画一幅，从而成为一组图画？

桶总管正想求问，太后又发话了："尺寸再大一些，可增高三寸，以使瓷尊更有气势。"

总管点头应诺："好。"心里可又猛地动了一下，镶器难成，大器难烧，这镶器加大后就难上加难了。当年明朝烧那大龙缸，不是用普通柴窑烧制，而是大费功夫，另造了专烧大龙缸的柴窑，并且多次都没有烧成。

桶总管赶忙就自己关心的问题再问："太后，这尊的五个面绘何图画？"

"就绘五只蝙蝠吧。如何？"太后说完，侧过脸来对着缪嘉蕙发问。

五蝠寓意为五福。确实，这符合老太后的心理需求和人生实际。不过，缪女官另有想法："太后，五福齐天，极好。只是这类画比较多，能不能适作变动，营造新意？"

太后对营造新意很是认可："你有什么想法？说出来听听。"

"可否画成五湖？谐音仍然是'五福'。这尊共为五个面，每个面各绘一个大湖，合为五湖，会比五蝠的图案更丰富、更灵动，也可以使颜色更多彩、更明艳。"

缪女官考虑的是绘画，太后却有更深的想法：人们常以五湖四海指代中国，镶在一起便是集五湖为一体，这便既有五福齐天的寓意，又有五湖一体、天下一统的寓意，妙也。她带着微笑点了点头。

这次召见有了一个皆大欢喜的结局。桶总管长长地舒了一口气，浑身一下变得像松了绑般地轻松，整个身体也好像一下又膨大了一圈。但没过几天，他又变得不轻松了。

加烧龙尊

慈禧太后将内务府多次修改过的纸样又细细看过后，很是中意，就在她准备把纸样传出送走的时候，掌事宫女捧上了外务部的紧急奏报。

慈禧把那些瓷器纸样暂时放置一边，打开了奏报，上面是让她脸上变色、心跳变急的内容：有多国使馆发来函件，强烈反对废除光绪帝。

戊戌惊变后，慈禧便在考虑废去光绪，另立新帝。在经历了庚子乱局之后，更是加紧策划、着手实施。朝野上下自然无人能抗拒她的意志，但不曾想到的是，多个西方国家强硬地表示反对。现在不知又听到什么风声，一些外国政府竟然发来电文、函件，以十分强硬的口吻告知清政府：如果废除光绪帝，将会有严重后果。

太后定了定神，经过一番权衡之后，遂决定将这废帝一事暂且放下，从长计议。反正那光绪现在不过是一只囚在牢笼中的鸟，并且还是剪去了翅膀上硬羽毛的鸟。但应先稳住外国人，平复舆论，断不可因此弄得天下汹汹，风浪滔滔。大清已经如同漏船破屋，再也经不起风袭雨侵了。她决定由外务部回告相关国家使馆：废帝之言论纯属妄议误传，断无此事。

但当她又一次看见桌上的瓷器纸样时，不由心中一动，最后一窑的御瓷重器中，只有一只凤尊卓然而立，有凤而无龙，有悖传统，在当下的时局中，很容易被人解读为：光绪将废。她要进行补救，所以便再次召内务府总管入宫。

桶总管匆匆入宫，向太后跪拜后，悄悄看了太后一眼，见太后脸色平静，并没有明显的愠怒之色，遂放下些心来。

太后看了一眼总管："烧造重器一事，你等可是有重大失职之处。"

桶总管一听，顿时心里发紧，脑袋发蒙，又是与最后一窑御瓷有关的事情。这件事竟然办得有重大失职之处？他惑然而又惶恐地望着太后。

"这皇家重器怎能只有一只？应当是一对才是。"太后自问自答。

桶总管心里大叫"冤枉"。这瓷尊烧单烧双全是您太后的旨意，您就是要烧千只百对，谁敢说半个不字？您若说只烧一只，谁又能妄言多烧半个？但天下历来是无有不是的父母，更无有不是的君王。他只能等待重责重罚了。

不过他很快发现，太后并没有责罚他的意思，只是语气平缓地交代："内务府当抓紧时间，再绘制一只龙尊纸样。此事办妥了，便免你等失职之过。"

桶总管谢过太后，快步出宫而去，因走得急了，他差点被高高的门槛绊了一跤。

画师照着葫芦画瓢，除了尊耳以龙为图形外，其余部分悉照凤尊模样绘写。但有一个地方却很是犯难：这龙尊腹部也由五个单片组成，当绘画何景何物？

有画师提议，凤尊上绘的是五湖，寓意为五湖四海。龙尊上可以考虑绘上五海，连起来便是五湖五海。虽然五海并不是一个特定概念，但五海比四海多一海，多总比少好。"四海"的通常解释是北海、东海、南海、西海，另一海便绘中南海，这样合成为五海。料想太后能够认可，甚至还会很高兴。

桶总管认为，这瓷尊本身大有文化意蕴，生造五海的概念不妥，提出龙尊上绘五岳的图案："五岳"是汉代皇帝封定的名号，世人认同；山岳与湖泊相对，文辞文意上和合优美，而且五岳与五湖连在一起，能够天衣无缝地体现山河共为一体、同属大清的美好含义。

高招。这个方案很快得到大家赞同。

桶总管心细得如同秋毫，这时又想到了一个问题，龙尊的尺寸如何把握？因为太后以凤尊喻己，以龙尊喻帝的用意已经清楚表露，那龙凤双尊的尺寸大小便不能不慎作考虑了。显然，龙尊不能比凤尊大，但如果二者做得一般大小，便隐含有太后与皇帝平起平坐、无尊无卑的意思，这样能行吗？倘若这不合太后心意并指点出来，那无疑是又一次"失职"了。大家的想法像钟摆一般来回晃动：两尊尺码等同，还是凤尊大于龙尊？每到关键时刻，桶总管能表现出过人的聪明，他提出的解决方案是：龙尊可以比凤尊小些，但也不能小得太多。最好的效果是，粗看两件瓷尊一般大小，放在一起细看细辨才能觉出大小有别。最后确定，龙尊的高度比凤尊低三分。

龙尊纸样送进宫的第二天，当桶总管在焦虑地等待结果的时候，消息来了：速速进宫。

桶总管匆匆赶到宫中，跪倒在太后面前，口里说着："太后吉祥！"

良久，太后才慢悠悠地说："起来吧。"

这从未有过的长跪，让桶总管觉得很不对劲，他又悄悄地瞄了太后一眼，更觉得不妙：太后脸上看上去显得平静，实则有异于常态，似是平静的水面下隐藏着浪涛，还可能是惊涛骇浪。

"这龙尊和凤尊怎么大小不一？"

太后一下便问到了他煞费苦心而又放不下心的问题。桶总管眨巴了几下因上下眼皮肥厚而显得很小的眼睛："太后真是火眼金睛，一眼便看出了这两件重器的细微差别。"他想用这句话缓和一下气氛。

"做成一大一小，原因何在？"太后的注意力没有受扰。

总管的脑子飞速转动了好几圈后，答："天下美器以不雷同为上。古人说，'长短相形，高下相倾'。无平地显不出高山，两件美器放在一起，有了高下，显出差别，便可相得益彰，更见其美。"这话看似说的是器物，真实用意，太后自是一听便了然无遗。

"双尊的大小可以一样，免得好事之徒妄加揣测，无端议论。但釉色当有差异，你刚才说了，天下美器，以不雷同为上，所以龙尊应当换一种底色。"其实，太后今天叫桶总管来，既要说瓷尊的大小，更是要说瓷尊的用色。

总管心想：那就意味着龙尊不用黄色了，可这黄色历来是体现皇家地位的颜色，以至成了皇家器物的专用色彩。为何龙尊不用黄色？那又用何种颜色？

太后习惯性地把脸转向了缪女官："你看当用何种釉色？"

缪嘉蕙把龙凤双尊的纸样认真端详了一会儿，觉得从两件器物的造型与功用考量，同用黄釉，无疑是最好的选择。但既然太后对龙尊使用黄釉已经否定，便只能另作考虑："能否选用蓝釉，比如用雾蓝色或海蓝色釉？"女官想的是，这两种颜色与高天大海相联系，还因为这是龙尊，从寓意上也极为吻合。

太后没有立即回话，似乎在考虑女官的意见，桶总管则在期待着太后允准。

太后很快确定：龙尊的底色还是用黄釉，但用黄釉中的鳝鱼黄。这种釉名贵珍稀，用好了大可为龙尊增色。

鳝鱼黄釉也叫茶叶末釉、老僧釉，被列为官窑秘釉，色泽酷似黄鳝，并且有宝石般的光泽。只是在场的人都不明白的是，太后为什么在色如春花争艳的众多釉彩中，独独选中鳝鱼黄釉呢？太后的心思真是叫人永远无法猜定。

此刻，那桶总管想的是，这瓷器用什么色、施什么釉，自己无须上心，只要定了便好。但另有一件事必须说定道妥，那就是烧这一批御瓷的费用，一两一分、一厘一毫白银都需由内务府去筹办，必须及早得到太后的明示。他轻轻清了一下嗓子："太后要烧的这批瓷器定会成为传世珍品，奴才一定克力而为，只是……"桶总管说着说着，故作为难地把话顿住了。

"只是什么？说出来。用不着像呛了风一般，说一句，留半句。"太后说道。

桶总管接话："制作这批瓷器丝毫不得马虎，费用也丝毫不能省俭。初步匡算，约需白银……"

这些年来，太后常常为银子的事心烦气恼，今天又有这银钱的事，未等桶总管说完，便带几分不耐烦地说："不用磨牙，用银比照大雅斋瓷的数量办理，由府库度支吧。"

桶总管知道，大雅斋瓷共花了五万多两银子，便说："禀太后，府库已是寅吃卯粮，恐怕很难拿得出这些银子。"

这一点，太后和桶总管一样清楚明白，便随口说出了又一个办法："那就着江西地方筹措一些。"

"也难啊，造太后七十寿瓷，江西巡抚用尽办法，多方筹措，才勉强补了朝廷拨银不足的亏空。"

慈禧自是知道这些事，并且觉得总管言之有理，应当如何办？太后永远有办法："这批瓷一烧又得花三两年时间，那就从明后两年的赈灾款和军费中抽取一些吧。"

"这这……"桶总管心里塞满疑虑。

"未必岁岁有灾，更未必年年打仗。况且这次烧瓷不多，所需银两数目不大，对国家每年的度支而言，不过是一大锅饭菜中掬出一勺半碗而已。"

桶总管便赶忙应着："太后圣明！太后圣明！"只要太后发话，且不管从哪里拨付，照办便可。

桶总管走后，太后叹了一口气，对着缪嘉蕙说："这又大又穷的家真是不好当。我烧这最后一窑官瓷，明摆着是为了国家、为了百姓，也是为了瓷艺，可麻烦就像山陈水横，又有几人知晓并能够理解其中的苦衷？"

"好在纸样已经绘就，费用已然落实，就等着把纸样发往景德镇制作烧造了。"缪女官安慰着太后。

两个女人又如平日，进行着少有拘束的对话。

"嘉蕙，你刚才说，龙尊如果不用黄釉，可用霁蓝色或海蓝色釉，这自是好心雅意。"

"臣见识浅陋。"

"只是这样一来，整个龙尊便有了见龙在天、龙游大海的意境了。"

缪嘉蕙这时立即明白了太后的深意，不能有一条自由自在、跃空腾海的蛟龙，但她不明白为什么要改用黄鳝釉？不便直言相问，只是以探询的目光看着太后。

太后轻轻地扶了扶一个指甲上嵌有珍珠的护指："用黄鳝釉，与龙尊不用霁蓝色、海蓝色釉同理。古语曰，鱼入大海可化龙。换言之，龙原本也许是鱼也，用黄鳝色正好相宜。"就像鱼和龙潜藏在水里一般，慈禧另有想法潜藏在心里：什么飞天龙、下海龙？那光绪只不过是一条鳝鱼罢了。

当所有纸样绘就的时候，孙之顺被传到了体和殿。在门外等候召见时，他大脑里的车轮又在滚动：太后召见自己，所为何事？他首先认定，太后绝不是因为瓷事召他入宫。因为距太后七十寿瓷的烧制结束只有两年多时光，朝廷当不会又耗费人力财力，再烧御瓷。否则，那铺天盖地的骂声，便会从景德镇涌到紫禁城。那最有可能的是什么呢？

孙之顺开始想入非非了：大清的督陶官不像明代那样由太监充任，而是由地方官担任，并且自乾隆朝开始，由专设改为兼任，自己便是任九江关① 监督而兼任督陶官。这督陶官是一个既大有机会而又大有风险的差事。历史上，曾有督陶官因有功而受封获赏，有的名釉名瓷名窑还冠以督陶官的姓氏，从而名垂后世，那雍乾时的督陶官唐英便获此殊荣，"唐窑""唐釉""唐瓷"成了一个个让人敬慕的专有名词。有的督陶官却是时运不济，有被降职、革职的，有戴枷入牢的，甚至还有死于非命的。聊可自慰的是，自己督造的寿瓷很得太后喜爱，太后不仅赏赐了亲笔书写的"福"字，还另赏白银两百两。所以这次太后专门召见，十有八九是好事，莫非是……

孙之顺跪倒在太后脚下，礼敬请安后，端坐在了一把椅子上，带着几分不安、几分希冀，竖着耳朵等待着太后的声音。

太后坐定后开口了："之顺，你也许将会成为大清最后一任督陶官了。"

一听这话，孙之顺惊得目瞪口呆。太后的话听上去很不吉利，说自己是最后的督陶官，无非是两种情况：一是王朝终结，一是御瓷再也不烧。这样的事情会发生吗？还让孙之顺惶然的是，太后说的竟然又是自己很发怵的督陶之事。他不安地等候太后的明确谕示。

"你得再去景德镇督造瓷器，这是最后一窑御瓷了。"

孙之顺这下明白了太后说的"最后一任督陶官"的含义，但立马觉得似有大石巨木压在肩上，身体在左右摇晃，喘息变得困难。这督陶官的帽子分明是铁石打造的，又硬又沉，自己是一千个不愿意戴。他第一个反应是：使用太极推手推掉。说自己心力不济、难再当此大任，或是说父母老病，需要回家奉亲。但如果以这二者为由拒绝履职任事，那无异于自戕自裁，最好的结果也会一下断送自己后半生的前程。

孙之顺还没有想明白，太后的交代却是清楚明了："烧造这最后一窑瓷器，你当谨记：一是一丝不苟。瓷质与上次烧的寿瓷相比，只能更好。特别是其中有龙凤双尊两件重器，当不亚于本朝的任何瓷器。"

孙之顺听了太后这几句话，犹如胆囊已经破裂，满腹全是苦味：这是几乎无法企及的目标，这不要了我的命吗？

但接下来太后还有更要命的话语："二是从速办理。现在时局无

---

① 九江关：清代设在九江的税关，关督由皇帝钦定。

定，变乱时起，务在两年内烧造完毕，将成品送京。"

孙之顺听了这话，几乎要晕了过去。烧太后寿瓷，从着手准备到烧成解京，共花了四年时光，而这批瓷器却要两年造好。正如太后所言，时局无常，很难预料中间会出什么岔子，甚至乱子，这次督陶恐怕无异于鬼门关前走一遭。

他想鼓起勇气，向太后苦求：时间太紧，允适当宽限。

但当他快要张口时，太后那涂了淡淡口红的薄薄嘴唇又张开了："所需费用为白银五万两，已作铺摆。这次瓷事办好了，你便是有大功于朝廷的最后一任督陶官了。"说着，太后还少见地微微一笑。

孙之顺立即打消了欲推欲逃、叫苦叫难的念头，什么话都不用说了，也不能说了，自己恰似那做好的泥坯瓷胎，只能进到窑里，任由大火烧炼，任由热力灼烤，除此别无去处。他又一次跪倒在太后面前："臣下将披肝沥胆，把这次瓷事办好，以不负太后之望。"

"起来吧。我还有最后一句话需要叮嘱：这次烧瓷，重器最重。龙凤双尊烧好了，你可以高高兴兴地回京；如果双尊没有烧好，你回不回京就自己看着办吧。"太后说这些话的时候，那本平和的语调中游荡着肃杀之气，那秀气的柳叶眉骤然间变作了刀剑的形状。

孙之顺肝胆生寒，他真切地意识到：自己的身家性命已和这龙凤双尊紧紧地捆在一起了。他有些费力地爬起身来，辞别太后，走出紫禁城，并在当日便离开了京城。

景德镇属浮梁县，浮梁县属饶州府，饶州府属九江道，这是孙之顺以九江关监督兼任督陶官的原因。孙之顺回到九江官署稍作停留后，便风风火火地赶往三百里外的景德镇。他破例没有携带家眷，因为夫人又有身孕，还因为督造完这最后一窑御瓷后，自己便和景德镇不再会有什么瓜葛了。

官署对话

这是公历 1906 年的早春，草木黄中泛绿，风带寒意，水生波澜。一匹白马，几个随从，匆匆行走在九江通往景德镇的道路上。骑在马上的是孙之顺，他顾不得欣赏江南春风乍起时的景色，也顾不得风尘劳顿，只是催马急行。

当马蹄踏入景德镇的街区时，见路边如巨伞擎天的一棵高大古樟下，有许多人聚成一圈，似乎在围观什么。近前一看，只见一个老者在树下端然而坐，一个年轻的画家正在为他画像。

孙之顺觉得很有些新奇，不由得勒马观望：但见这画家腿上放着一块一尺见方的瓷板，手中的画笔在瓷板上勾勒涂抹，画笔上蘸的显然是青花料。作为督陶官，他见过在瓷上画花鸟虫鱼、戏中人物、美女神仙，却没有见过在瓷板上直接绘画寻常的活人形象。画已接近完成，瓷板上的人物与坐着的老者形神毕肖，似乎是一个人在照镜子。特别是那或长或短的胡须、或亮或暗的眼神、或深或浅的皱纹，都纤毫毕现。看得出，画家是一位绘画高手。孙之顺觉得很是有趣，他甚至想，有一天也请一位画师为自己画一张肖像，烧在瓷板上，然后悬挂在厅堂中，那一定很有意思。

这时发生了意外。督陶官勒马伫立，使许多人由围观画像转为了围观督陶官，特别是他的坐骑，因为马在当地很少见到。随行的差役喝令围观的人群走开，并蛮横地以手推搡，以致有人撞在那画家的身上。画家腿上的瓷板滑落在地，"啪"的一声脆响，瓷板破裂成了好几块。

那老汉犹如挨了棍棒，哭喊了起来："天哪，去了货^①！画像摔破了，我就会死了。"

画家赶忙安慰老者："大伯，没关系，过段时间我帮您再画一张。"

"不行，我的魂已印在瓷板里面了，不能重画。"老者无泪地干号着。

原来，这在瓷板上绘画人物肖像，景德镇刚刚有画家在进行尝试。有人愿意出钱画像，为的是让自己的形象留存后世，示以子孙。一旦画坏了，尤其是瓷板破碎了，便会认为很不吉利。

老者忍不住对着差役又喊又骂："你可害死我了，你们这些断头抛尸的。赔我画像，赔我命！"

一个差役喝道："占用官道，阻碍大人行走，已属无理，居然还敢

---

① 去了货：意为坏了，完蛋了。

骂人？"说罢，冲了过来，将手中的棍棒对着老人挥了起来。

画家见状冲上前去，像舞台上的对打一般，伸出双手将差役的棍棒挡住。

差役转而对画家喝道："你找死吗？"

"这是一位老人。谁人没有父母？"画家反问。

"你也想妨碍官家事务？"差役也是一句反问，同时把收回的棍棒又猛地举了起来。

"既为官家，便当存百姓之念。"画家并不畏惧差役的棍棒。

差役这下是恼羞成怒，棍棒便朝画家打了过来。

画家身上不轻不重地挨了一棒，但依然在与差役论理："如此对百姓使棍用棒，也是你的官家事务吗？"

被激怒的差役把棍棒再次高高地举了起来。画家依然没有害怕，挺胸抬头，凛然而对。

孙之顺眼里看着，心里在想：这个画家虽然年轻，却并不强健孔武，甚至有几分文弱，面对棍棒丝毫没有畏葸、退缩，并论之以理，示之以威，诚为少见，便对差役喝道："草民无知，不必计较。"

差役这才罢手，随着孙之顺继续前行，直奔督陶官衙署。

督陶官衙署就设在御窑厂内。说起这御窑厂，确是非同寻常。早在元代，朝廷便在景德镇设浮梁瓷局，征收瓷税，办理与皇家用瓷有关的事务。传说朱元璋与元军作战时被俘，因为谎称自己是制瓷工匠，被元军拘在景德镇一家瓷厂劳作，从而得以侥幸存命，并伺机逃脱，这使他对陶瓷有了别样的情感。后来在鄱阳湖与陈友谅大战时，朱元璋曾进兵景德镇，当他骑马登上号称"五龙抢珠"的珠山顶上时，见这里气势非凡，有五条山梁势若游龙，与珠山相接，不远处有两条江河相绕，色如翡翠，形似绶带，便连声赞叹："好一块风水宝地。他日我若得天下，当建都于此。"

在一旁的谋士刘伯温却进言："近旁的南山高过这珠山，因而此地属于下奴欺上主之地，不可为都。"

"若不能成帝都，就建瓷都吧。"朱元璋随口答道。

明王朝建立不久，朱元璋便旨令在景德镇设立御器厂，用于专烧皇家瓷器。明代官窑至万历年间基本停烧，在两百年多一点的时光里，烧制了难以计数的精美御瓷，其中最享盛名的有永乐青花、甜白瓷，宣德青花瓷、铜红釉，还有成化斗彩，犹如繁星灿烂，光耀古今，名震中外。正是在明代，中国瓷器由一彩变为多彩，瓷上色彩斑斓，如彩霞照耀、锦绣铺陈，洁白如玉的瓷器进入彩绘时代。

清代沿袭明朝制度，也在景德镇烧造官窑御瓷，只是在康熙年间将明代的"御器厂"改名为"御窑厂"，从字面上看，由重器变作了重窑，但功能并未有任何改变。这御窑厂既是官署，又是工厂，也是京城外的一处皇家禁地。现在虽不像明初时围墙长达五里，但也占地数百亩。

孙之顺下马，由南门入厂。这南门是御窑厂的正门，门边立有石坊两座，分别书写有"珠山献瑞""昌水朝宗"四个大字，庄重大气。进入大门，一面又高又宽的照壁屹立眼前，象征龙舌。照壁旁边立了两根高高的旗杆，旗杆上的大旗象征龙须飘忽，只是那旗帜已被岁月的巨手撕裂成条状，真个成了龙须模样。绕过照壁便是正中大道，由青石铺就，道路的中间微微凸起，寓意为龙脊，并嵌以鹅卵石，取意片片龙鳞。不过，龙身已经斑驳，龙鳞已有缺损，人踩在上面，不时有硌脚的感觉。这使孙之顺心里微有不快。

再往前走，便是御窑厂的生产区域，所有的作坊、货栈、库房都井然有序地排列其中。直至乾隆初期，从练泥拉坯到修坯施釉，从绘画作图到入窑烧造，制瓷的所有工艺都可以在这里完成。根据京城发来的纸样，可以在御窑厂烧造出形不走样、色不改样、质不变样的任何一种瓷器。乾隆中期，为了省工省事，省减费用，御窑厂内的柴窑逐渐弃用，做好的坯胎都送到民间窑户的柴窑烧造，这称作"官搭民烧"。

孙之顺对各个作坊草草看过后，心中的不快又添了几分，三年前烧制完慈禧太后的寿瓷后，由于财力不济，整个御窑厂便基本停止了制瓷活动。许多工匠已经流散，一些设施已经损坏，有的房屋已经残破，呈现出衰落破败之相。怪不得江西巡抚上书乞请废除御窑厂，这御窑厂实则如同板裂桨断的舟船，已难以装货载客了。只有立在御窑厂里的风火神庙，依然烛光照眼，燃香的味道随风飘散。

他最后走进了有三道门的一组建筑，这便是设立在御窑厂的官署，有着别样的威严，还带几分神秘。

御窑厂的管理体制为督陶官—管厂官—厂内办事官员—各个作坊

工头四级。第二天，孙之顺即召集有各层级管理人员参加的会议，先是一字一板地宣布了他此行的任务，特别强调了太后的要求。

许多人心中五味杂陈：御窑厂即将关闭，将是一段辉煌历史的终结，官瓷烧造自此只会留在人们的记忆之中；要烧好这最后一窑御瓷困难重重，尤其是要达到太后的要求如同下海捞珠；如果朝廷的要求不能满足，又不知是几人流放、几人贬官，甚至几人丧命。

孙之顺把要讲的话都讲过之后，问："大家对烧制好这最后一窑御瓷可有什么高见？"但官署所有的人都沉默不语，偌大的会议室里，坐着的似乎全是一个个瓷制的菩萨、罗汉。

孙之顺很是失望，在心里责骂着：朝廷给你们官位俸禄，平日里无所事事，可一到有事要办，却一个个似吞钩之鱼，带箭之雁，是何道理？他脸上的肌肉由平滑变得抽动了，似乎有蚯蚓在皮下游动。

督陶官极力克制住内心的恼怒，又一次发问："大家想想，这次烧造御瓷可有什么难处，可有什么需要特别着力用心的地方？"

依然是无人应声。

但会议室里有一位年轻人心里却有话要说。

这个想说话的人姓方名浩，年龄二十出头，是御窑厂彩绘房的一位画师。今天的会议本当是彩绘房的领班、也是他的师父王青来参加的，但那位脾气古怪的老先生从来不愿意参加任何会议，便以身体不适为由，派方浩代他与会。孙之顺对王青并不陌生，这位彩绘房的领班赫赫有名，桶总管在组织设计重器时，满带遗憾提到的人便是这个王青。他因参与绘制太后五十、六十、七十大寿的寿瓷有功，还被朝廷赏了个"监生"出身。所以，孙之顺对他是礼敬三分，还听闻这个王青本有耳疾，所以不见他来开会也并不责怪。

就在孙之顺要宣布会议结束的时候，在众人中显得略带稚气的方浩站起来了："孙大人，恕我直言，以御窑厂目前的情况，烧好这最后一窑御瓷绝非易事。"

这话犹如利刃出鞘，又硬又凉，有锋有刃。孙之顺不由抬眼看去，微微有些惊讶，因为他一眼认出，这就是昨天他由九江进到景德镇时，见到的在路边树下为一老者画像的青年，当时他对这位年轻画家既有几分气恼，也有几分喜欢。想不到他今天一张口，又是很不中听的言词，便冷冷地问："此话从何说起？"

"御窑厂已今非昔比,仅以工匠为例,从拉坯到彩绘,多道工序都有人手不足、技术欠精的问题。非常之事需要有非常之功,非常之功依赖非常之人,如今要制作高质量的御瓷犹如轻舟小船出海,很难。"

孙之顺听了,觉得这年轻人的话也有几分道理。以工匠管理而论,明代实行在籍制度,工匠入皇家御器厂便如同卖身,终生不得离开,所以人员稳定。清代工匠则实行雇佣制度,流动性很大,所以这年轻人说的情况确实存在。但总体听来,都是些让人泄气松劲的话语,便没好气地问:"你是何人?在御窑厂任何职掌?"

"我叫方浩,是彩绘房的画师,今天是受领班委派前来开会。"

怪不得出言无忌,只是一小小画工,怎么明了烧造御瓷这等大事?又懂什么非常之功?督陶官脸一沉:"你可谓初生牛犊,但这里并非你说话的地方。"说完,宣布散会。

众人散去之后,孙之顺在衙署内独自闷闷地坐了许久。这次是带着千斤压力、百般忧虑到景德镇的,万万没想到,一开始就让他心生气恼,竟不知后面还有多少让人棘手头痛的事情。

几天后,有官员禀告:缺土。当然,缺的不是普通泥土,缺的是瓷土;缺的也不是普通瓷土,而是烧制御瓷需要的高档瓷土。景德镇的瓷器名闻天下,一个先决性条件是因为"水土宜陶",有能烧成瓷器的瓷土。官窑能烧造精美绝伦的御瓷,是因为选用了上好的瓷土,那些皇家控制的优质瓷土被称作"官土"。

从工艺流程而言,若没有瓷土,后面的一切工序尽皆无从谈起,就好比做饭无米无面,洗锅、取水、投柴、生火,统统毫无意义。

孙之顺一听缺土,先是略微一惊,但很快定下心来,从容而又自信地说:"不碍事。瓷土当无问题。"他作出这个判断自有根据,几年前烧造太后寿瓷时,远找近寻,又挖又买,弄得一批好土,当时不曾用完,剩下的足够再烧一窑瓷器。

不料这官员又一次说:"高岭土确实不足,请孙大人早作筹划。"

孙之顺说出了"不碍事"的理由:"库房里储存的高岭土足堪使用。"

那官员犹豫了一下,加重了语气:"库存瓷土数量不多,难敷所需。"

为什么这位官员一次又一次说瓷土不足?孙之顺转而生疑:"怎么

回事？库房里的那些高岭土难道是被你等吃了，或是盗卖了？"

"下官怎敢？只因库房年久失修，去年夏天一场大雨，库房塌了一角，便有盗贼钻进仓库……"

孙之顺顿时觉得屁股下的椅子一下变成了滚烫的烙铁，他几乎是跳着站直了身子："竟有这等事？赶快带我去库房一看究竟。"

孙之顺跟着这位官员急匆匆地来到了库房前。打开带有锈斑的铁锁，推开宽大厚重的库门，放眼一扫，记忆中码成一堵堵高墙一般的高岭土泥块已经不见踪影，只是地上散乱地放着一些像小砖头一般的瓷土块，如果制成坯胎，还填不满一座柴窑的一角。又抬眼朝屋顶上看去，有几处已经掉瓦，能看见天上悠悠飘荡的白云。房屋的一个墙角边有一处是新垒的砖头，显然便是那雨后坍塌过的地方。

"既见屋漏、墙塌，为何不及时修补？即使一时不能砌补，为什么不派人严加值守？出了这等事故又为何不及时向我禀报？那看守仓库的人何在？这分明是严重的渎职失守，为什么没有依律惩治？"孙之顺一声比一声重地连连责问。

对这一连串如同爆竹炸响的问话，那官员只是对其中的一个问题知道答案：那个看守仓库的人已在三个月前自动离职，然后便像泥鳅钻进了烂泥里，不见了踪影。

督陶官顿时觉得自己心里被塞进了一块瓷土，发堵发沉发疼。他声色俱厉地把几个官员痛斥了一顿，并将负有责任的两个官员立即解职。

从这一件事上，督陶官更真切地看到了御窑厂的现状，再到衙署各个部门以及各个作坊细加访察，发现令人忧心的问题甚多。他不由得想起了第一次开会时那个直言不讳的画工方浩，这人虽然年纪轻轻，却很不简单，不仅敢于直言，而且所言切中弊端。又向人一打听，知道这方浩曾在日本留过学，不仅擅长瓷画，而且熟知制瓷烧窑。造瓷需要良土，制瓷当有良才，也许这人是个有用之才，他决定和那方浩作一次谈话。

方浩被叫到了御窑厂官署，坐在了孙之顺面前。

孙之顺喜爱像曾国藩那样看相察人，他先打量了一阵眼前的年轻人：只见这方浩个头不高，身材不伟，但头发浓密，眉清目秀，身材匀称，透着英俊之气，是很典型的南方男性形象；鼻正无曲，眼神自然，是个正派之人；嘴唇不薄不厚，线条清晰流畅，是个聪明之人；精神气充足而内敛，是个能成就事业的人；只是气宇平平，虽不缺灵气，但并无傲人的气概，看来不会成就大的功名。这方浩居然没有蓄辫子，胡乱盘在头上的显然是一条假发辫，只有极少数留过洋的人才会是这般模样。

方浩对督陶官上下左右的打量很有些不自在，但也无可奈何，只是端然而坐。

孙之顺先是惯常发问："年轻人，何处人氏？"

"祖籍江西都昌，但我出生在安徽祁门。"

"何时来到景德镇的？"

方浩简要介绍了自己的情况：父亲酷爱绘画，因仰慕安徽新安画派，年轻时由都昌老家去往祁门求师学画，自己因而出生在祁门。不幸的是，三岁时母亲病故，父亲便离开祁门，到景德镇以画瓷为业，自己也从小随父亲学习绘画写字。但不幸接踵而来，又三年后父亲也去世，他便成了孤儿，流浪在街头巷尾，后幸运地被一个烧窑的把桩师傅收养为义子。义父还让他一边读书，一边拜画师学习绘画。庚子之乱后，政府选派人员到国外留学，刚满十七岁的他进入日本东京工业大学学习窑业。去年年底刚刚回国，正随御窑厂彩绘房的领班王青先生绘制瓷器，有时还跟着义父学习看火烧窑。

孙之顺心想：这人确有与众不同之处，不知不觉间对方浩有了好的印象。

方浩这时似是有意补充："我在日本学习本来应当是五年，但只是读四年，还没有毕业便回来了。"

"提前离日返国，是何原因？"

"三言两语说不清楚。"

孙之顺没有再追问，把话转入正题："那日会上，你坦陈意见，甚好。经过这些天的考察、思索，我已经痛切地感到，确如你所言，目前御窑厂的状况令人堪忧。所以我想听听你的见解，如何才能去旧病而入新境？"

方浩想了一下说："在我看来，关键在三个方面。"

"哪三个方面？"

"一是倚重人才，二是革新技术，三是变通体制。"

孙之顺连连点头："是呀，眼下御窑厂管理人才和精工良匠都明显不足；革新技术以提高制瓷效率，也是困难重重。你说的那变通体制指的是什么？"

方浩略为沉吟了一会儿："就只说这关停御窑和兴办瓷业公司的事吧，我觉得这是一项革新之举，顺应了时代潮流，追随着世界大势。御窑应当速关，瓷业公司应当速办。"

孙之顺大致明白了这变通体制所指的是什么，但觉得兹事体大，这关窑和办公司的事虽然太后已经允准，但也不知什么时候才能抟土为器，成为事实，中间又生变故也很难预料，不便多谈，还是办好眼下的瓷事最为要紧，便问："依你之见，烧好这最后一窑御瓷，如何才能办得顺当圆满？"

方浩有条不紊地说出了自己的想法："选取适用工匠，找到适用瓷土，确定适用柴窑。"

孙之顺对方浩说的"三适用"深以为然，真如古人所言，后生可畏，不由得轻轻地叹了一口气："太后对这一窑瓷的烧造，要求极高。尤其是其中的一对瓷尊，反复叮咛，务必烧好。这次督瓷如泰山压顶，刀剑在喉，叫我寝食难安。"

方浩看了看一脸愁苦、满腹心事的督陶官，不由从心底产生了几许同情。

确实，这次烧瓷的困难超出想象，一件件棘手难办的事，犹如寒风刀冷雨剑，不断地袭来。

瓷　土

孙之顺迅即着手筹集优质瓷土。

景德镇的制陶始于汉代，在南宋以前，制瓷原料使用的是被大自然的巨手搓成了粉尘状的瓷石，这种瓷石广泛地分布在周边的山岭之中。但，坐吃山空，久挖石尽。进到元代时，这种瓷石犹如开了的粮仓，日渐枯竭。然而老天爷眷顾这个瓷镇，在一个叫高岭的村子周边，在覆盖着绿草青树的地表下，藏有另一种神奇的土石，略呈白色，间有浅黄、浅蓝。经大有慧眼的瓷人发现后，捣碎成粉，再加漂洗，凝结成泥后，又经揉制，便柔韧如胶。又加入一定比例的瓷石成分，便神奇地变成了一种与瓷石迥然有别的制瓷原料，由此催生了瓷器制作的一次惊人蜕变：坯胎可以耐受高温，烧成的瓷器由软瓷变为硬瓷，器形可以更大，瓷质更为光洁、白净、细腻。

中国的瓷器惊艳世界，造就这人间尤物的瓷土也名动天下。后有外国传教士闻名而来考察，并撰文向欧洲介绍景德镇的陶瓷工艺，还特别提到这高岭村的瓷土。有德国人将"高岭"直译，从此，世界上但凡与高岭村所产性质相同的瓷土，便统称为"高岭土"，这个村子由此名闻遐迩。

但历史又一次摆出了峻烈的面孔，至清中期，景德镇附近的高岭土又大都被挖尽采绝。人们的眼光搜索得更远，脚步也走得更远，便向周边地区挖山取土不止，优质瓷土更是日渐稀少。

孙之顺带着随从，马不停蹄地在周边产过高岭土的地方寻找。经过试采、试烧，最后确定在离景德镇有约二百里路途的徽州府祁门县境内开矿取土。祁门的高岭土白如雪花，细如面粉，历来是制作上等瓷器的瓷土，并被钦定为"御瓷专用"，只是许多地方早已被锄锹镐铲挖得千疮百孔，不知这一次采掘能否如人所愿。

选定矿点之后，铁钎锤子作响，采矿迅速进行。但几天后，情况不妙，矿脉如大旱中的山泉越来越细，能挖掘到的瓷土数量越来越少，原来这次选定的矿脉属于采矿人常说的"老鼠尾巴矿"。

当经办的官员告知这一情况时，孙之顺的回答极为坚决："就是老鼠胡子矿也要挖。"

孙之顺清楚地知道当下的情势，犹如作战，前有波涛汹涌的大河，后有势不可挡的追兵，已经没有退路。只能铁下心，咬着牙，征调更多采矿人，不断扩展矿区，并且日夜赶班。但结果是连老鼠尾巴也不见了，绞车从竖井里提上来的是一筐筐普通泥石。不仅如此，还发生了意想不到的大麻烦。

这天时近子夜，孙之顺还在床上如在铁锅里油煎的河鱼一般翻来倒去。忽有差役急急来报：矿井发生坍塌，有六人丧命，十数人受伤。一听到这个消息，他觉得自己一下变成了煎煳了的一条鱼，焦头烂额了。

孙之顺这时想的是：挖矿致人伤亡的事并不罕见，也无须过于分心，但采矿找土制瓷的事却万万耽搁不得。便又苦苦思索着如何尽快找到优质瓷土矿，但想出来的办法一个又一个，却都像一筐瓷碗瓷杯从高楼上掉到地面以后，没有一个是能用的。他觉得自己这时也似乎掉在了矿井里，无法动弹，无计可施。

第二天，他比任何一天都要早地来到了衙署，脑子塞满了瓷土的形状和颜色，这让他脑袋发胀，浑身燥热。他扯开了上衣的扣子，又端起桌子上的大瓷杯，一口气把满满一杯茶喝得只剩下一撮软塌塌的茶叶，然后很是烦躁地在地板上来回踱步。

一阵风把窗户推开了，带着清凉的风吹拂到脸上身上，让他觉得舒适了许多。他倚窗向外眺望，整个御窑厂尽在眼底，但众多作坊一片清冷，刚才清风带来的舒适顿时又变作了烦躁。

这时，他看见彩绘房走进去一个人，从背影上看，很像是方浩。他很快有了想法，便对着门边大喊了一声："把彩绘房的方浩给我叫来！"

方浩又一次坐在了督陶官面前，今天他穿的是一件长衫，上面沾有五颜六色的颜料，他正在和王青先生一起绘画。这是和孙之顺第三次见面，彼此间多了一些随意、轻松。

孙之顺直言不讳地发问："我碰到一个极为棘手的难题，不知道你有没有办法帮我破解？"接下来，便把采矿不顺、造成矿难一事简单作了叙述，然后以期待的目光盯着方浩。

方浩想了一下："如今要在短时间内从景德镇附近找到足够数量的优质瓷土，谈何容易？即使找到了，还有可能重蹈上一次挖矿的覆辙。"

孙之顺心中一阵发凉："那另有道可走吗？"

"倒是有。"方浩说得很肯定。

孙之顺的双眼立即瞪大了，变亮了，仿佛在绝壁前找到了梯子，在悬崖边发现了栈道，连忙问："什么道？"

"可以找人要。"方浩不轻不重地说了五个字。

一听这话，孙之顺的兴奋劲立马消减了一多半，眼皮也松塌了下来，大幅度摇一下头："本官已经试过了，先是着人找了专事售卖瓷土原料的白土行，后又找了许多采矿、烧窑、做瓷的人，并愿意花大价钱购进，但得到的优质瓷土也只有几百斤而已。对烧造一窑瓷器而言，不过是饥饿狮子口中的一只兔子耳朵。"

"也许没有找对其人，用对其法。"

"要找哪路大神大仙？又用何种良方妙法？"

"当找相关帮会行会的头人。"方浩接着细细说道，"景德镇制瓷工序号称七十二道，人员来自十省二十州八十县。往往同省同县的人结为一帮，同行同业的人连为一会。因而事事处处有帮有会，帮会是维系瓷业和瓷人无影无形却牢固有力的纽带，连官府收缴瓷税也都依靠行帮办理。这些帮会的头人都是极有势力、极有影响的人，只要这些头人出马，少有办不成的事情。"

孙之顺对此亦有所闻，但并不曾与行帮中人打过交道，因而不明其中的底细与玄妙："是不是找到这些行帮的头人，瓷土问题便可应声破解？"

"如果相关的行会帮会的头人愿意出马出力，筹集烧一窑瓷的优质瓷土不会太难。"

"是吗？"督陶官的话中一半是兴奋，一半是怀疑。

"确乎如此。行会帮会头人的话，往往会有军中统帅发号施令的效果，一人发话众人应，绝少有人驳头人的面子。"

"为什么这些行会帮会的头人有如此大的权威和能量？"督陶官很不解地问。

方浩简要地作了解释：一是瓷业江湖中的无形传统和严密规矩；二是这些头人势力极大、身手不凡；三是帮会行会各成员要获得和守住自身利益，离不开帮会行会，也离不开头人。有语曰，"家传其德，帮传其技"，这句话足以证明行帮的作用。方浩还举例证明帮会行会的厉害：拉坯行业招工定在每年的四月初八。有一年，一个老板提前了三天招工，这便是有违规矩，结果这个老板的工场第二天就被赶来的数十人"踩架"，制成的坯胎全被砸碎打烂在地，事后不见官家和民间有任何人过问。

孙之顺若有所悟地点了点头，然后一拍大腿："好。那就把那相关帮会行会的头人叫来，着他们发话，叫货主让渡优质瓷土。"

方浩却是连连摆手。

"为何不行？"

"君子爱财，需要取之有道；大人要土，也需要取之有法。督陶官当降下身段，请他们到茶楼吃茶，而不是来衙署听差。"

"还要请他们喝茶？我没这个工夫！"

"为了瓷土，请人喝茶这件事还是需要去做。"方浩坚持着自己的建议。

"我堂堂钦定督陶官，并且是奉太后旨意办瓷，谁敢不来？有上好瓷土谁敢不给？"孙之顺摆出了朝廷命官的架势。

"这些头人并不好对付。人，肯定会来。但，瓷土却未必会出让。"

"这又是为什么？"孙之顺不明就里。

"人会来，是因为官家召唤，不敢抗拒。但，瓷土却未必会给，因为大清并没有谁家存有优质瓷土，便要出让给官府的律令。并且瓷土主人推说没有，恐怕也无可奈何，因为既不能搜又不能抢。"

孙之顺心里想，这方浩说得倒有道理："那当用什么办法？"

方浩正要回话，一个差役急急来报："督陶官大人，大事不好，有一百多人聚集在了御窑厂前，像是要闹事。"

"为何闹事？"孙之顺厉声喝问。

"他们称，因为应御窑厂的招募，在祁门开采瓷土矿，有多人因井塌死伤，要求官府善后、抚恤。"

孙之顺冷笑一声："虽然事出有因，是为皇家挖矿，但却是他们自己大有责任，不循规矩，不明危险，操作有误，因而导致事故发生。他们要向我索要补偿，我还要追究他们误时误事的责任哩。"接着布置，先派人去稳住这些火气正盛的刁民，同时速速告知浮梁县令，要求他们派守备前来处置。孙之顺应对这类事情可以说是驾轻就熟，干脆利落。

这时，御窑厂大门口已经黑压压站了许多人。方浩心中涌起忧虑，担心顷刻之间会有祸事发生，他对着设在御窑厂内的风火神庙默默地注视。

"方浩，你一动不动地在看什么？"孙之顺问。

"看那风火神庙。"

"那风火神庙就在御窑厂内，想必你看过无数次了，今天为什么还要看哩，并看得如此专注？"

"这座庙很像一本书，每次看了之后都有新知、新悟、新得。"

"今日看过，有甚新知新悟新得？"

方浩没有立即答话，转而又把目光移送到不远处的御窑厂门口。

孙之顺的目光也不由得随之落在了御窑厂门口，那里聚集的人似乎越来越多。这时他猛然醒悟到：当年因为烧制龙缸不顺，致有人死亡，窑工们聚众闹事，焚烧了御窑厂、衙署，事后官方便在御窑厂立起了风火神庙；今天这些人则是因为烧造御瓷寻找瓷土，导致有人伤亡怒而聚集，两件事何其相似？

孙之顺这时问方浩："我晓得你的用意了。那依你之见，当如何处置？"

"在我看来，此事此时，硬不如软，压不如和。"

"看来只能如此。"孙之顺心里想道，但他没有说出口，他不能让这个年轻人觉得，自己对他言听计从，因而说出来的是："容我再行考虑。"

待方浩走后，孙之顺立即着人告知浮梁县令：先礼后兵，以抚慰为上策。伤者每人发三两银子医疗伤病，死者每人发十两银子治丧、抚恤。如果依然起哄闹事，则对为首者严加惩办。

这办法还真如药汤对上了症候，很快起了作用，聚集的民工如熄火后的窑烟，渐次散去。一场可能惊天动地的风潮，便如风过林梢，迅速归于消停。但，平息这场风波只不过是一个小小的插曲，制作御瓷的大戏尚未真正开锣。

不一般的茶会

两天后，孙之顺穿戴整齐，坐着四人抬的轿子，前往茶楼。

御窑厂紧邻着一条发源于黄山的大河，这河的名字极富文化意味，叫昌江。景德镇位于昌江之南，因而古代曾名昌南镇，有人还据此认为，"瓷器"的英文发音与"昌南"有关。景德镇在宋代便形成了由街道、里弄、巷子构成的城市雏形，在明代中期，大约有三十万人在这里从事瓷业，堪称当时世界上最大的工业城市。现在号称有十八条半街，四十八条巷子，九十九条里弄。

御窑厂与昌江之间有一条古老、热闹、极有特色的瓷器街，店肆相接，商铺林立。货架上，橱柜里，店门口，摆满各类瓷器。品类有生活用瓷、陈设用瓷、把玩用瓷、祭祀用瓷、宗教用瓷，不一而足；器形千般百种，大小如蚁象相殊，质地有玉瓦之别；釉彩五光十色，或浓或淡，或俗或雅，犹如三春花圃，群芳争奇斗艳；绘画百姿千态，山水、人物、草木，各呈风采，聚纳人间万象，撷取古今意趣。一个天下独有的瓷器天地，一个叫人痴迷的陶艺世界。

各帮各行的会馆，还有戏台、饭馆、茶楼，也都鳞次栉比地在这条街上占有自己的地盘。这条街上有一家南昌人开的茶楼，上下两层，名叫"秋水"，取《滕王阁》中"秋水共长天一色"的意境。大门两边的对联是：

手中一壶一盏一江秋水消块垒
眼前百窑百店百条艭船载玉玦

秋水茶楼经营有十多种叫得上名号的茶叶，备有上百种干果、点心。茶楼不只是喝茶消闲的处所，更是谈事、议事、商洽生意的地方，民间的许多冲突纷争也多在这茶楼里调解平息，就像饮茶以消火解渴一般。每年新开工的季节，一些行业的老板要在这里请工匠们吃"起手茶"，每人清汤一碗，包子两只；夏秋季也会请留用的工匠吃一次茶，清汤一碗，油条四根，没有受到邀请的则意味着已被辞退。所以这个茶楼是许多人愿意光顾的地方。

孙之顺迈着方步，走进了由衙署先行安排好的一间茶室。茶室在二楼，木格窗下便是水清波碧、桅杆如林的昌江。已先入茶室的二十来人一一站起，孙之顺双手抱拳，满面春风地同大家打招呼。各人依次恭敬地做着自我介绍。

茶博士用一个很大的扎盘捧过来一摞茶盏，然后犹如燕子啄泥一般，轻巧地把茶盏一个个快速分开，放在了每一位客人面前；随后用一个精巧的小木勺，如蜻蜓点水一样，从茶罐里把茶叶送到茶盏里；既而稳稳地斜提起硕大的铜制长嘴水壶，那刚刚沸腾过的开水便如一股清泉，很有气势地流注在茶盏中，茶水很快变作琥珀般的颜色。那茶盏外面绘的是浓润的青花，内壁是如雪的洁白，这青、白、黄三色相配，赏心悦目。茶的清香随着袅袅热气，从茶盏里飘逸升腾，弥漫在整个茶室。接着花生、瓜子、板栗等炒货上桌，还有冻米花糖、芝麻片糖、寸金糖及桃酥等点心送到，屋里的香味更杂，也更浓烈。

督陶官一声"请"，大家端起茶盏送到嘴边，茶水滑进肚里的同时，也有想法绕在心里：督陶官大人请这么多人吃茶，这好比是在柴窑门口熏牛腿，是一件架势极大的新鲜事，定是有什么重要事情要办。

孙之顺先说了几句赞扬当地山水风光和风土人情的话，开始把话引入正题："各位都是景德镇瓷业界的翘楚，让人钦佩。我自兼任督陶官以后，深深感到制瓷烧窑的诸般不易，更感到陶瓷文化的博大精深。"

这一席话，虽然只是客套的虚语浮词，但所有在座的人听了还是很高兴，一个个满脸堆笑，频频点头。

孙之顺的话向主题靠近："我今天请大家一起喝茶，一是和大家认识认识，二则有点事有劳各位帮忙。"

许多人心里的应答是：说"认识认识"是托词，要"帮忙"则是实话。但不知道这身为朝廷命官的孙大人有什么难处，竟然要找我们这些人帮忙？

孙之顺的话步步靠近目标："我奉命再次督造御瓷，或许这是最后一窑御瓷了。眼下遇到了一些困难，就像推车上坡，逆水行船，很是吃力，有劳大家搭把手、出点力。"

有的人首先想到的是，督陶官肯定是要大家为皇家烧瓷出资捐钱，因为这种事历史上曾经有过。这些年来，朝廷穷得好像风中的铃铛，叮当作响，烧一窑御瓷自是耗费不少，怕又是要逮几只公鸡拔毛。否则，督陶官恐怕不会这么客气地请大家吃茶吧？

不过其中有一个叫祝鸿来的窑户老板，想法却与众人大相径庭：督陶官今天以烧御瓷为名目摊派钱财的可能性微乎其微。搜刮地皮早已让人厌恶，朝廷心知肚明，且这是皇家最后一次烧瓷，摊银派钱的可能性不大，而是有比缺银少钱更难办的事情。在祝鸿来看来，参与朝廷办理的事情，虽然可能花些精力，费些钱财，但也完全可能从中获得看得见和看不见的好处，何乐而不为？于是他接话说："督陶官在景德镇地面为朝廷尽忠效力，如有难处，我们这些当地的老俵，定当竭力相帮。"

祝鸿来敢于第一个说话，盖因他是景德镇有名的窑户，也就是窑老板。有语曰："有了一座窑，银子用船摇。"有些人是两人甚至三人合开一座窑，这祝老板可是一人有窑两座，并且和一些窑户一样，还有自己的瓷厂，是个兼做窑、瓷两行的大老板。他的一座柴窑是从父亲手里继承的，为了拥有第二座窑，他积攒银钱时，毫厘无遗，甚至在他结发妻子去世时，竟然让人撬下她口中镶着的一颗金牙，理由是担心招惹盗墓贼，其实真正的原因是舍不得白白丢了这丁点儿金子。随着窑门的闭合开启，他的家业如窑火般旺盛，财富如雪片般聚积，他现在是窑业会的副会长。有人问过祝鸿来的发家之道，他的回答简明而形象：秘诀是想办法从鸡脖子上卸下猪头来，还要尽量让一个猪头卖出两个猪头的价钱来。

孙之顺听了祝鸿来带有几分豪爽的表态，心中一喜，不由得朝祝鸿来看了一眼。只见这人中上身材，微微有些发胖。圆圆的脸上，白中透红，油光发亮，似乎体内有油脂源源不断地渗到皮肤上，当地这种体形体态的人不多。他穿着一件白洋布长衫，手上戴着一个粗大的金戒指。只是不知为什么，这人看上去年纪不过三十多岁，却已是满头白发，发辫像一条银蛇从后脑垂到臀部。这些都让他显得与众不同。

孙之顺又拱了拱手："那我先感谢各位了。"

祝鸿来觉得和督陶官第一个回合的对谈效果很好，便又接腔了："如果能帮督陶官大人排忧解难，我们会感到很荣幸。虽然这年头生意难做，但出点力气、跑跑腿脚还是可以的。"说这番话，既是呼应孙之顺，也是为今天坐在茶楼里的人诉苦，道出了大家害怕出钱出物的苦衷。

孙之顺自然明白这话里的意思。有钱的人似乎七窍里塞满的全是银子，一张口便冒出银钱的味道。不过，今日本督陶官不是要你等掏腰包、凑份子，便接过祝鸿来的话说："需要大家帮忙出力的，不是金钱。"

大家一阵轻松：财是祖宗钱是命。只要不是出钱，其他事情都好说。

茶室的气氛一下变得活跃了。又有人开腔："如果是釉彩方面需要帮忙，本人可以尽绵薄之力。"说这话的人是一个姓鄢的老板，这人在景德镇也是一个响当当的人物。他外号"做老板",这源自他常挂在嘴边的"我是做老板,不是当老板",许多事他都亲力亲为,以致几乎每天身上都是沾满泥浆、土灰、釉彩,他有半座柴窑、半个瓷厂。最让人称羡的是,这鄢老板对釉彩情有独钟,在制釉调彩方面身怀绝技,因而被人列作景德镇四杰之一的"制釉鬼才"。他说的话没有离开自己的本行与专长,自是实话。

孙之顺对这鄢老板的表态很是满意,只是今天本官要的是土不是釉。他看了看鄢老板,见这人年龄比祝老板略大,但在长相上却是迥然有别,身瘦个高皮肤黑,像个劳苦太甚的练泥工。如果在京城,这两人配在一起说相声,肯定一出场便会博得满堂的笑声与掌声。他以赞许的口吻对着鄢老板说:"很感谢你的真心诚意。"

这时又有一个老板开口:"请问孙大人,那您究竟需要我们帮忙办什么事情?"

为了营造有利于办成事的良好气氛,孙之顺灵机一动:"我今天和大家打个赌吧。如果谁猜出来了,本官出十两纹银行赏;如果猜不出来,今天的茶钱各人自理。"接着提示性地说,"只是向大家借一些东西,当然也可以是买。"

茶室里的气氛顿时变得活跃,大家有说有笑地猜了起来:有猜借柴借米的,有猜借车借船的,还有猜借能工巧匠的。只有祝鸿来想的与众不同,一语中的,猜的便是督陶官需要上好瓷土。

孙之顺见大家一副兴高采烈的样子,这时又趁机说道:"如果有人猜出来了,我付银子。但我要的东西可不能吝啬啊。"

大家正在兴头上,七嘴八舌地应答着:"行。一百个行。"并盼着是自己猜中,倒不是为那十两银子,只是为了凑趣。还觉得猜中了督陶官设置的谜面,就好比在寺观里抽了个好签,打了个好卦,是个带着吉祥的好彩头。

"那我把答案说出了?"孙之顺故意吊大家的胃口。

"好,说出来!""定是我猜中了!""不是我猜中了那才怪哩。"还有人击掌、跺脚,茶室内一片喧腾,简直比楼下的瓷器街上还要热闹。从楼下经过的路人,有的昂着头,瞪着好奇的眼往上瞭着,那茶楼上为何这么大动静?

待大家安静下来,孙之顺才慢腾腾地朗声宣布:"恭喜!你们中确有一个人猜中了。"

"谁？谁？"许多人大声叫嚷着。

"那你们还可以再猜猜，到底是谁猜中了？"督陶官依然在卖关子。

几乎所有人都说的是一个字："我！"茶室里一片雀跃、一片欢悦。

到时候了。孙之顺这才带着笑意高声宣布："祝鸿来老板猜中了。"

祝鸿来开怀大笑，白白的脸上添了红晕，站起来像武师表演过拳术收势一样双手抱拳："谢谢督陶官设奖，承蒙各位相让。"

督陶官不失时机地插话："御窑厂需要的优质瓷土没有问题吧？"

祝鸿来习惯性地把荡在胸前的银髯甩到后背，用手掌不轻不重地在胸脯上连拍了两下："没问题，包在我身上。这就好比是瓷器出窑，定型定色了。"

祝鸿来一下猜中谜底，除了他的精明外，还因为他向来消息灵通。他已经获知督陶官这次来景德镇，为的是又一次、也是最后一次督烧御瓷，便一直关注、打探这件事，因而知道了御窑厂挖矿找高岭土遇挫的事情。所以他一听督陶官要借东西，便像三个指头捏田螺那般十拿九稳地说出了答案。

这时，各式热点用盘用碗用屉笼盛着放到了桌上，有珍珠丸子、猪头肉烧卖、萝卜丝包子、糯米糍粑、碱水米粑、大米蒸饺、芝麻汤圆……一件件外形精致，一道道美味可口。

孙之顺拿起筷子比画了几下，招呼大家："请，今天有祝老板兜底，大家敞开心怀、放开肚皮，吃它个痛快！"但他没有忘记适时提示祝老板，"现在就你一人身上挑着千斤重担，多吃些，以便增加些力气。"还特地给祝鸿来夹了一块碱水米粑。

祝老板大有受宠若惊的感觉，脸上显得更加光亮。他把督陶官夹过来的碱水米粑只咀嚼了三五下，便咕噜一下咽到肚子里，然后放下筷了，看了一眼众人："为了让督陶官放心，瓷土的事我们立马就在这茶桌上办理。"随之叫店里跑堂的找来纸笔，开始逐人登记，让各人自报能拿出多少优质高岭土来。他这样做，为的是让督陶官满意，也为了在督陶官面前显示自己鹤立鸡群般的地位。况且在他看来，凑足烧一窑瓷器的优质高岭土，不会比在桌子上摆满一桌点心的难度更大。

鄢老板第一个表态，自己的库房里有优质高岭土二百来斤，愿尽数出让。

孙之顺听了，心中一喜。

祝鸿来听了，满脸堆笑，很有几分得意地想着：这么一件让督陶官陷入困境的难事，我在茶桌上便可如同喝茶水、嗑瓜子般轻易解决。

但，情况不妙。接下来是狐狸下黄鼠狼，黄鼠狼下耗子，一窝不如一窝。有报一二百斤的，有报三五十斤的，更多的人则是很客气地带着歉意表示：实在没有。

祝鸿来没有了刚才的轻松，像被人扇了一巴掌，脸上的笑意换作了愕然，本是圆圆的脸一下变得像硬邦邦且有棱有角的瓷板。他看了看在座的人，然后快速算了算大家所报的数量，嘻，还不足制成一窑坯胎所需瓷土的三分之一。这还了得？自己刚刚夸下海口，打了包票，绝对不能食言。当着督陶官和许多人承诺的事如果不能兑现，在面子上该有多难堪？今后还怎么说话、做事、为人，怎么在这景德镇地面站？

带着不满和调侃的话冲出了祝老板的喉咙："真是现世①。这些瓷泥做成丸子煮熟了，还不够大家饱吃一顿的，哪够制成一窑瓷的坯胎？各位再想想辙，攒攒劲，哪怕是从牙缝里抠，从耳朵眼里掏，也要凑出足够的瓷土来。"

无人应声。

祝老板几乎变成催逼了："今天是什么日子，什么场合？你们就是砸锅卖铁也得给我一点面子，把这件事办妥了。"

依然无人应声，许多人默念的话是：实在是无锅可砸。

孙之顺的脸色也变了，变得像要打雷下雨的天空，一片阴沉。

祝鸿来这时知道：自己讲到这个份上，依然无人应声搭腔，看来确是手中无货难倒人，鸡脖子上实在卸不下猪头来。

好几个人一起把眼光齐刷刷投向祝鸿来，关切、担忧、不安尽在其中：祝老板，你今天可怎么办？

有的人出于好心，提议："要不然，我们分头到相关的矿上、店里再问问，再找找，或许还能凑出一些来，以救一时之急？"

---

① 现世：丢人现眼的意思。

祝鸿来摆了摆手："这不成了伸手到叫花子的碗里抓饭吃？也没有那么多时间去找叫花子。"又转过脸问孙之顺，"督陶官大人，你说是不是？"

孙之顺很快、很重、很响地吐出了两个字："是的！"显然他也感到了事情的严重性，心里已经很是不安甚至微有怒意了，接着又重重地说出一句话："那当怎么办？"

大家的目光又一次投向了祝鸿来。

只见祝鸿来下意识地晃了晃自己银色的辫子，又不慌不忙地回望了大家一眼，然后以毋庸置疑的语气对孙之顺说："督陶官大人只管放心。下棋无悔，说话算数，不足的部分由我包圆。"

大家一惊一喜复生疑：有这么简单吗？这优质瓷土可不是变戏法，说来就会来，你上哪里去弄这么多上好瓷土？

祝鸿来的话自有依凭。其实在他拍胸脯、打包票的时候，心中已有底数，因为他的库房里存有一批优质瓷土。这些瓷土是半年多前，从一个神秘的卖家手中以并不太高的价格买下的。

祝鸿来带着几分豪气告诉大家："这名闻天下的瓷都，如果居然找不出能足够烧造一窑御瓷的好土来，岂不被天下人耻笑？我们这些老倥的脸面又往哪儿放？"当然，这话主要是说给孙之顺听的。

孙之顺轻轻地舒了一口气，想不到本来千难万难的问题，居然由于方浩的主意，在茶馆里喝一次茶便顺利解决了，奇也。这制瓷奥妙深深，这瓷都也是玄机重重啊，竟不知这景德镇还有多少玄妙？

艰难的制坯

祝鸿来领着挑担的、推车的，把许多上好的瓷土块运到了御窑厂的库房。这瓷土块的颜色白中带褐，由挖出的瓷土经粉碎、淘洗、练制、晾干后制成，形状很像砖头，只是比普通砖头要小些，还有一个很奇特的名字——不子①，可以千年不坏。使用时，再把这看似坚硬、

———————————

① 不子：不，读 dǔn，景德镇瓷人对练制成的长方形瓷土和釉果的专门用字。

实则松脆的泥砖相互撞击打碎，加水调制，还原为细腻糯软的瓷泥，供拉坯使用。督陶官当然并不知道，这些不子，本是他几年前放置在御窑厂库房的存货。

祝鸿来把瓷土送交完毕后，什么也没有说，只是对孙之顺笑了笑，然后带几分得意地拖着他长长的银色辫子离开。

瓷土块入库后，孙之顺的高兴劲渐渐退去，脑门上的车辙不时更明显、更长时间地停留。因为这些不子还不能马上送到作坊调制、拉坯。原因是，为求瓷器的高质量，御瓷要选择在气候最适宜的秋天制坯烧胎。可现在却还是时风时雨的五月，只能日看山色，夜望星辰，度日如年地等待。

终于，风吹在脸上已经没有了燥热的感觉，晾在屋檐下的衣服一夜之间变得干爽，昌江的鱼虾一只只变得肥壮，秋天到了。沉寂了好些时光的御窑厂开始有了生气，每当太阳刚刚照在御窑厂旗杆上新换的大龙旗上的时候，衙署仪门两侧鼓亭里的鼓号便会一齐响起，这是御窑厂上班的号令。工匠们鱼贯而入，依次点名。每人手中还各拿着一支印有"御窑厂"三个字的蜡烛，为的是下班晚了，夜行使用。

拉坯房最是紧张忙碌。这次需拉制的坯胎中，有一般工匠绝对无法做好的超级难活儿，便是制作那薄胎瓷盆和龙凤双尊的坯胎。

先说拉制太后泡手盆的坯胎。赞美景德镇瓷器最经典的词语是"薄如纸、白如雪、质如玉、声如磬"，这在很大程度上可以说是对薄胎瓷最形象的描摹，其奇其妙尽在一个"薄"字，其厚度只有半毫米左右，如蛋壳一般，因而也被称作蛋壳瓷。

景德镇会做薄胎瓷的工匠屈指可数，并且多是制作杯和碗这类小器，这次要做的却是盆这种大器。所以一般人对此是如见虎狼，望而生畏，根本不敢上手。

有人出场了。这是拉坯房的领班，姓牛，被人称作牛头。他，三十多岁，浓眉大眼，个子高大，身壮肉健。只是由于长期坐着拉坯，双腿大幅度劈开外翻，弯腰用力，使他的身体过早地开始变形，背已微微弯曲，双腿走路有些外撇，人们常用"站立如虾公，走路像螃蟹"来形容拉坯人。拉坯房的行话是：本事大的累死，本事差的气死。牛头成这副模样，全是累的。更兼他平时少言寡语，显得有几分木讷，因而在外人看来，他是半个残疾人，绝不像是御窑厂的拉坯高手。景德镇瓷业界有公认的四杰：拉坯的鬼手、看火的鬼眼、仿古的鬼脑、制釉的鬼才，他便是那"鬼手"。瓷泥在这"鬼手"的手里，可以随心所欲地变成任何瓷器的形状。

牛头有了"鬼手"的绰号后，御窑厂内有个叫余细苟的并不服气，他是瓷胎二次入炉烧烤时的看火工，看火本领高超，性子耿直。他约鬼手打赌：让鬼手蒙上眼睛拉制一个梅瓶，且限定了梅瓶的粗细高低，还限定了底座和口沿的直径。余细苟提出的"赌注"不用耗费分文，但却不简单：谁输了，便绕御窑厂倒着爬三圈。

牛头好一阵犹豫，余细苟胆气更壮：你确实没有这个本事，赌就别打了。

不料想牛头这时轻轻地说了声"打吧"。便坐在了装在辘轳车上的转盘前，把腰间的长巾解下，让余细苟帮着系在头上，把嘴巴以上，头发以下，全遮了个严严实实。

牛头略为定了定神，伸手摸索着抓取一块瓷泥，扔在逆时针转动的转盘上，然后扶住泥团上下动作。片刻之后，转盘停止转动，一件梅瓶的泥胎立在了转盘之上。几个证人用尺子细细一量，确认与设定的尺寸不差分毫。

余细苟的脸一下涨得通红，话也说得不利落了："想不到你这家伙还真是、真是一把金刚钻。"

看热闹的起哄："兑现赌注，开始爬吧。"

余细苟一脸难堪，吼道："我们二人的事不用你们瞎操心，你们也别想捡便宜、看热闹。"说完气呼呼地走了。

有人问牛头："就这样便宜他了？"

牛头淡淡地说："他不愿爬就算了，不过是找个乐子。"

但在当天晚上，方浩发现一个人绕御窑厂倒着爬行，细一看，是余细苟，便强忍笑声，喊了一声："余师傅。"

余细苟没有起身，在地上通过胯下传出来声音："帮我去告诉牛头，我爬了。"

牛头"鬼手"的称号因此传得更响更远。他本是御窑厂拉坯工，造完太后寿瓷后，御窑厂锅冷灶凉，他便被天华瓷厂请去主管拉坯，这次是督陶官根据方浩的建议，让他重回御窑厂。

当然，今天拉制薄胎瓷盆比之蒙眼拉制梅瓶的坯胎，难度不知要高出多少倍，就好比造宫殿和造牛棚的区别。牛头又稳稳地坐在了辘轳车上的转盘前，他上身穿一件白土布坎肩，露出一块块发达的肌肉，腰间系一条长长的土布长巾，一为聚力，二为揩汗。看上去，他与往日并没有什么不同，只是把指甲精心修剪得更短，弧线更加顺畅，为的是防止指甲划伤坯胎，因为指甲的划痕对高质量的瓷器都是致命的伤痕。他双手操起一大坨韧如糯米糍粑的泥土，不轻不重地摔在车轮般大小的转盘中间，再用手拍得笃实，然后用搅车棍转动轮盘。

在轮盘的飞速旋转中，他双手扶泥，忽上忽下，忽动忽静。这轮盘的转速快慢大有讲究，转速过快，易使泥料弯曲倒塌，难以成型；转速过慢，则泥料不易均匀拉起，无法制成合格的坯胎。这快慢要根据拉制坯胎的大小薄厚而定，其精其妙全在拉坯人临场把控。他使用旁人无法看出的压、按、捏、捧、拉等手法，脑动手动，意到形随，只见那坨瓷泥在转盘上神奇地变长变圆变薄，转眼间成了一个盆状的圆器。轮盘转动的速度逐渐变慢，最后停了下来，一件漂亮的泡手盆坯胎立在了转盘的中央。

虽然这件坯胎已经很薄很薄，脆弱得犹如一只刚出壳的鸡雏，任何轻微的挤压碰撞，都会有死亡发生，胎体粉身碎骨。但这还只是薄瓷成胎的第一步，靠拉坯这道工艺不可能达到"薄胎"的要求，接下来还有复杂和难度极高的工艺。

在泥胎晾干后，放在了一个特制的木架子上，又在高速旋转。一位负责利坯[①]的工匠坐在板凳上，利用多种刀具、手法，将已然很薄的泥胎再一层层去泥削薄。但见瓷泥像刨花一样卷起脱落，又像溅在石头上的雨丝一样飞起飘散，一般人断然看不清、想不明工匠是如何在泥胎上运动手腕手指，施展法术，使泥胎不可思议地变得越来越薄。看上去，钢琴家的手极为灵巧，利坯工的手相当粗笨。但在此时，利坯工手指的灵活性决不逊于钢琴家的手指。粗笨手指下演绎的同样是精确的节奏和美妙的旋律。并且，钢琴家手下的失误至多是一两个音符或节奏的失准，而利坯工手下的失误，便意味着整个作品的失败。利坯工如果稍有分神，稍过用力或是用力不足，发力不畅或是

---

① 利坯：在半干的坯胎上，用刀整修，使泥胎表面光洁，厚薄均匀。

不匀，甚至呼吸的忽轻忽重，都会使已经薄如纸张的泥胎瞬间破裂，从而前功尽弃。可谓少一刀嫌厚，多一刀则废。

削泥修坯要在剐坯车上进行多次，利坯工匠起初以轻叩坯体来判断薄度。到后来，泥胎已承受不了轻叩，便在坯体口沿上滴几滴清水，根据水痕渗透的状态来判断坯体的薄厚及均匀程度。这薄胎瓷盆入窑烧制时，姿态必须是倒扣着的，因为胎体的底足太薄，无法支撑整个盆胎的重量。利坯工终于把这件薄胎盆的泥胎做成了，他的前胸后背都已变得湿漉漉的，这不仅是由于体力的支出，更是因为精力的消耗。

拉制泡手盆的薄胎已是千难万难，但最大的挑战还是制作瓷尊的坯胎。

牛头又出马了。如果说拉制一般的坯胎是搏兔，拉制薄胎是搏犬，制作这双尊的坯胎则是搏狮了。他一如平时，取泥、搅动转盘、双手上下滑动，一件坯胎很快成型。若是拉制一般的圆器或琢器，便告完成。但现在要做的是镶器，这第一个回合拉制的还只是瓷尊的口沿和颈肩部分。接着又如法炮制，拉出了尊的底座部分，但尊胎的制作远没有结束。

更难的是尊的五面形腹部的制作。只见他拿过一块木制的模具，然后把柔软的瓷泥放在木槽里压实、擀平，压制成五片，再黏合在一起的便是五片组成的尊身。难度在于，每一片的转角、边缘的坡度必须准确无误，这样镶接起来才会天衣无缝。

最难的是镶接成器。腹部五块单片做好以后，便同已拉制好的口沿、颈部、底座联结，使之成为了一个上下为圆形、中腹为等五面形的镶器。现在负责这道工序的是一位李师傅，他自是技艺过人的高手，牛头还曾是他的徒弟，只是由于年高力衰，体力、眼力、心力都不如以前。他施展技艺，用尽心思，几次镶接，多次黏合，但终因器形太大，构件干湿有别，又是多片结合，方圆相接，在最后　刹那间，已变得薄薄的泥胎有一处破损，拼接失败。在又一次次重做并拼接成器后，却发现器形要么不甚规整，要么重心欠稳。宫中造办处设计纸样时曾料想到的种种不易，在操作中无法闪避地一一显现。

李师傅依然没有气馁，第二天接着再干，又是无数次的拉、切、拼、粘，在掌灯时分，一件镶器端然站立在摆放坯胎的木架子上，接下来是两件，意味着龙凤双尊的泥坯都已做成。他贪婪地呼吸了一阵此时变得清凉的空气，然后点亮了厂里发给的蜡烛，踩着脚下不停晃动的光亮和自己的影子，哼着饶河小调，高高兴兴地回家了。

第二天，孙之顺出现在了拉坯房，听说龙凤双尊的坯胎已经成型，他要一看究竟，双尊的影子早已在他眼前不停地晃动。李师傅略带几分紧张地站在一边，等待着督陶官的认可。

孙之顺看得极为认真，还频频点头，时而自言自语。看着看着，他像发现了什么，从身上掏出了一根又软又薄的牛皮卷尺，小心地对着尊坯上下左右地丈量比画，然后他脸上像牛皮鼓一样绷紧了，告诉李师傅：坯胎的肩部线条不够流畅，显得生硬，看上去左右也没有完全对称。

李师傅细细一看，确是如此。今日大白天同在昨日傍晚见到的模样，细看还真有那么一点点差异，他心中原有的几分紧张一下变成了恐慌，便壮着胆子解释："督陶官大人，这个器形结构复杂，做起来实在太难……"

在孙之顺看来，所有的坯胎必须完美无瑕，因为入窑火烧以后还会有难测的变化。他没有等李师傅再说什么，便猛地把手伸向了坯胎，一件坯胎立即从架子上掉落在地上，成了无数块大大小小的泥片；另一件也跟着从架子上跌落，成了第一件泥胎的陪葬品。多日的辛劳，无数的心血，顷刻间成了碎泥粉尘。李师傅的心阵阵发抖，觉得那掉在地上的不是瓷尊的坯胎，而是自己的心和肝。

孙之顺拍了拍手，对着拉坯房的领班牛头喝道："你们抓紧再做，七天之内做不成，拿你是问！不，拉坯房所有的人都要严加处罚。御窑厂的拉坯房，居然做不出一对瓷尊的合格坯胎来，你们还有何脸面活在世上？"

牛头伤心、慌乱，但别无选择，眼前只有一条路：再做。

但，当他第二天到拉坯房一看，顿时傻眼了：在听了督陶官的严词训斥之后，胆小的李师傅吓得连夜逃走了。

这道工序除了李师傅，拉坯房已没有第二个人能做。牛头只能自己上手，他成为拉坯房的领班前，曾在这道工序上劳作多年。

他又把上衣脱了，不停地取泥、拉坯、切割、拼接。总算有了成果，几天下来，又有三件坯胎摆在了专用的木架子上；再接着，做成了五件摆在木架子上。趁着下午充足的阳光，一件件细细审视，又觉得没有一件完美无缺，或是微有厚薄不匀，或是略有左右失衡，或是稍有上下失重。

牛头像大冬天浸泡在河水中，身上一阵紧似一阵地发冷。再加细看，发现眼前的一件件坯胎，似乎显得丑陋怪异，甚至像魔鬼一般龇牙咧嘴，满脸狰狞。他心里由冰冷变成了恐惧，进而变成了绝望，他觉得自己也没有能力做好这两件坯胎了。可怜、可耻，对不起祖师爷，对不起皇上，也对不起子孙。他想到了风火神庙，想到了庙里供奉的童宾。那童宾当年纵身向窑中一跃，用自己的生命化作了龙缸。自己如果向火里、向水中、向刀尖一跃，可以把这瓷尊的坯胎做得完美无缺吗？这时，他外撇的双腿不由自主地抖动起来。

夜的暗影已开始在作坊里弥漫开来，也弥漫在牛头的心里，他蓦地涌出一个念头，并且这个念头像夜色一样不可遏止地扩展，越来越强烈。

下工的时候到了，拉坯房的人都走了，天色变得越来越黑。他点亮了手中的蜡烛，不停地弯腰低头，把架子上的坯胎又一件件地细细看了一遍。此时他忽然又觉得，每一件都十分精美，每一件都极为可爱。因为这每一件泥胎上都有着他无数的劳累、焦灼、荣辱，甚至有他半辈子的汗水、心血、荣耀。可以说，这是他做瓷以来，用力费心最多、做得最精最美的坯胎。但，又有谁人知道？督陶官"拿你是问"的断喝又响在耳边。诚然，他并不怕责问，现在他挣不断的是由此产生的对自己的厌恶，对祖师的愧疚，还有由此会累及拉坯房所有工友的忧虑。自己太无能了，不配成为御窑厂拉坯房的领班，甚至像督陶官说的："有何脸面活在世上？"

他狂吼了一声，然后把木架子一脚踹倒，随着噼里啪啦的响声，所有的泥坯都变成了碎片。他似乎是发疯了，用双脚在泥胎上不停地用力踩踏，窸窸窣窣的声音响起，似是泥胎的哭喊和呻吟，很快，那些泥块变成了更小的碎片，甚至是粉末。他把手中的蜡烛扔到地上，一脚踏灭，然后快步离开了拉坯房。

牛头踏着夜色，深一脚浅一脚地走进了不远处的风火神庙，庙里昼夜都有灯烛的光亮。他虔诚地跪在了童宾塑像面前，心里默念着：我牛头九岁学徒，拉过各类坯胎无数，自认为是天下高手。想不到竟然做不好两件瓷尊的坯胎，实在愧对风火神，愧对"鬼手"的称号，有辱祖师，羞见世人。我只好仿效你，用一死来换得坯胎做成，众人免责。他从怀中掏出了事先准备好的一根棕绳，一端系在一根横梁上，另一端打成活结，再缓缓地套向自己的脖子。

千钧一发之际，一个人影冲了进来，把他紧紧抱住，又三下两下卸下了他脖子上的绳套。

牛头睁眼一看，抱住自己的是彩绘房的方浩。

原来，其他坯胎已陆续做好，有些已送进彩绘房绘画作图。方浩今天为了将手中的一件花盆画完，下工晚了。路过风火神庙时，见有人影晃动，很是奇怪，谁在这个时候入庙拜神？再一细看，这人居然用绳子往脖子上套，立即觉得不妙，便冲了进来。

"牛头哥，出什么大事了？"方浩急急发问。

牛头"噢——"地发出一声长啸，然后犹如鬼哭狼嚎，泣不成声。但他很快控制住自己的情绪，三言两语将原由告知方浩，有一句话他重复了几遍："我想的是，童宾跳入窑里能烧成大龙缸；我吊到梁上，便也会有人能制成龙凤双尊坯胎。"

方浩大致明白了是怎么回事，心中生出无限感慨：瓷器的秀奇造型，全是制瓷人的骨肉造就；瓷器的华丽外表，浸透了制瓷人的斑斑血泪。怪不得在明万历年间，江西巡抚多次上疏，极言烧造瓷器的艰辛，尤其是制作玲珑奇巧瓷器的不易，请求朝廷免造难成之器。可几百年过去了，无人理会这位巡抚大有见地的冒险陈词，也无人悲悯造瓷人的艰难悲苦。

方浩开导牛头："当年童宾一死能烧成大龙缸，你今天上吊却未必能有人制成双尊坯胎。"

"为什么？"

"因为烧窑和做坯不是一回事，今天和古代大不相同。"

牛头讪讪地说："你说得对。只是这几天我实在是又羞惭又害怕啊。"

方浩这时有了一个想法："我和你一起再琢磨琢磨。"

于是二人回到了拉坯房。又几次失败后，方浩已找到了原因：器形太大，要多次镶接，这涉及坯胎各部分的角度、弧度，还有瓷泥的成分、干湿，由此会产生应力、张力差异等复杂问题。牛头对方浩话中的很多术语不能完全听懂，只是带着焦灼几次发问："有办法吗？"

"我再从瓷土配方和成型方法上想想办法。"方浩回答。

方浩回到家中，在众多的书籍中、脑海的深处寻找有助于瓷尊成型的方案。但每当脑海里闪出油灯般的光亮时，又很快被自己用力吹灭了。时过午夜，他觉得实在是无能为力了，昏沉欲睡，蒙眬中见一个铜尊向自己的头部撞来，他一下惊醒，并突然想到：这尊的形制来自青铜器，制作青铜器时，借助了范的作用。这瓷尊成型是不是也可以另辟蹊径？他赶忙爬起身来，重新点亮油灯，伏在桌上写写画画。

上工的号音还没有响起，方浩便兴奋地来到了拉坯房，几乎一夜未睡的牛头早在等待。方浩按照昨夜想定的方案，和牛头一起商量，边说边做。这次关键性的改进是，内用石膏模型定型承压，外以多块木块固定器形，使整件坯胎内外得到支撑，成型规整，然后再加粘接、修坯。

孙之顺又一次来到拉坯房，对两件做成的坯胎从不同角度反复审视，直觉和经验使他脑幕上呈现出两个字"成了"。

督陶官反反复复地仔细看过以后，带着几分满意地说："唔，可以了。"

牛头松了一口气，心里涌起一阵欣喜。就在他习惯性地以双手抹去额头的汗水时，却又听孙之顺说道："照这样子，再做三对。"因为制成的坯胎和烧成的瓷器还大有距离，这种距离有时是近在咫尺，有时则可能是千里之遥。

费心的选窑

拉坯房所有的转盘停止了转动。但孙之顺脑袋里的车轮却还在忽悠悠地转个不停，在为选择合适的柴窑而转动。

清代自乾隆始，御瓷在制成坯胎后都交由民窑烧造。对窑户来说，承烧御瓷会有较好的收益，但却又风险相伴，窑塌了，或是瓷烧坏了，要根据不同情况承担相应的责任，这可能会使窑户因烧坏一窑御瓷好多年喘不过气来，甚至倾家荡产。所以，民窑对承烧皇家瓷器往往是喜忧相杂。但当下这一窑御瓷与历史上的任何一窑御瓷都不可同日而语，这是大清的最后一窑御器，是中国御窑官瓷烧造退出历史舞台的最后一次亮相，是中国御瓷史册上黯淡而又璀璨、凄惶而又浓重的一笔。承烧了这一窑瓷器，自可成为窑户的金字招牌，成为柴窑永远拥有的荣耀，这便有了无与伦比的价值。一些窑主已经想好了：即使少给甚至不给酬金，也要争烧这一窑瓷器。

孙之顺对这批瓷器交给哪个窑户来烧制，已经初步定弦。俗话说，衣不如新，人不如旧，上次成功烧成太后寿瓷的柴窑成为他的首选。

那座窑能把寿瓷烧好，主要是因为窑上有一名技艺出众的把桩师傅，俗称看火师傅。但又有意想不到的情况出现，派了衙署中人去商谈烧瓷事务后，得到的却是一个让督陶官很失望的消息：那窑还在，那窑主也还在，只是那位把桩师傅在半年前因肺痨去世了。孙之顺脑门上的车辙又在上下左右地耸动，不停地思索着如何找到一座最为合适的柴窑。

衙役来报：有人求见。

孙之顺用力摆了摆手："不见。"

衙役略一迟疑，递过了一张名帖。

孙之顺接过名帖溜了一眼，便对着已经转身离去的衙役喊道："可以一见。但告诉他，本官今日繁忙，只能见一杯茶的工夫。"

孙之顺为什么一见名帖便这么快地改了主意呢？因为求见的人非等闲之人，别人可以不见，这人来了则无论如何也当一见。

衙役应了一声，出门而去。

孙之顺心想：迟不来，早不来，选在这时来，目的不言自明。这不就像俗话说的，叫花子赶喜事，找油水来了。但，纵然你是窑神瓷仙，或是皇亲国戚，本官也断然不会轻易便将这一窑御瓷交由你来烧造。

走进来的是祝鸿来，几句寒暄后道明来意："今天一为看望督陶官大人，二为请大人帮一个小忙。"

孙之顺心里不悦：什么看望、帮忙，都不过是托词而已，舌根下面压着的话是要承揽御瓷的烧造。这老板也太精明、太叫人讨厌了，便带着很不自然的微笑反问："我能帮你什么忙？"

祝鸿来满脸堆笑："帮这个忙对您孙大人而言，只不过如同提起一根灯草①，毫不费力。"

"怕不会这么简单吧？"

祝鸿来毫不介意孙之顺不冷不热的态度，他将随身带来的一个不大的锦缎盒子轻轻放到桌上，打开后，取出来一件瓷瓶。

孙之顺一眼便能大致判断出，这是一件官窑瓷器，随之心里一声冷笑：又是老一套。想以这件瓷器换取一窑御瓷的烧造之利，你也太看轻本官了。

但祝鸿来随后的话语让督陶官大感意外："这是我去年在洲店淘到的一件小器物，卖主说这是乾隆官窑中的下脚瓷。请几个人看过了，说真道假的都有。我想再烦请督陶官大人掌掌眼，大人见多识广，定能断出真假优劣。"

原来如此，孙之顺微微有些愕然。对下脚瓷和洲店他是知道的：在明朝初期的几个朝代，御器厂烧制的瓷器出窑时，只精选上好瓷品送京，往往是十中选一，有时竟然百不得一。但凡落选的瓷器，都是一件不剩地就地砸碎掩埋，以此来保证、彰显御瓷至高无上的品质和地位。其实被打烂的瓷器中有相当一部分质量极高，有的甚至与选送入朝的瓷器品质并无太大差异。至明代嘉靖时，皇帝痴迷于道教，二十多年不上朝，天下大事置于一旁，御器厂的管理也像绷断了的弓弦，变得松弛。官窑中落选的瓷器便没有循规蹈矩办理，而是当成闲杂物件，堆放在了御器厂的库房里。牛在青草边，怎能不张口？日子久了，一些人对这些瓷器动起了心思：督陶官有时会拿来自用或送礼，管护人员会凭借近水楼台浑水摸鱼，盗贼则会神出鬼没地一试身手。后来，朝廷觉得一次次将那些品质很高的落选瓷销毁诚足可惜，长久存放在库房也是累赘。如果售卖，可以得到一部分银两。于是自嘉靖时起，对御器厂落选的贡瓷除了黄釉器外，都不再毁弃，而是允许在市面上交易，由此形成了瓷器市场上一大新景观——"官民竞市"。

清代沿用明代的做法，官家挑选后余下的御窑瓷被称作下脚瓷。有些经手者、选瓷人在操作时，疏忽大意或高下难辨，便使一些品质不低的下脚瓷流向民间。所以民窑烧坏御瓷需要赔偿时，有时会寻找、购买质量好的下脚瓷作为赔偿之用。景德镇有专买专卖下脚瓷的

---

① 灯草：又名灯芯草，旧时将其茎晒干后，用作油灯的灯芯，细软而极轻。

门店，集中在昌江边的黄家洲一带，因此得名为"洲店业"。孙之顺曾微服私访过一些洲店，在这些门店里见到的是，古瓷今器并列，鱼目珍珠同在，很多人会到这些洲店开眼界、碰运气、寻乐趣，他自己在那里也曾动过解囊的念头。

孙之顺想，原来这祝老板今天来访并不是为了求烧御瓷，带来的一件瓷器也不是为了送礼，倒是自己小看了这位窑老板。这时他两难了：对这件瓷器作鉴定，万一走眼，有损督陶官的形象；拒绝作鉴定吧，会被认为自己对瓷器是外行，这和督陶官的身份极不相称。该如何应对？

这时祝鸿来站起身来："我知道，孙大人今日公务繁忙，这件瓷器放在这里，您慢慢地看。等您哪一天看好了，我再来求教。"

这祝老板真是善解人意，一下便化解了孙之顺的尴尬。督陶官的神情变得轻松，看来这人不是见钱眼开、心机过人之徒，便改为了带几分客气的问话："祝老板近日可忙？"

祝鸿来很认真地回答："又到了烧窑的黄金季节，一时一刻也不容错过。每天往来窑厂，忙得四脚朝天。"

这段话触动了督陶官的心事。秋季已到，御瓷必须赶在这个季节入窑。他示意祝鸿来坐下："我正在思谋一件事，很想了解一些情况。"

"大人有何吩咐？"祝鸿来说着坐了下来。

"我想知道，景德镇现在最有名、最靠得住的把桩师傅是谁？"

祝鸿来自是了如指掌，他十分肯定地作答："我办窑多年，但凡稍有名气的把桩师傅我都熟悉。以当今而论，最有名的把桩师傅非这人莫属。"

"谁？"

"这人名叫刘胜远。"

孙之顺立即想到另一个人："几年前为太后烧造寿瓷时，把桩师傅是一个叫刘胜道的。这二人相比，技艺孰高孰低？"

"这刘胜远与刘胜道本是双胞胎兄弟。父母取名时，生出来的哥哥叫胜远，后生出来的弟弟便叫胜道。"

"很有意思，兄弟俩都学了烧窑，并且都很有本事。"

"对呀，这个家族烧窑把桩已有五代以上。若论看窑把桩的功夫，兄弟俩不相上下。可惜的是，弟弟胜道因痨病在今年二月去世，把桩师傅得这种病的特别多。"

"那现在整个景德镇的把桩师傅中，一等高手便是刘胜远了。你说说他高在何处？"

祝鸿来略为思考了一下，然后向孙之顺讲述了一件自己亲历亲见的事情："一次，我与刘胜远一同从浮梁县城返回景德镇。他看了一眼昌江对岸正在冒烟的几根烟囱，对我说，有一座窑的烟势烟色不对，那窑里情况不妙。我不信，你隔着一条江，只是远远地从烟的形状和颜色便能看出窑里情况异常？只怕是鬼神才有如此眼力。恰好那座窑与我的一座窑相隔不远，第三天开窑时，我特地跑过去一看究竟，果然见窑主和瓷户在大喊大叫、大吵大骂，这窑'牵骡子'了，窑内的瓷器全都倒塌。刘胜远也正是由此得外号为'鬼眼'。"

孙之顺想，这人居然能隔岸观烟看火，真是令人难以置信，却又让人不得不信。想不到景德镇竟然有这等人才？真是太后有福，自己有幸。立即认定，这正是自己要寻找的把桩师傅，便问："你与这鬼眼相识？"

"不只是相识，而且是好搭档、好朋友。我的窑今年又续聘他为把桩师傅。"

怪不得这祝老板对刘胜远如此熟悉，看来可以考虑将御瓷交给这祝老板烧造。但他心里转而在想，选窑事大，慎重为好。今天这事该不会是眼前的祝老板精心编导、用心表演的一折小戏吧？

祝鸿来似乎察知了督陶官的心思，告诉孙之顺：这刘胜远一人同时受聘于五家窑户看火，其中还包括鄢老板，人称五子登科，在景德镇绝无仅有。大人可以将这几家窑户逐一细细考察一番，好中选好，以求万全。

督陶官心想，这祝老板看来无私无曲，想事周密，还处处顾及他人，诚为难得，或许是个可以信任的窑主。但他还须慎重再慎重，便说："你的主意甚好。"

在起身道别时，祝鸿来又至为真诚地说："督陶官人人身负皇命，干的是扛山举鼎的活计，实在太不容易了，我们在旁边看着都捏一把汗。如果有用得着我祝某人的地方，但请开口。"

这番话说得孙之顺很有几分感动。

至此，二人已谈了一个多小时，而不是一杯茶的工夫。

待祝鸿来走后，孙之顺立即把衙署几个官员叫来，细细地交代了一番。这几人便匆匆出门而去。

下午，这些人一个个回来了，向督陶官禀报的内容大致相同。去探问的几个窑主都不愿意承接御瓷的烧制，理由也都相似：担心万一失手，无力承担责任。

"那鄢老板呢？"孙之顺特别问道。

"也一样。"

原来，孙之顺为了找到最合适的窑主，便着人找了另外四个与刘胜远有把桩合约关系的窑主，探问是否愿意承烧御瓷，以便从中遴选。但得到的却是一致的拒绝，而对把桩师傅刘胜远却是异口同声地赞扬。他心中的疑团如乱云飘忽：这究竟是何原因？是真的担心烧坏了御瓷要承担责任，还是另有玄机？根据他的判断，许多窑主应当是很愿意承接烧造这窑御瓷的，怎么风向突然又变了呢？

时间一天天过去，窑主必须尽快选定。孙之顺胸中已有了方案，但在作最后决定之前，还要再找人细问情况。他吩咐差役，去把方浩叫来。

方浩进门后，孙之顺张口便开门见山："有个叫刘胜远的把桩师傅你可认识？"

"不但认识，还十分了解。"方浩说着，还露出带着几分得意的微笑。

"他把桩技术如何？"

"以烧窑技术、把桩功夫而论，在景德镇可以说是无人能及。"方浩一本正经地回答。

"你为何如此了解这刘胜远？"

"因为他是我的义父。"

孙之顺对方浩的回答很是意外，但也顿时对刘胜远心中更加有底，因为他从方浩身上隐隐约约看到了那位"神眼"的影子。孙之顺转而问起他关心的另一个人："那祝鸿来老板为人做事如何？"

方浩略为迟疑了一下："我对这人不甚了解，不便说黑道黄，只是听有人私下里称他为'白鳝'。"

"'白鳝'？这是什么意思？"孙之顺很有兴趣地问。

"大概是说他的辫子又长又白，像一条白鳝吧。"

孙之顺笑了笑说："原来是这样。"心里却在想，"白鳝"显然有又肥又滑的意思。"肥"是说这祝老板有钱,不过有钱人办事往往更会小心,担心事败财破;至于"滑",大概是说这人聪明过人,还有点油滑。但纵然你祝老板比白鳝还滑,在我这朝廷命官面前,谅你也只是蒸笼里的鳝鱼,滑不起来。

当方浩离去以后,孙之顺便打发差役速速去把祝鸿来叫来。

祝鸿来的脸上显示出一如平时的从容和谦恭。

孙之顺照例以提问的形式开始对谈:"祝老板,你知道我今天为什么请你来衙署吗?"

"督陶官城府过人,我一个做窑的人就是想破脑袋也猜不出来。"祝鸿来嘻笑着回答,其实他已经大致猜出孙之顺今天叫自己来是为什么。

"我几经考虑,决定将这最后一窑御瓷交由你的窑来烧造。"孙之顺说完,等待着祝鸿来欣喜和感激的言辞。

但让孙之顺觉得奇怪的是,祝鸿来却是面有难色:"谢谢督陶官大人的抬举。烧窑是一千斤的担子,烧御窑则是一万斤的担子,我很担心自己的肩头太软,扛不住啊。所以思来想去,还是恳请大人另择更好的窑户。"

"据我了解,你是景德镇最好的窑户之一,很适合烧这一窑御瓷。"

祝鸿来略作停顿,然后满脸真诚地说:"既然督陶官大人垂爱,我便像过了河的卒子,舍命向前,即使破产败家也在所不惜。"

这番话里,既有愿意承烧的允诺,又有能够烧好这窑瓷的告白,还隐含着不易察觉的诉求。

这些话加深了督陶官对祝鸿来的好印象。这人不像是浑圆滑溜的白鳝,倒像一条温驯老实的黄牛。自然他也听出了祝鸿来话中的弦外之音:"你有什么难与险,但管说出来无妨。"

"千难与万险,都由我来自担自当,就不烦劳大人了。"祝鸿来一副古道热肠的样子。

这话说得孙之顺颇有几分感动,既然人家窑主如此大方,我这督陶官便丝毫不能小气:"你说吧。凡事预则立,提前把难处摊摆出来,对烧好这窑瓷有益无害。"

"那我就只好直说了。"接着,祝鸿来告诉督陶官:自庚子事变、闹义和团之后,百业艰难。就制瓷来说,瓷土、釉料、木柴的价钱升高，挈窑^①、满窑^②、窑工的工钱见涨，更兼许多一流的工匠流散，与几年前烧造慈禧太后的寿瓷时相比，难度大大增加。所以承烧这御瓷，坯胎还没有入窑，便早已搁在了心头，真是十二分紧张，一百个担心。当然，千难万难，我也要用棉絮包着头，拼死往前拱。

这番话打动了督陶官，孙之顺不由得想：怪不得一些窑户不愿承烧御瓷，原来大有苦衷。既然如此，不能让这等老实厚道的人吃亏赔本："你说的都是实情。这样吧，窑资另加一百两白银。"

祝鸿来站起身来，言词恳切地说："谢大人恩典。我一定倾尽全力，烧出好瓷，以报答大人。"

"那就择日装窑点火。"

"禀告督陶官，尚且不可。"

"莫非还有难题？"

祝鸿来很郑重地告诉督陶官：烧这窑瓷，每道工序都必须细之又细，精上加精。当下还要抓紧做好两件事情，一是选购上好木柴，二是重新挈窑，以求万无一失。

督陶官连连点头，窑主想得太深、太细了，真没看错人。有人叫他白鳝，看来确是因为他的辫子。

祝鸿来起身告辞，他朝督陶官的书橱里看了一眼，他上次送的那件乾隆下脚瓷，仍然安然地伫立在书橱中。时至今日，督陶官也没有谈过他对这件瓷的鉴定意见，甚至压根儿没有提及这件瓷器。

买柴与制釉

一排篱笆三根桩。窑主要让自己的窑烧出好瓷，除了需要有技术高超的把桩师傅，还需要有精于买柴的"下港先生"和善于算账记账的账房先生。买柴人被称作"下港先生"，因为木柴都要通过几乎无处不在的水路运输，所以买柴人除了要熟知木柴的品质、行情外，还

---

① 挈窑：砌建新窑或将旧窑检修。
② 满窑：把坯胎放入窑中，按一定的规则堆叠码放，把窑装满。

必须对相关河道、港湾、码头、水流等情况了然于胸。

祝鸿来雇用的下港先生名叫罗秤。这罗秤从小随父亲卖鱼，到五六岁时，他对一条鱼的估重误差便在一两上下，这让许多人称奇，直赞他是名副其实的"一杆秤"。后被祝鸿来看中，收在麾下。但这次买柴，祝鸿来没有像往常一样交给罗秤办理，而是亲自出马。

景德镇周边是海浪般的丘陵，高高低低的山丘上，如人穿青衫一般覆盖着最宜做燃料的油松。用其他木柴烧出的瓷器发黑带涩，只有这油松烧出来的瓷器透白闪亮，这是因为油松中的油脂在燃烧时对瓷坯产生了奇妙的作用。

祝鸿来装扮成柴客模样，带着罗秤来到了江西与徽州相邻的祁门地界。罗秤一路在心里嘀咕的是：木柴可以直接向专门从事窑柴买卖的柴行购买，老板却为何要舍近求远，到祁门采买？

祝鸿来作一番探访后，便先后同两个柴山主人商洽买柴事宜。山主了解自己木柴的品质，提出每四担柴要价一两银子，其他柴山大都是五担柴才卖一两银子。

祝鸿来以不容置疑的口吻说："太贵了，太贵了。"

"真人不说假话，一分钱一分货。"长着花白胡子、缺了两颗门牙的黑皮肤山主一本正经地回答。

祝鸿来没有还价，而是来了个发问："您的柴现在想以高价卖，还想不想将来以更高的价格卖？您的柴山除了卖柴收钱外，还想不想得到用金钱买不着的东西？"

山主连连摇头："你这些话是啥个意思？我养山卖柴的人听不懂。"

"我一说，您就明白了。"

"你说说看。"山主捻了捻胡子，用火镰敲出的火星，点燃了折叠成筷子状的草纸，取出烟杆，开始吸烟。

祝鸿来面带几分神秘地说开了："朝廷派来的督陶官要专为慈禧太后烧最后一窑瓷器，已选定在我家柴窑烧造，正在寻找木柴。烧世界上最好的瓷当然需要用世界上最好的柴，如果您家山上的木柴被选中了，就成了'御瓷用柴'，将来自然会身价大增。还有……"

"还有什么？"山主放下烟杆，眼睛盯着祝老板。

祝鸿来指了指郁郁葱葱的山林："一旦烧御瓷的木柴取自这里，将来你这片山林土地就是沐浴过皇恩的地方，也就成为了承福载寿的风水宝地。如果用作祖坟山，便是千年福地，子子孙孙都可以享受荣华富贵。"

这些话撩得山主的心里直痒痒，但凡与皇帝有关的事，往往是无限荣耀、求之不得的事，尤其是把与皇家瓷器有过关系的地方用作家族墓地，这最让山主心动，因为他早已在考虑自己百年之后的安息之处了，便说："若果真如此，价钱我可以适当让些。"说着把烟斗在鞋底上磕了磕。

最后的结果是，祝鸿来以很低的价格买下两片山林。罗秤在心里粗粗一算，这次买柴，至少省下了或者说赚下了一百多两银子。他也一下明白了，祝老板为什么要亲自出马，到两省交界处买柴。

接下来，锯子声漫山响起，林木一棵棵、一片片像收割的稻子一样倒下，继而变成了七寸二分左右长的木段。又随着斧头的挥起，木段中粗大的被一劈为三，中等粗细的被一劈为二。雇来的挑柴工使用毛竹片制成的专用夹篮，把木柴一担一担地挑到就近的河边码头。

罗秤看了看天上，告诉祝老板：太阳出山时东边有火烧云，现在太阳下有鱼鳞云，这两天可能会有大雨。

祝鸿来满不在乎地回答：不用担心，这个季节下不来大雨，涨不起大水。

木柴被直接抛入水中。一时间，江中密密麻麻地漂满了劈柴，狭窄处几乎塞江断流，蔚为大观。有几个人各驾着一条竹筏，跟随着江上的木柴漂往景德镇，很像是牧鸭人赶着鸭群游向既定的水域。在靠近景德镇的地方，已选定狭窄的河段，用粗大的松木扎起了高出水面三尺左右的关栅，以阻拦、收集这些从昌江支流浩浩荡荡漂流过来的木柴。

一切似乎尽在祝鸿来的盘算之中。但老天爷的喜怒却最是难测更难控，第二天拂晓时分，木柴刚刚漂出三四十里远，乌云聚合，电闪雷鸣，接着天像漏了底的水缸，暴雨哗啦啦倾泻了一天一夜，江水在窄窄的河道中像往木盆里注水一样上涨。那原本犹如浮鸭游鹅缓缓游动的木柴，一下变得像牛奔马驰，借着大风和激流的力量，以排山倒海之势奔泻而下，直扑关栅。原本很是结实的关栅这时变成了纸壁蒿墙，先是被冲开了一道口子，随后全部垮塌，与那些木柴混在一起，呼隆隆直向下游奔去。这些上等好柴，没有入窑烧瓷，大都被关栅下游的沿岸居民捞了起来，塞进灶膛里做了煮饭炒菜的燃料。那些居民后来听说捞到的是准备烧御瓷的木柴，彼此喜滋滋地调侃着：这沾了皇家气的木柴确实是好，被水浸过以后，火大性不燥，可以烧出好瓷，也可以做出特别好吃的饭菜。

祝鸿来心里叫苦，真是人有七算，敌不过天之一算，花了一百多两银子买的一大批木柴，捞起来不过十有一二，损失大也，真后悔没有听罗秤的话。不过他并不太着急气恼，河里丢了篙，还可以向河里捞，他完全有办法把损失找补回来。只是他不得不转而向柴木行购买窑柴。

祝鸿来接下来做的事情是挛窑。他这次请了最好的挛窑师傅，对自己最大的一座窑精心整修。罗秤又一次心生疑窦：御瓷数量并不很大，可为什么要使用最大的窑呢？大窑难烧啊。他还发现，祝老板自己瓷厂拉制的坯胎通通印上了"同窑瓷"三字，他似乎一下明白了整修大窑的奥秘。

在祝老板备柴挛窑的时候，御窑厂彩绘房的工匠们在对众多即将入窑的坯胎绘图施釉。在瓷器制作中，在泥胎上绘好图、施好釉，然后入窑烧制，一次成器的瓷器叫釉下彩瓷；在坯胎上先行施釉，入窑烧造成洁白的素胎，再在瓷胎上绘画图案，然后第二次入炉烧烤方才成器的叫釉上彩瓷。这次的御瓷大都是釉上彩瓷，需要烧制两次。

坯胎拉制完成后，孙之顺的心里一下轻松了许多，他额头上的车辙印子也似乎变浅了，变细了。却不料又有烦心事推到面前，主管釉彩的官员来报：双尊的颈部和底座需要使用乌金釉，仓库里的存料早已用罄。

"那还不赶快采买？"孙之顺觉得这官员太不会办事了。

他得到的回答却是："这种釉极为稀少，已到多家釉料店去看过了，虽然总算找到一些，但彩绘房领班王青看过后，说品质不高，无法用到御瓷重器上。"

孙之顺一下又急了，额头皱纹马上像干菜叶浸了水一样膨大了，真是每一个环节都让人揪心、惊心。但他很快有了办法：照方抓药。上次缺了土找方浩，这次需要釉也再找方浩，相信这个年轻人定有办法。

方浩又一次来到了督陶官面前，还没有坐下，孙之顺的话便已到耳边："乌金釉没有了，你有办法吗？"

方浩未加思索便给出了办法："这事可以找鄢老板。孙大人肯定还记得这个人。"

孙之顺立即想起来了，在筹集瓷土的茶会上见过这位像个练泥工的老板，并留下了良好印象。他马上定下主意："你即刻去鄢老板那里一趟，尽快把这件事办妥。我实在担心那些口舌灵巧却办事潦草的官员会耽误大事。"孙之顺已觉得这方浩是关键时刻能靠能倚的墙或柱了。

方浩当即直奔鄢老板的住处，家中无人。又到他的窑厂、瓷厂寻找，也是不见人影。最后问明，他到瑶里采买制作釉料的釉果去了。

瑶里距景德镇一百里远近，与高岭村相去不远，这两个地方堪称景德镇的双璧。这一带原有许多柴窑，但在明代发现地下有高品质的釉石，制成的釉施在瓷器上，如雪般色白，如玉般光亮，由此窑业衰落而釉业兴盛，地名也像潦倒的人发迹后换了名字，由窑里改作了瑶里。

方浩急匆匆地赶往瑶里。前面似有雷声隐隐传来，越是前行，这声音越响，连大地都好像在震动。又走了一阵，只见一个个、一排排水碓在不知疲倦地上下动作。这一带小河小溪众多，人们利用这永远不尽不竭的水力，带动大小不等、形制不同的水碓，对坚硬的釉矿石进行粉碎，参与瓷器的制造。最盛时，瑶里方圆三十里有超过三千个水碓日夜不停地舂石，蔚为大观，碓声传遍四野，震撼山林。这水碓有节奏地不停上下动作，很像童子拜观音。童子拜观音是为了心中的信念，这石碓上同样寄托着人们的美好愿望。水碓的沉闷之声，将化作瓷器的钟磬之响。大大小小的釉矿石块在石臼里一步步蜕变，成碎石，成颗粒，成粉尘，最后与水融合成了浓汤，又经淘洗、晾干，制成一块块釉果，外形和高岭土不子很是相似，釉果在使用时再兑水调制，还原为釉汤。

鄢老板总是在这里买下釉果后，使用自己的独特方法，配上釉灰，使之成为釉料，再加进不同的颜料，配成各种釉彩。釉彩的配方及调制方法，通常都是制釉者严守秘密的独门绝技。

方浩直奔这里最大的釉果店，一问，鄢老板确实在这里买了一批釉果，只是他已在昨天离开，说是要去李家坞。方浩便又马不停蹄地追寻至李家坞。

李家坞在景德镇近郊，这里有一样东西极为有名，便是乌金釉的原料。但这里并没有矿脉，只是有零散的小块矿石毫无规律地隐藏在红土层中，需要用眼力、用心思、用经验、用力气去挖掘寻求，有时日夜不停地费去好几天时间，才能找到一块鸡卵鸽蛋大小的矿石，质量好的则极为少见，加上炼制技术的复杂，这些使得乌金釉至为名贵。

在一个土坡前，鄢老板正带着几个人，拿着锄头铁锹，弯腰挥臂，在一个高挺微斜的土壁上奋力挖泥掘土。有时则停下来，用手指费劲地抠下一块小小的石头，放在眼前辨识一番后，大都随手扔了，只有很少的石块放进了脚下的一个竹筐里。他已经汗流浃背，气喘吁吁，但依然挥锹不止。

方浩走上前去，说明来意。

鄢老板停下手，揩了揩汗，领着方浩从近旁一座小桥上跨过一条河溪，进入附近一座因河流改道而废弃的旧窑里。方浩一看，旧窑里还放着水、咸菜、干粮，甚至还有卧具，看来这鄢老板有时吃住在这里。确实，这旧窑早已成为在这一带找寻釉矿石者的临时居所。他不由得对鄢老板产生了深深的敬意，真是个名副其实的"做"老板。

鄢老板告诉方浩：很巧，我调制的乌金釉已经基本定型。如果顺利，半个月后可以使用。

"把握大吗？"

鄢老板擦了擦脸上又渗出来的汗水："我为炼制这乌金釉，已历时十五年时光，试验了几百次，应当是十八岁的姑娘，可以出阁了。"

"太好了，你这乌金釉对孙督陶官来说，真可谓雪中炭，旱时雨。"

"也许是万事有定数，皇家要这釉时，我便凑巧造出来了。"鄢老板像孩子般天真地笑着。

看见摆在地上犹如宝石的釉矿石，又看了看站在身边整日里寻宝造宝的鄢老板，方浩突然萌动一个念头：机缘巧合，何不向这制釉高人学一学制釉的知识和技术？但鄢老板会将自己制釉的独门技艺轻易示人、授人吗？他犹豫着，但又觉得机会不可错过。

"我想向鄢师傅请教一些制瓷技艺，可以吗？"方浩先是试探性地问。

鄢老板笑了笑："制瓷号称七十二道工艺，精通其中任何一门技艺都可衣食无忧，你知道的已经蛮多蛮多了，为什么还要再学其他技艺？"

方浩暗叫不好，鄢老板似是在有意拒绝自己，但方浩不愿放弃这难得的机会，继续真诚地说道："瓷艺博大精深，知道得越多越好，唯其如此，才能成为一个真正的瓷人。"

鄢老板对方浩本就有所了解，今天听了他的一番言语，更觉得这个年轻人志向很大，瓷界非常需要这类人才，便说："你若有兴趣，我们可以相互学习。"

方浩立即来了个跪地磕头："今天我就拜您为师吧。"

鄢老板连忙将方浩扶起："用不着太一本正经，我哪能当留学生的师父？这样吧，凡我知道的，尽量告诉你就是了。这技术如同金钱，生不带来，死不带去，多一些人知道、使用不是更好吗？"

方浩改为弯腰鞠躬："太谢谢您了！"接着便开始求教，"是不是可以这样说，制瓷可以概括为三大环节，以土成形，以火成器，以釉成色？"

鄢老板很认真地回答："你概括得甚好。就釉彩而言，无釉不成瓷，加彩成锦绣。釉彩决定瓷器的颜色、光洁度和气韵，也在很大程度上决定瓷器的特点和品位。一些单色釉，虽然无彩无画，但同样珍贵无比，足证釉的重要。"

"隔行如隔山。成形成器我都略有所知，但这成色环节我却是茫然无知，很想向您请教一二。"

鄢老板欣然点头。旧窑里光线不好，二人移坐到窑门口，眼前是流淌的小溪伴着鸟鸣，时有清风吹来，令人惬意。鄢老板顺手拿起一块釉石，向方浩讲述起来：你知道，制造瓷器的基本原料是瓷石、高岭土、釉石。瓷石和高岭土混合制成坯胎；釉石制成釉料，施在坯胎上，瓷胎才成瓷器。釉里添加各种颜色的矿物质，釉便变成了彩色，因而被称为釉彩，我这里只讲釉彩。

鄢老板接过方浩递过来的一碗水，继续讲述：釉的原料来自釉石，这釉石练成釉果以后，使用时再溶解成汤，但还不能直接作为釉料施到瓷器上，还要经过技术要求很高的工序，与适当比例的石灰、植物灰混合后施用，才能成为瓷器的冰肌玉肤，如果再加上各种颜色的彩料，便可以成为瓷美人的华丽衣裳。说着将制釉制彩的要领一一道来。

方浩觉得鄢老板的话句句是珍，字字如玉，使他觉得犹如小溪滋润心田，和风吹遍全身，他对瓷器的认识犹如登高远望，又进新境。

满　窑

坯胎入窑的日子到了，云淡风轻，朝霞绚烂。御窑厂鼓号作响，彩旗飘动，人来车往，一片忙碌。这很像是大户人家办喜事，又像是一场节日庙会。坯胎被装在一个个垫有棉絮的腰子形大木桶里，然后放到插着一面小黄龙旗的推车上、箩筐里，但没有立即送往窑厂，还需要举行一个重要仪式。

孙之顺头戴官帽、身穿官服、脚蹬官靴出现了，其他官员等也都穿戴整齐，跟在了督陶官后面，神情肃穆地走进了风火神庙。那庙门上方悬挂的匾额上，是唐英手书的"佑陶灵祠"四个大字，庙门两边有一副用黄纸写就的对联：

风助火力
火借风威

孙之顺点燃香烛，然后虔诚地跪倒在童宾像前，其他人像督陶官的影子一般，跟着一齐跪倒。这属于御窑厂每次烧窑必有的仪式之一，叫作"祀神酬愿"，为的是表达对祖师的敬意，也为了乞求神灵护佑，使烧窑顺利。

祭拜完毕，数十名军士列阵护送着坯胎，八面威风地向祝鸿来的窑厂进发。一路上，送坯胎的队伍不许任何人靠近。人们对但凡属"最后"的事物，往往抱有特别的情怀，景德镇人对送坯胎入窑本是司空见惯，但因为听说这将是最后一窑御瓷，便不由得纷纷拥挤着站立路旁，睁大眼睛看热闹、看排场，还小声地议论着。

运送坯胎的队伍行进至闹市，道路狭窄，聚集的人很多。兵丁们便挥刀驱赶，看热闹的人纷纷像大风中的麦子，向一边偃倒。一位老者因腰腿不灵便，退得慢了些，并面有愠怒之色，一位兵丁毫不客气地把闪亮的砍刀挥了过去。他躲闪不及，一条腿几乎被砍断，倒在了路边，鲜血流淌。人群中一阵骚乱，也响起了一阵骂声。

运送坯胎的队伍来到了窑厂，祝鸿来早已衣冠整齐地等候在窑前，他长长的发辫今天似是打了蜡，显得更加银白油亮。坯胎交割完毕以后，孙之顺带着他的随行人员离去。

一个中年汉子又一次把柴窑的前后左右、内外上下细细检视过之后，从窑里走了出来，他就是外号"神眼"的把桩师傅刘胜远。他中等身材，身板结实，生就一个标准的国字脸，棱角分明，脸色黑中泛红，很像窑膛里的耐火砖。不苟言笑的脸上，嵌着明亮有神的双眼，如漆的双眉斜躺在眼眶的上方，这使他的眼神中增加了深沉和亮度。他身边跟着两个年轻人，一个是他的养子刘承根，一个是义子方浩。

这两个年轻人与刘胜远的关系大有故事：刘胜远娶妻后，在"早生贵子"的企盼中，三年后生下一个女儿。刘胜远日日盼着妻子能生下一个儿子，但是命运弄人，等到的不是喜悦，而是忧愁。女儿长到两岁多时，妻子得了一种怪病，身体渐渐变得不灵便，发僵发硬。俗话说：药对路，几口汤；不对路，用船装。尽管她喝下的汤药可以用车载船装，病情却不见有任何起色。为此，刘胜远时时心中郁闷。

一天，刘胜远正在看火烧窑时，见一个六七岁的男孩出现在窑边，瞪着圆溜溜的大眼睛，很专注地看着窑工满窑闭窑、投柴烧火，还会认真地用小手拿着树枝在地上写字绘画，并且这种写写画画能持续一两个小时。一连几天，都是如此这般。

刘胜远便忍不住同这小孩攀谈起来，知道这小孩老家在徽州，父母双亡，正在景德镇街头流浪。刘胜远起了悲悯之心，况且自己没有儿子，妻子恐怕也很难再养育子女，便把这男孩带入家中，打算收为养子。这男孩便是方浩。

但妻子的哥哥看中了妹夫、妹妹不薄的家产，有意把自己最小的儿子送给妹夫、妹妹为养子，这个想法得到了妹妹的认可。刘胜远不好违背病重妻子的意愿，便收妻舅的儿子承根为养子，也同时把自己很喜欢的方浩收养为义子。

刘胜远让两个年龄相仿的男孩读书并学习绘画，以便将来从事瓷业。但两个孩子的学业却有天壤之别，方浩酷爱读书绘画，加之聪慧过人，学业进步神速，深得老师喜爱，这更使他如帆得风，如苗得雨。而承根对读书绘画却了无兴趣，一拿起书本便昏昏欲睡，只是乐意跟着养父看火烧窑。刘胜远也不勉强，便任两个孩子做自己喜欢的事情。后来，方浩到日本学习窑业，刘承根则继续跟着养父学习看火把桩。方浩从日本回来后，也时时到义父身边，既是帮忙，也是学习。

坯胎还没有入窑，刘胜远已和祝鸿来老板有了一场争辩。因为刘胜远发现，这窑在新挛过之后，窑门已拆了重砌，窑身变得比过去长了一尺多，这样可以多摆一路①瓷器，但却增加了烧窑的难度，也加大了窑中瓷器的风险，因为烧窑很怕"大"，怕窑大器大，也怕风大雨大。

刘胜远郑重地告诉祝鸿来：窑加大了以后，火力难足难匀，可能引发意外。

祝鸿来笑了笑："不碍事，只不过加大了一点点，就像一大锅肉汤里多加了一小勺水。过去比这窑身长三五尺的柴窑都曾有过。以你的本事，断然不会有问题。"

刘胜远却是一脸认真："我可有话在先，若因窑身加大、坯胎增多而出了纰漏，我可担不起责任。"

祝鸿来的话同样认真："你只把御瓷放在最好的位置，保证御瓷的质量便可以了。其他客户搭烧的瓷烧成什么模样，你不必作太多考虑。"

这话倒是有些道理，但刘胜远稍加一想，又觉得不妥："祝老板，这窑瓷烧好烧赖，不仅关乎你的生意、你的声誉，也关乎我的饭碗、我的名声。"

"你说的确是实话。但现在坯胎都已运到窑门口了，树都变成了劈柴，这回只能如此了。烧好了我付给你双倍工钱。"

"工钱我决不多要一文，只求这窑瓷能烧得顺当。"

祝鸿来仍然坚持着自己的意见，以他对刘胜远的了解，应当不会有任何问题。他还知道，只要这位神眼答应这些坯胎入窑开烧，便

---

① 一路：即一排。

一定会尽心竭力烧好，断不会因为双方有了争执而有丝毫的怠慢和疏忽。

刘胜远看了看窑，又看了看如士兵列阵般摆在窑厂的坯胎，没有再多言语。他对烧好这一窑瓷还是满有信心的，否则他决不会关窑点火。时令正是秋天，风干土燥，柴新火足，窑里的瓷器摆得紧凑一些，多摆一路，应当并无大碍，但对祝老板意在借助烧御瓷大牟其利的心计，却心有不快甚至厌烦。

烧窑的要诀是：一满二烧三歇火。就是说要过好满窑、烧窑、歇火这三关才能烧出好瓷，三关中的第一关便是满窑。

刘胜远喊了一声"满窑"，窑厂的杂工便像战场的士兵接到出击的命令，立即开始行动。

窑很像切开的半个鸭蛋壳，切面朝下，覆盖在地面上，一头是瓷器进出的窑门，一头是抽风排烟的烟囱，为景德镇所独有，因而也被称作"镇窑"。

杂工们首先把坯胎装进一个个匣钵，这匣钵由耐火材料做成，呈紫酱色，显得又笨又重，多是圆形和漏斗形状，有底无盖，有大有小。大器一钵装一件，小器一钵装多件。烧瓷并不是把坯胎直接放在窑火中烧烤，而是让那有一千三百多度高温的窑火先烧烤在匣钵身上，再通过这匣钵将热力透进钵内，传到坯胎上，使泥胎慢慢烧熟，变为瓷器。因而瓷器是隔着匣钵被热力蒸熟或烤熟的，很有点像在笼屉里蒸熟包子、馒头。这种以匣钵装烧瓷器的工艺，始于北宋。

窑工们按照把桩师傅的指令，把不同器形、釉色的坯胎放在不同的窑位上。因为不同窑位的火温会有很大差别，前火烈、中火缓、后火弱，不同坯胎对火温的要求又各不相同，所以摆放坯胎很考验把桩师傅的本事，就像一场战斗的排兵布阵，会直接关乎战争的结局。

匣钵陆续搬进窑里后，来自满窑店的几位专业工匠弯腰、伸手，一把抓起沉沉的匣钵，像砌墙一样一层层码起来。每个匣钵的前后左右要留有半拳大小的空隙，以通火路。当匣钵码到超过人高时，已经无法站在地面上继续摆摆，便改由站在特制的丁字形大木凳上操作，这个大木头凳子叫作"三脚马"，实则是一个特制的梯子。再往更高处摆摆匣钵时，便换用更高的三脚马。摆放最后几层匣钵时，已接近窑顶，人无法直身站立，只能是坐在三脚马上，以腰支撑，以手用力，向上托举。匣钵从三五十斤到七八十斤不等，一般人二三十个回合，便筋疲力尽。所以干这活的人，全凭年轻力壮吃饭，大多数人做了十几年后便腰背受损，骨肉有伤，无法再做。

但，对满好窑而言，力气尚在其次，技术最为要紧。这满窑既好像山道上扛石，又如同楼阁里绣花，匣钵一个接一个往上摆摆时，必须一次放妥到位，摆上去后，便不能挪动调整。如果再做挪动，会影响其他匣钵的稳定，还可能会有灰屑掉入钵内，使瓷面烧出砂眼灰点。横排竖行的匣钵既不能前后倾斜，也不能左右歪斜，还不能上下弯曲，稍有误差，都可能导致钵体之间挤压、碰撞，从而发生倒一路或倒一片，甚至全窑尽倒的可怕事故。

满窑最为艰险、最见功夫的是摆摆最高一层的匣钵，这要由最有技术的加表师傅完成。当地称竹梢树梢为表，放置最上面的一层匣钵被称作"加表"。

略显疲态的加表师傅坐在了三脚马上，接过显得越来越沉的匣钵，屏气、瞪眼、运力，一次次用手往上托起，准确无误地摆稳放妥。当剩下最后三路时，他已全身大汗淋漓，喘息不匀。在只剩最后两路时，他已是精疲力竭，但依然咬紧牙关，舍命坚持，深吸一口气，接过匣钵，拼尽全力上送，但却痛苦地大喊了一声："哎哟！"举起的钵体没有送到顶上，却是直往下坠，有一个人手疾眼快，就像老鹰抓鸡一样，伸手接住了匣钵，才幸免掉落下来。

加表师傅喘着粗气，被人挽扶着从三脚马上退了下来，一只手扶着无法直起的腰部，一脸痛苦。刚才拼尽全身能量的使劲用力，使本有暗伤的腰被重重地闪了一下。他不仅无力再举起匣钵，连行走也困难了，这可能意味着他的满窑生涯就此结束。满窑师傅差不多都是这样忍着痛、扶着腰、含着泪，一拐一瘸地离开窑厂，然后带着无法治愈的腰伤，度过余生。

祝鸿来急了。有两路最上面一层的匣钵不放上去，便无法关窑点火。临时找一个加表师傅很难，因为谁都知道加表的难度和风险，即使有人愿意干，也需要花时间找人、商谈，还肯定是天价。

祝鸿来对着满窑店来的人喊道："你们谁能给最后两路匣钵加表？"

满窑店的人一个个面有难色，缄口不语。

祝鸿来又急急地大喊了一声，依然无人应声，窑里的气氛一下变得沉闷、紧张。祝老板焦灼的眼神左顾右盼，不停地用手把长长的辫子从胸前扔到后背，又从后背拽到胸前。

"有一个人可以让他试试。"沉闷终于被打破，说话的是方浩。

祝鸿来带着惊喜，冲着方浩问："谁可以试试？"

"余同。"方浩指了指一个小伙子。

祝鸿来的目光迅速落在了余同身上，这人身材不高，但长得敦实，四肢粗壮有力，全身黑黝黝的，像是上了乌金釉一般，只是脸上一副稚气未脱的样子。刚才正是这个小伙子情急之下，猛地伸手，一把托住了加表师傅手中下坠的匣钵，从而避免了一个不大不小的事故。

祝老板以疑惑的语气问："你行吗？"

"我大概有七成把握。"余同有几分认真，又有几分满不在乎地回答。

"七成把握？"祝鸿来重复着余同的话，如果这窑中装的是普通坯胎，情急之中、无奈之下，或许可以让他试试，可现在窑中装的大都是御器，别说七成把握，就是九成九的把握也不行。因为这最上层的匣钵放不好，还会威胁到已经摆好的匣钵，决不能让这个显得稚嫩、不太靠谱的年轻人犯险。可又有什么办法救急？

这时，方浩又说道："我看余同有这个能力。"

"你确实了解他？"祝鸿来不由得又是一问。

"很了解！"方浩回答得很干脆。

方浩对余同确实了解。这余同是方浩小时候的伙伴，他曾陪着方浩在街头流浪，还多次从家里偷拿过锅巴、番薯给方浩充饥。在他看来，余同已完全具有加表师傅的能力。

"他放不上去或者放不好怎么办？"祝鸿来犹犹豫豫地问。

"那不让他加表怎么办？另有靠得住的人吗？"

方浩这一下把祝鸿来问住了。是呀，御瓷的关窑、点火、开窑，都有着严格的时间要求，如果不能依时封窑点火，自己作为窑主可得承担责任。最好的解决办法是就近便找到加表人，但眼前又好像没有适合的人，他这下真像是掉在渔网里的白鳝了。

祝鸿来看了一眼一直不吭声的刘胜远，有了主意："刘师傅，你看余同行吗？"他这时觉得把桩师傅的话最为可信。

刘胜远看了一眼祝鸿来，没有立即表态，显然他不肯轻易说余同行还是不行。

"刘师傅，我很想听听你的意见。"祝鸿来话里有期待、有恳求、有催促。

刘胜远又沉默了一会儿，开口了："我看还是比较有把握，不过主意还是你祝老板来拿。"

这多吃了米和盐的人与年轻人就是不一样，说话很有分寸。只能自己拿主意了，祝鸿来咬了咬牙，转而以既无奈又期待的口吻问余同："你到底行不行？"

余同没有回答，而是带几分俏皮地看了方浩一眼。

方浩也没有说话，只是把嘴抿紧，然后眨了眨眼睛，又用力地点了点头。

余同直了直身子说："这又不是打老虎，不就是放最后两路匣钵吗？"

推车抵着墙，没有办法了。祝鸿来看了看开始西斜的太阳，又看了看脚下所剩不多的匣钵，终于心一横，从嘴里吐出三个字："你来吧。"

"上！就是老虎，也有办法对付。武松不是用拳头也打死老虎了吗？"方浩大喊着为余同加油鼓劲。

余同利索地爬到三脚马上，稳稳坐定，用力朝左右手掌各唾了一口，把一个个匣钵依次高高举起，转身、挺腰，又稳稳地放下。那架势，与加表师傅一般无二，把那最后两层匣钵，放得横平竖直，左右比齐，前后无误。

窑里窑外一片欢呼。

余同轻快地从三脚马上跳了下来，拍了拍手，表情轻松地说："有的事很像庙里的菩萨，看上去很可怕，其实并不可怕。你壮壮胆子，摸摸它的脑袋、拍拍它的后背，最后不是你怕它，而是它怕你，怕你把它的耳朵鼻子给抠下来。"加表成功后，他的话多了。

大家一阵开心地大笑。

"奖赏余同一只窑工鸡。"祝鸿来说完，叫人立即去办。

窑膛全部装满，总数是五十三路，这比平常多装了一路。装有御瓷的匣钵自然占用了窑里最好的位置，并专有记号。窑膛剩余的空间，放上了一部分祝鸿来自己瓷厂里制作的坯胎，还有一些其他搭烧户的坯胎。祝鸿来把自己瓷厂制作的坯胎都特地印上了"同窑瓷"标识，即标示这是与最后一窑御瓷同窑烧造的产品，因而自有其价值。木柴遭洪水冲走的损失，由此一下便可赚得回来。

满窑后，窄窄的窑门用砖块砌紧封严，一些人便纷纷离去。这时，窑前剩下的便是由把桩师傅统领的烧窑人。御瓷到了"烧"这一关键性的环节。

刘胜远再次习惯性地朝柴窑看了看，然后踩着宽大厚实的木梯爬上了窑屋的二楼。

惊险的初烧

窑屋是一个由许多根或弯或直的粗壮木柱支撑起来的大体量建筑，柴窑便砌在窑屋的一端。窑屋共两层，底层除柴窑外，还有装坯、投柴、选瓷的地方，二楼则主要用于堆放木柴，还设有一个为把桩师傅专用的观火台，正对着窑门。这时，红日正在缓缓西坠，窑屋里光线渐暗，选在这个时刻点火，为的是在暗夜中，可以更准确、更清晰地观察火焰的形状和颜色，从而更好地调节火力火势。

刘胜远在观火台上站定，深深地吸了一口气，张开嘴，以战场上将军一般的威严，从喉咙里吐出干脆浑厚的两个字："点火！"

点火工把点燃的火种高高地举过头顶，整个身子便成了一个巨大的火把。他带着庄重的表情，迈着稳健的步伐，走近形状和大小都很像一幅倒挂着的扇面的投柴口，用力将火种投进窑膛里。

火种落在了窑里已精心码好柴火的火床上，顿时"噼啪"作响，火苗蹿起，烈焰升腾，窑膛中如夏日的太阳涌出地平线，一片橙红，一片热烈，一片辉煌。火焰汇聚成强大的热量，如滚滚洪流，扑向整整齐齐、密密层层摆好的匣钵，扑向柴窑的每一个角落，要以强大而奇特的能量，将那水和泥、釉和彩聚合而成的坯胎，化作一件件坚硬、晶莹、精美的瓷器。人的智慧，人的技艺，人的力量，借助窑中的烈火，化作了精彩绝伦的童话，演成了不可思议的神奇。

但，这神奇中蕴含着难以预测、更无法把控的种种风险，任何一个环节失当都可能导致烧窑失败，那便犹如孕妇流产，意味着前面的取土练泥、拉坯造型、施釉绘画，一切的一切，统统化为乌有。此时此刻，主宰窑器成败优劣的是火，火势的强弱、火力的高低、火温的升降以及火烧时间的长短，决定一窑瓷器的命运，决定着窑主的名利，也决定着督陶官的悲喜，而这火势、火力、火温及烧炼的时长，全都操在一个人的手上，这就是把桩师傅。此时，他像是行进在惊涛骇浪中船只的掌舵人，又像是进行开胸破腹手术的主刀人。

刘胜远坐在一把竹制的交椅上，脖子上挂着一个黄澄澄的铜口哨，脸上肃然，犹如一尊泥塑；双眼圆睁，犹如金刚怒目，观察、判断着窑里的火山火海。他身边放着一把茶壶，不时有意识或是无意识地把茶壶送到嘴边，为的是消解因窑前高温引起的口渴，有时则只是壶嘴和人嘴作轻轻触碰，并没有点滴茶水入口，只是一个习惯性的动作。

窑火乍起，他指挥着只把木柴慢慢从投柴口溜进去，这叫溜火，初始火力不能太猛，以免坯胎受热太快而迸裂。溜火一段时间后，他吹响口哨，大喊一声："升火！"窑工们便快速投柴，投最好的柴，以大火猛攻急烧，使窑温尽快升高，让窑里所有的坯胎在短时间内获得足够的热量，实现由土到瓷的蜕变。适当时间还有几次减柴清火，降低火焰的高度，让火势下挫，以便烧熟贴近窑底的瓷器。"把握火候"一词或许就是为烧窑而创造的：升温太慢，窑温不足，会造成全窑瓷器不熟成为废品，被称作"烧爽了"；升温过快，窑温骤高，则会使瓷器开裂或发生流釉而画面不清，这叫"火老了"；升温失衡，火力不匀，有的坯胎便无法成瓷成器，便是"烧生了"。

火力的大小强弱取决于用柴。一般的把桩师傅烧窑力求柴的干燥、硬实、新鲜，以便火力强劲，热力充分。但这刘鬼眼却与众不同，他让窑主备下干湿不等、质量有别的木柴。有时使用质量较差的木柴，让窑温不致升高太快；有时快速投入优质硬柴，使窑温快速拔升；有时则湿柴干柴混用，以维持适度的窑温。所以，这窑火有大火小火、高火低火、武火文火、急火缓火之别，各有其形，各有其用，各有其妙。这柴与火、火与窑、窑与瓷的关系，全凭把桩师傅用眼力、用心思、用经验、用灵感来调节，其中的奥妙与玄机，只怕是神灵鬼怪的眼睛也看不明白，世界上最权威的教科书也无法说得清楚。

入夜后，天气有些反常。虽然整座窑屋在窑火的辉映下，弥漫着金色的光亮，犹如从上到下镀了一层淡黄色的釉彩，让人眼前一片明丽，胸间充溢希望，但此时窑房外的天空却是黑如锅底，本可照耀天地的星月完全被黑暗吞没。

烧窑人觉得是从未有过的燥、热、闷，呼吸变得粗重，人好像被装在了匣钵里，在窑里烧烤，灼热难耐。黄豆般大小的汗珠挂在额头、肩臂、脊背，像全身长满了大大小小的水疱，那水疱破裂，便汇成蚯蚓爬行般的水流，继而"吧嗒吧嗒"地滴落在地上，洇成葡萄般大小的汗渍。刘胜远不停地把茶壶送到嘴边，不停地用系在身上的长巾擦拭全身。

烧窑进到了下半夜，也到了把桩师傅该歇息的时候。可就在这时，一声炸雷在屋顶上爆响，刘胜远耳朵一阵不适。紧接着屋顶上的瓦片互相撞击，发出"噼噼啪啪"的响声。一阵狂风挟带着巨大的力量，冲进了窑屋，阁楼咯吱作响，整个窑屋似乎在晃动，那码好的柴垛塌散，木柴稀里哗啦跌落在楼板上。紧接着，狂风放肆地扑向柴窑，尽管整座窑是密闭的，只有不大的投柴口和几个观火孔，但依然有妖风凶悍而又狡猾地溜进窑里，搅得那窑火上下窜动，左右摇摆。与此同时，那箭镞般的雨点也被狂风裹挟着扑向柴窑。

刘胜远用他那有着特别穿透力、辨别力的眼神，透过观火孔看到，窑中的火焰有了非正常的变化，橙色火焰变成了鲜艳的血色，并且红中带灰夹黑。

刘胜远暗叫不好，尽管变化极为细微，但后果却可能非常严重，犹如蚁穴可以引起溃堤，缝隙可以导致船沉。他用力吹响口哨，指挥值夜窑工用木板挡住吹向窑门口和观火孔的妖风。又一阵狂风夹着大雨卷来，举着木板的窑工被风吹得撞在了窑身上，手中的木板掉落地下，一声大叫后，单脚在地上狂跳，因为木板重重地砸在了他的一只脚上。

好在这阵狂飙犹如精神病人的间歇性发作，很快过去了。刘胜远目不转睛地向窑里观察了好一阵，一切尚好，这让他宽慰了许多。他迅速将火势调到了合适的状态，在经受了一场风雨的突袭之后，一切又有条不紊地继续着。

　　投柴口的上方，有两只匣钵并列横放做成的火眼，被窑里的火炙烤得通红通红，很像把桩师傅两只因熬夜而变得血红的眼睛。刘胜远把眼睛瞪得像铜铃，不停地通过火眼，根据火焰的颜色、火势的摆动，察看和判断窑里火情。鬼眼也许就是这样练就的，是由这通红炽热而又变幻无定的窑火"炼"成的，这与孙悟空火眼金睛的炼就有异曲同工之妙。

　　两个年轻人紧紧跟随，并听取父亲加师父的指点，也还会适时提出一些问题或建议。

　　在紧张和劳累中熬过了整整一个晚上，东方的曙色开始照进窑屋，随后太阳像往日一样，披着黄中带红的大氅，若无其事地爬上了远处的山顶。

　　突然，有女性的声音传了进来："爹，爹！"声音很急，像快速摇动的银铃。

　　所有在窑厂的人先是一愣，继而一惊。这个时候窑屋出现女性可不是好事，依照不知什么时候形成的观念，认定女性在烧窑时进了窑屋、到了窑边，灾祸便也进到了窑里，会发生窑塌瓷坏等可怕事故。

　　这女性是一位年纪十五六岁的姑娘，她似乎也知道自己不应该进入窑屋，脚步跟在喊声的后面，又是一声："爹，快过来一下。"这是刘胜远的独生女儿刘樱，显然她有急事。

　　刘胜远的心神这时只在火里窑里，没有听见女儿的呼喊。刘樱心里发急，不由自主地走到了窑前。

　　刘胜远这时发现了刘樱，紧张而恼怒，对着女儿连连挥手，示意她快快后退。

　　女儿一边脚步慢慢地后撤，一边以哭泣的声调告诉父亲："母亲的病加重了。"

　　刘胜远便把刘承根叫到身边，着他速速回家。

　　女儿走后，刘胜远便按照老规矩，叫方浩买来一瓶陈醋，将醋泼洒在一块烧红了的窑砖上，随着"哧哧哧"的一阵声响，砖上的陈醋变幻成了升腾的白色雾气，带着浓浓的酸味弥漫在窑屋里。人们认为，由此可以消去由于女人进入窑厂而带来的晦气。

　　窑火持续了二十多个小时。当估摸着瓷器已近烧熟的时候，方浩照着义父的吩咐，用长长的铁钩子从窑里钩取出一块瓷片，这本是同坯胎一起放进窑里的一小块瓷泥，现在有一个专用的名字，叫"照子"。

刘胜远用力抽动鼻腔，憋足一口气，攒足一口痰，运气用力，将痰吐到照子上，那浓痰瞬间变成了一个小小的坚硬的石子，他要据此来判定窑里瓷器是否已经烧熟。

接着，刘胜远爬上窑顶，向设在窑顶中部的火眼走去。他半弯着腰，轻挪着步，如表演踩钢丝的艺人一般，走得小心翼翼，因为窑顶无梁无柱支撑，承受力有限，如果行走失稳失重，便极有可能导致窑顶坍塌，人便会掉入窑中，所以一般人断然不敢在窑顶上行走。那当年因烧龙缸而殒命的童宾，或许就是从窑顶的塌陷处掉入火海的。

刘胜远一步一步靠近火眼，蹲下来，眯着双眼向窑里细细地看了一会儿，对着窑膛里又是一口浓痰。这口浓痰垂直落下，接触烈火后，瞬间变得像一个小小的玻璃球，在火中跳起再掉下，化作了一个小白点，熔入了火焰之中。

窑里窑外两口痰的特定性状，成了把桩师傅判定瓷器烧到什么程度的重要参照物。为了练就这看似简单、听起来让人有些恶心的招数，一代又一代的把桩师傅不知耗费了多少时光，付出了多少心血。吐这口痰，还另有讲究，上一顿饭不能吃带有油荤的饭菜，因为痰中如果有油，遇火会立即汽化，从而影响判断。

刘胜远已经心中有数，他把右手举起，对着窑厂大喊了一声："熄火！"整个窑厂一下变得似乎凝固不动了，一切都停了下来。窑工们有的原地站着或倚靠着窑屋的柱子喘息、抹汗，有的则摆拢几根木柴当作凳子坐了下来，有的则干脆就势躺到地上。实在太累了，二十多个小时的紧张劳作，周身的体力精力已全部被耗尽了。

窑膛里的火慢慢变弱变小，窑门口很快由满眼辉煌变作一片灰黑。杂工用长长的火钩拆除窑门的封砖，从窑里不断涌出的青灰色烟雾在窑屋里飘飘忽忽，随之不断有咳嗽声响起。但现在还无法知道瓷器烧得是好是坏，窑门虽然已经打开，却先要让窑里慢慢散热降温，至少要经过一天两晚的苦苦等待，才能进窑取瓷。

显得比往常时间要长许多的等待终于过去，开窑的时间已到。刘胜远又是一声大喊："开窑！"这一次的喊声与烧窑开始时喊"点火"的声音很有些不同，不再那么干脆响亮。因为他的喉咙与整个身体一同疲劳了，还因为这喊声里不仅有指令、有要求，而且有期待、有担忧。

此时，凡与这窑瓷器有关的人心境都不平静。祝鸿来多了一层忧虑：这窑瓷会不会因为多放了一路坯胎而受影响？刘胜远的心则是忐忑的，在等待瓷窑冷却的一天两晚，他的不安一直持续着。因为他隐隐觉得，夜烧时突发骤至的一阵暴风雨可能会对窑中瓷器造成影响。风真是太大了，窑屋边好些个沉沉的匣钵，竟然被风的巨手掷到了几丈开外的地方，这是多少年不曾遇见的怪风恶雨，但愿风火神保佑，这场风雨不会制造可怕的窑灾。

满窑是极为繁重的劳动，出窑也是很不轻松的活计。这时，一个个身穿厚重的衣服，戴着用凉水浸湿了的厚帽子、厚手套的出窑工出现在窑门口，犹如古代在冰天雪地里征战的士兵。不过今天他们要抵御的不是严寒，而是酷热。柴窑虽然已经冷却了一天两晚，窑中的余温依然很高，如不穿戴厚重的衣服加以防护，人便会烫得半熟。

为何不等窑膛完全冷却后再入窑搬瓷呢？个中自有原因，因为这个时候把窑中烧好的瓷器抢运出来后，紧接着满窑再烧，便可以利用窑中余温，省下许多柴火，精明的窑主自是不会让窑中的热量白白耗散。

刘胜远贴近窑门，抬眼朝窑里细细察看，不由得心里微微发紧，他觉得有点不太对劲，原本入窑时排列得横向齐整、纵向笔直的匣钵，有几行已经有了那么一点点、几丝丝的歪斜，意味着窑里可能有异常情况。当然，这种很轻微的旁逸斜出一般人绝对看不出来，就是看出来了，也绝不会认为有什么危险。

刘胜远伸手挡住了要去搬取匣钵的窑工，喊道："把梯子、竹桩、木板取过来，做抢险的准备。"

祝鸿来向窑里看了看，不见有什么异常，心想：这神眼看见什么了？是不是小心过头了？不过，此时窑厂的拍板定事人是把桩师傅，他不便多言。

就在几个杂工扛着木板竹桩等物刚刚走近窑门的时候，只听"啪"的一声响，有一个匣钵掉在了地上；紧接着，是"哗啦"一阵响，好些个匣钵接连从窑的顶部向下跌落；再接着，是"轰隆"一声响，一堆又一堆的匣钵倒了下来，有匣钵连同洁白的瓷器滚到了窑门口。

窑前顿时一派慌乱。

方浩大喊了一声："救险！"从一个人手中夺过一块长长的木板，冲上前去，把木板顶在又要倒下的几行匣钵上，自己则以肩头死死地顶在木板上。

承根尖叫了起来："方浩，危险！"因为窑里极有可能发生更大的塌倒，那方浩将会被活埋在匣钵之中。

此时可谓生死关头，继续排险可能造成致人伤亡的事故；人若离开，窑里的瓷器则可能全部倒塌，成为"牵骡子"的窑灾。

刘胜远狂吼了一声："大家上！"然后自己一个箭步，冲到了方浩身边，和方浩一起，用双肩抵住贴着匣钵的木板。

大家如上阵杀敌一般，奋力以竹桩、木板、木凳撑住尚未倒下的匣钵。但伴随着高墙崩裂般的响声，又一大片匣钵倒了下来，并把刘胜远压倒在地上。大家慌乱地一边阻挡仍在倒塌的匣钵，一边清理堆在地上的匣钵，抢救生死未卜的刘胜远。终于，像堵住垮塌的大坝一样把险情控制住了。

刘胜远被抬出来了，多处有伤，满身是血，已是奄奄一息。方浩让承根把义父送去医馆，自己和大家一起对可能继续倒塌的匣钵小心翼翼地清理、搬取。

窑工们将一个个笨重发热的匣钵扛出了窑门，方浩随手打开了几个，原来是黄中带灰的泥胎已变得晶莹如雪，温润如玉，好土好火烧成了精美瓷胎。当然，大家最为关心的还是那三对龙凤尊坯胎的模样。

六个双尊的瓷胎呈现在人们面前，不尽如人意，但也可慰人望。有两对成形规整，质地精良，这已是很让人满意的结果了。尽管接下来彩绘以后，还要再烧一次，但第二次入火时，只是使用小型的炭炉而不是巨大的柴窑，炉温只需在八百摄氏度左右，操作好了，这四件瓷胎有希望全部成器。

开窑后，因为在这窑里搭烧瓷胎的有多家主人，在搬完御瓷之后，各人便把自家搭烧的瓷胎认领取走。窑厂一片忙乱，车动人喊，偶尔还会有瓷器发出的轻响。

方浩在杂乱的人影人声中，取出自己搭烧的三件坯胎，挑回家里。然后急急地赶到医馆，看望义父。

刘胜远已经苏醒，伤口上的血也已经止住，但他本来就有的咳嗽病症一下变得严重，不时从口里吐出鲜血。医生告知，他原来患有肺痨，这次身体受匣钵重压，肋骨断了三根，内脏也受了损伤，病情危重。

方浩一阵心伤，也一阵感激。当时如果不是义父冲上来和自己一起舍命抵住快要倒塌的许多匣钵，不仅窑器可能大部分损毁，自己也极可能性命难保，是义父以自己的重伤，换得了自己的一命，也使许多人避过了一场灾难。

当夜，方浩守护在义父床前。第二天，承根来替换他以后，他便回到家中，取出昨天出窑的三件瓷器中的一件——一张瓷板画像，匆匆来到一户人家。

戏外有戏

这户人家里住的不是别人，就是方浩在大樟树下帮他画像时，画板落地破裂后而怒骂差役的那个老人，也是御瓷入窑时，被护瓷的兵丁砍伤腿的那个老人。他的儿子则是满窑时为应急而临时充任加表师傅的余同。

方浩今天来，是为了兑现过去的承诺，也是来探望受伤的老人。其实这是第三块画像，第二块画像因烧出来发色不好，方浩便又再画了这一块。当方浩推开虚掩的门，走进低矮窄小的房子时，呈现在面前的是一幅让人伤心的画面：油灯如豆，老人正躺在床上，伤腿肿得像水桶一般。余同在给父亲喂水。

说起来，这余同的父亲也是苦命人，自小入满窑店当学徒，年纪刚过四十，便因长年劳累，腰部受损，只好离开满窑店，在菱草行以帮人用稻草包扎瓷器维持生计。

方浩轻声问："大伯怎么样了？"

未等余同回答，有一个人挟风带雷地快步走了进来，嘴里的问候带着愤怒："哥的伤情现在怎么样？"

这人是余细苟，就是与牛头打赌输了而绕着御窑厂倒着爬的那个人，他是余同的叔叔。由于经常用眼睛贴近炉子看火，他的眉骨上光秃秃的，没有眉毛，前额的头发焦黄不齐，像是野火燎过的荒草。或许是常年在炉边看火的原因，他的心里也好像整日揣着一个火炉，说话办事经常是带烟带火。

余细苟俯下身去看了看处在半昏迷状态的哥哥，张口骂了起来："他娘的，为烧一窑瓷器，值得这样动刀动枪伤人吗？有本事把这劲儿用在对付外国鬼子身上去。怪不得当年太平天国的军队路过景德镇时，一把火烧了御窑厂，使皇家整整十年没有造瓷，烧得真是痛快。"那天出事时，余同在窑前等待御瓷坯胎到来，是余细苟把受伤的哥哥背回了家里。

方浩叹了一口气说："烧这御瓷中的血与泪，谁能知道？"

余细苟依然愤愤地说："真像歌谣里说的，'人间世道鬼天下，窑厂地狱一个样'。为了做好瓷，我们吃苦流汗还不算，往往还要流泪流血。这御窑快快关了才好，扒了更好。"他还要去为红炉看火，交代余同几句后，脚下"哒哒"作响，风风火火地走了。

余同这才难过地告诉方浩：父亲伤情日渐严重，从昨天起水米未进，只怕是凶多吉少。

方浩抬眼看去，但见老人在昏暗的灯下，双眼闭合，脸上晦黑泛黄，似是被烟熏过的腊肉。

方浩又一次轻轻呼唤着："大伯，大伯，您的画像已经烧造好了。"

一听这话，老人的脸抽动了一下，然后微微睁开了双眼。当方浩把画像放到他面前时，老人的双眼一下变大了，闪出忽明忽暗的光，随之干枯的眼里溢出两滴眼泪。他颤抖着双手，把瓷板画轻轻地摩挲了好一阵，然后从嘴里吐出干哑的声音："我终于见到我的画像了……我的子孙后代将来也可以看见我的模样了。"

带来的画像居然让老人完全苏醒过来了，这让方浩心里轻快了一些。但老人的遭遇和当下处境，让方浩悲悯而又愤然，告辞出门的时候，他在老人的床边悄悄放下了五块银元。

方浩回到家以后，将自己在祝鸿来窑里搭烧的另外两件瓷胎细细看过后，准备进行彩绘。但这是一项绝对不可让他人知晓的工程，最好能在山沟莽林、石窟墓道里进行。

有人忽轻忽重地敲门。谁来了？难道自己的秘密有人察知？他心里一阵紧张，便慌乱地把摆在桌上的两件瓷胎藏了起来，然后用手在头上胡乱拨弄了几下，头发便变得像一蓬乱草。开门时，他还有意伸开胳膊张开口，打了一个很响很长的哈欠。

走进来的是一位姑娘，他这才松了一口气。这是方浩的师妹，名叫江云炻，刚满十七岁，稚嫩中带着成熟，活泼中有着文静，美丽中透着聪慧，他们一起跟着王青先生学画。

江云炻见方浩一副似睡似醒的样子，忽闪着明亮的大眼睛问："大白天也补席子① ？"

"连续好几天熬得太晚，困死了。"方浩解释着。

"哎，我没打搅你吧？"

"这倒没有。只是我还没有睡够。"他想让江云炻尽快离开。

不料江云炻却反倒在一条板凳上坐了下来，还跷起了二郎腿："今天师主庙有班子唱戏，我们去看看吧。"

方浩虽然并不愿意随江云炻去看戏，不过想到由此可以让云炻快速离开，便换了件衣服，离了家门，跟着云炻一起向师主庙走去。

这师主庙与风火神庙一样，大有来历。庙里供奉的是赵慨，和童宾一样，史上也实有其人，生活在东晋时代，先后在福建等地为官。赵慨酷爱制瓷，厌恶官场的黑暗，盛年便弃官隐退到当时称作新平镇的景德镇，将自己精通的烧窑制瓷技艺与景德镇的制瓷技艺融为一体，从而使景德镇的制瓷技术大有进步。他精心选定了六个徒弟，分别教会他们做坯、印坯、剐坯、利坯、刹合坯、打杂，这六道工序合为一体便是完整的拉坯成型工艺。所以在景德镇，但凡与拉坯成型有关的行业都奉赵慨为祖师爷，烧窑成瓷行业则尊童宾为祖师爷。

方浩和江云炻一路说说笑笑来到了离御窑厂不远的师主庙前。整幢建筑青砖灰瓦，白壁红柱。大门的门楣上，刻有"护国佑民师主庙"七个大字。在正殿的神龛里，供奉的是赵慨的神像，头戴纶巾，身穿道袍，一副半人半仙的样子；东西偏殿里则是赵慨六个徒弟的立式塑像。

"七死八活九翻身"，这句民谣是对瓷人生活的高度概括：七月暑热，不宜制瓷，只好停工消夏，日子难熬；八月暑去入秋，窑事转旺，

---

① 补席子：当地人睡在竹席子上，竹席容易断篾破洞，因而人们便把睡觉戏称为补席子。

生计便算有了着落，恰似起死回生；九月天高气爽，是田野的收获季节，也是烧窑的黄金时段，能赚取比较丰厚的收入。在秋季，各个行会帮会会轮流延请戏班子登台演出，这是显示出资者实力和地位的一种重要形式，有时还会有彼此较劲的意味。在这里演戏的由头，除了庆贺生意兴隆、酬谢神灵的，还有贺寿庆婚、欢度年节的，另有一类是带有惩罚性的，即有人若是违背了行帮规矩，有时会被罚出资演戏一场。今日的演出，不知是何原因。

这时，庙南边的大戏台上，鼓、板、锣、钹"咚咚锵锵"地响个不停，台下人头攒动，一片热闹。戏台前用草绳围起了一个很大的长方形，绳圈内是男人看戏的地方，绳圈的外面则是女人看戏的地方。不过，现在男女有别已不像过去那么严苛了，方浩和云炀紧靠着绳子站着。

今天的戏班子是从饶州府请来的。但锣鼓闹台好半天，戏台上却仍然是空空荡荡的，没有一个角色出场，人们在交头接耳，议论着、抱怨着。终于，有人出现在戏台前沿，只见他用双手在嘴边做成喇叭状，像蛤蟆鼓着脖子鸣叫，大吼着告诉观众：今天原定演出《三打祝家庄》，现在改为上演《琵琶行》。因为临时换戏，演员要重新化装，敬请大家耐心地稍作等待。

为什么会临时改戏呢？原因是，在这里演什么戏是大有讲究、大有忌讳的，其中有一项是必须充分顾及出资操办者的姓氏。比如，曹姓忌演《击鼓骂曹》，严姓忌演《打严嵩》，姓马的则忌演《夜战马超》。今天的戏由窑业会操办并且祝鸿来会长还要到场看戏，《三打祝家庄》这出戏自然是不能演了。

一直不急不缓的锣鼓声突然变得急骤了，转而戛然而止，戏终于开场了。一个扮相艳丽的女子款款登台，手中抱着一把琵琶，小口开合，飘出来的是当地流行的饶河腔，唱的是：

芦荻渐黄，秋雁成行。一江碧透鱼正肥，桨动蓬帆张。良人长巾兼麻屦，匆匆走浮梁。路何远，夜何长？手抚琵琶对秋思，独拥薄衾觉夜凉。遥望长安，关山层层如屏障。愁肠百结，泪涕如雨湿衣裳……

　　台上如泣如诉的演唱，引得台下掌声、喝彩声响成一片。这是一出根据白居易的同名长诗《琵琶行》改编的戏剧，因故事的发生地江州，便是离景德镇不远的九江，故事中的男主角"前月浮梁买茶去"中的浮梁，就是现今的浮梁，所以当地人很爱看这出戏。有的人还会一边看戏，一边兴致勃勃地把戏里的情节、风习、道具，同真实的生活加以联系，甚至两相对照。

　　江云炻总是有问不完的问题："方浩，那琵琶女本是音乐教坊的女子，家在长安，为什么会跟随丈夫跑到这遥远的江南来？"

　　方浩耐心地解释着：这说明当时浮梁的茶很有名，很远的京城也有商人来买茶；也说明在唐朝，对外贸易很发达，因为来买茶的人，不是为了自己吃，而是要通过丝绸之路卖到世界各地去；还说明命运对这琵琶女很不公平……方浩说到这里，犹豫着停住了。

　　"接着说。"江云炻催促着。

　　方浩对着云炻眨了眨眼睛，又向两边努了努嘴。

　　云炻发现，几个看戏的人对他们侧目而视，脸上是厌烦的表情。她满不在乎地嘟囔着：有什么值得大惊小怪的？说几句话怎么了？

　　二人接着看戏。这时方浩听旁边有观众在谈论这场戏因何而演：一个把桩师傅的女儿，很不懂事地跑进了祝老板的窑屋，以致部分御瓷倒塌损毁，因而被窑业会罚演了这场戏。

　　方浩心里一怔：原来如此。义父为烧这窑瓷竭尽心力，为救险几乎丧命，窑主却把瓷坏的原因归结为刘樱到了窑厂，还罚演戏一场，这太不公平了。他无心看戏了，甚至觉得台上那些扮相俊俏的演员一个个脸在变形，一下显得有些丑陋了。他轻轻地闭上了眼睛，为的是控制自己因愤愤不平而像窑中火焰一样摆动的情绪。

　　云炻不由得问："你怎么啦？"

　　方浩睁开了眼睛："这戏我不想看了。"

　　"行，那就别看了。"江云炻附和着，接着二人便离开了师主庙。

　　"我们找个地方吃点东西吧。我做东。"云炻觉得肚子饿了。

　　方浩摇头："今天实在是没胃口。下次吧。"

　　"通书①有期，过期作废。若是下次买东西吃，就得由你掏钱了。"

① 通书：历书。

"行，怎么都行。"方浩依然像菜园里被烈日晒蔫了的瓜菜，提不起精神。

细心的江云炻觉察到，今天这方浩有些不对劲，远不像平日那般爽快、乐观，便关心地问："你不会有病或是有什么不舒心的事吧？"

方浩没再言语，只说了声"谢谢"，便向江云炻道别。

但他没有返回家中，而是来到了义父家，问询过病情后，便就今天在师主庙看戏时听到的议论问义父："听说是因为刘樱进了窑屋，窑业会便罚您出资演这场戏？"

"是这样。但祝老板倒是很关照，名义上是罚我，实则不用我出钱，由窑业会出钱。这样做，为的是维护窑业会的规矩。"刘胜远慢慢地解释着。

方浩听了，觉得不会这么简单，他的判断是：如果御瓷部分损毁的事朝廷不再追究，这事就算过去了；但要是朝廷追究下来，这罚演一场戏就会成为让义父承担责任的正当理由和有力依据。天哪，这哪是什么演戏，分明是戏外有戏，看似平常的戏后面其实还藏着人们看不见的大戏。若是细究起来，首先应承担责任的是祝老板，是他把窑加大了，多放了一路瓷器，这对窑器的安全肯定会有影响。方浩为了不让义父为此担心，影响疗伤，没有把自己想的说出来，心里却顿生隐忧，并切切地盼着这件事能够尽快平安地过去。

彩　绘

亏得多做了许多坯胎以备不测，因而虽有一场事故，但没有破损的瓷胎与太后定下的瓷器数量相差并不是很大。需要二次再烧的釉上彩瓷开始进行彩绘。

那四件初烧好的龙凤双尊瓷胎已摆在了彩绘房领班的桌子上。这领班便是大有名气的王青，他年近五十，身材高而瘦，眼睛小而亮，颧骨高而大，胡子灰而密，衣服宽而旧。整个人很像秋天的一棵大树，枝干枯却显出坚韧，叶无华但透着风采。他本出身官宦之家，却自小不求为商为官，而是广寻名师，读书习字绘画。他绘画的最大特点是将陶瓷画的精华与水墨画的技法融于一体，使瓷画一改旧日模样，呈现新的面貌。由于天赋过人，勤奋过人，技艺过人，十几岁便进入御窑厂彩绘房担任画工，后又进到了内务府造办处宫廷画坊专画御瓷。因绘瓷有功，还被朝廷赏了个监生出身，加同知衔。这些他全不当回事，比如那钦赐春秋两季穿用的朝服朝靴，从来不曾贴近过他的皮肉。

他年幼时得过耳疾，十八岁时便自号"聋子"，意在"两耳不闻窗外事，一心只在画与字"。成名后，则是以此闪避世俗杂务，比如对待张口索画的人，或是故意打岔，或是装作没有听见，便对付过去了。他会选择性地在画作上署上"一聋"的名号，有人作了别样的解释：这个署名应当读作"一龙耳"。

他进入宫廷造办处以后，乖张的性情依然难改。有一日他竟然画了一幅太监丑态图：有一太监在舔一位顶戴花翎的王爷的脚趾，而太监却让一位戴七品官帽的县令舔自己的脚趾，画名为《双舔趾》。这事被内务府官员知晓后，大惊失色，太监怎么能被如此丑化？这些阉人犹如宫中幽灵，谁能得罪得起？但因为王青画技过人，又有朝廷赏的出身，且怕这件事抖搂开以后会像一场瘟疫殃及他人，所以内务府对这件事只是关起门来闷声不响地处理，将他训斥一顿后，以他耳朵不灵为由，着他仍回景德镇御窑厂绘画。

王青回到景德镇后，依然任性自为，从不收徒。两任妻子，一个亡故，一个被他休了，膝下也没有一男半女，早已是孑然一身。家里乱得像牛棚猪窝，饭食无常，一般是到就近的饭馆随意对付。后来有一个十一二岁的小男孩愿意到他家为仆人，打扫房子、做饭洗衣，工钱可以不计。王青觉得需要这样一个人，试用几天后，见这个男孩聪明、伶俐、勤快，便留在了家中。一年后，这小男孩跪在王青面前，要求拜师学画，并拿出了这一年中自己悄悄绘就的画作。王青一看，画虽然稚嫩，但功力已是不浅，足堪造就，而且通过这一年的相处，已对这男孩大有好感，便收为徒弟。这男孩就是方浩，他由此成了王青先生名副其实的入室弟子。

方浩如鱼得水，画艺日见长进。几年后，在行家看来，他绘制的瓷画已少有人能及，并大有王青画作的神采，以至有人说："王青将会饿死。"

一天，王青将方浩叫到面前："方浩，你出师了。该走了。"

"先生，我去哪儿？"方浩惊愕地问。

"想去哪儿就去哪儿。"

这近似冷漠的话让方浩既伤心又难以接受。莫非真的如坊间说的，自己将会夺了先生的饭碗，所以先生要将我赶出门？

王青平静地说："学我者生，像我者死。你的画太像我的画了，所以必须离开，走自己的路方有生路，才有出路。"

方浩这才明白了先生的用意，十分感激。但他想到一件事："先生，按规矩，学画出师了，便当请先生和一些同行吃'出师酒'，这样才能算正式出师。"

王先生摆摆手："用不着做什么事都循规蹈矩，是不是出师，在艺不在酒。酒是陈的好，出师酒什么时候吃都行。"

方浩拜别先生后，没有另寻良师，而是在同义父商量后，漫游在黄山、九华山一带，观山观水并写山写水，这使他的绘画更为厚重，也更显灵气。十七岁那年，他被选送去日本留学，提前回国后便应聘到彩绘房随王青先生在瓷上作画。

方浩在日本期间，王青又收了一男一女两个徒弟。男的叫徐一涛，与方浩年龄相仿，幼年学习雕塑，他对人作一番观察后，便能凭着记忆塑成人像，并且栩栩如生。进入御窑厂后，他主要从事名瓷名器的仿造。因见王青确是大师风范，自己仿佛只是个牙牙学语的孩童，便真诚地拜在王青门下学习平面绘画。

女徒弟便是江云炀。她是王青的外甥女，上过五年私塾，从小喜爱习字绘画，并希望成为画师。囿于礼教，父亲不肯让她学画。但她却是一个很有主见且性情倔强的姑娘，四五岁时因不愿裹脚与父母闹了个天翻地覆，因而成了同代人中少见的大脚女。她像竹笋对抗大石的挤压，毫不理会父亲的阻拦，几次跪倒在舅父面前，恳求学画。王青被打动了，又见外甥女聪颖可教，便破例收下一个女徒。江云炀经四五个寒暑的苦学苦练，画技已非寻常人可比，现在彩绘房填彩。

师徒四人围在桌边，将宫中发来的龙凤双尊纸样细加琢磨，以便准确无误地临摹到瓷胎上。

王青握着烟杆吸了好一阵子烟以后，才慢悠悠地对弟子们说："太后在瓷器上也变法了。"

"难道太后没有把变法用于国事上，而是用在了瓷事上？"方浩问。

王青指着纸样说："过去的瓷器，无论是大雅斋瓷，还是体和殿瓷，绘的几乎都是花鸟虫鱼，或是各类装饰性图案，这回在瓷尊上改为绘画大气磅礴的山水了。"

弟子们一下明白了王青先生的意思。

江云炻加入了讨论："是呀，如果照着中华的文化传统和太后的喜好，这五湖好像应当是五只蝙蝠。"

"是这样。但这五湖比五蝠不知高出多少尺寸了。"方浩说出了自己的想法。

王青又看了一眼画稿："我看这纸样原本极有可能是五只蝙蝠，是后来改为了五个大湖。"

"经这一改，这瓷尊便有了深厚的文化内涵和浓重的帝王情怀。"方浩接话。

王青微微点头："是也，器以载道。不过，慈禧自己怕是难以作这种改变，她懂画，也能画，只是缺了些识见与胸襟。"

"那为何能改成这样？谁又能有这样的胆识？"徐一涛带着好奇问。

"宫中画坊藏龙卧虎，自有高手。"王青回答。

徐一涛又问："另一幅画绘的是五岳模样，是不是也有深意？"

王青指了指方浩："再说说你的见解。"

方浩迅速回答："这两件尊，龙凤相对，湖岳相应，隐喻明显。"

云炻不由得问："隐喻什么呢？"

徐一涛也问："五岳为天下名山，泰山则是五岳独尊。如果其中真有隐喻的话，岂不是一座泰山便压倒了五湖五岳？这如何解释？"

"在我看来，或许这正是两个瓷尊和画面的精妙、深奥之处。"方浩回答。

"这又怎么讲？"徐一涛再问。

"你想想，那'湖'与'福'谐音，这泰山的'泰'与'太'谐音，归结起来，便是山湖一体，太后独尊也。"方浩作出了解析。

王青没有让大家再议论下去："不过，还是先抓紧在尊胎上绘画吧，管他湖和福是否谐音，任他帝与后谁尊谁卑？"

王青当下作了分工：这四只瓷胎要绘成两对龙凤双尊，自己和方浩各绘一对，徐一涛和江云炻则只打下手。

在瓷器上彩绘大有门道，要把纸上的图样转换为瓷上的画面并不容易。绘画人只是就着宫中发来的纸样照临照摹，这看似简单，实则极不简单。没有上过釉的坯胎滞涩，上过釉的瓷胎滑溜，与纸帛大不相同，极不好用笔勾勒、涂抹。那绘瓷用的笔与彩也与纸上用的笔与墨相去甚远，不同的器形和不同的釉彩，要使用不同的技法、不同的画笔。绘瓷用的笔具有二三十种之多，大的如拳，小的似针；笔的名称有画笔、填笔、洗笔、彩笔、笃笔、扒笔、赤金笔、玛瑙笔等称呼；用来做笔的材料有羊毫、獾毫、貂毫、黄鼠狼毫、羽毛、苎麻、兼毫等差别。每一种笔的用处各有不同，使用时各有要领，绘瓷高手必须十八般兵器样样精通。

宫中绘制的画稿水平极高，寻常画师很难临摹得一般无二。更难的是，不但要临得形似，还要神似。对高水平的画师来说，需要极力约束自己，不可率性地表达自己的绘画理念、风格和语言。对艺术家来说，作品中见人不见己，是一件很艰难甚至痛苦的事情。师徒二人尽量收住心性，管束住自己的灵感，对着纸样一笔一画地临摹描绘，很有点像孩童初习毛笔字时的心情与神态。

王青上午很少绘画，他多是在太阳西沉之时，抖擞精神，拿起画笔，但却不是把笔伸向瓷胎，而是先在料盘里反复舔搭，这叫"舔笔"。瓷画颜料含有多种矿物质，浓腻黏稠，如果像蘸了墨汁一般去写去画，三五笔后便干涩了，又得再去蘸料，不仅费事，而且会使笔力阻滞，思维中断，使画面失去流畅，用彩偏重的地方入窑成器后，还会在瓷面上显出凹陷，所以这"舔笔"也是显示画家功力的技艺之一。王青往往先要舔笔半个钟头，使笔的每一根毫毛都汲饱釉彩，却既不外溢，也不下泻。当笔显得干涩的时候，他则用食指轻轻弹动笔杆，让笔毫中的余墨流向笔端，便可再用，这叫"搭笔"。他手上拿的是两支甚至是三支笔，大小不同，用途有别。舔搭好笔以后，便凝神静气地在瓷胎上小心地走笔、着墨、用彩，星落更尽时才上床睡觉。

方浩则是依着御窑厂的上工下工时间而行。这一天上午，他正在绘制凤尊上的鄱阳湖，江云炻走了进来。舅父没有让她绘画双尊，但她的心里装着双尊。她站在旁边用心地观看方浩绘画。看着看着，她像发现了什么，忍不住发问："方浩哥，瓶身要画的这五个湖，都是一样的有波有浪，有山有树，有大船小船，有水草鱼虾，如何彼此区别？"

方浩手中的笔没有停下，一边画一边解释说："关键是抓住特点，着力描画各个湖泊最有代表性的物象。"

"你能说得明白点吗？"

方浩便就着纸样说："比如这鄱阳湖，在构图时，就很好地抓住了它紧靠庐山、与长江相连、有滕王阁等风景名胜这些特点。"

江云炽对这个只比自己大四五岁的师哥很是佩服，点了点头说："方浩哥，你真是太有学问了。你今后还得多教教我。"

方浩没有回言，他正在描摹浔阳楼。

"绘画的口诀里说：抬头羊、低头猪、怯人鼠、威风虎、鸟噪夜、马蹶嘶、牛行卧、犬吠篱，还有像丫头俏、小姐娇、书童憨、公子标、仙宜淡、佛带笑、神应威、鬼要瘦，这里面有些很难理解。比如，为什么狗要画成对着篱笆汪汪叫？"云炽在继续发问。

"因为狗是看家护院的，画篱笆可以表现狗的特性，正在叫的狗画出来是动的，篱笆是不动的，这一动一静，会让画面更灵动、更好看。"方浩作着解释。

"啊，原来如此。"云炽恍然大悟，然后继续发问，"口诀里还说'十鹿九回首'，难道鹿都喜欢往后面看？"

方浩已全神贯注地绘画。

"你听见我的话了吗？"

方浩依然没有回话。

"哼，有点本事便像是当官的，摆起架子来了。"江云炽红润的嘴唇一下收紧了，那漂亮的丹凤眼更往太阳穴边抬升了，犹如桃花的脸颊似是有了阴云。

方浩这才赶忙带着歉意解释："对不起，我正在画浔阳楼，没有听见你说什么。"

"画画只是用手用眼睛，又不是用嘴用耳朵。"江云炽转过身，嘟囔着走了。

"最重要的还是用心。"方浩解释后环顾了一下四周，江云炽已不见了踪影。

惊心的开炉

时间来到了1908年的秋天。

入窑烧过一次的瓷胎已全部彩绘完毕，接下来进行二次火烧，这被称作烤花或烤红工序，为的是使绘在瓷上的釉彩充分发色，并牢固地附着在瓷胎之上。

但瓷胎不是再进入膛体巨大的柴窑，而是放进高度和径长都在三尺上下的桶式烤炉中。余细苟指挥炉工先把瓷胎在炉里放平放稳，再用一块块檀栗木烧成的银白色木炭将瓷胎护住，然后引燃木炭，烤炉里很快发热冒红。

余细苟在烤炉边不停地走动，还不时把脸凑近炉子察看，有时不知不觉间，被炉火烫得须发卷曲，额头生疼，这才本能地把头抬了起来。方浩也在炉边，因为烤红和彩绘关系密切，他还要借这个机会学习本领。

虽然烤炉温度在八百度上下，与烧窑相比，各个环节的操作相对简单，但要求同样极高，要根据不同的器形、不同的瓷质、不同的釉彩，控制火候，控制温度，控制时间。烤嫩了，颜色缺少光泽；烤老了，颜色过深发黑。所以，这道工序非常考验看炉工的本事，也潜藏着不可预测的风险。

入夜，众多烤炉在夜色中泛出红彤彤的光亮，没有烧窑时那烈火熊熊、热浪滚滚的撼人气势，只是给人以朝霞铺洒、夕照辉映的美妙感觉。待开炉时，瓷面上将是五彩缤纷，美不胜收，恰似花笑春风，美女出浴。

炉烤进行了六七个小时之后，余细苟认真看过炉里情况，便不再往炉里加炭，意味着制瓷的最后一道工序完成。至于瓷器是何面目，需待开炉取瓷后才能见分晓，就像埋在地里的元宝，等待在日光下闪现出风采神韵。

停火约有三个时辰，已有许多人来到炉前，架势还非同寻常，竟然还有十几个兵丁执刀站立。原来，朝廷已派人来押运御瓷回京，为首的便是那个很得太后信任的尤太监。按照清代宫中制度，无皇帝的特别差遣，太监不得离开京城，而这尤太监居然为瓷事来到了景德镇，可见太后对这窑瓷是何等看重。

尤太监喝令开炉取瓷，他似乎一下成了烤炉作坊的主宰者，做派也少有地像一个男人的样子。

余细苟赶忙禀告："不行，不行。"他的声音很大，口气还带几分生硬。

"为何？"尤太监顿时有了三分不快。

"还不到时间。"

"不是已经停火了吗？那做饭炒菜不是停火后便可以起锅吗？"尤太监声色俱厉，似乎是有意识地在体验当男人、当主子的感觉。

这烧制瓷器哪能像做饭炒菜那么简单？面对尤太监的逼人架势，余细苟心里虽然有点窝火，但还是耐着性子解释着："瓷器在炉里烤好以后需要慢慢冷却，不能过快开炉搬取，否则会惊裂。"

"只听说瓷器落地会破碎，没听说出炉后会惊裂。那还要再等多久？"尤太监很不耐烦了。

"起码还得再过三个时辰。"余细苟回答。

尤太监转向问孙之顺："是这样吗？"

"是这样。"孙之顺很恭敬地回答。

尤太监无奈，只好带着气恼离开了。

大概过了两个时辰，这时太阳已经偏西，尤太监又出现在烤炉作坊。

余细苟不愿再理会尤太监，也觉得这件事督陶官应当可以做主，便向孙之顺告知："时间还是不够，更因为炉里有龙尊凤尊，器大胎厚，冷却时间还要适当延长。"

尤太监未等孙之顺表态，亮开了嗓门："时间还不够？那还要延误多长时间？"

"至少还需要再等待一个时辰以上。就像小媳妇生孩子，不到时间不能生拉硬拽。"余细苟回答的声音也不低。

尤太监先前对熄火后烤炉迟迟不开已有几分气恼，现在又听说还要再等一个多时辰，还听到了他极不爱听的小媳妇生孩子之类的词，气恼便如同揭开了的蒸笼直往上蹿。这就意味着要等到傍晚开炉，天黑不便搬瓷运瓷，便要等到明日天亮取瓷，那将耽搁整整一天，这万万不可。他以不容置疑的口吻说："这批瓷器必须尽快启运，开炉越快越好。"

尤太监还走近烤炉，上下左右地看了一会儿，自然是什么也看不明白，便问孙之顺："督陶官，这炉里瓷器可以搬取吗？"

孙之顺当然知道，这时取瓷会有风险，但如果逆了尤太监的意又显然并非所宜，犹豫了一会儿，又看了看西天，委婉地回答："看炉师傅的意思好像是还得再稍作等待。"

尤太监对余细苟早已心有怒气："用不着，不能再耽误工夫。火早停了，也没见有什么异常，抓紧搬。我们不能听一个看火佬的摆布。"他现在满心想的是快速取出瓷器，回北京交差。因为他刚才又收到快马传来的朝廷文书，要求御瓷从速解京。

余细苟认定，如果现在贸然取瓷出窑，大有风险，便忍不住说道："好事说不坏。现在就取瓷，倘若发生意外，我可是难以承担责任。"

尤太监一听这话，胸膛里由冒烟变成冒火了，对着余细苟喝道："如果出了事，只能你负责！"尤太监这时心里还想的是，延误了日期，或途中出了差错，可就是我负责了。他猛地一挥手，"搬！我就不信，瓷早已烧好了，出炉还有那么多名堂？"

这时连孙之顺也没有主意了，他想劝阻，但他没有这个勇气，并且知道，即使自己把身家性命抛置一旁，斗胆地出言劝说，对于已是怒气满脸的太监来说，恐怕也是蒲扇拍老虎，丝毫不起作用。

炉工们在尤太监的催逼下，开始小心翼翼地把瓷器从烤炉里往外搬取。还好，搬取完第一批，没有发生任何意外；搬完第二批，依然正常。

尤太监得意了："你们这些烧窑佬，太可气了。明明什么事也没有，却大惊小怪，不知存的什么心思，是故弄玄虚，还是想诈取赏银？"

余细苟没有回话，心里还暗暗松了一口气：谢天谢地，也许真的无事，但愿如此。但他最关心的是那四件重器，因为器形硕大，散热比小器要慢。

尤太监这时在一旁扯着嗓子喊着："抓紧——验看重器。"那嗓音像是瓷片划在破缸上，很是难听，还有几分瘆人。

四件重器被逐一取出。

第一件是凤尊，让大家又惊又喜的是，完好无损。

第二件凤尊却是已经碎裂，犹如掘开的古墓，只有一块块白骨。孙之顺心里一沉：这定是由惊裂所致。

第三件是龙尊，整体完好，但细细一看，有一条接缝处有两个芝麻粒大小的气泡，还有一个面似乎不太平滑，瓷面上有微波细浪般的起伏，以致看起来似乎微有下陷，而且极为不巧的是，这看上去微显下陷的一面，正是绘有泰山的一面，这就成了泰山有崩塌之状了。

还有最后一件。大家都寄希望于最后一件完美无瑕，由此便可大功告成。余细苟犹豫了好一阵，为求稳妥，他戴上厚厚的手套，亲手取了出来。大家的目光齐刷刷地聚集在这件瓷器上，但见通体完好，色白釉正。可是再一细看，心中发凉，既而大惊，就像看见刚生下的孩子缺了胳膊少了腿。只见瓶身有几条长短不等的裂纹，这便是典型的惊裂，并且裂纹还在变宽变长，最后竟然从余细苟手中脱落，掉到地下，成为一地瓷片。

尤太监怒冲冲地对余细苟喝问："为何成这个样子？"没有等余细苟回答，尤太监尖细的声音又响起来了，"这最后一件重器取出来时明明是好的，怎么忽然会从你手里掉地下了？是不是成心？"

余细苟觉得自己大受冤屈，必须一辩："禀告大人，这完全是惊裂引起的，我拿在手里的时候，惊裂还在继续。"

"为什么到了你手上还会惊裂？"

余细苟豁出去了："其中原因，我不得不说。"

尤太监从鼻腔里哼出几个字来："你有什么可说的？"

"大人，烤炉停火时，一切正常。"余细苟大胆地争辩。

"为什么后来不正常？"尤太监厉声反问。

"冷却的时间对这体大胎厚的重器来说，还是不够。"

"那你开始为什么不说清楚？"尤太监语气逼人地反问。

"大人，我明明白白地说过了。在场的人可以作证。"余细苟没有被太监的架势压倒。

"是这样吗？"尤太监瞪大了眼睛问站在炉边的人。

此时如果有人坦言余细苟确实说过冷却时间不够、需要再作等待，那便等于说瓷器惊裂的责任全在尤太监身上了。人们自是知道这话的可能后果，一个个缄口不语。

尤太监眼露凶光，对着余细苟逼问："怎么样？"

方浩见状忍不住要仗义执言，但又担心说得太直白会使事情更糟，便说了一句意在解套转圜的话："余师傅，你虽然说了，但尤大人可能并没有听清楚。"

"难道你听清楚了？"尤太监怒冲冲地对着方浩发问。

"我倒是听见了。"方浩语气不重却是很肯定地回答。

"你是谁？"尤太监带着怒气问。

"他是彩绘房的画师。"余细苟抢先回话。

尤太监怒气更盛了："什么狗画师，一派胡说！"

余细苟担心太监迁怒于方浩，无端受到责难，便像要把提刀杀人的凶手引向自己，故意提高了声调说："大人，上有天，下有地，我无过无愧。"

哼，这个大胆的看炉师傅，坚称自己无过无愧，这不是想把瓷裂的责任推到我的头上吗？真是不知天高地厚。尤太监几乎吼了起来："重器烧坏，责任全在你这个烧红炉的看火佬。"他对身边的一个兵丁努了努嘴，"先给他一点惩罚。然后待查清事实后，再依律治罪。"

那兵丁挥起腰刀，对着余细苟砍了过去。余细苟本能地闪身躲避，但后背已经中刀，踉跄几步，跌倒在地上，地上瞬间汇聚起一摊鲜血。

方浩大喊了一声"余师傅"，便一个箭步冲了上去，将余细苟背在背上，向最近的诊所奔去。

想起朝廷的催迫，尤太监此时可谓心急如焚。知道事已至此，窑神火仙也没有起死回生之术。便将所得御瓷连夜分拣包装，第二天一大早由兵丁押运到三间庙码头，装上已经停泊在岸边的一艘大船。

方浩将余细苟急急送到了诊所后，余同很快闻讯而至。郎中认真看过，便速速清理伤口，敷药止血。然后告知，刀伤虽然不足以致命，但由于伤及颈部，可能会有后遗症。至于后遗症是轻是重，要靠药力，也靠造化。

方浩见余师傅神志还算清醒，血已止住，放下些心来。

余细苟虽伤疼流血，但刚烈的本性丝毫未变，嘴里费劲地大骂着："烧这御瓷好些个人流了血，赔了命。老天有眼，万物有灵，用这些瓷器的人一定会遭报应。"

方浩劝慰说："大叔先养伤，留得青山在，不怕没柴烧。"

"嘿，老子伤好了也不会再干这不是人干的活了，宁愿去打把势①，也不会再烧炉看火。"

方浩让余同在诊所继续看护，自己则急急地返回了烤炉作坊，因为他还有重要的事情要办。

此时，暮色四合，烤炉作坊一片忙乱。方浩趁着灯暗人杂，悄悄地做了一件他谋划多时的事情。正是这件事，后来引出一连串惊心动魄的故事。

_____

① 打把势：乞讨。

御窑余火

卷二

御瓷晋京

　　孙之顺随尤太监一起登上了一艘上下两层的官船。风轻，水平，船稳，但督陶官的心里却是沉重，颠荡，不安。时运不济，这次督陶与上次督办太后的寿瓷相比，功亏一篑。领命离京时，太后最后的话语如重锤敲锣，一声接着一声在耳边震响："龙凤双尊烧好了，你可以高高兴兴回京；如果双尊没有烧好，你回不回京就自己看着办吧。"让他矛盾自惶而又生出几分笑的是，现在的情况却是不在太后画定的框框中，烧成的是一件精品，一件次品。自己当何去何从？

　　他额头的皱纹变得更粗更硬，似乎一用力，便会像散热不够的瓷器一般惊裂。他不由得看了看坐在船舱正中太师椅上的尤太监，只见他也双眉紧锁，双唇紧抿，没有胡子的脸部绷成了好几块肉疙瘩，看来心里也并不轻松，或许又在算计着什么。唉，碰到这种阉人真是倒了八辈子大霉，如果不是他阎王逼命般地赶来催促，或是他来了，只是一般催促，而不是恶煞般地临场指手画脚，强行取瓷，那么这船上现在装的便是两件甚至是三件精美的龙凤瓷尊了，自己便是高高兴兴回京的完美结局了。

　　船开始有了不轻不重的晃动。孙之顺抬眼望去，前方水域开阔，一片浩茫，看来船已经驶入鄱阳湖。天上的飞鸟也比在昌江上见到的鸟大得多，多得多。大小有别、身形各异的水鸟扇动翅膀，不停地变换姿势，快活地做着自由自在的飞翔。他不由得在心里感叹着：人不如鸟。

孙之顺又把忧郁的眼神落在船舱里的一只只木桶上，瓷器都装在这些木桶里，每件瓷器都由茭草行派专人用稻草精心裹紧扎牢，木桶里的空隙处还塞满了稻谷壳和刨花等物，可以说每件瓷器都得到婴儿般的呵护。但他似乎还是放心不下，依然担心瓷器会因磕碰而掉皮开缝。因而每当船颠荡一下，他的心也会跟着抖动一次。

这时，尤太监扶着椅子站起身来，对着水面白色的涌浪骂着："真他娘的活见鬼，一处不顺，便处处不顺。在湖上就这般风急浪高，进了长江、到了海上那还得了？太晦气了，净碰上这讨厌的天气、倒霉的人。"

孙之顺心里一震。是啊，一路上确是还有难测难料的险阻，即使这些瓷器能安然地送进皇宫，自己怕也是祸福难料。完全可以想象得出来，尤太监会把所有的罪错一丝不剩地推到他人身上，甚至添油加醋，落井下石。这尤太监是太后信任的奴才，太后只会听他说白道黑，自己到时候恐怕只能像是服了封喉的毒药一般，有口难言……哎呀，苦也，惨也。能不能乞求一下这太后身边的人，请他在太后面前为自己稍作遮掩或是开脱？但见他一脸刚戾之气，又想起他平日里在太后面前如羔羊走狗，在朝中官吏面前却似恶狼猛虎的模样，立即止住了自己显得荒唐可笑的念头，不值得在这等人奴人渣面前乞哀告怜。人是打是杀，官是免是贬，悉由他去了。这时，他的心倒像是穿越了大风大浪的船，稳实了许多。

但这种稳实没有持续多久，他又忽地想到了历史上几位督办御瓷官员的悲惨下场：有赔付家产的，有贬职流放的，还有枭首示众的。他还特别想到一人一事，宋代有一个叫齐宗蠖的进士，被派往景德镇任窑丞，管理窑务，采办皇家用瓷。他日夜殚精竭虑，处处小心留意，办瓷九年，了无差错。但在庆历年间押运贡瓷经过婺源时，由于马惊车翻，部分瓷器受损，在山一般的愧疚和恐惧中，竟然吞下尖如刀刃的瓷片自尽……太后的身影又在眼前晃动。她说自己是最后一任督陶官，莫非自己的官运乃至人生也要和御窑厂一般，草草收场？巨大而又持续的痛苦，有如湖上的奔涛急浪，一阵紧似一阵地激荡心头。

孙之顺在预计着可能的后果：赔付家产、削职为民、流放边地、受刑下狱、枭首腰斩……要避免最坏的结局，一个可怕的念头紧紧地攫住了他的心。红日沉落湖面之后，在茫无涯际的黑暗中，他顶着已是寒意袭人的湖风，走出了船舱。朝四周一看，他很快认出来了，这里是鄱阳湖与长江的交界处，离九江很近，与家人很近。但竟不知家人如何，尤其那不满两岁的小儿子是何模样？为了倾力督造这批瓷器，他至今还没有见过这个小儿子。想到这里，他眼前浮现出一个活泼可爱、正在咿呀学语的孩童模样，儿子应当会叫"爸爸"了，他隐隐听见呼喊"爸爸"的童音借着江风传来，字字清脆，声声亲切，这使他心中的忧虑和恐惧也顿时随风飘远。人生多舛，世事难料，既然命运无法把控，便不必自寻短见，也不必预赊痛苦了，等待太后发落吧。

十月中旬，在草木凝霜的早晨，运瓷船抵达天津大沽口。朝廷来接运御瓷的骠马车队已在岸头等候。尤太监和孙之顺各骑上了一匹漂亮高大的黄骠马，随着运载瓷器的车队向北京进发。

这次献瓷和上一次献瓷大有不同，地点改在了慈禧现在常住的西苑仪鸾殿；数量大为减少，只摆了龙凤双尊、燂脸泡手盆，外加一套餐器。

那龙凤双尊摆在了十分显眼的位置。尤太监走上前去，似是在不经意间把龙尊轻轻地挪了挪。

傍暮时分，有暗香飘动，环佩作响。不一会儿，太后在宫女们的陪侍下，慢慢地走了出来。尤太监发现，与一个多月前他离京时相比，太后明显消瘦了、衰老了，身子挪动得很慢，步子迈得很小，似乎是穿了太大太重的鞋；脸上虽然敷了比平日更多的脂粉，但仍然掩盖不住重重的困倦与晦暗。是近日操劳过度，还是凤体欠安？尤太监顾不得再往下想，趋前跪地请安，听太后轻轻说了声"起来吧"，便站起身跟在了太后身后。

太后先是把所有瓷器大致地看了一遍，对那准备用来燂脸、泡手用的两个瓷盆则看得十分认真。那由薄胎瓷制成的泡手盆，晶莹剔透，白得宛如玉雕，薄得恰似纱笼，怨不得有人用"只恐风吹去，还愁日炙销"这样的诗句来赞叹薄胎瓷的娇美，以"百金一器"来形容它的金贵。

太后让宫女卸下护指，把一只手伸进了薄胎瓷盆里，似是要立马体味一番在这盆里泡手的感觉。宫女们顿时露出了惊愕的神情：这薄胎瓷太神奇了，从盆外透过盆壁不仅能清晰地看到太后的一根根手指，还能感知到太后手背皮肤的细嫩和指甲的颜色，当太后的手指触及盆壁时，竟能清晰地看见她指尖上一圈圈细细的指纹。

太后离开瓷盆，脚步停在了那龙凤尊前，这无疑是她今天要重点察看的物件。

她这时想起了督陶官："那孙之顺呢？"

尤太监略一迟疑后回答："太后，您先看瓷器，孙之顺之事容奴才稍后禀报。"

太后把显得有些呆滞的目光落在了凤尊上。但见瓷质细腻雪白，造型秀气大方，那两耳凤的造型栩栩如生。虽是镶器，口足的圆形与中部的五面形融于一器，却是浑然天成，顺畅自然。那绘在尊身上的五湖，波光粼粼，山色幽幽，舟帆片片，艳丽灵动，好一幅锦绣江南的瑰丽画卷。尊身的黄釉与颈部、底座的乌金釉交相辉映，富丽堂皇。太后的眉宇间漾起一阵欢悦的波纹，本来显得灰暗的脸上泛出了几许亮色。

尤太监从太后的眼神中，知道她想看凤尊的另一面，便走上前去，又快又轻又稳地把凤尊挪转了半个身子。太后细看了好一会儿，眉宇间欢悦的波纹更加明显。

太后的目光缓慢地转到了龙尊上。龙尊的质地、造型、色彩一如凤尊，一样的华彩耀眼，一样的秀美灵动。由于尊上绘的是五岳的图案，因而更显得大气庄重，气势雄奇。太后看了一阵后，又如刚才看凤尊一般，示意挪动龙尊，要看另一面。

尤太监心里恰似两件瓷器撞在了一起，咣当作响：坏了，要露馅了。此前他有意挪了挪龙尊，为的是让那有瑕疵的一面，不让太后一眼瞧见，以求避过一场无法预测的雷霆，但太后并不好糊弄。现在他心里剩下的只是侥幸，盼着太后并不细看，因为瑕疵并不明显，草草纵目，很难发现。

尤太监稍稍将龙尊移动以后，便担着心、睁大眼注视着太后。尤太监终是失算了，太后是何等心计，何等眼力？看上去虽然精神已大不如前，但只一眼便似看火观灯一般清晰地看出了破绽："这龙尊的接缝处有小气泡，那绘有泰山的瓷面看上去也显出下陷的样子，这是怎么回事？"

尤太监立即跪下，把早已准备好的话适时全抖了出来："禀太后，这件龙尊出现缺陷，乃是督陶官在入窑烧造前没有细加检视，以致铸成大错。他自知罪责难逃，有负太后垂爱，也愧对督陶官的职守，所以今天没有敢进宫，现正在驿馆，等候太后发落。"

太后没有立即发话，也没有生气发怒，过了好一会儿才缓缓地说："看来，督陶之事，很不易啊。这重器是成是败，是优是劣，既赖人力，也靠天意。"尤太监完全没有想到，太后竟然会是这样一番话语。孙之顺真是福大命大造化大，躲过一劫了。不过如此一来，自己对这次烧瓷发生的事故、差错，更是连春绒秋毫般的责任也没有了。

谁也不会料到，这时太后还做出了一个令人匪夷所思的举动，她靠近那龙尊，说了声："既然是件次品废器，留它何用？"接着用肘部对着龙尊轻轻一碰，龙尊跌落地下，发出令人惊悚的迸裂声。那费去匠人无数心血，耗去府库许多银两的一件艺术品，顷刻间成为碎片，像风雨中的梨花散落一地。如果这瓷尊有灵魂，那灵魂一定飞回了景德镇，寻找机会投胎附体，以求再一次成为一件人间美器。

有几块碎片溅落在太后脚边，尤太监赶紧俯身拾起。在场的人一个个脸色大变，心中吃惊：太后为何会有这般举止？

太后交代尤太监："将这凤尊放到寝宫，让它朝夕与我做伴。"又嘱咐贴身的宫女，"自明天起，我就用这瓷盆烜脸、泡手。"

这时，一个大太监脚步匆匆地走近太后，神色慌张地跪在地上："禀太后，有大事急报。"

太后微微点了点头，步履迟缓地向平日召见大臣的一间殿宇走去。

尤太监抱着凤尊，跟在了太后身边。进门后，放下凤尊，退到了门外。

慈禧慢慢地在一张椅子上坐定。大太监跪在地上，声音不重，话却是又快又急："禀太后，万岁爷已在瀛台驾崩。"

太后轻轻"啊"了一声，脸上是一副让人难以捉摸的表情，她用袖子掩了掩，声音带颤地说："皇帝的丧事照规制办理。当务之急是择立新帝并行大典，即着各位大臣在太和殿议事。"

尤太监是宫中最早得知皇帝驾崩消息的人之一，他不由得联想到观看新瓷时，太后推倒、摔碎龙尊的一幕，莫非太后事先已然知道万岁爷即将离开人世？或许，是因为龙尊烧成了次品，便坏了万岁爷气运？

很快又有让人惊诧的消息从宫中传出，醇亲王载沣的儿子溥仪承继大统，成为新一代皇帝。大臣们也迅即有了一个心照不宣的共识：太后还要继续执掌大清江山。因为册立的是一个只有三岁多的小皇帝。太后福大寿高，已看着三位皇帝驾崩，先后实际操控朝政四十多年，竟不知这一回还要再执掌江山多少年月？

让大臣们再一次惊骇的是，太后将会再执掌朝政多长时光的疑问，如灯灭室暗，在光绪帝驾崩的第二天下午便有了毋庸置疑的答案：至此终结，太后也已驾鹤西去。

太后的丧事极尽哀荣。陪葬的物品不计其数，其中有大量奇珍异宝，在她身下要铺三层金丝串珠锦褥和一层珍珠，总共厚达一尺。但在陪葬物的清单中，却没有瓷器。然而在陪葬物品由紫禁城向太后的陵寝启运时，不知是什么原因，临时加上了那件凤尊、两个瓷盆和一套瓷制餐器，也就是她生前最后看过的那些瓷器。

太后的丧事刚刚办完，内务府传出消息，桶总管因悲伤过度离世。真实情况是：这内务府总管想起，历朝历代，皇帝去世后，深受器重乃至倚重的大臣便很快遭到清算的实例不胜枚举。太后离世，大树已倒，自己这只积攒了丰厚家产的猢狲，怕也是下场凶险，况且自己和小皇帝的父亲醇亲王还发生过龃龉。在难以摆脱的惶恐中，他把生命交给了苏州织造的五尺白绫，伴随太后去往了另一个世界，还想着或许能继续享有在人间一般的荣华富贵。

但桶总管绝对不会想到：另一个世界并不安宁，连太后也未能安寝于地宫，那只凤尊后来也竟然不可思议地离开了地宫，重回人间。

烧造双尊的隐情

运到北京的龙尊落地碎裂，凤尊随慈禧进入地宫，双尊之事看起来至此已是尘埃落定。但并非如此，在景德镇，龙凤双尊之事却是了犹未了。因为在烧造龙凤双尊的过程中，另有世人无法窥知的重重隐情。

当双尊坯胎费尽心思镶制成形之后，方浩心里仍有层层暗影、种种隐忧。因为坯胎在入窑烧炼和胎上绘画的过程中，还有难以预料的诸多风险。一般的坯胎火烧成瓷后，会有百分之二十左右的收缩系数，这会导致出现部分残器次品。双尊由于由多块部件组合，各个部件有薄有厚，有方有圆，还有长短宽窄的接缝，并有颜色和性状各异的釉彩，这些都可能导致火烧时生痕开纹，甚至变形、碎裂，还可能会流釉或色泽不匀，从而沦为残次之器，所以成器的风险远远高出一般瓷器。如果有任何一种情况出现，那便不知有多少人可能要受责受罚，义父、牛头、王青先生、孙之顺、祝鸿来等人都可能难逃罗网。

几经思虑后，方浩和牛头合作，悄悄地另行拉制、镶接了一对尊器坯胎，自己再悄悄地加以精心绘制后，和御瓷一起放在窑炉中烧制。他的想法新奇、实用而又简单：万一那正常烧造的重器中有残品次品，便可以用这另烧的一对进行补救，烧造重器的事由此便可办得圆满了。不料开炉取瓷时横生波折，出现了无法补救的意外，那尤太监最后只押运着幸存的一优一次两件重器匆匆北去。

御瓷出炉那天傍黑，方浩在混乱中，将请余细苟单独另烤的两件瓷器取回了家中，这是有两个房间的居所，是他从日本回国后，义父慷慨地为他购置的。住房所在的胡同叫槎窑弄，很是有名。清中期以前，景德镇烧瓷多用狼萁草、松树枝叶，这些燃料被称作槎柴。但槎柴烧出的瓷器远不如木柴烧出的精致细腻，后便逐渐被松木所取代。因为这一带原来住着许多烧槎窑的窑工，便有了槎窑弄这个名字。他很喜欢这个地方，包括喜欢这个弄堂的名字，因为他觉得这个名字承载着一段历史，住在这里，他还会觉得自己是和制瓷离不开的柴、窑、工匠们在一起。

方浩关严门窗，取出那两件瓷器细加检视。但见凤尊口沿有缺，接缝处有罅隙，尊身变形，完全是一件残器；龙尊却从造型、瓷质到釉色、绘图，无一不精，无处不美，完全可以作为一件完美的重器送入宫廷，替代那件有瑕疵的龙尊。只是天不遂人愿，精心设定的补救措施没有能发生效用。真是尴尬人难免尴尬事，龙尊没有能以优代劣，自己手里却攥着一个烫手的山芋，不，是一个烧得通红的秤砣。

这便成了当地人说的，穿蓑衣救火——惹火上身。该如何处置这件龙尊？他为此连日身心不宁，最后想定，将这件事告知义父，听凭义父决断。

方浩踩着夜的暗影，快步来到了义父家。义父的伤病远没有痊愈，这次受伤加重了本有的肺痨，他正忍受着旧病新伤的折磨。当刘承根和刘樱出了房门，屋里只剩下两个人的时候，方浩一五一十地告诉义父：自己另造了一对双尊，并烧成了一只上好龙尊。

刘胜远听了，吃惊不小，罕见地对方浩加以训斥："你一向聪明，这次怎么竟然做出这等愚蠢的事情来？这可是会坐大牢甚至被砍头的买卖。"

方浩作出了解释：这样做只是为了更好地满足朝廷的要求，更是为了让许多人免于因烧坏御窑重器而遭受惩罚。

刘胜远瞪着有些失神、已经明显变大了的眼睛，木然地看着房顶。

方浩接着解释：类似的事情过去也曾有过。比如，历史上曾有御窑烧成过红霞白雪釉，在红色的底釉上现有蓝白交错的色缘，像云下飞雪，似江中浪涛，如烟里春花，见所未见，闻所未闻。但督陶官担心皇家见到以后，会旨令再烧，却难以再度烧成而受到责罚，便隐匿而没有奏报，并悄悄废弃，这也实属无奈。果然，后来这种色釉的瓷器再也无人烧造出来。至于这只龙尊留下来了，完全是因为尤太监仗势胡为，并急急押瓷返京所致。太监离开窑厂时，我当时在诊所陪着余师傅疗伤，这件尊则还躺在红炉里，是成是败、是优是劣，完全无法知晓，也没有机会把这尊交给任何人。

刘胜远对方浩的解释似乎认可，转而问："那你说这件事怎么办？"

"我没有任何想法，但凭您做主。"

"这本是属于皇家的东西，那就交还朝廷吧。"刘胜远说出了自己的想法。

"这万万不可。"这句话如隆冬的山风呼啸，又硬又冷。

但，说这句话的不是方浩，是刘承根。他是在门外听到父亲和方浩的谈话后，忍不住走了进来，并突然插话。

"为什么不可以？"方浩想知道理由。

"这件事，不说出去，无人晓得，也就无灾无祸。但如果说出去，惊动官府，那就成了私造或偷藏御器，必然大祸临头。"承根说出来的理由让人惊骇。

刘胜远觉得这个想法不无道理，便问承根："那该怎么办？"

"最好的办法是悄悄地打烂砸碎，埋入地下或抛到河里。神不知、鬼不觉、人不晓，便断了祸根。"刘承根说出了一个他认为最是稳妥的办法，又打了个形象的比喻：绳子套在脖子上，不如挂在墙壁上。把这件龙尊留着，就如同把绳子套在脖子上。

方浩深深知道烧造成龙尊凤尊是何等的不易，随口说了一句："这么好的东西，做成太不易了，毁了实在可惜。"

"那你说怎么办？"承根转而问方浩。

"我看暂时不要着急忙慌地处理，先放在义父身边。天有晴雨，地有冬夏，到了适当时候，或许能找到适当的处置办法。"方浩说出了自己的想法。

刘胜远还没有表示可否，刘承根又开口了："方浩，父亲再也经不住折腾了。万一再有个风吹草动怎么办？如果实在要留着，就放在你那里吧。"

方浩觉得刘承根说得很对，不能让义父承担风险。那就自己先妥为管藏，如果有风险，自己兜着。

方浩出门时又想起一件事，皱着眉头告诉刘胜远："义父，这些天我又随同一个把桩师傅烧了两窑瓷，有一窑很不如人意。出窑的瓷器有的膨胀破裂，有的瓷面上还有结痂和灰点，不知是什么原因？"

刘胜远想了一下："应当是窑有问题。"

"这窑刚刚挛过，不应该有问题。"方浩带着思索回答。

"问题或许正是出在挛窑上，可能是窑体或卷篷砌得不太平整，也可能是有的窑砖出现了碎裂、缺损，还有可能是窑底的老土太薄。"说到窑和瓷，刘胜远一下有了精神，话变得像春江流水一般顺畅，双眼也像添过油的灯一样，一下增加了亮度。

方浩若有所悟，连连点头。

当方浩的一只脚跨过门槛时，刘承根又很郑重地提醒："方浩，多一事不如少一事，那龙尊还是赶紧砸了、扔了为妙，免得弄出个好歹来，牵连大家。"

方浩点了点头，出门而去。

方浩回到家里后，把门窗紧闭，将龙尊放在桌子上，屏息静气地

看着，那龙尊也在无言地看着他，这使方浩蓦然心惊。他比任何人都
对这件东西熟悉，也更有感情。当他想起今天在义父家三人的对话，
阵阵心寒。这件龙尊不是寻常之物，真有可能成为累赘，甚至成为祸
患。如果因此被查究，受罚的不会只是自己，照那动辄株连的王法，
肯定会有许许多多的人像塌窑时的瓷器，连带遭殃。断然不能因为自
己对这件瓷器的情感，以及对这件事情后果的误判，而让许多人蒙苦
受难。最好的办法确实是一摔了之，一了百了，就当这件东西不曾在
人间出现过。如果当时不是为防不测而多做了一套备用，这件龙尊根
本就不会存在。或许，人有命，器物也有命？这龙尊的出现和毁灭都
是老天爷早已安排好的？他痛苦地闭上了眼睛。

　　过了一会儿，他睁开眼，又把目光久久地落在龙尊上，龙尊是那
般庄重、稳实、温润、明丽、可爱，自己没有当过父亲，但他觉得这
龙尊便是自己的孩子。然而，这本是自己的孩子，却要亲手毁了它，
于心何忍？但如果这件瓷尊不毁掉，便可能是更多的人被毁灭，那罪
孽又该有多重？思来想去，这龙尊的存毁已经别无选择了。

　　他把龙尊贴在胸前紧紧地抱了好一阵，然后双手握紧龙尊，缓缓
地把双臂抬起，将全身的力气运到了两只手臂上，又一次痛苦地闭上
双眼……但这一瞬间他又觉得，不能直接毁灭这美丽的生命，怎么能
亲手杀死自己的孩子？要变成一次意外，一次失手，这样便不会显得
那么残忍了。

　　他很快设计好了让龙尊毁灭的脚本：把龙尊放在桌沿上，自己背
对着桌子，然后假设听见有人在敲门，自己便快步走向门边，一不小
心，脚触碰到了桌子的一条腿，桌子移动，龙尊掉下……这样，瓷尊
是自身从桌子上摔到地上的，自己的双眼还可以避开瓷尊触地粉身碎
骨时那可怕的一幕。如此，自己的心里或许可以减轻一些折磨。

　　窗外夜色很浓，这时瓷瓶碎裂声音会很大，因而更让人心惊肉
跳，他也还想让这只可爱的龙尊在世界上多存留一天，便把龙尊放在
枕边，然后把油灯吹灭。

　　第二天临近中午的时候，几经犹豫、几番煎熬以后，他决定照着
昨晚的设计，把龙尊送入另一个世界。他小心地、庄重地把龙尊摆在
了桌子的边沿上，然后起身挪步。

　　"笃，笃"，想不到这时真的有人敲门。方浩赶忙将瓷尊收起藏

好，稍稍定了定神，向门边走去。

门开处，又是江云炻。她笑吟吟地问方浩："这几天没有熬夜缺觉吧？怎么又是好半天才开门？"

方浩没有回话，脸上是很不自然的微笑。

江云炻没有关注方浩的表情，而是道明来意："走。兑现诺言，该你请我吃饭了。"

江云炻的到来，倒使方浩从矛盾、苦痛的心境中暂时走了出来，这时他很愿意和江云炻一道出去，借以摆脱心中的阴云。

他们来到了珠山龙珠阁边一个很有特色的饭馆，上到二楼，在临街的一张桌子边坐下。

景德镇自唐代以后，由于瓷业发达，"人来八方，器走天下"，有许许多多的外地人来到这里谋生求财。今天他们进的便是来自鄱阳湖边的余干人开的馆子，此时正是鱼肥虾壮的季节，他们点了极富地域特点的菜品：藕丝炒肉、银鱼蛋羹、泥鳅钻豆腐和鳜鱼炒粉。但方浩却似乎食欲不振，吃得不多，并好像有满腹心事，说话也很少。

江云炻忍不住问："你近来怎么像淋了雨的柴火，敲不响，点不着，显得没精神？"

"只是有点累。"方浩极力掩饰着自己内心的不安和忧烦。

"我才不信哩。最近一段时间你既不彩绘，也没烧窑，干什么累的？"江云炻那犹如宝石般明亮的眼睛紧紧地盯着方浩。方浩也正好抬眼，四目相对，双方都不由自主地闪避，胸间有一只青蛙在蹦跶。

方浩随口说："心累。"

"我猜你一定是在考虑自己的出路，因为御窑厂要关张了，御窑厂所有的人都会像失去树林的鸟，得另找地方做窝了。"江云炻一副忧人忧己的样子。

方浩却并不这样认为："御窑厂的人只要不是病人，不是懒人，绝不会没有饭碗，还可能会端起更好的饭碗。"

"这倒是。看样子你并不在乎御窑厂的关停，甚至觉得这不是什么坏事？"

"是这样。"接着方浩说出了自己对御窑厂的评价，"在我看来，设立御窑厂，可以说既是中国瓷业的大幸，又是中国瓷业的不幸。"

这简直是惊天动地的话语。许多人对御窑厂大加赞美，几乎用尽了美词丽句；许多人对御瓷追求无已，甚至到了发狂犯傻的地步；许多人因制作御瓷受到赞颂，以至声名远播。而眼前的这个方浩竟然对御窑官瓷是这种有褒有贬的评价，太不可思议了。

云炻拨弄了一下头发："你的话恐怕很少有人相信。不过我听了，倒觉得蛮有意思，想听你说个清楚明白。"

"你想把什么问题听清楚，弄明白？"方浩这时似乎来了精神。

"为什么设立御窑厂竟然还是中国瓷业的不幸？"

在方浩看来，御窑厂耗费那么多人力、物力，穷尽心思，用尽技艺，造出来的大都是既不能吃也不能用，只能陈设、把玩的东西。这些所谓的宝物，对国家来说，都是些可多可少，甚至可有可无的东西。比如那乾隆时烧造的多层转心球瓶，可以说是极尽机巧，古往今来，没有第二件，可是又有什么实际意义？很像那满汉全席，好看好听，实际上只是费钱费事的排场，并无多大价值，甚至有害无益。如果把这等心思、这等技艺，用来多造有实用功能的瓷器，用来制造机器、兴办工商、修路建桥，该有多好？像中国发明了火药，却是用来造爆竹，西方用来造军火，由此形成了军事力量上的巨大差别，这和费钱费力造官瓷御器很是类同。自己在日本留学时发现，西洋人、东洋人都非常重视工业制造，包括使用新技术制瓷，并由此使得国强民富。但个中道理和一个不到二十岁的女孩子如何说得明白？

江云炻对许多事似乎大有兴趣，在方浩沉吟思索的时候，又提到了一个许多人都关心的问题："御窑厂没有了，中国的瓷业怎么办？"

方浩似有成竹在胸，快速回答："瓷器当然还要造，并且要造得更多更好。可以像日本等国家一样，走工业化的路子，走公司经营的路子。江西巡抚早就提出了关停御窑厂、兴办瓷业公司的主张，但让人很不明白的是，五六年过去了，依然是一瓢凉水浇在石头上，毫无动静。"

"那我明白了，你一直心事重重，并且还没有确定御窑厂关了以后去干什么，是不是想参与办瓷业公司？"

方浩一下变得神采飞扬："太神了，你怎么会知道我的想法？"然后语气郑重地说，"我心里一直有一个想法，这一辈子不能只是做一个画瓷人、烧瓷人。"

"那你想做什么样的人？"云炻瞪大了眼睛问。

"想做一个穿着草鞋走新路的制瓷人、兴瓷人。所以我日夜盼着御窑厂快点关门，瓷业公司早点开办。"方浩不曾想到，在一个姑娘面前竟然说出了自己的人生理想。

江云炽不假思索地接话："太好了。那我这辈子就跟着你。"说完这句话，江云炽觉得有点失当，脸上一阵绯红，便赶忙解释，"我也愿意像你一样，在御窑关停后，去瓷业公司画瓷制瓷。"

方浩的脸上露出了欣然的笑容。

饭菜已尽，该结账了，江云炽站起身来："这顿饭，我付账。"

"不是说好我请客吗？还是我来。"方浩一把拉住了江云炽的手，她的手细嫩、润滑、温软，他很快把手松开了，像触到了刚从窑里出来、依然烫手的瓷器一样。

江云炽说："今天这顿饭我付钱。算是我的学费，也是对你的奖赏。"

饭后，方浩把江云炽送到家门口。云炽学画时一直客居在舅父家里，父亲两年前去世后，母亲来到了景德镇，她便和母亲租了两间房子，住在一起。双方挥手道别，都忽然觉得心底里隐隐产生了一种难以言表的依恋感。

晚上，方浩躺到床上，翻来覆去，难以入睡。江云炽的音容笑貌时时浮现在眼前，他想避开、驱走，但却像昌江渡口的渡船，在眼前不停地来来去去。至于龙尊的事，他早已抛到脑后去了。

他翻身坐起，点亮油灯，读了好一会儿书，但还是没有睡意，便起身走到屋外。冬夜的天穹瓦蓝瓦蓝，一颗颗星星犹如宝石，闪射出耀眼的光辉，使他联想到了江云炽的眸子；那一轮弯月，洁白无瑕，很像江云炽张口微笑时的一口白牙；有一颗流星在天上划过，他莫名其妙地联想到云炽的眼泪。嗨，还没有见过云炽流泪呢，她的眼泪也一定像流星这么漂亮。古人用梨花带雨来形容女子的美貌，用这个词描述女子有眼泪、无哭声的娇美样子，也一定很形象、很准确……天上的星光月色发出的清辉遥远而冷峻，晚上的风吹到身上，让人感到阵阵寒意。他回到屋里，已是四更时分。

方浩刚从梦中醒来，又有敲门的声音响起。肯定又是江云炽，她这么早来干什么？难道她也没有睡好？

心　思

　　敲门的并不是江云炽，而是刘樱，她喘着粗气说："方浩哥，娘的病突然加重了。承根哥几天前有事去九江了，爹让我来找你。"

　　路上，刘樱断断续续地告诉方浩：自父亲受伤之后，母亲的情绪一天天变坏，病情也一天天加重，人像是霜后的瓜蔓，越来越不行了。

　　方浩进到屋里，但见义母全身僵硬，气息奄奄。方浩轻轻地喊了声"义母"，她才费力地睁开了双眼，直勾勾地望着方浩，嘴里、喉咙里呼噜噜直响，脸上在痛苦地抽搐，看来是想要说些什么。但她用尽全身力气，发黑的嘴唇不停地颤动，却是仍然无法吐出一个字来。只是费力地用手指了指自己，又指了指丈夫，再指了指刘樱，最后又指了指方浩。然后双眼闭上，脸上没有了任何表情。刘樱哭着大喊"娘——"，但没有任何反应，娘已永远地告别了这个让她备受病痛折磨的世界。

　　第二天，承根回来了，他是急急地从九江赶回来的，并且是带着一个至为重要的消息和想法赶回来的，他恨不得立即告诉父亲。但想不到母亲已经故去，于是强行按捺住心中的焦躁，和方浩、刘樱一起办完了母亲的丧事。

　　丧事办毕，承根便迫不及待地来到刘胜远床前，语速很急地告知父亲：我在九江听人说，光绪皇帝和慈禧太后在两天内先后去世，现在坐在龙椅上的是只有三岁的宣统皇帝。

　　刘承根之所以特别重视这个消息并且要急急地告诉父亲，是因为他猛然意识到：那件龙尊的去留完全可以另作考虑了，既不必打碎深埋，也用不着进呈朝廷。一朝天子一朝臣，一代君王一代事，改朝换代了，谁还会再惦着慈禧时代的一件瓷器？

　　承根说到这里，带着几分担忧，似是问父亲，又像问自己："不知道那龙尊还在不在方浩手里？"自己曾经觉得，那龙尊是摸了便会夺人性命的刀剑，看了便会烂人眼珠的毒药。现在他的看法、想法就像白天和黑夜，完全颠倒过来了。

刘胜远没有作声，他对那龙尊在不在方浩手里并不在意。

承根的话在继续："方浩说过，要把那龙尊放在您这里。当时因为您病重，又担心会有意料不到的麻烦事发生，所以暂时放在他那里了。如果龙尊还在，现在可以放到您身边了。"

"如果龙尊还在，放在方浩那里不也挺好吗？何必挪来挪去？"

承根这时说出了父子间的私房话：马还是骑在自己的胯下好。万一将来出个什么岔子，有个什么由头，方浩来一个翻脸不认人，闭眼不认账，私吞了这龙尊怎么办？

"别瞎说。我了解他，他绝不是这号人。"刘胜远语气不重，但说得不容置疑。

"现在确实看不出他有什么坏九九。但俗话说，画龙画虎难画骨，人心难测。父亲，这龙尊很珍贵，很值钱，不能不考虑得周全些、长远些。"

"你不必想七想八了，放在方浩那里可以放一百个心。就是放在我这里，我们也不能私吞了这件东西。"

承根愣了一阵："我们可以不要，但也不能让龙尊没由头便落在他人手里。俗话说，'防人之心不可无'。"

刘胜远不愿意也觉得没有必要同承根继续谈论这个话题："我有些累了。这件事还是放一放再说吧。"

承根却是放心不下："久放盐生卤，只怕越放越麻烦。要放，倒不如把龙尊先放在您这儿，您怎么处置都方便自如。这才能真正让人放心。"

刘胜远没有再说什么，开始闭目养神。论亲属关系，他与承根自是比与方浩更亲近。但在内心，他对方浩的喜爱与信任大大超出了承根，他觉得那龙尊放在方浩那里最是稳妥，也更放心。

刘承根见父亲这般态度，心里不安起来，不怕一万，就怕万一，万一有一天方浩陡地起了黑心呢？万一……此后的几天，他一直在心神不定地琢磨这件事，越想心越沉：现在龙尊已完全不用交出去了，如果放在父亲这里，等于自己对这件宝物有了相当大的控制权。有一天父亲去世，这件尊便会顺理成章地成为自己的坐下宝马。但如果放在方浩那里，就等于一匹宝马关在别人的马厩里，各种可能性都存在。必须避免这种结果，但应当如何办呢？日出日落，吃饭睡觉，那龙尊的影子都在他眼前不停地晃动。

云蒸霞蔚，火红的太阳又一次把耀眼的光芒铺满昌江，也投射在一座座正在冒烟的柴窑上，许多人昨天的疲劳还没有从身上消散，又在手脚不停地开始新一天的劳作。

早饭时分，心里比身体还累的承根把方浩约到了秋水茶社，东拉西扯了几句之后，把话引入了他设定好的胡同："父亲的病情一天比一天变好，开始关心许多事情。"

"太好了。他现在最关心的是什么事情？"

"就是那件龙尊。"

"龙尊很安全地放在我那里，他丝毫不用担心。"

承根一听这句话，悬在心上的两块砖头有一块落了地：龙尊还在。他本来很担心的是，方浩当时会照着自己说的把龙尊毁了，或是听闻朝廷有变后，明明仍在手中，却说早已"砸毁深埋"。

承根接着说："父亲老惦着那龙尊，特别是娘死后，更是天天唠叨。那龙尊如果在他身边，对他的情绪和养病都会胜过一副良药。"

"你说得对。那就尽快把那龙尊放到义父身边，让他天天看着高兴。"

承根心中第二块砖头落了地，方浩愿意把龙尊送到父亲身边，不由得笑了笑："你真是父亲的好儿子，怪不得他常常夸你。"

"吃完早茶，你去我家把那龙尊取走吧。"方浩说得简单而明白。

承根这下真是喜出望外，那近来叫人朝思暮想的事情，想不到竟是如此简单、如此迅速地遂心如愿，便把端到嘴边的茶猛地喝了一口："太好了。就这么定。"茶太烫，舌头和喉咙都似乎要起了泡，这也使他瞬间生出一个念头：不妥。父亲原本是皇帝换了也不想改换原来的想法，要让龙尊由方浩继续保管，自己却抱了回家，这就有违父亲的意愿。父亲由此可能会怀疑自己心胸狭小，甚至认为自己对这龙尊有了邪心歹意。以他对父亲的了解，父亲一定会生气，那就是把茶壶烧成夜壶了。

承根有了新的想法，很真诚地对方浩说："父亲的脾气你知道，定了的事情不愿轻易改。所以还是你自己抱过去吧，并且你还要当面对他多说些理由，让他愿意收存，否则他有可能会拒绝把龙尊放在身边。"

方浩很认同地点了点头。

当他准备付茶钱的时候，承根却是先一步起身，很麻利地付了账。

当天日落之后，方浩用一件衣服将那龙尊包了个严严实实，抱着来到了义父家，放在了刘胜远面前，兴冲冲地说："我今天给您带来了一样东西，相信您见了一定会很高兴。"

"什么宝贝？"刘胜远轻声发问。

"确实是一件宝贝。"方浩说着，小心地卸去包裹着的衣服，龙尊呈现在刘胜远面前。

刘胜远是第一次看见这五方龙尊。但见造型大气，厚重稳实，如山岳般傲然屹立；瓷质细腻，胎体洁净无瑕，确是上等瓷泥制成；绘图精美，五岳巍巍，气势别样奇伟；釉色纯正，发色饱满而又层次分明，尽显御瓷气派。他作为烧造最后一窑御瓷的把桩师傅，烧成如此美器，感到无比欣慰，脸上露出了受伤以后从未一现的笑容。但这一笑，牵动了他的伤口，顿时觉得浑身疼痛，随之脸上的笑意消失，悲从中来：如果不是烧制这可赞可恼、可爱可恨的官窑御器，自己绝不致受伤，以致成为了一个废人。但又转念一想，自己落得这般悲惨下场，事出有因，与这眼前的珍宝无关。此刻，他心中五味杂陈，心头的痛和身上的痛交互缠绕，弥漫全身。

方浩开腔了："义父，现在换了皇帝，用不着担心有人查究这龙尊的事了。这龙尊就放在您身边吧，算是您的一个伴儿，不时地看看、摸摸，可以解解闷，养养精神。"

"我看过了就行，还是放在你那里吧，用不着挪来挪去。"刘胜远很认真地对方浩说。

承根一听，心里凉了半截，赶忙接话："方浩想得周全。爹，方浩的这片心意你就收下吧。"

刘胜远没有再作表态，他想的是，这世间事，包括朝廷上的事，就像那窑变釉一样，谁也无法把控，转眼间又换成三岁孩儿当皇帝了。但不管皇帝是谁，这件瓷器都没有理由归属自己。于是他又看了看瓷尊，说："这本属朝廷的东西，我们何必牵着心、揪着胆收留着？既然有了新皇帝，倒不如交给浮梁县县令，让他献给朝廷。"

方浩没有言语，他对到底如何处理龙尊没有认真想过。

刘承根却是坚决反对:"如果以前献了也就献了,现在再献,万万不可。"

"为什么呢?"刘胜远不解地问。

"这事的七寸不在当时这瓷尊烧还是没有烧,而是在当时送还是没有送。"

"这话有点绕,你说明白点。"刘胜远此时觉得自己的脑子里有点乱乱的,又有些木木的。

刘承根细加解释:开炉时,一片忙乱,尤太监急急离开景德镇,这龙尊没有来得及与其他御瓷一起送京,因而迟了一两天送交,这完全说得过去。现在时间已过去快一个月了,连皇帝都换了,如果再献再交,就无法解释延迟献交的理由了。会被认为是想藏匿国宝,窃为己有。想想看,那天开炉时,尤太监连御瓷晚一个多时辰出炉都不肯等待,而这件瓷尊送交官府却是延迟了这么长时间。这样一来,朝廷必然追究,追究则必然定为大罪无疑。

刘胜远不明白承根从哪里搬来了这么多理由,不过他也觉得承根说得还是很有道理,一时无语。

承根又开口了:"朝廷办事就像刮风下雨,谁也看不明白,说不清楚。俗话说'急死人',可见办事急了害处大。我看还是再等等,再看看,等看清楚了、想明白了再说。"承根说着,向方浩使了个眼色。

方浩明白承根的意思,便帮着腔:"承根的主意挺好。那就边走边看,先放着再说。"

刘胜远没有主意了,他本来就不愿意思考那些太复杂的事情,加之现在伤病在身,一提到这类事更是觉得头疼心烦,既然两个年轻人都说暂时放一放,那就不再耗神费心了,他摆了摆手:"那就先照你们的想法办。"

承根长长地舒了一口气,方浩也觉得如释重负。

临别时,方浩想起了一件事,他告诉义父:"上次曾向您问到,窑为什么没有烧好。认真察看以后,发现确实如您所说的,是窑牵得不好,窑墙有几处不平,还有好些窑砖残破,又作了修补并在窑底加填老土以后,已经一切正常了。"

刘胜远说了声"对",然后徐徐说道:"烧窑烧窑,关键在窑。建窑、牵窑、封窑、开窑,每个环节的落脚点都在'窑'上,半丝也马虎不得。如果窑不好，坯胎再美，柴火再好，技术再精，也无法烧出好瓷。"

对义父的这番话，方浩深以为然，并谨记在心。他又关切地叮嘱了义父几句，然后起身告辞。刚走到门口，早已等在门边的刘樱塞给他一件用旧布包裹的东西，有些腼腆地说："方浩哥，这是娘为你做的鞋，但她没有来得及做完，我接着做完了。你拿去试试，不知合脚不合脚？"

方浩很感激地接过鞋，又朝刘樱看了一眼。不曾注意到，这个他一直觉得很小的妹妹，已经在不知不觉间成长为一个漂亮的大姑娘了。

方浩回到家以后，立即把那件残缺变形的凤尊包好抱起，趁着夜色，快步来到昌江边，在一个僻静无人处，用力扔进了江里。随着这件残器"哗"的一声砸开水面，沉落江底，他的心中也变得稳实了：自此不用再为这双尊牵肠挂肚、担惊受怕了。当然他不会想到，这只是他的一厢情愿。

佛印湖边

1910年初，迎着料峭春寒，"奏办江西瓷业公司"的牌子挂在了原御窑厂的大门边，它像一块生死牌，同时宣告了有五百多年历史的御窑厂寿终正寝。瓷业公司是由五省筹资的官办商业公司，还在离景德镇一百多里地的饶州府所在地——鄱阳县城，创办了一所陶业学堂，作为公司的附属学校，以培养瓷业人才。

瓷业公司成立之初，奉命烧制过款署"宣统"的瓷器，但这只不过是御瓷烧制大戏上的几句插科打诨。武昌起义的枪声掠过长空，皇家烧瓷用瓷制度随着封建帝制一起，像破缸残碗一般被彻底抛弃。江西瓷业公司也解缆张帆，成了波涛汹涌的商业大河中一条大船。方浩成了这条船上的水手，被委任为彩作部经理，许多原御窑厂的工匠也变身为瓷业公司的员工。

方浩一边管理彩作部，也一边从事绘画。他的绘画水平和管理能力日见精进，他和江云炽的感情也在发展，就像春风春雨中的瓜蔓恣意地生长着，两人已经到了形影难离的地步，离谈婚论嫁只差一句表白，就像一幅瓷画作品绘就后，等着钤上朱印。这一天下午，江云炽忽然忧心忡忡地告诉方浩：舅父留在了瓷业公司以后，虽然仍然像过去一般作画，但性情有了很大改变，生活更加无常。他本就像个烟囱，烟不离口，近来嫌普通黄烟不够劲、不过瘾，竟然像有些人一样开始吸食鸦片了。还有叫人奇怪的，作画时闩上房门，拉严窗帘，似是在做一件隐秘的事情。这一切，很让人费解而担心。

方浩想了一下："抽鸦片确是坏事，但他关门作画却未必不好，这本是他的习惯，说不定他正在创绘一件惊天大作呢。"

"你总是比我想得远，想得深。今天是休息日，舅父肯定又在画画，我们去一探究竟吧。"

二人便向王青的画室走去。近前一看，又是门户紧闭，窗帘严实。

江云炽敲了敲门，无人应声；再敲，依然没有动静。为什么几次敲门不理？云炽壮着胆子轻轻一推，门随之开了，原来是虚掩着的。

两人进到室内，朝画桌上一看，江云炽立即像喝了一大杯烧酒，血往上涌，脸上泛红，全身发热。原来瓷板上画就的是一幅女人体：从头到脚全然裸露，半倚半躺在一张美人榻上，虽然最敏感的部位有一半被身体巧妙地挡住了，但还是若隐若现。由于在构图时，精心地在对面墙上设计了一面很大的镜子，这样等于在一张画里，绘画了一个完整的人体。整幅画逼真地展示了女性雅致的脸型、秀美的肩背、丰腴的胸臀、纤细的腰部、修长的大腿。瓷器洁白的质地，釉彩仿真的颜色，画家高超的技艺，使人直觉得是一个活脱脱的出浴美人躺在面前。

江云炽猛地拉了方浩一把："看什么呀？赶快走吧。"

有脚步声从门廊上传来，从那不快不慢的节奏和不轻不重的声响中，两人知道是王青先生走了过来，赶快退到门外。

方浩和江云炽热情地同王青打着招呼。

"你们来了，有事吗？"王青回应着。

"没有事也可以来。难道您有什么不能让人看见、害怕让人知道的事？"云炽带几分俏皮地反问。

"好久没见先生了，特来看望。"方浩回答。

"那好。进去吧。"王青刚说完，又像想起了什么，"你们稍等。"说着自己先一步进到画室，一阵窸窣的轻响后，王先生的声音才传到门外，"进来！"

二人进到屋内，不由得再向画桌上纵目，那张瓷板画上已盖上了一张旧报纸。

江云炻心里一阵窃笑。

坐下以后，方浩问安："先生，近来身体可好？"

"精力已不如前，一天比一天老了。"王青说这话时，充满对时光匆匆的感叹，但情绪是乐观的。

"人都会老的，但是您还是要适当注意养生，这在西方叫奉行健康的生活方式。"方浩很关切地说。

王青一听西方的生活方式便有三分心烦，接着说了一通自己的养生逻辑：五谷最是养生，烟酒茶健体益寿。什么适当运动、营养均衡、生活规律，全都是海外奇谈。人本是最有灵性之物，顺乎自然最好，想吃就吃，想睡就睡，想画就画。随心随性、自由自在是人生最美妙的境界，这就好比绘画，以崇尚自然、师法自然为上。

方浩本想劝劝先生不要吸食鸦片，但他觉得这个时候说出来，肯定是瓷器未熟便停止架柴，还不到火候。他似是漫不经心地将目光在先生的画室巡视着，然后有意停在了抽鸦片用的烟具上。

王青显然注意到了方浩目光和表情中的含意，轻轻叹了一口气："我也知道鸦片不是好东西，只是已经上瘾了，就像长在脸上的皱纹，去不掉了。不抽几口，不仅人没有精神，连画笔也很难控制。况且许多人的癖好千奇百怪，我只不过有此一端，只是白璧微瑕而已。"

方浩故作好奇地问："抽鸦片果真能提神聚气吗？"

先生道出自己的感受：抽足了烟土以后，不仅特别有精神，有时还能在那吞云吐雾中找到灵感，甚至在那似醒似睡中捕捉到极好的画面，信笔描摹下来，就是一幅好的画作，所以我现在更能理解李白"斗酒诗百篇"的豪情。这抽烟与喝酒，对绘画写作的人来说，功用差不多。

方浩一阵默然，一阵忧虑。他想暂不与先生讨论有关鸦片的话题，转而问："先生，近期在绘画什么作品？"

王青的眼里闪射出明亮的光，就像他说的刚刚抽过了鸦片，兴奋地说："如今，画画也少有束缚了，画什么画，用什么色，已经了无禁忌，再也用不着比照纸样在瓷上绘画了。这实在是一件大好事，或许由此可以开创中国瓷画一个新的时代。所以，我最近在……"说着他像意识到了什么，突然把话顿住了，然后下意识地看了一眼自己的画桌。

江云炻要逗一逗舅父："您接着往下说，最近在绘画什么大作？是不是让我们先睹为快？"

王青摆了摆他那显得有些枯瘦的手："现在我的画还只是一个深养闺中的姑娘，还没有到出阁之时，到时候你们自然可以见到。"然后调换话头，"你们没有事可以走了。"

有了逐客令，该离去了。两人便向先生道别，刚一出门，江云炻便是"扑哧"一笑。但笑过之后，舅父话语中的两个词却久久没有离开她的脑海：深养闺中、出阁之时。

他们信步来到了莲花塘边。这是景德镇的一处风景名胜，在两座苍翠的山岭之间，悠闲地躺着一个形似葫芦的水塘，一年四季，清澈如镜，倒映着青山绿树，山上一幅画，水中画一幅。北宋年间，浮梁县出了一位被神宗皇帝敕名为佛印的禅师，曾经游览过这莲花塘，这小湖便与佛结缘，被人唤作"佛印湖"。

二人在湖边一座双层六角飞檐的亭子里坐了下来。湖光山色，高天彩云，尽入眼中，时有清风卷过树梢，顺着山势吹拂而来，令人怡然。

他们的话题从王青的画作开始。

"舅父为什么画这样粗俗的瓷画？真有点老不正经。"江云炻话里带着抱怨和不解。

"这可不是粗和俗，而是美和雅。"

江云炻一阵愕然："不穿衣服还美？光着身子叫雅？"

"在西方，艺术家们认为世界上最美的便是人体，所以有很多绘画作品表现的是人体。学美术的学生上课时，会直接画人体模特。"

"什么是画人体模特？"江云炻好奇地问。

"让人作为模特让学生们照着画。"

"那穿衣服吗？"

"有时穿，许多时候不穿。"

"脱了衣服让人照着画，那不羞死了？"江云炻说着还捂上了脸，好像自己是那模特似的。

"中国人是这样认为。所以王先生在瓷上绘这种画是一种开创、一种出新，我很佩服他的见识和勇气。"

江云炻觉得方浩这曾经漂洋过海、吃过面包的人就是不一样，便顺势追问："那你会画模特吗？"

"你让我画我就画。"方浩随口迸出一句话来。

江云炻一阵耳热，在方浩肩上不轻不重地打了一拳："你怎么能说出这样的话？好像我会当模特似的，你必须道歉。"

"道歉，道歉。我自己也不明白，怎么口一张便像喘气一样吐出这么一句来。"方浩又很认真地告诉云炻，"在国外，模特是一种很光明正大的职业，也不是谁都能当模特。"

"谁爱当谁当去，反正给我一筐金子银子，我也不会去当什么模特；你想画谁就画谁去，只要别画我就行。"

"好。我就只好画别人了。"方浩开着玩笑。

"你还真想画呀？"云炻半带认真。

"这本是艺术嘛。"

"你要画也可以，但得有一个条件。"

"什么条件？"

"这个人要比我丑陋一点才行。"

"为什么？"

"不为什么。"

"那还不如直接画你哩。"

江云炻看了方浩一眼："你这和刚才说的不是一个意思吗？"

"你理解得很对，难道有什么不好吗？"方浩这句话说得像是玩笑，又很认真，并有意望了江云炻一眼。

四目相对，眼睛里闪出的全是带火夹电的亮光。方浩很想拥抱一下云炻，但他望了望四周，又克制住了自己的冲动。有一对白鹭贴着湖面掠过，美丽的身影倒映在水面，水上水下，一对秀美灵动的身影上下翻动，跳着优美的舞蹈，作着心灵的交流。在这一片静谧的山林水塘中，有动有静，交织出一幅无比美妙的画面。二人都似乎陶醉在这充满诗情画意的景色中，好久没有言语。

江云炻想起这是佛印湖，问："人为什么会信佛？"

"佛讲因缘。皈依佛门应当是一种因缘。"

"因缘，因缘。"江云炻咀嚼着这句话，然后接着说，"抛家舍业，一辈子半闭着眼睛敲木鱼、念经文，在暮鼓晨钟中度过一生，太没意思了。换了我，宁愿当叫花子也不去当和尚。"

"对你而言，应该是不去当尼姑。"

"对对对。你看，连和尚、尼姑我都分不清，所以我注定与佛无缘。"

"万事有因。有人入寺念经，可能是认为出家比在家更好；有人选择自杀，或许是因为觉得死去比活着更好。"

江云炻象征性地捂了一下方浩的嘴："什么出家、自杀，快别说这些不吉利的话。俗话说，瞎子闭着眼睛摸一辈子，瘸子拖着身子蹭一辈子，活着怎么也比死了好。"

说到生与死，方浩便把话题转到了他关心的王先生的健康上："先生如此下去，必然有害健康，也有损寿命。"

"是呀，那该怎么办？我们得想想办法。"

"对先生一般地讲些道理，进行劝说，恐怕是豆腐当磨刀石，没有用的。不过，门上有锁，就一定能找到钥匙，我倒是想出一个招数来。"方浩若有所思地说。

"太好了。什么招数？快说出来让我听听。"

"动之以情。"

"怎么动之以情？"

"这得悄悄告诉你。"方浩故作神秘地说。

"说吧。这里也没有别人。"江云炻说着，把身子向方浩靠了靠，二人的肌肤之间，此时隔着的只有薄薄的衣衫。

方浩把脖子歪了歪，然后贴着江云炻的耳边说了起来。江云炻一边听着，一边频频点头，他们彼此间从来没有靠得这么近，隐隐能听见彼此的心跳。江云炻此刻希望方浩的话，犹如五月的梅雨，无止无休，持续不停。但方浩从嘴里发出的声音却突然停止了，只是从口鼻中发出长长的、粗重的喘息声。

江云炻也犹如在迷醉之中，半闭着眼睛，带着娇柔的声调说："接着说。"

此刻，江云炻头发里、脖子里乃至胸前发出的气息，使方浩神志迷乱。听见江云炻让他"接着说"，他再也抑制不住热血和激情的涌动，在江云炻白嫩的脸上猛地亲了一口，但也只像对着盛了热茶的茶盏，用嘴唇碰了一下盏沿便迅速缩了回来。

方浩担心自己这个大胆的动作会让云炻生气，但没有，江云炻反倒是轻轻抓住了方浩的手，好半天没有言语。良久，才半醉半醒地柔声地问方浩："为什么亲我？"

"因为爱你。"方浩说完便放大了胆子，把云炻的脑袋紧紧地抱住，一阵近似疯狂的亲吻。

激情的暴风雨暂停后，云炻告诉方浩：我头顶上有个蚕豆大的朱砂记，算命先生说我命好，将来会嫁给一个大富大贵的人；还说我命中缺火，我那当私塾先生的爷爷很喜欢陶瓷，便将我取名为云炻。

方浩轻轻地拨开了云炻乌黑绵密的头发，果然，在头顶上有小块皮肤是暗红的颜色，像淤积的一大滴血。方浩作了美丽而独特的解释：这很像瓷画上加绘的红印章，是特定的标记，又是漂亮的装饰。

"你刚才亲我了，也就好比在画上盖了印章，可不许涂改、不许反悔啊。"

"绝不涂改，永不反悔。"方浩发出的是爱的誓言。

江云炻伸了伸脖子，小巧的嘴微微张开，等待着方浩又一次盖章摁印……

王先生戒毒

王青依然是一边抽大烟，一边绘画，他认为这种生活是半为画师半为仙，胜过王侯和巨贾。一天，方浩送来了一小包东西，打开一看，竟然是黑乎乎的烟土，这让他好生奇怪。更让他觉得奇怪的是，每隔十天半个月，云炻或是方浩又会如此这般地重复一次。他很清楚地知道，这两个年轻人都视烟土为恶虎毒蛇，极力反对吸食这来自外国的毒物，却为何佛前供香似的，一次次给自己送烟土呢？

这一天，方浩又来了，放下烟土正要离去，王青把他叫住了："你坐下，我有事问你。"

方浩很恭敬地坐了下来，平静地望着先生。

"你们为什么隔三差五给我送烟土？"

"为了让先生更好地绘画，更多地获得灵感。"

王青一时无言以对，因为自己确实说过这类话。他还没有来得及回应，方浩说出了让他肝胆俱动的话："我和江云炻也准备效仿先生。"

"你们想干什么？"平生极少惊慌的王青先生有些惊慌了。

"学抽鸦片。以便绘画时更好地找到灵感，也体味体味那恍若神仙的感觉。"

"断然不可。"王青从嘴里蹦出来四个字。

"既然是好事，为何不让我们也去做一做，哪怕是试一试？"方浩似是不服气地反问。

王青这时带几分沉重、几分愤然地告诉方浩：这外国人卖给中国人的鸦片，是误我国家、害我国民的毒药。我沾上这恶习，已经追悔莫及，你等绝不可堕入苦海。

方浩好像是豁然醒悟："啊？！原来如此。那我们一定遵从先生的教诲。"

王青又发现，今天那包装在鸦片最外层的报纸上，有篇题为《鸦片不除国家不兴》的文章，提示语是："一人吸毒，一人贫病；一家吸毒，一家败落；一族吸毒，一族衰弱；一国吸毒，一国危亡。"这无疑是一篇讨伐鸦片之害，劝戒烟民弃烟戒毒的檄文。方浩选择这张报纸包裹烟土的用意，王青自是一目了然。

王青说道："'鸦片不除，国家不兴'，一语中的。我已痛切地感受到，鸦片不仅损人健康，而且乱人性情，毁人心志。"

"看来，先生也准备扔掉烟枪了？"

"是，是。自明天起，不，从此时此刻起，我即痛下决心，戒除恶习。"接着把烟具包成一卷，交给方浩，"你替我把这些个剐人皮肉、断人筋骨的利斧尖刃给扔到昌江里去。"

方浩接过烟具，兴奋地连说带喊："先生伟哉！您戒烟毒，这正是我们一直祈盼的，送烟土也是为了让您戒毒啊。"

王青一声大笑："哈哈，倒是我这老头上了你们年轻人的当啊！"

"不，还是先生的自悟自省，自律自强。我听人说，鸦片是附体的鬼魂，缠身的病魔，没有极大的决心、超人的毅力，烟毒很难去除。"方浩既是在赞扬先生，更是在提醒先生：戒烟不易。

过了些天后，方浩又来了，他要看看先生戒烟的情况，并且手上还拿着一个纸卷着的棍状物件。只见先生神情黯然，比以前更加瘦弱了，一阵心疼。

王青对着方浩说开了：这鸦片真不是好东西。俗话说，请鬼容易送鬼难，吸毒正是如此，上瘾了，就好像魔鬼缠身，推不开，挣不脱。我这些天几乎是靠喝中药汤过日子，还让人把我绑在床上躺了两天两夜。

"先生，您受苦了。"

"就是骨断筋裂，我也要坚持下去。"

这时，方浩拆开了手里用纸包着的东西，是一个烟杆，他双手递给王青："先生，为帮助您戒除鸦片，我特地为您买了这件东西，先用黄烟顶替鸦片吧。"

王青接过一看，见这烟杆是用产自武夷山的罗汉竹做成的，上细下粗，节与节之间距离很短，膨大外凸，很像罗汉的大肚皮。竹子留下了岁月之手打磨的痕迹，质地致密，通身金黄，似是金属铸就。烟斗、烟嘴和烟杆中间部分还精心地镶上了黄澄澄的铜件，整个烟杆很像一件精致的艺术品。

王青先生一下喜欢上了这大有特点的烟杆，他又用手指丈量了一下烟杆的长度："这烟杆有一尺七八寸长，不长不短，恰到好处。"

"这个长度是比照唐代一种叫尺八的乐器定做的。"

"是一种什么乐器？我好像没见过。"

"那是一种吹奏乐器，也是用竹子做的。因为长度是一尺八寸，所以叫尺八。只是现在在中国不容易见到，我在日本看见有人吹奏这种乐器，旧器新声，很有特点。我很希望有中国人会传承这种乐器，所以把这烟杆做成了尺八的样子。"

"如此说来，这烟杆确是一件雅物了，我从来没有用过这么漂亮的烟杆。用这烟杆抽烟，既享受烟草的味道，也获得文雅的味道，从而大助我戒掉鸦片，犹如诸葛亮借来东风。"

王青又端详了一回烟杆中间镶着的铜件，若有所思地说："这上面如果刻上文字，便锦上添花了。"

"妙。先生，您想刻什么字？"

王青略一思索后："可以刻上四个字——焚其旧叶。"

方浩觉得这四个字大有深意，其中无疑寄托着先生的情怀与信念，又补充说："最好再加上四个字。"

"加上哪四个字？"

"吐我新烟。"

"好词好词。这样一来，我拿起这烟杆便有英雄豪杰的感觉了。"师徒二人一起放声大笑，惊得停在窗外树枝上的一对喜鹊拍翅飞走了。笑毕，王青又意犹未尽地补充说，"'焚其旧叶，吐我新烟'，这八个字很有味道，制瓷、绘画、做事都应当有这般豪情，这般追求。"

"先生说得太好了，我明天就去找铜匠把字刻上去。"

王青这时想到了一件事："看来，你和江云炻两情相悦，我就等着喝喜酒了。到时老头我别无所赠，准备绘瓷画一幅，以示祝贺。"

方浩笑着说了声"谢谢"，便转身快步离去，他要把先生戒除烟毒的情况尽快告知江云炻。

但到江云炻家里却不见人影，她哪儿去了呢？又在门口等了一会儿，仍不见人影，便返回到家中。不料刚进家门，江云炻便像影子一样跟了进来，她刚刚听到一个很重要的消息，想尽快告知方浩。

方浩对江云炻的到来很是高兴，立即绘声绘色地把今天同先生见面的事情说了个痛快。

江云炻高兴得连拍了几下方浩的肩膀说："你用这苦肉计真是高招。"

方浩又故意装出为难的样子："先生还说了一件事，不知道要不要告诉你。"

"快说呀，有话闷在肚子里，不嫌堵得慌？"

"那我可就直说了。"

"别兜圈子，快点像象牙一样吐出来。"

方浩慢吞吞地、故作郑重地说："先生说的是，要专为我们画一幅画。"他把"我们"两个字说得很响。

"做什么用？"云炻显然是明知故问。

方浩正要细加解释，"吱扭"一声，有人推开门径直走了进来。

方浩一看，是刘樱。

江云炽曾听方浩说起过刘樱，只是没有见过面，不由得认真地看了一眼，这刘樱年龄、个头都和自己相仿，头发乌黑，脸上白净，虽然双眉不展，一脸忧伤的样子，却是一脸秀气，一脸文静。

刘樱对着方浩急急地说："爹这几天身体状况越来越不好了，他让你立即去一趟。"

方浩便对江云炽说："我得去义父家了，其他话改时间再说吧。"

"好，你先去吧。我还有要紧事没告诉你哩。"云炽说罢，有点不高兴地出门离去，鞋子落在地上的声音显得很响。

方浩跟着刘樱急匆匆地来到义父面前。几天不见，义父显得更加瘦弱了。

刘胜远的胸腔里像装有一只小风箱，每说一句话那风箱便要费劲地鼓动几次，他喘着粗气告诉方浩："刚才又吐了好几大口血，我怕是时日不多了。有些事放心不下，得和你说说。"

方浩想，看来义父是有重要的事要对自己交代，他没有接话，只是心里沉重地等待着。

"唉——变人真是没意思，没活多久，一辈子就要结束了，还有许多事让人牵肠挂肚。"刘胜远道了一番对人生的慨叹后，接着说，"像刘樱的终身大事，我本来想托付给承根的，但实在信他不过。所以……"

方浩听到这里，头皮顿时发麻，心脏猛地收缩。天哪，难道义父要把刘樱许配给我？所以特地来同我专谈这件事？那可如何是好？他的心一下提起来了，胆也吊起来了，屏住呼吸，竖起耳朵，等待下文。

刘胜远用手擦了一下嘴角的口水："这件事便暂时放下来了。"听到这里，方浩悬着的心和胆也跟着放下来了。

接下来，刘胜远又是一番感慨："唉，我现在算是明白了，人有了好物件，看来是人控制了这物件，实际上是这物件控制了人。那件龙尊一直像一张网，网住了我的心，也网住了我的全身，甚至还网住了你们。需要有个决断，活人不能让死物摆弄。"

方浩觉得义父说得很有道理。

　　刘胜远断断续续说出了今天找方浩的原因："我很担心自己离开人世后，这件龙尊或是会下落不明，或是会引起争执，甚至惹出麻烦，所以得有个办法。但到底如何处理，很想听听你的意见。"

　　方浩对这件事早已不再放在心上，便随口说出了自己的想法：最好的办法是交出去。

　　刘胜远迅速接话："我也是这个想法。"

　　方浩蹙着眉头想了一会儿，又有点犹豫地说："只是国家像一个快要散架的楼阁，动荡摇晃，这个时候把龙尊送出去，就很难说会落到谁的手里。说不定还没有出县界省界，就会被什么人给截下来，私家藏匿了。"

　　"那就还是先放着？但不能再放在我这里，我怕万一……所以还是让它从哪里来回到哪里去，再放到你那里吧。"刘胜远的话里，有着他不愿说出来的潜台词。

　　方浩自然明白义父话中的意思，但却连连摇头："这恐怕不行。本来好端端地放在你身边，突然换成放在我手上，承根必然会有想法，这不明摆着是对他不信任吗？这对家人、对龙尊可能都不是好事。"

　　"我真担心，这龙尊毁了我半生，还要连累你们。"刘胜远说着，嘴里不停地唠叨着：是让承根收藏，还是让方浩收藏？

　　这时，进来为父亲送汤药的刘樱插了一句话："既然不好确定，就抓阄吧，让老天爷确定。"

　　刘胜远倒觉得这不失为一个好主意，至少可以平息家里由谁收藏龙尊的争议乃至争执。在喝下苦涩的药汤之后，他一语双关地喊了一句："好苦呀！"

　　已待了很久了，还惦着江云烆要说的要紧事，方浩安慰了义父几句，然后告辞。就在他跨出房门进入厅堂时，刘承根也从大门外进入了厅堂。二人打了个照面，彼此热情地互相打着招呼。刘承根已成为了小有名气的把桩师傅，他略带倦意，刚刚从一家窑厂把桩回来。

　　刘樱走了出来，对二人说："爹叫你们进去，有话要说。"

　　原来，刘胜远已听见承根的声音，他想把自己身后龙尊由谁保管收藏这件事，郑重地加以确定。

　　二人进到房中，坐在了床边。刘胜远费力地由躺着改为了半坐，很吃力地说开了:"我挺不了多久,有件事一定要在我闭眼前说清办妥。龙尊在我们家一放已是六年多了,担惊受怕不少,我想当着你们三个人的面有个明确交代。"

说到这里,刘胜远连连咳嗽了好几声,他喝了一小口刘樱递过来的水,声音时高时低地接着往下说:"我要再次说明白,这件器物你们任何人在任何情况下都不能出卖、不能典当、不能据为己有,只是等到合适的时候,把它献给国家。但不能再放在我这里,究竟放在谁手边,我也拿不定主意。常言道,人情阄下断。承根和方浩今天都在,你们抓个阄,让老天爷确定由谁保管,小樱可以作为见证人。"

稍停,刘胜远又问:"你们都听清楚了吗?"

"听清楚了。"三人几乎同声回答。

话听清楚了,刘承根却在心里打起了小算盘:如果仍然放在父亲身边,那么在父亲百年之后,这龙尊就会顺理成章地转由自己收藏了;如果照父亲的说法去办,就很难说了。

承根略带迟疑地开了口:"父亲养病要紧,何必费心劳神,匆匆忙忙办这件事?"

"承根,不办妥这件事,我死不闭眼啊。古人说,亲兄弟,明算账,这龙尊的藏管是一件大事,是一笔大账,说清道明为好。"刘胜远把藏在心里的话说得更通透了。

方浩觉得,用抓阄的办法确定由谁保管龙尊,有点冰冷、扎手,便附和承根的意见:"再放放也是可以的。"

但,刘胜远的主意犹如烧窑时熄火关窑,不肯改变:"如果你们怕伤了兄弟间的和气,不愿抓阄,就由我来代抓吧。"

"那就照父亲说的办,我们抓吧。"刘承根首先表态,他想的是,既然父亲的想法已经不可改变,与其让父亲代抓,不如自己伸手。无论抓得的结果是什么,都是自己的手气和运气。况且他内心深处,还翻动着一个美好的想法。

方浩则默不作声。他想的是,龙尊由谁藏管并不重要,当下重要的是尽可能了却生命垂危的义父的心愿。

刘胜远对着女儿说:"小樱,你做阄,我看着他们抓。"

刘樱走进厨房里,从洗锅用的竹制笊帚上掰下一根二寸来长的细小竹丝,然后折断成一长一短两段,紧攥在左拳里,拳心上方,让两截竹丝只露出米粒那么长的小尖尖。她右手护住左拳，扫视了方浩和承根一眼："你们谁先抽？抽到长的保管龙尊。"

方浩对承根说："你先抽。"

"反正先抽后抽都一样，那我就先抽吧。"承根说着把手伸了出去，但迟迟没有去抽取其中的任何一根竹丝，只是以十分期待的眼光望着刘樱，很希望刘樱给他暗示，使他能抓到那根长的，这正是他刚才荡起在心里的美妙想法。但，刘樱脸上平静得如无风无浪的湖水，眼里如无波无澜的秋潭，从中辨不出一丝半毫暗示的意味。

"抓吧。"刘樱平静地催促着。

不好意思再犹豫了，承根深深吸了一口气，把拇指和食指伸向了其中的一根。但犹豫了片刻后，又改了主意，稍稍用力抽出了另一根。

刘樱随之把手掌摊开了，与承根拿在手里的竹丝比了比："承根哥抽的是短签。"

承根心里"咯噔"一声作响，但还是掩饰着自己内心的失望，以并不在乎的口吻说："那龙尊就由方浩好好保管着吧，我可以省了许多心，我也会经常去看看这件宝贝。"

"方浩，既然老天爷让你藏着、守着，你就一定要好好地用心用力去藏去守，这样我在九泉之下也会高兴的。"刘胜远十分郑重地交代。

方浩犹豫了一阵，在六只眼睛的注视下，抱起了龙尊。

当他回家把龙尊刚刚放好，又有人拍门。不用猜，肯定是江云烁，因为她说有要紧事还没有说哩，便高兴地前去开门。

关于御瓷的论争

但进来的却不是江云烁，而是徐一涛。御窑厂关停以后，他没有进入江西瓷业公司，而是仗着自己过人的技艺，自办了一家不大的红店。红店是承接瓷上绘画的店铺，把彩绘店称作红店，始自明朝。究其由来，其中一说是：因为朱元璋是由参加红巾军起家，后来夺得帝位的，所以对红色情有独钟，称帝后，红色便成了天下第一色，压过了七彩八色，连彩绘店也被称作了红店。

徐一涛郑重且带几分神秘地告诉方浩：几天前，从北方来了几位很有派头的客人，出入多个拉坯店、窑户、红店，说要定制一批质量堪比御瓷的瓷器。这可能是一笔大生意，因而提醒方浩关注这件事。

方浩对这件事没有太大兴趣，他告诉徐一涛，自己正在根据公司的安排，组织设计、烧造参加巴拿马万国博览会的瓷品，无力也无心顾及这件事，还转而对徐一涛说："你对制作参加万国博览会的瓷器有兴趣的话，不妨一试身手。"

"当然也可以试试。不过，如果不能获奖，那就白费时间和精力了。我还是关注这北方来客的买卖。"

方浩对徐一涛的想法很不以为然："以你的本事，完全可以为景德镇乃至中国的瓷业做许多很有意义的事情。"

"这怎么说哩？其实我正在做的跟你说的事情也差不多。"

"说说你的具体打算。"

"在御窑厂待了好些年，又一直致力于仿造古瓷，所以我有深深的御瓷情结。"

"时代早已变了，何必头发白了还抱着嫁时衣？"

"我觉得御窑关了实在可惜，不瞒你说，我几次在半夜悄悄哭过。所以，尽管御窑关了，我却想继续仿制御瓷。"

持这种想法的大有人在。方浩想知道其中的原因："理由是什么？"

"如果没有御窑厂，便没有景德镇，也便没有我们这些靠瓷器吃饭穿衣的瓷人了。御窑熄火，实在可惜。"徐一涛的话中充满着对御窑御瓷的眷恋和尊崇。

方浩听了，却是一阵纵声大笑："我看未必。"

这一笑一答，让徐一涛很惊诧："我要问你为什么了。"

方浩回答了："在没有官窑御瓷之前的唐代，景德镇的瓷器便是贡品，被称作'假玉器'。正是因为有了名闻天下的美瓷，宋真宗时才改新平镇为景德镇，也才有元朝在景德镇设立瓷局从事瓷器生产的管理和官瓷的采办，也才有明、清两代在景德镇专设御窑厂。"

"正是因为有了御窑厂,才有了官窑民窑之分,才有了精美绝伦的官瓷,也才使整个中国的瓷器声名远播。"

"这话也对也不对。"方浩接着侃侃而谈,"设立御窑厂,对中国瓷器的发展确有重要作用,这不用置疑。但,作用并不像一些人认为的那么大,还应当看到,设立御窑厂在一定程度上有碍中国瓷器的发展。"

徐一涛对这种从未听过的言论暗暗吃惊,也并不认同:"怎么会哩?你说的这些是从哪里生出来的道理?"

方浩索性说开了:"宋代的汝、哥、钧、定等名瓷,都不是什么御窑官瓷,而是民窑烧制,却品质奇高,并为后来的明清官窑仿造,还一定会永垂青史;那最负盛名的元代青花瓷,也都出自民窑。以民窑与官窑的关系而言,不仅仅是先有民窑,后有官窑,而且从根本上来说,是民窑养育了官窑。"

"但官窑则反过来带动了民窑。"徐一涛迅速应答。

"这话同样是也对也不对。"

"怎么又是也对也不对?"徐一涛的疑惑似是昌江波浪,前一波还没有走远,后一波又涌上来了。

方浩又有根有据地道出了理由:"官窑确实对民窑的发展大有帮助,但还应当看到,官窑也在很大程度上压制了民窑。如明廷曾两次下令,严禁民窑仿烧各种御器,违者处以极刑;在明代中期,景德镇民窑曾一次向朝廷进贡瓷器五万件,足证制瓷实力堪比官窑,但朝廷却一次次要毫不留情地扼杀民窑的这种能力。官窑从设立的第一天起,便禁锢人才、垄断技术、控制原料,一些瓷器品类禁止民窑涉足,这无疑有碍中国瓷业的发展。"

徐一涛觉得方浩说的这番话同样属于"也对也不对",但找不出很适当的理由,并且他今天对讨论民窑与官窑的关系了无兴趣。他关心的是,如何从北方来客采办瓷器的买卖中获得一些进项。徐一涛的判断是,这批瓷器,十有八九又会找方浩,所以把方浩说通了,让他从中帮忙,自己的愿望就会像找到能说会道的职业媒婆,准能实现。于是他回到了开始的话题:"我们争论的问题三天三晚也说不清楚,我今天主要说的是,如果有机会,你别忘了想办法给我找点活干。"说完,起身而去。

方浩正在回味刚才和徐一涛的争论，江云炻带着一阵风进来了，未等方浩开口，便以故作诡秘的口吻说："你知道吗？北京来人了，要烧造一批质量与御瓷一样的瓷器。"

方浩看了一眼江云炻，没有回话。

"你怎么对这样重要的事一点兴趣都没有？"

"这已是旧闻了。"

"看来你消息倒是挺灵通。不过，要烧造这批瓷器的来头，你肯定不清楚。"

这话倒是引起了方浩的兴趣："这事还有来头？"

"是呀，来头很大。"

"多大的来头？难道有皇帝那样大的来头？"

"差不多。和慈禧太后可能比不了，但比光绪皇帝的来头肯定大。"云炻说得一本正经。

联想到刚才徐一涛说过的话，方浩觉得这件事很不一般："究竟怎么回事？"

"听说这次是袁世凯大总统要烧造专用瓷器。"

方浩听了，略有些吃惊，他很自然地联想到烧制御瓷，不由得心中泛起五味："真会有这事？这消息你是怎么知道的？"

"母鸡下了蛋。马上屋内屋外的人都会知道，这样大的事怎么瞒得住呢。你的耳朵像是用瓷土粘上去的，太不灵了。已经有不少人在谈论这件事，听说瓷业公司在考虑承办这件事。"

如果能够承造总统瓷，这对于挂牌不久、正开始苦苦创业的江西瓷业公司来说，无疑是一个大好契机。但方浩又想到，公司正在组织制作参加巴拿马万国博览会的瓷器，不知道这两件事会不会有冲突？这事得找王青先生一问究竟。

方浩和江云炻一起走进了王青的画室。

方浩开门见山地问："先生，你知道吗，听说袁总统要在景德镇烧专用瓷器？"

"早些时候我便收到北京朋友的来信，谈及这件事。嗨，也许关闭不久的御窑又要燃起余火了。"

"烧造总统瓷，实际上也是烧造御瓷，不知先生对此是何看法？"方浩问。

"现在各路关于北京的消息像窑烟一样不断冒出来，却都不是什么好消息。就这件事而言，或许另有玄机。"

方浩没有完全听明白先生的意思，自己当务之急是组织烧制好参加万国博览会的瓷器，他便换了话题："先生。你准备送万国博览会参展的作品画得如何？"

"已基本画好，你们一起帮我看看。"王青说着，掀开了一块白布，画桌上露出一个大瓷瓶。

方浩和江云炀认真地看了起来，瓶上是一幅大气磅礴的山水画，绘的是万里长江。长江的源头，高原雄奇，云雾相绕；长江的中游，逶迤雄劲，势若游龙；长江入海处，江天辽阔，烟波浩渺。画的主体是三峡那雄奇秀美的一段，江水奔涌，白浪迭起，两边群峰并峙，山间轻云飘忽。神女峰卓然而立，若隐若现。绿树之中，似乎能感知到猿猴在攀援跳跃。江上不见有帆影，但岸壁有船篙留下的一个个小洞，还有纤夫在沿岸的石头上留下的深深足痕。那驾云腾雾、穿山破壁的大江，被活生生点画成一条龙的形象，给人以无限遐想。

这时，公司办公室的人来了，请王青先生速速去一趟总经理办公室。

总经理姓康，个子高大，气宇不凡，曾做过朝廷命官，是一个阅历丰富的人。他请王青坐下后，便直言相告："王先生，北京来人了，要为袁总统造一批专用瓷器，并且时限很紧。"

王青对此事已经大致了解，因而脸上的表情了无变化，就好像耳疾又起似的。

"公司已准备承接这批总统瓷的烧造。这批瓷要求极高，要比照御瓷的质量制作，所以确定由您负责这批瓷器的设计、绘制。"

不料王青却连连摆手："我难以担此重任，请另选他人。"

"烧造这批瓷器与公司的利益关系甚大，烧造难度极大。几经考虑，瓷器的设计和彩绘请您担纲最为适当。"

"若是真的为公司的利益考虑，是不是接受这批瓷器的烧造还应当好好斟酌。"王青不紧不慢地说。

康总听了，大感意外，王青不仅拒绝担纲造瓷，竟然还提出了要不要承烧总统瓷这样一个至为重大的问题，不由得问："王先生为什么会有这个想法？"

"恕我直言。辛亥革命后，反袁浪潮汹涌，如果为他专烧瓷器，恐怕大有顾忌之处。"王青的话有棱有角。

"我们只是经营生意，不问政治。况且袁氏乃是国家总统，烧造这批瓷器主要是用作国礼，所以从这个意义上说，烧好了这批瓷器也是为国争光。"康总解释着。

"我身衰力疲，又正忙于绘制参加万国博览会的展出瓷，所以时间不足，精力有亏。"

康总觉得王青似是在搪塞，他提出了解决办法："那这样吧，你先把绘制参展瓷的事放一放，或改由方浩办理。"

"参展瓷的绘制已经动笔，不宜搁置。"

"公司初创，很需要有机会创造品牌，如果把这总统瓷烧好了，无疑会使公司获得良好的声誉和经济收益。孰轻孰重，相信王先生很明白。"康总对王青是十分敬重的，但不曾料到对如此大事，王青却是有意推托，便多少有些不理解，也有些不快。

"你认为究竟孰轻孰重？"王青竟是一句反问。

"烧总统瓷，利益立即可以见到；烧参展瓷，究竟会是一个什么结果，很难确定。"康总很认真地回答。

"中国的瓷器出现在万国博览会上，还有可能获奖，这不仅对公司有益，更对国家有利。"王青的话中已有争辩的意味。

"但从公司利益这个角度而言，一个是触手可及的，就像从窑里搬取烧好的瓷器；一个却是遥而难及的，就像去旧金山的行程。所以还是请您能负责绘制总统瓷。"

王青把一只手掌靠近耳朵，歪着脑袋说："我耳朵有点背，没完全听清你说什么。但让我去绘总统瓷，难以从命。"王青一边推说耳朵不好使，一边却是把话说得很干脆，犹如一件瓷器掉在地上。

"那我要以公司的名义告知您，请您承担总统瓷的绘制，暂时放下参展瓷的绘制，"康总的话犹如瓷泥烧成了瓷器，变得硬邦邦的了。

"我以本人的名义告知你，我只继续绘制参加万国博览会的瓷品，无力也无意参与总统专用瓷的绘制。"王青来了个针锋相对，他这时的话似是比瓷器更硬的窑砖，他的耳朵这时又好像一点问题也没有了。

康总的火气终于喷发："您可以有不服从公司决定的权利，但本公司有约束和处罚违规员工的权力。"

"哈哈哈。"想不到王青竟是一阵大笑，然后收住笑声问，"如果不听从你的安排，便要开除我，对吗？"

康总没有接话，算是默认。

王青身上不知从哪里来了一股猛劲，动作少有的快而有力，霍地站起身来，带几分激动地说："你要杀一儆百，对吗？但不劳您费心思、费手脚，我自己辞职便了。"说完加重语气补了一句，"只怕你烧了这窑瓷之后，会终生后悔。"

康总虽然已是怒满胸，气塞怀，但他还是注意到了王青的最后一句话，站起身来问："您这话是什么意思？"

"不同道者，不相与谋。"王青先是用手摸了摸耳朵，既而用手掸了掸穿在身上的灰布长衫，似是要抖落身上的灰尘，然后从容地却是有些费劲地伸手推开门，迈着方步，不慌不忙地出门而去。

康总气得一下跌坐在桌边的座椅上。

方浩和江云炻见王青从康总那里回来了，便笑脸相迎。但却见王青脸上似是瓷板上绘的钟馗像，一副龇牙怒目的样子，便猜测着可能与康总之间发生了不愉快的事情，但又不好动问，便犹豫着、沉默着。

方浩看了看桌上的瓷瓶，找到话题了："先生，这瓷瓶上的画我们仔细看了好半天，觉得十分完美。"

王青却是闷声不响地走近桌前，操起桌边的瓷杯要向瓷瓶砸去。方浩手疾眼快，一下挡住了先生的手。否则，桌上那精美大气的瓷瓶，顷刻之间便会提前飞到巴拿马万国博览会上了。

江云炻带着几分紧张地问："舅父，怎么了？"

方浩扶着王青坐下，安慰着："先生，别生气。"

"你们说得对，不生气，不生气。不值得和这些王八蛋生气！"王青大喊着。其实，此时他的怒气怨气恰如刚刚点着的窑火，呼呼地直往上蹿。

为了调节先生的情绪，方浩拿起送给先生的烟杆，装上烟，以开玩笑的口吻说："先生，您先烧烧烟叶，吐吐烟雾，出出闷气吧。"

王先生听了方浩调侃性的话，又一眼看见了烟杆铜件上的八个字，气一下消了许多，便若有所思地说："好。焚其旧叶，吐我新烟。

不与那些王八蛋生闲气。"

几袋烟以后，王青开始说话了："你们知道我为什么生气吗？"

"不知道。"方浩和云炽几乎同声回答。

"他们要让我领头设计总统瓷。"王青说着，气恼又似乎上来了。

方浩不解地问："让您担纲总统瓷的设计，应当是好事，为什么要拒绝？还生这么大气？"

"因为这里面大有名堂。"

"什么名堂？"江云炽问。

"有人当了总统还嫌帽子小，想当皇帝老子。"王青说到这里，"噗"的一声，一蓬烟屎从烟锅里跌落到地上。

"到底怎么回事？袁世凯当不当皇帝和瓷器有关系吗？"方浩很想知道底细。

"有关系，有关系，大有关系。"

江云炽担心舅父还会生气发怒，便换了话题："快下班了，今天就说到这儿吧。"

王青却是一笑："对，下班！明天我就不用上班了，老子正懒得上班。"

方浩认为这只是先生生气后的随口言词，便顺着先生的话说："对，那就不上班，想坐就坐，想躺就躺，岂不快哉？"

"老子胡子眉毛都发白了，回家睡大觉最是美事。一醉可以解千愁，一睡可以去百忧。"王青一边说着，一边吧嗒吧嗒地吸着烟，他的心绪逐渐平静了。

第二天上班的时候，康总出现在彩作部，是特地来找王青的。

方浩据实以告：王青先生今天没来上班。

康总若有所悟地点了点头，然后对方浩说："那现在你带我去一趟王先生家。"

方浩心想，康总亲自来找先生，还要即刻去先生家，一定是有什么很要紧的事情。不过，这个时候先生肯定还在床上躺着，便说："康总，我请先生去您办公室好吗？"

但康总坚持要登门拜访。

最后商定，方浩先去先生家，康总由云炽领着稍后到达。

御窑的余火遗烟

王青住的地方叫斗富弄，其实本叫豆腐弄，以售卖豆腐闻名。乾隆朝的一个元宵节，住在这里的一家钱庄老板和一家瓷店老板斗气，相约以放鞭炮比阔气、竞排场。钱庄老板抢先把全景德镇的爆竹统统买下，铺满好几条街巷进行燃放，一时爆竹声震天撼地，犹如炮响雷鸣。瓷店老板买不着爆竹，无法接招，情急之下，将一件件瓷器抱到店外，当街摔碎，以瓷器砸地碎裂的声音回应爆竹的炸响。这件事成为景德镇人的美谈和笑谈，这条弄子也由此被人们改称为斗富弄。

方浩走到了王先生的院墙前，脚未停稳，便把手伸向大门。但由轻至重地敲了好几遍，却无人应声。情急之下，方浩翻墙进到院子里，又急急地连连敲门。

好一会儿，王青才衣冠不整地出来开门，一副睡眼惺忪的样子："你这么早跑来干什么？扰我好梦。"

"先生，都快十点了。快洗漱一下，康总要来看您。"

"他来看我？不敢当。我不想见他。"王青说着，顺手把门"砰"的一声带上了。

"人家总经理亲自上门，可能还是为着什么重要的事情而来，您还能拒而不见？"

"那我就给他一点面子，见个面，且看他说什么。三句话不投机，老子就要轰他走人。我已经是自由之身，不属他管了。"

"先生连大有权势的太监都不放在眼里，谁能管得住先生？但你不是总说要与人为善吗？"方浩继续劝说。

这话像是给了孩子糖块，起了作用，王青没再言语，进到屋里洗漱了一番，方浩又找了件干净衣服帮先生套上。

不一会儿，江云炽引着康总进来了。康总见院墙下有一排正开得如棉如雪的栀子花，连声称道："好花，香透半条街了。"康总是在找话头，为与王先生的见面营造气氛，也是在以花喻人。

王青由方浩陪着已站在门口。康总拱手作揖，首先施礼。

王青见状，很勉强地拱手回礼。

方浩招呼着康总："请进！"

康总让云炽把手中拎着的一个长方体点心盒放在了桌上，点心盒上面贴有一张红色纸笺，印有"四时胜意，百事祯祥"字样，这是人们走亲访友时通常携带的礼物，今天的这盒点心大大超出了寻常的意义。

康总指着点心盒说："第一次登门，略表心意，亦表歉意。"

"康总太客气了，让我受之有愧。"王青虽然言不由衷，心里却有微澜，看来这康总倒是一个重礼义的人。不过，他今天来恐怕还是要让我主持设计、绘制总统瓷。这件事我意已决，别说这是一盒点心，就是一块金砖也休想改动我半点主意。

双方坐下以后，又是康总首先开腔："昨天交谈中，我心急气躁，多有不当之处，还请王青先生海涵。"

听了这话，王青郁积在心中的气恼一下散去了许多，便也客气地回答："哪里哪里，是我这老头子脾气不好。不知怎的，这人岁数长了，脾气也跟着往上长了。"

双方各一句谦恭之语，昨天的不愉快如薄纸入火，很快化作了轻烟。

康总把话转到了正题："昨天与王先生交谈的时候，先生好像还有很重要的话并未言清道明。"

王青只是以默默点头表示呼应。

"您昨天说，'只怕你烧了这窑瓷之后，会终生后悔'。当时没有细想，只觉得是先生情急之下的一句气话。但细细思量后，觉得先生这句话不会是随口说出来的，一定别有深意，今日特来请先生指教。"

康总谦恭的态度和语气，使王青不仅散去了心中的气恼，还生出了几分感动，人家待我以义，我当还人以诚。

王青毫不隐讳地道出了原由："我也很关注这件事。如果只是以总统名义烧些专用瓷倒也无可厚非，其实也曾经烧过。但这回专烧瓷器是葫芦里装着状元卷，里面有大文章。"

"什么大文章？"

"袁世凯是为了当皇帝而专造瓷器。"王青的话里有愤然，有鄙视。

这话让康总大吃了一惊，人死了不可能复活，御窑关了却居然还有人想续柴点火，再烧御瓷？连忙问："竟会有这等事情？请王先生细说。"

王青接着告诉康总："我从北京朋友那里得到的消息是，袁世凯正在谋划当皇帝，已悄悄成立了恢复帝制筹备委员会。这批瓷是为登基大典而专烧的，其中要烧制一百套仿雍正、乾隆的珐琅彩和一批粉彩，送给中外重要宾客作为纪念品。珐琅彩瓷本属皇宫专用，民窑从未烧过，民间也从未有人用过，仅就瓷器使用珐琅彩这一点，便可以大致看出烧造这批瓷的用意。袁世凯还想在景德镇恢复御窑厂，接续御窑的余火旧烟。"

康总听了，心里烟腾火起：复辟帝制，不得人心，恢复御窑厂与复辟帝制同理。本公司怎么能为这种倒转乾坤、颠覆历史的丑行敲锣打鼓，叫好喝彩？

王青接着又出惊人之论："想当皇帝，进而求宝造宝，实在是笑话。那些所谓的宝物，并无大用；有时还像烟毒一样害人毁人。今时何时，难道连这点事理都不明白？"

这让江云炻大为惊讶，舅父竟把宝物和烟毒二者相类比，从未听闻，不由得小声插话："您为什么这样说呢？"

王青徐徐说道：古人说，文以载道。其实器亦载道，把玩之物同样见道。御瓷大都是陈设把玩之物，但当有度。明朝宣德皇帝少年得志，却好虫怜花，爱斗蟋蟀，曾经旨令苏州知府进贡蟋蟀一千只，一只上好的蟋蟀相当于一匹骏马的价格。宝马要配雕鞍，同时敕令景德镇烧造了大量蟋蟀罐。在瓷罐内斗蟋蟀，成为一时风气。宣德帝驾崩后，承继皇位的儿子朱祁镇年仅八岁，也喜好在瓷罐中斗蟋蟀。太皇太后和太后担心小皇帝玩物丧志，为江山社稷种下祸根，便下令把宫中所有的蟋蟀罐毁弃，连景德镇烧好未贡的蟋蟀罐也全部打碎深埋。所以，宣德蟋蟀瓷罐存世极少，成为了许多玩家追慕的瓷中珍品。这件事足以证明，御瓷在许多时候便是那"玩物丧志"的物件。明亡后，清廷对朱氏皇族进行了无情的清剿追杀。那些平日骄奢淫逸的皇室宗亲一个个成了丧家之犬，四散逃命，有名的八大山人就是其中之一，因隐入寺中方才存命。有一个皇族中的高官在亡命途中，被迫以携带的一个祖传蟋蟀罐换了一家农人的两个白薯充饥。前朝故事，足堪深思。天下大势，世界潮流，早非旧时，这袁世凯居然想要当皇帝，还要仿效前朝皇帝烧造御瓷，真是连妇人之见都不如，实在是可笑可恶。

康总对王青肃然起敬："王先生深明大义，一番话让我既明真相，又受教益。您既然不愿意绘制总统专用瓷，我充分尊重您的意见。您就继续专心绘制万国博览会的参展瓷吧，这件事确乎意义不同一般。"这话里有着收回昨天决定的明确表态。

"容我再想想。"王青回答。

方浩赶忙打圆场："王先生很快就会回公司上班。"

康总回办公室后，便着人告知北京来的官员：江西瓷业公司刚办不久，还没有上道，设备不足，人才匮乏，要烧造质量媲美御瓷的专用瓷器实在勉为其难，并且正在组织烧造赴旧金山参加万国博览会的瓷器。所以，纵然大有其利，也不敢承接。

不过，恰如俗话所说：插起招兵旗，便有吃粮人。江西瓷业公司不愿烧制这批瓷器，但却另有人很愿意烧制这批瓷器。

这回吃粮的不止一两个人，而是一大帮人，其中包括祝鸿来。祝鸿来的长辫子剪去后，头上的白发蓬松一片，像顶了一团棉花，很是惹眼。更惹眼的是他的生意与财富，他已经有了第三座窑，大洋也越来越多了，有人说他家的大洋压得楼板直摇晃。但他赚钱的欲望像永远装不满的货仓，在得知袁世凯总统要在景德镇专烧瓷器的消息，立即动了心思：要分一杯羹。如果说清末为慈禧太后专烧的瓷是封建帝王的最后一窑御瓷，那么这次则是民国大总统专烧的一窑官瓷，同样非同小可，同样大有其利。他又重拾旧技，生着法子浸润北京来的办瓷大员，以求揽下部分生意。

那北京来的办瓷大员不是别人，是孙之顺。袁世凯要造总统瓷，便着人找到了这个清王朝的最后一任督陶官，让他到景德镇办瓷。孙之顺不敢不依，还希图借此求得升迁，所以心情复杂地又一次承担起办瓷大任。在来景德镇之前，他找到出宫后居住在什刹海边的缪嘉蕙，想请这位绘瓷大家参与其事。

缪嘉蕙依然在绘画，但却是在不同往昔、不受羁绊地绘画。她称自己过去在宫中的绘画是"泼墨虽多，尽为落套俗题"，出宫后绘画则是"放纵笔墨，尽弃窠白俗套"，觉得这才是真正的绘画。面对设计绘制总统瓷的邀请，她以"羁鸟恋旧林，池鱼思故渊"的诗句委婉拒绝，然后继续着已完全不同于身在宫廷的绘画路子。三年后，她在画桌边辞世。

孙之顺见缪嘉蕙不肯出山，便派人先到景德镇联络筹划。他首先还是希望老底子本是御窑厂的江西瓷业公司承办，遭康总委婉拒绝后，便转而另辟蹊径。他又一次来到了景德镇，在祝鸿来的建议下，决定征集各路制瓷烧窑高手，专造专烧总统瓷。

祝鸿来热心地推荐鄢老板主持烧造，也对徐一涛作了特别介绍。孙之顺的脑海里对鄢老板有着很好的印象，对徐一涛也是熟悉，当即表示允可，但他也自然而然地想到了方浩。

孙之顺把方浩约到了秋水茶社，还特地请了徐一涛作陪。

一番寒暄后，孙之顺带几分感慨地说："方浩，我们真是缘分不浅，又一次因瓷而聚首。你一定知道，袁大总统要专烧瓷器，我这次专为此事而来，真是一生为瓷事所累。"

"您曾是大清王朝的督陶官，又成了中华民国的督陶官，真是太有意思了。"方浩微笑着说。他这时发现，孙之顺的头发明显变少了，发际线已大踏步后退，因而脑门上的皱纹显得更粗更深，沧桑写满一脸。

孙之顺把刚刚端起的茶杯放到了桌子上："天下大势，分久必合，合久必分，人也大概如此。"然后很是认真地说，"这次烧瓷与烧造御瓷一般无二。千军易得，一将难求，所以我很希望你能参与这难得一遇的盛事。"

方浩已经知道了这次烧造总统瓷的真相，他和王青先生一样，厌恶袁世凯称帝，厌恶袁世凯为称帝专烧瓷器，于是回答："这事确实非同小可，只是我正忙于组织烧造参加万国博览会的瓷器。"

徐一涛插话："方浩，这不是什么问题，你可以两边兼顾。"

方浩说了一句意味深长的话："只是一心难以二用。"

孙之顺很郑重地说："作为瓷人，一生一世能有几次机会办这等大事？烧制总统瓷，实则是再烧御窑，在御窑关闭后，这实在是可遇而不可求的良机盛举也，这次烧制的瓷器必定要传诸后世。还有，烧好了这批瓷，大总统也定然不会亏待烧瓷的有功之臣。"

方浩没有回话，孙之顺认为方浩已经动心，毕竟这是一件可以名利双收的肥差。便继续着说辞："我来景德镇后，许多人听闻要烧总统瓷，可谓趋之若鹜，极想一试身手，但我只是在宝中选宝。"

"诚如您所言，烧造好瓷，这确是瓷人的最高追求。但如果说机会，烧制中国参展万国博览会的瓷器，机会同样难得。"方浩虽然没有明言拒绝，但态度已是拱出地面的山笋，一目了然。

孙之顺一时语塞，过了一会儿问："你认为烧造好参展瓷和烧造好总统瓷，哪件事更为重要？"

"恕我直言，若为总统考虑，则是烧造总统瓷重要；若为国家考虑，则是烧造参展瓷重要。"

方浩这直率的回答让徐一涛吃了一惊，这位老兄说话也太不看场合了，他带几分紧张地向孙之顺望去。

孙之顺的脸色明显变了，额头上的沟壑紧紧地挤在了一起，这使茶桌上的气氛有了几分紧张。

徐一涛赶忙打圆场："总统是国家总统，总统可以代表国家；送参展瓷到国际展台上，也是代表国家参展。所以，总统瓷、参展瓷都重要。"

"既然都很重要，那么做好其中的任何一项不都是有意义的事吗？"方浩对着徐一涛反问。

孙之顺看着一脸认真的方浩，心里在想：十年前这方浩是一个热情能干、乐于助人的青年，怎么全变了呢？他转而动之以情："方浩，我们相识多年，办御瓷你功劳不小，我盼着你关键时刻能再助我一臂之力。"

"为了中国的瓷业，参展瓷我必须用尽全力去办，并务求办好。还请孙大人能够体谅我的苦衷。"方浩言词恳切。

人生阅历丰富的孙之顺在品味着方浩的话，若有所悟，微微点头。他似乎对参展瓷也大有兴趣，问："这次景德镇准备送旧金山展出的瓷器，有哪些品类？"

"既有传统的瓷品，更有新创的产品，力求体现御窑厂关闭后，中国瓷器制造的最新面貌和最高水平。"方浩回答。

孙之顺对此十分认同："甚好。中国瓷器如欲继续光耀于世界，必须承旧创新。"

"感谢孙大人的理解。这次的参展瓷，不仅要体现中国瓷器的过去，还要展示中国瓷器的未来。要明确告诉全世界，中国过去能烧出精美绝伦的官窑御瓷，今后同样可以烧出不亚于御瓷甚至比御瓷更好的瓷品来。"方浩的话带着激情，带着自信。

这番话让孙之顺大为赞赏，这刹那间，过去朝野许多人对御窑的反对之声，自己当年烧御瓷时经受的磨难，他潜意识中对御瓷的复杂情感，这次烧总统瓷的玄奥，齐齐涌上心头，也不由得对方浩的爱国之心、爱瓷之情，产生了敬意："你的话听了让人振奋。但，对制瓷出国参展你有几分胜算？"

"中国的陶瓷文化厚重，如海深山高，只要萃取精华，致力创新，一定可以与西人一争高低。"

孙之顺被打动了，他站起身，轻轻地拍了拍方浩的肩头："如此看来，烧造参展万国博览会的瓷器确乎重要。方浩，你重担在肩，那我就不强求了。"

方浩如释重负，站起身来："谢谢孙大人。那你们继续谈吧。恕不能奉陪，我还有事情需要抓紧办理。"说罢站起身来。

孙之顺很客气地目送方浩离去，然后对着徐一涛伸出大拇指："人才。中国的瓷业太需要这等人才。"

承办出国参展瓷

方浩确有事情要办，他是制作万国博览会参展瓷的具体组织者，正在为这件事前后张罗，左右奔忙。说起来，为制瓷送展一事，方浩还和康总缠斗了一场。

美国政府为了庆贺其控制的巴拿马运河开通，来了一个扬威显名的大动作，决定于1915年在旧金山举办巴拿马万国博览会。袁世凯政府对此大有兴趣，确定参展，并成立了专门的事务局，向各地征集产品。

方浩听到这个消息后，大为兴奋，并充满期待，他盼望并确信景德镇的瓷器将会被送到这次博览会上。可是他左盼右等，晨夕打听，却像一枚绣花针掉到棉花堆里，没有任何声息，这让他失望而焦虑。

这一天，康总来到了彩作部，方浩心结大开，定是与制瓷送展有关。但他很快失望了，康总只是到公司各个部门了解生产情况，没有一句话甚至一个词提及送瓷参展。

在康总要离开的时候，方浩终于忍不住问："康总，听说政府正在征集送万国博览会的参展产品，景德镇瓷器不可缺席啊。"

康总轻轻地摇了摇头："各种国际博览会只是发达国家的竞技场，其他国家都只是看客而已。你知道中国曾参加过的一次万国博览会的情况吗？"

方浩当然知道。1904 年，在美国的圣路易斯也举办过一次万国博览会。中国应邀参展，送去的展品有：象牙雕刻的麻将、吸食鸦片的烟枪、小脚女人的布鞋、长约五尺的发辫、县衙和茅草屋的模型，还有宫女、太监、刽子手和药神、财神的照片。可谓都是中国独有的物件和技艺，并且件件精致，却都是出乖露丑。当时方浩正在日本求学，他由此一次又一次地感触到了日本同学鄙夷的目光。

适逢日俄正在为争夺中国东北的控制权而进行战争，在学生的一次聚会上，一个日本学生在颂扬日本、攻击俄国的同时，还以鄙视的口吻讥刺中国：日本能在与强大俄国的较量中赢得主动，这要感谢中国，是他们恪守中立，大度地在国土上为日俄提供战场，还提供了大量听从日本军队驱使的民夫。这看起来很奇怪，其实十分正常，只要看看刚刚闭幕的圣路易斯万国博览会，你就一定能闻到从古老中国散发出来的死亡气息。男人蓄着辫子，出入烟馆妓院；女人穿着三四寸长的鞋子，一步三晃。这样的民族受人欺凌、走向衰亡连富士山下的樱花都不会怀疑……

方浩冲向讲台，大喊着：这位演讲者完全是充满偏见的狂言，中国有辉煌的历史，有功有惠于整个人类社会，只是鸦片战争以后，由于帝国主义的野蛮侵略才落后了……

双方由争辩变成了打斗。事后，校方以方浩严重违反校规为由，勒令退学。当学校的处罚通告贴出来的时候，方浩已经坐在了从日本开往中国的轮船上。在离开日本前夕，他仿效当时也在日本的鲁迅等人，把头上的辫子剪下，扔进了垃圾桶。

这件事一直是方浩心灵深处的创伤，每每想起这段往事，他都会气愤恼恨有加。所以当康总提及那次万国博览会，方浩郑重地向康总进言："那正好可以借这个机会，送去好的展品，以洗刷前耻，展示中国的真正技艺和真实形象。"

康总生出一番感慨：谈何容易？这次博览会的宗旨是展出新产品、展示新发明。以瓷器而言，法国、奥地利的瓷器早已是推陈出新，日本瓷器则东西兼容，面貌大变。我们的瓷器却仍然是旧时面貌，如果和这些国家的瓷器同台摆放，难免又要颜面扫地。所以，明知会是一败涂地的角斗，何必去自取其辱？

"那我们便改弦更张，脱旧而出新，着力推出一批瓷艺新品。"方浩热情地建议着。

"只是心有余而力不足啊。公司现在的经营也都是负重登山，步步艰难哪。"康总说完准备离去。

方浩趋前一步："不妨一试，我愿立军令状，当一回领头羊。"

康总依然语气坚定："你勇气可嘉。不过此事还是暂放。"

方浩知道，"暂放"便是放弃，便动情地恳求着："机会难得，此事当为，请康总能够慎作考虑。"

"来日方长。你还是先组织多设计、绘画一些有销路的产品，满足市场的需要吧，不必分心分力。"康总说罢，迈腿跨过门槛。

"时不我待，康总！"方浩大喊了一声。

康总却是头也不回地走了，显然他主意已定。

第二天上班的时候，方浩出现在康总的办公室。康总猜想他又是来谈烧瓷参展的事，这方浩真是一个办事执着的人，便想着如何应对。但方浩却是把一张纸双手递到康总手里，纸上的第一行字是"辞离江西瓷业公司书"。

康总不由得一愣："你要辞职？"

"是。我想去制作送万国博览会的参展瓷。民国政府的通告说，普通民众也可以提供产品，呈交政府遴选。"

"你为什么愿意辞去正当职业而去做一件大有风险的事情？"

"为了瓷艺，为了国家。"

"这件事耗财费力不说，结果还可能是丢国家脸面，也损你个人声誉。"康总郑重提示。

"个人毁誉，毫不足惜。我只是想，为了国家的强盛与声誉，只要有一线机会，就应当不惮劳苦，不计生死，努力去做。"

这些话大大触动了康总，爱国爱瓷正是他滚烫的情怀。他不愿制瓷参展，心中还另有原因：袁世凯政府积极组织物品参展，为的是在国际国内赢取声誉，以利于他更好地把持权力，控制国家。所以，康总决定不制瓷参展，这与他不愿承烧总统瓷同出一理。但，总统有私，瓷器何罪？总统有辜，瓷人何过？面对如此一腔赤诚、一身正气的方浩，他最终改了主意："那就制瓷参展吧，并且由你全盘负责。"

方浩迅速行动，在听取王青先生的意见后，拟制出方案，以出新为主旨，确定器形、画面、釉彩，对承接任务的画家、工匠逐一挑选、逐个接洽，对相关的作坊和窑厂细加察看。

今天他要去的是鄢老板的瓷厂，这是为制作参展瓷第三次来找这位制釉的鬼才了。只见鄢老板正坐在一条特制的长凳上，使用一个菜盘大小的石轮，像碾细中草药一般，在一个石槽里来回碾，他是在把用作颜料的矿石粒进行深度加工，这叫擂料。他的脸上流淌着汗水，因担心汗水会掉到釉料中，不得不时时停下手来擦汗。

鄢老板脚边还放着许多不同形状、不同颜色的小石块，其中还有晶莹的鹅卵石，这些都是制作釉彩的原料。他从这些聚集了天地之色，收纳了日月之光的天然石料中，萃取赤橙黄绿蓝靛紫，连同心血与汗水，化作瓷上的绚烂。方浩看着他一副专心致志而又很吃力使劲的样子，不由得大发感慨："想不到你仍然在手脚不停地做老板。"

鄢老板笑了笑说："调制这釉彩，就好像剔牙挠痒，还是自己动手好。"接着他指了指一只瓶子，告诉方浩，"这便是准备送万国博览会的瓷瓶样品，上面施用的釉是用我上次从李家坞采回的乌金釉矿石炼制的。"

方浩抬眼看去，但见这瓷瓶浑身乌黑，黑得纯净，黑得沉稳，黑中透闪出柔和、曼妙的亮光，瓶上还用金水描绘了花纹，从而使釉面在深沉的浓黑中带有耀眼的鹅黄，可谓锦上添花，别有韵味。

他从未见过如此漂亮的乌金釉彩，连连称道。

鄢师父擦了擦汗，带几分得意地说，"正式送展的瓷瓶会比这样品更美，当不会下于御瓷品质。"

这让方浩的情绪大受感染，高兴地说："人在则艺在，人高则艺高。鄢师父，你下一个目标是什么？"

鄢师父带几分神秘地说："我心中确实还有一个一直在追寻的目标，就是要制成那许多人听见过、却没有看见过的红霞雪花釉。"

方浩一阵激动:"太好了。我自从听说曾有人烧成过这种釉彩后,心里便有了一个红霞雪花釉的情结,只是无缘一见,现在看来很快就可以见到了。这是中国瓷器的大幸,也是我们这一代瓷人的大幸。"

"但愿我们大家都有此大幸。只是办成这件事实在艰难。从已烧出的样品看,红色部分带紫,少了些红霞的韵味。"

方浩以他拥有的知识提出了建议:釉彩的红色源出于铜,不妨增加一些铜料等金属元素试试。

鄢师父若有所思地说:"这倒是一个路子。"他顿了一下又说道,"只是这件事需要暂时放一放,因为还要集中精力烧总统瓷。"

提及总统瓷,方浩心里别有滋味,便言不由衷地说:"这也许是一个让您展示本领的好机会。"

鄢师父却是摇头叹气:"唉,什么好机会,我实在是面子软,敌不过祝老板的又拉又拽,才应承下了这件事。"鄢老板还无意中道出了一段秘密往事:当年烧最后一窑御瓷时,祝老板反复叮咛自己和另外几个窑户,不可承接烧造任务,但他自己最后却承烧了那批御瓷。祝老板这次对烧造总统瓷,也是热情有加。

方浩心想,这祝老板确实是一个非等闲之人。他微微一笑,向鄢师父道别,又到几个艺术家的作坊看过后,便拐进了江云炻家里。

江云炻一见方浩,很是高兴,但她还是板着脸说:"不是听说你已经去了旧金山,为瓷器参展打前站去了?"

方浩做了个鬼脸:"很抱歉,确实是因为那参展瓷的事,忙得头上落满了灰,脚板不着地,好多天没来看你。"

"那我倒想要问一声,是活着的人重要,还是那不会说话的瓷器重要?"

方浩随口回答:"都重要!"

江云炻这下是真的有点生气了,她多么想听见方浩回答的是"你重要",便带几分伤心地对方浩说:"我心里只有你最重要,却万万没有想到,我在你心中却不是最重要的。"说着说着,她那美丽的双眼泛出了晶莹的泪光。

看来是失言了,方浩赶忙解释:"刚才的话是不留神从牙缝里滑出来的。刮风下雨,日出月落,永远都是你最重要。"

江云炻没有说话,晶莹的泪光化作了颗颗珍珠滴落。

　　方浩看见云炽落泪时，像是娇艳的花朵上带着雨露，是另外一种俏丽，他动情地安慰江云炽："等办完参展瓷的事，我们就结婚。"

　　"是啊，我已过二十岁了，耳鬓都快要长出白头发了。我娘一直催促，因为她身体越来越不好。她还说，你得找一个媒人来我家提亲，必须明媒正娶。"

　　"这好办，就请余同当媒人吧。叫你娘不要急。再者说，你就是真的变成了一头白发的老太婆，我也会喜欢你。"

　　江云炽破涕为笑："这还差不多。"说完依偎在方浩身边，刚才的不快、怒气，如天上的几片乱云一般在风中飘远。

　　"告诉你一件事。公司要派我随康总护送瓷器去美国旧金山，我想在那里给你买一样礼物，你想要什么？"方浩欣喜地告诉云炽，这正是他今天要找云炽的原因。

　　"就给我买一个金戒指吧。"

　　"我给你买一件很洋气的钻戒吧。"

　　"钻戒？那是什么？"

　　"就是镶有钻石的戒指。"

　　"钻石戒指？那石头做的戒指能好看吗？一定又沉又土。"江云炽对这种戒指大有疑问。

　　"钻石是一种宝石。"

　　"宝石？反正都是石头。我不想要。"

　　"我告诉你吧，钻石就像天上的星星一样闪亮发光，象征着纯洁、坚固和永恒。所以在外国，男人向女人求婚时，都要给女人送钻石戒指，并且会亲手戴在心爱的女人手上。"

　　"如果是这样，那我就要，并且你也要亲手给我戴上。"江云炽这时对钻戒充满了期待。

　　"一定。"方浩说完，二人便紧紧相拥在一起。此刻，他们像是拥有了整个世界，沉浸在无比的幸福和美好的憧憬之中，全然不会想到在爱情之舟的航道上，会有狂风骤雨，激流巨澜。

　　送万国博览会的参展瓷全部烧制完毕，件件精美，充分展示了中国瓷艺的特色和新的面貌：器形多样，既有造型各异的瓷瓶，也有大小不等的瓷板画，其中有一种比碗浅、比盘子深并且带盖的餐器，名叫和合器，造型和名字都大有中国味道；画面丰富，既有秀美山水，也有各式人物；色彩绚丽，既有传统的釉彩，还有近年来创制的新彩。唯一遗憾的是，王青先生原定参展的《万里长江图》，因为龙的一只眼睛用彩偏重，烧成后略显呆滞。王青不顾众人的劝说，坚决不肯把这件他认为有瑕疵的作品送展。方浩灵机一动，提出用王青先生画的裸体美人图替补，王先生表示允可。

第二天下午就要启程出国了。晚饭后，方浩准备再去看望义父，还备了一样特别的礼物——窑工鸡。这鸡的制作方法特别，将一年以上的母鸡去毛净膛之后，用佛印湖里的新鲜荷叶包裹，再糊上一层含有瓷土的稀泥，烧窑时放在柴火的余烬上煨烤。食用时，砸开已变得硬硬的外壳，鸡的浓香便会飘得很远。如果暂时不吃，可放置三个月不坏，再在火炭上略略加热，色香味便和新烤的鸡少有差别。窑户老板有时会用这种鸡作为奖品，奖赏对烧出好瓷有贡献的窑工，所以这鸡被称作窑工鸡。烧最后一窑御瓷时，祝鸿来老板当时奖赏给余同的便是这种鸡。

方浩装好窑工鸡，正要出门，传来敲门声，并且一声比一声重，一下比一下急。是谁这个时候来访并如此急促地敲门？一定是江云炻，因为自己明天就要远行，渡洋过海，两个多月后才能回来，所以她特来道别送行？一种难以言表的幸福感油然而生。

最后的嘱托

方浩快速把门打开，扑进来的是他十分熟悉的身影和声音："方浩哥，爹快不行了。"说话的是刘樱。

"啊？"方浩心里一紧，提起那只窑工鸡，随刘樱急急地赶到了义父家。刘承根不在家，正在窑厂为总统瓷把桩。

方浩轻轻地喊了一声"义父"。

刘胜远吃力地把眼睛微微睁开，当他黯然无神的目光看见了站在床前的方浩时，脸上露出几丝欢悦。他费力地抬起手，指了指自己，又指了指方浩和刘樱。方浩猛然想起，当年义母临终之时，也是这等表情，也是这般动作，但不知是什么意思。

良久，刘胜远才沙哑着嗓子，费力地开口了："我已经不行了……方浩，有一事很想交代给你。"

"好，您说。"方浩回答得快速而坚定，面对即将离开人间的亲人最后的要求，自己不能有半点犹豫，哪怕是上刀山，下油锅，也必须毫不含糊地答应。

刘胜远重重地喘了几口气，又连连咳嗽了一阵，接着断断续续地说："这几年，我受尽折磨，对死早已是不在乎了，觉得眼一闭、腿一蹬，便一切都解脱了……只是这件事实在放心不下。"

"无论是什么事，您但管说出来，我都一定会认真去办。"

"如果这件事妥了，我也就安心地闭眼了。"

方浩猜想，义父一定是牵挂那件龙尊，临终时要作一个最后的叮嘱。

但义父说的是："我死之后，只有刘樱我放心不下，实在叫人牵挂。"

"我会好好照顾她。我发誓，会像对亲妹妹一般待她。"

"要比亲妹更亲，你就娶她为妻吧……这样我躺在棺材里也就满足了。"接着又紧紧地拉住方浩的手，这手已枯槁得好像柴火，并且是冰天雪地中的柴火，发硬发冷，但却是仍然有力度的，也许他攒足了、使尽了全身最后的力气。

刘胜远嘴里在不停地念叨着："你一定要答应，一定要答应……"他深深下陷的眼窝挤出了几滴眼泪，无情的病魔已将他全身所有的能量耗干，这是生命中最后的泪水。

方浩心中顿时如雷霆滚过，惊骇、恐惧、慌乱。他的第一反应是：那江云炽怎么办？他很想向义父解释，但这不等同于拒绝义父的遗愿吗？义父听到这种解释会作何反应？自己又怎能忍心做这种解释？面对恩重如山的义父，面对他即将告别人间的遗愿，他没有半星半点的理由进行解释，也没有一丝一毫的勇气加以拒绝，他顿时心如刀绞，泪水涌出眼眶。

"方浩，你能答应吗……能答应吗？"刘胜远说完又是一阵咳嗽，但声音是微弱的、沙哑的，他已没有力气大声咳嗽。

方浩看到，义父的脸上充满期待，也弥漫着痛苦。他的嘴张得很大，眼睛也睁得很大，他整个头部，不，是整个身体就剩下一张嘴和两个眼珠还能动弹了，显得那般无助，那般绝望，让人心酸心疼，可怜可怕。方浩觉得别无选择了，他深吸了一口气，像是用气筒打气一般说出了五个字："义父，我答应。"

刘胜远的手骤然松开了，像被风雨折断的树枝，耷拉在床沿边。他那看过无数窑火的神眼闭上了，喊过无数次"点火""熄火"的嘴也合上了，就像关紧的窑门。不过脸上显得平静而安详，甚至似乎还微微显出笑意。看来，他觉得已别无牵挂了，可以彻底了结在人间的无尽忧愁与无边痛苦，安然地去往另一个他完全陌生的世界。如果在那里还可以看火烧窑，他一定会变得满足和快乐。

当夜，方浩守在义父身旁。追忆起义父光彩照人而又痛苦相伴的一生，回想到义父对自己山海般的大恩深情，他不时地饮泣。虽然刘胜远只是他的义父，但义父对自己这个义子的情感，绝不亚于人世间任何一位血缘上的父亲。

天亮后，方浩忽然想到，已不能去巴拿马了，便立即急急地去向康总告假。康总带着惋惜准假，还将一件重要的事情交代给方浩：与公司同时设立的中国陶业学堂很是重要，但这所学校目前处境困难，现委任你为这学堂的协理员，你近期可以去实地好好考察一番。待我从巴拿马回来后，再商量解决困难、办好陶业学堂的办法。还有，那本属御窑厂的徽州祁门瓷土矿，现在当属江西瓷业公司，只是近几年无力顾及，你也去看一看，公司要考虑好好加以利用。

方浩一一答应。

承根、刘樱、方浩在大悲大恸中为父亲举办丧事。

方浩把那只没有打开的窑工鸡先是供在了义父的牌位前，然后在封棺时放进了棺材。这不只是为了让他享用人间美味，也是为了让他回味在人间烧窑看火的美好岁月。

刘樱哭得死去活来，声音喑哑。起棺时，她用双手死死抓住捆在棺材上的绳索，全身趴在棺盖上，不让丧夫[1]抬走棺材，许多人又劝又拽也不肯撒手，直到昏死过去。

父亲下葬后，刘承根便穿着前部缝有一小块白布的布鞋，这块小白布是服丧的标志，直接从墓地来到了鄢老板的窑前，他要指挥

----

[1] 丧夫：出殡时的抬棺人。

开窑。

窑里烧的是袁大总统的专用瓷，开窑虽然不如当年御瓷出窑时那般场面盛大，戒备森严，但也非同等闲，有军警维持秩序，办瓷官孙之顺亲临现场。

匣钵一个个从窑里扛了出来，然后逐个打开验看，但见瓷器形正色正，质地精良，虽无御瓷品质，却远非一般民窑可比。办瓷官、窑主、瓷户都是一片喜气。

这次总统瓷数量不多，很快尽数出窑，余下来的便是一些搭烧户的瓷器，其中有祝鸿来搭烧的一批瓷器。因为有不可让人知晓的隐情，在搬完总统瓷之后，祝鸿来便让刘承根停止出窑，理由很正当：确保总统瓷安全搬运离场。但有一个窑工不知就里，搬完总统瓷以后，又顺手把一个匣钵捧了出来。

祝鸿来大声喝道："蠢家伙，叫你别搬，为何还不歇手？你耳朵眼里塞了瓷泥还是脑子里进了瓷片？赶快搬回去！"

那搬瓷工被骂了个晕头转向，捧着匣钵反身又往窑里快走，不料慌乱中被一块柴木绊了一下，身子一歪，匣钵从肩上掉到地上，里面的瓷器便像剥去了箬叶的粽子一般裸露着。

孙之顺见祝鸿来那般气急败坏地斥责、谩骂错搬瓷器的窑工，心里不快：只是错搬了一件瓷，何至于此？又对着那摔在地下的瓷器看了看，见那底款竟和总统瓷的底款一般无二：居仁堂制。

孙之顺顿时心生疑窦，虎着脸问鄢老板："为什么窑里还另有与总统瓷款识完全相同的瓷器？"

鄢老板脑子里一阵发蒙，他实在不知道是怎么回事，便问祝鸿来："这些是你搭烧的瓷器，到底怎么回事？"

祝鸿来若无其事地哈哈一笑，指了指杂乱地摆放在地上的瓷器："一定是计算有误，这应该是总统瓷中的最后一件。"祝鸿来望着正在由车推人挑陆续运走的瓷器，心想，你孙之顺不可能重新计数，只好到此为止了。

但他很快发现，孙之顺不像以前那般好糊弄了。

"我倒要一看究竟。"孙之顺指挥窑工把窑里搭烧的瓷器再搬出一部分来，一件件察看。他脑门上的皱褶立即像绳子一样拉紧了，变长了，变硬了。他发现，但凡从窑位较好的位置上搬出来的瓷器，其底款都与总统瓷完全相同。

这正是祝鸿来的精心设计，可以说，比上次烧御瓷时搭烧"同窑瓷"的算计更进一步。他对烧最后一窑御瓷的事故心有余悸，担心发生意外，所以没有争烧这窑总统瓷，力荐由鄢老板的柴窑承烧。但却动了心思，在窑里搭烧了一批坯胎。如果仅仅是搭坯与总统瓷同烧，事本平常。只是祝鸿来居然是人吃豹子胆，蛇吞大象腿，搭烧瓷的款识全都直接用了"居仁堂"三字。"居仁堂"是袁世凯在中南海办公的地方，这次被用作了总统瓷的落款，这与慈禧在瓷器上署"大雅斋制""体和殿制"同出一辙。

孙之顺其实对祝鸿来当年在窑里搭烧了"同窑瓷"亦有耳闻，但他没有当回事，现在如同云去星现，他一切都明白了，他对祝鸿来的为人也有了与过去截然不同的看法，厉声喝问："祝鸿来，你胆子好大呀！"

祝鸿来知道已经露馅，吓得面色苍白，额头上的汗珠子都出来了，但他还是有了遁词："大人真是明察秋毫。因为这瓷的坯胎入窑时都已经装在匣钵里了，所以看不出来。不知道谁在入窑前，在这些坯胎上做了手脚。我实在是疏忽，实在是疏忽。"说完，还连连打了自己两个耳光。

显然这是狡辩，孙之顺气上加气："你是疏忽了，还是有意为之？是别人做了手脚，还是你自己做了手脚？"

但祝鸿来依然在和孙之顺斗心眼："我烧窑几十年，蒙您信任，御瓷也烧过，这点事理我是很明白的，怎么敢胡来？定是有人为牟利而鱼目混珠，或是因为无知或好奇，做了这很愚蠢的事情。"停了一下，又凑近孙之顺身边，轻声说道，"大人，您不妨细加查究，定能弄个水落石出。这像鉴定下脚瓷，不会太难。"

祝鸿来这次又给孙之顺送了下脚瓷，孙之顺自然明白祝鸿来话里的意思，为了摆脱眼前困境，不仅百般抵赖，还以给自己两次送过下脚瓷一事相要挟。孙之顺心里哼了一声，真是狗急跳墙，他冷冷地说道："你确是一条白鳝。先把今天的事好好弄清楚，其他的事另说。"

祝鸿来一下变得不知所措，他胖胖的身躯似乎僵硬了，一动不动地站着，连平日大有神采的目光也呆滞了。

接下来的行动让祝鸿来始料未及，孙之顺大声命令在场的军警：

"把这些假冒居仁堂款识的瓷器统统砸碎。"

于是军警们提木柴、操窑砖，在"噼里啪啦"的响声中，那一件件款署"居仁堂"的瓷器瞬间化作了窑厂上的满地瓦砾。祝鸿来只觉得那木柴和砖头一下下全重重地砸在了自己的头上、心上。

但事情还没有完。孙之顺又对身边一位官员严词交代：立即将此事告知浮梁县长，让他作为大案，从速查办，并向总统府作专门报告。

祝鸿来顿时觉得天旋地转，头重脚轻，几乎要瘫痪在地。最后在刘承根的搀扶下，在一截匣钵上坐了下来，但马上又像锥子刺了屁股一般快速站了起来，因为那刚刚出窑的匣钵依然烫人。他站定后，一边喘粗气，一边用手抹着脑门上的虚汗。

刘承根关心地问："祝老板，到底怎么回事？"

祝老板一声苦笑："我算是明白了，这窑和瓷只要沾上皇帝或总统，便可能是祸事一场。"

不一会儿，走过来几个穿黑制服的警察，把祝鸿来带离了窑厂。

困境中的学堂

一条客船，劈斩开层层波浪，向鄱阳县进发。水面，倒映着蓝天白云，有许多小鱼在欢快地追波逐浪。坐在船上的方浩，眉头紧锁。江水清清，他的心里却是一片混沌；云片轻轻，他的心里却是万般沉重。他眼前不断闪现出义父的叮嘱、刘樱的面容、云炻的眼神。但愿此次鄱阳之行，能像汛期后的江水下落一样，减去一些郁满心中的无尽烦恼。

鄱阳是饶州州府所在地，景德镇隶属饶州，所以在宋代，景德镇烧造的精美影青瓷便被称作"饶玉"。方浩很不明白的是，为什么陶业学堂没有设在景德镇，而是设在了鄱阳县？

经过几天的考察，了解到的情况使方浩又惊又忧：学堂隶属江西瓷业公司，名头很大，却名副其实。由于瓷业公司经营不如人意，直接影响到陶业学堂，因而经费不足，设施不全，人心散乱，有时还会有说不清、道不明的麻烦。学堂很像个快要关张歇业的店铺。

第二天,他来到了校办作坊。御窑厂关停后,牛头留在了瓷业公司,并被派到陶业学堂教学生拉坯。他正在和学生一起改进拉坯装置,还在试制手摇釉石粉碎机。方浩看得饶有兴趣,觉得这些都是很有意义的技术改进,他情不自禁地参与其中。

脚踏拉坯装置在一步步完善。这一天下午,突然呼拉拉冲进来七八个人,手里还拿着长棍短棒,其中一人大声喊着:"谁是这里的头?站出来说话。"

牛头走向前去:"这里的事我领头。你是谁?"

"本人姓石,外号盖天石。嗨,大螃蟹带着虾兵蟹将搬泥巴,倒是蛮有意思。"盖天石一副阴阳怪气的腔调。

这话是对牛头体态的侮辱之词,他腰背的弯曲和双腿的外撇变得越来越严重了,脑袋似乎要碰着膝盖。忠厚老实的牛头心里不快,但忍耐着:"你们有事吗?"

盖天石嘿嘿一笑:"当然有事。我们是专程从景德镇来的,今天要问你们的是,陶业学堂本是教学生制瓷烧窑的,为何不务正业,还搞什么陶业改良?如果用机械、半机械装置制坯,手工拉坯的吃什么?听说你们还想把柴窑改煤窑,我们柴窑老板怎么办?"

"这些事我都说不清楚,你们问校长去吧。"牛头照实回答。

"你说不清楚没关系,你们正在搞的这个改良、那个试验统统停下来就行了。否则,你们麻烦就大了。"盖天石说完,伸手抓起一个拉制好的泥胎,在手中一下拍碎,又将一把碎泥片用力扔到牛头的身上。

牛头又惊又怒,但他担心这些人会有更厉害的举动,便强忍心中的气恼,连连以手作揖:"请高抬贵手。"

不料那盖天石却是对同来的人一声大喊:"那就高抬手,猛用力。砸!"

顿时,棍起棒落,手推脚踹,把屋里做好的坯胎全部砸了个稀里哗啦,这是景德镇陶瓷业圈子里发生冲突时惯用的招数——踩架。

更要命的是,一个大个子提着一把铁锤,对着正在组装的半机械拉坯装置猛敲猛砸。

方浩一看不好,连连大喊:"住手!住手!"随之疾步冲了上去,要护住那些师生们倾注了万千心血的装置。大个子将方浩一把推倒在地，继续挥动铁锤，一阵杂乱的混响后，那装置很快变成了一堆散乱的木头和铁件。

牛头终于火了，运足力气，对着那大个子猛力一推，那大个子被推出七八尺远，踉跄几步，跌坐在地。牛头像发了疯的牛一般，连连把三四个人推倒在地。

一些学生也闻讯赶了过来，盖天石见势不妙，嗯哨一声，带着他的人慌乱地跑了。

方浩看了看地上被毁的坯胎和拉坯装置，皱着眉头说："看来，这陶业做一些改进实在艰难。牛头，赶快报警！"

牛头使劲摇头："报警？那和对着瓷牛瓷马敲锣鸣炮差不多，没有用。"接着牛头告诉方浩："为了试验烧窑以煤代柴，我们买来了好几千斤煤炭，但一夜之间不见了踪影。报警后，警察拉着长腔说，你们把嫌疑人的姓名、住址、去向提供给我们，一定会依律办理。可我们哪有这个本事？"

方浩对学堂的忧虑又增加了几分。

"我只担心，这学堂很快会像这被砸烂的拉坯装置一样，散架。"牛头忧心忡忡地说。

是呀，从今天来的人口里可以知道，试用新技术、改良陶业会牵涉许多人的利益，谈何容易？方浩这下似乎明白了康总要自己来这学堂的用意，也似乎找到了学堂设在这里而不是设在景德镇的原因：为的是躲开瓷业界强劲的守旧势力。

几天后，陶业学堂接到通知：江西巡按使派了他的私人代表来饶州府视察，还要视察陶业学堂。

方浩立即有了一个大胆的想法。

在通往陶业学堂的道路上，"哒哒"的马蹄声由远而近。有四五匹马列队而行，马队两旁和后面还有五六个随行人员。中间骑着一匹高头大马的人叫熊式辉，便是江西省巡按使的私人代表，他四十岁上下年龄，端坐于马鞍上，一脸威严。

突然，从路边的树丛里虎跳一般窜出一个人来，单膝跪倒在巡按使代表的马前，手里还捧着一个洁白的瓷胎。这是方浩。

熊式辉的队伍顿时一阵慌乱，一匹马将两条前腿抬起，马头高昂，发出几声嘶鸣。护卫们迅速夺过方浩手中的瓷胎，并将方浩按倒在地。

方浩大喊："我有要事禀告大人。"

一个壮硕的骑马人吼道："捆起来。带回去严加审问。"

方浩大喊："我只是想为瓷业之大事而求见大人。"

"你给我闭嘴。分明是潜伏路边，图谋不轨。"一只穿着马靴的脚重重地把方浩踹倒在地。

熊式辉的队伍继续行进，走进了陶业学堂。

方浩则被送进了饶州监狱。

方浩天不亮便已等在路边，这时已是精疲力竭，饥肠辘辘，忍不住拍了拍肚子对看守说："喂，给我点吃的吧。"

看守瞪的眼珠好像要挤出眼眶，大声训斥："嘿嘿，口气还不小。你和谁说话哩？饿，这算什么？还有让你好受的，等着吧。"

"俗话说，有死罪，没有饿罪。"方浩争辩着。

看守恼怒地说了好一阵："吃饭？明天再说。别找不自在，我这几天有点发烧，身上没力气，不然的话，先让你吃一顿拳脚，你就老实了。"

监狱里的看守也许是世界上最蛮横、最冷酷的人之一，因而同他们永远没有什么道理可讲。方浩不由得叹了口气："想不到这进牢房也得挑时辰。"

天黑了，方浩蜷缩在牢房里铺着的稻草上，心里也像塞进了一蓬稻草。一个人的面容不时出现在脑海，带着微笑，那美丽动人的丹凤眼泛着清澈的光波，这是江云炀。她一定在惦念自己，如果她知道自己现在被关在牢房里，肯定会赶来探视、营救，可自己却要弃她而去了。想到这里，地上的、心中的稻草一下子发硬变尖，全成了一根根尖刺，他觉得比受刑还要难以忍受。

牢房里只有普通饭碗口沿大小的窗户终于透进来亮光。一阵开锁的声音作响后，牢门被打开，出现在方浩面前的还是昨天见过的那个看守，他吆喝着："起来，跟我走！"

方浩想：坏了，现在还不到开饭的时间，肯定是要去过堂。他顿时头皮发麻，浑身陡地冒出了一层鸡皮疙瘩。

看守斜着眼睛问："你家是不是很有钱？"

他为什么问这个？方浩看了他一眼，没作声，只是快速地摇了摇头。

"谁信哩？这种事我见得多了。没有钱还能这么快就轻轻松松地离开这个地方？"看守说完，领着方浩走进了监狱门口的一间房子。

一个管理人员一字一板地告诉方浩："经查，你虽有冲撞省上要员的举动，但因为没有造成严重后果，故不予追究，开释回家。"

为什么只关了一晚上，便突然峰回路转了呢？真是稀里糊涂进监狱，又莫名其妙出牢门。怪哉！

原来，熊式辉回到馆舍后，想起刚才路上发生的一幕，觉得此人此事大有生疑之处。那个拦路的年轻人手里还拿着一只瓷瓶，这里面定有什么蹊跷。他对一位随员说："把那只瓷瓶拿给我看看。"

熊式辉对瓷瓶细加审视，见是一只在窑里烧过一次的胆形瓷胎，通身洁白，但无文无饰，严格地说，还只是一个半成品。瓶里还有几张卷着的纸，取出来一看，是一封书信，题目是《就兴陶业学堂暨发展瓷业事致巡按使代表》。熊式辉一下对这书信产生了兴趣，这次奉命来饶州，目的之一正是考察如何发展实业，特别是如何复兴景德镇瓷业。

信的开始写道：欲兴江西，当兴陶业瓷业；兴陶业瓷业，当兴新技新艺；兴新技新艺，当兴陶瓷教育；兴陶瓷教育，则当兴陶业学堂。

熊式辉对这些话大为赞赏。信中接着列举了陶业学堂遇到的种种困难，还讲道：这陶业学堂如同这只瓷瓶，质地甚好，但还不是成品，若不绘画上彩，入炉再烧，就永远成不了真正的瓷器。这个比喻贴切而形象，熊式辉也一下明白了这人携瓷胎拦路投状的用意。

熊式辉看完信后，联想到今天在陶业学堂的视察所见，不由得称赞道："此人颇有见地。"又问，"这人现在何处？"

"关在了饶州监狱。"随员回答。

"放人。"熊式辉的声音很重很急。

这一切，方浩当然不会知道。既然已经无事了，他便继续他的考察。

他多次走上讲台，向学生传授他在东京习得的窑业知识。

当他又一次走进学生的实习作坊时，看到牛头正弯腰撅腿，手动嘴动，教学生拉坯。不由得记起，当年为了拉制龙凤双尊的坯胎，牛头差一点丧命，后来是改进成型方法，才使坯胎得以成型，足证陶艺完全必要也完全可以脱旧而出新。能不能再进一步，形成一种新的坯胎成型工艺？

牛头听了方浩的想法，大受鼓舞，其实他也在琢磨这件事。两人动脑动手一连忙碌了好多天，但却找不出思路。这一天，方浩在聚精会神地看一户人家磨制年糕：先把浸泡过的大米磨成米浆，米浆中的水分挥发后成为既干又湿、既稠又黏的物质，把这些物质放在不同的模子里，就能制成各种形状的糕团。他突然来了灵感，把瓷土先调成泥浆，浇注在特定形状的模子里，待水分挥发以后，就可以成为坯胎。

一次次试验，一次次改进，一种新的陶瓷成型之法，也是这次鄱阳之行的一个极有意义的收获——注浆法，由此形成，这是陶瓷制作史上一次大有意义的创新。

两个月后，方浩离开陶业学堂，踏上了去祁门考察瓷土的旅程，那里是他出生的地方，也是母亲坟茔在彼的地方。祁门在他的内心深处，有着很重要的地位。

祁门的高岭土开采于顺治年间，久负盛名。这次送巴拿马万国博览会的除了瓷器外，还别出心裁地送了几块祁门的瓷土一同参展。但由于经年累月地不停挖掘，矿点越来越少，所以当年孙之顺在祁门开采瓷土最后以失败告终。由于改朝换代，官方对这里瓷土的控制早已名存实亡，犹如放到山间无人管理的牛羊，不知目前究竟是何状态。

当方浩走到祁门南乡地界的时候，听见附近有机器的轰鸣声。循声近前一看，地上立有高高的铁架子，铁架子中间有一根粗大的铁棒，旋转着进入地下。他知道这是在钻探，这在中国还是极为罕见的。是谁在这里钻探？又为的寻找什么矿物？问了许许多多的人以后，他大致明白了，钻探是为了寻找瓷土矿。祁门瓷土矿本属景德镇御窑厂，现在当属江西瓷业公司，可是从来没有听说公司在这里探矿采矿，他隐隐觉得个中大有奥秘。

他来到了矿井前，瓷土正被绞车费力地从竖井里一筐一筐地提上来，然后被搬运到不远处几间简陋的土木房里，进行粉碎、淘洗、凝固，正在晾晒的一块块泥砖摆在了地上。

他向一位工头模样的人询问情况，得到的回答是：我们只是干活挣钱养家。自己家里没有盐，便不想管人家的闲（咸）事。

方浩不想离开，他要把这件事弄个清楚明白。

到了下工的时候，钻机不再轰鸣，采矿人陆续离去。有一个上了岁数的人，挑着两筐工具吃力地走在后面，这人把头上的草帽压得很低，看不清他的面容。方浩走向前去："来，我帮你挑一程。"这时他忽然发现，竟然是李老师傅。

原来，李老师傅因镶接不好双尊坯胎连夜逃走后，便四处漂泊，最后来到这里帮人淘制瓷土。他不好意思和方浩相认，所以一直没有说话。

方浩主动而热情地同李老师傅打着招呼，从李老师傅肩上接过担子，一边说话，一边前行。

李老师傅一路说话很少，但在二人道别的时候，他对着方浩的耳边说了几句非同寻常的话语。

方浩听了，心里发急。他几乎是小跑着到了乡政府，找到了乡长，申明自己是祁门人，还是江西瓷业公司的职工，这次特地回乡探访，也一并考察祁门的瓷土。

乡长听了方浩的自我介绍，又问明了方浩父亲的姓名后，脸上泛出笑意，一下变得亲近了，因为他知道方浩的父亲，一个至今常常被人提起的画家。

方浩很快把话题转到有人正在采挖瓷土矿的事情上。

乡长告诉方浩："这是江西瓷业公司在钻探、采挖瓷土。"

方浩十分肯定地说："我多年一直在瓷业公司做事，没有听闻过公司在这里探矿采土。探矿还使用了钻探机，可见这不是一般的公司。我了解到的情况是，这挖瓷土的实际上是一家外国人的公司。"

乡长听方浩这么一说，像晚上看见黑影进门一般喊了起来："洋人盗挖我们的瓷土？这不行！"他立即站起身来，出门而去。方浩这时发现，乡长缺了一只耳朵。

几天后，乡长把了解到的情况告诉方浩：打探清楚了，在这里探矿挖矿的确实不是江西瓷业公司，而是上海的一家公司，背后的实际操控者是日本人。这和李老师傅对方浩说的完全一致。

此时许多中国人都蒙在鼓里的是：日本人秘密向袁世凯提出了全面控制中国、旨在灭亡中国的《二十一条》，其中一条便是日本有权在中国开矿。条约还在秘密磋商之中，一些日本人便迫不及待地开始了行动，在祁门探挖瓷土的是日本的一个陶瓷世家——冢田家族。

乡长有些焦急地问方浩："那该怎么办？"

"外国人在这里采矿，是入室盗窃，也是变了花样的掠劫。乡长如果有心有力，应当坚决地加以制止。"

乡长指了指自己缺了一只耳朵的地方告诉方浩：御窑厂关停后，这里的瓷土矿便成了富人遗落的金印，许多人红了眼地抢夺，附近的两个村竟然为争夺控制权而动刀动枪。我居间调解，但双方谁也不肯相让，最后酿成持械冲突，双方共死伤二十多人。我也陪着挨了一刀，一方误认为我偏听偏信，袒护了另一方，便活生生割去了我的一只耳朵。后来听说是瓷业公司来了，花了一些钱，事态才算平息，想不到这个公司是日本人的公司，这不等于是外国人来这里挖祖坟、拆祠堂？我要立即告知祁门县政府。

"现在官家惧怕日本人。日本人能在这里掀土开矿，说明事情绝不简单。说不准政府早就知道这件事了。"

"你说的有道理。那该怎么办？"乡长没有主意了。

"你再想想，有没有简单实用的办法？"

乡长挠了挠头皮，想了好一会儿，又摸了摸自己缺了耳朵的地方，然后在方浩耳边细语了一阵。

方浩频频点头。

方浩在乡长的陪同下寻找母亲的墓地。但面对一个个大大小小的坟冢，他完全无法确认哪一座墓里有母亲的骸骨，自己的思亲孝亲之情竟无法表达，只是对着一片坟地拜了几拜，然后怅然地离开了祁门。

三天后，一件引起轰动的新闻传遍祁门县：一艘外地到本县码头装运瓷土的大船与当地几艘渔船发生冲突，瓷土被卸下运走，外地来船被沉入江底。那找矿挖土的柴油钻探机，也在一夜之间被不明身份的人拆除、捣毁。县政府下令查办肇事者，但因县长等人接受过日本人的贿赂，担心拔起萝卜带出泥，此事便不了了之。

此时，方浩正行走在返回景德镇的路上。一边走，一边在想：为什么日本人像老虎侵入不属于自己的山林一般，竟敢擅自在中国土地上采掘瓷土？令人愤慨；如果中国也用机器探矿采矿，该有多好？！

他抬眼望了望四野，天空阴云笼罩，山中雾岚升腾，田舍炊烟飘忽，到处是混茫茫一片。

痛苦的恋情

从祁门到景德镇，一路山青水碧，宛如画廊。他睁大了眼睛，阅山览水，万千风景，尽入胸怀。他不时停下来，用随身携带的纸笔，写山画水。这让方浩的心里变得轻松而愉悦。他忽然觉得，在世界上，只有山水无烦无愁，无苦无痛，真叫人称羡，但谁又能有山水一般的胸怀和定力？

这一天，当他与一座奇秀的山峰忘情地对视对语时，身后有一个人在呼喊他的名字。

他转过身，发现竟然是多年未见的余细苟。只见他蓬头垢面，身穿一件多处露出棉絮的棉袄，手里拿着一根齐肩高的竹棍。

方浩先是一愣，继而带着惊喜地喊着："余师傅，是你呀。好几年不见了，你怎么样？"

余细苟把手中的棍子往地上用力戳了几下，语气很平静地说："我活得很好。像一只无桨无舵无缆绳的船，自由自在。"

"以你看炉火的本领，吃饭穿衣断然没有问题。"方浩的话中有几分惋惜，几分同情。

余细苟却是一脸严肃："我为御窑厂看炉火大半辈子，却落了个挨骂挨刀、差点送命的下场，还不如我这要饭哩。"他指了指自己的脸，"至少我现在有正常人的眉毛和头发，像个人样了。"

方浩一阵心酸，一个御窑看炉工竟沦落至此，便真诚地劝说："但要饭毕竟不是长久之计，跟我一起回景德镇吧。"

余细苟默然无语，好一会儿才说："我已习惯了这种天上神仙、人间皇帝都管不着的生活，这比烧炉看火要自在得多。快到中午了，我也该走了，去找好饭好菜。再会。"说完轻一下重一下地拄着他的讨饭棍，向不远处一个炊烟正在升腾的村落走去。看到余细苟蹒跚而行的背影，方浩的心里顿时又变得有几分沉重了。

方浩又在路上盘桓了好些天，估摸着应该有万国博览会的消息了，才带着几分期待和几许不安回到了景德镇。

一封来自旧金山的电报几乎和方浩同时到达瓷业公司。这是康总发来的，电报中告知：送去参展的景德镇陶瓷制品表现不俗，有多件获奖，其中有瓷板画、和合器、大花钵，还有乌金釉瓶，并有祁门的瓷土。

方浩很关心的是王青先生创作的女人裸体瓷板画是否获奖。但瞪大眼睛逐字逐句看过电报两遍后，也不见有一个字提及这件作品和王青先生的名字，这使他很是失望。后来才知道，王青先生的瓷画被许多人看好，其中包括身手不凡的窃贼，当展览快要结束时，瓷画不翼而飞。很有趣的是，这次博览会颁发给获奖者的金牌上，其中一面的图案是一对裸体的青年男女。

在瓷业公司内部组织庆祝活动的时候，江云炽见方浩在场，很是奇怪。她快步走到方浩面前，带着疑虑问："你怎么就回来了？并且和康总发的电报同时到达，莫不是坐着电报回来的？"

方浩脸上一副哭笑不得的神情："一言难尽。"

"那你就用十句百句说完吧。一块吃晚饭吧。"

"这，这……"方浩犹豫着。

"别这这这、那那那了，走吧。"江云炽大胆地碰了一下方浩的胳膊，一起离开了公司。

还不到吃饭的钟点，方浩提议，先到佛印湖边坐一会儿。

两人一个是心情轻松、脚步轻快，一个是心情沉重、双腿沉重。

到湖边的亭子里坐下来后，江云炽首先开口："你到底去了旧金山没有？"

"没有……"方浩期期艾艾地回答。

"那这段时间你去哪里了？"

"办完义父的丧事，便去了鄱阳陶业学堂和祁门。"

"我还以为你一直在旧金山呢，也一直在等着你的钻石戒指呢。"江云炽说着，有意抬起左手，并把中指忽屈忽伸了几次。

这几句话、几个动作让方浩心颤肝动，悲从中来，他觉得应该把真相告知江云炽了："我有些话需要对你说，但你听了千万不要太难过。"

"天塌不下来。就是天塌下来，也不会先压着我而是会先压着你，所以我用不着难过。"江云炽依然一脸轻松。

方浩默念着，是啊，这件如同天塌下来的事会首先压着我，只是你也躲不过、避不开啊，他咬了咬牙："那我就说出来了。"

但旋即又顿住了，他瞬间变得胆怯了，失去了面对事实、道出真相的勇气。

在江云炽的几次催促下，方浩终于又费力地开口了："云炽，我无法给你买戒指了。"

江云炽的脸上依然带着笑："不能去旧金山买，就在上海、南昌或是景德镇买也行。哈哈哈……"

这让方浩心情更加沉重，他几乎是一字一顿地说："我说的是真的。"

"当然是真的，你没有出国，当然也就买不成钻石戒指了。所以我就让一步，给我买个金子的吧。我还是觉得金子比石头好，黄澄澄的，人们还常常把金子比作人心，多好哇。"

最后一句话让方浩心里更痛更苦。

"对吗？"云炽在追问。

"恐怕是连铜的铁的也不行。"方浩的话如铜铁般发沉。

"真是个小气鬼。那就买个瓷器的，这下总行吧？"江云炽说的是玩笑之词，因为景德镇确实有一些人戴瓷器戒指，有的戒面上还绘有图案或人像。

方浩缓缓地、痛苦地摇了摇头。

江云炽这才发现不对劲，将目光朝方浩脸上看去，见他眉宇间像趴了一只小蚂蟥，目光忧郁，满脸痛苦不堪的样子。看来方浩并不是在开玩笑，她一下变得紧张了，语气变得急促："到底发生什么事了？"

"让我慢慢说来。"方浩说完这句话，痛苦地闭上了眼睛，似是难以启齿，又似是不知从何说起。

"不用急，你慢慢说吧。"江云炽的话中既有安慰，也有催促。

方浩有些费劲地睁开了眼睛，然后断断续续地说开了，从自己孤苦的身世，讲到义父的教养之恩；从义父的临终嘱托，说到自己为什么不能拒绝；又从对江云炽的感情，谈到自己的心中的矛盾和痛楚……没有说完，泪水已漫过眼球。

江云炻也跟着哭了，眼泪像两股泉水从眼眶里涌出来，流在脸颊上，挂在下巴边，又滴落在衣襟上。嘴里发出呜呜的声音，那声音随着两肩的耸动时高时低。方浩无端想起，有一次对着夜空的流星联想到云炻的眼泪，并想看看云炻哭泣的样子，他也见过云炻流泪，是别样的美丽。然而，今天看到她因痛苦而伤心哭泣、泪涕纵横时，却不是美丽，是花容失色，是嫩叶枯槁，是折磨煎熬。啊，眼泪原来更多的是象征痛苦和不幸。

哭了一阵以后，云炻猛地抬起头，抹去了眼泪，冷冷地问："你真的爱我吗？"

"爱，非常爱。"

"那就行了。"

"怎么行了？"

"别的人何必管他？"

"可是我已经答应过义父了。"

"你既然爱我，你为什么还要答应义父？"

"我不想让他带着沉重的牵挂和遗憾离开人间。"

"那现在怎么办？"

"我已经是身陷泥潭，心在苦海。所以这段时间我一直在躲着你。"

"既然真的爱我，就应当毫不犹豫地舍弃另一个人。怎么能脚踩两只船？"

"如果舍弃另一个人，我将有负义父，恐怕一辈子也会不得安宁。"

"那你就舍弃我吧。"

"我对你已作过的承诺，地点就在这佛印湖。我若不守承诺，不仅愧对你，也愧对天地，将会永远受到良心的折磨。"稍停，方浩又接着说，"只有在一种情况下可以考虑。"

"什么情况下？"

"当你抛弃我时。所以，我想请求你责难我、原谅我、忘却我，最后抛弃我。"

江云炻的眼泪又出来了："这我做不到，永远做不到。我已经到五龙寺发过誓，无论贫富贵贱，生生死死，都与你相守一生，早已没有任何退路了。"她的话越说越重，最后一句话几乎是喊出来的，以至在两座山梁之间有了回声。

江云炽的话字字句句犹如重锤，砸在方浩的心上。江云炽表达的情感越炽烈，方浩越痛苦；云炽吐出的语言越真挚，方浩越伤心。他这时想到了一个主意："我再找刘樱谈谈吧，她有权利对自己的婚姻做主。"

"对，现在是民国，男婚女嫁，父母的话可以不算数，有的人还以逃婚的方式，对付父母的包办婚姻哩。如果刘樱愿意放弃，我们可以多给她一些钱，作为补偿。"江云炽觉得找到了办法。

方浩点了点头，然后相互道别，在一起吃饭的约定也留在了佛印湖边。不过，此时纵然有山珍海味，二人恐怕也难以下咽。

刘樱刚刚吃过晚饭，正在灯下专心致志地纳鞋底。见方浩到来，一阵欣喜，针尖一下扎在了左手的食指上，手指上很快凝聚了一滴鲜红的血。她先用嘴把手指嘬了嘬，然后用另一只手捏住出血的部位，快步走进厨房里，洗锅、切菜、生火，要为方浩做饭。

方浩伸手阻止："我吃过晚饭了"。

刘樱嫣然一笑："别哄我。看你一副又饿又累的样子。"

经刘樱这么一说，方浩觉得肚子里确实很饿，他的双手无奈地垂下，没有再阻止刘樱在厨房里忙碌。

刘樱动作麻利，不一会儿工夫便做成了三道菜，并且荤素皆备。她让方浩坐下先吃菜，然后连走带颠地到街上买回来一屉小笼包子。

方浩拿起了筷子，菜做得很是可口，但嚼着嚼着，口里心里却是从未有过的怪怪的味道。

刘樱坐在旁边，欣欣然地看着方浩吃饭，忍不住说道："这些都是你平时很爱吃的东西。"此刻，她的心里洋溢的满是幸福。

方浩只是心事重重、闷声不响地吃饭。往昔，他们相处得随意而融洽，还少不了无所顾忌地嬉笑逗闹。可在义父留下了关于他们婚姻的遗言后，二人一下变得有了距离，甚至有些陌生了。此时方浩则更是别有滋味在心头，他像遇到凶猛的动物似的，不敢正眼注视刘樱，口里嚼着饭菜，心底里则在嚼着矛盾和痛苦，刚吃了个半饱便放下了筷子。

刘樱柔声地问："是不是今天做的饭菜不合口？再吃几口吧。要是几年前，你会把碗和盘子吃得和猫舔了差不多。"

"嘿，是，不是。但确实也是。"方浩有点语无伦次。

刘承根没有回来，屋里只有两人，方浩觉得这正是说话的好时机，便对着正在收拾碗筷的刘樱说："你先坐下，我有话对你说。"

刘樱还是三下两下把桌上收拾利索了，又用抹布把桌面抹擦了好几遍，刷了黑漆的桌面显得油光发亮，两个人的影子在桌面上晃动。她刚要坐下，又像想起来什么，从茶壶里筛出一碗茶，双手递到方浩面前。然后坐下来，用她那明亮的眼睛朝方浩看了一眼，恰好方浩也正在看她，四目相对，方浩心里一阵慌乱，目光闪电般地逃逸，刘樱却只是把眼睛眨了几下，眼神依然停在方浩的脸上。

"你最近好吗？不要把自己弄得太疲劳。"这是刘樱甜甜的声音。

"还好，你呢？"方浩说话时依然没有正视刘樱。

"我整天没有什么事干，所以老惦着你，也总是盼着能见到你。"

"有一件事，我不得不同你说了。"方浩鼓足勇气说出的这句话，是低头对着桌面上刘樱模模糊糊的影子说的。

刘樱没有回话，心里则在想：看他吞吞吐吐，很不好意思的样子，肯定是想说俩人的婚事，也许说的是选什么日子办喜事之类的话题吧？你说吧，我听着。刘樱心里涌起一阵阵甜蜜。

方浩的眼睛依然盯着桌面，沉默了片刻，端起茶杯连喝了好几口，这茶水似乎使他壅塞着的喉咙顺畅些了，说出了他早已在心里说过许多遍的话："我们是相互看着长大的，一向是无拘无束，快快乐乐。我很想回到过去。"

刘樱心里暗暗发笑：人长大了，怎么还能变回到小时候？

方浩又犹豫了好一阵后，终于把要说的话说出来了："义父临终时，把你托付给我，我实在担不起这个责任。"

刘樱听了这话，心里由暗笑变作了震惊，脸上像是花园里刮过了凛冽的寒风，骤然变了颜色，紧张地对着方浩问："你为什么会说出这样的话？这话到底是什么意思？"

"我是说，我是说……我们的事就算了吧。"

方浩说完这句话，很想知道刘樱的反应，不由得偷偷地朝刘樱看去。他发现，刘樱那原本线条柔和的脸，一下变得像用斧劈刀削过一般，有了棱角；那美丽的眼睛，像牛的眼睛一样外凸，并且好久没有转动或闭合；嘴也是张开的，像暴风雨前浮在水面上拼命呼吸的鱼嘴。

方浩又讷讷地说："请你原谅我吧。"

刘樱的胸部在起伏，是越来越急促的起伏，但依然是无言，这是令人恐惧的沉默。

"你倒是说话呀。"

刘樱的呼吸加重，但嘴里依然没有吐出任何话语来。

"你说话呀。"方浩又忍不住追问了一句。

犹如火山爆发，刘樱大喊了一声："我生是你方家人，死是你方家鬼。"说罢放声痛哭，直哭得喘气不匀，直哭得全身抽搐，直哭得山摇地动，房上的瓦片好像在微微颤动。

方浩一下被吓得不知如何是好，他好像从来没有见过、没有听过有人这样大哭。这样地哭，恐怕会把鼻腔喉咙哭得破裂了，会把五脏六腑哭得爆炸了。如果说云炻的哭声给人的感觉是伤心和痛苦，刘樱的哭声给人的冲击是惨烈和恐惧。

方浩慌乱地站起身来，又急又怕地对着刘樱恳求："别哭，别哭，这事我们再商量吧。"

刘樱的哭声没有停下，快速而短促的哭声变成了凄厉的长啸。方浩很快想起刘樱在父亲出殡时的哀伤与哭号，今天的哭声与悲痛似乎比那天更惊心动魄，更让人担心害怕。这样哭下去真会出事，眼下最要紧的是让刘樱停止大恸大哭。可有什么办法呢？他还是想出了办法："求求你，别哭了。承根该回来了。"

这句话立即产生了作用，刘樱的哭声像暴风雨疯狂地击打过大地以后，慢慢减弱了。恰在这时，门外响起了脚步声。刘樱知道，真的是承根回来了，立即收住哭声，并起身进入内室。

承根推门走了进来，随身还带进了浓烈的酒和菜的味道，显然刚从酒桌上下来。他已在把桩师傅中崭露头角，烧那一窑总统瓷让祝鸿来进了监狱，却给他带来了良好的声誉，他的身价像汛期的昌江一样上涨了，应酬也多了。他一眼见到坐在屋里的方浩，很是热情地打着招呼："方浩，父亲去世后，很少见你登门。今天是什么风把你吹来了？"

"最近实在是有点忙。"

"窑怕空着人怕闲，忙点好。"承根不见刘樱的身影，便喊了一声，"刘樱。"

刘樱慢慢地走了出来，她已经洗脸整妆了，只是双眼依然带红发肿，像是快要成熟的小桃子。她对着承根小声地说："哥回来了？我刚才切菜做饭，眼里不小心溅进了辣椒汁，到现在还不舒服。"说完，挪了把低矮的凳子，在灯的暗影中坐下。

刘承根看了看二人，乘着酒兴说："俗话说，长兄当父，父亲不在，你们的事我就得操心了。你们年龄已不小了，我看选个日子把婚事办了吧。"

"是这样。不过这是人生大事，还得好好合计合计。"方浩回答。

"这都是铁板上钉钉子还拐了弯的事，还合计什么？我知道，小樱自小就喜欢你。"承根这时猛地拍了一把方浩的肩头，口里喷出带酒气的唾沫星子，"老兄，你这辈子福气不小呀。"

方浩不想再待下去，起身说："已经很晚了，我该走了。"

"你们结婚的事一定要抓紧。再者说，我也很快结婚了。"

方浩听得出，承根这话里带着催逼。

方浩刚要拔步离开，承根又瞪着发红的眼睛问："哎，那龙尊怎么样？不知为什么，我时时会惦记着那宝贝。"

"龙尊我会好好保管，你完全不用担心。父亲的话我一直记在心上。"方浩说完，出门而去。

背后传过来承根的话："要是放在我身边，我也一定会看护得万无一失。"

方浩忍不住转头回望，见刘樱倚在门边，就像钉牢在门框边的一根木头，一动不动。虽然她的身子没有动弹，但可以想象得出，心头一定是翻江倒海。方浩觉得全身一阵发热、一阵寒凉，心中一阵惶然、一阵愧疚。

泥潭中的挣扎

方浩回家后，立即觉得自己是掉落在水井里的牛，并且井圈顶上还加上了铁盖子。一些杂乱的念头不停地袭上心来：天大的不幸，有两个女子与自己用一条绳索紧紧地系在了一起。若如此下去，对三人都是悲剧，自己则是这个悲剧的制造者，因而必须由自己来承担责任。如果自己不存在了，那另外两个人便可以挣脱绳索获得自由了。他猛地想起曾和江云炽说过的话：有人舍弃生命是因为活着比死去更痛苦；一些人遁入空门，是为了摆脱世俗的无尽烦恼。难道这些话要在自己身上应验，将会成为自己人生的选择？

当半明半暗的曙光透进窗户的时候，他起床了，然后一如往常，去公司上班了。他要抓紧把手头的事情做完，特别是他正在绘制一块人像瓷画，一定要画好。

这张人像是为好友余同画的。余同在满窑店已被称作"将军"，这是对满窑高手的称呼。瓷板上画的是余同和未婚妻一站一坐的肖像，方浩要把这块瓷画作为礼物送给新婚的夫妇。此时的风尚是，越来越多的人喜欢将自己的形象绘制在瓷板上，这是人类爱己怜己的一种美好感情。方浩画着画着，不由得想起，自己曾和江云炽说过，要画江云炽。如果真是那样，那该是一幅多么美好而温馨的画面？可是，这也许只能成为虚无缥缈的梦境，甚至会成为永远无法抹去的伤痛。他的心不由得抖动起来，手也不由得晃动起来，小小的画笔平日犹如驯服的老牛，今日却成了很难羁控的烈马。他不得不停了下来，还下意识地用两个指头抿了一下上衣，他的全身已经汗涔涔的了。

第二天，他又拿起了画笔。就这样时画时停，犹如挑担涉水般费力地画了一个星期，才算画完了。放进窑里烧出来以后，倒是很令人满意。

余同见到画像，咧着嘴笑了好一会儿："画得太好了，到时候请你喝双杯喜酒。"还喜滋滋地在画板上"叭"地亲了一口。

余同正要高高兴兴地离去，忽然发现方浩的脸色神色都有点不太对劲，关切地问："你怎么了？是有病还是有什么烦心事？"

方浩终于忍不住对好友和盘托出了自己的情感困境。

余同想了想，半是认真、半是玩笑地出了一个主意："那就老师傅捏盐罐，一个提梁两个盏①，一起娶了。"

"现在都什么年代了，你还能出这种馊主意？"方浩斥责着。

余同却变得一本正经地说："虽然已是民国，倡导一夫一妻，但娶

① 一个提梁两个盏：瓷制装盐的罐子，是两个小罐，中间用一根弯曲的提梁连接。

大讨小的事还有的是，听说那祝老板最近又讨了一个十七岁的姑娘。"

"别嘴包蛆了，我就是比祝老板的窑还多，也不会有娶妾的想法。"

"那就抓阄，抽到哪个算哪个。"余同又信口来了一个主意。

"真得把你的牙敲下几颗，免得总喜欢胡说八道。"

"行行行。我不多说了，相信你肯定会有办法。但一定要早做决断。"

方浩看着余同兴冲冲离去的背影，好半天身子没有动弹。

方浩觉得应该抓紧办自己的事情了。第三天早饭后，他背着一个大包袱，拖着自己孤独的影子，来到了昌江边的三间庙码头。正是洪水暴涨的时期，江面变得比平日开阔，阴云满天，江水也被映照成发灰的颜色。江面上，不同形状的漩涡随着江波快速流淌，他脑海里也有漩涡翻滚：自己当何去何往？他脑海里最大最急的漩涡幻化成两个字——逃离。逃往何处？他想到的是逐水流而行，昌江水流入鄱阳湖以后，进入长江，在上海附近入海，所以他脑海里的一个目标是上海，并且景德镇每年都有人去上海学习绘画。

当想到要离开景德镇时，他忽然有了几分伤感、几分依恋，不由得放眼朝码头边望去，只见许多船只在装卸瓷器、柴火、大米等货物，一片繁忙景象。景德镇通江达海，被称作十八省码头。准确地说，这里可称作世界码头，因为在这里装满瓷器的船只，可以到达世界任何港口。

上下码头的人们，穿在脚上的无一例外都是一双黄褐色的草鞋。草鞋廉价、柔软，不怕硌脚路滑，是劳动者的普遍选择。路上挑担推车的，窑厂瓷厂做工干活的，也都穿的是草鞋。大小老板开设的厂店、作坊，还把有多少双草鞋作为雇用了多少工人、有多大生产能力的计算单位。或许因为这些原因，景德镇被称作"草鞋码头"。草鞋和瓷器的外观相去甚远，但却是关系密切，如果没有那廉价粗糙的草鞋，便不会有光洁精美的瓷器。无数人是穿着草鞋，踏着泥泞，挑着沉沉的担子，在这里追逐人生的理想，甚至走完整整一生。一生志在瓷业的自己却要离开了，并且是像逃兵一样离开，他不由得踌躇起来。

这时有一个中年男子走了过来，他手里拿着半块渣饼。渣饼是直径约三寸的圆形瓷块，烧瓷时为避免坯胎与匣钵直接接触产生粘连，便在坯胎与匣钵之间放上一块饼状瓷土。瓷坯烧成以后，这块瓷土也被烧成了圆形瓷饼，因无甚用处被称作"渣饼"，小孩会把这能在地上滚动的渣饼当作玩具。但也有被成年人用到的时候，其中一个特殊用处是，卖瓷土的白土行在与客户谈妥生意后，双方便在一块渣饼上写明瓷土的购买数量和装载瓷土船的号码，然后分割成两片，双方各执一片。到了约定的交货时间，买卖双方派出的人无须认识，只要把各自持有的半块渣饼拿出来加以比对，如果属于同一块渣饼，便会在码头边交货，这本属无用的渣饼此时承载着彼此的信任，其作用很像古代的虎符。这中年人显然不识字，想请方浩指教。方浩看了一眼，见标明的是称作"大信"的船，便给这人指明了那只船的停靠位置，那人道谢后高兴地走了。

方浩猛然觉得，买卖瓷土的双方如此讲信义，而自己却对两个女子躲闪避藏，竟要不辞而别，太失信义了。当她们知道自己不明不白地消失了以后，又会发生什么？女人行事，有时会像棉花般地软，有时却会像铁石般地硬，因而便有了贞节牌坊、节妇碑之类的东西。所以自己走了以后，云炻和刘樱什么都可能发生。想到这里，不禁心里一阵惊悚和自责。

他又一眼看见了矗立在江边的三间庙，在气势雄伟的庙宇面前，他感到了自己精神和肉体的卑微。屈原是为了国家而被放逐，并最后纵身波涛，伟哉！可自己却只是为了个人的情感而畏葸、逃遁，悲也！在这一刹那间，他放弃了所有灰色的念头，甚至觉得自己的想法十分荒唐可笑，莫非是被鬼摸了脑门？他用清凉的河水洗了洗脸，然后回到家里，立即拿起画板，他要画一幅以屈原为题材的《求索图》。

不久，从省上传来让人高兴的消息：设在鄱阳的陶业学堂由五省合办改为江西一省独办，办学经费由省财政筹措，这会比过去由多省分摊经费多了一些保障；同时任命方浩为陶业学堂的副校长。显然，方浩拦路递交给熊式辉的那纸状书起了作用。

这时，方浩不由得想起了康总。他一直期待康总从旧金山早些回来，办好瓷业公司，也办好陶业学堂，但却迟迟不见他的身影。后来才知道，康总参加完万国博览会以后，没有回国，而是转道去了南洋，为帮助孙中山讨伐袁世凯筹款去了。方浩一阵怅然。

方浩很欣然地接受了陶业学堂副校长的任命,办学和他育人兴瓷的梦想高度契合。还有一个附带的好处是,可以借此避开江云炻和刘樱,求得暂时的安静,尽管他知道这不过是掩耳盗铃。

对于婚姻,方浩已有了新的想法,在去陶业学堂赴任之前,他要直率地向云炻和刘樱道明。

这是一个工休的日子,江云炻很晚才起床,刚刚梳洗完毕,方浩已出现在面前。她心里漾出几分高兴:方浩定是找过刘樱,带来了好的消息。

方浩看了江云炻一眼:"走,一起喝早茶去。"

江云炻点了点头,然后快步进到屋里,换了一件新买的衣服,在镜子前照了好一会儿。

二人来到了秋水茶社。一如过去,喝茶伴用点心。不过,今天两人所要的点心都是为对方精心挑选的。

方浩本想说出自己心中的想法,可一见云炻像月亮蒙了轻云的忧郁眼神,话到喉咙又咽回了肚里,担心自己的话语会又一次刺激云炻的泪腺。他现在非常害怕见到云炻的眼泪,他曾经由流星联想到云炻的眼泪,现在他觉得云炻的眼泪是纷飞的子弹和箭镞。于是,茶桌上只有双唇啜茶和牙齿咀嚼食物的声音。他们很快用完茶点,几乎没有聊任何话题,成了寡言寡味的早茶,这让云炻很是失望。

从茶社出来后,他们漫无目的地沿着河边走到了三间庙附近。汛期未过,江水依然奔流汹涌,混沌发黄。方浩出神地望着昌江的流水,思绪也似流水,他回忆起几天前在江边伫立的情景,腹中一江波澜。

"你有什么话要告诉我吗?"江云炻忍不住开口了,她心里一直很想知道方浩找刘樱商谈的结果。

"好像有,但又不知从何说起。"

"就从我们上次最后谈到的话题开始。"江云炻提示着。

"上次我们谈到什么话题?"方浩已记不起上次最后谈到的是什么话题了。

江云炻对方浩的回答感到失望和伤心,带着几分不满提醒:"你居然开始忘事了吗?你不是说要去找刘樱谈谈吗,谈出什么名堂来了吗?"

方浩这下想起来了，他一脸懊丧地回答："谈过了，没有任何结果。"

"说具体一些。"江云炽语气加重，这是再一次提醒。

"我说了许多话，并问她的态度，但她只说了一句话。"

"什么话？"云炽问。

"'生是方家人，死是方家鬼。'接着是失声恸哭。"

"后来呢？"云炽又问。

"后来承根回来了，谈话便结束了。"

"那你现在什么想法？"云炽再问。

"我现在的想法是，让老天爷公正裁决。"方浩终于说出了自己最新的想法。

"这话什么意思？"

"顺其自然。"

"怎么个顺其自然？"云炽几乎是环环相扣，步步追问。

方浩看了看奔腾的昌江水："就好比这江中有一根木头，听任江水把它带到任何地方。"

"别扯什么木头、江水，只说我们要谈的事情。"

"由时间，而不是由我们三人的情感和意愿来决定最终的结果。"方浩接着又补充说，"这期间，你们作出的任何改变目前状况的选择，我都会欣然接受。"方浩把自己的想法全说出来了。

"你这不过是灯芯耗油的办法，是等待着看把谁先耗老、耗死。你好聪明啊，不，是好残忍啊！"

"不是聪明，是愚蠢；不是残忍，是无能。所以只好听天由命。"

"那就等待老天爷的裁决吧。但，即使太阳从东山掉下去，石头从昌江浮上来，我的心也不会动摇，不会改变。"江云炽语气的坚定来自意愿的执着，她已抱定像眼前的流水一样，只是不可阻挡地奔腾前去，没有转身后退的可能。

方浩无语，过了好一会儿又说："还有一件事要告诉你，我要到鄱阳陶业学堂工作。我们见面就很不方便了，或许这也是老天爷的有意安排吧。"

"听天由命吧。"江云炽说完站了起来，走近江边，对着浩荡的江水出神。

方浩心里猛然一惊，便走过去拉住了江云炻的手："我们离开吧。"

江云炻什么也没有说，两行泪水已经挂在了腮边。

方浩知道，江云炻的泪水是滚烫的、发涩的、带苦的，那泪水挂在江云炻的脸上，却是像箭头一样穿透自己的胸膛，扎在了自己的心头。他瞬间又决定，还要和刘樱再作一次倾心吐胆的交谈。

他又一次走到了刘樱的门前。他曾在义父家住了十年之久，从日本回来后才搬出去另住，后来每次来来去去也都是轻松、随意、愉悦，现在却越来越觉得犹豫、胆怯、惶然。过去是直接推门，现在是首先拍门，并且每次都要停住脚步，踌躇好一会儿，像小时候第一次放鞭炮一般鼓起勇气，才把手伸向门边。

方浩进门后，见桌子上放着一把算盘，看来刘樱正在练习珠算，她读过六年书，粗通字算。和往常一样，桌上一个精致的圆形小竹筐里，放着一双正在纳的鞋底。

"你在学打算盘了？"方浩觉得找到了一个合适的话头。

"嗯，我有时很想出去找一点事做做，一人在家待着很难熬。"刘樱说完后让座、倒茶。

"现在许多女性都放开脚，走出门，自己找事做了。"

"是这样，我是半小脚，可以走路做事。我想尽量不成为别人的累赘。"刘樱说着，似是有意看了方浩一眼。

方浩能听得出，这"别人"是指谁，同时又想：莫不是她已经回心转意了？那天因为承根回来了，话远没有说完，更没有说透，今天一定要说清道明。

方浩开始了今天要谈的话题："那天很抱歉，让你生气了，我也是万般无奈。"

刘樱没有立即回答，只是左手在算盘上漫无目的地拨弄着，发出一声声轻而脆的响声。方浩不由得心里嘀咕起来，莫非她已有自己的盘算？

"灯不挑不明。思来想去，我觉得还是应当认真地把话同你说明白。"

刘樱带着苦笑开口了："你同我说可能没有用。"

"那同谁去说？"方浩惑然地问，难道要同承根去说？

"跟我爹说去。"刘樱说完，随手用力扒拉了一下算盘珠，算盘上这次发出的是很重很脆的响声。

看来刘樱真的有了自己的算盘，方浩不知道该怎么接话。

刘樱又有话出口了："俗话说，千亲万亲，父母最亲；天大地大，死者为大。父亲说过的事，我就是死也得去做。"说到这里，刘樱又开始哭泣了。

女人的哭太叫人害怕了。方浩担心刘樱又像上次一般呼天抢地，大哭大号，赶忙说："你别哭，听我把话说完。"

刘樱用袖子擦了擦眼睛，收住哭声。

"我就直说了吧。在答应义父之前，我已经和一个人……"方浩说到这里，没有继续往下说。

刘樱把话续上了："我就揣摩着肯定有原因，那人一定是那个叫云炻的吧？"

方浩点头认可。

"那她父亲也对你有过交代？你也答应过她的父亲吗？"

方浩找不到合适的话应答，只是很无奈地说："那倒没有。"

"我父亲却是已把我托付给了你，你也明确地答应过我的父亲。"刘樱的话严丝合缝。

天哪，想不到平时话语不多的刘樱，在这个时候竟能说出这么似有千斤重量的话来，儿女之情似乎有神奇的力量，能极大地激发人的能量。方浩脑海里顿时一片混乱。看来，今天还是无法把任何事情说得明白。

刘樱今天的话却似乎是滚下山坡的石头，停不住，没有等方浩想出应对的词来，接着又悲怆地说道："我知道，你说的那个人虽然没有爹，但有娘。可我也是孤身一人，你说，我怎么办？对着父亲亲口许下的事不算数、不兑现，父亲在地下能安宁吗？"刘樱说到这里，眼泪又流了下来。

方浩觉得刘樱这番话情理皆备，丝丝入扣，是呀，义父地下有知将会如何？她又该怎么办？

双方一阵沉默，尴尬的沉默，痛苦的沉默。

方浩总算找到了话题："我很快要去鄱阳做事，我们就不容易见面了，不知哪年哪月才能回来。"

"我看过《王宝钏》这出戏，讲王宝钏在寒窑中，苦苦等待她当兵打仗的丈夫薛仁贵回来，一直等了十八年。我可以等得更长，况且鄱阳也不远。"刘樱说完，把手又在算盘上扒拉了一下，算珠上表示的数字是八十一，刘樱似是在说一句珠算口诀：九九八十一。

方浩心里像算盘珠一样啪啪作响：难道她愿意等待八十一年？这句珠算口诀后面，常常连用的还有"日久见人心"五个字，从而构成一句谚语。方浩的心更乱了，也变得更气馁了。他知道，今天也决然说不出任何结果，便心慌意乱地起身离去。

刘樱又倚在门边，看着方浩的身影消失在巷子口。

苦撑办学

方浩很快来到了鄱阳陶业学堂履职。他已想定，且推开万千思绪与烦恼，集中精力办学，婚姻事托付给无情无私的时间和命运去掌控、去判决。

转眼是 1916 年的元旦，天苍地黄，风动云卷，袁世凯称帝。一夜间，历书也无所顾忌地跟着翻页，民国五年哗啦一下变成了洪宪元年。在袁世凯登上帝位的仪式上，使用的礼品便是在景德镇专门烧造的款署"居仁堂"的瓷器。

但是谁也不曾料到，称帝的热热闹闹很快演化作了山呼海啸。全国愤然声讨袁世凯的电报，飞驰在大江南北。蔡锷、唐继尧等人则宣布起义，举旗持枪，发动护国战争。

时局的变乱，很快波及陶业学堂。一天上午，校长忧心忡忡地告诉方浩：上月和这个月省政府应拨给学堂的款项迟迟没有到账，怎么办？

方浩向校长建议：可以考虑利用学堂现有的条件，设计生产一批能售卖的瓷器，以救一时之急。

校长连连称"好主意"，同时申明自己有病需要回老家南昌疗养，学校的一切事务交由方浩代理。

方浩没有退缩，为了学堂，他愿意在这艰难时刻承担责任。过激流险滩时的船，最需要好好操控，否则难免翻沉。

校长走后，他开始思谋学校的求生之计，在与牛头等一起商议后，确定设计一种在工艺上有改进、在市场上可能会有销路的茶具。具体方案是，改革瓷器的装饰。瓷器上的装饰五花八门，有印花、堆花、绘花、刻花、剔花、镂花等等，但都有一定的工艺难度，生产成本不低。为此，他们准备吸取日本人的办法，由立体装饰改为平面装饰，把纸贴花粘牢后烧在瓷品上。工艺简单，成本低廉，烧成后虽然不如瓷泥装饰有立体感、层次感，但外观也很是漂亮。

新的思路转换成了收入，这种壶、杯、盏上市后，由于图案新颖、价格便宜，卖出去不少。由此暂时缓解了财政危机，学堂得以继续勉强维持。

袁世凯似乎在政治漩涡里翻着筋斗，称帝不到三个月，被迫宣布取消帝制；又不到三个月后，竟然一命呜呼。

有的人双腿一蹬万事休，有的人却是两眼闭后风云起。袁世凯在舞台上谢幕后，各种势力却纷纷粉墨登场，舞刀弄棒，展开了明争暗斗。城门失火，殃及池鱼，陶业学堂似乎已被遗忘，政府半年多没有拨付一个铜板。雪上加霜的是，因为时局混乱，几个瓷土产地私设关卡，就地收税，导致瓷土供应困难，加上运输不畅，制瓷成本增加。还因为已有许多瓷厂也都在使用纸贴花技术，所以陶业学堂的新茶具难以再烧，即使烧造出来，也很难售出。让人十分头疼的经费问题如猛兽恶鬼，又一次面目狰狞地横在面前。

一天晚上，方浩正在灯下冥思苦想着如何拯救学校的时候，有敲门声响起。

谁在夜间来访？他想到了牛头、会计、学生，也忽地想到了江云炻或是刘樱。

方浩略带迟疑地把门打开，万万没有想到的是，进来的竟然是祝鸿来。这祝鸿来不是因为给袁世凯烧总统瓷时行为不端，因而坐监入牢了吗？是什么时候出狱了，并在这个时候来到自己面前？

原来，那祝鸿来被锁入狱以后，家人立即拿着金银大洋，从县长到看守一一打点。但北京却无人再过问这件事，因而入狱后他连一次像样的过堂受审也没有。随着不久后袁世凯称帝、病亡，这祝鸿来的案子便成了一桩前朝遗留的陈年旧案。浮梁县长本和反袁讨袁者是一条道上的人，又揣了祝家的银子，所以便想着将这祝鸿来开释。然而，为了保险起见，同时也觉得这祝老板是一块肥厚的猪油，过手还得揩些油水，便要求祝家交五十两黄金，将祝鸿来保释出狱。

这祝鸿来出狱后，选了一个日子，在秋水茶社请了许许多多的人喝茶。他口若提壶倒水，哗啦啦述说自己无罪，并称早就料定这袁世凯头生反骨，想做皇帝，所以自己没有承烧总统瓷。为了表示反对袁世凯专烧御用瓷器，还另外制作了款署"居仁堂"的瓷器同窑搭烧，使总统瓷中有真有假，优劣难辨，由此坏了袁世凯的大运，使他成了一个短命皇帝。仅从这一点来说，自己乃是一个响当当的反袁英雄。这一番话，让在座的许多人敲着桌子、鼓掌跺脚，一起叫好。他还幸灾乐祸地告诉大家：那孙之顺烧造"居仁堂"瓷有功，官升一级。但袁世凯死后，被许多人谴责、咒骂，结果落了个忧郁而死。

出狱后不久，祝鸿来便开始打理他的窑业。好几个月身在监牢，柴窑停烧；贿赂官府，花费不小。这次真是蛤蟆被牛蹄踩了——伤得不轻。亏得家底厚实，要是换了其他人，恐怕早就是断了两条腿的骡子，爬不起来了。窑里丢了银，还得到窑里寻。他很快又像老鹰发现了草丛里的兔子一般，看到了生财之道，他不能放过这大可发财的机会，今天正是为此而来找方浩。

方浩一见祝鸿来，虽然心里有些不快，但还是以礼相待，奉茶让座。

屁股还没有坐稳，祝鸿来的口便张开了："方浩，久违了。上次烧总统瓷时，后悔没有像你一样谨慎行事，结果弄了个鸡飞蛋打。钱没赚着，还身陷牢房，丢了面子还破财，实在是癞痢头烂脚——两头都亏。"

方浩很客气地问："祝老板近来可好？"

"俗话说，大难不死，必有后福。我已找见了一条财路，很想与你一起发财，不知你意下如何？"

方浩心想，在这个国穷家穷人穷的时代，如能发财自是好事。特别是这陶业学堂，如饥饿中的婴儿，嗷嗷待哺。如果能赚到一些钱，无异于救命的奶水或是米汤，但不知发的哪路财。便回答："只是我既无赚钱的本事，又无聚财的运气，所以那财神菩萨从来不正眼瞧我。"

"时会来，运会转。这次如能抓住机会，财神菩萨便会像我今天从景德镇到鄱阳、再到陶业学堂一样，不用烧香便找上门来。"祝鸿来说着，还伸出右手，把五个指头用力地攥成拳头，似是已经牢牢地抓住了财神爷的胳膊。

还会有这等好事？方浩不知道的是，祝鸿来专程来找方浩，原因之一是他已经知道，陶业学堂正处在窘境之中，方浩有可能同他合作。

祝鸿来连喝了几口茶，然后告诉方浩：袁世凯称帝后，便仿效明清帝王，要烧造专用御瓷，着人到处搜寻瓷土，罗致工匠，烧制以他年号"洪宪"为款识的瓷器。但这些瓷器只有一部分刚刚烧成瓷胎，还没有来得及二次入炉烧烤成器，更多的则还只是坯胎、瓷泥，袁世凯便"咕咚"一声滚下龙椅，接着是呜呼哀哉。袁世凯病亡以后，正在制作"洪宪"瓷的窑厂、作坊便不知如何是好。天下人都反对这个窃国大盗，挨着袁世凯便如靠着臭鱼烂虾一般，尽量闪避，因而谁都不愿意继续烧造这批瓷器。所以，我有一个想法，出奇制胜，人家不做我来做，把这些待烧待烤的"洪宪瓷"半成品收购下来，继续制作烧造。

方浩很佩服这祝老板的商业头脑，这批瓷续烧成器，确实可能赢利，甚至是大赢其利。

祝鸿来还亮出了更精明、更宏大的打算：第二步，把为袁世凯烧制"洪宪瓷"已备下的瓷土全部搜集、收购，也都尽快制成"洪宪瓷"。只要跟御窑沾点边，哪怕用御窑的遗烟熏过的瓷器，也会有与普通瓷器大不相同的身价。洪宪皇帝天下人反对，"洪宪瓷"则会有许多人追捧，不仅当下会大有买家，还可以传诸后世。

方浩暗暗点头：是也，今后也许再也无人敢称皇帝了，那这批"洪宪瓷"便会成为真真正正的中国最后的御瓷，其身价可想而知。祝老板，大白鳍，厉害也。

祝鸿来这时道出了他此行的目的：要让半成品和瓷土变成"洪宪瓷"，需要依仗良好的工艺技术，需要有绘瓷、制瓷高手。否则，即使牌子再响，名号再大，也不济事。辛亥革命一闹腾，很多工匠跑散了。所以我专来请你出马，负责这项事务。报酬嘛，好商量，一起发财。说着，从身上掏出一张一百块大洋的银票，用茶杯盖压着，放在了桌子上。

方浩明白了：这祝老板又在想着用歪门邪道赚大钱。烧"洪宪瓷"已为人所不齿，再用假"洪宪瓷"欺世盗名、敛财骗钱，更是恶加一等，顿时心里一阵厌恶。

"这事弄好了，多方有利。你这学堂也可以参与这件事，沾些喜气和财气。"

这几句话触动方浩无钱办学的痛处，他不由得心里一动：陶业学堂已到了濒死的境地，如果借此机会为学堂赚取一些收入，也许就能起死回生，可谓学堂有幸。

祝鸿来这时亮出了他更庞大、更长远的计划：要以烧制"洪宪瓷"为基础，组织制、烧、卖为一体的陶瓷公司。同时他还说出了对方浩极有吸引力的内容：可以聘任方浩负责公司的制瓷业务。

参与经营瓷业公司而不是从事瓷业的某一个行当，更不是单纯地拉坯、绘画、把桩，这是方浩一直追寻的梦想。他心里如狂风卷浪，颠荡不已，这或许是他人生的一大机遇？但很快，他心里又变得风去潮平，定下主意：烧造洪宪瓷，自己决不能参与。还有一块心病是，如果自己真的走了，这已陷入困境的陶业学堂怎么办？

祝鸿来这时把话题转到了陶业学堂："除了你以外，我还想让牛头以及陶业学堂的一些优秀教师，统统进入到我的公司。办大事必须有俊才，人旺方能财旺。"

看重人才、倚重人才，这个祝老板确实与众不同。但，这样一来，本就危机重重的陶业学堂，便可能无法维持了，这是方浩绝对不能接受的。他很认真地告诉祝鸿来："如果真是这样，陶业学堂便会像无柱无梁的房屋，很快倒下来。"

学堂的倒闭正是祝鸿来所希望的，由此可以削弱自己现在和未来的对手，他谋划的是一枪两个眼，既考虑当前又顾及长远的计划。

祝鸿来以关心的口吻劝说："这是省管的学校，自有人操心。你只是个副校长而已，校长离开学校分明是撂挑子，让你当替罪羊。你何必中了人家的招，为这个不死不活的学堂受苦受累，甚至承担你难以承担的责任？"

方浩开始紧张地思考：祝老板说得不无道理。但让他去再组织烧造"洪宪瓷"则是他不愿意的，由此而使陶业学堂败落更是他不能接受的。于是他很认真地表示："如果我们学堂的一些人去了你的公司，这学堂却倒闭关门，这绝不可行。"

"这学堂如此重要吗？景德镇千百年来，没有办什么学校，不是照样烧出了世界上最好的瓷器吗？"

"古今大不相同。在今天，中国瓷业要传承，要兴盛，既要办公司，更要办学校。"

祝鸿来的脑子转得很快，他提出了一个新的方案：我有一个两全其美的办法，你先一身二任，一边在我公司上班，一边经管这学校。就像当年的督陶官一样，既在九江关任职，又在景德镇兼理陶务。

"这倒也是一个方案。但现在校长不在，我再一走，学校恐怕就维持不了几天了。所以，让我缓几个月再去你的公司，待有人接替我在学堂的工作后，再两边兼顾，你看这样可以吗？"方浩优先考虑的还是陶业学堂的存废，同时他心里还有一个坚定的想法：由此可以避开参与那"洪宪瓷"的烧制。

缓几个月就职，却又是祝鸿来不能接受的。他宏伟计划中的第一步便是争分夺秒制售"洪宪瓷"，发一笔大财，然后再组建公司。便说："做任何事都如同捕鱼猎兔，时机最为要紧。况且公司从组建开始，便要运作，便要有人管理。"

"在有利于学堂办下去的前提下，我可以参与办公司，但烧制'洪宪瓷'却很难从命。"方浩语气坚定。

"对我而言，这两者是瓷器上的釉和彩，不能剥离，也无法剥离，并且办公司的第一步就是烧造'洪宪瓷'。"祝鸿来毫不掩饰地摊牌。

"那祝老板就另请高明吧。"方浩也亮出了自己的底牌。

祝鸿来知道一时无法说服方浩，便显得很大度地说："我们今天先谈到这里，我再给你三天时间，从容考虑。"他又看了一眼桌上的那张银票，"做生意有句话，生意不在仁义在，这张银票你可以收下，合作不合作，可以另说。"

"无功不敢受禄，银票就不用留下了。"方浩把银票推到祝老板面前。

祝鸿来略一迟疑，揣起了银票，出门而去。门口已有一顶轿子等候着。

上轿后，祝鸿来的话又从轿子里飘了出来："你再好好掂量掂量，我的公司虚位以待。"

"我现在整日整夜想的是这陶业学堂如何活下去。"方浩的话传进了轿子里。

祝鸿来没有回旅社，他几经问询，找到了牛头的住地。牛头一见祝老板晚上登门，很是惊诧。

祝鸿来的话开门见山："我正在筹办一个陶瓷公司，需要人手，更需要你这样的工匠。你可以到我的公司做事，工资比这里翻倍。"他相信，这几句话足以让牛头像鸟一般另选高枝。

但，牛头并没有表现出鸟的灵活，而是像牛一般厚道："如果离开这里，我得先问问方浩是不是同意。"

祝鸿来明白，如果牛头去问方浩，这事便八成会泡汤。他也觉得有点奇怪："问他干什么？人走高来水流低，脑袋和腿都长在你身上，而不是长在别人身上。"

"不不，方浩本事大，人又好，我听他的。"

竟又有见钱眼不开的人？牛头说方浩是好人，让祝鸿来听得很不舒服："方浩是好人，谁是坏人？"

牛头憨厚地一笑，露出一口发黑带黄的牙齿："这个我不知道。反正我愿意跟着他干活做事。"

祝鸿来转而以关切的语气说："哎，看你，几十年拉坯，身体都变形了，还是一副穷汉模样，叫人看了真觉得太可怜了。为什么不能像牛一样，换个地方吃草？"

牛头本能地看了看自己的双臂和双腿，摇了摇身子，又是憨厚一笑："拉坯人都是这样，也许这就是命。"

"对，人都有命。你在这里是吃糠咽菜的命，去到我的公司就会变成用糖拌饭的命。"

"那你的意思是，在这里端的是泥巴饭碗，在你那里端的是金饭碗？"

"是这个意思。"祝老板很高兴地回答，看来这像一头牛的人想明白了。

不料牛头说的却是："我听方浩说过，陶钵瓷碗容易端得住，金盏银碗很难捧得稳。"

什么胡言乱语？真是俗话说的，宁愿和聪明人对骂，也不要和傻瓜蛋对话。祝老板以不屑的语气说："你真是一头犍牛，只可惜耕的是不长庄稼的地。你先用凉水把脑袋浸湿了，再好好想想吧。"说罢出门而去。

找不来方浩和牛头，他又去找了鄢老板，同样遭到拒绝，鄢老板已经为自己组织烧造总统瓷而追悔不已了。

祝鸿来连连碰壁，但他并没有气馁，他还有人可以倚仗，其中包括徐一涛。

求　助

祝鸿来和徐一涛的交往不浅，更有一段趣事。

祝鸿来一次在鬼市上购得一件宋代哥窑瓷香炉，很得意地带到了旧历年窑业界的茶会上。亮出后，自夸天下无双，并声称：如有人也持有这样一件古瓷，他愿意将这件东西奉送，从而使好器成双。

在许多人称羡的时候，徐一涛走近了祝老板，认真将瓷香炉摸了摸、看了看以后："这件古瓷确实少见，但未必天下无双。"

"莫非你家也有？"祝鸿来反问。

"你真是能掐会算，我家也确有一件。你哪一天可以带上你的宝物，到我家比试一番。到时你可不要食言。"徐一涛不慌不忙地回答。

祝鸿来一听，吓了一跳，天下竟有这等奇事巧事？但他很快定下神来，这种可能性就像天上会出现两个太阳一样，绝对不会存在。他答应信守承诺，同时提出：如果你徐一涛手中的东西和我的古瓷略有差异，便当归我祝鸿来。

一个多月后，祝鸿来既兴致勃勃又略有担心地带着自己的古董，来到了徐一涛家。

徐一涛果然从一个柜子里取出了一件瓷香炉，祝鸿来认真地和自己收藏的香炉两相比较，竟然如孪生兄弟一般。

祝鸿来一下傻眼了，暗叫不好，天下果然有这样的奇事巧事？他很快想出了应对之策：既不能丝毫无违地兑现诺言，又不能翻脸赖账，同徐一涛说点好话，赔他一百块大洋把事情了结。

徐一涛却是断然拒绝："祝老板，你是讲信义、爱面子的人，亲口承诺的事怎么能反悔？当时可是有许多人在场。"

这句话如巨石压顶、绳索勒喉，使祝鸿来几乎喘不过气来，过了好久，才憋出几句话来："我这次可是被母鸡啄破了眼珠子，我心甘情愿认输。这样吧，我再加一百块大洋。"

徐一涛见祝老板一副懊恼的可怜相，忍不住"扑哧"一声笑了，接着道出了底细：祝老板，我是见了你收藏的香炉后，凭着记忆仿造的。

祝鸿来听了，吃惊、赞叹，还不由自主地把徐一涛的仿品放下了，把自己的古董抱得更紧，担心二者混淆了。不过，从此以后，二人的关系变得很是紧密了。

徐一涛由此被人称为景德镇"神脑"。

祝鸿来进到徐家，见徐一涛正在绘制一件瓷瓶，问："又在仿造什么值钱的古董？"

徐一涛笑而不语，只是用画笔指了指在木架子上放着的一只瓷罐，然后继续着手里的活计，因为还有几笔没有完工。

祝鸿来顺着徐一涛指的地方看去，见那架子上放着的是一只青花大罐，上面的图案是：一只猛虎和一只豹子抬头甩尾，威风凛凛地拉着一辆双轮大车，行走在大树掩映的山道上。两个步卒手持长矛在车前开道，一位青年将军英姿勃发地策马在车后伴行。双轮车上端坐的是光头秃脑的鬼谷子，他身体微微前倾，神情泰然，一副傲视天下、胜负尽在手中的神态。这幅瓷画叫《鬼谷子下山》，描绘的是鬼谷子翻山越岭去救援徒弟孙膑的故事，堪称中国青花瓷的极品，但原件早已成了一位英国人手中的奇货。

祝鸿来当然知道，眼前的瓷器是仿品，他曾领教过徐一涛仿造古瓷的超人功夫，今天又亲眼见到这神脑的技艺竟是如此高超，其造型、图案、色泽、釉彩乃至韵味，与真品难分难辨。

祝鸿来心悦诚服地伸出了大拇指："你这神脑，名不虚传。如何能做到假的像真的？"

"这就像你能从鸡脖子上卸下猪头的道理一样，世间万般事情，用心专心即可。"徐一涛笑嘻嘻地回答。

祝鸿来很有兴趣地问："仿制古瓷除了用心专心外，还有什么特别的诀窍吗？"

徐一涛这时停下了画笔，用废纸擦了擦沾有釉彩的手，扳着指头说出了他的诀窍：一仿瓷质，二仿外形，三仿图案，四仿釉彩，五仿神韵，可称之为五仿。这五仿中，神韵最难，最见功夫。

祝鸿来问了一个他很想知道的问题："仿品与真品可能会相隔几百年甚至上千年，那瓷质怎么能做到相似相近？"

"这个问题无比高深，做好也确实不易，但只要功夫到家，也自有办法。"徐一涛不愿就这个高等级的问题深谈，岔开了话题，"祝老板，近期又有什么发财的大门道？"

"我确实有一个大一点的计划，想与你联手共做。"祝鸿来接着简要谈了续造"洪宪瓷"的计划，并提出让徐一涛负责造型和彩绘。

徐一涛对此大有兴趣，连连叫好。但旋即又面有难色："只是我小有难处。"

这让祝鸿来有些失望，现在时间上如同救火，容不得片刻延误，急急地问："你有什么难处？"

"我还得打理我的小店，这是我的衣食之凭。"

精明的祝鸿来听了后，觉得这是一个只有芝麻大小的问题："你的门店可以暂时关停，所有减少的收入由我的公司支付。"

二人很快达成合约。祝鸿来很是慷慨，最大限度满足了徐一涛的要求。祝鸿来已盘算好了，徐一涛关店歇业，到自己麾下任职，这位神脑就成了自己船上的水手，他必须奋力划桨摇橹。多花些钱把这位鬼脑召到麾下，那是鲁班在木头上弹出的墨线——很直（值）。

紧接着，祝鸿来又马不停蹄地进行下一步的工作。他花了用箩筐装的大洋，买下了所有与"洪宪瓷"有关的瓷胎、泥胎、瓷泥、釉彩，甚至还有与"洪宪瓷"毫无关系的泥料、釉料，聘用了几十位制瓷高手和众多工匠，由徐一涛等统领，照着自己的设想，紧锣密鼓地进行"洪宪瓷"的烧制。御窑的烟刚刚散去，似乎又要袅袅升起。

在"洪宪瓷"的制作如火如荼的时候，陶业学堂却像装满坏胎却缺柴木的窑一般，一派清冷的模样。方浩盼着省上会有救急救危之策，可时间过去了三天、十天、一个月，依然连个声息也没有。

万般无奈之下，方浩犹犹豫豫地走进了王青先生的家门。

王青发问："好长时间没见你了，在陶业学堂做得如何？"

"焦头烂额。现在几乎到了走投无路、欲哭无泪的地步，特地来请求先生救助。"

"莫不是备办婚事，花销太大？其实婚事大可从简就俭。"

这让方浩一阵慌乱，正要回言，王青又微笑着说："你们大喜之时，我准备用做贺礼的瓷板画已近完成。"

"十分感谢先生。只是我现在要办的事比结婚的事大得多。"方浩赶快避开了让他极为烦恼的话题。

"啊，你在办何等大事？说给我听听。"王青慢悠悠地说着，掏出了那根尺八烟杆。烟杆通身已变得更加光亮，显得更加结实，中段镶的那一块铜片，有了黄金一般的色泽和质地，那錾刻在上面的八个字，如同在黄金上嵌进了钻石。

方浩简要地叙述了陶业学堂面临的困境，然后恳求着："我已经如同身临悬崖，只能请先生怜我、救我。"

"要我怎么施救？说具体些。"王先生把烟丝装进了烟锅，点上火，美美地吸了起来。

"借给我一些钱，作为当下学堂接气续命的维持费用。"方浩鼓起勇气，说出了自己的请求。

"要以我一个老头的气力血肉，救一校之困？"

方浩如同腊月的寒风吹透了衣服，全身发冷，但还是接过了先生的话："这不只是救一校之困，可以说是救一校之命，学堂已经命悬一线，朝不保夕。"

"啊，情况竟然如此严重？"

方浩接着向先生诉说：这陶业学堂虽然只办了不到十年时光，但已培养了一大批人才，其中有你认识的汪野亭、程意亭、刘雨岑等瓷界精英。还有多项技术改进、发明，用注浆法成型的新技术，拉坯的半机械装置，烧造有盖器具的撑口泥技术，都源自这个学堂。如果现在关门停办，便如同树倒屋塌，不仅损失巨大，而且无法补救。

"这些我都知道。但俗话说，谁养的孩子谁人抱，谁办的学校就应谁人管。我有时会做慈善，但一个省办的学堂不应当沦落到成为慈善对象的地步吧？"王青这时停下话语，鼓起腮帮子，对着烟杆用力一吹，从烟锅里"噗"的一声跳出一蓬烟屎，以一个弧度很高的抛物线，落在地上。

"先生说得很对，只是因为时局无常，我和这个学堂已经是上天无门，入地无路了。"

王青先生愤愤地来了一段时评：李鸿章曾说过自己是一个裱糊匠，国家已是烂屋破船，难以修补了。这个中堂大人说得大有道理，在我看来，如此下去，国家只会像一孔东倒西歪的旧窑，纵使神仙施法，也只能是窑塌器毁，无计起死回生，真是愧对列祖列宗。以这个学堂而论，就是有人慷慨出手相助，怕也好比是往破窑里添柴续火，无济于事。

方浩深以为然，他有些后悔来找王青先生，于是站起身来："确乎如此，那就不麻烦先生了。冒昧地向先生开口，很是愧疚。"说罢转身离去，脚下显得踉踉跄跄。

当他要跨步出门时，背后传来先生响亮的声音："回来！"

方浩不由得停下脚步，转过身来，迷茫地看着先生。

只听王先生慢条斯理地说："陶业学堂确乎重要，承载着中国陶瓷的未来和希望。我虽然抱不动、养不活陶业学堂这个大孩子，那就给些米汤、糖块吧。"

峰回路转。方浩的心情为之一变，这时他觉得自己仿佛成了一个嗷嗷待哺的婴儿。

"我给你三百块大洋，以救学堂的一时之急。"

先生太慷慨了，这笔数量不小的钱，对危在旦夕的陶业学堂无异于救命丹、还魂草，方浩激动地说："太感谢先生了，但这钱只是借，将来一定想办法偿还。"

"偿还？甚好。但愿你有心更有力。"王青说着，对着烟杆用力一吹，又一蓬烟屎从烟锅里跳了出来。

烟屎跳到了地上，一个担忧却跳进了方浩的心里：自己在什么时候、又用什么办法还得起这三百块大洋？

方浩急着要走，但王青却又装上了一锅烟，一边很享受地吸着，一边慢悠悠地说："这烟杆我越来越喜欢了。握着这烟杆，我就会想起戒除鸦片的苦痛，并获得许多人生的感悟，祛病除疾和舍旧图新一样，都大不容易。"

方浩略有所悟地点了点头，然后向先生道别，急急离去。

方浩带着三百块大洋，快速回到鄱阳，这笔钱真的起了接气续命的作用，学堂得以继续维持。

然而，尽管是把这些钱剁碎了用，掰细了花，不到三个月，又告用罄，学堂关闭的阴影复又弥漫开来。俗话说：亲友相助，也只能救急而不能救穷；如果国家穷了，又有谁能相救？

险　象

方浩的焦虑像窑砖的烟泥，日甚一日。无颜再找王先生了，他想到了找徐一涛、余同或是其他朋友。

不曾想到的是，突然柳暗花明，学堂校长出现在面前，他一副枯木逢春的样子，说病已经养好，还带来了新消息：时局转好，省上的拨款很快恢复。省政府还决定将鄱阳陶业学堂改为江西省立工业学校，同时在景德镇设立分校，主要培养瓷业人才，方浩被委任为分校的校长。这对方浩来说，是一个喜忧参半的消息。喜的是，学堂改制，或许陶瓷教育由此可以大有转机；忧的是，他要负责新建一个学校，还要回到他极力想躲开的景德镇。

省立工业学校分校选址在原御窑厂附近，方浩便就近租了几间民房作为办公用房。一天，方浩正在瓷盘上绘画，绘的是一大一小两条鲇鱼。画还没有收笔，突然跳上来一只瘦骨嶙峋的黄猫，扑向瓷盘，用前爪又抓又刨，嘴里还发出"呼呼"的声音，把画面弄了个乱七八糟。方浩又气又乐，一把抓起这猫，扔在脚下。

从这一天起，他往来工地的时候，经常会有一只猫跟在他身边，像个跟班，他画猫从此有了一个随时可用的模特。几个月后，这猫像打了气一样，变得四肢健壮，体形硕大，并且眼如宝石，声如虎吼，毛色金黄，油光水亮，身上还有横条的斑纹，外形和老虎相比，只是少了脑袋上的一个王字，他将这只猫取名为虎猫。每当方浩绘画特别是画鱼时，虎猫便会坐在一边，睁大眼睛看着，还不停地舔着舌头，一副垂涎欲滴的样子，方浩孤寂的生活一下增添了许多乐趣。一天夜半，当方浩做完手头的事准备就寝的时候，发现那虎猫仍然像石狮子一样蹲在旁边，原来这只可爱的猫一直在陪伴着他，他心中一阵发热。自此以后，只要方浩在案头工作，无论是早是晚，也不论是冷是热，他身边常常有一尊蹲着的"石狮子"。

这一天晚饭后，当虎猫又一次看他画鱼的时候，推门走进来一个人。来人是刘承根，他带着抱怨大声说道："方浩，找到你真不容易，我都磨破几双草鞋了。"

"我这两年一直在鄱阳做事。"方浩解释着，然后问，"你找我有事吗？"

"当然。没有事能来找你吗？"

方浩心想，也许刘承根是要说自己和刘樱的婚事了。

果然，刘承根带着关切和急迫告诉方浩：你们婚事定下都好几年了，再不结婚怎么也说不过去。再者说，我已经结婚了，小姑子和大嫂子同在一个屋檐下，有几个能相处得好的？我现在像是风箱里的老鼠，前后左右受气。

说到婚事，方浩的烦恼又上心头："这事我不是没考虑过。但对我来说，实在是一件很难的事。"

"难在哪里？"

"三言两语说不清楚。"

"你不说我也大致知道，这样的事刘樱能不告诉我吗？即使她不说，我就是闭着眼睛、捂住耳朵，猜也能猜出个八九不离十。"

"她告诉你什么了？"

"她的心事，还有她的想法。我今天就是专为这件事而来的。"

"她有什么想法？"这是方浩很想知道的。

刘承根开始转述：刘樱说，你们两人看来有情无缘，那就各走各的道吧，不要在空着的窑里点火生烟，空耗柴。只是这样一来，她就变得无依无靠了，所以希望你能适当地给她一些帮助。

方浩顿时觉得暗夜中有一根小小的蜡烛点燃了，眼前忽闪着一片耀眼的光亮："她有什么具体的想法吗？"

"有。"刘承根说着，不慌不忙地喝了一口茶。

"你说。"方浩的话里带着急切的盼望。

"刘樱总共说了两件事：一是她想租一个门店，售卖瓷器或茶叶，便可养活自己，但这需要一些本钱。"

方浩联想到刘樱曾经自学珠算，觉得承根的话是可信的："她需要多少钱？"

"她没有细说。我看，你给她一百块大洋吧，我再给她一些，她就可以进货开张，把生意做起来。"

"行。第二件事呢？"

"她希望把那件龙尊交由她保管。这样，她每天早早晚晚可以见到这旧物件，就如同见到了父亲，可以减少许多孤独。"

方浩觉得这是一个很合乎情理的要求，况且这龙尊放在自己身边和放在刘樱手里并无差别，便不假思索地表示同意。

"太好了，那我们说办就办。龙尊，我马上带走，今天就交给她；大洋，你备好以后过几天送给她。你们这么多年的烦心事也就痛痛快快地一下结清了。"

这是方浩十分希望得到的结果，想不到看来百般无解的死结，就这样被时间神奇的手轻而易举地解开了，一下有了犯人遇到开赦的感觉。他恨不得立即把这消息告知云炀，她听了一定会万分高兴。

"那就把龙尊让我抱走吧，趁着刘樱主意已定，快快办妥。我担心她什么时候醒过闷儿来，一反悔，这事就又泡汤了。"承根不无担心地催促着。

"你说得对，这件事办得越快越好。"方浩立即站起身来，但只听脚下"喵儿"地响起一声近似小孩惨叫的声音，这是虎猫的叫声。原来是方浩的一只脚踩了虎猫的尾巴上，那虎猫本能地把爪子搭在了方浩的小腿上。方浩把小腿抬起一看，小腿上已现出猫爪留下的多道伤痕，其中两道还渗出了鲜血。本来这猫是很温顺的，想不到今天竟然使起猫性子了，看来这动物也和人的性情一样，会反复无常。

刘承根对着猫骂了起来："畜生，滚开！"然后对着方浩说，"你先把龙尊给我带走，然后再好好包扎一下。"

承根为什么开口闭口不离龙尊，并且显得心急气躁？这其中会不会有什么隐情？方浩心生疑云，他又想起义父说过，此人不大可信，他还联想到刘承根一直惦着这龙尊，心中的疑云像刚刚涌出烟囱口的浓烟，一下翻腾开来：莫非其中有诈？还是慎重为好。便说："只是今天你无法取走龙尊了。"

"怎么回事？"刘承根快速发问。

"龙尊那般重要，我怎会放在我这小屋里？早已存放在一个安全地方了。今日太晚了，我明天取了送过去。"

"龙尊放在哪里了？我自己取去。"

"这是晚上，搬动那龙尊很不方便。再者说，那龙尊又没长腿，跑不掉的。你干吗这么急？"

"要说急，我也只是为你急。我只是担心一波三折，白白错失一次机会。"承根解释着。

"我们都别急。我会想办法尽快把龙尊给她送过去。"

"那好吧。"刘承根说罢有些无奈地离去。

刘承根走后，方浩一直心神不定，此事是真是假？似真又似假。但方浩却很希望这是真的，这样一来，把三人捆住的绳索便会迎刃而解，自己也不必为收藏这龙尊而劳神费力了。到底是真是假，尽快弄清判明为好。

第二天，他提前下班，来找刘樱。

刘樱见方浩来了，脸上露出几分惊喜："好久没见到你了，你还好吧？"

"我很好，不用操心。"

"我去给你做晚饭吧。"

"吃饭的事先放一放，我有件很要紧的事要问你。"

刘樱还是起身走进厨房，将两个鸡蛋打碎后，装进一个茶杯里，用筷子不断地快速搅动，然后又哗的一下将热水冲进茶杯里，再加进了一勺酱红色的蔗糖。人们常用这似汤似羹、又香又甜的蛋糊糊招待客人。

刘樱把鸡蛋糊糊递给方浩，然后坐了下来，默默地望着方浩。

方浩没有正视刘樱，又是对着桌子开口了："昨天，承根特地去找我，说是你让他去的。"

"没有。我不会叫他帮我办任何事情。"刘樱立即否定，话语中还分明带着气恼。

"但他说得很清楚，很明白。"

"他说的是什么？"

"他说，你需要一些钱开店铺，并让我把那件龙尊交给你收藏……"

刘樱愤愤地打断了方浩的话："这完全是他的想法。我没有这样说过，也没有这样想过。"

"那你是什么想法？"

"我已经用父亲留给我的钱租了一个小铺子，卖茶叶。生意不太好做，只是不死不活地维持着。我现在越来越明白，没有人，就是用金筷子吃饭、玉石碗喝汤也没有味道。"刘樱看了方浩一眼，接着说，"我没有想过收藏那龙尊，因为龙尊对我来说没有任何作用，并且当年父亲定的是由你藏管，我再穷再傻，也绝不会做违背父亲意愿的事情。"

"那承根为什么要这般想、这般做呢？"

刘樱稍稍想了一会儿后说："他这样想、这样做，肯定有原因，大概是为了撵走我，也是为了得到龙尊。"

方浩像是对刘樱，又像是对自己说："关于这件龙尊的所有事情，义父在世时不是说得清清楚楚吗？"

"是呀，可是人心隔肚皮，鸟心隔毛羽呀。"

方浩觉得，刘樱这话似是重重的鞭子，是在抽打承根，也是在抽打自己。他脸上一阵发热，心中一阵愧疚，既然事情的真相已经清楚，他觉得没有必要再待下去了，便说："这件事我算是明白了。我还有点事，该走了。"

"你把蛋糊糊喝了吧。"

方浩端起茶杯，喝了一口，略停了一下，然后送到嘴边，一口气呼噜呼噜全喝了下去。那蛋糊糊在口里浓香甘甜，只是进到肚里以后，一下变得发涩发苦。

刘樱这时眼泪汪汪地说："你有空来看看我吧。我每天都好像在刀尖上过日子，我已觉得自己在世上活不了多长时间了。"

方浩一阵心悸，他又打量了刘樱一眼，觉得她已显得有几分憔悴，心里一沉，真诚地说："我还会来看你。"

刘樱又是默默地把方浩送到门口，依偎在门边。

方浩回到家里后，尽管天已经黑了，但他没有开灯，和衣躺在床上，对着周边的混沌与黑暗，在不停地思索着。他想着刘樱的处境，也想着龙尊的命运。他已真切地感到，刘樱的日子会越来越难过，刘承根想得到龙尊的意愿也已经越来越强烈，似乎有风暴在酝酿之中，自己该如何办？

迷迷蒙蒙中，忽然有人破门而入。一看，来的人像是刘承根，但又不完全像，并且好像长着三只手；后面还跟着几个腰佩短刀的人，一身清朝兵丁的打扮。来人一进门，佩刀的兵丁便抽出明晃晃的腰刀，对着方浩横眉立目地喝道：你私窃私藏了慈禧太后的龙尊，赶快交出来。否则，立斩不饶……

方浩猛然惊醒，原来是在做梦，他的心脏好像要蹦出胸膛，一头冷汗。这噩梦使他想到了龙尊的安全，不由得担忧起来，这种担忧像雨中挑着的棉花担子，不断加重。

几天后，他把龙尊认真包裹好，在胡同口叫了一辆人力车，穿街过巷。

他要把龙尊送往何处呢？

无奈的抉择

方浩来到了王青先生家。

先生刚刚起床，睡眼惺忪地问："你起得比鸡还早，有什么大事？嗨，还带了一大包东西。"

"确实有一件大事，要麻烦先生。"

"不是又要大洋吧？"王青开着玩笑。

"那笔账都还没有还哩，不敢再借。"

"我早就知道，那钱是狐狸借鸡——有去无归。那些个子儿就当我纳了皇粮国税吧。"

先生以调侃之词说出的一番话，让方浩很是感动，也心有愧疚，不过心里倒是由此一下踏实了许多。

方浩把龙尊亮了出来："请先生看一样东西。"

王青扫了一眼："这件东西不是仿当年慈禧太后的龙凤双尊绘制烧造的吗？"

方浩十分佩服先生的眼力和记性，把这件龙尊的来龙去脉简略地述说了一遍。

王青把龙尊细细端详了一番，又用手轻轻地抚摸了几下，晃了晃脑袋说："这可是纯正的皇家血统，应当是放在皇宫大殿里，供皇帝皇后、皇子皇孙受用的东西。只是时乖命蹇，这等宝物如今也委身草莽。"

"我今天来，为的是请您能收留这有纯正皇家血统的宝物。"

"这本不是我的东西，岂能沾手？我不想也不敢收留这宝贝。"王青一口拒绝。

方浩说明来意：自己不大的房屋和经常的足迹无定，实在不宜收藏这宝物，并且已隐隐感到这瓷尊已大有风险，所以想寄存在先生家中。

王青略一沉思后说："红颜多薄命，至宝多险象。但凡太好的东西，往往会惹出意想不到的大麻烦，比如那江山社稷，便是如此。"

方浩对此深深认同："先生所言极是。这龙尊对我来说，已成卡在喉头的尖刺，握在手里的火炭。"

"这件东西本属清王朝，但清王朝早已进了坟墓。当然，这龙尊也不属于你等持有之人，只能笼统地说属于国家，犹如说山川土地都属于国家一样。如何处置，还真大费思量。"

"我多次想过把这件东西献出去，但献给谁呢？"

"是啊，献给谁呢？"王青先生接过话来，然后一番长长的感慨：要是清廷灭亡时献给了袁世凯，或是袁世凯去世后献给了北洋政府，那只怕是早就不知所终了。现在国家犹如在上演全武行的戏台，军阀争战，南北对峙，乱糟糟，闹哄哄，让人头晕目眩，也让人惊悚难安。不论献给谁，这宝尊都只怕会是下场难测。唉，人如果生逢乱世，往往报国无门；宝物倘若生逢乱世，也是难有存身之地。

"所以，我想请先生让宝物有个存身之地。"

王青很有些无奈地表示："看来只能如此。那就先放着，就像刘胜远师傅说的那样，待适当时候再作处理吧。龙卧浅滩等风潮，但愿这瓷尊能有龙归大海的日子。"

方浩把龙尊捧起，恭恭敬敬地递给师父。霎时，他心中像有一块沉重的石头坠落在了地上。

王青拍了几下龙尊："真是一件好东西，只是命太硬了，已冲犯了三位皇帝、多任总统，可万万不要给我找麻烦。"

他随意说的这句玩笑之词，想不到后来竟一语成谶。

江西工业分校的筹建终于完成，开始招生了。方浩对课程进行了精心设计，还广聘名师，陶瓷作品在巴拿马万国博览会上的获奖者中，多人到校执教，牛头也成了分校教学生拉坯的特聘工匠。方浩希望这座分校是一座大窑，能够不断烧出精良的瓷器——培养一批又一批陶瓷人才，从而促进千年瓷业的承古创新。

这一天，当他从学校下班后回到居所，又有人敲门。他已习惯了无人来访来扰的生活，今天的敲门声让他有些心烦，只怕又有烦恼事找上门来。

敲门的是刘承根。自上次刘承根谎称刘樱提出了要钱索瓶的要求后，他一直心虚，害怕见到方浩。但过了一段时间之后，他又觉得刘樱和方浩的婚事应当有个结果，那龙尊的影子也时不时在他眼前晃动，在反复思忖后，便又硬着头皮来找方浩。

方浩心有不快，并不很热情地请刘承根坐下。

刘承根这次是有备而来的，一开口便如射手开弓射箭，直奔靶心："方浩，有些事，我不得不打开天窗，好好地同你说说了。"

方浩只是抬头看了他一眼，没吭声。

"父亲待你我情深恩重，临终时托付了两件大事，但至今一件事都没有办好，叫人心里很是不安。"

方浩依然没有回言。

刘承根心想，你张口也罢，不张口也罢，我还是先把该说的说出来："父亲托付的两件事，实际上是紧紧相连的一件事。他虽然没有明说，或是无力说出来，实际是为刘樱安排了双重保护。"

"什么叫双重保护？"方浩这时张口了。

"父亲的安排是托付你照顾刘樱终生。万一、万一不行，则让那龙尊养她一生。现在想来，父亲的用意很深。"承根接下来还以此为理由，替自己上次以刘樱名义索尊索钱的言行辩解，称自己完全是依据父亲的意愿行事，为的是让刘樱的日子能有个依凭。

"义父没有说这些，也就不便随意猜测了。"方浩挡回了承根的话。

"明说了的就要算数，对吗？"

"当然。"

"父亲说让你娶她，并且你也答应过，那就该算数了吧？"承根加重了语气反问。

方浩一时语塞。

"你现在却既不娶她，又不让她从龙尊中得到好处，这于情于理都说不过去了。"承根似乎抓住了事理的脖子。

"我已当面问过刘樱，她不需要龙尊。"

"她不需要龙尊，是因为她觉得更需要你。但，你却不肯承担责任，这叫她如何度日，如何活命？"

这一下狠狠地戳着了方浩的痛处。

刘承根说出了他早已想好的话："凡事总得有个了结，这事不能再拖了，连扫帚都经不起拖。为了刘樱，也为了你和我，我想了几个办法，你可任选其一。"

"什么办法？你说出来听听。"

刘承根的话如同竹筒里倒豆子："第一，你把刘樱娶走，龙尊的事我就不再过问了；第二，你如果不娶她，便将龙尊交给刘樱，必要时作为她的生活之资。说一千，道一万，就是龙尊随着刘樱走，其实我上次说的也是这个意思。"

"还有吗？"

"如果这两条你都认为不合适，就不得不考虑第三种办法。"说到这里，承根把话顿住了。

"说出来吧。"

承根的话藤萝缠树般地绕来绕去，但他话里的意思很明白：龙尊烧成已经十多年了，老这样不明不白地搁着也不是个事儿。不如干脆卖了，卖尊的钱可以一半归刘樱，一半你我平分，这是一个很公平的方案。

刘承根早已盘算好了，照第一个方案，刘樱出嫁，他可以立即全盘得到父亲的房产；照第二个方案，龙尊由刘樱收藏，近水楼台，他便有了很多机会；用第三方案，自己可以得到一部分金钱。他不能忍受方浩控制着龙尊，刘樱却无休无止地待在家里。这样拖下去，自己最是吃亏，真会像那拖来拖去的扫帚，被拖成光秃秃的一截竹竿。

方浩断然否定了第三个方案：这有违父亲的意愿，不可行。

"那就照第一个或第二个方案办，你选一个吧。"

方浩觉得，每一个方案都是艰难的选题：如果自己娶了刘樱，龙尊可以继续收藏，但云炻又之奈何？如果把龙尊交给刘樱，其结果可能是刘樱收藏，也可能很快落入刘承根手中。何去何从，何选何弃？这时他清楚地意识到，这其实也是自己人生的艰难选题，还是会涉及几个人命运的复杂选题。他难以决断，也不能轻易决断。

他习惯性地昂起头，眼睛盯着天花板，龙尊、刘樱、云炽的形象像拉坯的转轮一样不停地出现在脑际。他想到，无论哪个方案，刘樱都是当事人一方，他要再找一次刘樱，探询刘樱的想法，然后再作抉择，便告诉承根："这件事很大，也很复杂，容我再好好想一想。"

承根很不情愿地催问："什么时候能告诉我结果？"

"很快。"

"那就好。一家人不能被一个瓷瓶子弄得鸡犬不宁。"承根在离去时，又故意长长地舒了一口气，"好在终于要有个结果了。"依然是对方浩的催逼。

第二天，当方浩见到刘樱时，大吃了一惊：刘樱与她从前的样子完全判若两人，倘若不是在家里而是在大街上碰见，他一下很难认出这是刘樱。在不明亮的灯光下，她已明显消瘦变黑，那本如莲花般的面孔已经憔悴，成了秋霜后的荷叶；那美丽明亮的眸子已变得木然失神，像两个停着的算盘珠子；原本乌黑发亮的头发，也变得像衰草一样干枯泛黄。她已是一个病入膏肓的人，他脑幕中忽然闪现出了义母久病的模样。可日前见到承根时，他竟然对刘樱生病的事一句话也没有提及。实际上，正是因为刘樱重病在身，刘承根才想到把事情尽快了结。他极为担心刘樱病情会恶化并最后死在家里，而龙尊却在方浩手里。

方浩趋近刘樱，轻声问："你生的什么病？看过郎中吗？"

刘樱强忍住眼泪，有气无力地告诉方浩："看过，郎中说是一种什么'锁身症'，跟我妈的病一模一样。吃过许多药，不见有什么效果，病情已是越来越重，近来觉得行走也不便了。所以，今天我也就不能为你烧水做饭了。"

方浩一阵心酸："我去找医生，并雇请一个人来照顾你。"

刘樱费力地摇了摇头："任何人来都没有用，除非我离开这里。"

"为什么？"

刘樱指了指隔壁，带着伤心和怒意："虽然我们早已分灶吃饭，但他们需要我尽快闭了眼或是出家门，我发病和病情越来越重，有一半是他们折腾的。"

方浩明白，刘樱说的"他们"是指刘承根夫妇。

方浩的心被痛苦和愤怒攥住了，真想不到刘承根竟是这样一个人。如果刘樱早些离开了这里，可能会是另一种境况，为此他有了深深的自责。义父在临终前的嘱托，又像雷声一般响在耳边。他霎时明白了，要救助刘樱和使龙尊免遭不测的只有自己。自己曾经说过，三人情感的归宿交由时间和命运决定，现在已经有了十分明确且不可更改的判决。

方浩握住了刘樱的手："为了你，我们尽快离开这里。"

刘樱听明白了方浩的话，没有高兴，更没有笑意，而是唰的一下流出了泪水："我自己命不好，就不要连累你了。让我自生自灭吧。"

"不，我们很快结婚。"方浩说得很坚定，似乎是一个深思熟虑的决定。

刘樱眼中闪射出了兴奋的光亮，但这光亮很快像灯盏里无油的灯芯一样熄灭了，既而开始饮泣："不不，这样你就太亏了。"

"这不是一场生意，没有赚钱亏本。"

刘樱收住哭声，至为真诚地说："我就做你的偏房吧，只要能和你在一起就可以了……"她哭得更加厉害。

方浩正要再说什么，他听到门外有脚步声，是刘承根回来了。

方浩走向前去与刘承根打招呼。

"你来了？"刘承根大感意外地问。

"来看刘樱，也是来找你。"

"你想好了？"刘承根的问话中有着暗喜。

"我必须想好。"

"什么想法？"

"我很快与刘樱结婚。"方浩的回答十分干脆。

这让刘承根又惊又喜也一愣：刘樱已经病成这样，方浩还愿意同她结婚？他立即带着笑意说："太好了。你们由此可以成就美满婚姻，并且还可以时时欣赏那珍贵的龙尊。作为刘樱的娘家人，我们一定会备一份厚礼。她虽然不能带走房屋地产，但我会多备办些嫁妆。"

刘承根的话，方浩几乎一个字也没有听进耳朵里，只是又安慰了刘樱几句，然后匆匆离去。

方浩立即着手筹办婚事，他打算简单快捷地把婚事办完。当然，他没有忘记要把这件事告诉江云炻。但如何启齿呢？

黯然的婚礼

方浩约着江云炻又一次坐在了佛印湖边的亭子里。此时正是暮春时候，湖水很满，清波粼粼。湖边的山林，苍翠带烟。不时有杜鹃声传来，那杜鹃的声音一声轻，一声重，有几分急切，带几分凄切。杜鹃也叫布谷鸟，有人说它在春天有节奏地不停鸣叫，是催促农人"快快布谷"。这是人类对杜鹃鸟美丽的误解，杜鹃不停地啼叫，以至泣血，是因为内心的焦虑，是在热切地呼朋引伴，寻求另一只同类共筑爱巢。

江云炻看了一眼方浩，见他脸色发黑，浑身疲惫不堪的样子，便关切地问："你近来好吗？"

"还好，只是因为集中精力于工业学校分校的事务，有点忙乱。"

"俗话说，能者多劳。因为你太能干了。"

"一切都似乎是命中注定。"

命中注定？云炻不由自主地在心里重复着这四个字。这时又听方浩说道："我要给你一件东西。"

望着有细波微澜的湖面，江云炻心里泛起了涟漪：给我东西？方浩可从来没有给过我什么东西，今天刮的是什么风？给我的又是什么东西？莫非是他已和刘樱谈妥，因而今天要送给我多次谈到过的戒指？方浩留过洋，也许仿效的是西方人的礼节，要以这种方式向我求婚？她心中的涟漪化作了充满期待的滚滚波涛。

"你先闭上眼睛，我再把东西递给你。你等听见我的喊声后再慢慢睁开眼睛，好吗？"

"好。"江云炻满口答应着，她脸上漾着甜蜜的微笑，又带着深情看了一眼方浩，然后缓缓地闭上了眼睛。

方浩的目光停在了云炻的脸上。她那狭长的丹凤眼合上后，又密又黑又长的睫毛排成了影影绰绰的美丽弧线，她的眉毛不是一字形地横在眼睛上方,而是向上斜斜地匍匐在眉骨上,像两片瘦长的竹叶,与她的丹凤眼配在一起,是别样的美气。方浩过去不曾注意到,云炻的眼睛、眉毛、脸颊,不,而是从头到脚竟都是如此美丽,都似他画笔下出现过的丽人。也许即将失去的东西,更会显得别样美好,叫人分外眷恋。方浩扼住纷乱的思绪,快速地将一样东西递到了云炻手上。

云炻接下来听到的是急骤的、双脚跑动的声音,看来这方浩还觉得有点不好意思了,真是多情而又内敛厚道的男人。不一会儿,传来了方浩似哭似喊的声音:"云炻,我走了!"

江云炻睁开双眼,快速向远处寻觅,瞥见方浩的身影隐入了一个杂树遮掩的山坳。

江云炻把目光收回到自己的手上,和感觉一样,握在手里的是一个信封。信封是封口的,她带着几分激动,把信封撕开了,将里面的东西掏了出来,但没有戒指之类的信物,而是写满三张纸笺的长信。

云炻急急地展开了信笺,信的开头写的是:"请责骂我的无能,诅咒我的无情,也体谅我的无奈。"看了这几行字,江云炻立即由激动变作了紧张,眼皮一眨不眨地往下看,扑入眼中的文字是,"命运的判决已经下达:我虽然在心底真心爱你,却又不得不横下心,离开你。古往今来,爱情的悲剧反复上演,却不曾料到,今天我们成了可怜的苦主……"原来这信是彻底埋葬两人情感的诀别书。

江云炻顿时一阵晕眩,如果不是靠在亭子的圆柱上,她会一下跌倒在地上。她"啊"地大叫了一声,然后失声痛哭,眼泪带着响声落在了信笺上,像雨点打在残破的荷叶上。信笺被打湿了,变软了,但她却觉得这信笺刀一般坚硬、针一般尖锐,并且深深地扎在了自己心头。她忽忽缓缓地哭了好一会儿,把已经变得有几分软烂的信一次次撕扯,最后那三张信纸成了一把半湿半干的纸屑。她用力把纸片抛到了湖里,有好几条鱼游了过来,各把一小块纸屑衔到嘴里,然后沉到水底,鱼把纸屑当成了美食。但很快,纸屑被吐了出来,也许鱼尝到了眼泪发咸带苦的味道。浮在水面上的纸片,很像出殡时撒落在路边的纸钱。

江云炻的哭声变成了呜咽,又有大大小小的鱼浮出水面,似在同情地听着她的哭泣。她的呜咽声持续了很久很久,鱼群也停在水里倾听了很久很久。她一直抱着希望，耐心而又焦灼地苦盼苦等，期待着在经历曲折和苦痛之后，终会苦尽甘来，花好月圆，没有想到竟然是这样一个残酷无情的结局。

哭着哭着，她忽然记起同方浩曾在湖边说过的话语：佛讲因缘。莫非这是缘定？否则为什么自己和方浩的山盟海誓以及无情诀别，都正好发生在与佛有缘的地方？此刻她似乎看见，湖面的微波细浪中，有一个慈眉善目的佛在向自己微笑。耳边，杜鹃的鸣叫又一声紧似一声地传了过来，在她听来，这声音是一个美丽的生灵对着苍天、对着大地的哀怨哭喊："实在苦也！实在苦也！"

她走向了湖边，弯下腰，然后用双手舀起一捧水，洗了洗脸，接着再洗，又再洗。她觉得已洗净了泪痕，这时她朝湖中心看去，那微笑的佛像还没有消失，并似乎离自己更近。

方浩像战场上的逃兵一般奔跑了一阵之后，停下了脚步，抹了抹汗，然后不由自主地转过身来，闪身在密密的树丛里，目不转睛地注视着那湖边的亭子。此刻，他最为担心的是，江云炽一气之下会纵身跳入湖中。如果真的是那样，他会立即反身冲过去。但这可怕的一幕没有发生，只有江云炽凄怆的哭声，伴随那杜鹃鸟的叫声，一声一声地传进耳鼓，回荡在胸中。他痛苦地抓住自己的胸前的衣服，轻轻地喊着："云炽，原谅我吧。"他真想从树丛里跑了出去，跑到江云炽身旁，轻轻拭去她满脸的泪水，然后将她用力抱起，真诚地在她耳边说道：让我收回我的信件。这时他看见的是，江云炽已将信件撕成了碎片，扔在了湖水之中，然后以手捧水洗脸；再后来，她步履蹒跚地离开了湖边。

方浩舒了一口气，紧绷着的心弦轻松了一些，但觉得双腿却像灌满了瓷泥，难以挪动。

这件事必须告诉王青先生。但，当王青先生听了以后，如果反对、阻止，那又当怎么办呢？

方浩头也沉沉、脚也沉沉地来到了王青先生家中。

先生正在一块瓷板上认真地作画，一见方浩进来，没有放下手中的画笔，以欢悦的口吻说："你来得正好，我准备送给你和云炽的画已大致画好了，你再好好看看，中意吗？"

方浩听了这话，顿时如带热喝下了一大碗黄连汤，从皮肤到骨髓的内内外外，从头皮到脚板的上上下下，全是难以忍受的苦味，这苦味使舌头也变得发麻发木了。他说不出一句话，只是强打精神，朝那瓷画上看去，但见：近处是水汪汪的田畦，波光潋滟；中景是莽苍苍的山林，堆绿叠翠，山林的上方有两只美丽矫健的山鹰在比翼奋飞；远景则是浩瀚的天空，片片彩云似驻似动。

画已近完成，先生只是在点抹鸟翅膀部位，使颜色变得更深一些，还自言自语着："让翅膀的颜色深些，从而显得更加坚硬、更有力量，可以飞得更高更远。"这是王先生的一幅精心之作，他的美好情感和良好祝愿尽在其中。

可是，可亲可敬的王先生，您哪里知道，两只鸟已各奔西东，不会再在同一片蓝天下相伴飞翔了，实在有负先生的真情雅意。

王青发现了方浩异常的表情："你的脸色怎么像混了色的颜料，生病了吗？"

方浩没有回答，似是默认。

"年纪轻轻的，得了什么病？"王青关切地问。

方浩的舌头依然是麻木的，但在心里作了回答：我确实有病，并且是难以启齿、无可救药的奇病怪疾。

"你到底怎么啦？"王青又问。

"我特来和先生说一件不得不说的事。"

"那就痛痛快快地说吧，用不着这等煞有介事。泰山塌了，皇帝崩了，依然是太阳向西坠，江水向东流。"

方浩指了指桌上的瓷画："先生，我实在有负您的厚爱，也愧对这块瓷画。"

王青的表情一下变得严肃起来："到底怎么回事？"

"我和江云炀分手了。"

"为什么分手？"王青的眼睛里闪射出惊愕、冷峻的光。

"因为我要和另一个人……"

"另一个人比江云炀更漂亮、更出色、更值得爱吗？"王青话少有地严厉，他的脸上这时也变成混了色的颜料。

"不是。"方浩轻声回答。

"是另一个人的家里有钱有势、逞强要挟吗？"

"也不是。"

"这就奇怪了，那到底是为什么？"王青一边说着，一边带气地扔下了手中的画笔，并顺手拿起了烟杆。

烟杆还时常是长辈教训男性晚辈的用具。方浩以为先生会用烟杆朝自己的脑袋打过来，但却没有。如果真是那样，自己绝不会躲闪。或许，挨了烟杆后，心里反倒会轻松一些。

王青开始从烟荷包里掏烟丝，见方浩双唇紧闭，便催促着："说话。金口难开呀？"

"让我慢慢地跟您说吧。"方浩连连喘了几口气，然后把义父的嘱托、刘樱的状况、婚事与龙尊、自己的抉择等一一道来……

王青听得极为认真，以致已捏在两个指头间的烟丝好半天也没有往烟锅里装。

听完方浩的讲述后，王先生若有所思地说："啊，原来是这么回事。说来说去，你是为了那个龙尊而典当了自己。看来，你不是娶刘樱为妻，而是与龙尊结缘，这也太难为你了。"

"我曾忽闪过一个念头，这一辈子以办学制瓷为生，以瓷器为妻，但不承想自己无福，还让许多人受到拖累。"

王青这时放下了烟杆："方浩，你有一副好心肠、一副好脊梁，看来只能如此了。改日我去开导开导云炽。"

方浩以十分感激的眼神对着先生望了好一阵。

吉日择定。婚礼的那天，热闹中带着寒意，喜庆中透出忧伤。一对大红蜡烛点燃后，绽放出夺目的光焰。不一会儿，有烛泪不停地从上往下滴落，在烛台边凝结成粉红的一坨。

新娘虽然穿着崭新艳丽的衣服，脸上却是强忍痛苦的表情。在方浩的搀扶下，勉强进行着所有的仪式。当方浩向刘樱看去的时候，他眼中幻化出的是江云炽的脸形、眉毛、眼睛，他又一眼瞥见了蜡烛凝固的泪滴，心中阵阵酸楚。

婚筵上的气氛由于新娘的病态而大受影响，少了欢声笑语，少了划拳行令，少了高声喧哗，甚至也少了通常对新郎新娘的赞美，只有显得很一本正经的良好祝愿。

不过，一个人稍后的出现为婚礼增添了色彩。王青先生来了，还携带了很不一般的礼物：一张瓷板画，画的是两棵树相倚在一起，并有枝丫将两棵树连为一体，画面上写的是"天地连理枝"五个字。这是他赶画的，所以今天来得迟了一些。王青在陶瓷界的声誉，这幅瓷画的精妙，给婚礼平添了喜气，增加了话题。

婚礼中有一个仪式是献箱，新娘打开从娘家带来的衣箱，让宾客们看看娘家陪送了多少衣物。大家看到的是，衣箱里衣服、布料、压箱钱不多，大半箱是布鞋，这是刘樱几年来一直不停地拈针引线，为方浩做的。见到这些鞋，所有的宾客连声啧啧赞叹，为之动容。

由于新娘的病态，传统的闹新房被省去了，只是余同说了些俏皮话，宾客们便早早地散去了。

或是因为劳累，或是早已企盼着人生中最是美好的花烛之夜，刘樱早早地上床了。

方浩磨蹭了好久才上到床上。当他掀开崭新的被子，他瞥见刘樱几乎全裸地躺着，只在脖子上挂了一个精巧的红肚兜，他联想到了当年王先生画的女人裸体画。在影影绰绰的灯影中，刘樱很像一件光洁白皙的瓷胎。平时，他只要见到瓷胎，便会勃发提笔的欲念，涌起创作的冲动，但今夜他却全身木然，没有一丝欲念、半点冲动……

在当地的民俗中，有"冲喜"一说。方浩本不相信这种难辨真假的说法，但现在他却希望这冲喜能够神奇地在刘樱身上发生，就像泥胎经过窑火烧炼后会变成瓷器一样，从而使刘樱摆脱病魔，恢复健康。

也许是欢愉的心情、喜悦的气氛起了作用，新婚后刘樱显得比过去要精神些，脸上像初春返青的麦子，有了丝丝生机，方浩暗暗高兴。

但好景不长，一个多月后，刘樱的病情突然成了逆风逆水，一天天变坏。一天早上，她不断用力地呼喊着方浩的名字，说自己很冷很冷，连骨头缝里都像放进了冰碴。方浩给她盖上了两床绣着鸳鸯的大被子，牙齿还是不停地打战。

刘樱的牙关咯咯作响："方浩，我太冷了，太冷了，你快抱我一会儿，快，抱紧点。"

方浩把刘樱抱在怀中，就像搂着一个婴儿一样。一会儿她便不再叫唤了，也不再打哆嗦了。

方浩关心地问："还冷吗？"没有回声。再问，还是没有回声。

方浩朝刘樱看去，只见她脸无表情，但却是平静的；双眼紧闭，似是在熟睡，只是睡得太沉太沉，已经永远地睡过去了。刘樱的体温像窑里熄火后的瓷器，在慢慢冷却。然而，窑里瓷器变凉是泥土已经蝶化成了美丽的生命，而怀中刘樱的身体变凉，却是美丽生命的无情消逝。他悲怆地喊着："刘樱，刘樱！"回答他的是窗外的风雨声，不知什么时候刮风下雨了。

方浩把刘樱的丧事办完后，心情郁闷。思前想后，有时长吁短叹，有时黯然落泪。那只虎猫会常常蹲在他身边，还会龙行虎步穿行在屋内屋外，偶尔会"喵儿喵儿"地叫着，这会像在伤痛处贴了狗皮膏药一样，减轻方浩的一些苦痛，也减去几许孤独与愁闷。

又添愁烦

恰是学校的假期，方浩便足不出户，漫无心绪地待在家里读书习字。连王青先生家也没有去，他害怕碰见云炻。但让方浩很意外的是，王青先生却突然来到了家中。

师徒二人对坐饮茶。茶杯一次次端起、放下，茶杯在嘴边和桌上不停地发出两种单调的声响，话却说得很少。王青先生担心说漏了，会提及去世不久的刘樱；方浩则害怕说偏了，会提到多日不见的江云炻。

在茶壶已空的时候，王青不让续水，说出了一句在心里憋了很久的话："你最近见到过江云炻吗？"

"没有。"方浩条件反射般地回答，随之心像被撞了的钟一样，振动发颤还带着声音：先生为什么问这个问题？

"我已经好多天没见到她了。"王青先生面带忧虑。

"那她哪里去了？"方浩着急地问。

"我也不知道。"

"不会出什么事吧？"方浩变得有些紧张了。

"以她的性格，当不致出什么大事。"王青先生缓缓地说。

方浩没有再说什么，二人默默地道别。方浩看着王先生有些佝偻的背影和走得并不稳实的步履，心中怦然作响。

王先生走后，方浩依然在想着云炻的下落，越想越觉得不对劲，一个让他惊悸的念头袭上心头：云炻曾站在昌江边的一块危石上，对着江水出神……他不敢再往下想了。

第二天一早，方浩便沿着昌江，从上游到下游，又从下游到上游，一路寻找、打探。有人告诉他，十几天前，听说有人在昌江中捞起一具女尸……方浩心中大惊大恸，血往上涌，心往下坠，犹如一下跌入万丈深渊。他沿江继续寻访探问，并且走得更远，还到附近寻找有没有新垒的坟头，但最后累得瘫坐在河滩上，终是一无所获。

方浩变得情绪低沉，吃饭像是嚼泥沙，睡觉像是躺在荆棘上，眉头像是挂了一把小锁，脚上像是拴了一个石锁。每天迎着晨风上班，披着暮色回家，他想以紧张与忙碌，来缓解纷纭的思绪和时时袭来的哀愁。

分校办得风生水起，他的心情慢慢好起来，当看到又一批学生意气风发地走出校门，他心里更充满欢欣。

却不料风云突变，1923年的冬天，风寒水冷，省教育厅下达了一纸比寒风更寒、比冷水更冷的公文：根据民国政府颁布的《新学制系统改革案》，取消初等职业学校，省立工业学校景德镇分校在取消之列。

方浩无端地想到了民间传说，有的人死了以后会下酆都，惨遭离奇的酷刑：被厉鬼先是用薄刀刮皮，接着是用利刃割肉，再后是用重刀剁骨，最后还要把残肉碎骨放到碓臼里反复舂捣。他觉得自己像是下了酆都，成了一个惨遭各种酷刑的人，皮肉、骨骼、经络和内心承受的痛苦难以言表。

阴云遮空，朔风阵阵，这使他的心里更加郁闷、凄苦，无计排解。薄暮时分，他独自走进了和江云炻一起吃过饭的那家余干饭馆，把和云炻曾经吃过的菜统统点上，还要了一壶酒。他平常极少喝酒，甚至讨厌那杯中物带辣带涩还带苦的味道。今天却是一反常态，他把酒倒进不大的高脚瓷杯里，然后一杯连着一杯送进嘴里，咽到肚里。

喝完一壶，方浩口齿不清地叫老板再添一壶。老板见方浩已是一副醉态，好心地劝说："客人，鸡都要报更了，明天一早还要起来做事，今晚就别再喝了。"

"不、不、不碍事，我已经无事可做，喝、喝、喝到天亮也无妨。"

这话让老板更担心了，无职无业的酒鬼最让人头疼，还要喝到天亮，那还得了？便指了指屋内："你看，店里已经没有人了。"

方浩指了指自己的鼻子，乜斜着带红的眼睛问："嘴包蛆，难道我不是人？"

"对不起，我是说没有别的客人。您明天可以不做事，可是我明天还得来炒菜、做饭哩。"

"那、那、那好办，你我都待在这里不要走。我也就再喝三壶，你给我再炒几锅菜。我多给你熬夜的钱，你、你、你明天也就可以歇着了……今天谁走，谁、谁、谁就是乌龟王八蛋。"方浩说着，还从口袋掏出两块大洋，使劲塞给了老板。

老板犹豫了一下："那您就最后再喝三杯。行吗？"说完又给方浩倒了三杯。

方浩以抖动着的手端起杯子，先喝下一杯，咂咂嘴："好酒，好酒，这酒可是越喝越浓、越喝越香呀。"接着把另外两杯也两下全喝下去了，但有一多半洒在了上衣上。

"好酒量。欢迎您下次再来。"老板在催促了。

"好、好、好，我明天准定还来。但你可不要捣鬼，把这样的好酒留在后面……要……要……要一开始就给我上最后喝的这种酒。"说着把酒壶提得高过头顶，壶嘴对着人嘴，用力地啜了起来，酒壶里发出了空气被抽动的声响。其实，老板最后倒的三杯酒，有两杯半是水。

"好，下次一定照您说的办。"老板说着，几步跨到门边，把门推开，示意方浩出门。

方浩又从口袋里掏出两块大洋扔到桌子上，然后跌跌撞撞地出门而去，一阵寒风迎面扑来，他不由得倒退了一步。

饭馆老板比狂风更快、也更有力地把门关上了，并"咔嚓"一声上了闩。

夜色沉沉，远近少有人影；大风狂啸，好似虎叫狼嚎。方浩走了几步，觉得身上燥热，便脱去了外衣挽在手上。马路边，隔很长一段路才有一盏装在毛竹竿上的路灯，这些竹竿还是几天前刚刚竖起来的。那电灯泡像病人的眼睛，发出的是微弱的亮光，似乎随时都可能被大风吹灭。方浩深一脚浅一脚地朝前走，此时他已经辨不清回家的路，只是摇晃着身体，身不由己地挪动着很不稳实的脚步。

走了一阵，他觉得胸中在翻江倒海，并向喉部奔涌，他不由自主地一张口，装在肚子里的酒和菜喷涌而出，"哗"地溅落在地上，发出木盆泼水般的声响。他觉得昏昏沉沉，浑身无力，身子一歪，像空麻袋一样倒在了路边，脱下来的棉衣已不知掉在什么地方了。天上，不断有一片片软软的、凉凉的东西往下掉，铜钱般大小的雪花飘落在他身上……

不知过了多长时间，方浩醒了过来，睁眼一看，是躺在自己的床上，耳边传来了他熟悉的猫叫声。

有人推开门走进了房间，是余同，他对着方浩高兴地喊叫着："你这家伙可醒过来了！你真像一只公猫，有七条性命，饿不死，撑不死，冻不死，摔不死，病不死，淹不死，烧不死。"

"你怎么会跑到我家来了？"昨夜的事方浩已全然不记得了。

"要是我不来，你就成了冻死在大街上的僵尸了。"余同接着告知方浩，"昨晚在为祝鸿来老板满窑完毕后，夜已很深，便想找一家饭馆填一填饥饿的肚子，路过槎窑弄附近时，听见传来一声紧似一声的猫叫声。开始我没在意，但猫的叫声却一声比一声凄厉，似是在受刑，又似在求救，不由得循声望去，隐隐约约见猫身边还有一个人躺着。近前一看，我认出来了，那猫是虎猫，躺在地上的竟然是你这个家伙，便背回来了。"

方浩听了，很不好意思地连连道谢。

余同带着抱怨问："平常从不见你喝酒，昨晚是中了哪门子邪，竟然醉成死猪似的？"

方浩长叹了一口气："我自己也不明白为何会喝得醉倒在路边。我原本只是想喝个一杯两杯的，以浇愁解闷。"

余同知道，最近发生的一件件事，像是无情的棍棒一下接一下地落在方浩身上，便信口哼了一出戏里的几句唱词："人的命，最无定。管他脚下是水还是火，任他面前有鬼有妖精。我且扎紧腰、铆足劲，一步一步往前行。"又接着说，"凭你的本事，娶妻、找个事做就像咳嗽一声那么容易，有什么可愁的？好日子后面还有的是。"

"这次不是碰见你，我的日子就不用再过了。"方浩带着伤感说。

"不，应当是虎猫救了你。"余同接着安慰方浩，"想我十四岁初到满窑店的时候，合约上写的是'打死勿论'。我一次累得倒在了窑边，还被师父踹了一脚，骂我是'吃闲饭的'。还有可恼的，有人说满窑工是童宾的小妾生的，天生贱坯子。我偏不信，咬着牙挺过来了。看，我现在也像个人样了，没人再轻贱我了。"

方浩很关心地问："你过得怎么样？"

"比上不足，比下有余。"余同接着带几分满足地告诉方浩：我已经有了两个可爱的女儿，还想着再生一个儿子。我已坐上了满窑店里的第一把交椅，那祝老板烧窑时，都是请我去满窑。

提到祝老板，方浩不由得说："那祝老板的脑袋瓜子总是转得像轱辘一样快，实在是一个赚钱高手。"

"是呀，烧洪宪瓷让他赚了大钱，他的财富就像满窑时的匣钵，一层层往高里长。你在鄱阳陶业学堂任职的时候，景德镇工商界根据家产的多少，评出了三尊大佛、四大金刚、五位观音、十八罗汉，这祝鸿来当时便列为四大金刚之一。如果现在再评，他准能进到大佛行列。"

"洪宪瓷早该烧完了，他现在有赚大钱的新招数吗？"

"有，烧完洪宪瓷以后，他像老鼠发现了新粮仓，忙着仿烧明清两代的名瓷了。"

"这只怕是儿戏。以现在的原料、人力、财力，就是把人当成柴火送到窑里，也不可能烧成明清两朝的官窑御瓷。"

余同笑了笑说："你不知道其中的奥妙。如果照明清御窑的标准去做，自然是这样。祝鸿来怎么会干这种傻事？他现在烧的只是有御瓷的模样，署御瓷的名款，但却是无其品质、更无其神韵的仿品。"

说到仿瓷，余同接下来的话如昌江滔滔："我发现，自御窑厂关停以后，这景德镇的瓷器仿造就像没有笼头的马，撒开了蹄子狂奔乱跑。原御窑厂的师傅、民间的高手、外来的匠人，各显神通，都像在家里光着屁股出堂入室，无所顾忌了。比如，过去黄釉为皇家专用，民间禁用；过去民窑瓷上画龙只能画四爪，不能画五爪。可现在像在菜市上挑瓜买菜，随心所欲，匠人想怎么画就怎么画，把龙画成六个爪、两个脑袋也无人过问了，并且想用什么色就用什么色，连清代皇宫专用的珐琅彩瓷也有人仿造仿烧。"

"这样的瓷器烧出来以后，卖得出去吗？"

余同又告诉方浩："这不成问题。林中千种鸟，世间百种人，有求虚名、满足心理需要的，也有不辨真假、见标为御瓷就掏腰包的，还有想辨真假、却辨不出真假的，更有买来专门用于送人、办事的。所以，尽管许多人也明明知道不可能是真品，但只要买来能满足某种需要便可以了。自从没有了御窑之后，御窑里烟熏过的瓷器都能身价大涨；只要说是和御窑官瓷有关系的瓷器，哪怕是曾在同一个柜子里、同一个架子上摆过，便也像有人说了自己是皇帝的远亲一般，平添身价。"

"即使有人买，但对制瓷者来说，这不明明是昧着良心、诳人骗钱吗？"

余同说出了自己的见解："仔细一想，确是这么回事。但就这制瓷而言，又不能一概而论。好像自有了窑业之后，这以次充好、以假代真的事便开始有了，连御窑厂也曾大量仿制过前朝瓷器，只是目的和标准各有不同罢了。因为明清两代有名的瓷器太多，所以现今的仿制之风大大超出过去。"

"如果能遵循古法，为探求和传承古代名瓷的烧制技术，再现名瓷的风采，适度而又精心地仿制一些名瓷，倒也情有可原，甚至很有必要。但如果只是为了金钱，只在借此牟利，粗制滥造，不加节制，则会有损景德镇瓷器声誉，实在不是好事。"方浩满带忧虑地说。

"好事坏事，当今之世，有谁会说，又有谁能管？现在是多路神仙打架，和尚道士斗法，死人活人比武。哈哈，太热闹了。"

方浩心生感慨：为牟利制瓷仿古，实在是人心不古。真是想不到，这御窑早已不烧，却还会冒出余烟遗火，还有烧不完的御窑，卖不完的御瓷，说不完的御器。这世事百态，比各种釉色还纷纭杂乱，可是谁也无力回天。他摇了摇头，然后几声长叹。

卷三

窑宝厄运

茶桌边论瓷

在窑前彻夜不眠的烧窑工，是这个镇子的守夜人；天不亮便挑着瓷器颤悠悠行走的挑瓷工，则是这个镇子的报晓者。挑瓷工带几分急促的脚步声敲响大地后，小镇便被唤醒。于是，宽宽窄窄的门窗像人的睡眼一样睁开了，大街小巷开始有人影晃动，相伴的是各种叫卖声此起彼伏，或高或低，各有其词，各有其调。

方浩没有理会窗外不断增强的晨光和声音，只是把被子往头上拉了拉，想把自己继续留在睡梦里。但不多一会儿，喊声伴着不断加重的拍门声响了起来。方浩知道是谁来了，故意不加理睬。

但来人对付方浩自有办法，在窗前喊着："我知道了，一定是还有一个人睡在你床上，我就不打搅了。"

方浩一个鲤鱼打挺，翻身起床，然后"呼"的一下把门打开，嚷着："你好像不胡说八道就熬不到天黑。一大早像鸡公似的瞎叫唤什么？"

余同一阵大笑，挟带着清晨的轻寒进了门，半喊着："既然是一个人在床上躺着，那还有什么劲？走，喝茶去，一并见一个人。"

"见谁？"方浩有些不耐烦地问。

"到时你就知道了。再好的瓷器也不能老待在窑里，你需要多接触一些人，多接触一些新鲜事。"

方浩草草洗漱后，跟着余同来到了秋水茶楼。

茶楼已有一些人在喝茶。方浩随着余同进到了一个单间，抬眼看去，坐在里面的有祝鸿来、徐一涛，还另有一位年轻女子。

祝鸿来离座起身，面带笑意，带几分热情地打着招呼："时间过得真是快，大家又好久没见面了。余同今天特地安排了这次早茶，让大家一聚，很好很好。"

方浩猜测着：看这阵势，今天莫不是有什么事情要谈？

祝老板把身边的女子作了介绍：这是我的侄女春莺，一直随我大哥在九江经营瓷器。最近回到了景德镇，准备在我的公司负责销售事务，今天来和大家认识一下。

那春莺很有礼貌地站起来，微微欠身，带着微笑，同方浩、余同打着招呼。

方浩朝那女子看了一眼：二十七八岁模样，双眸明亮而灵动，如一汪春水；皮肤光洁而白皙，如同刚刚出窑的瓷胎。她那搽了薄薄脂粉的脸上，五官精致而恰当地镶嵌在适当的位置上。她的眼皮最是与众不同，一单一双，左右眼皮的这种组合被称作"单边照"，当地民间有歌谣："单边照，没人要。树敢上，井敢跳。馋如猫，精似猴。不旺财，还克夫。到哪里，哪里臭。"这歌谣对女性带有歧视的意味，但也是一种调侃。而眼前这位女子的长相丝毫没有凶女人、坏女人的样子，甚至是秀气中透着温柔，端庄中带着热情，看上去是一个很漂亮、很时尚的女性。她浓密乌亮的头发已梳成发髻，以一个崭新的黑色丝网利落地兜束在后脑勺上，显然是一个已婚的女性，可见还是有人要。

方浩没有出声，那春莺却大方地接过了话头："听我叔叔说，方浩大哥留过洋，在制瓷方面，绘、造、烧样样精通，所以我想借今天这难得的机会请教一二。"

"过奖了，不敢当。"方浩淡淡地说。

各人以三个指头提起茶盏，努起嘴顺着盏沿吹了吹，但第一口茶还没有入口，春莺便抛出了第一问："景德镇瓷器在御窑厂关停之后，发生了许许多多的变化，很有点让人眼花缭乱。请问，这种变化大体是一个怎么样的趋势？"

方浩略略有些惊奇，想不到这个年轻的女子竟能问出如此重要的问题，其实这也是自己一直在关心、在思索的问题。但他没有立即作答，而是问："你为什么会关注这个问题？"

"在水说水，在瓷言瓷。对经销瓷器来说，既需要了解买瓷人的需求，还需要了解瓷业发展的趋势。"

一个有心人。方浩对这位女性有了良好的第一印象，回答说："我看最大的趋势是'变'，瓷器制作进入了春秋战国时代。"

春莺耸了耸她那乌黑细长的眉毛："请您说得详细一点好吗？"

方浩突然联想到，云炻跟他也说过这类的话，不由得心里微微一震。他略一思索，然后用手指了指茶室墙上挂着的瓷板画："这几张瓷画很有特点，也许可以集中地体现景德镇艺术陶瓷的新趋势、新变化。"

大家不由得顺着方浩手指的方向看去，只见墙上挂有四块长方形的瓷板画，画面是农家院落的景致，表现的是春夏秋冬的风物，有水滨山边的房舍及村妇、幼儿、鸡犬、篱笆，还有野性地生长着的花卉草木。整个画面灵动秀美，情趣迭出，这是一位绘瓷大师的作品，为茶室平添了高雅之气。

"内行看门道。这些瓷画好在哪些方面？"春莺很有兴趣地问。

方浩开始解释："先从瓷器的形制看，近些年来，雕塑、平面瓷画开始大量出现，特别是这类瓷板画的异军突起，扩展了瓷器的表现力，使瓷板有了像宣纸、丝帛一样用于绘画书写的功用。在1915年的巴拿马万国博览会上，中国有多块瓷板画获得金奖，这无疑展示了景德镇瓷艺的新成就，并得到世界认可。"

春莺点了点头："还有呢？"

"还有绘画题材和风格的变化。传统瓷画绘的多是龙凤神仙、才子佳人、戏文故事。像这一组画，农家生活、寻常人物都生动地绘在瓷器上了，挣脱了过去的套路，艺术性更强了，也离民众近了。"

春莺想知道得更多："还有什么变化吗？"

方浩又如数家珍般地述说："还有一个重大变化是釉彩和风格。这组画可以看出，使用了源自外国的釉彩，被称作新粉彩，与传统粉彩相比，色泽更丰富、艳丽、稳定。加上文人画进入瓷画，在造型、线条、光泽、色彩方面都极大地丰富了瓷画的表现力，消减了传统瓷画中的匠气，从而提升了瓷画的艺术水准，这是御瓷所不能及的，也由此诞生了一批绘瓷名家，这幅画的作者王琦先生便是一位杰出的代表。"

在大家连连点头、对着墙壁上的瓷画细加欣赏的时候，方浩接着说出的却是让大家颇感惊诧的内容："各类字画古董价高名重，在很大程度上依凭的是时间，买卖古董实际上是在交易时间，往往由时间长度决定物件的价格尺度。景德镇当代名家的制瓷有的并不亚于御瓷，在若干年后，同样可以成为瓷中珍品，具有很高的收藏和传世的价值。"

对方浩关于当代瓷器和御瓷的评论，春莺并不赞同，委婉地表达了自己的看法："御瓷精致无比，还提升了整个国家在世界的知名度和影响力，当代瓷器恐怕难以相比。"

"御瓷的烧制对中国瓷器乃至对中国的影响力所起的作用，当然不可否定。但同样不可否定的是，御瓷御器在一定程度上有碍中国瓷器乃至整个国家的发展。"方浩回答。

听到这里，如闻耳边猝然有惊雷炸响，在座的人一个个都大受震动，这样的话真是闻所未闻，并觉得难以认同，春莺带着明显的质疑："能这样说吗？你这样说的理由是什么？"如果不是初次见面，春莺可能会反驳。

方浩话语的闸门似乎打开了："很值得深思的是，中国在康雍乾三代国力强盛，以烧造的瓷器而论，其数量、门类、品质可以说是登峰造极。而正是这个时候，西方国家快速发展工业，称作工业革命，以工业强国，并向世界扩张，紧接着便是西方强中国弱。我想，如果以造御瓷的思路、办法和人力物力去生产工业品，使中国不是以瓷器而是以机器闻名于世界，或许对中国、对世界更有意义。"

就在大家连连摇头的时候，方浩的话如砍刀破竹，还在突进："以制瓷本身而言，如果不是过分地倾注人力物力于造御瓷，也不以御窑挤压民窑，而是让中国原本实力强大的制瓷业不断发展革新，成为国家一大工业门类，成为能与西方任何工业门类相抗衡的一门产业，那么，中国的瓷业、工业乃至国力，都不会是今天这个样子。所以，从这一点而言，整个国家为御瓷付出了很大的代价。"

徐一涛想，这方浩对御瓷成见太深，上次说官窑压制了民窑，妨碍了中国瓷业，这回竟然说烧造御瓷有碍国家进步，越说越严重了。但他没有吭声，就让春莺同他好好对谈吧，谈得越热闹、越深入越好。

春莺此时则觉得，方浩的这些见解大异于常人，虽然她并不完全赞同方浩的说法，但自己对御瓷、瓷器的认识似乎一下又打开了一扇明亮的窗户，她继续发问："御瓷已经成为历史，那当今景德镇的瓷器应当朝哪个方向发展？"

"求新。"方浩回答得简洁明了。

正在这时，有几样点心端了上来。春莺主动地招呼着："我们边吃边说吧。"她把筷子伸向了自己点的油条包麻糍，这是当地特有的小吃。麻糍颜色雪白，质地黏稠紧致；油条蓬松嫩脆，色泽酥黄。这麻糍裹在油条之中，便成了颜色上的一黄一白，口感上的有酥有糯，是一种色与味的美妙搭配。

吃着吃着，春莺忽然说道："这油条包麻糍好像也是近几年才出现的，外形和味道都很有特色，这和瓷器要出新品是不是同一个道理？"

桌上响起了欢悦的笑声。

在吃了一阵点心之后，春莺放下筷子，重新回到刚才的话题，要求方浩解答如何"求新"。她一直做的事情，只是让瓷器与银钱在手边不停地轮回，极少有机会听到有人如此深刻地谈论瓷器，她觉得方浩讲的许多话，就像那刚出现在马路上的汽车，既新鲜，又有用。

方浩继续答问："求新不仅要有新的器形、新的釉彩，更重要的是发明和使用新技术、新工艺。否则，中国瓷器将会像牛车与汽车竞跑一样，落在日本、法国等国家的后面，甚至外国还会把瓷器卖到中国来。"

祝鸿来今天本不想多说话，但他对瓷器的买与卖很感兴趣，听到这里，便忍不住开口了："中国瓷器在国际上早有盛誉，千年不衰，怎么还会比不过外国瓷器？比如那小小日本的瓷器难道还能超越中国瓷器？"

方浩不紧不慢地阐述了自己的见解："中国在乾隆时代还是世界上强大而富有的国家。谁会想到，乾隆退位仅仅四十多年之后，鸦片战争爆发，中国便一次又一次地受到西方列强欺凌。瓷器生产也一样，远离世界潮流，抱残守缺，必然落后。事实是，西方工业革命以后，中国的瓷器便像落潮一样，步步退出世界市场。日本瓷器则趁机而进，以至欧洲许多人把日本的瓷器当作中国的产品。别小看日本，他们在工业制造包括瓷器制造方面都有不俗的实力。"

这时祝春莺问了更深的问题："请问，求新主要靠什么？"

"靠人才。为此需要大兴陶业教育，广育陶瓷人才。世界已经发生大变，只靠传统的带徒授艺，沿袭古技古法，既无法超越前人，更无法胜出他人。"方浩对这个问题已有过深入思考。

春莺提出了一个又一个问题，方浩都或繁或简地作了回答。不知不觉间，早茶持续了一个多小时。这时祝鸿来站起身来说："我今天有点忙，先走了。"然后和春莺起座离去。

春莺走到门边，还转过身用微笑和手势同方浩等道别。

方浩、余同、徐一涛三人挪了挪座位，继续着早茶。

余同问方浩："你觉得这春莺怎么样？"

"一个很有见识的女性。"方浩随口回答。

"你们能不能做个夫妻？"余同笑嘻嘻地问。

原来，徐一涛、余同今天安排喝早茶，意在为方浩与春莺牵线搭桥。

"可以做一个很好的同行和朋友。"方浩心里觉得有几分好笑的是，且不说别的，你们难道没有看出，人家已是一位少妇？

余同少有的一本正经地说："方浩，人家年轻漂亮，很能干，还很有家财，真是打灯笼也找不到的主。"

"看上去确是一位很出色的女性，只是……"

"只是什么？配不上你？我看你们如果成为夫妻，称得上是天仙配。"余同打断了方浩的话，并把两个食指碰了碰。

"只是我们没有缘分。"

余同像抛下滚木礌石一般给了方浩一通话："什么盐分油分，有油有盐就是好菜肴，男爱女愿就是好姻缘。好姻缘没错过就是有缘分，错过了便是没有缘分。好酒好肉可以错过，好姻缘千万不要错过，错过了就可能一辈子要吃后悔药。"

"这娶亲成家和做菜做饭、喝酒吃肉能一样吗？"方浩没有气恼，还故意笑了笑。

徐一涛还有一个想法是，促成方浩与祝鸿来的合作，使已经失去职业的方浩能尽快找到合适的事做，于是身子往前倾了倾："祝老板正在仿烧历代名瓷，他很想请你去他公司主持这方面的业务。"

"如果能和祝老板一起推进制瓷的革新，我很愿意。但如果只是去仿制古瓷，那就算了。"

"理由是什么？"

在方浩看来，中国的瓷器急需走新路、成新貌。如果固守于秦砖汉瓦，不可能有唐釉宋瓷，若死死抱住唐釉宋瓷，就不可能有明清的官窑御瓷。便说："官窑御瓷已成历史，需要新一代瓷人去承精华而成新艺。"

"正因为官窑御瓷已成历史，仿造便有了承传统、续瓷脉的意义。"

"在我看来，那身价不菲的御瓷本来就不值得过分称道，过分追慕。一味地仿造，更是与创新南辕北辙，如果是为金钱而仿造，更是等而下之了。我也劝你少做这意义不大，为他人作嫁衣裳的事。"方浩这时借题发挥，意在劝导徐一涛改弦易辙。

徐一涛解释说："制瓷的创新需要大量资金，隐含着巨大风险，而仿古瓷做好了，如下网捕鱼，破土种瓜，很快就可以获得收益。权衡利弊，只好趋利避害，选择仿制古瓷了。"

"仿古仿今、造假造真的事，你们慢慢再说吧。"余同说着站了起来，"方浩，做梦娶媳妇，那全是假的，你现在想娶媳妇却可以是真的。假事你可以不做，这真事你可别也耽误了。"他要去满窑，说完走出了茶社。

茶室里只剩下方浩和徐一涛了，说起话来更是了无顾忌。徐一涛直言不讳："你这些年奔波劳碌，受苦受累，却还像孤魂野鬼，到处飘荡。你刚才说制瓷需要求变求新，我看你自己也需要变一变，有新模样才好。"

"你说我该怎么变？又往哪儿变呢？"方浩自己似乎从来没有想过这个问题。

"古人说，识时务者为俊杰。我知道，你不愿回经营不善的瓷业公司，所以最现实的选择是，到祝老板的公司工作，这可以一箭双雕。"

"一箭双雕？"

"就是你既可以有用武之地，又可以抱得美人归。"

"我可能不会有这等运气。"

"有，真的有。因为祝老板很希望你与春莺成婚，并进入他的公司。"

"这是祝老板一箭双雕了。"

"那你们加起来便成了一箭四雕，又有什么不好？"徐一涛又加了一"雕"，"这样我们还可以一起继续搭帮合伙，制瓷绘画，那就成了一箭五雕了。"

"婚事免谈。至于造瓷嘛，如果去帮老板赚不太光明正大的钱，我不愿意。其实几年前祝老板便同我谈过一起造'洪宪瓷'的事，结果是不欢而散。"

"祝老板造'洪宪瓷'可是赚了个盆满钵满，还有很多人也跟着沾了光。可见利人则利己，利己亦利人。其实，帮老板做事，也是在帮自己干活赚钱，很光明正大。"

"你说得不无道理。但在我看来，我们很不幸，生在这不幸的时代。既然生不逢时，我们就更应当像大树一样迎风而站，而不是像草一样随风摇摆。"

"你确实志向远大。但是，烧窑要看火候，英雄要识时务，否则只会碰壁。"徐一涛说得毫不客气。

"就制瓷而言，努力求新求变就是当下最大的时务。这需要有人不怕碰墙碰壁。"方浩直言相对。

二人你来我往，说了一个多小时，结果是半斤对八两，谁也没有说服谁。

鉴定鸡缸杯

方浩又一次去往王青先生家。自江云炽失踪后，他比过去去得更勤了，为了看望王青先生，也是希望得到有关江云炽的消息，今天则还有别的事情。

这几年只是埋头于学校事务，很少逛街。他发现，瓷器街上的瓷器品类更全，花色更多。过去未曾出现过的器形，未曾见过的釉彩，如春雨后的山花，争相竞放，只是许多瓷器有点像纸扎的花，少了生命的活力和灵气。还有让人瞩目的一大景观是，挂着"公司"招牌的门店触目可见，比那贴在墙上的香烟、仁丹、肥皂、万金油的广告还多。自江西瓷业公司在御窑厂挂牌以后，各类造器卖物的厂店也都争相扯起公司的大旗，连他熟悉的一家卖油条的小店铺也挂了个"金棍子油条公司"的牌号。

方浩见一家店铺醒目地挂着"御瓷专营"的牌子，走了进去。但见货架上、柜子里摆的尽是流光溢彩的瓷器，乍一看，很有几分官窑御瓷的模样。他随意挑了一件标为乾隆粉彩的球瓶，拿在手上掂量、触摸了一会儿，又看了几眼，但见瓷质粗糙，色彩发暗，只是外形和图案是照原件仿作仿绘的，因而显出几分华美，但这只是依赖颜料和技法制作的仿品，实则如同僵尸化妆。

方浩问卖瓷人："这真是乾隆瓷吗？"

"客官是何见解？"卖瓷人是一个四十多岁的男子，还戴着一副眼镜，眼镜片使他的眼神变得难以捉摸，加上那很有机巧的反问，一看就知道是一个功夫老到的生意人。这人不是别人，是罗秤，祝老板已让他由买柴转为卖瓷，在这新开的一家瓷店里施展功夫。

"这件瓷恐怕离乾隆年代还有一段距离吧？"方浩的话似乎是探问，实则很肯定。

罗秤骨碌了一下眼珠："您认为差了多少年月？"

"一百五十年左右。你说哩？"

罗秤心里一怔，莫不是碰上行家了？他没有正面回答是与否，而是说："瓷器由水土制成，柴火烧成，件件不同，恰如俗话所说，龙王生九子，九子不一样。好瓷劣瓷，古瓷今瓷，自是见仁见智。"接着他话锋一转，"好的古瓷见到自是不易，我这里还有堪称最后御瓷中的精品，客人愿意开开眼界吗？"

方浩点了点头。

罗秤从内室取出来一个暗红色的锦盒。打开盒子，里面躺着一件粉彩春瓶。

方浩认真看了几眼，这件瓷瓶质地细腻，釉色纯正，瓶身上绘的是一幅精致的山水，底款署的是"洪宪年制"。

罗秤指了指瓷瓶说："这件瓷器虽然年代不远，但身份高贵，制作精良，是袁世凯称帝后制作的，称得上是中国官瓷中最后的精品。客人若有缘收藏一件，可以传家也。"

"这件瓷从何而来？"

"英雄不问出处，宝物也是如此。"

"价钱呢？"

"谈生意，谈生意，生意需要谈，若有意买，价钱可以好好谈；若无意买，谈价论货便没有意义了。"

好厉害的生意人。方浩突然萌发出要会一会这生意人的念头，用一个指头指了指自己的鼻子："你看我是有意买瓷还是无意买瓷？"

"如今这年代，面对这等真货美器，只怕是识货者寡，买货者少也。"罗秤使起了他惯常使用的激将法，随后又补了一句，"当然，也会有例外。"

"天下有好货，自有识货人；人间有真货，自有真人买。"

"你怀疑这货有假？买不买瓷本无所谓，买不起好瓷也情有可原，但不可放纵口舌。"罗秤一副居高临下的口吻。

"你如何证明我买瓷属假，又如何证明你这瓷瓶属真？"这下是方浩在使用激将法。

罗秤觉得这买瓷人不是等闲之辈，或许是高档瓷器的潜在买主，便扶了扶眼镜，压低声音说："我家老板既卖瓷又烧瓷，曾经几度烧过御瓷，这件洪宪瓷是从窑里直接送到这店里的。"他大概认为，这是眼前这件瓷器属于御瓷真品最不可撼动的理由。

罗秤说的本是实话，却像是小孩穿了开裆裤，露出了本不该外露的地方。

方浩接话："如果烧的是御瓷，烧瓷人却把它从窑里直接搬到了自己的门店里，这不有某种嫌疑吗？"

卖瓷人被这犀利的反问激怒了："你没见过好瓷，也买不起好瓷，本属平常。但也不要人穷眼馋嘴尖，嫉妒他人，更不要像猪八戒进了瓷器店，挥起耙子乱抢一气。"

"我很穷，但穷得硬气，决不仿制名窑，虚托真品，欺世诓人。"方浩把他对御瓷的不以为然，对仿制古瓷以牟利的厌恶，一下发泄了出来。

罗秤像被戳着了气管："你这是恶狗伤人。富门不容恶犬，滚开！"说着，还对着方浩连连挥手驱赶。

"既然如此，你便用不着待在这里了。"方浩生气地反唇相讥。

罗秤气得好一会儿说不出话来，便向前以手推搡方浩。

方浩也火了，提高了嗓门："做买卖用不着动手动脚。"并运力于胳膊和身子，对抗卖瓷人的推搡。

意外发生了，不知二人是谁碰着了那件"洪宪"瓷，瓷瓶跌落地上，大大小小的碎片铺了一地。从瓷片上可以看出，瓷质细白紧致，属当代瓷中精品。

罗秤一把死死拽住了方浩，声音比刚才大了好几倍，唾沫星子喷了方浩一脸："杀人偿命，毁器赔钱，这件瓷瓶可是价值两千块大洋。"

方浩心里一震：坏了。这件瓷器的真假贵贱谁能说得清楚？俗话说，人不在时中，金子变黄铜。我不在时中，时时撞墙上，这倒霉事一件接着一件。今天如何脱身？

就在二人大喊大叫、你推我搡的时候，有一个脆亮的声音响起："哎呀呀，你们这是在干什么呀？"

二人应声停止了动作。

方浩觉得这声音有些耳熟，抬眼看去，说话的不是别人，是昨日在一起喝早茶的春莺。

罗秤一见春莺，立刻换作了一副毕恭毕敬的样子，并快速把刚才发生的一切叙说了一遍。当然，结论如山：瓶碎的责任全在方浩。

方浩看着春莺，不知道这只有一面之交的女子接下来还会说些什么，更不知道今天这事会如何了结。

春莺看了看地上的瓷片，又看了看方浩，然后启动了她那红润的嘴唇："不管是谁的责任，就当是天上掉下来的石头砸在饭锅里，属于老天爷的安排。"

武功中有四两拨千斤之说，春莺这一句话也有如此功用，轻轻一张口，便把方浩认为可能会招致巨大麻烦的事情顷刻间化为无形。但，她的话管用吗？卖瓷人可是说这件瓷瓶值两千块大洋。

罗秤整了整衣服，立在一旁。

春莺又开口了："这是我们公司自家的门店，我今天是来看看瓷器销售情况的。"

方浩立即明白了，这是祝鸿来的瓷器店，那件"洪宪瓷"的来路也就一清二楚了。他长长地舒了一口气，很诚挚地对春莺说："很抱歉，给您找麻烦了。"

春莺又是很大方地说："不碍事，什么事都可能有个机缘巧合，这瓷瓶掉地破碎，我恰在这个时候出现，都是巧合。你在这里稍坐一会儿，压压惊，我还想再听听你说瓷器的事哩。"说话间还移过来一个凳子。

方浩这时哪有心思坐下来说瓷论器？他恨不得腋下即刻长出翅膀来，回答说："谢谢。只是我今天还另有事情要办，实在是没有时间和心思说瓷器了。"

春莺嫣然一笑："那你能稍作停留，帮我一个忙吗？"

你需要我帮什么忙？方浩用眼神和点头作了答应。

"我有一件瓷器，很需要赶紧鉴定一下。"

方浩瞟了一下春莺那只单眼皮的眼睛，心想：这个女人大有心计，刚才对摔破了一个瓷瓶并不计较，原来是欲擒故纵，要我帮她鉴定瓷器，这种行为方式是方浩很鄙弃的，于是推托说："我今天情绪不定，只怕会打眼失准。"

"那你就改天再说吧。"春莺的话干脆利落。

这倒使方浩感到意外，也有些自责：是自己从木板缝里看人。既而又想到，如能帮她鉴定一件瓷器，便是为她做了一件事，可以算是对她的回报，这样双方便互不亏欠了。他改换了态度："不过，我还是愿意试试看。"

春莺把方浩引进内室，开锁拉门，从一个柜子里取出一个长高宽都不足五寸的小小锦盒，告诉方浩：这是一个很懂瓷器的亲戚从鬼市淘到的，说是一件明代成化年间的官窑，因急等着钱用，想以较低的价格出让。我很喜欢这件小东西，但对这件东西的真假却是没有底。

鬼市是一个奇特的瓷器交易市场。景德镇有一条且短且窄的街道，便是那大有名气的半条街。每当午夜，这里便有烛光灯火摇曳，恰似鬼火飘忽；伴有人影晃动，似是鬼魅现身。人们或蹲或站，把自己要卖的瓷器，或摆放在地上，或执拿在手里。买者与卖者在暗夜中压低嗓音，悄声说瓷论瓷，讨价还价。晨曦初露时，人去市散，所以被称作"鬼市"。

形成这个市场的原因是，有些瓷器珍品可能来路不明，便在夜幕下悄悄交易；有的人想在黑暗中鱼目混珠，售卖真伪莫辨的货品；也还有的人觉得，这种夜幕下的交易很有神秘气氛，可以获得日光下买卖不可能拥有的刺激。如果运气好、眼力好，鬼市上确有可能淘到上好的东西。

　　方浩接过小盒里的东西一看，眼睛顿时像蜡烛被点亮，在心里喊着："妙品，稀货！"这是一件款识为明成化年间的鸡缸杯。杯的口径约二寸，高则不足二寸，胎质洁白、细腻；胎体秀美轻薄；釉色微微带青，釉质肥腴，润如凝脂，上手抚摸如同婴儿肌肤。杯面绘有花卉和一只母鸡带着几只小鸡觅食，另有一只雄鸡在引颈长啼。

　　画面素淡清丽，简洁生动，却透出非同寻常的雅致与高贵。这杯器形不大，工艺却是特殊，是在宣德青花、五彩的基础上发展起来的新品。制作时，先在泥胎上用青花料勾勒出图案和纹饰的轮廓线，入窑烧成青花器后，再在青花料留白的空间，用矿物质原料进行彩绘，然后又一次入炉烧烤后成器。这种釉下青花与釉上彩绘结合的工艺，是瓷艺上一次破天荒的创新。当地人把两件东西连在一起叫作"斗"，所以这两种釉彩合绘在一起的彩绘便被叫作"斗彩"。因为器形只比一般酒杯略大，绘的是鸡的图案，便被称作斗彩鸡缸杯，皇帝会用来作为酒器。一问世，便名满天下，当时便有"一杯十万金"的美誉。因为传世极少，一直为许多藏家如狂如痴地追捧。

　　明代成化鸡缸杯的珍贵，还因为另有故事：明成化帝朱见深自两岁开始，便由一个比他大十七岁的万姓宫女服侍，天长日久，朱见深对万氏变得无限依赖，感情殊深。十八岁时做了皇帝后，竟然要册封这个已然三十五岁的万氏为皇后，因为遭到皇室上下反对，便改立为贵妃。万贵妃很快生下一子，却不料小皇子满周岁时夭折。万贵妃由此心理变态，但凡成化帝宠幸过的特别是有身孕的嫔妃，都残忍地置于死地。成化帝对此却是无可奈何，一次他看到宋人画的《子母鸡图》，画面温馨，大有感触，便着工匠烧造了鸡缸杯，杯上绘的是雄鸡母鸡加小鸡，一家其乐融融的画面。他想以此劝喻万贵妃，也表达了他求盼后宫安定和合的心态。这段真实的历史故事，平添了鸡缸杯的身价。

　　方浩凝神静气，对杯子细加审视，反复以手轻掂轻摸，瓷质和釉彩都是成化鸡缸杯的特征，那底足和款识更是真品无疑。就在他几乎要作出"确是成化鸡缸杯"的判断时，却发现，杯身和底足在气韵上存在那么一点点差别，二者微有若即若离的感觉。他又上下左右、翻来覆去将这个小小的杯子细细看了好一会儿，看得他微微出汗、眼睛发酸，也无法作出自认为恰当的解释，便很坦诚地对春莺说："这杯极像真的，但又似乎有假，等我问过王先生再告诉你结果吧。"

春莺听了也觉得有些惊奇，笑了笑说："可见这件东西很不寻常。我等待你的结论。"

方浩迅速转身离去。他能真切地感觉到，那春莺一直在注视着自己的背影，他后背有了烈日灼射的感觉，便不由自主地加快了脚步。

方浩走进了王青先生家里，问候过先生后，坐了下来。

他有些沮丧地告诉先生：根据教育部的命令，江西甲种工业学校的景德镇分校被取消了。

"理由何在？"王青说着，他那因皱纹围困而变得很小的眼睛这时骤然变大了。

"说是政府教育经费短缺，并认为这类学校作用有限，所以全国的初等职业学校统统取消。"

"制瓷业需要各个层次的人才，管他初等、中等、高等。不知是什么混账无知的官僚，作这种混账无知的决定。"王青又开始一吐为快了。

"是啊，我也很不理解，但也无可奈何。"

"这批混事白吃饭的官僚，对教育实在是无知。如果不办初等职业学校，就改办为中等职业学校也行。像你们办的这个分校，远非一般的初等职业学校可比，却为何不分青红皂白，像砍窑柴一般，把满山的树木统统放倒？"

"这样一来，我便又无事可做了。"

"有货不愁贫，无货愁煞人。在景德镇，只要能做事，肯做事，倒是不愁没饭碗。"

"但我还是希望做我想做的事情，做有意义的事情。"

"我知道，你一直抱定承古创新之心，以育人兴瓷为业，以报效国家为志，只是生不逢时。"

王青先生说完，稍作思索后告诉方浩：景德镇瓷器在万国博览会载誉归来以后，一些瓷人组织了一个瓷业美术研究社，社长是以制作窑变釉获金奖的陶瓷艺术家，还给了我一个名誉会长的头衔。研究社这几年做了一些很有意义的事情，但还大有可为之处。负责日常工作的书记长却觉得难有作为，且无名无利，最近辞职了，我看你正好可以去接任，去做这件为景德镇旧窑新炉添柴续炭的事情。

方浩当即表示愿意到美术研究社任职。

在向先生道别的时候，方浩想起了为春莺鉴定鸡缸杯的事，在细细叙述过杯的特征后，问先生："这件东西是真是假？"

"亦真亦假。"王先生快速回答。

"亦真亦假？"

"这种东西也叫真假合璧。"

"啊？"方浩张开的嘴迟迟没有合上，像修牙时牙齿咬在了一个小垫子上。

"就是把真品残器补接成整件新器。仅有口沿的，只剩足圈的，碎去大半的，甚至只有残片的，都可以补接。补接好了浑然一体，真假难辨。这需要很高的技术，但大有其人。"王先生对这等造假手法了然于胸，细细地向方浩一一道来。

方浩豁然醒悟，自言自语道：这景德镇的瓷器真是水深如海也。

一次约会

方浩到任后，修订章程，确定瓷业美术研究社的宗旨是：求新技新艺，成新品新人。美术研究社很快人气大盛，声名鹊起，就像景德镇瓷器一样，在海内外受到关注。

研究社设在景德阁，离佛印湖只有一箭之地。透过窗户可以隐隐约约地看到佛印湖的一泓碧水，夏日还可以影影绰绰看到湖里荷叶和荷花披翠挂红，随风摇曳，淡淡的荷香会随风飘进窗棂，这会使方浩禁不住心猿意马。

这一日下班时，春莺出现在门边，这让方浩略有惊诧。

春莺微微一笑："好久不见了，又有瓷器方面的事情相烦。"

第一次见面后，方浩便对春莺有了好感，上次她举重若轻地化解了碎瓷风波，更使方浩心存感激。他把春莺让进办公室，对着凌乱积尘的办公室，很不好意思地作着解释："我刚到这研究社不久，有点忙乱。又正在筹办一次社员作品展，更是什么也顾不上了。"说着，搬动画板、料盒、书刊，腾出一把椅子让春莺坐下。

"我是从《浮梁报》上看到有关消息，才知道了你的踪迹，便按图索骥找到这里。"春莺从容地坐下后，对自己为何来到这里也作着解释。

"你也关心美术研究社吗？"

"花好香自远，关心美术研究社的人不在少数。"

"我们这个美术社是一个开放的社团，欢迎任何有志趣的人入社。"方浩此时闪过的念头是，春莺想入社。

"看来你们美术研究社不仅气派大，而且胸襟大。听说你们近期要搞大型的瓷品展览，新品精品一定很多，能不能让我先睹为快？"这是嗅觉灵敏的春莺今天来找方浩的原因。

"正在布展，有些不便，请你开展的那天再来吧。"

春莺微微有些失望，但并不介意这种委婉的拒绝，只是觉得方浩说话太一本正经，不苟言笑，这和她见过的许多男人大有不同。她换了一个话题："已是下班的时间了，我想请你吃晚饭。你上次为我鉴定那件鸡缸杯，真的是一语千金，我本是想以三千块大洋买下的，所以一直想着要谢谢你。当然，也还有瓷器方面的问题需要请教。"

方浩犹豫了一下："第一次大型瓷展的各项准备工作已到紧要关头，我每天都像手里抱着一个明代的青花大罐在冰上行走，丝毫不敢分心。"

"我丝毫没有让你分心的意思。"春莺浅浅一笑。

"很感谢你的理解。"

春莺没有勉强："那就等你操持完瓷展后再约吧。"

"好的。"方浩随口应着，他觉得这在大码头生活过的女性与景德镇一般的女性相比，多了几分开朗、大胆、识见，甚至还有豪爽，办事论事很有分寸感，并且收放自如。

当春莺走后，方浩便锁门下班了。他拒绝春莺邀约的真正原因并不是因为挤不出时间，到底是因为什么？他自己也无法说得清楚。

瓷展如期举行。展厅犹如龙宫，珍宝琳琅满目，并有许多让人眼睛为之一亮的新工艺、新瓷品。瓷艺大师们还在现场讲解制瓷技艺、绘瓷要领，并一边作着演示。展厅内外，人如蜂拥蚁聚，看瓷的、论瓷的、买瓷的，煞是热闹。这次展览不仅是一场瓷器新技新品的展示会，还是一次大型的瓷器销售会、订货会。整个展览共进行了五天，许多人连续五天观看和寻求自己需要的东西，但依然觉得如年节一般，持续的时间太短，意犹未尽。

瓷展结束后，除了收到潮水般的赞扬声外，还有众口一词的建议：希望每年都能办一次这样的展会。

展览结束后的第二天，方浩带着疲惫和喜悦准备下班，刚一出门，就见不远处有一个人正朝自己走过来，是春莺。

春莺总是嘴还没有张开，笑纹便漾在嘴边："总算等到你了。上次我们曾经约定，举办完展览会以后便请你吃饭，向你请教。"

确实曾经有约，春莺又是如此一片诚意，加上展览十分成功，方浩心情轻松而愉悦，这次没有拒绝。

春莺很是高兴，便引着方浩边说边走。走了一会儿，方浩抬头时，一湖碧水映入眼帘。啊，走到了佛印湖边，湖中的轻浪似乎在胸中涌动，既而一湖清水化作了一块硕大的镜面，镜面里映出许多似远似近，似真似幻的画面。他莫名其妙地停下了脚步，对春莺说："换一条路吧。"

春莺心想，这佛印湖边环境幽静，风景秀美，在这里或坐或站，或进或止，都很让人惬意，为什么却要改路换道？但她没有探问理由，略一迟疑，便抬脚改了路径。

一路上，春莺谈笑风生，而方浩却很少言语，似是忽然间有了什么心事。

进到饭馆坐下以后，方浩认真看了春莺一眼，见她发式又变了，后脑上那高高的发髻不见了，而是把头发随意地挽起，再用一根粉色的丝带束住，横插了一根又长又宽的银簪。这使她更显出活力，更显得年轻，还有几分古典美人的气质。他忽然记起，自己曾画过这种发式的仕女。此刻，那画上的仕女与坐在面前的春莺叠印在了一起，他心里惊起一只云雀。既而又想，这春莺究竟是少妇还是闺阁中人？嗐，想这个干什么？便对春莺说："今天还是我请客吧。"

春莺没有一般人通常的客套："好的，既然今天你想做东，我就不和你争了，我就留待下一回吧。"

"行。吃什么？你说。"

春莺不由得想，男人第一次请女人吃饭，一定会很慷慨地点上很多菜，并一定会有名贵菜品，可这方浩就是与众不同。不过这种方式倒是她能接受的。她抬眼看了看贴在墙上的菜谱，点了自己爱吃的腊肉炒笋和粉蒸鮰鱼，方浩则要了辣椒鸡块和布袋豆腐。

"还应当来一点酒吧？"春莺提议着。

方浩本来不想要酒，除了对上次醉酒心有余悸之外，他还不愿意因为有酒而使吃饭的时间拖得更长，他还想到了"酒可乱性"四个字，但既然春莺提出来了，自己作为东道便不好意思拒绝："行。只是我酒量不行。"

"人有度量就行，酒量大点小点没关系。我也不会喝酒，来一点黄酒吧。"春莺的话显得无拘无束。

菜馐到桌，酒盅斟满，那琥珀色的液体在白雪般的酒盅里，发出淡淡的香味，酒具酒色酒香，都很是可人。

方浩举杯，只说了两个字："来，请。"

春莺端起酒杯，一饮而尽，而方浩只是浅浅地一抿。

接下来是春莺端起了酒杯："祝贺你操办的这次展览圆满成功。"说罢又是一饮而尽，方浩依然是浅浅一抿。

方浩不想同春莺作天南地北的海聊，来了个主动发问："你不是有瓷器方面的问题要问吗？"

但春莺却不是一个能轻易被别人主导思路、框定话题的人："在提问之前，我有两个请求。"

提问之前还有请求，并且还是两个？方浩下意识地看了春莺一眼，没言语，算是表示同意。

"第一个请求是，我看了展览后，觉得有些展品在工艺、造型、用色等方面都很有新意。我们公司很想将其中一批展品加以仿制，然后推向市场，这可以吗？"

方浩暗想，这个春莺真是很有商业头脑。其实，让更多的人了解和使用新技术、新产品，推动瓷业的出新发展，正是美术研究社追求的目标之一，也是办展览的直接目的之一，便明确作答："这些展品任何人都可以任意仿制。"

春莺带着几分惊喜地问："那需要支付费用吗？"

"这件事刚刚起步，为了有助于新工艺、新产品的推广使用，从而利瓷业、利实业，因而暂时不收取任何费用。"

这让春莺的惊喜添了三分，但也有几分不解，以她在九江、武汉经商的经验，仿制他人产品，肯定要收取费用，甚至是不菲的费用。她将十个又白又嫩又长的手指合成掌，像上香拜佛一般，对着方浩轻轻地摇了几下，接着端起酒杯与方浩的酒杯重重地碰了碰，又是一杯酒倒进了口中。

"第二个要求是什么？"方浩问，他似乎想尽快结束今天的晚餐。

"在提第二个要求前，我要先问一个问题。"

"问吧。"方浩答应着，心想，这人怎么会有这么多问题，并且问题中还套着问题？

"我想，你们美术研究社组织活动，特别是试制新品，需要费用。这些费用从哪里来？你们在经费上有难处吗？"

这一问，如同武林点穴师发功，一下点到了方浩的痛穴。他来研究社后，常常为经费发愁，日常经费主要靠会费维持，但数量有限，研究社一直像吃糠咽菜的孩子，营养不良。进行新产品的试制更要耗费不少钱财，并且许多时候即使费钱费力，最后的结果也只是一堆废瓷废料，会长已经为研究社慷慨地奉献了许许多多的私人钱财。

"经费只靠会费和热心人的捐款，不敷使用。比如，要筹办下一次的展览就需要一笔很大的费用，这很让人头疼。"方浩说着把左手的中指和食指并拢，用指尖轻轻敲了几下太阳穴，好像头痛已经在开始发作了。

"如果有人捐一笔钱，但要求在研究社里有一个头衔，你们会考虑吗？"春莺又问。

这人似乎是一台问题机器，能够不断地制造出问题来。不过方浩对这个问题大有兴趣："会充分考虑。"

"假如捐一百块大洋，可以安排为副社长吗？"

又是一个问题。方浩心想，研究社正缺钱，有人愿意捐钱，实在是好事一桩，何况社长、副社长并无人数的限定，拉长板凳即可。

回答说："研究社会同意的。"

方浩猜想是春莺要入社，但春莺说的是："那我举荐一个人入社可以吗？"还是一个问题。

"当然可以。是谁？"

"我叔叔，行吗？"春莺在回答问题时还是带着问题。

啊，这春莺前面说了那么多，全是戏台上开演前敲响锣鼓的闹台，真正的目的看来是祝鸿来要求入社，但又更像是她随便谈及的话题，一个急中生智般的举动。方浩从感情上并不很欢迎祝老板入社，但这件事并不违反章程，况且祝老板会捐一笔钱，这对美术研究社无异于甘霖喜雨，他并不很爽快地回答："经过一定程序也就可以了。"

"太好了，谢谢你。想不到今天还有一个意外的收获。"春莺说后，又喝下一杯，她光洁的脸上已泛出淡淡的红色，犹如桃花花瓣的颜色；白净的脖子上是稍深的红色，那是桃树枝条的颜色；明亮的眼睛是滋润的红色，那是桃花带雨的颜色。今天的这一壶黄酒，方浩总共只喝了不足两个满杯。

春莺把酒壶里剩下的酒全倒在了两个杯子里，然后对着方浩说："为今天快乐的晚餐和往后真诚的合作，干杯！"然后把方浩的杯子碰得"咣当"作响，既而张口仰脖，接着是酒杯底部朝上，最后亮着杯底说，"我已经干了，你一个男子汉不能拖泥带水吧？"

方浩什么也没说，下巴一挺，把杯中的酒直接倒进了咽喉深处。至此，今天的聚餐主题似乎还没有开始，因为春莺原本说是要请教瓷器方面的问题。

二人起身离开酒馆，春莺已有些步履不稳了，不知是有意还是无意，有时撞在了方浩身上，飘忽迷离的眼神中，流露出没有言说的期待：能扶我一把吗？

但方浩目视前方，只是步履稍放慢了些，似是没有注意到春莺的神态，又似是有意避开春莺的眼神。

出得门来，春莺已是一副酩酊大醉的样子，她那平日清澈得犹如秋潭的眼神已经有些迷乱，那一双一单的眼皮使她显出不同一般的妩媚，原本梳理得整齐顺滑的一头黑发在晚风中飘零。

她的身体猛烈晃动了一下，方浩担心她跌倒，一把将她扶住。春莺趁势靠在了方浩的肩头，她身上的香气伴着酒气向方浩阵阵袭来，相伴的还有温柔的声音："你送我回家好吗？"

方浩略一迟疑："行。你先站好。"然后招呼了一辆黄包车，将春莺扶到车上。

春莺说了声"你也上来"，并把手伸向方浩。

但方浩以手示意车夫起步，然后自己跟在车后一路小跑。

春莺住在麻石弄，这条胡同形成于宋代，因地面全用麻石条铺就而得名，每一块麻石都已变得光滑凹凸不平，见证了景德镇的千年沧桑，是景德镇人人皆知的一条弄堂。到了春莺的家门前，方浩扶着春莺下了车。春莺乘势一把抓紧了方浩的手，身子左摇右晃，脚步忽轻忽重地往院子里走。到了门边，春莺摸索了好一阵，掏出钥匙开门，但她依然没有放开方浩的手。春莺的手上力气不大，但手的绵软、温度和其中传递的心语，有着老虎钳子一样的威力，足以使世界上许许多多力大无比的男人无力抽出自己的手掌。

方浩有些心慌意乱，失去了对手的惯常控制。但一阵晚风拂过脸庞，使他猛然想起了什么，一把挣脱了春莺的手，说了声"车夫还等着我哩"，然后几步小跑，跳上了正在离去的黄包车。

春莺紧紧地靠在门框上，眼前一片迷蒙。耳朵听着那黄包车的声音由强变弱，最后消失在夜的微茫里。

日本同学

一个日本考察陶瓷的代表团慕名来到了景德镇，这是海外又一个对景德镇美术研究社大有兴趣的参访团。

会长本有沉疴在身，近日又感风寒，便指定方浩接待日本客人。

日本代表团团长名叫冢田次郎，很是年轻，还没能蓄起日本男子标志性的仁丹胡子。方浩不知道的是，他出身于日本一个世代制瓷的家族，当年在祁门发生的盗采中国优质瓷土的事件，其背后的策划者、指挥者便是这位冢田的父亲。

冢田却很了解方浩，竟然知道方浩曾在日本东京工业大学留学，因而特别申明自己也是从这个学校毕业的，与方浩是校友加系友，主动用并不流利的中国话同方浩热情攀谈。方浩礼貌地应酬着，让他刻骨铭心的东京往事又上心头，他下意识地按了一下自己的胸口，似是在抚摸尚未愈合的伤口。他还特意把冢田认真地看了几眼，以分辨一下自己当年是不是见过这个日本人。

交谈行将结束时，冢田次郎直率地问了一个他很关注的问题："御窑关闭之后，贵国的制瓷水平是不是下降了？"

方浩告诉客人：从某些方面看，特别是从制作只供宫廷专用的瓷器看，确实下降了。因为现在已经不能像过去那般不计成本地制作瓷器，国力也无法支撑这种很不合理的制瓷制度。但，中国的陶瓷文化底蕴深厚，从整体而言，御窑厂关闭，对中国的瓷业影响有限；从长远看，则会有利。

冢田很客气地点了点头："我在景德镇大街上的店铺里，看到一些瓷器标明为御器。这些瓷器究竟是过去御窑厂的产品，还是现代仿烧的产品？"

"二者都有。"方浩据实作答。

"如果标记为御瓷，却是当今仿烧的，那就实则是假瓷伪品了。在中国，为什么假瓷的制作和销售可以大行其道？"这个日本人表面上客客气气，可是说出来的话却如锥如刺。

方浩平静地回答：仿制古瓷并不能简单地归结为造假。适度仿制，对传承文化、改进工艺、提高造瓷水平大有帮助，所以，仿造古瓷代代有人，并有名品。十七世纪，在荷兰有一个城市专门仿造中国的青花瓷，并且水准很高，名闻欧洲。贵国也有人仿造中国瓷器，如奈良三彩仿的便是唐三彩。当然，粗制滥造，只在借此牟利则又当别论。

"仿造之风大盛而又无人监管，会不会使越来越多的人制假造劣，从而影响中国瓷器在世界的声誉？"

方浩觉得冢田的问话已是锋芒毕露，便忍不住来了一段暗藏锋芒的话：这要看怎么说，瓷器与一般产品大有不同，从事实来看，仿造有利有弊。中国当下许多人仿制古瓷则还另有苦衷，自进入近代以后，中国屡遭外国侵略，国衰民苦，制瓷业及各类产业都受害极深，一些瓷人不得不仿制古瓷名瓷，以此延续瓷业并作为谋生手段。

冢田次郎显然听出了方浩的话外之音："老同学，我只是出于对贵国瓷业的关心，随便问问。"

"谢谢，我也只是为了让日本朋友乃至全世界更多地了解中国瓷业。"

屋里响起了双方不太自然的笑声。

会见后，方浩陪同观看陈列在展厅的作品。日本客人看得极为仔细，有时会在一件瓷器前伫立许久，还时而相互小声议论。

冢田次郎的目光像手电筒的光柱一样，落在了一件乌金釉瓶上。

但见那瓷瓶釉色深黑，很像是被古墨涂满，却又光彩四溢，有如墨池曜日。这种釉称作"乌金"，形象地标明了它的外在特征，也贴切地道出了其内在品质。

冢田立即意识到了这乌金釉的独特品质和别样珍贵，问："日本有'天目'黑釉陶瓷，这乌金釉是不是与天目瓷有着渊源？"

这位冢田同学很不简单，不仅在瓷器方面懂得很多，而且话中还往往大有深意。

方浩告诉冢田：这乌金釉创烧于中国明代成化年间，但釉色很不稳定，至清康熙朝才烧成了极好的乌金釉瓷器，后又长时间失传。现在经过多年努力，重新烧成，施用乌金釉的中国瓷器还曾在巴拿马万国博览会上获得金奖。至于贵国那天目釉黑瓷，本出自中国福建的建窑，日本镰仓时代的僧人来中国留学时，带回日本，加以仿制，并命名为"大目瓷"，与乌金釉并无关系。

冢田很礼貌地点了点头，既而问了一个相关的问题："老同学，中国瓷器最早是什么时候传入日本的？"这个问题似是请教，又似是诘难，是一个并不好准确回答的问题。

当日本访客们的目光全都聚集在方浩脸上的时候，方浩却没有直接就这个问题作答，而是从容不迫地讲起了一个历史上的真实故事：北宋时，有个叫成寻的日本人来到了中国。神宗皇帝接见时，问他对中国什么物产最有兴趣，并列举了丝绸锦缎、红茶绿茶、名人字画、珠宝牙雕等物供他选择。但成寻只是提出，很想得到中国的瓷碗和香药。于是，这位日本朋友如愿以偿地得到了他需要的东西。在日本，也许还能找到中国一千年之前的瓷器。这个成寻的聪明在于，不仅得到了他喜爱的瓷器，而且还可能从中研习瓷器的制作方法。当然，还有比成寻更有眼光、更有作为的东瀛来客。明代中期，日本有一个叫五良大浦的曾在中国潜心学习制瓷整整五年，他还取了一个中国名字，叫吴祥瑞。日本制瓷能有今天的水平，这个人的功劳很大。

听了方浩的讲述，日本访客连连点头，冢田回应说："我熟知五良大浦这个人。可见中日两国的交往源远而流长，理应延续和加强这种交往。"同时要求到作坊里作实地考察，因为他发现，研究社附设的制瓷作坊就在近前。

方浩带着日本参访团走进了作坊。作坊里设备简陋，炉窑窄小，工匠不多，主要是烧制社成员创新的作品。客人很难想象，许多瓷器珍品就是在这里研制、烧造出来的，这很像是铁匠铺里造出了机枪大炮。

一位釉工的动作引起了冢田的极大兴趣，只见他用一根粗长的木棒在大釉缸里不停地搅动，釉缸里浓汤一般的釉料顿时翻江倒海。停止搅动后，他把手掌伸进缸里，再快速抽出来，平放在眼前，眼睛一眨不眨地注视着手指上的汗毛。

冢田不明白这是在干什么，好奇地向方浩求问。

"这是调釉，他是在根据釉浆黏糊在汗毛上的厚薄程度来判定釉的稀稠，以确定是否可以使用。"方浩回答。

冢田次郎听了很是惊讶，这实在是古老而又高超的技艺。他继续屏息静气地注视着施釉，但见工匠们根据器形和釉料的不同，采用了蘸、荡、浇、泼、刷、吹等多种方式，把釉施用到瓷胎上，让人眼花缭乱，每一种方式展示的不仅是技术，也是艺术。

最让人且惊且叹的是吹釉，吹釉人手持一个长有七八寸、径约二寸的竹筒，竹筒里装进釉料，一端蒙上细纱。釉工鼓起腮帮子，用嘴对着竹筒里用力猛吹，液态的釉料便像细雨浓雾一般，通过那层细纱，飘洒在坯胎上。

方浩告诉客人：这种吹釉少则三四遍，多则十几遍，难度在于要吹得厚薄均匀，精细的大器需要使用这种方法施釉。

冢田次郎听了，不由得暗想，这中国的制瓷业真是有如马里亚纳海沟，深不可测。

冢田走向了施用乌金釉的工作台。一位工匠正在施釉，从质地、外形、色泽看，乌金釉和其他釉料相比，并无明显差别，一样的犹如泥汤，一样的黄中带灰还微红，可为什么施用了这种釉料的瓷器，入窑烧造后，会魔幻般地呈现出乌黑锃亮的颜色呢？冢田眼神或聚或散，脑袋时高时低，全神贯注地看了许久许久，似乎要洞察出其中的奥妙所在，他恨不得把身子沉到釉缸里，细细体察一番这釉料为何如此神奇。

也许是作坊里混有的多种气味的刺激，冢田次郎忍不住连打了几个喷嚏，然后掏出手帕按了按口鼻，却不小心将手帕落在了那专装乌金釉料大缸的缸沿上。他赶忙去拾取自己的手帕，但有一只手已抢在他前面把手帕捡了起来，这是方浩的手。

就在冢田次郎一愣神的时候，方浩把冢田的手帕稍加折叠后，交给了身边的一位工作人员："赶快拿去洗涤，务必彻底清洗干净，以表示对外宾的尊敬。"

"不碍事，不碍事。不劳洗涤，不用麻烦。"冢田次郎很礼貌地谢绝，还一边伸出手，要取回自己的手帕。

方浩轻轻挡住了冢田的手："你是尊贵的客人，又是我的同学，怎么能让一方带有釉料的手帕放在你的衣兜里？"

"不不不，我自己弄脏的手帕，我自己清洗最为合适。"冢田坚持要取回自己的手帕。

"因为那上面沾的是中国的东西，中国人帮您洗涤，理所当然。"方浩说得客气而又坚决。

冢田显得有几分无奈，转而问："那我什么时候可以见到我的手帕？"

"晚上八点半，我会准时送到你下榻的旅店。"

冢田似乎还想再说什么，但却没有说出来，同其他人一起离开了。

晚上，日本考察团的活动是观看瓷偶戏。瓷偶戏是在木偶戏的基础上发展起来的剧种，台上表演的是各种神态毕肖的瓷偶，台后另由人配合剧情和瓷偶的动作说词唱曲，还伴以丝弦鼓乐，是陶瓷艺术和戏剧艺术的完美结合。在欣赏具有地方特色戏剧艺术的同时，还可以品味到精美绝伦的瓷器艺术，在世界上绝无仅有。冢田一直盼着好好地看一场瓷偶戏，但他今天在剧场却是心神不定，时而兴致勃勃地盯着舞台看戏，时而若有所思地抬起手腕看表。快到八点半了，为了他的手帕，他忍痛割爱，带了一名随员提前从剧场回到旅店。

方浩如约而至，冢田热情地让座。但方浩没有落座，把一个不大的信封用双手递给冢田："这是给您的手帕。"

冢田高兴地接过，从自己口袋里掏出一个早已备好的信封，也是双手递向方浩："这是给您的东西。"

"是什么东西？"

"一点小意思，为了表示对您的感谢。"冢田的语调和神态都是一副至为诚恳的样子。

"不用谢。中国有句古语叫'君子之交淡如水'。"方浩说完，转身离去。

冢田很客气地把方浩送到门外,然后回到房间,带着几分兴奋,伸出两个手指,去信封里掏取手帕。但抽出来一看,却发现不是自己掉在釉缸上的那块手帕,而是一方崭新的丝制手帕,信封里还附有一封短信,写的是:

> 冢田次郎阁下:
>
> 沾了釉料的手帕经反复清洗,已大失模样,不宜再用。故特地买了一条新的丝制手帕作为补偿。丝绸和瓷器一样,都是中国饮誉世界的物品,值得使用或珍藏。
>
> 顺祝康乐!
>
> 阁下的中国学友　方浩

冢田心绪骤变,由兴奋变成了失望,由失望变成了气恼,由气恼变成了愤怒。他原本想用手帕沾上一点乌金釉料,带回日本作成分分析,以便研究、仿制。他还准备了一千美元要送给方浩,为了表示感谢,也是为了今后的交往。可是如意算盘都一一落空,他的愤怒最后变成了骂声:"八嘎,总有一天要让你们中国人知道我的厉害,要让这景德镇付出代价。"他从上衣口袋取出自来水笔,在那新手帕上写下一行文字:大正十三年七月。

这一切,方浩当然都不会知道。他在倾力做着下一次展览的准备工作,他正逐步从痛苦的阴影中走了出来。

清明时节

清明节是人世间的节日,也是大自然的节日。大地葱绿,江水生碧,暖风吹云,雁去燕来。对景德镇制瓷人来说,清明节还别有意义:所有柴窑在春节至清明节这段时间不得点火烧瓷,这叫禁春窑。清明节后,便是火起烟腾的烧窑季节,这使景德镇的清明节更有时间标识的意味。

　　昌江因为清明节的到来而显得有些拥挤，大小有别、形状有异的各种船只往来穿梭。驾船人不断地大声吆喝，提醒相邻的船主小心驾驶或是快速避让，以免船只相互碰撞。瓷业极为兴盛的明代，有诗人吟道：陶舍重重倚岸开，舟帆日日蔽江来。只是现今已没有了往昔舟帆蔽江的繁盛景象。人们惊奇地发现，江流中一些乘风顺流急进的船上，坐满了穿着军服的士兵，难道附近已经或是即将发生战事？

　　方浩乘着摆渡船过了昌江，只见路上踏青上坟的人不少。虽然行人少有欢悦的表情，但也并没有"欲断魂"的模样。人们脸上的表情是平静的，这时更多的是对先人的怀念而不是悲伤。

　　清明时节，这里会有其他地方不会见到的风物。路边有一座座硕大的新坟，但并不是真正的坟墓，连衣冠冢也不是，是一些制瓷烧窑的行业帮会在荒野堆设的假坟，称作"义冢"，象征着无后嗣的逝者集体安息其中。每逢清明节，老板会带着香烛果品，率领员工对着义冢行礼祭拜，表达对故去同行的缅怀与追念，也是对孤魂野鬼的怜悯与安抚。设义冢而拜，充满人世间的情义，闪射着人性的温暖，那些长眠于地下的永逝者，如果有知，一定会感到欣慰。一些义冢前青烟飘起，有人影晃动，在躬身行礼。方浩隐隐看见了祝老板、鄢老板等人的身影。

　　方浩在吊祭父亲后，习惯性地对着祁门的方向燃香跪拜，以此表达对母亲的孝意。接下来，他以悲怜的心情吊唁刘樱，还会以复杂的心情思念着江云焰。转眼间好几年过去了，那江云焰不知现在何处，是生是死？所以，每到这个日子，不管天空是雨是晴，他的心里都是乱纷纷的。

　　离开墓地，一路上但见次第盛开的杜鹃花争奇斗艳，灿烂的油菜花金黄一片，艳丽的山桃花粉红照眼，还有各色不知名的春花缀满山野，大地犹如一幅用五彩绘成的巨大画卷。画卷上有彩蝶翻飞，还飘荡着白白的、淡淡的云朵，忽而有鸟的身影从眼前掠过，同时在耳畔留下几声清脆的鸣叫。这些使宁静的画面有了动感，有了生气，有了万物竞长的蓬勃气势。这一切的一切，让他心情变得轻松，也让他忽地涌起对岁月流逝、物是人非的伤感。

　　方浩信步走进了一家餐馆，他要在这里享用一种当地特有的时令美食，这种美食叫"清明粑"，是清明节的应时食物。一种野菜叫"水菊"，形状很像滴落在地上的眼泪，在传说中，正是古代一个女子悼念丈夫流尽的眼泪，化作了一株株水菊。这野菜大有灵性。总是适时在清明节前后发芽长叶，正堪食用。清明粑以糯米面做成外皮，用"水菊"的菜汁染成了青绿色，赏心悦目；内馅是猪肉加时蔬，并掺有辣椒末，吃起来软糯、清香、浓辣。因为一年只能吃到一次，因而成为了人们在清明节必然选择的美食。

方浩在等待"清明粑"上桌的时候，听到旁座有人在谈论：国民党和共产党正在广东整训军队，准备联合北伐。北洋政府也正调兵遣将，做着应战的准备，一场南北大战，看来难以避免。方浩联想到上午看到的运兵船，一下把清明节、悼亡、战争这些词连缀在了一起，中国的南北争战似乎是一种历史的宿命。明年清明节时，不知又要添多少新坟？心中不由得一阵哀伤。

初秋，美术研究社第二次作品展筹备就绪。三个展厅全部摆满瓷器，一件件珠光宝气、华彩耀眼，一件件各具特色、各得其妙。无论是数量、花色还是质量，都大大超出第一次展览。

阵阵秋风卷过长空，明净的天空飘起了灰色的云，苍穹顿时被看不见的画师调成了灰中带白的颜色。参加瓷展开幕式的各色人等，陆续到场，聚集在美术研究社前面的空地上，如饥似渴地等待着一次瓷器的豪宴、一场瓷艺的盛典。从不会在重要场合缺席的爆竹在天上地下放纵地翻着筋斗，用带着硝烟味的声响大吵大闹过后，热烈的气氛达到了高潮。

先是浮梁县副县长致词。原定是县长致词，不知为何临时换成了副县长。方浩心里一阵纳闷。

接着是美术研究社社长讲话。社长显得气弱无力的讲话刚刚开了个头，空中骤然响起了"噼噼啪啪"的声音。

主持开幕式的是已经成为美术研究社副社长的祝鸿来，他带着斥责大声喊道："听着，各位好好听着，爆竹不要再乱放了。没有放完的，等开幕式结束后再放！"

但主持人的话没有起任何作用，接着是更猛烈、更密集的"噼噼啪啪"声在空中震响，在耳边回荡。更让人不可思议的场景出现了，许多全副武装的士兵，成散兵线围了过来，枪上的刺刀闪着让人胆裂的寒光。人们这才明白，刚才响在天空的并不是爆竹声，而是子弹飞出枪膛的声音。在场的人顿时一个个心惊胆战，既而面如死灰，本能地转向拔腿逃开。但刚跑了几步便惊恐地站住了，手端着长枪的士兵已步步逼近。谁也别想逃开，谁也不敢逃开，有的人像双腿骨折了似的一下瘫坐在地上。

众人心悸腿软，也头脑发蒙：从哪里突然冒出了这么多士兵？又荷枪实弹地跑到这瓷器展览会上干什么？

答案很快有了。一个三十来岁的军人大踏步走上了主席台，站在了副县长刚才致词的地方。这是一个身材敦实的黑脸汉子，眉毛又浓又乱，一脸杀气。他把手中乌黑的手枪朝天一举，子弹带着"啪啪"两声脆响飞向天空，枪口冒起淡淡的蓝烟。现场一阵骚动，但很快像空空的柴窑一样安静了。

这位军人把枪提在手里，操着北方人的口音大声喊着："老乡们！大家听着，我们是北京政府的军队，刚从战场上下来。现在国家像一座窑顶塌陷、窑门歪斜的柴窑，全得靠我们用枪杆子顶着。但是，马要夜料牛要草，军队打仗要给养。本人是孟连长，今天特奉师长的命令，前来借粮。"

众人一个个像遭了鞭抽棍打一样，"哎哟""啊哟"地惊叫了起来。

孟连长接着由大喊改为了大吼："为了不打扰百姓，我们的大部队暂时驻扎在浮梁县城边，只有我带了一个连的兄弟前来办事。事情办得顺利了，我们会很快撤离；如果不顺利，大部队将随时开进景德镇。"

军队借钱要粮应当找政府才对。大家赶忙用目光看着副县长，副县长一脸恐惧，一脸无奈。原来，昨夜这孟连长便带了几个兵丁闯进了县长家里，凶狠地索要军饷。县长声泪俱下地求告：县里财政困难，钱库空空，就是把我扒了皮也熬不出几两油来。他又告诉这位连长，景德镇有一些富人，可以筹措到一些军饷，恰好今天有这个瓷器展览会的开幕式，有钱人人都会出席。于是，这孟连长今天带着士兵来到了这里，这也是县长今天没有露面的原因。

全场寂然无声，人们连大气也不敢出。

孟连长又大声喊着："我知道，你们景德镇有三尊大佛、四大金刚、十八大罗汉，还有五位观音，另有许多腰缠万贯的行会帮会的头人，统统留下来。如果谁想开溜，嘿嘿，那你就得想好了，是你的腿跑得快还是我的子弹跑得快。"说完抬起手，对着人们头顶的上方又是"啪啪"两枪。

孟连长接下来念了有诨号、有头衔人的名单，这些人一个个心惊肉跳，顿时像被猎人的夹子夹牢了脚脖子的动物一样，无法动弹。其他人则像被浓烟熏了窝的山蜂，慌乱地四散离去。

被孟连长点到名字的人全被带到了室内。方浩本不必留下，但他还是留下来了。自己是研究社的书记长，是这次展览的实际负责人，从道义上来说，这个时候不应当离开。

那孟连长见刚才是祝鸿来主持开幕式，便认定祝鸿来是一群鸭子中游在最前头的那一只。他伸出一个胡萝卜似的指头，指着祝鸿来："我人生地不熟，这件事就交由你负责办理。你如果办不妥这件事，嘿嘿，那下场……"未等把话说完，便又是抬手一枪，挂在对面墙上的一块瓷画板应声落地，掉在包装瓷器用的稻草上，摔成了三四块。祝鸿来的心里也有瓷板掉地的声音。

方浩心中猛地一震。这中枪落地的是王青先生的画作，就是准备作为礼物送给方浩和江云炀的那幅《比翼鸟》。因为这幅画艺术水准很高，还别有来历，所以方浩对这幅画感情殊深，便作为王先生的代表作挂在了美术研究社，每当看到这幅画，他心中都会涌起难以言表的温暖，唤起无比美好的回忆。可万万没有想到，这幅费了先生万千心血、系着他万千感情的瓷画，却落得如此一个让人伤心的结局。

方浩本能地冲到了墙脚下，把碎瓷块一一捡拾起来，捧在手里怔怔地看着。两只鸟已变成各在一块碎片上，一只鸟的脑袋开裂，那本活灵活现的双眼已经失神，似是渗出了泪水，那泪水中还隐隐带着血色。

方浩把破裂的瓷块细心地捡起来，包在一张大宣纸里。

孟连长见状，耸了耸眉毛："难道你们景德镇人连破瓷片也舍不下？真是猪把虎崽当儿子，怪了。"

方浩忍不住接话："我们制瓷人把瓷器看成自己的孩子，连猪和狗都会心疼自己的孩子，何况是人。"

"哼，那今天我倒想知道，是'孩子'重要，还是自己的性命重要？"孟连长的话语和表情带着不加掩饰的恶意。

祝鸿来担心横生不测，不仅方浩可能马上会有杀身之祸，连自己和在场的人都可能一起遭殃。人在矮檐下，哪能不低头，何况在真刀真枪面前？叫你下跪就得让膝盖着地，让你喊爹就不能叫叔，便赶忙装出笑脸，接过话来："当然是性命重要。孟连长，我们听您的吩咐。"

孟连长的怒气似乎小了些："那就好。你一头白发，吃过的盐比很多人吃过的米还多，看来还是懂点人情世故。"显然孟连长把祝鸿来看成一个上了岁数的人，也认定这是一个软柿子。他瞪着眼冲着祝鸿来说，"我们几千人马，人吃马嚼，开销不小。不过这次要钱不多，你们凑出一百万块大洋即可。"

祝鸿来心里一阵惊骇：我的天哪，一百万块大洋要卖多少船瓷器才赚得来？

孟连长指了指端着枪的士兵："当然，你们不愿拿也行，那就只好让士兵上街，逐铺逐店、挨家挨户收取了。"

方浩心想：这不就是纵兵劫掠吗？他对着孟连长侧目而视。

祝鸿来战战兢兢地回答："老总，我们尽量想办法，尽量想办法。只是……"

孟连长看了一眼失魂落魄的祝鸿来，还有一个个脸色惊恐的其他人，似乎动了恻隐之心："做生意一般是一个出价、一个还钱，虽然这不是生意，但我还是给你们一点情面，八十万块吧。"此刻他心里想的是，一百万块大洋不过是随口说的一个数，看来是多了点，只要八十万块大洋到手，便是大功告成，以速战速决为上。

"好。我们认真去办，认真去办。"祝鸿来回答。

孟连长这时收起了枪，脸上由乌云堆积变成了晴天多云："这就对了。我希望是一个大家都满意的结果，而不是墙上那块瓷板上两只鸟的下场。"

"老总，是，是。"祝鸿来的头像春瓷石的水碓一样上下动着。

"你到底怎么办，我不管，一个时辰后给我结果就中。听说景德镇瓷器天下有名，这里摆了许多瓷器，我今天倒要好好见识见识。"孟连长说罢，向门边的两个士兵使个眼色，转身走了出去。

祝鸿来擦了擦脸上的汗，对着屋子里惊魂未定的人们说："事情大家已经明白了，阵势大家也清楚了，大家说说怎么办吧？"他左一个大家，右一个大家，用意很明显，这事关乎大家的身家性命，千斤重的石头众人合力一起抬。

"大家"是一个个又惊又忧又怕，惊的是刀已经架在了脖子上，忧的是肯定要出血破财，怕的是破了财也性命难保。

有人小声地说："八十万块大洋，数目实在太大了。能不能再说些好话，请孟连长再减一些？"

祝鸿来压低声音喝道："真是现世，都什么时候了，还想用性命当码子讨价还价？有本事，你向孟连长说去！"

无人再开腔，屋里像坟地一般悄然无声。这时，传来了门边的士兵拉动枪栓的声音，屋内人顿时又是一阵惊恐。

不能犹豫了，祝鸿来很快提出了一个方案："各人先报一个出钱的数额，然后再细作商量。"

刚才提出要商减大洋数量的人又说话了："祝老板，你先报个数，我们好比照着拿。"

祝鸿来在心里骂着：你这个狡猾而又吝啬的家伙。但此时无法争长论短，因为一个时辰内不能给孟连长满意的答复，首先挨刀出血甚至脑袋落地的便是自己。他比平日做生意时更快速地在心里盘算着：在场的有称作大佛、金刚、罗汉、观音的三十人，另有二十来个行会帮会头人。船搁滩头众人推，由今天在场的人和行会帮会共同承担，各行会帮会共出五十万块，其余三十万块由今天在场的有诨号的人分摊。

他的想法说出来后，大家纷纷表示同意。

开始讨论有诨号人的分摊办法。祝鸿来想，不能再左推右搡耽误时间，还是自己先带头报个数，尽快把事情了结："三十人分摊三十万块，一人正好一万块。没啥好说的，我出一万块吧。"

但接下来，各人认领的数目完全出乎他的意料。只有鄂老板一人参照祝鸿来的数额报了一万块，其实他远不如祝鸿来有钱，家产只是勉强够罗汉级别，但他选择了"花金耗银事小，息事宁人为上"。其他的人有几个报了八千块，更多的只报了七千块，还有一些人只报了五千块。大多数人的想法是：你祝鸿来的富有程度尽人皆知，我们无法同你拉手比齐。祝鸿来粗粗统计了一下，总共凑成了约二十万块，还差十万块。

祝鸿来急了，不能再又咳又喘了。他一脸阴沉地说："事情必须尽快办妥，我再提一个方案，请大家掂量。"接着他说出了新的方案：

在每个人认领的基础上，把三十人大致分为二等，前十个人每人再出四千块，后二十个人每人再出三千块，加在一起便正好是十万块。

祝鸿来表示自己再出四千块。鄢老板也表示再出四千块，还苦口婆心地劝大家咬咬牙，一起渡险河、过难关。

大家一阵抱怨、叫苦后，表示认可。但有一人三番五次说家里实在拿不出那么多钱来，不愿再加。

祝鸿来没有多加犹豫，很大方地表示：这三千块的缺口不劳大家再凑，算在我头上，我一共出一万七千块。

大家不再出声，八十万块大洋的数量终于凑齐。

祝鸿来便赶忙出门去找孟连长，以求尽快了结这攸关性命之事，离开这生死之地。

孟连长正好把陈列着的各种瓷器大致看完，见祝鸿来走了过来，伸出了大拇指："景德镇瓷器果然名不虚传，实在是漂亮。"又问，"事情办得怎么样？"

祝鸿来见孟连长看上去情绪很好，心中的害怕减了三分，迅即在心里萌动一个念头：也许可以要求再少给一些？

祝鸿来开始习惯性地讨价还价了："孟连长，事情办得还算是顺利。只是反复商量，各人连衣缝裤边都抠过摸过以后，觉得还是稍稍有点困难，恳请孟连长高抬贵手，作一点点豁减。"说话间，他把右手的拇指和中指尖快而轻地碰了好几次。

"豁减？减多少？"孟连长说着，脸上一副让人难捉摸的表情。

祝鸿来一听这话，又一看孟连长的神情，心中暗想，听说恶鬼强盗都会有发慈悲、生善心的时候，莫非今天要应验？便壮着胆子说："能凑成七十八万块，并且下午就可以送来。"

孟连长拍了一下大腿："中，那就七十八万块，老子办事就图个痛快。我看这景德镇确实不错，名气大，瓷器好，人也不坏，我孟平山这回就算和大家交个朋友吧。"

祝鸿来心里说：哼，谁会与强盗交朋友？但一阵惊喜掠过全身，想不到硬着头皮一开口，又省下两万块大洋，省下的可也是赚下的，并且这是对着枪口省下、赚下的，价值更不一般。

祝鸿来和孟平山一起来到众人面前。

祝鸿来告诉大家："已和孟连长谈妥。大家马上回去取钱，我和方浩在这里等着大家，下午向孟连长交割。"祝鸿来很识相，知道孟连长不会让自己离开，所以主动提出留下来，等于做了人质。他也料定，这些兵匪只是勒索钱财，不会轻易夺人性命。

孟平山把手一挥："就这样，你们都抓紧去取钱，谁也休想要刁使滑，半块大洋也不能少。"

大家脚下生风，仓皇出门而去，屋里桌椅板凳挪动、倒地的声音一阵乱响。

孟平山这时半眯着眼，对祝鸿来说："祝老板，你这一头白发还真没有白长，将来还准能成大事。"

"哪里哪里，主要是孟连长特别关照，大家明白事理。"

接着两人你来我往地交谈了起来，似乎是一对老熟人，甚至像朋友似的开始聊家常。

孟连长告诉祝鸿来，自己老家附近有一座很像瓶子的山峰，父亲便把他取名为孟瓶山，小名叫瓶子。他不喜欢这个名字，十六岁从军时，他进到一个古寺里，焚香跪拜，请老和尚为他掐算人生前程。和尚给了他一句四个字的偈语："遇瓶则动。"他不明白这四个字的含义，请求老和尚细说分明，但老和尚却像入定了似的，不再言语。他自己琢磨好几天，觉得悟出来了，便是名字中的"瓶"字需要改动，便改名为孟平山。

方浩还从那口无遮拦的孟连长嘴里听出来了：这孟连长属北洋军阀刘宝提师长的部队，在湖南和江西交界的地方，因为长官轻敌，外加指挥失当，被北伐军打得抱头鼠窜，军队要从这里向徽州祁门方向撤退。

下午，被摊派了钱款的行会、帮会和个人都如数带着大洋，由人车推肩挑，送到了美术研究社。祝鸿来自己先一一点数收下，那些交了钱的老板便一个个像逃避瘟疫似的跑开了。

个人、各行帮会的银元送交完毕后，太阳已经西斜，屋里光线开始变弱。孟连长大摇大摆地走了进来，叫士兵们就地取材，拿来许多绘画写字用的纸张，把大洋十个十个地裹成一卷，再十卷十卷地打包成一捆，又十捆十捆地打成大包，再一大包一大包地往准备好的推车上搬运。当最后一批银元点数打包的时候，孟连长带着几分满足地笑了，因为他发现，总数竟然比七十八万块还多出了三千块。

祝鸿来也变得像跨过了鬼门关一般轻松,他朝孟平山弯了弯腰:"祝孟连长一路顺利。"他盼着这个魔鬼快快消影遁形。

却不料,事情并不会这么简单。

养 伤

孟连长对着祝鸿来冷笑了一声:"你想让我尽快离开,对吧?扯淡!事情还没有完哩。"

祝鸿来一听,顿时像刚跨出了鬼门关又退回到了阎王殿。他习惯性地用手背揩了揩脑门上的汗,小心而又紧张地问:"连长还有什么吩咐?"

孟平山指了指陈列室,像扣动冲锋枪扳机一样吐出了一串话:"我在看这些瓷器的时候,就在想,我确实和瓷器有缘,我原名孟瓶山,这次是第一次真的见到瓷瓶如山。那老和尚说'遇瓶则动',想不到今天在这里灵验了,所以我今天得动动这些瓶瓶罐罐。"

"长官想怎么个动法?"

"让这些瓷器挪挪窝,全部带走。"

祝鸿来心想,不动刀动枪就行,这些个瓷器怎么动都行,便应诺着:"好好好,照孟连长的意思办。"

方浩却急了,这些瓷器都是窑中珍品,是许多艺术家无数心血的凝结,其中许多是第一次使用的新彩新釉新工艺,如果被劫走了,不仅这回展览会办不成,而且对美术研究社、对景德镇瓷业都是一个极大的损失,便忍不住出声了:"连长,按照约定,大洋已尽数交付你了。先前并没有说到这些瓷器。"

孟连长脸一横:"现在再说也不晚。先前老子没有想到这瓷器竟会如此漂亮,这么可爱。就像爷们见到漂亮的娘们,怎么能不起心?"

方浩清楚地知道,此时仅凭一己之力,做任何抗拒,都不过是以卵击石,但"留住瓷器"的强烈心愿,难以阻挡地驱使着他要拼尽全力,甚至不惜拼上性命。他找了一个理由:"孟连长,这些瓷器跟着你一路奔波,易破易碎,你不如发点善心,做件好事。这样一来,景德镇人也许会永远记得你。"

"你又在说疯话，说屁话。隔壁家的公马母驴产不产骡子，用得着你操哪门子心？至于景德镇人记不记得我，算什么鸟事？"

就在这时，脚步声杂响，士兵们押进来十多个人，有男有女，这些是茭草行专门从事瓷器包扎的杂工，孟连长已把一切都想好了。他大声命令士兵："给我搬。抓紧捆牢扎紧。"

伴着人影晃动和轻重不同的声响，瓷器一件件从架子上搬了下来，放在了地上。茭草行的人便手脚不停地用稻草进行包扎，就像平日里做的那样，不过心里都带着恐惧，因而显得手忙脚乱。

方浩直觉得这是在自己的身上剐皮割肉拆骨，他真的像是疯了，当士兵要取走一件大型乌金釉作品时，疼痛、愤怒包裹住了他的全身，既而化作了无畏，他奋不顾身地冲了上去，要阻拦那些如狼似虎的士兵。这下可真的是鸡蛋往石头上撞，身子往刺刀上扑。孟平山抽出手枪，对准方浩扣动了扳机，只是因为弹夹里的五颗子弹今天已经打完，所以枪声没有响起。一个士兵举起枪托，对着方浩用力砸了两下，方浩挣扎着摇晃了几下身子后，倒在了地上……

不知过了多长时间，方浩从昏迷中醒来。睁眼一看，见自己已经躺在床上，屋里有油灯亮着，发出昏暗的光芒。鼻子里飘进来药物的味道，他明白自己是躺在诊所里。他觉得喉咙发紧、冒烟，浑身疼痛难忍，尤其是头疼欲裂，右臂僵硬，稍稍动弹，剧痛便如有锥扎刀绞一般。

随着一阵脚步声，有人走了进来。方浩费力地睁开眼睛一看，进来的是徐一涛。

原来，方浩被打得昏倒在地之后，便没人理会他。孟平山指挥兵士将所有的瓷器包装好，让强行拉来的挑夫车夫肩挑车运，送到停在昌江边的一只大木船上。

那祝鸿来的神经再也绷不住了，一下跌坐在地上，大口大口地喘气，心跳得像擂鼓一般，好半天才站立起来。不过在大惊大骇之后，他很快换作了大喜大乐。他把孟连长少要的两万块大洋当作了自己的意外之财，他应当摊付的一万七千块大洋实际上一块也没有出。

祝鸿来见倒在地上的方浩口鼻中还有气息，便叫人找来了与方浩关系甚笃的徐一涛。

方浩这时大致恢复了记忆，有些吃力地问徐一涛："你怎么会在这里？"

"我不在这里，你就会像那些瓷器一样，不知是什么下场了。"徐一涛的话里有欣喜、有愤慨。

"那些瓷器后来怎么样了？"

"听祝老板说，被装上了一艘大船，不知去向。"徐一涛回答。

"这哪是政府的军队？分明是土匪。"方浩愤愤地说。

"是呀，金坨子不如权把子，权把子不如枪杆子，古往今来，大抵都是如此。"徐一涛作为瓷雕行会的副会长，也被摊派了五百多块大洋。

"只可惜了那些瓷器。"方浩说完，眼眶里一片湿润。

望着受伤的方浩，徐一涛叹了一口气说："你要是当年听我一劝，不干美术研究社书记长这破差事，也许就不会遭此大劫大难了。"既而又劝慰说，"也别太难过，养伤要紧。虽然瓷器没有了，只要人在窑在，还可以再造再烧。"

"人病了可以康复，窑坏了可以再挈，只怕是美术研究社经此一劫，很难恢复元气了。"方浩为研究社的命运深深担忧。

"经医生诊治，你的右臂两处骨折，大脑受震荡，至少要两三个月才能恢复，好好养伤吧，研究社的事先放一放。"

方浩看了看徐一涛，想起一件事来："昨天，那个土匪连长一枪把王青先生的一块瓷画打了下来，所幸碎得不算厉害，我已经捡拾起来包在一张宣纸里。你去找到它，寻一个手艺好的锔瓷人修补好。"

"再画、再烧一幅瓷画比修补一幅瓷画省事，何必费这个麻烦？"

"这件瓷画非一般瓷画能比，一定要把它修复好，费用不要与人家讨价还价。"

徐一涛没有再出声。既然方浩说得如此认真，自有道理，那就照办吧。

第一个来病房里探望的竟然是刘承根，这是方浩没有想到的。自从刘樱出嫁之后，二人便很少往来了。刘承根带来了一些糖果和点心，放下后，很关切地询问方浩的伤情，并安慰着方浩："人一辈子难免会有个三灾两难，这一难过去了，也许就一切顺当了。"

方浩满怀感激地点了点头。

刘承根临走时，似是无意又似是有意地轻声说了几句话："当兵的把这次展览的瓷器全都劫走了，真是太可恨、太可怕了。要是见了那件龙尊，可不得动用飞机大炮？你千万得收好藏好。"

"明白。义父的交代时时在耳边，一定会妥加保护。"方浩回答，心里也立即明白，承根依然惦记着龙尊，而并没有像他曾经许诺的：再也不过问。

"太好了。你放在哪儿了？"刘承根似是不经意地询问。

方浩翻了半个身，喊了声："疼死我也。"

刘承根没有再问，便说了声"好好养伤"，出门而去。

刘承根的话触动了方浩。是啊，如果有人知道有这么一件御窑珍宝存世，那就不知要演出多少惊险离奇的戏剧来，甚至是头断血溅的大戏来。他隐隐地为龙尊担忧，也为王先生担忧。

正念着王先生，王青来到了病房。哎呀，如果先生知道那块《比翼鸟》瓷板画已成碎块，一定会伤心动怒，方浩不想、也不敢把这件事告诉先生。可庆幸的是，先生从不愿意参加各类仪式和庆典，所以没有出席昨天的瓷展开幕式，否则以先生的秉性，很难预测会发生什么可怕的事情。

王先生问过方浩的病情，发出了深深的慨叹："世道黑暗，百物不幸。"

方浩担心先生又会激愤狂怒，伤肝伤心，便转换了话题："先生，昨日刘承根来看我，提到那龙尊。如果有人知道有这件尊存世，真不知道会发生什么惊天动地的事情。"

"是呀，豺狼逐肉，世人追宝。所以珍宝身上往往能闻出血腥的味道，还往往附着骷髅的影子。"王先生又是一番感慨。

"既然如此，我们不如把这件龙尊送出去。"方浩觉得这对龙尊、对先生来说，都可能是好事。

"但送给谁？南北方正在打仗，将来天下属谁，佛道神仙都无法预测。连放在美术研究社的瓷器都有人抢，你把这龙尊送了出去，那不如同把肥猪送到老虎面前？"

方浩先是无奈地摇头，接着是信然地点头，然后忧心忡忡地说："我很担心这龙尊会有碍先生。"

"由它去了，我这辈子本是生为瓷器，死为瓷器也。"

先生的话让方浩的心里怦然作响。

王青先生望了望窗户外被风吹得左摇右晃的树枝，若有所思地说："这龙尊问世已快二十年了，现在只有我们几个人知道它的存在，也许并无大碍。江水定能流进大海，乱世总有尽头，这宝贝也终会有出头之日。"

"先生说得对，但愿如此。"

第二天，又有人来看望，是春莺，她手里捧着一束新鲜的野菊花，这个时令已少有花开，菊是秋花中的当红旦角，开得恣意狂放，毫不羞涩，橘黄的颜色溶进了秋天的阳光，灼灼其华。鲜花上还带着露水，使菊花在傲然中添了几分娇艳。

春莺微笑着，就像手中的鲜花。她的声音如秋涧的流水，缓而清丽：早就想来看你。但我知道，刚入院需要治疗，并会有许多亲朋好友来看你，所以等到今天才来，我是带着对英雄的敬意来的。景德镇不像大城市，可以买到鲜花，我便到附近的山上采了这把野花送给你，相信你会喜欢。

方浩确实很喜欢这束带着露珠、散着清香的山菊花，每一枝都很鲜很美，发香带甜，便忘了伤痛，很高兴地说："这来自山野的鲜花，确实有着特别的美丽与芬芳，非常感谢你。"此刻，那鲜花的黄蕊绿叶连同春莺的明眸皓齿，一起清晰地映在他的眼中、心中。

方浩的欢悦表情使春莺笑得更加灿烂："谢什么？我还欠着你一顿饭哩。你出院后，我第一个请你吃饭，表示敬意和慰劳。"

方浩说了声："多谢！"这是一句既不是答应也不是拒绝的模糊话语。

春莺认真地询问方浩的伤情，还俯下身去察看方浩受伤的胳膊。她身上淡淡的香气连同她特有的气息，一阵一阵地飘入方浩的口鼻中。有几次，她那黑色瀑布一般的头发还触及方浩的肌肤，方浩不好意思地连连闪避。

"我什么也没有带，因为不知道你需要什么。"春莺说着，在病床边的桌上放下一个一指长短的圆柱体纸卷，"不必客气，也不要嫌少。"

方浩挣扎着起身，连声拒绝："不可，不可。"

春莺伸出手，触到了方浩的臂膀，方浩便赶忙缩回身子，躺倒在床上。

春莺收回手，对着方浩回眸一笑，然后款款地走出了病房。方浩忽然觉得，她漂亮的五官，以及匀称、丰满而紧致的体形很适宜作绘画的模板。

此后，春莺每隔几天，就会来一趟，每次都会带来她自采的花，并且鲜花在颜色、多少上都有所不同，这让方浩很是感动，也很愉悦，但又有几分不安，几分惶惑。

十几天以后，方浩出院了。出院并不完全是因为伤势已经大致痊愈，还因为他内心并不愿意让春莺一次次来医院送花。他受伤的右胳膊虽然不是很疼了，却仍然僵直发硬，不能自由屈伸，不能做大幅度摆动。也许，再也不能像过去那样如游鱼惊鸿般自由舒展地写字绘画了，他心里一阵隐痛，一阵悲凉。

但一件东西的出现，让他心中和身上的痛消去了许多。徐一涛带来了锔好的瓷画。

方浩接过一看，瓷板的背面镶上了好几条金属薄片，像趴了好几条蚯蚓，实在有些难看。但画的正面却是另一番模样，破成几块的瓷片已经严丝合缝地连为一体，从背面穿过来的铆钉脚很小，并精心地安放在画面颜色较深的地方，子弹穿过的地方和破碎的缝隙处，还用同一颜色的釉彩进行了涂抹。乍一看，整个瓷板浑然一体，宛如旧时模样。

方浩连连称赞锔瓷人好手艺。

"你知道这锔瓷人是谁吗？"徐一涛问。

方浩摇了摇头。

"是我也。"随着一声大喊，一个人走了进来。

方浩很快认出来了，这是余细苟。

这位当年的红炉师傅告诉方浩：那次在路上碰见方浩以后，也觉得流浪乞讨终究不是个事，便回到了景德镇，跟着一位李师傅潜心学习锔瓷。十年过去了，终于在锔瓷行站稳了脚跟，还开了一家专门锔瓷的小店。听徐一涛说这瓷板是方浩要求锔的，很是高兴，今天特来看望方浩。

方浩感慨地说："确是万贯家财，不如薄艺在身。"

"是呀，瓷艺七十二行，任何人都能找到适合自己的一行，连瞎子也可以靠双脚踩练瓷泥营生。我听了你的话，换了一个行当，也换了一种活法。"余细苟兴奋地补充了自己的看法。

三人又聊了好长时间，徐一涛和余细苟离去。

在家将息了一段时光后，方浩回到了美术研究社。当他走进自己的办公室，倚窗向佛印湖方向注目的时候，脸上竟被蒙上了一层轻轻的、黏黏的东西，是蜘蛛网。地上已有一层薄薄的灰尘，脚踩上去，留下浅浅的却很清晰的脚印。一切变得陌生，那曾经陈列了许多精美瓷器的房间，已变得空空荡荡，跟着他的只有自己的脚步声，不时地在屋子里发出惊心的回响。

他想尽快恢复美术研究社。先是找到会长，会长原本年老多病，受了兵丁抢劫的惊吓后，一下病倒在床，无数心血和金钱全都变成了伤心和痛苦，这使他病情更重，一听要恢复研究社，很吃力地说："主意极好，我定当支持。只是我无力再当会长了。"

方浩又马不停蹄地造访了几位副会长，但他们大都心灰意冷。孟连长的吼叫，子弹的呼啸，仍然留在了许多人的心头，叫人心有余悸。人们对灾难的前因后果，往往会有各自的解释。有些人认为，如果没有研究会，没有瓷展，这次劫难或可幸免。

方浩仍不肯息心罢手，继续进门入户，像媒婆般地耐心劝说，最后总算有四十多人愿意留在美术研究社。还让他欣慰的是，王青先生不顾年高体弱，答应暂领社长；鄢老板愿意当副社长，并愿赞助经费；徐一涛、春莺和余同也表示愿意解囊，以帮助恢复研究社。方浩想的是，只要窑中有火种，再添加木柴，就可以燃成熊熊窑火，烧成精瓷美器。也许再过一段时日，研究社又会枯木逢春，欣欣然重焕生机。

所有事情做妥，就像一座柴窑，坯胎已经装满，木柴业已备好，就等待点火了。方浩选定了一个合适的日子，准备举行一个简朴的仪式，把重新油漆过的美术研究社的牌子再度高高挂起。

但局势的突变又犹如一排排亮闪闪的刺刀挡在了面前。北伐军进到上海后，平地卷起了血雨腥风，并波及全国许多地方。景德镇一些大街小巷贴出布告：严禁集会、结社，所有社团一律取缔，凡三十人以上的聚集活动一律禁止。这便意味着，社员大会无法召开，美术研究社也无法存在。曾经风光无限的景德镇瓷业美术研究社至此风吹云散，成为了人们在心中凭吊的历史陈迹。

方浩身心俱疲地来到了王青先生家，伤感地告知先生：研究社无法存续了。

王青叹了一口气说："孟子讲天时地利人和，没有天时，万事莫办。"

"研究社没有了，我便再次失业了，还得重打锣鼓另开张，再谋生计了。"

"天无绝人之路。你自己有什么想法？"

方浩仍然坚守着自己的信念："我想做的还是以新艺新法去育才、兴陶。"

"只是现在景德镇没有像样的瓷业学校，只有一些非正规的、短期的职业培训班，难有大的作为。"

"我很早便有一个愿望，去上海学习美术教育，也增长见识，然后在适当时候再回景德镇办正规的瓷业学校。"方浩说出了自己的想法。

王先生表示赞同："这个想法很好。我有朋友在上海艺术专科学院任教，也许可以给你一些帮助。"

方浩准备离去的时候，发现王先生的两颗门牙已经掉了，一张嘴，就像敞开的窑门。他心中一阵悲凉：先生更老了。

就在方浩做好了赴上海的种种准备的时候，有人前来劝留。

真情倾诉

来人是春莺。二人隔着一张画桌对坐。

"你可让我找得好苦啊！"春莺说着话，脸上是似乎永远不会消失的微笑。

"我几乎成丧家之犬了。"方浩缓缓地说。

"不会的。在我看来，你永远是一只狮子。"春莺说完，把目光停在了方浩的脸上。

方浩觉得有些不好意思，改了话题："你找我有事吗？"

"听说美术研究社散了，不知你新近是什么状态，所以冒昧地登门探访。"

"穿上景德镇的草鞋，可以走天下。"方浩说着，望了望窗外的天空，有鸟振翅向远方飞去。

"你有什么具体打算？"

"有，我打算很快离开景德镇了。"

春莺收起了笑意，有些惊讶地问："你要去哪儿？"

"半辈子一事无成，我想去上海学习美术教育，或许将来能派上用场。"方浩的话里有感慨，有憧憬。

春莺已经开始独自经商办店，正在筹划开一家专卖古今高档瓷品的商店，她想请方浩负责瓷器的鉴定，又听说美术研究社解散了，更觉得自己的想法大有可能实现，她专为此而来。一听方浩要去上海，这使她很有些意外，还有些意乱。

"你可以不走吗？"春莺是探询，更是劝留，说完含情脉脉地望着方浩。

方浩避开了春莺的眼神，轻轻地却是坚定地摇了摇头。

"我有一个可以使你既没有衣食之忧，又可以从事美术教育的法子。"

"天下会有这等好事吗？我这个时运不济的人不敢有此奢望。"方浩的脸上带着苦笑。

"不是奢望，触手可及。"春莺的语速骤然加快。

方浩动作很大地摇了摇头。

春莺的脸变得庄重了，这种庄重方浩从未见过，她的话语同样庄重："时光像流水，人生苦短。事到如今，我想把早就掖在心里的话全抖搂给你了。"

方浩本不想和春莺说得太多，对她似乎怀着一种莫名其妙的抗拒，但见她认真、坦诚，又好像满腹心事，便没有挂免战牌，也没有下逐客令，而是以眼神示意春莺往下说。

"我说了，你可别笑话我。"

这句话倒让方浩差点笑了：你有什么话会让人发笑，我又为什么要笑话你呢？

春莺的胸脯如涌浪一般地一起一伏，但好长时间没有说话，似是在选择合适的用词，过了好一会儿才开口："让我从远一点说起，从九江开始吧。"

春莺犹如长江流水般地开始了叙说：她六岁那年，随经营瓷器的父母到了号称小上海的九江。在那里读完小学，后来又上了女子中学，初中毕业后便随父母经营瓷器，十五六岁时便能单独从事瓷器买卖，还多次到过汉口、南昌这样的大城市售卖瓷器。十八岁时，嫁给了一个风度翩翩的官宦子弟。后来，发现丈夫是一个品行不端的人，依仗父亲的权势，敲诈勒索商行，还经常出入赌场、妓院。规劝和吵闹无效之后，她毅然提出解除婚姻关系。虽然已是民国，女人要离婚却极不容易，并且她已经有了一个一岁多的男孩，她不愿意让孩子失去父亲或母亲，于是便在无尽的烦恼和痛苦中苦度时光。后来，孩子因得了天花而夭折了，她更觉得天崩地坼，陷入了人生绝境。正在这时，丈夫的父亲因为在官场派系争斗中落败，被革职为平头百姓，丈夫因此失去了靠山，也失去了生活来源，便以索要一笔巨款为条件终结婚姻关系。她没有作任何讨价还价，咬咬牙，倾尽所有以换取自由之身。对方则在报上登了一则启事："因家妇秋雁不贤、不慧，故而解除婚姻关系。"她便离开了九江这伤心之地，回到了景德镇，在叔父祝鸿来的公司做事，名字也由秋雁改为了春莺。

春莺说到这里，已是泪花闪烁，声音哽咽。她略停顿了一下，并咽了一口唾沫。方浩这才意识到，自己竟然没有给她筛一杯茶，便赶忙起身，拿杯提壶。

春莺喝了一口茶，轻轻地把茶杯放下，继续叙说："自从在秋水茶社第一次见到你以后，我就……怎么说哩，直说吧，很喜欢你了。几次交往以后，我明白了，原来人世间本有很优秀的男人。于是，心中的一个愿望便越来越强烈，我也许碰到了一个可以托付终身的人。今天我是特来请你一起办瓷器店的，刚才听说你要去上海，便鼓起勇气，絮叨了这么长时间。"

此刻，春莺的脸庞美丽而凝重，像汉白玉上的美人雕刻；眼睛明亮而深沉，晶莹得像宝石镀了一层光华。方浩心中浪涌：这确是一个很不一般的女人。但他早已有自己的心志，并坚如铁石。他郑重地接过了春莺的话："你的坦率与真情让我感动，但我却无法承受命运的贵手。"

"为什么这么说？"春莺的眼睛瞪得很大，连本是双眼皮的那一只眼睛也变成单眼皮了。

"对于婚姻，对于男女之情，我的心已是关闭了的窑门。"

"你能告诉我原因吗？"

"可以。"这时，方浩的大脑似乎一下活跃起来了，他的话匣子也随之打开了，不加隐讳地全盘道出了自己的人生经历和情感往事，然后带着伤感和愧疚告诉春莺：我没有算过命，但我似乎命里带刀，已有一个女人因为我而死去；还有一个不知所终，十有八九不在人世了。我身上背着沉重的感情债务，有时压得我透不过气来，我不愿意让又一个女人可能因我遭受磨难。所以一提及相亲、结婚、家庭，我便会心神不定，头脑胀痛，甚至浑身痉挛。

春莺点了点头，她对方浩的了解又多了一层，这是一个情感真挚而又双肩如山的男人。她想了一下说："在我看来，第一个女人的生死似乎与你无关，所以不必负疚。"

"不，义父定下我跟她的婚姻后，我却一次次拖延、拒绝，使她感情上倍受痛苦，或许这加重了她的病情。我甚至猜测，她是为了怕拖累我而选择了提前结束生命，她得的那个病的病程本来应当是时间很长的。"方浩的话中带着自责，然后继续说道，"另一个女人因我大受伤害，至今生死渺茫，我思来想去，怎么也难以原谅自己。人有了太深的伤口，便难以愈合，并会时常疼痛，甚至流血。"

"人生短而长，也许什么事情都可能发生。在我看来，不能老是活在自己过去的影子里，应当像你追求瓷艺一样，去寻找和享受生活中美好的东西。"

"你说得很有道理，只是我无法做到。"

春莺勇敢地对方浩劝导："你说自己的心已经如同窑门。但，窑门可以关闭，也可以打开。咬咬牙迈出第一步，就可能是坦途了。我的生活态度便是，穿衣打扮，行走坐卧，说话办事，只依着自己的想法，并不太在乎别人的目光，所以我敢于向你直率地道出我心底的话语，毕竟现在已是新的时代了。"

"你说的我很赞同，只是轮到我自己便像脚脖子上系了一个大磨盘，无法挪步了。况且我已是一个胳膊不灵的残疾人了。"说到这里，方浩下意识地动了动自己受伤的胳膊。

"我已积攒下一些财产，足够让你从事陶瓷艺术或是美术教育，鉴定古今名瓷还可以和你喜爱的事业相得益彰。"

"我现在最真实、最简单的想法是：在内心深处，要为一个女人永远怀着愧疚，还要为一个女人始终怀着希望，并不要再有女人可能因我而蒙受不幸。"

"如果一直怀着希望等待，却只是空空的等待呢？"

"我会永远等下去，直到见到她，或是知道了她的确切音信，才有可能另作考虑……"方浩说到这里，停住了。

"我却害怕孤独，我不愿一人孤苦地走完人生的旅程。"春莺说着，轻轻地擦拭了几下眼眶。

眼泪、忧伤、表白，使方浩一时无语，他朝春莺看了一眼，春莺也正泪眼迷离地望着他。他的心似乎一下像坚硬的瓷土块在粉碎和加水调剂后，变得松软黏稠。眼前是一个可爱可亲的女子，这个女子外表显得开朗而强大，内心却有着阴郁和脆弱，叫人同情，甚至叫人怜悯。但理智告诉他，同情和怜悯，都不能成为婚姻的理由，自己也很难从过去的阴影中挣脱出来。想到这里，他的心又像软稠的瓷泥，在吸取了太阳的热力后，变成了坚硬的瓷土："相信你一定能如愿以偿，找到美好的归宿。"稍停又补了一句带几分玩笑意味的话，"祝你一切顺遂，能成为景德镇的又一位观音。"

"那你打算怎么办？永远孤身一人？"

"古人有梅妻鹤子，我也可以把那美瓷美器作为自己的妻与子。"

春莺极力收住眼泪，在内心独白：这个出色的男人看来不会属于自己，只会属于那个已杳无音信的人，只会属于中国的瓷器。

"我敬佩你，尊重你，但我有一个请求，你能答应吗？"春莺似乎恢复了平静。

"请讲。"

"让我们做个朋友好吗？"

方浩立即表示："我很愿意有你这样一个朋友。"

"那我便有一个要求。"

"什么要求？"

"你走的那天，我到码头送你。"

方浩没有拒绝。这时他看见了躺在脚边的虎猫："我收养的这只大黄猫，不但漂亮，而且可爱，时常能为我添趣解闷，甚至救过我的命。我要走了，很不忍心让它成为一只可怜的流浪猫，你带回去养吧。"

"你真是一个好心人，自己可以孤独，却不愿让一只猫流浪。"

方浩伸手去抓那正躺在脚边的虎猫。可虎猫却已经起身站立，敏捷地闪开了，它似乎听懂了主人的话语，接着又"唰唰唰"三下两下蹿到了房子的一根穿枋上，并挑衅似的"喵儿、喵儿"地叫着，似是在说"不去，不去"，它那玻璃珠子一样的眼睛中流露出伤心和怒意。

方浩无奈地说："它好像不愿意跟你走。"

"也许什么都有缘分，连收养一只猫也是如此。"春莺若有所思地说。

方浩一直把春莺送到门外，当春莺的影子消失在夜色中的时候，方浩心中涌起了阵阵难言的滋味，似苦似甜，似酸似涩，具体是什么滋味，他无法说得清楚。

方浩走的那天，春莺起得很早。已是雨季，昨夜打在房瓦上窸窸窣窣作响的雨声还没有停歇，窗外一片迷蒙。她认真梳洗打扮了好一会儿，然后提起那装着六十块大洋的小口袋，撑开黄色的油布雨伞，出门而去。可是刚走了不到十步，肚子突然开始疼痛，并像被一根坚硬的绳子勒着一样，一阵紧似一阵。这是几乎每个月都要折磨她一次的疼痛，可这次来得很不是时候，并且比以往任何一次都要厉害。她紧紧地捂着腹部，挣扎着前行，但腹中那根绳子拉得更紧了，勒进了她的大肠小肠，勒进了她的肌肉筋骨，使她难以迈开双腿，甚至无法把腰挺直。她喘了几口粗气，跌跌撞撞折回到屋里，重重地倒在了床上，然后像冬天的虫子一般蜷缩着，眼泪在鼻梁两边淌成了溪流。

足足过了半个多小时，疼痛才慢慢减轻，变成了隐痛。她从床上爬起身来，下了床在房间里试着走了几步，觉得已无大碍了，便又出了大门。

刚走了不远，似有寒气和湿气直冲胸腹，疼痛又开始发作，她只好放慢脚步。就这样快一阵慢一阵地往前走着，终于走到了码头边。一声长长的汽笛响起，客轮已经徐徐离岸。她一眼瞥见，坐在船舱边的方浩正伸长脖子，不停地向岸边张望。

春莺大声喊着："轮船停一停，等一会儿！"回答她的是轮船上马达的轰鸣，还有螺旋桨搅动江水的声响。方浩这时张开了口，把手掌放在嘴边，使劲地在喊着什么，但春莺什么也听不见。春莺追着船在岸上跑了一阵，轮船拖着长长的波浪越驶越快，越驶越远，最后像一只水鸟消失在烟波浩渺之中。

天上的雨下得更大了，地上的路已变得泥泞，雨鞋上粘上了厚厚的黄泥，这使她脚步变得更加沉重。她气喘吁吁地进到了一座亭式建筑里避雨，也稍作休息。这个建筑叫"接夫亭"，是做瓷人乘船外出从事运送瓷器、采买原材料等活计时，妻子在这里等待丈夫归来的地方。亭柱上刻有清代诗人的两句诗文：

瓷器茭成载船去，愿郎迟去莫迟回。

春莺像是想到了什么，抹了抹被雨水和泪水打湿的双眼，走出了亭子。刚走了几步，她忽然觉得身后有响动，转身一看，发现一只大黄猫跟在身后，这不是方浩养的那只虎猫吗？看来它也来送主人了。雨水使它身上的毛贴在了一起，便没有了平日那毛茸茸的样子，也没有了那种老虎般的神态。在空旷的地上，在斜飘的雨中，这猫显得孤独而可怜。

春莺停下身来，先是向猫招了招手，然后呼唤着："跟我回家，好吗？"怪了，那猫略略迟疑后，还真的慢慢地向她靠了过来，她一把抱起，用手掸了掸虎猫身上的雨水，又理了理虎猫湿漉漉的黄毛，快步地回到了家里。

春莺漫无心绪地躺倒在床上，从白天躺到黑夜，又从黑夜躺到天亮。耳边偶尔传来猫的叫声，这使空寂的房子里增添了一些生气，也使她空寂的心里少了几丝孤苦。

珠山八友

方浩走后，王青时常会想起方浩这个他在心中引以为傲的弟子，也时常会追忆起那聚人才而创新艺的瓷业美术研究社。但现在却是社亡人散，偌大的世界，竟容不下一个小小的研究社团，他有时会对月独坐，神驰万里；还会临风长啸：谁谓天地宽？

时光如逝，转眼到了1928年的夏末。这一天下午，他罕见地约请了一位客人来家。客人名叫王琦，本是美术研究社的副社长，在景德镇绘瓷界名气很大，小时候曾师从高手学习捏面人，后被瓷画高手邓碧珊看中，收为徒弟，便很快又在绘画人像方面脱颖而出。与前人不同的是，他重视光的运用，从而使人像更加逼真、细腻。恰好这时人像画兴起，许多人争相请他画像。但一些有钱有势的人，长相平平甚至丑陋，却要求画得俊俏貌美。王琦却不肯理会，只是求真求准，以致有一次竟被客户打了一顿，两颗门牙带血掉到地上。从此他愤而改为只画神仙、菩萨和戏剧人物，觉得画男画女不如画怪画鬼，鬼怪画得不论多么难看，也绝不会破口骂街，更不会动手伤人。他对"扬州八怪"中的黄慎推崇备至，并萃取其笔墨精华；还师从前清秀才毕伯涛学习书法，画作因此更臻完美。在1915年的巴拿马万国博览会上，他画的一幅以寿星为题材的瓷板画获得金奖，浮梁知县题"神乎技矣"匾额相赠。他今天应约来访王青，也是为瓷艺而来。

二人寒暄过后，王青开门见山地道明了约王琦来家中一叙的用意：自瓷业美术研究社解散以后，他一直在苦思苦想着能再办新社，延续文脉社风。

王琦欣喜地回答："太好了，看来是瓷艺当兴。我的老师邓碧珊、毕伯涛等都有类似心愿。"

接着，王青说出了自己的想法：现在时局较之去年似乎安稳了些，可以考虑重整炉灶，再续薪火，开办新社。但多地依然动荡不安，江西一些地方在轰轰烈烈地"闹红"，与景德镇东西相邻的地方，方志敏不久前建立起了赣东北根据地。政府的神经一直绷得很紧，所以这次办社求稳求妥，入社人数以少而精为宜。

王琦说："大师们的想法不谋而合。那就请德高望重的您当个山大王。"

"传承美术研究社精神，就当努力出新，其中最重要的是出新人，你年富力强，最为合适，当只头雁吧。至于我，年高力衰，当个员外郎就够了。"王青把理由说得正当而充分。

王琦稍加思索，没有再推托："那我就勉为其难，牵个头吧。"

中华瓷艺发展史上一个至为重要的时刻来临。1928 年秋天的一个望日，有人陆陆续续地走进了秋水茶社的一间茶室。

第一个走进来的是邓碧珊。他家在余干，是晚清秀才，书画功力深厚，善画人像、鱼类，兼攻山水。绘画独辟蹊径，融入西洋东洋技法，这使他的画自成一家。他的一大贡献是首创在瓷板上绘画人像，并发明了九宫格绘像法，使人物肖像神形兼备。他为曾任北洋政府国务卿、后又任民国大总统的徐世昌画过像，受到激赏。他画鱼藻名震画坊，鱼的上下左右不见有水，鱼却如在万顷波涛之中悠游、跳跃。他对鱼的观察可谓细致入微，一次刚画成一条青鱼，在场的方浩认真欣赏过以后，问：邓先生，我知道您画的青鱼都是三十六片鳞，鱼的背鳍上是十二根刺，可今天这鱼虽然还是三十六片鳞，为什么却是十三根鱼刺？邓碧珊笑而作答：今年是闰年也。

王琦见自己的老师到来，一语双关地喊道："您是第一人也。"

邓碧珊正要回话，已有一个人的声音抢先响了起来："那我呢？"随着喝问声，这人穿着长袍进了茶社，他叫毕伯涛。

王琦赶忙回答道："并列第一，犹如一座山的两个高峰。"

"哈哈哈，我哪能与邓先生比肩？"毕伯涛说罢坐了下来。他饱读诗书，十四岁参加秀才考试，其中有一道考题是："拿破仑何许人也？"他答为"拿刀破竹做篮子的人"，考官见到这个答案，直笑得弯腰捧腹。但因为其他题答得完满，最后还是中了秀才。科举制度废除后，仕途无望，便专事绘画。但却像大有城府的人收藏有奇珍异宝，从不张扬，因而少有人知道他擅书擅画。后家道中落，无处可居，便寄住在五龙寺里，终日埋头抄写经书、撰写楹联，并以卖画糊口。后被寺里住持推荐给一个大富人家做家教，他的画作画艺画名逐渐广为人知。他主攻粉彩，擅长翎毛花卉，风格俊逸清新。

邓碧珊和毕伯涛都是晚清秀才，二人很快就一个共同关注的话题展开了交流：瓷画与书法、诗文。

邓碧珊疾言厉色地说："现在许多瓷画只重造型，只重用彩，却轻书法，轻诗文，写的字如同鸡爪扒地，题的诗与联文理不通。这不仅贻笑大方，而且有悖传统，也有碍当代瓷画的发展。"

王琦插话："是呀，许多人有一个错觉，认为瓷画瓷画，瓷好画美即可，见识太浅。"

邓碧珊进一步阐发了他的见解：绘画重在线条，写字便是最好的线条练习，所以绘画决然离不开习字。人间百技百艺，以书法最难，在瓷上写字，难度又加一等，故有些人望而却步，这便更显出瓷上写字的价值。

毕伯涛对此十分赞同：瓷画秉承的是中国书画的气质韵味，画面上缺了书法便缺了精神，少了诗文便少了意蕴。画得再好，无书无诗或书画水准低下，也只能算是平庸之作。

屋里讨论正酣，屋外传来了京戏叫板的声音："我们来也！"接着响起了《定军山》的唱段，虽非字正腔圆，但也很有几分味道。唱戏的人叫程意亭，相伴谈笑风生走进来的是汪野亭。这二"亭"是同乡同窗，都是乐平人，也都是鄱阳陶业学堂的毕业生。这"双亭"还各带来了一幅画作。

汪野亭带来的是绘有山水的瓷瓶，一幅完整的构图在瓶身上充分展开，从每一个角度都可以看到精美的画面。这是他首创的"通景山水"，完全有别于传统花瓶上只画局部，或一半为画、一半为字款的布局，被人称为"开一代先河"。曹锟任总统时，曾经派人到景德镇收购他的瓷板画。

程意亭则尚山尚水尚古，他从鄱阳陶业学堂毕业时年仅十六岁，便受聘在江西瓷业公司画瓷。他今天带来的是新作《百雀图》，这是一幅中堂画，一百只麻雀翻飞跳跃，啼叫争鸣，一只只神形毕肖，活灵活现，且姿态神情无一雷同。这张《百雀图》后来被一位国民党军官买走，价钱是一担米一只雀。不以金钱而以大米计价，是因为麻雀喜欢吃米，寓意这幅《百雀图》找到了美好的归宿，还因为程意亭曾在粮行当过学徒。

大家正在欣赏二亭的画作，这时脚步匆匆、气喘吁吁走进来一人。这人名字很有些古怪，叫何许人。他本名"花了"。但他后来读到陶渊明《五柳先生传》中有"先生不知何许人也"，便改名为何许人，表露出他对陶渊明的崇敬和自己的处世心态，他画的雪景独步画坛，倾倒无数人。

彼此正打着招呼，又一人昂然而入。他叫王大凡，他的画集诗、书、画、印于一体，有国画大家认为，王大凡的人物画与张大千、傅抱石的人物画相比毫不逊色。他的大幅瓷画《富贵寿考》在巴拿马万国博览会上获得金奖。

这时，约定的人中还有两人应到未到，其中一人叫刘雨岑。这让性情温和的王琦显得有些气恼，他与刘雨岑关系非同一般，是义父义子的关系。

刘雨岑今年只有二十四岁，曾就学于陶业学堂。他的绝技是，摒弃传统画法，画花卉时不勾勒轮廓，直接用玻璃白点出花的形象，然后以彩料或浓或淡地点染涂抹，这使画作显得别样地自然逼真。他的"水点桃花"技法运用最为精妙，也流传最广，并传之于后世。

可这位后生今天为何迟迟没有出现？没有出现的还有允诺赴会的王青。大家只好耐心等待，茶斟了一遍又一遍，依然不见人影。

王琦又等了一会儿，不由得站起身来向门外张望。就在这时，刘雨岑急急地走了进来。

"今天是什么日子，居然迟到？大家都在等你嘞！"王琦不顾众多人在场，呵斥着义子。

刘雨岑擦了擦额头上的汗，小心地解释："我特地去了王青先生家，想陪伴他一起来。不料他今天身体不适，不能来聚了。"

王琦这才把火气消了下去，转而问："王先生有什么交代吗？"大家都很想听到王青先生的真知灼见。

刘雨岑又擦了一把汗："王先生什么也没有说。"

这让大家很是失望。

"王先生只是把他那杆漂亮的竹制烟管送到我面前，让我好好看看那镶在烟杆中部铜片上的刻字。"刘雨岑补充说。

"那铜片上面刻的什么字？"邓碧珊问。

"焚其旧叶，吐我新烟。"刘雨岑一字一顿地回答。

大家如见朗月，如饮甘醇。立即明白了王青先生的用心用意，一齐叫好。这短短八个字，胜过万语千言。

开始了讨论，如鸟鸣轻风，水流春涧，各陈己见。最后议定：成立新会，以传承光大景德镇瓷艺，倾力于探求新路新境。每月农历十五相聚一次，各带一件自己的作品，相互观摩研讨。因为聚会定在每月的十五日，便起名为"月圆会"。

这一天，到会的人数是八人，又由于珠山是景德镇一座奇秀的山峰，就是朱元璋曾登临过的山峰，是千年以来景德镇瓷器的福地和象征，后人便把创立"圆月会"的这八人称作"珠山八友"。这八人中，各怀绝技，集合在一起，便成大千气象，联结成了一个耀眼的星座。在御窑终结之后，开创了中国瓷画一个崭新的时代，在中国陶瓷艺术的天空，留下了横贯天宇、永不泯灭的光辉。"珠山八友"成为代表中国近现代瓷艺特色和水准的标志性符号，成了一个彪炳艺术史册、光芒四射的特定名称。

以徐一涛的技艺而论，他本有资格加入月圆会。只是他的一些作为被瓷界大师们所不屑，所以今天没有受到邀请。否则，名传后世的可能是"珠山九友"，而不是珠山八友了。

在品茗论画、擘画未来的时候，王琦不无遗憾地说：今天王青先生没有来，他的学生方浩在上海也没有能来，要是他们二人也来了，便正好是十人，可谓十全十美，是真正的月圆无缺了。

大家频频点头，又不由得嘅叹：只可惜世界上少有十全十美的事情。

就在大家你一言我一语地谈论画与瓷、瓷与人的时候，又有一个人走了进来。

这人是祝鸿来，他向大家拱拱手，然后满面春风地说："特来道贺，并表达我的一个愿望。"

大家不觉一愣，王琦更是心里诧异，事先邀约的人中并没有祝老板，他这个时候来干什么呢？便很客气地问："祝老板，你怎么知道我们一起在这里说瓷论画？"

"你们是何等人物？一个个都是门槛边的铜锣，一动便门内门外都响，就是聋子也能听出动静。"

"谢谢祝老板的美意。我们只是一个随意的小聚，没敢惊动更多的人。"王琦希望祝老板尽快离开，因为大家谈兴正浓。

祝老板收住笑意，很认真地说："你们续办美术研究社，我也不能光在门外瞧热闹。我想赞助一百块大洋，作为研究社的日常开支。"

"我们人少动静小，轮流坐庄，和过去的美术研究社大不相同。所以暂时不需要什么经费，很感谢祝老板的美意。"王琦回答。

"那我也想沾点福气、灵气，参加你们的定期聚会如何？"祝老板今天一早也在秋水茶社喝茶，听闻瓷艺界名人要新办研究会，便走了过来，想跻身其中，因为他已在原来的美术研究社尝到了甘饴的味道。

作为召集人的王琦觉得，祝老板显然不适合入会，但碍于面子却无法明言拒绝，一时很是犯难。

这时，那个年岁最大、平日心直口快的邓碧珊开口了："祝老板要入会倒也可以，但需得有一个条件。"

"什么条件？"祝鸿来认真地问。

邓碧珊指了指汪野亭和程意亭带来的画作："但凡入会者，都当交绘画作品一件。"

这如同下棋中把对方将了一军，祝鸿来的脸上有了三分尴尬。但他还是迅速找到了下撤的台阶："哈哈，我早已知道入会的条件，刚才不过是开个玩笑而已。我今天只是来道贺！"

王琦接话："非常感谢。等我们有了新画新作之后，再请祝老板来品鉴。"

祝鸿来很是识趣："我的心意已经表达，也就不再打搅了。我还得陪一位重要客人喝茶。"说罢拱拱手离去，走进了另一间茶室。

大家一下变得没有了刚才的兴致。邓碧珊皱着眉头说："我们'月圆会'一开始就缺了王先生，并且还有人来打搅，怕不是什么好兆头，但愿今后能一帆风顺。"

后来的事情被邓碧珊不幸言中。不久，毕伯涛因奔丧去了鄱阳，何许人去了九江，圆月有亏。虽然又吸收了徐仲南、田鹤仙入会，但仅仅两年后，性情刚烈的邓碧珊因卷入一场诉讼而丧命；再三年后，王琦中风作古，接着有人流落他处。虽然花谢还会再开，月缺还会再圆，但"月圆会"却过早地消失在岁月的烟尘之中，真正完整地存在和绘瓷论瓷，只不过短短几年时光，实在是一件叫人扼腕的憾事。

在第一次聚会即将结束的时候，王琦不无担忧地说："船行千里，顺利最为重要。但愿我们这'月圆会'，不会有两年前美术研究社那样的劫难。"

这一说，勾起了大家苦涩而不安的回忆。

瓷人永远关注瓷器的命运，并且被孟平山劫夺的瓷器中，有很多件是今天相聚的八个人的作品，年轻的刘雨岑忍不住问众人："不知道那些被孟连长抢去的瓷器后来下落如何？"

大家一阵默然，这个问题谁也无法回答。赃物的去向，恐怕只有盗贼自己最为清楚。

征调骡马车

姑且掉转笔头，追述一下孟连长的行踪。

孟平山将在景德镇劫掠的大洋和瓷器悉数上交以后，便睁大眼睛、仰着脖子等待封赏。结果却让他大失所望：官倒是升了，由正连长变为副营长；交上去的大洋、瓷器则全然不见了踪影，自己连半块大洋、一个瓷勺也没有捞着。用他自己的话说，本盼望着生个胖小子，结果生的是一个没屁眼的瘦丫头。他转而气恼，既而愤怒，一次次在心里骂娘：老子出头露面，像山寨大王，又像江湖大盗，弄得这些大洋，足够全师两年的军饷，那些瓷器恐怕也值好几麻袋大洋。但这些钱和瓷器究竟去了哪里？哼，沙窝里埋了多少个鳖蛋，恐怕只有那下蛋的王八才知道底细。自己官虽然升了一级，但牛尾不抵鸡头，这副营长的头衔还不顶正连长的帽子好使哩，并且即使不干搂钱夺瓷这活儿，自己也该升迁了。几个月后，他瞅了个机会，拉着自己原来的队伍，投靠了孙殿英。

孙殿英本隶属直鲁联军军阀张宗昌，张宗昌在1928年5月被蒋介石击败后，便索性就坡下驴，改换门庭，投靠了蒋介石。孟平山便也由此随孙殿英归入蒋介石的队伍，并由牛尾变为了鸡头，得到了营长的职位。由此，他对老和尚说的"遇瓶则动"有了新的领悟：那瓶瓶罐罐真的好像和自己的命运关联，从景德镇夺得那些瓷器之后，只两年工夫，自己官阶便升了两级。

乱世从武，盛时为文。这孟平山选定了搏杀于疆场的人生之路，并且自认为天生是扛枪带兵的料。一听枪响，便像草原上的狼发现了羊群，立即变得兴奋，毛孔张开得像刺猬，眼睛像盛了鸡血酒的杯子，领着士兵舍命冲杀，没有命令绝不后撤，因而很得上司器重。

这是1928年的仲夏，孟平山的部队奉命开到河北蓟县、遵化一带参与剿匪。

一日晚饭后，他被紧急召到团部。

团长首先发问："你的队伍近来士气如何？"

"就好比现在的气温，高得很。"孟平山大声回答。

"纪律如何？"

"我带的兵，只有像猎犬一样听话的，没有像兔子一样敢乱蹦乱跳的。"孟平山声调未降。

"那就好。军部交下来一件重要任务，不知道你能不能完成？"

孟平山拍了拍厚实的胸脯，也把一连串话从胸腔里拍了出来："只要团长发话，灭那些个山贼土匪，那就像用榆木棒子打狗，三两下便可解决问题。"

"这回的任务可是极不简单。"

"纵然是进到龙宫里夺宝，也能手到宝来。"

团长不由得心里一震，莫非这孟平山知道什么内情？便瞪圆了眼睛问："你为什么说要到龙宫里夺宝？"

"这只是打个比方。我想说的是，攻山头，灭山贼，绝不会比闯龙宫、夺宝藏更难。"

团长沉下脸说："孟营长的勇猛和担当值得称道。虽然将要交给你的任务不如去龙宫夺宝那么棘手，但也绝不容易，尤其是要绝对保密。"

"明白，绝对保密。完成任务前，我和我的弟兄统统都是瞎子、聋子、哑巴。"

团长赞许地点了点头。

"是攻哪一个山头，灭哪一股土匪？"

"你听着，这次的具体任务是，你先到遵化县，让那县长尽快征调三十辆骡马车，并且车要好，马要肥。后天下午五点前务必把骡马车给带回来，用作剿匪之用。我再说一遍，此事必须绝对保密。"团长最后一句话说得又慢又重。

孟平山心想：弄三十辆骡马车，还能算件事？这不就像在老百姓的鸡窝里抄几只鸡、瓜地里抽几个瓜那般简单，这团长胆子也太小了。

团长似乎看出了孟平山的心思，又把刚才的话重复了一遍，特意把"保密"二字说得很重很重。

孟平山这才意识到，其中定有原因，这三十辆骡马车的用途看来不简单。

第二天上午，孟平山带了一小队人马，直奔遵化县城。

遵化县县长正在审堂问案。堂下跪着的是一位头戴瓜皮帽的乡长，这乡长姓尤名正，正哆哆嗦嗦地求告："我乡一向贫穷，去年又遭夏秋连旱，连鸟都找不到水喝。县长大人，摊派给我们乡的治安捐实在无法凑齐。"

县长喝问："如果都像你的乡一样，捐不交、税不纳，本地治安如何维持？百姓又怎能安居乐业？"

"县长大人所言极是，老百姓无一日不盼着安居乐业，现在几乎是天天把心提在手里熬日子。"尤乡长小声回答。

"百姓们为什么不得安宁？就因为天下大乱。政府需要东面固防，西面平乱，南面剿共，北面清匪。空手套不住白狼，从枪管里崩出去的不是黄铜白铁，而是黄金白银。"

"我也明白其中的道理。"尤乡长回答，心里却在说：全都是因为官府腐败无能，自己给折腾的。

"那为何百姓抗捐抗税，你乡长却办事敷衍？"

"乡民并非抗捐不交，我也断不敢办事敷衍，实在是地瘦人穷。"乡长苦苦解释。

"什么地瘦人穷，若用心用力去办，一斗米糠也能榨出三两油来。"县长已有三分怒意。

"可是许多百姓家里连米糠也没有啊，县长大人。"尤乡长条件反射般地叫起苦来。

这句话触怒了县长，他把一只巴掌重重地拍在桌子上："放肆，竟敢狡辩！"

尤乡长吓得全身发软，暗暗叫苦：看来难逃一劫。

这时，一个衙役急匆匆地跑了进来，贴着县长的耳朵说："有很多拿枪的士兵把县衙围了。"

县长先是一愣，既而一惊。正不知如何是好，伴随着一阵快速有力的脚步声，一个军官模样的人带领十多个士兵，大踏步走进了大堂。士兵们分两排站定，并把枪端在手里，县衙里顿时有了刑场一般的气氛。

这个军官模样的不是别人，便是孟平山。他瞪了一眼跪在地上的乡长，然后对着已经在台案后面起身站立的县长发问："这是什么人？犯下什么罪错？"

"是一位乡长，他乡里交的治安捐不足。"县长回答。

"抗上失职，便当严惩。"孟平山的声音像打雷一般。

尤乡长见这位军官杀气腾腾的样子，并说要对自己"严惩"，本有的担忧、恐惧又添几分，连连告饶："在下无能，请长官饶恕。"

孟平山喝令将乡长押进厢房，然后拉过一把椅子坐了下来，他今天要找的是县长。

县长不知这军人的来头，犹犹豫豫地向前走了几步，很客气地问："老总辛苦。大驾光临，为了何事？"

"有军务要烦劳县长大人。"

"但请吩咐。卑职倘若能够办到，一定尽力而为。"

"这件事办得到得办，办不到也得办。"孟平山把话语中的"办"字加上了重音。

县长暗想：今天可是碰上大麻烦了。

"本人是政府军的孟营长，今天要办的是紧急军务。"

这紧急军务与地方何干？面对荷枪实弹的士兵，县长怀揣十二分小心，试探性地问："孟营长，是何军务？"

"剿匪。你应当知道，这几天政府军一直在遵化、蓟县一带剿匪。"

一听剿匪，县长觉得头一下变大了，因为这年头，进剿的和被剿的很难说哪一方更不好对付，赶忙问："这事倒是听说了，那需要卑职做些什么？"

"限你在明天中午以前，给我准备好三十辆骡马车，并且骡马要肥，车要结实，还要绝对保密。"

县长的紧张减轻了不少，改为了平静地探问："剿匪要骡马车何用？"

孟平山很不耐烦地训斥道："这属军事秘密，你少打听为妙。"

县长骨碌了一下眼睛："长官，如果找三百个甚至三千个挑夫，卑职立马能办，但要一天之内凑齐这三十辆上好的骡马车实在太难。"

"难在哪里？"孟平山斜着眼睛发问。

"哎呀，连年时岁不顺，骡马缺食少料，便成了俗话说的马瘦毛长，这三十匹上好骒马实在是很难在短时间内一下凑齐。"县长一边诉苦，一边还不停地搓着手掌。

"偌大一个县，竟然找不到三十辆骒马车？刚才那乡长推说交不出治安捐，我怎么觉得你的话和他的话差不多。"

县长联想到刚才孟营长对尤乡长说的话，心里变得害怕起来。

这时，从厢房里传出来声音："这件事我可以办。"

孟平山立即示意衙役把乡长带出来。

孟平山盯着尤乡长问："骒马车的事你真有办法？"

"有。我那个乡的尤家村有许多人家养骒马，各家的骒马大小肥瘦公母我都清楚，所以这件事我能办妥。"

"这件事办妥，算你一功。"孟平山说道。

"这功劳我不想要，只是请求免了我们乡这次的治安捐。"这尤乡长脑子很灵光，趁机提出了一个不小的请求。

孟平山便对县长说："我看这也行，就让他以征用马车抵捐，也算是将功折罪吧。"

县长哪敢不同意？况且这乡长能找来骒马车也算是帮自己过了一道险关，便来了个顺水推舟："按老总说的办。"

孟平山像是对着士兵下达命令："尤乡长，抓紧去办！"

但尤乡长刚一挪步，孟平山又把他叫住了，问明了乡长所在村庄的名称和具体位置后，严词交代："明天下午一点钟以前，把骒马车带到县城西门边交割。少一辆马车，或晚一分钟到达，就用你身上的一块肉凑足补齐。"说罢，把右手并成手掌，斜着在胸前快速比画了几下。

尤乡长如同受了惊吓的老鼠，急急地离开了县衙。

孟平山这时双腿并拢，右手抬到额头边，"啪"地向县长行了一个军礼："感谢地方对军方剿匪的大力支持。"

县长作揖回礼："哪里哪里，失当之处，还请老总见谅，并祝孟营长剿匪马到成功。"

孟平山带领士兵刚刚离开县衙，县长便对着他的背影唾了一口："天下大乱，都是你们这些拿枪杆子的丘八给闹的。"然后草草收拾了一下桌子上的文书、文具，回家歇着去了。

尤乡长回村以后，便开始忙碌起来。他所在的尤家村，有两样东西很是出名：一是太监。入清以来，村子里先后有一百来人被阉割，进到皇宫当太监，成了这个村的传统职业，进宫后改名为尤善的太监就是这个村子的人；第二样东西便是马车，几乎家家养马养骡子，所以要征集三十辆骡马车不是难事。

尤乡长在县长面前如一只老鼠站在猫的身边，心惊胆战。但在乡民面前，他却似一只大猫站在老鼠面前，威风凛凛。他把村里养有骡马的人家列出了一串名单，从中挑出了三十人，其中包括那个尤太监的弟弟，要是二十年前，乡长断然不敢征集太监家的马车。

尤乡长对着乱哄哄地集合在一起的乡民大声说道：奉遵化县县长的命令，也是应驻扎在遵化县政府军的要求，要从咱尤家村征用骡马车三十辆，恭喜各位的骡马车被选中了。大家今天晚上让骡马好好歇着，并多喂精料。同时收拾好车，备好配件，明天正午把车赶到遵化县城的西门口。

乡民们不由得"啊哟""哎哟"地叫了起来，这倒霉的事怎么摊到自己头上了？有人问："我们村有骡马车的足有二百来户，凭什么偏偏征调我们这些人的骡马车？"

尤乡长不假思索地作出了回答："凭什么？凭运气。我写上了全村有骡马车的户主的姓名，然后交由县长亲手抽取确定。有不明白的，问县长去。"

一阵默然。

乡长又接着说道："这些骡马车可是军方要的。谁不愿意出马出车，就等着当兵的上门来送花生米当点心吧。"

这话一下把众人给镇住了。哎呀，大白天遭鬼打了脸，只能认倒霉了。

第二天刚到正午时分，尤乡长便带着三十辆骡马车来到了遵化县城西门。头顶上的太阳犹如巨大的火盆，热力十足，烤得地上直冒烟，马和骡子热得口角上挂着白沫，不时地打着响鼻，还用坚硬的蹄子烦躁地划着地面，刮起一蓬蓬泥沙，发出"咯咯"的响声。骡马的主人看了，很是心疼，随身的瓦罐里装着的水，自己舍不得喝一口半口，一次次地喂给了牲口。

孟平山带着三四十个士兵出现了。尤乡长快步趋前打招呼："老总，骡马车总算凑齐了，一直在这儿等您哩。"

孟平山没有理会，甚至没有瞧乡长一眼，只是鼓起眼珠打量着那些骡马车，然后叫一个士兵点数。

孟平山仰起脖子，"咕隆咕隆"喝了几口军用水壶里的水，用手抹了抹嘴，这才对尤乡长说："还中。"接着问，"你会赶车吗？"

尤乡长笑了笑说："我们村谁都会。我也从小就会，还算得上是个老把式哩。"

"中。你再挑十个好把式，一起跟我们走。"

尤乡长这才明白了孟营长问话的用意，他十分后悔刚才夸耀性的回答。他撩起衣服下摆擦了擦满脸的汗，对着孟平山求告："老总，你要我办的事我全都办妥了，这跟车的事就饶了我吧。"

孟营长虎着脸："事情怎么就办妥了？还没有开始办哩。要是这马匹受惊了，骡子耍脾气了，跟车的人开溜了，我找谁去？"

尤乡长知道再说几箩筐话也不会有作用，只好挑了十个身强力壮的车把式，其中有尤太监的弟弟。

第一辆车上赶车人的鞭梢上发出一声脆响，长长的车队出发，马蹄在崎岖不平的路面上发出杂乱的响声。尤乡长觉得那马蹄也踏在了自己心上，一路忐忑不安，不知道究竟要去往哪里，更不知道去干什么。是凶是吉，只能听天由命了。

一路急行。太阳逐渐贴近西边的山梁，变大了、变红了，那远处几座高耸的山峰像锋利而神奇的刀斧，把浑圆硕大的太阳慢慢切割得残缺不全，随后残缺的太阳掉落到山的另一边去了。眼前的山峦徐徐变得莽莽苍苍，阴影重重。尤乡长这时认出来了，这一带是皇陵区，埋葬着清朝好几位皇帝。把一队骡马车赶到这里来干什么？

惊天大案

夜色像帐幔一样徐徐垂下，天空一片昏暗，只有为数不多的星星吃力地悬在夜空，不停地忽闪着混浊不亮的眼睛，似乎在顽强地窥视人间的奥秘。不远处的清东陵隐没在黑暗中，像夜间海上的礁石，看不出大小，辨不出形状，甚至感觉不到它的存在。这里晚上本有微弱的灯火闪烁，那是守陵人为墓主点亮的夜灯，可不知为什么今夜全然不见了，到处一团漆黑，人好像进入了一个硕大无比的棺材。

孟平山让骡马车队就地停下，等待命令。旷野里，虫子唧唧地叫个不停，叫人心烦。折腾了差不多一天，赶车人一个个全身困乏，便横七竖八地躺倒在草地上，不一会儿，便有轻重不同的鼾声响起。但尤乡长没有睡着，在沉沉夜色中，他忽然发现，远远近近都有人影晃动，并且好像手里都端着枪。不由得心里一惊，莫非已经到了战场？

"轰隆，轰隆——"几声闷响不知从哪儿传了过来，在地上躺着的人明显感觉到了震动，莫非有炮弹落在身边？他们慌忙爬了起来。低头啃草的骡马也都直起颈项，有几匹马前蹄离地竖起，连声嘶鸣。

一个人影出现在面前，孟平山的声音响了起来："都跟我走！"

骡马车在黑暗中前行了一阵，东方已经渐渐发亮。尤乡长发现，前面有大块小块的乱石，再细一看，原本规整气派的陵墓已被炸得七零八落。尤乡长这下全明白了：征用骡马车是为了用来装运清陵地宫中的宝物的，这些当兵的实在太无道、太疯狂了。

果然，孟平山指挥着把骡马车分为两拨，向已被炸开的两个陵墓靠近，他自己领着十几辆马车走向慈禧的陵墓。大车停下后，立即有众多的士兵把一个个鼓囊囊的麻袋和沉甸甸的木箱搬到马车上。孟平山在车队前后不停地来回跑动，挥着手、吼着嗓子进行指挥调度。

装车完毕，车轮转动，孟平山骑着马跟在车队后面押运。当车队在一个急拐弯处减速缓行的时候，孟平山趁赶车人正在全神贯注地操控骡马，从最后一辆车上，用力抄起一只半实半瘪的麻袋，顺手扔在了路边齐人高的高粱地里，从高粱地里传来一声不轻不重的杂响，他又对着身边的勤务兵使了个眼色。

车队走了一个多小时后，在公路边停下，那里已停了好些辆大大小小的汽车。许多士兵靠过来一阵忙碌后，马车上所有的东西很快被搬到了汽车上。紧接着，马达响起，车轮转动，汽车转眼间便消失在滚滚烟尘之中。

这时，孟平山从勤务兵手中接过一个不大的布口袋，告诉尤乡长：这里有一百块大洋，每辆车的主人发给两块；赶车到这里的人每人加发三块；剩下的十块是给你的酬劳。其实团长给他打发这些赶车人的大洋是二百块，另外一百块神不知鬼不觉地进了孟平山的腰包。

孟营长又扫视了赶车人一眼，声色俱厉地说："你们可都得听清楚了，谁也不许把这件事说出去。否则，你们的房子也会像那陵墓一样被炸开。"然后他对着车队第一匹马的屁股猛击一掌，那马便撒开四蹄跑了起来，其他骡马也弓腰抬腿，拉着空空的车子，呼隆隆向前奔驰。

孙殿英盗陵时，没有费多大力气，只是以演习的名义调集部队封锁陵区，再命令工兵使用了不太多的炸药，便把机关重重的乾隆裕陵和慈禧定东陵炸开，轻而易举地攫尽了两座地宫中的无数宝物。但是，要想守住这个秘密，不让天下人知晓，却是百吨炸药、千军万马也无济于事。一个月后，东陵盗宝案作为特大新闻披露于报端，天下哗然。

在离清东陵不太远的天津，有一座叫张园的私家豪华宅院。1925年2月，从北京逃出来的末代皇帝溥仪，正住在这里。这一天，当他打完高尔夫球回来，刚刚脱去外衣坐下，尤太监便以悲切的声音禀告："皇上，太后和乾隆帝的陵墓被炸开了，地宫中的宝物被洗劫一空。"

溥仪一听，犹如有炸弹在自己胸中炸响，身子摇晃了几下，一时说不出半句话来。过了好一会儿才问："何人所为？"尤太监把知道的情况简要禀报，溥仪掩面失声痛哭。

溥仪对慈禧有着特殊的情感，这远非一般皇亲国戚可比。他朝东陵方向跪下，咬牙发誓："此仇若是不报，枉为爱新觉罗氏的子孙。"

溥仪当日没有进餐，只喝了一些牛奶，吃了点儿进口的点心。他把一腔愤怒倾泻于笔端，连夜作了一幅画：孙殿英被五花大绑，跪在地上，一个士兵用锋利的长刀刺穿了孙殿英的脖子，另一个士兵则用短刀在猛刺孙殿英的大腿。画的名称是《杀孙殿英图》。他又奋笔疾书，写成控告状，呈送蒋介石总司令，恳请伸张正义，惩治盗贼。

蒋介石看来很是重视这件震动海内外的大案，给溥仪回信："呈文具悉。通饬所属，一体严密缉拿，务获究办，毋稍宽纵。"

溥仪见到蒋介石的回信，略略感到宽慰，便等待着政府对孙殿英等"缉拿""究办"。接着，他把尤太监叫到面前，着他前往遵化县皇陵区一带打听、寻找，如寻获有出自皇陵中的任何物品，当不惜重金赎回。哪怕能找到一个扣子、一根带子、一颗珠子，也算是对祖上尽了孝道，也是对自己的一种安慰。

尤太监身背一个包袱，在遵化县皇陵区周边，走街过巷，入村进户，细细打听，但却是大海捞针，没有任何收获。

好多年没有回家，且已到家门口了，他决计回家一趟。父母早已不在，弟弟热情相待。吃过午饭后，尤太监心中有事，便要离去。弟弟执意挽留，并说还有重要的事情没有告知哥哥哩，接着把一个多月前赶着马车，到东陵转运麻袋、木箱的事说了出来。

尤太监心中惊喜：太后保佑！想不到竟然从弟弟口中得到了如此重要的线索。既然村里那么多人参与了这件事，便极有可能找到皇上需要的东西。

他的眼睛像被点亮了的供香，忽闪着光亮，急急地问："你们赶车的人中，有人接触到宝物吗？"

"没有。我们只是看到装宝物的麻袋和箱子。"

"车上有从麻袋或箱子里掉漏下来的东西吗？"

"没有听说。"

"听说过有人收藏出自皇陵中的宝物吗？"

弟弟的回答还是"没有"。

尤太监由兴奋变成了失望，眼神也由像点亮了的供香变成了只留下死灰的残香。

"尤乡长从头到尾参与了这件事，或许他会有别人并不知道的内情。"弟弟想了一下说。

这几句话使尤太监重新燃起了希望，便立即起身前往尤乡长家。

尤太监热情地同乡长打招呼："大叔、乡长，您好。"

但这位大叔加乡长却像是落了枕，脖子勉强地动了动，然后不冷不热地应答："你回来了？"

原来，这尤乡长早年当过阉割师，尤太监当年便是由尤乡长阉割的，这样他们之间便有了一种特别的关系，照着代代相传的规矩，阉割师一辈子都会受到被阉割者的敬重。

尤太监带来了让乡长大有兴趣的东西。他从背着的包袱里取出了一个用红纸卷成的圆柱体，像长得壮实的甘蔗那么粗，有一拃那么长。尤太监双手把这纸卷递给乡长，相伴的话是："一点小意思，不成敬意。我兄弟在村里少不了劳您费心、关照，很是感谢。"

乡长接过红纸卷，紧实实的，硬邦邦的，他知道，这里面卷的是大洋，凭他的经验，数量当不会少于二十块。他原本像冰块的脸这时像火烤了一样，裂开了，变成了绽开的菊花，话也一下增加了温度："你太客气了。你和弟弟有什么事，但管开口，本来就一笔写不出两个尤字嘛。"

乡长泡上了茶。二人一边喝茶，一边聊天，聊村中往事，聊旧友亲朋，聊乡间见闻，聊得很是热闹，显得很是亲近。尤太监觉得火候到了，便话锋一转："叔，我马上就要回天津了。有一件事想打搅您一下。"

"有什么事你说，你说。"尤乡长这时成了冬天的火炉子。

尤太监简明地说出了要求：东陵被盗，皇上日夜哀伤、痛心，很想找回陵中一两件东西，以示孝心，以尽孝意，也抚慰祖上之灵。

尤乡长一阵迟疑后，以遗憾的口吻回答："我带了村里十个人赶着三十辆骡马车去了东陵，但只是帮着把许许多多从地宫中取出来的东西转运到汽车上，却是什么也没见着，更甭说留下什么东西了。"

尤太监有点失望，但依然在探询："叔，你再想想，如果有什么线索也行。"接着又补充说，"皇上不会白白烦劳您的。"

最后一句话像药引子一般起了作用。是啊，办成皇上要办的事，那还少得了奖赏？虽然皇帝已不是过去的皇帝，但瘦死的骆驼三百斤，烂了的大船三筐钉。就说今天吧，我什么都没说，什么都没做，这当年的尤小龙一出手就是一大卷银元，估摸着比我担惊受怕去一趟东陵得到的还要多。如果遂了皇上的心意，只要他抠下一块指甲盖大小的东西，也许就够我受用一辈子了。可是有什么线索呢？他皱紧眉头，开始搜肠刮肚，把自己参与运宝的事情像篦头发一般反复细细梳理。他还真想起一件事来，一件盗宝后与孟平山有关的事。虽然自己并不知详情，更不知内情，但确是一条重要线索，并且肯定是对尤太监很有用的线索。然而，此事非比寻常，弄不好这线索可能成为炸弹的引信。说不说哩？他犹豫着。

这时他又看了看桌上放着的那一卷银元，心里盘算开了：那些当兵的掘墓、弃尸、盗宝，实在是伤天害理。要是早二十年，别说是掘墓盗宝，就是动了皇陵上的一撮泥土、一棵小草，也是要被诛九族、被凌迟的弥天大罪。他又想起，自己还曾受孟平山的恐吓和威逼，并且那些当兵的得到了那么多财宝，给我这立下大功的乡长也只有区区十块大洋。这些家伙实在不是好东西，不值得为他们隐瞒一切。

想到这里，有一件事在尤乡长眼前、喉头直转悠：自己从东陵回到村里的第三天深夜，孟营长骑着马，带着勤务兵，前来敲门……但他的思绪很快又像被闸住的河水，停了下来，孟营长"谁也不许把这件事说出去"的吼叫，如枪炮声响在耳边，多一事不如少一事，弄不好便会大祸临头，不说为妙。

尤乡长又看了一眼尤太监，说还是不说的念头在脑海里潮涨潮落般好几回以后，终于有了主意，他对尤太监说了句看似平淡、实则大有深意的话："要找皇陵里的东西，寻常人家哪里会有？你倒是可以去遵化县的珠宝店看看。"

尤太监本就机敏过人，这个时刻的机敏又超出平时，他立即悟出乡长的话里藏有玄机，没有再多问一个字，立马站起身来说："叔，非常感谢您。"说罢匆匆离去。

尤太监急急地赶到了遵化县，进到了最有名气的大唐珠宝店。他的眼光如探照灯一般，先将摆在柜子里、架子上的古董和珠宝逐件扫视了一遍，但并没有发现他想寻找的东西，便对掌柜的说："请问，您店中有没有更好一点的东西？"

唐老板看了尤太监一眼，见这人的模样非官非商，非儒非僧，是个显得有些怪异的人，或许是一个大主顾，便说："请客人随我来。"便引着尤太监进入内室，然后从锁着的柜子里取出一个精致的木匣子，打开后，里面躺着的是一件青铜佛像。

尤太监只看了一眼："东西不错。还有更好的吗？"他在宫中多年，见过珍宝无数，对各类珍宝古玩的真假贵贱，一眼便可辨个八九不离十。这件东西他完全不放在眼里，更何况他今天专有目标。

唐老板又取出了一个半尺长的和田玉摆件和一件粉彩瓷瓶，但尤太监也只稍稍看了几眼，便毫无兴趣地放下。

唐老板摇了摇头："本店别无宝物了。"

尤太监又问："你最近收进了新货吗？"

经这一提醒，唐老板似是想起了什么，他稍作犹豫，又朝尤太监看了一眼，然后从一个柜子里提过来一只布口袋，从中取出一件东西来："这是一个多月前新进的一件瓷器，还没来得及打理和配置盒子，你不妨看看。"

当尤太监的眼神投射到这件东西上时，目光立即变得如烛光闪烁，心里如大浪汹涌。再近前细看，他差点惊叫起来：凤尊！这就是二十多年前为慈禧太后烧制的那件凤尊。他对这件东西实在太熟悉了：从绘制纸样，到成器后捧送到太后住的寝宫；从将这件凤尊从太后的寝宫取出，到随同许许多多的陪葬品放入地宫，他都曾亲历亲办。他的心跳得咚咚直响，喘气也变得不畅，便反复默念着"太后保佑"，以控制自己的情绪。过了好一会儿，他才不动声色地问："这件瓷器可有价格？"

"你若与这宝物有缘，我可以低价相让。"

"你先开个价。"

"大树以根深为本，开店以信实为本。真人面前不说假，买进这件宝物时，我父亲花了五十八两黄金，我现在想以六十两黄金卖出。"唐老板从客人的表情和言语中，判断出这客人很想得到这件东西，又想起这件东西的来历不属正道，以速速出手为妙，便定了个他自认为合适的价码。

尤太监微微一笑："这是天价了。"

"这珠宝古董，贵贱并不最为重要，全在喜欢，全在缘分。时下兵荒马乱，今天又碰到您这识货的有缘人，我才愿意以这个价格出货，也仅仅是赚了您二两黄金。"唐老板说完，等待着客人讨价还价，他的心理价位是五十两黄金。

尤太监却没有讨价还价："既然你说到这份儿上，我就不再在价钱上你来我往枉费口舌了，愿以六十两黄金买下。"说着从包袱里掏出三十块大洋作为定金，约定三天后取货。

唐老板不由得又看了尤太监一眼，这是什么人，竟然愿意一文不爽地以自己开出的价码成交？这时他的心也跳得"咚咚"直响，但他极力装出镇定自若的样子："客官真是个有见识的爽快人。那就一言为定。"

交易龙尊

尤太监走后，唐老板心情依然没有平静，他坐了下来，一边慢慢地喝茶，一边细细地回味着刚才发生的一切。他一遍又一遍地自己对自己说，虽然收进这瓷尊时，受了点惊吓，但现在看来，完全值得。他为什么会有这等想法呢？这还得从瓷尊进店的前后说起。

盗墓事毕，孟平山在遣走尤家村的骡马车队后，便同勤务兵骑马沿原路快速返回，凭记忆从高粱地里找到了那只他从车上扔下来的麻袋。麻袋虽然半实半瘪，但他还是有着极大的期待。哼，两年前在景德镇夺得那么多瓷器，但自己到头来却是水中捞月，两手空空，不能再做那样的傻事蠢事了，这次怎么也得沾点珠光宝气，弄他个三件两件。他已在盘算着变卖了宝物、有了大把钱财以后如何花销：要回老家买房置地，还要娶一房姨太太。

但当他和勤务兵一起把麻袋打开时，一下如同从火炉边跌在了冰窖里，通身透凉：眼前全是破碎的瓷片，有的瓷片竟然薄得像蛋壳一样，原来这麻袋里装的全是瓷器。他带着满腔懊恼，也抱着几丝希望，同勤务兵细加清理。稍得安慰的是，尚有一件是完好的，是一个身上画了五个湖、耳朵像凤的大瓶子，肯定能值一些银两。他很快联想到了老和尚"遇瓶则动"的偈语。嘻，只要遇见瓷瓶，那便是福不是祸。

如何处置这瓷瓶？随身带着极为不便。还有，掘陵前孙殿英军长已经下令，任何人藏匿从地宫中取出的任何东西，均以军法论处。唯一的办法是让这瓷瓶"动"起来，加以变卖，并且是速速地变卖。但又不能无所顾忌地公开摆卖，也不能堂而皇之地典当。怎么办？他取下军帽，忽左忽右地朝脸上扇着风，一面皱着眉头思考，终于想出了办法。

第二天日落后，他带着勤务兵，骑马踏着夜色来到了尤家村，敲开了尤乡长的家门。尤乡长见孟平山半夜敲门入室，吃了一惊，猜定不会是什么好事，只怕真的是夜猫子进宅了。

孟营长让勤务兵把一个用布口袋装着的东西放了饭桌上，打开布口袋，露出来的是一件硕大的瓷瓶。尤乡长心中又是一惊，不过这一惊与刚才开门时见到孟平山的一惊迥然不同：那时候的一惊是惊惶、惊恐，这时候的一惊是惊奇、惊叹，有生以来从没有见过如此漂亮的瓷器。

"好家伙！老总，您您是在哪儿、又是如何如何得到这件宝贝的？"尤乡长话都说得有点不太利落了。

孟平山阴沉着脸："你用不着问那么多。"

尤乡长定了定神，在心里说：你不说我也能猜出来，这宝物的主人本是躺在东陵地宫中的帝王。

孟平山压低了平日牛吼马嘶般的大嗓门："我不懂瓷器，你看看这玩意儿属什么成色？"

尤乡长伸出了大拇指："宝物，宝物。"别说这是来自皇陵中的精瓷美器，就是孟平山从地摊上随意买下的粗碗旧杯，他也会说是赛过官窑御器的好物件。

孟平山点了点头："乡长还真有眼力。我对瓷器这玩意儿是和尚娶老婆——完全是外行。你给掂量掂量，市面上能卖个什么价钱？"

"对瓷器古玩我虽然是个门外汉，但也略知一二。"尤乡长说完端起油灯，显得非常认真地对着瓷瓶上下左右瞧了起来，口中还念念有词，然后以满有把握的神情说，"估计能值个五六百块大洋。"

这个价格比孟平山预期的要低得多，但也是一个不小的数目，何况这本是天上掉下来的馅饼，他没有在乎价高价低，接着问："若是换成黄金哩？"

"十五两左右。"

"我想请乡长帮个忙。"

"孟营长的事，我尤某人定当尽心效力。"乡长并没有听明白孟平山话中的含义。

"我带着这件东西实在不便。"

"确是这样。"尤乡长应和着，心里却在想，莫不是他要将这件瓷瓶委托我贱卖？反正是白来的。

但接下来孟营长说的是："这样吧，我就以你刚才说的价钱把这瓶子出让给你。"

一听这话，尤乡长顿时眼前发黑，心里发紧：老天爷，我哪有这么多钱买这个瓷瓶，并且自己对瓷器是石头雕成的菩萨，一窍不通，这瓷瓶到底值多少钱心里完全无底。刚才说值五六百块大洋，不过是瞎子算命，胡嘞嘞一气，为的是讨孟营长高兴。早知如此，刚才说这瓷瓶只值三五十块大洋便好了，说不定自己可以捡个大便宜。这下可是仰天吐痰，全落到自己脸上了。

"怎么样？"孟平山催问。

尤乡长慢慢缓过神来："孟营长，这件瓷器确是宝物，只是在下家底太薄，实在没有能力买下这宝瓶。"

"那就少给点，十二两，干脆十两黄金吧。"

"就是十钱黄金我家也拿不出来。"

"你他娘的也太不讲义气了，我这既不是白要，更不是强抢，是把好东西贱卖给你，明白吗？别给脸不要脸。"孟平山说罢，从腰间掏出手枪，"啪"的一声放到桌子上。

尤乡长吓出一身冷汗，随之膝盖弯曲，"扑通"一下跪在地上："营长饶命，营长饶命！"

"别给我来这一套。行，还是不行，放个响屁！"

尤乡长确实拿不出这么多金子。但他也知道，如果眼前这瓷瓶不能变现，这个凶煞不会轻易饶了自己，便在急急地思考对策。自己的钱匣里只有百十元大洋，远远不够换成十两黄金的数目。倒是有二十几亩地，但无法立即变现为大洋。借？村里人大都穷得春缺粮、冬缺衣，哪里有大洋、金子可借？即使谁家真的有钱，恐怕也不会愿意外借……

"想得怎么样？"孟平山又一次发问。

"有点眉目了，让我再想想。"实际上，此时尤乡长不仅没有想出什么眉目，就是一根眉毛也没有想出来，依然只是缓兵之计。

"老子没有工夫再等了。"孟平山的声音和脸色在不亮的油灯下显得吓人，落在墙壁上的影子让尤乡长联想到了鬼影。

尤乡长的恐惧步步加剧，脖子开始变得发硬发凉。不过他的思维没有停歇，依然如天马行空，飘忽腾挪。突然，脑袋里似有一道闪电掠过，在闪电的光亮中，他瞥见了一个人、一处门店。他瞬间像喝下毒药后找到了解药，告诉孟平山："我有一个朋友在遵化县城开珠宝店，孟营长可以把这瓶子拿过去，让他买下。怎么样？"

孟平山心想，看来这尤乡长确实拿不出那么多钱来，卖给珠宝古董店倒不失为一个好办法："也行。那你跟我去一趟县城，这就走！"

尤乡长知道无法拒绝，便爬起身，换了件衣服，和孟平山的勤务兵同骑在一匹马上，向遵化县奔去。"嘚嘚嘚"的马蹄声，在夜间的乡村小路上清脆响亮，比白天大了好几倍。在尤乡长听来，这马蹄声中有枪弹呼啸或是刀砍脑袋的声响。

　　三人进到遵化县城里，尤乡长叫开了大唐珠宝店的门。唐老板见尤乡长深夜来访，很是惊诧，又见后面还跟着两个穿军服的，身上还带着枪，心里顿时一阵慌乱，一阵恐惧。当兵的八成是来抢劫的，这下可是大祸临头了，只怪今年写春联时，把一横批由"财来福多"，信手写成了"财去福多"，为此心里腻味了一个正月，不承想到今天果然要应验了。

　　尤乡长先对孟、唐二人分别作了介绍，然后道明来意。唐老板稍稍放下心来。

　　勤务兵把瓷瓶摆在了桌子上，唐老板一眼便认定，这是一件大开门①的真货。他又把瓷尊用手摸了摸，并细加观看，甚至用鼻子嗅了嗅，觉得自己的判断无误。

　　"东西怎么样？"孟平山问。

　　唐老板没有正面回答，而是照着惯常的套路，小声地问道："老总是如何得到这件东西的？"

　　这一问，让孟平山一下变得很不耐烦："你刨根究底问什么？只说这东西值多少钱吧。"

　　唐老板这下明白了，东西来路不明，今晚不会是一场正儿八经的买卖。他定了定神，带着笑意说："金银有价，玉石、瓷器无价，老总心里的价位是？"

　　孟平山心想，老子可没工夫同你谈珠宝玉石有价无价、价高价低这些无聊的话题，也用不着同指甲缝里都涂满了油的商人斗心眼、耍嘴皮子，只要快快地把这瓶子换一笔钱便可以了。这卖珠宝古玩的老板，肯定比那尤乡长有钱得多，他在心中迅速定下价钱："小媳妇生孩子，痛快最好。三十两黄金，你一手付钱，我一手给货。"

　　尤乡长在旁边心里一紧：在我家说的是要十五两黄金，甚至十两黄金也行，可过了还不到两个时辰，价格就涨了两倍，这孟营长心也太黑了，也随之为唐老板捏着一把汗。

　　唐老板脸上并无难色，而是满脸堆笑："老总一身豪气，说话当当作响，让我想起《水浒传》中的英雄好汉。想必在战场上，您定是一员虎将，将来前途无量，当个军长师长定无问题。"

――――――――――

①　大开门：古董行的术语，指一眼看上去就可以确定为真货、不用怀疑的东西。

这一番恭维的话，让孟平山听了很是高兴，但他还是把当军长师长的事放在了一边，而是想着如何让眼前的瓶子快快变成金子，不过态度明显比刚才平和了，他的脸本像板结的土地，似是经过了轻风细雨，一下变得有些润朗松软了。

"老总眼力准，心也诚，不是漫天要价，碰上好年岁，遇到个手头有点闲钱的主顾，这个价完全可能成交。只是在下店面不大，买卖很小，又碰上这时风时雨的年头，生意实在难做。还请老总能体谅我的苦处，稍稍……"唐老板说到这里，把手掌轻轻向下按了几次。

孟平山心想，唐老板的这番话，很像是光着屁股坐长凳，有板有眼，看来他对这个价格并无大的抵触，只要比刚才在乡长家想要的价格高些便行，快速成交为好。他作出了让步："那就饶你三两，一毫也不能再少了。"

唐老板没有再讨价还价，眼下最为重要的是花钱化灾免祸，就像自己那错写的联语——财去福多，便接口说："好。就按老总说的办，但需要换算成大洋，因为我手头实在没有这么多黄金。"

"我身上背着几百块大洋能扛枪打仗吗？我再作点让步，你能凑成二十五两黄金即可。"孟平山见唐老板眨巴着眼睛没说话，便沉下脸接着一字一顿地说，"时间不早，行还是不行，来句痛快的。"

"行。"唐老板很痛快地吐出了一个字，又麻利地打开了好几个柜子，凑足了二十五两金子，交给了孟平山。

孟平山接过金子，说了声："祝唐老板财源广进。"然后走出门外，翻身上马……

唐老板想到这里，喜不自胜。仅仅一个多月的时间，这瓷尊还没有来得及摆上柜台，便有主顾相中，自己一下便可以赚得三十五两黄金，看来今年流年不坏。

尤太监走后的这三天，唐老板是在抱着喜悦而又带着焦虑中度过的，他不时到门口张望，盼着那付了三十块大洋定金的客人准时出现在视野里。

时近正午，火辣辣的太阳晒得地面上的青石板发烫，大街小巷少有行人，连鸡鸭猫狗都不愿在石板上行走。有马蹄声由轻而重地传来，继而在大唐珠宝店门口戛然而止，随即从一辆由两匹马拉的车上跳下三个人来。

唐老板一看，来人中有一个正是他连日来一直在苦盼苦等的人，相伴而来的还有两个身强力壮的年轻人。唐老板一看便明白：这两个是护宝人，从那身形、眼神、举止看，分明是一对武林高手。

尤太监进门以后，在桌边坐了下来，其中一个随员把背在身上的包袱放在了桌上。

尤太监正要打开包袱，唐老板却伸手阻止，说了声："且慢！"然后拉开抽屉，取出一摞大洋，递向尤太监："客人，这是三天前您留下的大洋，全数都在这里。"

尤太监不由得一愣："老板，您这是什么意思？"

唐老板没有接话，又取出一摞早已备好的银元，对尤太监说："这里还有三十块大洋。"

尤太监更不明白了："唐老板，你这又是什么意思？"

唐老板作出了解释："第一个三十块大洋是奉还的定金，第二个三十块大洋是我赔付的违约金。"

尤太监这下明白了唐老板的意思："这笔买卖我们三天前已经谈定说妥，怎么可以反悔？"

"对不起，真的对不起，实在是出于无奈！"唐老板连声道歉，然后告诉尤太监：与您谈定价格的第二天，我的老父亲来了。一听我要以六十两黄金出售这件瓷尊，立即又急又气，差点晕倒在地。他告诉我，这是他从一个收藏家手里以八十八两黄金买下的。他之所以说是以五十八两黄金买下的，是担心身患重病而又脾气古怪的母亲知道后，家庭陡起风波。唐老板说到这里，喉中哽咽，没有再往下说。

原来如此，尤太监半信半疑地说："你对父亲可谓大孝，但做生意当以诚信。父亲同你说了什么，外人未必知道；但你失了信义之后，可是很快便有人知道，并且会被广为人知。你对此考虑过吗？"

"确是这样。为人当以信，我如此这般实在是身临悬崖，无路可退，并且我已赔了你违约金，这也算是诚信吧。"

唐老板这一说，又使尤太监无言以对。

唐老板继续摆说道理："我不得不说的是，如果这次失信违约的不是我而是您，也就是说是您心生悔意而不愿做这笔买卖，我上哪里找您？您顶多也就损失这三十块大洋违约金而已。所以如此说来，我赔您三十块大洋违约金，是守信，也是公平。"

尤太监十分为难地说："我不买回这瓷瓶，您便陷我于不孝也。"

"此话又怎讲？"

"我家老母亲，体弱多病，今年正逢八十大寿。她一生最爱瓷器，所以我在贵店定下这瓷尊，作为祝寿之用，并且已经告知了我母亲。她听了以后，喜悦万分。如果我今天空手回去，我如何向老娘交代？也真不知老人家切切盼等的东西没有见到以后，将会发生什么？"尤太监说到这动情处，忍不住掉下眼泪。

"真是孝子，这可如何是好？"唐老板说完还不停地摇头叹气，一副十分为难的样子。

"看在两位老人分儿上，我们还得把这件事办周全了，最好使两位老人家都能满意。"

"这样最好。"唐老板又问尤太监，"您有什么好法子？"

尤太监说出了自己的办法："你父亲关注的是价钱，不能以六十两黄金将这瓷尊贱卖；我母亲需要的是这瓷尊，并知道六十两黄金可以买回这瓷尊。能否这样，你我各让半步，七十五两黄金成交。这样便是双方都不失仁义，我们也都尽了作为人子的孝道。"

唐老板先是称赞对方大孝大义，令人肃然起敬，既而提出了自己的方案："你母亲是八十大寿，我父亲正好也是八十年庚，那瓶价便也八十两黄金吧，可谓吉人吉事吉数。虽然卖出这只瓷尊我要赔进几两黄金，但也算做了一件善事。"

尤太监点了点头："吉人吉事吉数，所言极是。"

双方迅速验金交货。

尤太监三人顾不得已是汗湿衣衫，抱着瓷尊，速速爬上了马车。

尤太监刚刚离开，唐老板便迈着轻松的步履转入内室，有一个人正等在那里，确切地说，这人两天前便已等在这里。这人不是别人，是尤乡长。

原来，尤太监同尤乡长匆匆道别后，尤乡长便断定尤太监一定会根据自己的暗示，到遵化县大唐珠宝店寻觅、购回那件瓷尊。第二天便急急地进到城里，来到了唐老板的店里，细细告知了瓷尊的来历和要买瓷尊者的身份。

唐老板一脸惊喜："你来得太及时了，否则我便要以六十两黄金出货了。"于是两人一番商量，定下并上演了一出精彩的小戏。

唐老板一阵大笑："尤乡长真是料事如神。"

尤乡长笑道："我领着孟营长强行让你买下这瓷尊，还让你大受惊吓，虽是迫于无奈，实在有愧于心。这回算是将功补过。"

"功大于过。"唐老板说完拿出十两金子递给尤乡长，"有福同享。对太监可以爽约，对乡长的功劳不能埋没。"

尤乡长推让了一会儿，最后接过金子，喜滋滋地与唐老板道别。

走在路上，尤乡长的一只手一直放在口袋里，紧紧攥着那金子，生怕会丢了似的。在炎炎夏日，那金子给人的是贯通全身的怡然和凉爽。但他在高兴中也大有遗憾：要是早几天有这十两金子，那只宝瓶便会落在自己手里。那八十两金子，甚至是一百两金子，便是鸭子吃蚂蚱，由我一口独吞了。只是这个唐老板也太小气了，我帮他一下赚了五十五两黄金，他只象征性地给了我十两，理应是对半劈才对。哼，商人都不是什么好玩意儿。想到这里，他又不由得朝远处望了望，既而心里想着：不知那尤太监三人走到了什么地界？这次帮着尤太监买回凤尊，功劳不小，皇上应当有所赏赐才好。但是，这只能寄希望于尤太监兑现诺言了，不知那尤太监会不会在皇上面前提起这件事？

不静的静园

且说那尤太监得到凤尊以后，便如追云逐月般赶回了天津张园。还没有来得及掸去衣上的灰尘，揩净脸上的汗水，便跪在溥仪面前，献上了瓷尊。

溥仪的目光落在了瓷尊上。乍一看，他看不出这瓷尊有什么特别之处，他见过的羊瓷羊器无数，这件瓷尊充其量也只是有资格列在清宫的珍宝册中而已。但当他看到瓷尊那肩部凤的造型和尊身的五湖图案，听了尤太监讲述这件瓷尊的由来以后，心境骤然变了。

从凤尊的图形，他想起了太后，想起了那个把自己抱上龙椅的大清主宰者。在他的脑海里，三岁时登基的隆重场面只有一些朦胧的记忆碎片，对太后的模样在记忆中则几乎没有留下印痕。在逐渐长大的过程中，"大清坏在一个女人手里"的议论时有所闻，这在一定程度上影响了他对太后的亲近感。但今天见到这凤尊，又联想到平日看到的太后的画像和照片，凤尊刹那间幻化成了太后的模样。他猛地把凤尊紧紧地抱在了怀中，心中不停地喊着：太后，太后！

当他逐一细细地看过尊体上的五幅图画时，心随眼动："五湖四海"历来被视作中国疆土的代名词。可是，那宽广秀丽的五湖，那辽阔壮美的四海，那大清的万里江山，早已不属爱新觉罗氏了。自己这个曾经的真龙天子，现在只能蛰居在津门日本人的租界里，幽居在这座私人的宅院中，类同半个囚徒。顿时，那五湖带着连天的闪电和撼地的狂飙，一起涌入心中，在心海里激起冲天大浪，既而那冲天大浪化作了无法控制的泪雨，滴落胸襟。

尤太监在一旁劝慰着："皇上，别过于悲伤，保重龙体。这凤尊失而复得，定是吉兆祥音。"

溥仪的妻子婉容轻步走了出来，用一方绣了花的手帕不断地轻轻为皇上擦拭眼泪，溥仪逐渐止住了哭声。

几个月后，溥仪从张园搬进了同样位于日本人租界的乾园，园中的主体建筑是一座西班牙式砖木结构的小楼。溥仪入住后，将这园子改名为"静园"，从字面的解释是"静以养吾浩然之气"。溥仪字耀之，号浩然，人名与园名很是相宜。但他内心的真实想法却并不如此简单，这可以从挂在会客室门边的一副对联中看出一二：

　　端居味天和
　　静坐观众妙

他看似在端居、静坐，实则日日挂在心怀的是"天"与"众"。

溥仪搬进静园之后，在二楼特地辟出一个房间作为"祠堂"，用以供奉祖先牌位，拜谒先祖，以志不忘列祖列宗，也是强烈地表达对皇陵遭掘的愤怒，蒋总司令虽明言对掘陵盗宝者缉拿究办，却杳无音信，就像一块砖头扔进江河，只是开始冒了几个泡，便再无动静。这些都使他一直不曾泯灭的复辟之心犹如烈火烹油，变得更猛更烈了。但凭他拥有的实力，还有他面对的时代潮流和天下大势，要重新拥有江山社稷，无异于痴人说梦。

这一天，溥仪正在捧读南唐后主李煜的词集，有客人到访。这人是溥仪家中的常客，名叫冢田次郎，就是几年前到过景德镇考察瓷器的那位日本人。他回国后不久，应征进入军队，并被派到中国，现在已是日本华北特务机关长土原肥贤二手下的一员干将。当年他说的中国话半通不通，现在已成为能熟练使用汉语的中国通，连东北话、天津话他都说得很是地道。

"阁下从张园搬到静园以后，我一直没有来探望，很是抱歉。今天稍有空暇，特来拜访。"冢田次郎一副彬彬有礼的样子。

"非常感谢，请坐。"

"新居很美，园名更妙，好一个静字。"冢田似乎在咀嚼这"静"字的含义。

"我改乾园为静园，只是表示远离旧时乾坤，躲开嘈杂的世界，在此静息静养。"溥仪作着解释。

冢田指了指门边的对联："好对联，好心境。不过，中国的'静'字意涵丰富，可以理解为静息静养，也可以理解为静中求变，还可以理解为以静制动。"

这几句话触动了溥仪的心结，但他却掩饰说："不是，不是，都不是。山河易变，水不向西。"又指了指放在桌上的书卷，"我正在读李煜的词，多有所悟所得。"他想以此说明，一千年前的南唐后主李煜也是亡国之君，纵有复国之心，却无复国之力，自己现在也只是以诗文自娱。

冢田虽然并不知道李煜其人其事，但从溥仪的话中倒是大致明白了这位逊帝的意思，便意味深长地说："中国有一句话叫'此一时，彼一时'，万事万物都在变动之中，世界上什么事情都可能发生，就好比一个球，撞到墙上掉下来以后，它的落点无法预测。"

溥仪轻轻地动了动脑袋，似是点头，又似是摇头。

冢田似乎对"静"大有兴趣："古代中国的哲学家很看重'静'和'气'，认为静可以养气，气可以涵养万物，这万物当然也包括山水田园。"

溥仪觉得这个话题沉重而敏感，不便多谈，更不便深谈，便站起身来说："我搬了新家，请您各处看看。"

但冢田起身后，却像木桩一样立住了。他鹰眼一样犀利的目光停在了摆放在多宝架正中的一件瓷器上，这是他以前在溥仪的寓所从来没有见过的东西。再靠近细看，发现这件瓷器的颈部和底座用的正是他一直无法释怀的乌金釉，从瓶尊肩部凤头的装饰，他知道这是一件凤尊。

"阁下新添了一件宝贝，可以让我好好看看吗？"

"当然可以。"溥仪带着几分自得地答应着。

冢田次郎小心地取过凤尊，又移步靠近窗户，借着自然光，凝神静气，像研究作战地图一般认真审视。凭着他在瓷器方面丰富的知识，还有他对中国的了解，马上判断出这是一件非同寻常的瓷中珍品："这件瓷器是您的旧藏，还是哪位收藏家的奉赠？"

"都不是，是花了大价钱买得的。"

"花了多少钱？"

"八十两黄金。"

"物有所值，物有所值。如果您愿意，可以转卖给我，我可以另加百分之十的佣金。"冢田这话可以说是半真半假，他对这件瓷器有着极大的兴趣和拥有的欲望。

"如果是别的瓷器，我完全可以转让或是相赠，但这一件却是万万不可。"

"啊，这是为什么？"

溥仪很认真地讲了这件瓷器非同一般的身世和曲折奇特的来历，然后感情真挚地说："这件瓷器印上了中国御瓷的历史，也刻录着大清王朝的历史。看见它，我就好像看见了大清历代皇帝，更觉得老太后就在身边。"

冢田连连点头："原来如此。那这件瓷器可以说是御窑中的凤凰、珍宝中的珍宝了，因而其价值也就远远超出八十两黄金，可以说是价值连城。"说完，又用手摩挲了好一会儿，才带着不舍把凤尊放回了原处。

冢田走后，溥仪心里泛起了波澜：这日本人或明或暗、似真似假的话中显然在暗示什么，是要帮助我恢复帝位？还是看中了这件凤尊？他顿时有点兴奋，又有点不安。但凡被日本人看中的东西，其结果可想而知。对凤尊，他有了一种不祥的预感，也许有一天会失去这件珍宝。从这一天起，溥仪对瓷尊每天都要观赏一番，每隔三五天便要抱在怀中，用手轻轻地抚摸一阵。

冢田次郎来静园更频繁了。每次来，除了一般的交谈之外，还有两件事必然要做。一件是邀请皇后婉容出去跳舞，溥仪已经清楚地知道，那"跳舞"的真正内容是什么；二是一定要看一看、摸一摸那件瓷中凤凰。

这一天，冢田又来了，溥仪对他已经开始生厌了，很不愿意看到他的出现，可你不要什么却偏偏来什么，就像手气太坏的人去牌桌一样。更不愿意看到他来了以后便要做的事情，就像你身上有一块大疮疤，他每每要抠一抠、揭一揭，好像能从别人的流脓流血和痛苦不堪中获得极大的快感。

冢田快要离去的时候，又一次站在了多宝架面前："阁下，我们做一件交易如何？"

"什么交易？"溥仪带几分戒备地反问。

"我太喜欢这件瓷尊了，您租借给我欣赏、把玩一年，我要强调的是'借'。我给您的条件是，每月奉送一两黄金作为租金，并且不再邀请皇后跳舞。对您来说，这是很合算的买卖。"

溥仪心中一阵慌乱，他立即想起了"刘备借荆州"的三国故事，便鼓起勇气回答："实在抱歉，这件东西对我太重要了，一分钟都不想让它离开。"

"难道会比你的皇后还重要？"冢田说罢哈哈一笑，似是玩笑之词。

溥仪愣了好一会儿："一为人，一为物。二者无可比之处。"

冢田收住笑声："你的话很有意思，我们改日再谈。那我们跳舞去了。"

大厅里，婉容已打扮整齐。车门打开后，她随着冢田一起钻进了汽车。

听着汽车开出院子的声音，溥仪心里一阵痛楚。但这种痛楚比起对复登帝位的渴求，比起由于这种渴求无法实现而受到的折磨要轻得多。每每望着那凤尊上广袤秀美的五湖，他便觉得那就是大清河山，让他心旌摇动。但那只是画中的河山，镜子里的天地，何时才能成为现实中的世界？

冬春轮换，夏秋交替。转眼间到了1931年的9月，溥仪从收音机中听到了日本军队占领东北的消息。他心情复杂，不知道这对自己是好事还是坏事。

两个月后的一个晚上，冢田奉土肥原贤二的命令，开着两辆汽车进了静园。溥仪穿一身大衣，戴一顶帽子，神色凝重地从楼里走了出来，有两个侍卫紧随其后，其中一个侍卫手里提着两个大箱子。

溥仪走向了一辆小汽车，但车门没有像平日那般打开，倒是冢田伸手把汽车的后备厢打开了，说了声："委屈阁下了。"冢田让溥仪在侍卫的帮助下爬进了汽车后备厢，然后"砰"的一声，把后备厢合上了。

冢田一挥手，汽车便发动起来，从后门驶出了静园。曾经的中国皇帝，为了他心中的目标，在暗夜中，以这种匪夷所思的方式离开了寓所，车前面的道路一片黑暗。

夜半劫宝

这是公历 1932 年的 3 月 1 日，东北大地，依然了无春的气息。坚冰给道路穿了一层硬滑的铠甲，白雪给山冈裹了一件厚重的绒衣，鸟兽蜷缩在窝里洞里，躲风避寒，不愿出来撒欢觅食。白毛风带着嗷嗷的狂啸，卷起枯枝，扬起雪花，肆虐着大地上的一切。就在人们抱怨今年冬春气候异常的时候，从长春传出了让世界震惊的消息：满洲国成立，溥仪担任执政。

溥仪此时的心情可以说是五味杂陈。他心里是欣喜的，因为他再次拥有了君主的头衔，这是他梦寐以求的目标；但心里又是酸楚的，自己一言一行都得听由日本关东军摆布；他心里也是惶恐的，因为他还知道，"满洲国"像是茫茫大海中的一叶小舟，前程难卜。为此他常常惴惴不安，每每以把玩古董特别是那件凤尊来消磨时光，排遣忧虑。

冢田来得更勤了。他现在是关东军司令部与满洲国之间的联系人，实际上是关东军对溥仪进行控制的负责人，如果把溥仪比作一只猎犬，冢田便是把猎犬脖子上的链子操在手里的人。

溥仪的人生在继续演变。1934 年的 3 月 1 日，在长春南郊杏花村举行了一次让世人瞠目的登基典礼，溥仪由执政改称皇帝。二十九岁的他，第三次做了皇帝，"满洲国"改称为"大满洲帝国"。

举办完登基大典的第二天，溥仪把冢田请进了皇宫。因为他清楚地知道，当年是慈禧太后把自己抱上龙椅的，今天自己登上大满洲帝国皇帝的宝座，冢田起了至关重要的作用，他要对冢田表示谢意。

盛宴之后，溥仪把尤太监叫到了身边，轻声交代：把那件凤尊装进锦盒里。

尤太监知道将要发生什么。在将凤尊装盒的时候，他的动作反常地显得迟钝，双手还不停地哆嗦着。但他不敢出声，更不敢发问，只是以疑虑而又哀伤的眼神望了望溥仪：真的要将这胜过万千珍宝的凤尊送给日本人？

溥仪的眼神中有着惶然和痛苦，但却是坚定的。

尤太监费了好长时间才将凤尊包好，再拖着沉重的脚步，把凤尊送到了冢田的车上。

溥仪没有想到的是，第二天冢田派人送来了八十八两黄金，兑现了他曾经的许诺。

冢田回到寓所后，取出了他垂涎已久的窑中凤凰，欣赏着，抚摸着。在冢田眼中，这件瓷器的价值大大超出了溥仪的认知。这是中国御窑厂烧制的最后一件重器，是一件收官之作，全世界仅此一件，只凭这一点，这件瓷器便有着无可争议的巨大价值。但这只是从艺术价值上衡量，这件瓷器身上还承载着极为厚重的历史价值和政治意蕴：这是中国帝制崩溃的见证，也是中国衰落的见证；那凤尊上绘着的五湖图案是中国疆土的象征，这只凤尊现在成了日本人的囊中之物，或许便意味着中国的广袤土地，有一天会像这瓷尊一样落入日本人之手，这正是冢田一直垂涎这件瓷尊的根本原因。他已想好了，待按照日本帝国的"新大陆政策"，征服整个中国之后，将把这件凤尊作为礼物进献给天皇，那一定会增加赢得对华战争的喜悦和意义。为了使这件瓷尊免遭意外，几个月后，他派人把瓷尊送回了日本。为了确认这件凤尊的价值，他还叫家人选择时机在拍卖会上进行估价。

一个月后，适逢东京最大的拍卖公司要组织一场中国珍宝的专场拍卖会，这是一次有着浓厚政治色彩的商业拍卖。拍品中有极为名贵的字画，有巧夺天工的珠宝，还有精致华丽的皇室器具。这些拍品进入日本的方式多样，或源于购买，或由于受赠，或出于掠夺。日本早就以收藏中国艺术品为风尚，明治维新时期，获得伯爵封号的条件之一是，拥有两千件以上的中国艺术品。所以，许多日本人对这场中国艺术品拍卖会大有兴趣。

拍卖公司见到冢田家人送来的凤尊后，便认定这是一件罕见的中国御瓷。在问明了这件凤尊的来历以后，更觉得这是一件极有市场潜力的重器。认真评估后，给出了相当于二十万美元的起拍价。拍品预展时，许多人的脚步长时间地停在了凤尊前，把目光久久地落在了凤尊上。但让许多收藏家失望的是，在正式开拍前，瓷尊的主人找理由撤回了拍品。然而，这件瓷尊的现身还是成了拍卖会的一大新闻，尤其对这件瓷尊来到日本的政治意蕴，媒体不惜笔墨，作了毫不掩饰的深层解读和大肆渲染。

在中国，这件事少有人加以关注，显得悄无声息。但在上海的方浩得知消息后，心惊胆战，立即给王青先生写了一封长信，痛斥日本人巧取豪夺，劫掠中国宝物，还借着这件瓷尊，大做文章，辱我国家，欺我中华。信在结尾中再三叮嘱先生，凤尊已落入外敌之手，更需要把龙尊妥为收藏。这几年的深造，使他在技艺、学问、见识、观念、胸怀等许多方面大有变化，很像出窑后又入炉再经烧制的瓷器。对御窑官瓷的认识更加全面，更加深刻，他现在比任何时候都更清楚地看到了龙尊的多重价值，如果说过去他对这件龙尊的收藏与归属并不在乎，现在他的想法已经改变，必须守护好这件国之珍宝。

王青先生收到信后，大骂日本人"无耻、无道"，但也随之为龙尊担忧。因为他已是老病之身，健康状况一日不如一日，隐隐觉得自己将不久于人世，必须趁一息尚存，将龙尊交出去。可方浩却远在上海，怎么办？

一连几天，王青先生都在思虑，龙尊该如何处置？似乎越是思虑过度，病情便越是加重。就在他觉得无计可施的时候，犹如创作中灵感乍现，他忽然想到了一个人，那就是刘承根。承根不仅知道龙尊的相关内情，而且是刘胜远的养子，是亲耳听过刘胜远遗嘱的人，因而把龙尊交给他是合适的，也是大可放心的。他便托人捎口信给刘承根，让他来家里一趟，同时把自己的所想所做写信告诉了方浩。

刘承根得到王青先生的口信后，并没有来见王先生。因为他觉得王青几年来一直体弱多病，可能是有什么难办的事情要麻烦自己，于是有意闪避。更大的原因是，他近来日子很不好过，他越来越贪恋杯中之物，有时嫌喝得不尽兴，还会把酒壶带到观火台上，一边喝酒，一边看火。他还向酒友津津乐道：喝过酒以后把桩看火，和画家喝了酒以后画瓷用彩的感觉很是相似。半个多月前，他在又一次为祝鸿来把桩烧窑时，竟然喝了个酩酊大醉，窑中的火焰也成了酒徒醉酒的样子，飘忽不定，左右摇晃。开窑后发现，这窑瓷器有一多半烧成了夹生饭。

祝鸿来知道真相后，满腹气恼，但他没有向任何人发作，只是在又一次满窑时，把一只三脚马放在了一个特定的地方。当刘承根走近窑门，准备照例组织满窑、烧窑时，一眼瞥见了那只放在了窑门口一堆窑砖上的三脚马，行话把这叫作"马吃砖"。他一句话也没有说，立即沮丧而又羞赧地离去。因为那用心摆放的三脚马，是窑户辞退把桩师傅的明确信号。双方用不着四眼相对，用不着语来言去、尴尬地说清理由，这是约定俗成、不可有违的规矩。刘承根自然知道被辞退的原因，他不敢有任何怨言。他失业了，同时还意味着，他很难再被其他窑户聘用，因为任何窑户都不会聘用一个一边看火、一边喝酒的把桩师傅。他心烦意乱，根本不想理会王青先生的口信。

王青苦苦等了好多天，不见刘承根的影子，心生焦虑，便又写成一张字条："请速来我家一趟，有一瓷器之事相商。"托人捎给承根。

刘承根看了看这只有一句话的信，心里一动，不由得猜测着：这是一件什么样的瓷器？王青先生居然又是口信、又是书信要找我商量，并且还需要速作商量？他猛然意识到，这件瓷器可能与龙尊有关。方浩不太可能带着龙尊去上海，因而最大的可能是请他最为信任的王青先生代为保管。几日前承根也听到有人谈论，凤尊在日本拍卖行的起拍价为二十万美元，这龙尊自然也大体相当于这个价格。

其实，这些年来，龙尊的影子时时会在承根的脑海里闪现，想不到龙尊突然犹如陨石坠地，有了着落，他胸中激起一阵狂喜的浪花，被辞退的苦恼一下烟消云散，随之有了一段内心独白：看来时来运转。虽然自己与方浩有言在先，刘樱出嫁离家后，自己便与龙尊没有了任何关系，但不曾想到这龙尊竟是如此值钱，又与自己如此有缘。在成堆成堆的金子银子面前，君主圣贤怕是都把持不住，凡夫俗子更不可能无动于衷。机缘巧合的是，在自己身陷窘境、生计堪忧的时候，龙尊现身，真是老天爷开眼开恩，祖宗积德赐福。更何况追根溯源，这龙尊本就有自己的份额。既然这件珍宝的影子又在眼前晃动，绝不能轻易错过，他要倾尽全力试试自己的能力和运气。

王青已全身无力地躺在床上，身边只有朋友雇请的一个十多岁的女孩每天白天来照料他，他非常盼望承根的出现。这一天上午，有人敲门，他心中一喜，料想是承根来了。

但快步走进来的却是他很熟悉的邮递员，嘴里还大声喊着："电报！电报！加急电报！！"

王青签收后，赶紧拆开阅看，电文是："先生万万不可将龙尊交付任何人。"发报人是方浩。

又有人敲门，王青想这下定是承根。果然，门外响起的是承根喊叫开门的声音。他收起电报，思考着如何应对。

承根带着一阵风进到屋里，见王青躺在床上，关切地问："先生是不是病了？怎么不早告诉我？请医生看过吗？"

"看过，不济事了。有药治病，无方医老，我只是老了。"王青的声音带着沙哑。

"先生已是高寿之人了，一定还能活个十年八年。"承根说着马上话锋一转，"听闻先生叫我来商量一件瓷器的事，我即刻放下手头的活计，急急地赶来了。"

"是啊，我前不久又画了一件瓷器，正考虑请人代为售卖，因为我已经无力操办这些事了。"王青先生虽然老病，但脑子转得挺快，见了方浩的电文后，很快有了应对之策。

承根心中一愣，怎么不是那件龙尊，而是他自己画的瓷器？是王青先生忘了，还是另有原因？皱起眉头问："王先生给我的短信中，好像说的不是您自己作品售卖的事。"

"也许我脑子糊涂了，记错了，说错了？我说的是什么瓷器的售卖之事？"

"就是那件龙尊。"承根迅速回答。

王青的脑子并没有糊涂，依然很够用。自己在那封短信中压根没有提及龙尊，承根却准确无误地提到龙尊，看来这承根今日是为龙尊而来。

王青今天是少有的言不由衷，费力地与承根抽起了陀螺："什么龙尊？"

"就是方浩委托您保管的那件龙尊。"承根把"方浩"的名字说得很响。

王青这下更明白了，承根编造这些话，为的是诈取龙尊。看来方浩对这承根很是了解，电报犹如十万火急的军情文书，来得太及时了，便眨了几下眼睛说："方浩如果有龙尊，应是首先交付你保管才对呀。"

"不不不，方浩去上海前，曾同我商量过龙尊管藏的事，当时我力主放在您这里。"

"但方浩去上海前，却并未与我谈起龙尊的事，可见他对你是更信任的。"

承根一下无语，眨巴了几下眼睛，觉得这其中定有什么蹊跷，他一时想不明白，于是漫不经心地说："啊，龙尊如果真的不在先生这里，那就肯定还在方浩那里了，反正放在哪里都一样。您如果还有什么事要办，随时叫我就可以了。"说罢，转身离去。

但一只脚刚跨过门槛，他又转过身来："王先生，刚才说了许多话，最重要的事情却没有办。"

"还有什么事？"

"您不是说有一件瓷器要委托我售卖吗？我现在就取走吧。"

王青没有说话，只是把枯瘦的手指向了柜子里的一件圆而扁的瓷瓶，然后眼睁睁地看着承根快速取下，捧在手里，说了声"办好了我会尽快告诉您"以后，出门而去。

这让王青很是心疼，这确是他前不久完成的一幅瓷画，画完这件作品，他再也没有精力动笔了，或许是封笔之作。这画临摹的是宋代崔白的《寒雀图》。画的是九只麻雀在古木上即将安栖入寐的图景，只只灵动，姿态眼神无一只相同，似乎伸手就能触到那鸟的羽毛蓬松柔软的感觉，屏息就能听见那高高低低、叽叽喳喳的鸣叫声。这幅画原名《九雀图》，乾隆皇帝见到后，大加赞赏，提笔改画名为《寒雀图》，并又一次忍不住在他喜欢的艺术品上题诗：

寒雀争寒枝，

如椒目相妒。
设有鹤来驱，
舍仇共救护。

原画是宋画中的精品，王青临摹这张画为的是以此使自己衰迈的心境平添一些生气和活力。想不到这耗去他许多心血的作品，就这样被刘承根轻而易举地拿走了。不过，能以自己的一件作品换得那龙尊的安全，倒是很值得的事情，只愿龙尊能安然无恙。但画上乾隆的题诗却使他心生感叹：为获得栖身的地方，鸟雀会相互争战。但，如果有共同的敌人来临，便会罢争息战，互相救助。人，却有时连鸟雀都不如也。

连日来，王青在病痛中苦撑苦熬。这一天晚上，久久没能入睡。睡着后，各种梦纷至沓来，还全是让人不快、不安的梦。但，即便是并不美好的梦也被摧毁了。门被推开了，接着是光柱的移动，那光柱移进了王青的房间，照射在了王青的脸上，这是刚刚出现在人们生活中的手电筒。他不由得闭上了眼睛，并用手护住双眼，以抵挡手电筒刺眼的光亮。

王青分辨出，进来了两个人。也立即明白，是强盗破门入室了。他没有害怕，因为他早已不在乎生死了，他鼓足气力喝道："别把手电筒晃来晃去，抓紧办你们的事吧。"

入室者一时无语，有点惊恐，又有点愕然。一个人挤着嗓子说："你果然与别人很不一样。"

"我的耳朵不好，你们想要什么，随便拿就是了。瓷器在柜子里，银元在钱柜里。"

"这些东西我们都没有兴趣。我们要的是龙尊。"

龙尊！黑暗中传来的话让王青吃了一惊，看来这不是一般的盗贼，而是专门冲着龙尊而来的大盗。

"就是那为慈禧太后烧造的瓷瓶。"劫匪以为王青没有听明白，大声解释着。

"我听不清你说什么，我要说的话刚才已经告诉过你们了！"王青这次的声音很大。

难道这人耳朵有毛病？盗贼心里嘀咕着。但不能轻易相信，便把刀掏了出来，在手电筒的光影里，那刀的阴影落在王青的脖子上。

王青本能地缩了一下脖子："东西随便拿，动不动刀子都一样。"

盗贼的手电筒又亮了，光柱射向了柜子。那光柱像游蛇一般上下晃动了几次后，停在了一件绘有万里长江图的瓶子上。这是一件有龙形画面的瓷器，就是原本准备拿去参加巴拿马万国博览会的那个大瓷瓶。盗贼心里一喜，看来这便是龙尊了。其中一个盗贼伸手拿了下来，又顺手牵羊，把架子上的另外几件瓷器也拿走了。

抢劫者走后，王青长长地舒了一口气，居然还有人知道并惦着这龙尊，搅得我一夜不宁。值得庆幸的是，一件有龙形画面的瓷瓶顶替了龙尊，使这场祸事总算过去了。他调整了一下睡姿，用手拉了拉被角，继续睡觉。

不知过了多长时间，又有人进了院子，进了屋子。他心想，坏了，又有歹人进来了。今夜是怎么回事，盗贼居然像春天的游鱼，一拨一拨地游了过来，且八成还是为了那龙尊而来，只是现在柜子里已没有画着龙图案的瓷瓶了。反正人一个，命一条，由他去了，且看那盗匪如何动作。

手电筒的亮光又在来回晃动，一个恶狠狠的声音喝道："你这老东西，居然骗我，刚才我们拿走的根本就不是龙尊，看来你也不是真正的聋子。"进来的还是刚才的那两个人。

"你们还想要什么？"王青打起精神问。

"少废话，把真的龙尊拿出来，否则对你不客气。"

看来盗贼了解情况，他不想再装作聋人了："你们究竟要什么样的龙尊？"

"我们要的是双耳是龙形、瓶身上画着五座山的一件瓷器。"

王青心里一惊，这盗贼为什么把龙尊描述得这般准确？

"那你们还磨蹭着干什么？抓紧找吧，我所有的瓷器都好好地摆着呢。已过四更天，我得好好再睡一会儿。"王青说完，赶紧闭上眼睛，他觉得已没有精力同盗贼周旋了。

劫匪便打着手电筒，楼上楼下，翻箱倒柜地开始搜寻，但却是驴子拉空磨，枉费力，并没有找到想要的东西。

其中一个人说道："不能让他躺在被窝里，舒舒服服地跟我们磨牙。"

二人把王青从床上架到堂屋里，让王青坐在一张椅子上。见王青已坐立不稳，便用一截绳子把他固定在椅子上。

阴沉沉的逼问声响起："这斗富弄有钱有宝的人家多的是，我们不去东家，不去西家，专来你家，还不明白其中的原因吗？别耍花招，否则你的老命难保。"

"如果我的老命能顶那龙尊，你就要走吧。"王青一副满不在乎的样子。

"我们只要龙尊！"

"你们已经翻箱倒柜找过了，可见这里没有龙尊，只有我的老命。"

"你还嘴硬！"一只巴掌重重地打在王青脸上，鲜血从嘴角边流了下来。

王青愤怒地喝道："士可杀不可辱。你有本事，把老子杀了。"

"你的老命不值钱，我们只要龙尊。"

王青连连地喘了好几口粗气，然后轻一声重一声、断断续续地告诉劫匪："这龙尊凤尊不是什么好东西。人人都求大富大贵，但要命大命硬才趁得住，否则是祸不是福……你们可知道，当年为了给慈禧太后造龙凤双尊，死了好些个人。所以，如果有龙尊凤尊白白送给我，我也绝不会要。"

这番话让劫匪听了心中直打鼓，因害怕而心里一阵阵不安，难道死者的灵魂会附着在这龙尊凤尊上？一个劫匪壮着胆说："我们用不着害怕，这东西我们可以转让给别人。"

"可见你们还是害怕。好汉，我们打个赌吧。"

"打什么赌？"一个盗贼急急地发问。

"如果七天之内你我还能见面，龙尊便会现出真身。"

"你这话是什么意思？"

"我刚才掐算了一下，我和你们这三个人中，在十日之内有人必然会翘辫子。"王青的声音已变得很虚很弱了。

这让两个盗贼心里更发虚了，如果真是这样，那就太可怕了。但转而一想，这老头一定是在骗人、唬人，且事情已经做到这个地步，不能歇手。其中为首的还想好了，得到龙尊后，立即把这老头掐死，便算是有人翘辫子了。

拿枪的壮着胆子说："别用这些鬼话糊弄活人，还是说正经的，龙尊在哪里？"

"你们办的是正经事吗？"王青攒足了全身的力气反问。

"当然。江湖财物，见者有份。这龙尊本来就不属于任何人，就好比海里的珍珠，山上的宝石，谁都有权得到它。"

"蛤蟆拉不了龙车，天下有德者居之……这宝物也一样。"王青气喘吁吁地同盗贼论理。

盗贼听不懂也不愿听这些大道理："别啰唆，交出龙尊，饶你老命；不交龙尊，死在眼前。"

王青没有再回话，两只眼睛死死地盯着盗贼，这让盗贼心惊胆战，觉得王青眼里透出的光幽暗而明亮，比电筒里射出的光还要逼人、刺眼，并且眼神中还有猛狮恶虎的凶狠，厉鬼恶煞的诡异，叫人不寒而栗。持枪的劫匪为了掩饰自己的恐惧，对着王青的脑袋又是一拳，这一拳很重，王青一下晕死过去了。

两个盗匪正不知如何是好，忽然听见院子里传来拍门的声音，心里一阵抖动，腿也有些发颤，这个时候来拍门的是人是鬼？莫非有鬼怪也来蹚浑水？一个劫匪定了定神，靠近门边向院子里看去，发现这时天色已经放亮，但什么也没有看见。两个盗贼耳语了一阵后，便蹑手蹑脚地向院子里走去。

他们从院门的缝隙处向外一望，见门口站着一个人，手里还提着一只大箱子。二人交换了一下眼色，便猛地把院门打开了，在外面站着的那人还没有明白是怎么回事，甚至没有看清这二人的个头、长相，两个劫匪便一阵狂跑，如同黄鼠狼过篱笆一般，迅速钻进了就近的一个胡同里。

这个时候来到王青家门口的人是谁呢？

寄存龙尊

这人是方浩。他在收到王青先生的信以后，暗叫不好，便心急火燎地先发了一封加急电报，然后立即启程，从上海赶回景德镇，在码头下船后，直奔王青先生家而来。

他满腹狐疑地走进了屋里，见先生被绑在一把椅子上，便"咚"地扔下手里的箱子，大喊着："先生，先生！"

王先生并无反应。方浩急急地进到厨房里，舀起一碗水，猛喝了一大口，对着王青先生用力喷了过去，仍不见先生有任何动静，又连着喷了几口。

王先生终于哼了一声，又过了一会儿，费力地把眼睛睁开了，看到站在面前的方浩，讷讷地说着："方浩，你总算回来了。"

方浩带着惊喜、含着热泪："先生，我回来了，只是来得太晚了。如果早半天回来，您就不会受这折磨了。"

王青先生费力地连喘了几口长气："你回来得正是时候，我有话要与你说。"

"话，慢慢再说。"方浩小心地把王青抱起，轻轻地放到床上。

王青躺下以后，指了指床头边的桌子："这桌子的抽屉里有我写的一张字条……你当好好收着，并遵照办理。"

"先生，刚才究竟发生了什么？"

"来了劫匪，我看……"王先生说到这里，把眼睛瞪得很大，望着方浩，手指在颤动，嘴也在颤动，显然，他还有话要说。但用尽了全身的气力，却是再也吐不出一个字来。

方浩一阵心酸，满腹担忧，他再定睛看时，王先生的双眼已经闭上，刚才不断起伏的胸部已没有了任何动静。

方浩大喊了一声："先生！"没有回声，又一声比一声重地连着大喊了好几声，依然没有任何动静，先生像山峰、像岩石一样纹丝不动了……

方浩趴在先生身上，失声痛哭，万万不曾想到，画艺让无数人倾倒，人格让无数人敬佩的先生竟会以这样的一种方式逝去。他怒骂强盗的凶残，也诅咒造物主的无情。

方浩带着无限的悲切为先生办理后事。入殓时，方浩特地把那根尺八烟杆放在了先生的手边，要让先生把他至为喜爱的物件带往另一个世界。方浩对烟杆上"焚其旧叶，吐我新烟"这八个字有了新的领悟，可以说这是先生一辈子艺术生涯的真实写照，也是他人生不懈追求的深刻诠释，还有着他对时代和世风的鲜明态度。

出殡的那天，许许多多的人来为王青先生送行。昨夜下了一场大雨，昌江水涨，流速加快，涛声作响，是在为这位德高望重的艺术家流泪悲泣。人们悲伤、惋惜、诅咒、祈愿，与昌江波涛交汇成了哀伤而悲壮的安魂曲。

徐一涛泪落涕零，哭得最为伤心，还不断用喑哑的嗓音重复着："祈求先生原谅我的大过大错。"

原来，王青先生听闻他为祝鸿来仿制古瓷以敛钱聚财后，便对他严词呵斥。对先生的劝诫训导，徐一涛虽然嘴上也答应改弦更张，但却挡不住金钱的诱惑，内心在矛盾和痛苦中挣扎，手中仿古造假的笔还会不时地照旧挥动。先生怒而不再理会徐一涛，甚至拒绝他再入家门。

徐一涛依然对先生感情深厚，先生病重时，那个服侍先生的女孩，便是他以先生朋友的名义雇请的。今天，在先生冰冷的灵柩面前，在一个高尚的灵魂面前，他感到了自己形象的卑微和心灵的丑陋，如果说先生是一条清澈的大河，自己则是一条污浊的水沟。他幡然醒悟，悔恨交加，痛感愧对先生，愧对陶瓷艺术。

王青先生没有后人，方浩披麻戴孝，行孝子之礼。又遵照先生的遗愿，和徐一涛一起，把先生灵柩送回老家安葬。

送别先生的第二天，徐一涛便告知祝老板，他要离去。祝老板用了许多的话语和高额的银票相挽留，徐一涛只用了一句话回应："我怕将来在地下无颜见王青先生。"

祝鸿来听了，知道事情已无法挽回，只好带着痛惜与徐一涛分道扬镳。

徐一涛重新开张自己的小店，依然绘瓷，也依然会仿制古瓷，但在每件仿品上都会加钤上一个醒目的专门印章："徐氏高仿"。

先生远行之后，方浩在绵绵的痛苦中不停地思索着：先生为什么会遭人算计、加害？先生说来了劫匪，这劫匪是谁？先生临终没有提及龙尊，龙尊现在何处？这一切的一切，都是谜团。先生在不久前的信中，还提到要把龙尊交给承根收管，自己虽然以加急电报予以阻止，但不知道结果究竟如何？对这一大堆的问题，他逐个细加清理，以图理出一些头绪来。但脑子里犹如一团散丝乱麻，越理头绪越乱。

转眼到了先生逝去的第七日，这叫"头七"。人们说，亲人在这一天在梦中容易见到逝者，并且能听到逝者告知自己未尽的遗言，诉说在另一个世界的状况。但愿如此，并企盼着先生能为他解开心中的谜团。

也许近日太累了，一觉醒来，太阳光已把窗户照得通亮。他没有立即起床，而是一动不动地躺在床上回忆梦境。昨夜还真的梦见先生了，地点是上海，两人在外滩时走时停。他请先生喝咖啡，先生喝了一口，但没有咽到肚里，而是"噗"的一声全吐到了地上，然后抽动了几下鼻腔："这马尿怎么能喝？"然后先生取出画板，面对黄浦江画了起来，三下两下便绘就一幅画稿：江边矗立着许多高大的洋房，但显得东倒西歪，好像要倒塌；江面上有拖着黑烟的外国轮船，却是一艘艘左摇右晃，似乎要翻沉。但自始至终，先生没有一句话甚至一个词提及龙尊和绑匪。

他又闭上眼睛，宁神静气地想了很久，会不会有遗漏的细节，先生会不会有什么暗示？可以肯定，没有。那龙尊最有可能在哪里？思来想去，他的推测逐渐指向承根，他最有可能知道龙尊的下落，甚至龙尊极有可能就在他手中。

方浩来到了承根家。这是他十分熟悉的院落，只是现在已觉得很陌生了，因为他已有六七年没来过，并且房屋进行过修葺，变得高大漂亮了。当他要敲门时，眼前突然浮现起义父和刘樱的影子，他想转身离去。但想到那龙尊，又只好硬着头皮把弯曲起来的中指落在了门上。

有人来开门，但不是承根，是他的妻子，一只手还牵着一个四五岁的男孩。她告诉方浩，承根不在家，并热情地邀请方浩进屋坐坐。

方浩谢绝了，然后转身离开。

方浩回到了王青先生的屋子里，他要把先生的遗物认真地清理一番。

当他把目光投向摆放瓷器的多层木架时，怦然心动，木架上摆放着许多青花瓷饭碗的坯胎，先生一次在信中花了很多笔墨谈及：在人生的最后岁月，他要画一千只传统图案的青花瓷饭碗。烧好以后，通过慈善机构赠送给普通的窑工、瓷工，因为这些艰辛的劳作者吃饭喝水用的都是粗糙的瓷碗，甚至是有缺口、有裂纹的旧碗。先生果真在这样做了，大概已画成四五百只了，那上面绘的刀字纹图案，让人感到稔熟而亲切。

先生被称作"青花大王"，中国传统水墨画的高境界是墨分五色，先生竟然能让青花料在瓷器上"彩分五色"，色泽呈现浓浓深深多个层次，行话叫"混水"。如果先生画成一千只青花瓷大碗留世，那无疑是中国陶瓷艺术史上别有意义的一段佳话。令人惋惜的是，先生最后却没有能完成自己的一桩心愿。

他打开了先生床边桌子的抽屉，一封封信无序地摞在一起，其中有一些是自己在上海给先生写的。他信手取出一封，读了起来。虽然信上的文字本是出自自己之手，但却像经过岁月醇化的老酒，味道大不一样，一字一句让人感到亲切，唤起许多美好的回忆。他便饶有兴趣地一封一封地展开了往下读着，他还忽发奇想：要是这些信中有一封是云炻写的就太好了。他渴望着，并抱着希望。

在他打开第五封信的时候，有了重要发现，这信依然不是出自云炻的手笔，还是自己写就的文字。但内面夹着一张纸条，上面有字，一看便是先生的笔迹。第一行写的是"别世留言"四个字，他睁大眼睛，屏住呼吸往下默读：

> 曹操有言，神龟虽寿，犹有竟时。我已年过七十，高寿也。兹将身后事留言于次：一生酷爱瓷器，专事瓷画，以此为业，以此为乐。平生小有积蓄，我之所有财产均交付我的弟子方浩和外甥女江云炻，两人各得其半。鉴于江云炻已失踪多年，故属于她的财产暂由方浩代管；若十二年后，云炻仍无消息，则所有财产悉归方浩处理。
>
> 此属本人真情实愿，任何人不得生疑，不得干涉。唯恐有意外之事，特立字为据。
>
> 王青　民国二十三年六月七日

方浩看完信，把信捧在胸口，心潮澎湃，先生对自己竟是如此厚爱。恩师远去，无以报答，定当承继先生遗志，以告慰先生之灵。

方浩还发现另有一张小纸条，上面写着：

> 院子东南角栀子花丛下有一旧地窖，可尽快开启。另有钥匙在堂屋东侧顶梁的柱子与础石之间。

先生平时是个不拘小节、率性随意的人，想不到这件事做得竟是如此细心、稳实。

月上东天，银辉泻地。他关上院子的大门，照着先生信中的提示，掘开了栀子花丛下的泥土，发现了一个地窖，从地窖中取出了一大一小两个箱子。又找到钥匙，将两个箱子先后打开，朗朗月下，他清楚地看到：大箱子里装的正是那只龙尊，他心中一阵狂喜；小箱子里银光闪烁，几乎装满了银元，还有好几根金条，当是先生一生的积蓄。为了抑制过快的心跳，他坐在了地上，仰望着天上的明月，他觉得那是先生的脸庞，正在满意地注视着自己。

先生家里已有劫匪来过，这些窖藏之物已很不安全，自己的房子狭小，很不适宜放置这些东西。他思索了一阵后，又把箱子连同银元金条、龙尊放回地窖。

这一天早上，灿烂的阳光铺满大街小巷，方浩信步走向秋水茶社，六年没有来这儿了，很是怀念这里茶的味道。

"方浩！"有人在呼唤他的名字。

方浩一转身，发现呼叫他的是春莺。

春莺满面春风，很是高兴地说："听说你回来了，正想找你哩。太巧了，今天在这里碰见你。这样吧，我请你喝茶，也算是为你接风。"

方浩没有推辞。二人拾级来到楼上，在一个包间坐了下来。方浩这时打量了春莺一眼，乍一看，似乎有些变化，比过去略微胖了些。但细一看，却少有变化，岁月似乎在她身上被折叠了。她很像一件精美的瓷器，任时光的风雨吹打，依然无损无痕，风采一如过去，并且还多了几分雍容华贵和沉稳从容。在上海，他曾几次动念给春莺写信，但为了心中的信念，也担心会干扰春莺的生活，他费力地一次次阻止了自己犹如春芽拱土的念头。

二人一边喝茶，一边聊天。

方浩谈了自己的情况，在上海美术专科学院的进修在三年前已经结束，正在为一位教授当助手，这次专为看望王青先生而回景德镇。

春莺看了方浩一眼："为什么这几年没有回来一趟？"

"这和我当年离开景德镇的原因相同。"方浩又补充说，"况且机会难得，我想在上海尽可能多学一些东西。"

春莺点了点头，并很快想到了他迟迟不归的另一个原因，关切地问："你是不是把家安在上海了？"

"没有。仍然是单飞单落的孤雁。"

"为什么呢？"

"为了一个承诺。"

春莺想起，临去上海时，方浩曾经有言，没有云炻的确切消息，他不会考虑自己的婚姻之事，这真是一个如水流向东般执着的男人。

方浩浅浅地喝了一口茶，转而问春莺："你呢？"

"我三年前结婚了，已经有了一个可爱的宝贝。"春莺平静地回答。

方浩这时发现，春莺的手上戴着一个黄澄澄的金戒指，他觉得那戒指发出的是有几分刺眼的光亮，因为他突然联想到了当年为云炻买戒指的承诺。

他收住心绪："郎君从事什么职业？是达官显贵，还是富豪大佬？"

"都不是。"

"一介平民？"

"似乎也不是。"

"那是什么人？"方浩说着，不由得笑了起来。

"拿枪的。"春莺接着告诉方浩，经叔父牵线撮合，她嫁给了丧妻的浮梁县保安大队副大队长。

方浩碰了一下春莺的茶杯："让我送给你们一个太晚的祝福。"

"谢谢。你下一步怎么办？还回上海吗？"

"正在犹豫之中。原想见过先生之后便返回上海。"

"我不明白的是，你本可成为一代有名的绘瓷和制瓷大家，为什么像着了魔一般地喜爱美术教育呢？"

"在我看来，字画再好，制瓷技术再精，也难兴陶业，难兴国家。日本人占领东北以后，我更深深感到，要救国强国，必须开创新路，大兴实业，培养人才。"

"这些道理很高深，但我觉得很有道理。不知怎的，从见到你的第一天起，便老觉得你说的话是对的。"春莺说完，不由自主地低下了头。

"和景德镇相比较，上海从事艺术教育的条件更优，但景德镇却更需要陶瓷教育。先生去世后，我便改了主意，决定留在景德镇了。"方浩说这话时，他心中泛起难言的隐痛，一想起义父、王先生、江云炀、刘樱，他依然会黯然神伤。

春莺很高兴地抬起了头："太好了。你如果有什么困难，但请开口。我的瓷器店开得还算可以。"

正是说者无心，听者有意。方浩忽然想起：那件龙尊没有合适的地方存放，也许寄存在春莺家里是一个极好的选择。她家里应当比一般人家要安全许多，更为重要的是，他早已认定这春莺是一个可以充分信赖的人。

方浩又看了一眼春莺，很郑重地说："我想求你办一件事，不知道是不是可以？"

"但凡我能做的，别说一件，就是十件八件也是可以的。"

"我想把一件东西寄放在你家里。"

"这不过是小事一桩。我家房子大，楼上楼下、走廊橱柜、夹墙地窖，都能存放东西，并且绝对安全。"

"只是这件东西太不寻常了。"

"不管是金银财宝，还是古董字画，或是债约地契，哪怕是活人，都可以，只要不是枪支弹药便行。"春莺说完，又是一阵放声大笑，接着又压低声音说，"如果确是你的东西，就是枪支弹药也可以考虑。"

方浩被逗笑了："我断然不会把你置于危险的境地。但这件东西的重要性胜过你刚才列举的一切，我的义父、先生，还有一些人，都为它付出了沉重的代价，有的甚至是生命的代价。所以我必须收藏好。"

"如此重要呀？非常感谢你对我的信任。都说士为知己者死，女子也可以有这种情怀。"

这让方浩很是感动，心里也更添了几分踏实。

"到底是什么宝贝？"春莺很想知道究竟。

"一件瓷器。"

春莺哈哈一笑："我道是什么人间奇珍或是天书圣旨呢。景德镇什么瓷器没有？我家中够得上官窑级别的也有一两件。这样的东西让我保管，你可以一百个放心，我自己也不必过于挂心了。"

"但这件瓷器非比寻常，对我来说，如同性命，不可丢失，不可毁坏。"

"明白。你的命丢不了，我可以全盘负责。"春莺说完，又是一阵带着豪爽的大笑，方浩也笑了。

方浩忽然想起一件事："当年我离开景德镇时，那只虎猫一直跟到江边，竟不知后来怎样？"

"你真是个好人，和一只猫也相处得这么好。告诉你吧，那只猫后来跟着我回家了。"

"现在怎么样？"

"很乖。和我也相处得很好，能为我减去许多寂寞。现在它的主人回来了，应当猫归原主了。"

方浩摆了摆手："对它而言，我已成陌路人了。既然你喜欢，就继续好好养着吧，况且我仍然是足迹不定。"

"我确实很喜欢这只猫，要是忽然离开了，还真有些舍不得。"

"对。动物和人一样，相处得久了，就会有感情。"方浩带着感慨说。

"至少这只猫是这样。至于人嘛，很难说。"春莺若有所思地回答。

方浩对这句话没有作任何回应，只是抬眼向昌江望去。此时，天空中正斜飘着丝线一般的小雨，远近一片苍茫。江上的货船、渔船仍然在雨中不停地前行，船在水中的倒影变得很长很长而又飘忽不定。虽然船不时会有或轻或重的摇晃，但依然不改航向，破浪向前。方浩的心中也风起波兴：但不知这件龙尊，最后何处是岸？当年他另造双尊，只是出于一个简单的想法，办了他觉得是一件很简单的事情，想不到随着岁月的流逝，这件事却变得如此复杂，并且越来越复杂，竟不知未来还有多少难测之事。但，看护好这件宝物犹如已选定航向的船，不可改变。

猝然遇险

这天晚上，方浩睡在了先生的屋里。有叫门声把他从梦中惊醒，声音不重，但很清晰、很急促："方浩，快开门！"

方浩听出来了，这是承根的声音。嗨，他深更半夜跑来有啥事？

我还正要找他哩。

方浩点灯、开门，眼前的一幕让他惊惧：承根被五花大绑，绳子在脖子上还绕了一道。后面跟着两个蒙面大汉，一个人用绳子牵着承根，手里拿着一把明晃晃的尖刀；还有一个人则一手提着一把黑乎乎的短枪，一手还握着一根约三尺长短的铁钎。他恍惚记得，眼前的景象似乎曾经出现在自己的梦境。

方浩没有来得及做任何反应，那两个蒙面人已把承根推进屋里，又一把将门关紧了，并"咔嚓"一声上了闩。

"你们是谁？"方浩本能地发问。

"我们是赣东北红军游击队。"拿枪的回答。

方浩听了，不觉一愣，方志敏领导的游击队确实会到景德镇周边活动，1930年还攻进过景德镇。可眼前这几个人是真是假？便问："你们的队伍是干什么的？"

"打土豪，分田地。与富人作对，为穷人出气。"拿枪的回答，还晃了晃手中的短枪。

"我既不是富人，更不是土豪，你闯入我家中干什么？"方浩定了定神，大声反问。

"别像猪叫牛吼，说话小点声。"拿枪的人说着把枪抵在了方浩的腰眼上，然后冲着承根说，"告诉他，我们来干什么！"

"方浩，他们听说我们哥俩知道那御瓷龙尊的下落，所以……"

方浩顿时明白了是怎么回事，没有等承根说完，便对劫匪发问："你们怎么知道有龙尊？又怎么知道我俩与龙尊有关？"

"没有不漏风的墙壁，也没有不透气的棺材。日本有中国凤尊的事，全世界都知道。这中国有龙尊，龙尊在谁手里，怎么会无人知道？"又是拿枪的人说道。

"你们既然是红军游击队，要龙尊干什么？"方浩问。

"买碗水豆腐都要钱，拉队伍、买枪弹、占地盘哪一样不需要钱？这龙尊可以换很多大洋。"说话的还是拿枪的。

方浩对眼前人的身份大致有了判断，并很快联想到把王先生折磨致死的盗贼。他定了定神，想着该如何应对这突然而至的祸殃。

拿枪的人话像子弹飞出枪膛："别要小聪明，你应当记得，我们半个月前就见过面。当时那王青已经告诉我们，不仅有龙尊，并且说你和承根知道藏在哪里。想不到你撞了进来，搅了我们的好戏。如果当时知道进来的是你，哼，我们就用不着匆匆离开了，也就不用今天再费手脚了。"

这两人果然是那抢劫先生的匪徒，真是可恶可恨。看来，他们确实知道有龙尊，并知道王青先生、承根和自己与这龙尊有关。

见方浩沉默不语，拿刀的说话了："这下明白了吧？你是个聪明人，痛痛快快地说出来，大家都轻松。"

方浩还是缄口不语。

拿枪的对拿刀的说："先把他也捆起来再问。"

持刀的拿出事先准备好的绳子，照着捆绑承根的样子，像捆扎粽子似的用绳子在方浩身上绕了一道又一道。

这时，拿枪的恶狠狠地说："只要你们交出龙尊，我们就饶了你们性命；如果被我们找出来，你们就会不但丢了龙尊，还会同时丢了性命。"

承根哭丧着脸说："方浩，我的孩子还小，妻子还等着我回去。这可如何是好？"说着流下了眼泪。

是啊，自己只是孤身一人，横死竖死倒也没有什么牵挂。可这承根没了，留下孤儿寡母确实可怜。方浩的眼前闪出了承根妻子和孩子的形象，便对劫匪说："你们先放走他，后面的事我们再谈。"

拿枪的哼了一声："你娘生得你也太乖了，想让他出去报警？天下有这样便宜的事吗？"

承根忙说："求求你们放了我吧。我绝对不会报警。"

"你用什么保证？用眼珠子还是用心肝肺、胳膊腿来保证？"拿枪的冷冷地喝道。

承根吓得不再出声。

"你刚才不是说要自己找吗？那就抓紧找吧。"这是方浩的声音，他希望尽量多地消耗时间。

劫匪真的开始寻找了。上次已在楼上楼下，抠墙探瓦，细细找过。这次要换地方，换方法，并且是有备而来。那拿枪的把枪别在腰上，用带来的铁钎不停地在地上戳来戳去，藏宝于地下是许多有钱人世代相传的习惯，他希图找到地洞、地窖之类。但铁钎像鸡啄米似的在地上戳了半个小时，累了个手臂酸麻热汗流，却是沙滩上布钩撒网，什么也没有见到。

劫匪押着二人走出了屋子，来到了院子里继续探寻。当把铁钎探到栀子花丛下的时候，觉得土地松软，再一用力，触到了硬邦邦却有弹性的东西。拨开不厚的浮土一看，发现有一块大约三尺见方的木板，揭开木板，是一个地窖，地窖里有一大一小两只木箱。劫匪兴奋得血往上涌，全身发热：这下定是找到东西了，纵然不是那件龙尊，也肯定是其他金银财宝。住在这斗富弄里人家的地窖，里面装的金银财宝绝对不会是一个小数目。

但劫匪兴冲冲地打开木箱盖子后，却失望了，这是两只空空的木箱，里面只有一些细泥碎土，顿时觉得血往下沉，全身冰凉。

拿枪的指着地窖问方浩："这地窖里的东西哪儿去了？"

"这只能问我的先生了。"方浩回答。

"现在我明白了，知道龙尊底细的只有你。你倘若再不说实话，我们就只好用刀尖同你说话了。"拿刀的比画了一下手中的短刀。

"喔喔喔——"不远处又一次传来了雄鸡报更的声音。方浩心想，只要天一亮，这匪徒也就收手逃窜了，现在最要紧的是妥与周旋，熬过这天亮前的时光。

鸡叫声也使盗匪明白，必须抓紧时间，因而使出了厉害的招数。拿枪的盗匪猛地把方浩推倒在地窖里："你如果觉得龙尊比命重要，我们就把你活埋在这栀子花下面当肥料。"

承根见状，连忙双膝跪下，向劫匪求告："好汉，别急，别急。再商量，再商量。"又转而对方浩说："方浩，该做的我们也做了，上不愧天，下不愧地。好汉不吃眼前亏，我们若是就这样白白送了命，实在是不值得。"

方浩一惊，承根为什么说这些话呢？这不等于承认了有龙尊并且知道龙尊的下落？趋利避害，也许是危急之下人的本能反应，承根或是为自己的性命考虑？不过，承根有一点说得是对的，这对劫匪得不到龙尊，极有可能杀人夺命，危险已在眼前。难道这件御瓷会又一次成为夺人性命的魔器？但，如果龙尊落到这歹人手里，那先生义父等岂不是都枉送了性命？匪徒即使得到了龙尊，自己和承根，还有会牵涉到的春莺又确实能活命吗？特别是春莺，如果因此而遭到不测，责任全在自己身上。他铁下心来，任打任杀，也决不能说出龙尊的下落。但也不能白白等死，要尽可能寻找逃命的机会。

方浩耸眉动目，摇头晃脑，装作思考的样子，然后心事重重地轻语："我现在最担心的是人财两空。"

拿枪的觉得有戏了，因为承根的话里已表明知道龙尊的下落，方浩也已换了口风，实际上承认了龙尊在自己的手中，立刻追问："什么叫人财两空？"

"怕说出了龙尊的存放地点，你们却是财也要，命也要。"承根抢在方浩之前作了回答。

"这个你们完全不用担心，我们说话从来算数，就像铜锣掉在地上，当当响。我们干这行也是讲良心的，这叫盗亦有道。"拿刀的说得信誓旦旦。

方浩在心里骂道，王八蛋，持刀持枪入室抢劫，还说做事讲良心？便冷笑了一声："你们说话算数吗？"

"算数！"

"我凭什么相信你们？"

"如果我们说话不算数，家里雷打天火烧，我们两个人也不得好死。"拿刀的劫匪居然赌咒发誓了。

"让我出来同你们说。"方浩蜷缩在地窖里，觉得很有些难受了。

拿刀的把方浩从地窖里拉了出来，一边拍着方浩头上肩上的土渣树叶，一边说："屎不如屙出来，话不如说出来。否则，那不是自找罪受？"

方浩咽了一口唾沫："我嗓子干得冒烟，给我一点水喝。"

拿刀的从厨房里端出来一碗水，送到方浩嘴边。方浩一气喝了个一滴不剩，又问承根："你是不是也喝点水？"

承根点点头："是，我也渴了。"

拿刀的又到厨房里再舀出一碗水来。

拿枪的恢复了刚才的凶相："现在该说了。"

方浩开始照着想好的一套出牌："这龙尊实在太珍贵了，你们上次来过以后，王先生就交代我，要另找适当地点存放。他还给我讲了一个很有味道的故事。"

"别扯远了。我们没有时间也没有心思听你讲什么故事。"拿枪的喝道。

"别急，听了这个故事，对你们一定大有益处。"方浩不慌不忙地说。

拿枪的心想，莫不是这故事中藏着与龙尊有关的秘密？问："故事与宝物有关吗？"

"当然。讲的正是关于宝物的故事。"方浩回答。

"那你讲出来听听，讲得简单些。"拿枪的用钢钎戳了一下地。

方浩开始讲故事：一座很有灵气的山头上，正在扩建佛寺。有兄弟俩为了得到佛的保佑，便去山上帮忙干活。快到山顶时，见一个和尚背着一个沉沉的大包袱，一步一喘地往山上爬。哥哥便对弟弟说："这和尚背的一定是化缘得来的财物，夺了他。"弟弟不愿意行恶，并认为这样做会遭报应。哥哥却不顾弟弟的劝阻，冲上前去，将和尚一把推倒，抢过和尚的包袱，斜背到自己肩上，转身往山下狂奔。和尚大喊："阿弥陀佛，有人抢劫！"几个信徒听到和尚的喊声，便去追赶那抢劫者。抢劫者狂奔到了一条小河边，冲上了独木桥。过桥后，急中生智，停步弯腰，要将独木桥掀翻，以阻断越来越近的追赶者。但他用力过猛，在掀翻了独木桥的同时，自己也掉进了小河里。他本会泅水，但因为包袱系在了身上，迅速沉入河底，送了性命。

"那他抢来的财宝呢？"持刀的问，他很关心那财宝的下落。

方浩耸了耸肩："那包袱里根本没有什么金银财宝。"

"那包袱里装的是什么？"持刀的又问。

"是修建佛寺用的砖头。"方浩回答。

两个匪徒似乎忘记了自己是在抢劫，好像在听说书。

拿枪的像明白了什么："不要再东拉西扯，只说龙尊在哪里。"

"你别急，事到如今，我只能告诉你实情。其实，我本来就极不愿意收藏这件东西，这龙尊看似美器，实则凶物。"

拿枪的摆了摆手中的家伙："既然是这样，那你把话像掉了的牙齿一样吐出来，不就结了？"

方浩回答："这可不那么简单，人会有时聪明，有时愚蠢。在财宝面前，最容易变蠢，如果……"

拿枪的不让方浩跑题了："不要再啰里啰唆说道理，讲故事，龙尊到底在哪里？"

"既不在我家里，也不在我先生屋里。"

"那究竟在哪里？"拿枪的这时提高了声调。

"为求安全，我把它埋藏在了一个废弃的旧窑边。"方浩回答。

"废弃的旧窑边？旧窑在哪里？"拿枪的将信将疑地问。

"在景德镇通往浮梁县城的路边。"

拿枪的心中窃喜，看来宝物即将现身，急急催问："说出详细地点。"

"一个叫李家坞的村子旁边。"方浩的回答，源自当年绘制龙凤双尊时，为了乌金釉，他到过李家坞找鄢老板，进入过一孔旧窑。刚才他讲的故事中，那河那桥也来自李家坞的溪和桥。

拿枪的转身逼问承根："真有这个村子？这村子边真有旧窑？"

承根略作迟疑后，很肯定地点了点头。

"既然有，那就立即去找。走！"为了防止方浩二人喊叫呼救，拿枪的劫匪还在二人嘴里各塞了一只旧袜子。

四人离屋出院，在夜色中快步向李家坞走去。走了一阵，但见天色比刚才更黑更暗，本来亮闪闪缀满天空的星星正在纷纷隐去，天亮在即。方浩之所以带着劫匪往这李家坞走，一来为拖延时间，二来那李家坞村边不仅有溪有桥，周边还长着许多高高低低的松树，有可能找到机会逃脱。

晨光的巨手撕开了夜的帷幕，李家坞已变得朦胧可辨，村头那座古窑像一个碉堡，也像一个巨大的坟墓，无言地兀立着。再从小木桥上越过小溪，就到了一座旧窑跟前。

四人上桥的时候，方浩本来想的是，出其不意地用身体把劫匪撞下桥去。但自己身体被绑着，稍微一失重便会掉落桥下，那就必死无疑，只好放弃了这个想法。

在桥上，那个拿刀的劫匪心里便嘀咕着：这里怎么和持宝人刚才讲的故事里的环境很相似，也有小溪木桥？

这四个人的双脚刚踏上小桥的时候，已有人用警惕的眼光看着他们。天刚放亮，这里怎么会有人呢？原来，方志敏领导的队伍正奉命准备北上，由赣入皖，先派了一个小分队在这一带进行侦察活动。昨天晚上，侦察小分队就住在这座旧窑里。放哨的游击队员见不远处的桥上出现了四个人，其中两人被绑着，另外两人分别拿着刀和枪，不知是怎么回事，便赶忙跑进窑里向排长报告。

排长靠近窑门口，推了推头上军帽的帽檐，向外看了几眼，迅速作出判断：可能是土匪绑票，也可能是农民武装或江湖好汉劫富济贫。便决定在弄清情况前，先不采取行动，只在窑里静静地观察、等待。

过桥以后，拿枪的匪徒立即问方浩："龙尊埋藏在哪里？"说着，扯去了塞在方浩二人嘴里的袜子。

"应当就在这一带。我现在有点头晕目眩，具体位置记不清楚了。"方浩回答。

"难道你那么笨，没有做个标记？"

方浩在作着极力回忆的样子："埋好后，倒是在土坑上面放了几块青花瓷片。"

两个劫匪便借着逐渐明亮的曙色，低头弯腰，开始寻找瓷片。这本是窑厂旁边，满地是瓷片，他们很快找出了无数形状各异的青花瓷片，方浩都说不是那做标记的瓷片。

拿枪的见天色已经大亮，像是明白了什么，咆哮起来："嘿嘿，你从昨天晚上耗到今天早上，原来用的是缓兵之计，是在把老子当猴耍。现在就最后一句话，你要命还是要龙尊？"

方浩一言不发，一边紧盯着匪徒，一边扫视四周，依然在思考着脱身之计。

拿枪的喊道："我数到三，如果你再不说出龙尊的下落，这里就是你一命归阴的地方。"说着推弹上膛，开始数数。

在窑里的游击队已经大致辨明了眼前发生的是什么事情。排长带着士兵如猛虎出洞般地冲了出来，大声喊道："都不许动，我们是红军游击队。"

拿枪的先是一愣，继而本能地朝着游击队战士胡乱开了两枪，然后撒腿往不远处的松林里猛跑，提刀的也跟着撒开了脚丫。

排长把手中的步枪迅速提起、端平，扣动了扳机，随着两声枪响，两个劫匪像烂木桩子一般倒在了地上。

与此同时，刘承根也在混乱中开始了没命地奔跑，不过他是朝另一个方向奔跑，他要从原路逃回景德镇。

排长用刺刀割断了方浩身上的绳索，并向他询问情况。方浩毫不隐讳地把真实情况说明。

这个排长只有二十来岁，却能说会道，一面安慰方浩，一面还告诉方浩：我们是红军的队伍，我本人姓岳，就是岳飞的岳。中华民族的危机越来越深，红军正准备北上抗日。将来赶走了日本人，打倒了压迫人民的反动派，天下的财物便都属于人民大众，也就不会有人为争夺宝物而谋财害命了。

方浩心想，如果真有这一天，那就太好了，那可会省了多少麻烦，又会少了多少劫案？那岳排长还给了方浩一个红薯充饥，然后带着自己的队伍走进了山林。

方浩觉得刚才发生的一切，犹如梦幻一般，让他感到既后怕又快慰。这时，他不由得想到了承根，便纵目向四周搜索，不见人影。便放开嗓门，连连大声呼唤，但没有应声。

方浩只好起身返回景德镇。当他走上小桥时，见桥下的水中漂浮着一个人，一看衣服，一看那身上的绳索，他立即判定这是承根。

他迅速下桥入水，将承根抱起，连连摇晃着，大声呼唤着："承根，承根！"承根却是身子无半点动静，口里无一丝气息。方浩不由得心中哀痛，又一个人因龙尊失去了性命，悲也。

方浩并不知道，正是承根串通劫匪，逼问、拷打了王青先生。在没有得到龙尊后，依然不肯死心歇手，又精心导演苦肉计，想从方浩手中夺取龙尊。来到旧窑边以后，他担心红军游击队擒住劫匪后，会拔出萝卜带出泥，自己将会同劫匪一样受到惩罚，便趁乱奔逃。但在慌乱中失足掉下小桥，落了个溺毙在小溪中的下场。

新窑情思

购置柴窑的风波

　　一块青花瓷上写有"陶艺研习所"的牌子，挂在了王青先生住宅的门楣上；大门两边，挂着方浩手书的"焚其旧叶""吐我新烟"作为对联。一位陶瓷大师的寓所变成了一座小型的学堂，气脉相连，气韵相合，就像一个玉盘盛满了珍珠。这是一个放大了的私塾，缩小了的书院。一批经过严格筛选的学员在这里听课、切磋、画瓷、制瓷。

　　但办学便缺钱似乎成了无法挣脱的魔咒，王青先生留下来的金条银元像一次次倾斜后的茶壶，很快见底了。不过，方浩这次并没有心忧心急，因为他自信找到了破解魔咒的办法：购置一座柴窑。他还有一桩日日在怀的心事，要了却王先生烧制千只青花饭碗以偿窑工瓷工的心愿，自己接续将这些碗胎全部绘画完毕，然后放在自己的窑里烧造。他更有一个雄心勃勃的计划，进行柴窑改煤窑的试验。这一切的一切，都和拥有一座窑紧紧地联系着，就像厨师做饭烧菜必须有锅有灶。

　　方浩深深知道，要拥有一座窑绝不是一件容易的事。他罕见地把春莺约到了秋水茶社，落座以后，便直白地说出了今天请茶的用意：为了办学，想购置一座窑，很想听听春莺的意见，更希望得到春莺的帮助。

　　方浩说完，以满带希望的眼神望着春莺。他相信，春莺一定会倾力相助，而且她也有足够的能力帮助自己。

　　但出乎意料的是，春莺迟迟没有接话，甚至本来挂在脸上的笑意也倏忽间消失了，这太少见了。接着是更少见的直率提问："你已经有两次办学的经历，都是跌跌撞撞，连滚带爬，第三次能走得稳实吗？"既而又以很肯定的语气自问自答，"这次更难。办学需要钱，并且是大量的、源源不断的钱。政府不当一回事，不给银子，纵然你是有三头六臂的菩萨、罗汉，恐怕也无能为力。"

春莺的话无异于兜头一盆冷水。方浩还没有来得及作答，春莺第二盆冷水又泼了过来，并且这次水量更大，水里还带着冰碴："你想通过办窑筹资，对吧？但你再闭着眼睛细细想一想，窑主为什么赚钱？因为窑业由少数人把控着，谁想进入都不容易。就算你有了窑，要经营下去也绝不会轻松，会有看不见的绊马索、罗汉桩，还可能有意想不到的倒窑、塌窑或瓷器烧坏的事故。所以，窑业是打着漩涡的深渊，要想进去，先得做被呛水甚至被淹死的准备。"

购置窑的百般艰难，经营窑的千般不易，方浩自是明了，但他选择了迎难而上。他心里想的是：世界上的许多事，即使拼尽全力也可能难以如愿，但却值得去做。虽然两次办学，饱受磨难，但也自有其功，所以决心再来第三次，就是龙潭虎穴也要闯它一闯，已有了被呛水或遭没顶之灾的准备。他没有同春莺争论，而是灵机一动，握着手中的茶杯问："拿着这样的茶杯喝茶，你的口里、心里是什么滋味？"

春莺不觉一愣神。这是茶社新近才开始使用的茶杯，样式有异于中国传统的茶杯，上下略小，中间稍粗，没有手把，只能握着杯身喝茶饮水。这种桶式茶杯来自日本，在景德镇已在不知不觉间开始流行。

方浩接着说："用这个茶杯喝茶，我喝出来的是满口满肚的苦味。"

春莺用手指在杯身上轻轻地敲了敲："为什么这种日本的茶杯竟然能在中国的市场上卖得很火？"

方浩心情复杂地说出了答案：因为日本使用的是机械制瓷，煤炭烧窑，器形设计简洁，追求新意。这种茶杯的成本，只有景德镇同类茶杯的二分之一左右。加上日本货物进入中国有豁免关税的特权，在沈阳、大连、上海等地有日本人开设的瓷厂，所以日本瓷器在中国市场大有优势。中国一些瓷厂竞争不过外国人，转而减工省料，粗制滥造，这样一来，更是雪上加霜。

春莺频频点头。她发现，方浩在去了上海之后，眼界更开阔，论事更深刻。她忍不住以自己的体验补充说："是啊，现在洋货挤满大铺小店，洋钉、洋伞、洋布、洋灰、洋火、洋蜡，大都来自东洋。你这一说，倒使我一下明白了许多事和理，那中国瓷业当怎么办？"

"必须脱旧道而闯新路，使用现代工业技术，不断改进工艺，这就需要有人才，需要发展瓷业教育。"

"我很佩服你的识见与勇气，只是置窑太难太险，极有可能会碰在南墙上。"

"中国常有人豪迈地说，砍了脑袋碗大的疤，二十年以后还是一条好汉。社会变革如此，在烧窑制瓷中尝试走新路，也需要有这种气概。"

春莺不由得暗暗赞叹，好一条汉子，便问："那我能为你做些什么呢？"她似乎已改变主意。

方浩欲言又止。

春莺却犹如武师过招，一下击中了对方的要害："办大事，钱最是缺不了的。对吧？"

方浩还没有想出应对之词，春莺又出招了："六年前你去上海求学时，我曾准备了六十块大洋送给你，但阴差阳错，钱最后没有能送到你手上。不过这些钱我仍然代你存着，那就现在改为送给你置窑办学吧。其他的，让我想想再说。"

方浩连声道谢，这春莺真是慧心慧眼。但这六十块大洋对他要办的事而言，实在是杯水车薪。他心中有一个借五百块大洋的想法，但春莺先是对自己办学和置窑存疑，既而说要相助六十块大洋，最后还有一句模棱两可的话，他便觉得不好意思再开口了，只是表示："谢谢你的六十块大洋。"他把六十这个数字说得很重。

春莺似乎没有注意到方浩的表情和话语，只是很关切地说："做培养人才、革新技术这两件事绝对不易，不过绝对值得去做，祝你成功。"

第二天，方浩从报纸上看到，日本人在东北又制造了屠杀数千中国人的惨案，还强行吞并了杜重远在沈阳创建的"肇新"瓷厂，这是中国唯一使用现代工业技术进行生产的瓷厂。这不是名副其实的"杀人越货"吗？他置窑的决心如同进窑里烧过的泥胎，变得更坚硬了。

如何解决"钱"这个要命的难题？如果把王先生留给江云焗的钱

物挪用一下，所有的问题便会迎刃而解。但他很快扼住了这个念头，因为这笔钱属于江云炽，动用她的钱必须得到她的许可。这时他想起了一些徽州人开的私人钱庄，还有刚刚兴起的银行，他好像在幽暗的隧道里看到了光亮。

他走进了银行，得到的答复是，可以借钱，但必须用不动产作为抵押物，而土地、山林等自己都没有。不过，他还是想出了办法，用王青先生留给自己房屋的一半和自己的住房作为抵押，从银行里借得五百块大洋，又向私人钱庄借得大洋三百块。这样，离购置一座柴窑大约还有五百块大洋的缺口，这实在是一个太大的缺口。

就在他满腹焦虑的时候，春莺派人送来了一个布口袋。一定是她践行诺言，把六十块大洋送过来了。只是这笔几乎够三口之家一年生活之资的钱，对置窑来说，微不足道。然而当他接过口袋时，却觉得沉甸甸的，打开一数，里面装的竟然是六百块大洋，口袋里还附了一封短信，写的是：六十块是补送旧礼，五百四十块作为新借。祝六六大顺。

好一个慷慨大方的女丈夫，方浩顿时愁眉舒展。很快，他以一千二百块大洋在南河边买下地皮，追星赶月，很快建起一座新窑。第一窑待烧的坯胎迅速装进了窑里，他的心里盛满了欢乐，更盛满了对未来的希望。只是有点遗憾的是，那一千个青花瓷碗还没有画完，否则这次也可以装进窑里。

就在封闭好窑门，准备点火的时候，有两个男子出现在窑前，他们来自窑业会，还是兄弟俩，哥哥叫石老三，弟弟名石老四。

石老三脸上带着从皮下挤出来的笑意："恭喜方老板买窑置业，但有些手续你还没有办利落。"

"我的窑已经依规登记过了。"方浩很有底气地回答。

"光登记哪里行？大姑娘没有等请酒席、放鞭炮，便往老公家里跑，那不太丢人了？"

"还有什么礼数？"

"加入窑业会。"

"窑主必须加入窑业会是清末的老规矩了，民国都有二十多年了，难道还要依着老规矩？"方浩带着疑虑问。

石老三收起了笑意："不管是大清还是民国，都是中国。该过节还得过节，该过年还得过年。老规矩哪能像残碗破碟，随手就丢了？"

"那你说怎么办？"方浩不想和这两个人争长论短，只想尽快点火。

石老三开始细道"礼数"：先在秋水茶社请景德镇所有的窑主喝一次茶，告知大家，你有了窑，已加入窑业会，将严守行会的规矩。还要一次性交会费五十块大洋，以后每月交会费五块大洋。

方浩粗粗算了一下，这可需要一大笔钱，但为了办成事，只好忍痛接受："我全都照办。只是盼着喝茶的事能够快些办，能不能三两天之内就把入会茶喝了？"

"这可不是夏天喝凉茶，简单而又痛快。要选个好日子，还得凑齐人，起码也得在十天半个月以后。"石老三慢悠悠地回答。

"这如何等得起？烧一次窑从满窑到出窑，总共才花五六天时间，照你说的一等，就要耽误烧几次窑了。"

"该等还得等。就像六月天热，腊月风寒，谁也没办法，这是规矩。"

石老三左一个规矩，右一个规矩，让方浩头疼心烦，便带气地说："这是窑业规矩，又不是圣旨。"

"我实话告诉你吧，这窑业上的规矩，有时比圣旨还管用。"石老四在旁边帮腔。

方浩当然知道行帮行会的厉害，不想再多费口舌："我把入会费和茶水钱都交给你们代办，我就到时点火行吗？"

石老三想了一下说："也行，因为你刚入窑业会，还不懂规矩，我们就破例通融一下吧。"

景德镇共有窑主一百二十来人，茶资共需六十块大洋，加上入会费、每月会费，这样一下便又花去了一百多块大洋。方浩暗想，这一般人还真当不了窑主。好在由此可以顺利点火了，只要窑里升火冒烟，再打开窑门，这些大洋都会从窑里带着响蹦出来。

方浩耐着性子等了好几天，又在做了许多准备之后，决定点火。

但就在他对着已封闭的窑门要喊"点火"的时候，那石老三、石老四又出现了，一边挥手，一边大喊："停下，停下，赶快停下！"

"各种费用我都已经交过了，也已经是窑业会的会员了，为什么还不能点火？"方浩话语响亮。

"正因为你是窑业会的会员，所以现在还不能点火。"石老三有点阴阳怪气地说道。

这就奇怪了，没有进窑业会不能烧窑，进了窑业会还是不能点火。方浩忍不住大声发问："这又是什么规矩？"

"这是窑业会禁窑的规矩。从春节到清明节这段时间不准烧窑，历来都是如此，人人都得如此。这个规矩你应当清楚明白的。"石老三的声音比方浩更大。

方浩确实知道这个规矩，这是清末形成的行规之一，行话叫做"禁春窑"。为的是让烧窑的时间相对集中，减少空窑时间，由此可以相应提高烧窑的效益，并形成由于搭烧户争抢好窑位而抬升烧窑价格的情势，这都是基于窑主利益而立的规矩。除了"禁春窑"这个每年固定的规矩外，还会有选择性、随机性的禁窑，在柴火交易时节，柴行采买的窑柴大量运到景德镇，这时窑业会也会伺机禁窑，限定窑户由五六日一烧，改为十日甚至十五日才烧一次。不断涌来的窑柴由此大量积压，货到地头死，柴行便只好像卖孩子一般，忍痛低价售卖，窑主自是由此获利。这些行规陋习，既不利于瓷业发展，也会引发多种矛盾。方浩去上海前，知道柴行多次与窑业会交涉论理，还有一些人拥到县政府请愿，要求废止禁窑旧规，当时的县长曾答应"定当过问此事，妥为调处"。这些事都曾见诸报端，他本认为这些有悖公平、有碍瓷业的行规犹如破损的窑砖，早已废弃，想不到竟是依然如故。

"那我怎么办？"方浩带几分焦急地问。

"规矩谁也不能违背。再过二十来天，清明节一过，你怎么烧都行。"

方浩细看这两人的模样，似乎有几分面熟，他记起来了，这二人便是当年带人到鄱阳陶业学堂打砸校办作坊的哥俩，便没好气地说："我认识你们俩。"

石老三嘿嘿一笑："别跟我套近乎。认识也罢，不认识也罢。瓷器是土烧的，规矩是铁打的，谁也休想改动分毫。"

"我没工夫同你套近乎。我记得你的外号叫'石盖天'，好像专干这种烂事？"

"嘿嘿，你的记性还真不赖。什么烂事好事，我们只看谁的话顶事。"石老三耸着眉毛回答。

方浩觉得同这两人交涉，无异于秀才遇到兵，便顺势问："窑业会现在谁管事？"

"祝鸿来老板。"

还是他？一听这名字，方浩便有三分不爽。同此人过去多次打过交道，多次不欢而散。但为了这窑瓷器，为了筹资办学，不得不再次同他打交道。

交　涉

祝鸿来正在和春莺对坐谈事，见方浩进来，勉强打了一下招呼，然后不冷不热地说："我正有事，你在外面等一会儿。"他是以此表示对方浩的冷落和不速而至的不快。

春莺这时站了起来，热情地对方浩说："我和叔叔谈得差不多了，你们谈吧。"说罢，浅浅一笑，走了出去。

祝鸿来这才招呼方浩坐下，漫不经心地问："几年不见了。听说你腿一抬便到了上海，是条汉子。上海码头大，机会多，以你的能耐，一定混得很不错吧？"

方浩没有心思回答祝鸿来夹汤带水的问话，而是直言自己的来意："祝老板，我今天特来找你，是有一件重要的事情要和你商量。"

好大的口气，有重要的事找我"商量"，你算老几？祝鸿来心中的不快又多了几分。

"我已加入窑业会了，我觉得我们窑业会的一些规矩应当改一改。"

祝鸿来一听方浩这话，心中的不快加上了吃惊，这人去了几年上海，胆子好像吹了气，便慢条斯理地问："俗话说，祠堂易拆，规矩难破。窑业会的规矩怎么能随便更改？你说要改的是哪样规矩？"

"禁春窑的规矩当改。"

"是不是你想在清明节前开火烧窑？"

"是这样。"方浩照实回答。

"你想提前烧窑，就要改了规矩。难道你是大房^①生的？"

这几句话如浓烟扑面，呛得方浩几乎喘不过气来，好一会儿才回话："取消窑禁，不是为我个人，而是为大家，为整个景德镇的瓷业。"

"你在上海混了几年，本事大没大不知道，口气却是明显变大了。一张嘴便是为大家，为景德镇，似乎已成了护佑景德镇瓷业的活菩萨。"祝鸿来的话这下像是浓烟中加了辣椒末，显得更加呛人。

方浩仍然耐着性子说理："祝会长，多年来的事实证明，这禁春窑很不合理，不利瓷业发展，有碍业界合作。"

"这个规矩形成在清朝，那时候你恐怕还没有投胎，不知在哪个天界地府晃悠哩。如果像你说的有多般不是，那不早就废了？我看恰恰相反，正是因为有了这些硬邦邦的规矩，一些不安分的人才不敢任性胡来，才有窑业和瓷业的兴隆。"

"这些都是封建帝制时代形成的规矩。帝制可以推翻，行规为什么不能改变？"方浩据理争辩。

"这些大道理你留着自己用吧。我知道的是，到了民国，辫子可以剪，小脚可以放，但衣服还得穿，总不能光着身子出门吧？有些东西可以改，有些东西就是不能改。"祝鸿来的声调越说越高。

方浩觉得这规矩的变与不变，不是小事，得辩一辩："瓷器可谓五行之物，形成瓷器的金、木、水、火、土都在不断变化，所以与瓷器相关的规矩也应当不断变化才行。"

"不错，这瓷器可以称之为五行之物。但你只知其一，不知其二。烧制瓷器、从事窑业，还另有一个'五行'，你知道吗？"

从来没有听说瓷业窑业还另有一个"五行"，不知这是怎么一个"五行"？方浩直摇头。

祝鸿来慢慢地喝了一口茶，告诉方浩：另一个"五行"比起你说的"五行"更重要，那就是行帮、行会、行规、行话、行情。若不懂得这"五行"，你说的那个"五行"懂得再多，恐怕也只能是和尚捡着梳子——毫无用处。

方浩觉得这些个道理说三天三夜也扯不清楚，还是办事要紧："那这样吧，我说的'五行'与你说的'五行'今天我们先不讨论，窑业

---

① 大房：大老婆。

规矩改不改也暂且放到一边，只请祝会长允许我烧这一窑。"

"凭什么？你就真的是大房生的也不行！"

方浩掐了几下据说可以控制火气的内关穴，陈述理由：为了办学，急需钱用，并且坯胎已经装进窑里了。

"装坯入窑，那是你自己的事，谁让你自作聪明？"祝鸿来说到这里，有意叹了一口气，"如果当初我们好好合作，你今天绝不会缺钱花了。"祝鸿来今天旧事重提，看来他对过去两人之间不愉快的往事，至今还兜在怀里。

"那也很难说。不过，过去了的事就不必再提了，就说当下的吧。请会长能体谅一下那些刻苦求学的学生，体察一下办学的重要和难处，适当加以变通。"方浩已经有求情的味道。

"那就说当下的吧。难道缺钱就可以坏了窑业会的规矩？谁又找不到缺钱的理由？至于学生的学与教、去与留，与窑业会何干？别跟我磨牙了，如果身上冷，到窑边待着去吧。"祝鸿来显得很不耐烦了，说话间把头昂得很高，本是朝下的鼻子变成平直向前了。

方浩被激怒了："这行规并不是国法，如果春窑照烧，又能怎样？"

"那我倒要看看，老虎拉车——谁敢（赶）？"

"祝老板，你应当见过鬼谷子下山这件青花罐，上面画的便是老虎和豹子拉车，不是也有人赶吗？"方浩忍不住来了个针锋相对。

祝鸿来当然知道这件瓷罐，在徐一涛家还见过逼真的仿品，自然也明白方浩话中的含义，他以很不屑的语气说："你如果有鬼谷子的能耐，今天还用得着求我吗？"

"既然虎豹拉的车有人坐过、赶过，试一次烧春窑又如何？"方浩毫不退让。

"如果你有老虎的威风、豹子的胆子，可以试一试。"

"试试就试试。"方浩语气坚定，说完愤愤地走出了祝鸿来的办公室。

在走廊上，他碰见了春莺，看来她一直待在隔壁，也许听到了他和祝鸿来舌剑唇枪的对话。春莺显然想对方浩说些什么，但方浩此时心里又急又气又乱，只对春莺点了一下头，便快步离去。

方浩没有回到陶艺研习所，也没有去自己的窑厂，而是来到了浮梁县政府，求见县长。他希望这承担治理一县之责的县长能够秉公办事，破除这陈规积习。

现任县长姓阮，来浮梁任职一年有余，他知道景德镇有瓷界四杰，也知道景德镇有被称作大佛、金刚、罗汉、观音的有钱人，但并不知道方浩是谁，拒绝接见。有下属对方浩作了简要介绍，建议一见为好。

县长听了，改了主意。既然这人不属寻常百姓，那就见见，可以借此表明自己重视民意，礼贤下士。

方浩被人引导着在县政府的一间小会客室坐下，抬头一看，见对面墙壁上挂了一块瓷画，他习惯性地端详了一会儿，立即觉得既十分亲切，又十分可笑。作品显然出自王青先生之手，画名《四知图》：浮云遮月，夜色下是一座漂亮的馆舍，从馆舍的窗口透出昏黄的灯光，灯影下有两人对坐，桌上还隐隐约约放着一些什么东西。这画面源自《后汉书》中的一则故事：一个叫杨震的官吏到东莱郡赴任时，路经昌邑县。昌邑县的县令王密曾得到杨震举荐，便在夜间怀揣重金前来表示酬谢，杨震坚辞不受。王密说，这是夜间，不会有人知道这件事。杨震回答，但还有天知，地知，我知，你知。王密便惭愧地退出。显然，王先生是用这幅画讽刺贪浊与无知，也许只有王青先生这样性情的人才会纵笔泼墨，为人画出这样的画来。可不知为什么，县长竟然会堂而皇之地把这幅画挂在了小会客室。

这时，阮县长走了进来。他四十岁上下年纪，穿一身很合体的中山装，又黑又密的头发梳理得很是整齐，光洁无须的脸上略带平和。

县长看了方浩一眼，指了指椅子："请坐，有事你且说来。"

看来县长远比祝鸿来知礼节，待人客气，这让方浩心里增添了几丝希望。他扼要地述说了禁春窑行规的不合情理，不合时宜，盼请县长关注民望民生，以政府的力量，废除这陈规陋习。

阮县长点了点头："这事我略有所闻。只是积习已久，恐怕难以一朝革除。况且这是民间约定俗成，共约共守，政府出面干预，有所不便。"

"这些陋规实在有悖情理，有碍瓷业的发展，请县长能够明察。"

这些直白且带几分刚硬的话让县长略有不悦，但他还是表现出宽宏大度、认真理事的样子："你的看法，也许不无道理。但改变旧规旧制像幼儿初学走路一样，得一步一步来，并且还要考虑由此可能引发的风险。"

方浩听了，觉得这些不过是官腔官调的套话，但听到这县长说出了"风险"两个字，便找到了新的理由："在我看来，如果不改变旧规，可能会有极大风险。"

县长对"风险"一词很是敏感："什么风险？"

"会危及瓷业的正常发展。"

县长本有几分紧张的心很快放松了下来，若属这类风险，他并不在乎，便慢条斯理地说："确是这样，适当时候，应当治理。只是积重难返，政府在当下是心有余而力不足。"

"还可能会引起窑户之间、窑户与柴行之间、窑户与瓷厂主之间的摩擦和冲突，甚至是暴力争斗。"方浩继续说着，并加重了语气。

这些话让县长心里发怵，他最担心的便是这等事情。前任县长交代过：当地的帮派争斗最是棘手。1926 年赵慨的生日那天，有两个县的帮会因由谁聘请的戏班在师主庙戏台上演戏一事，争执不下，后酿成一场大规模械斗，死人伤人很多，景德镇有一条街被烧成断壁残垣，后经省政府派兵镇压才得以平息。所以，历任县长极为害怕行会帮会之间的冲突。

县长一改先前平和的样子，疾言厉色地说："如果发生暴力事件，政府绝不会含糊，一定采取断然措施，加以平息。"

"那何不防患于未然？"

"如何防患于未然？"

"废除旧规，可以通过正常的程序办理，就像通过修坯去掉坯胎上多余的瓷泥一样。"

"通过什么程序可以平稳地废除旧规？"县长似乎一下对此有了兴趣。

方浩说出了自己的想法：可以由利益受损的一方具状，控告窑业会长期奉行和维持的行规损害多方利益，不合政府律令，要求取缔。然后再由政府裁定废除旧规，不就可以了？

阮县长想了一下，觉得方浩说的倒是大有道理。但果真如此，动静便会更大，势力如山的窑业会怎么肯俯首听命？那就会像已经破损的柴窑，一处漏烟漏火堵住了，别的地方又会生烟冒火，甚至是烟更大、火更烈。景德镇瓷业很不合理的行帮规矩多得如山边茅草，如果都通过诉讼解决，那状纸便要堆满公堂。由此要费心费力理讼办案不说，就是作出了判决裁定，执行起来又谈何容易？这样事情就会越来越复杂，整个景德镇便会不得安宁，他自己便可能焦头烂额。

他不由得又打量了方浩一眼，担心这个看上去很有能耐的人挑头闹事，弄得鸡飞狗跳。好在今天只是他一个人来县衙，不必考虑。倒是可以考虑适当解决一下他一时的困难，让他既不递交诉状，也不聚众闹事，这件事就像盛夏的一场小雷阵雨，很快过去了。

"我们今天暂且不忙谈窑业行规的对错存废，你个人如果确有什么实际困难，本县长可以考虑视情况酌情解决。"

方浩简明说出了自己的要求：因为办学，急需资金，并且坯胎已经入窑，因而想在近日点火烧窑，不料窑业会却横加阻拦。请县长秉公办理。

县长觉得方浩的理由很正当，本也不是什么大事，便说："这件事我同祝鸿来说一说，尽可能作为特例处理。你先少安毋躁，如何？"

方浩想，行规一下难以改变，如果能允许烧春窑，本身就是一次破旧而立新，是一件大好事："好。那就拜托县长，也多谢县长。"说罢起身向县长告辞，但他又不由自主地把墙上那幅《四知图》看了一眼。

方浩后来知道了这画的由来：阮县长向祝鸿来索画，祝鸿来便找到王青先生，并告知实情。王青心里一阵厌烦，收下润格之后，便把县长要求画的《四季图》有意画成了《四知图》。画成后，祝鸿来问：为什么这画与县长想要的画并不相符？王青摸了摸耳朵答：我当时听你说的便是《四知图》也。

祝鸿来并不知晓"四知"的由来，见画很是漂亮，便高高兴兴地拿走了，又以满带颂扬的言词向县长讲了一番画家的经历与名气。县长收下以后，便很高兴地挂到了墙上，看来他也并不知道这幅画中的故事。天下不明不白的事、糊里糊涂的人实在是太多了。

窑厂边的较量

方浩耐心等待消息。他的推测是：县长一定会同祝鸿来打招呼，特许自己烧一窑，以救一时之急，这便是一个三方满意的方案。但过了好几天，也不见有任何动静。他转而又想，也许县长已经同祝鸿来说定，但碍于面子，精明而又自负的祝鸿来却不愿意把特许烧一窑的决定明确告知自己，而是采取了默许的方式。这样，不仅窑业会会长面子无损，就是其他窑主提出异议甚至想依样照做，会长也有挡箭的盾牌：窑业会并没有同意，只是县长特许。

方浩觉得推断无误。但又荼食无常地等了两天，还是绣花针落到棉絮里，没有任何动静。不能再等了，不管他三七二十一，先点火再说。

火种入窑，火苗蹿起，满窑红亮，辉映着绚丽的晚霞；烟囱里青烟滚滚，飘向辽远的天空。在清明节前，窑中烟火升腾，显得特别扎眼，这是多少年来都不曾见过的景象，以至于有的人还误以为谁家失火了，一些窑业界的人则在猜测、议论：莫不是禁春窑的旧规已经废除？

方浩一边看着窑火，一边揣着担心。但随着时间的推移，他的担心渐渐减轻，乃至放下。直到第二天太阳亮灿灿地照在窑屋上，窑内窑外一切正常。

树叶作响，爬在篱笆上的蔷薇不停地摆动，有大风刮来。俗话说，冬风不过篱，春风钻牛皮。这清明前的风，让人感到阵阵寒意，加上昨晚一夜没有合眼，方浩觉得身上发紧发冷，不由得缩了缩脖子，紧了紧衣裳。

有人影晃动，窑业会的那石老三、石老四又来了，还带来了三四个身强力壮的汉子。方浩立即觉得不妙，身上的困倦一下跑得一干二净。楼梯在脚下嘎吱嘎吱响，他从看火的楼阁快速走了下来，向这几个人迎了过去。

石老三梗起脖子喊道："谁让你点火的？熄火！"

"县长同祝会长说定的，准许我烧一窑。"方浩理直气壮地回答。

"嘴包蛆！祝会长专门派我们来，让你立即停火。"

"难道县长说的话也不算数？"方浩大声问。

"别的我不知道，论这与窑业沾边儿挂沿儿的事，县长的话肯定不如祝会长的话灵光。早就告诉过你，行会规矩，比圣旨还厉害，你却装聋作哑，不听不信。"石老三嘴里说着，脸上一副幸灾乐祸的表情。

方浩实在想不明白：行会规矩可以胜过圣旨？政府任命的县长有时竟然还不如一个窑业会的会长管用？

原来，方浩离开县政府后，阮县长便着人把祝鸿来叫进了县政府，告知方浩来访一事，并明确提出，可特许方浩烧一窑。

祝鸿来故作平静地问："那方浩是县长大人的亲戚吧？"

"不是。"

"或是有不一般的人向县长大人求情吧？"

"没有。"

"那定是县长大人另有特别的考虑了？"

"都不是。我的想法是，这样会有利于减少矛盾，消除纷争，对景德镇乃至整个浮梁县的治安大有好处。"

祝鸿来却是不停地摇头："县长大人，恕我直言。如果特许方浩烧春窑，结果只会是适得其反。"

"是吗？"县长很是不解地看着祝鸿来。

祝鸿来的话如决堤之水：县长大人，你可能有所不知，景德镇瓷业的帮会行会众多。这些帮会行会全靠内部世代相袭的规矩维系，如果规矩破了，那会竹篙打水连河动，必然冲突不断，争斗连连，无法收拾。所以有一个说法，家可以散，行帮不能散；财可以破，行规不能破。

阮县长听到这里，脸上霎时变了颜色："那当怎么办？"

"最好的办法是——不办。"祝鸿来回答。

"'不办'是什么意思？"

祝鸿来作出了解释：政府完全不必管这些民间行帮的闲事杂务，让行帮自己闹腾、自生自灭。就好比一蓬火，任它在灶膛里烧，怎么烧也不会出事，千万不能弄到灶膛外面来烧。否则，弄不好就会烧了房子毁了屋，成了俗话说的引火烧身。

阮县长觉得这一番话很是在理。想不到的是，当时答应让方浩破例烧一窑，意在防止争斗闹事，现在为了防止争斗闹事，又不能让方浩点火了。但他又想到，对方浩已作过承诺，言而无信不妥："我已答应方浩，特准他烧一窑，怎么能言而无信？"

"这也好办。他如果向您问起这事，您就往我身上推，说同我说过了，是我没有遵照办理，让他来找我好了。"祝鸿来说着语气一转，"其实他也不会再问您。即使他又来找县长大人，您不理他，他怎么进得县政府大门？"

"这样做不好吧，我堂堂县长岂不成了说话不算数的人了？"阮县长犹豫着。

"这不是您说话不算数，而是他不自量力，提出无当无理的要求，或者说是我违了县长的意思。总之，您一星半点的责任都没有。"

"不妥，不妥。"阮县长还是不停地摇头。

"我看这样吧，就这事您罚我五十块大洋，作为我没有照县长大人吩咐办事的处罚。"祝鸿来想出了新点子。他盘算好了，如果县长同意照自己的这个主意办理，那么事情的结果便是：窑业会的规矩如山，谁也休想撼动；县长的话我祝某人也可以不听，只以几十块大洋了结，谁有此能耐？为此损失一笔小钱，值得。

县长沉默了好一会儿，心想，这祝老板外号"白鳝"，真是名副其实，最后很有些无奈地说："看来只能如此，但千万别闹出相互打斗、伤人死人的事情来。"

"这个您大可放心。闹事打斗？谅方浩没有这个胆子，有这个胆子也没有这个力道，就像是蚯蚓放屁——弄不出什么动静。"祝鸿来说得十分肯定，就像山大王掌控山寨里的大事小情一般。

祝鸿来从县城回到景德镇后，便叫石老三等盯着方浩的动静。当听说方浩的柴窑已经点火后，即着石老三带人前去阻止。他选择的时间点，经过了精心算计。

方浩当然不知个中原因，也无法预测将会发生什么。面对突然出现的情况，他选择了凛然以对，并且相信，歪理敌不过正理。

石老三指了指透出火光的窑门，一边大步疾走，一边高声大喊："停火，停火！"

方浩也指了指窑门，声音不低地回应："我这窑昨日傍晚点火，刚好烧了过一半时间，现在绝对不能停火。"

"不停也得停。窑业会的规矩是石头垒的墙，谁碰谁破头。"石老三又对着带来的人喝道，"莫让窑工再往窑里投柴。"

那几个汉子便一齐动手，连骂带吓，又推又搡，把那些正忙着投柴的窑工一个个推到一旁。窑工们没见过这阵势，全都不知道如何是好，只好停下手来，无可奈何地望望柴窑，又心神不安地看着方浩。

方浩急了，现在停柴停火，便成了真真正正的釜底抽薪，整窑瓷便会成为无用的半熟瓷，就好像那夹生饭，他大声喊道："你们这样做，等于是提刀杀人。"

石老三叫两三个人控制住方浩："要说杀人，那是你拿着菜刀往自己的脖子上抹，我们只是让你知道什么是窑业会的规矩。"

方浩近乎发狂了，一边拼命挣扎，一边张口大骂："你们简直是土匪，竟然能做出这等伤天害理的事来。"

石老三是个不怕事大的主，操起一块足有两斤重的木柴，对着方浩喊道："你再嘴里跑粪，老子就敲烂你的脑袋。别忘了，当年老子的诨号是石盖天。"

"你分明是个石混蛋，除了干这种伤天害理的缺德事，还有别的能耐吗？"方浩骂声未止，但他现在除了放声大骂，已没有别的招数了。他愤怒而又痛苦地望着窑门，火势已在下挫，再有几分钟不添柴，这窑瓷便会统统成为废品。

石老三见方浩依然在大喊大骂，把手中的木柴对着方浩高高地举了起来。

就在这时，不知从哪里飞过来一声重喝："住手！"这是尖而脆的女高音。

在场所有的人都不由得循声看去，见边喊着、边快步走过来的是春莺。

春莺看了看窑门，便对着窑工一声大喊："赶快投柴！"

一直心里紧张而又手足无措的窑工应声而动，又快速地将木柴一把一把地投进了窑里，开始变弱的火力重新获得了向上蹿升的力量，张扬起旺盛的气势，颜色也由红中带黑变成了橙中有黄。

石老三对着春莺带气地发问："你跑来干啥？"

"你能来我为啥就不能来？"

这倒把石老三问住了。难道祝老板临时改了主意？他极力压制着自己的怒气："你叫人往窑里投柴，如果是祝会长同意的，行；如果不是祝会长同意的，可不行。"

"今天行也得行，不行也得行。"春莺圆睁杏目，声调高亢。

方浩很奇怪，这春莺平日大度、开朗，还很有几分女性的阴柔，今天却一改常态，很像豪气冲天的大丈夫，甚至还有几分霸气。

"那我怎么向祝老板交代？"石老三瞪着眼睛问。

"该怎么交代，你自己拿主意。反正这窑瓷必须烧。"春莺又对窑工们喝道，"别愣神，抓紧投柴！"她一下似乎成了主宰整个窑厂的把桩师傅。

"这可是严重坏了规矩。"石老三喊道。

"没有不能变的规矩。女人不得进窑厂，本是铁石一般的老规矩，我今天来到这里，本身就坏了规矩，不好的规矩就得让它坏了、烂了。"春莺声音朗朗。

石老三猛然想到：对，如果女人进了窑屋，到了窑厂，要么窑会倒塌，要么瓷胎无法烧熟。不用管它，让他们等着这窑塌瓷坏吧。

石老三便招呼随同来的人悻悻地走了。

方浩看了看窑里的火势，揉了揉发疼的胳膊，以十分感激的口吻对春莺说："今天亏得你到场，否则真不知道如何收场。"

"我是听到叔叔派人来你窑厂的消息后，急急地赶来的。景德镇瓷业乱七八糟的规矩太多，我也早就觉得像多年的痫痫头一般，必须好好治一治。"春莺余怒未息。

"确是这样。太感谢你了，你现在可以走了。"

"你是不是怕我在窑边，你的窑真的会烧塌了？"

方浩一直阴霾堆积的脸上云过天朗："当然不是。我只是不愿让你无缘无故地卷进这麻烦的漩涡。"

"我还是多留一会儿为好。"

"还会有什么事吗？"

"我想，石老三回去告知我叔叔之后，恐怕不会就这样草草收场。"

方浩觉得这话大有道理："那怎么办？"

"兵来将挡，水来土掩。"春莺又看了看火势正旺的窑，"我父亲、叔叔从不让我进窑厂，今天我倒想好好看看怎么选柴投柴、看火调火。"

于是，春莺在一边看着方浩指挥烧窑，还一边不停地问这问那。在窑厂劳作的窑工们觉得很是新鲜，女人不仅进了窑屋，还长时间待在窑边，说东道西，这可是从未见过的稀罕事。一些人心生担忧：这窑瓷烧坏了可怎么办？

春莺的估计没有错。过了半个多时辰，石老三、石老四又来了，随同他们一起来的几个人手里还拿着长棍短棒。

春莺一看阵势，暗叫不好，她皱了皱眉头，决定来个先发制人，对着那一帮人招了招手："石老三，你过来！"

石老三不知道这姑奶奶喊他是什么意思，反正已有祝老板的明确交代，且不管她今天是哭是笑，是喊是叫，都得让这窑火熄了，便昂着头、大踏步地向春莺走了过去。

春莺这时一脸冰霜，显得一大一小的双眼带电冒火，让人有三分害怕。如果说平日她是一尊观音形象，今天则有了几分女战神的模样。接着是电闪雷鸣，她用手指着石老三的鼻子尖发问："你昨天晚上是不是在山上逮住豹子了？"

这句话让石老三听得如在烟里雾里，眨巴了几下眼睛回答："没有。"

"我还以为你吃了豹子胆哩。"

石老三这才明白了春莺问话的意思，有恃无恐地回答："端谁的碗，听谁管。我只听祝老板的，他叫我拜佛我就进寺，他叫我揭瓦我就上房。"

"今天你们打算怎么让这窑火熄了？"春莺的两只眼睛睁得像一对酒盅。

"一劝二打。"石老三说着，摆弄了一下手中的棍棒。

"那你打我一下试试？"春莺上前跨了一步。

石老三不由得往后退了一步："好男不与女斗，对你可以留情。其他人，包括阎王爷的三亲六戚我都敢打。祝会长已交代过，如果方浩执意要烧，我们可以动手，由此有人或伤或死，外加窑塌瓷坏，全不用我们负责。"

"如果你手上痒痒，想找个茬砸场子、找乐子也行，但你得先准备好六百块大洋。"

"这事和大洋有什么关系？"石老三大有疑惑地问。

"我为什么要让方浩烧窑，你知道吗？"春莺盯着石老三发问。

石老三避开春莺逼人的目光："不知道！也不想知道。"

"那我告诉你吧。因为方浩欠我六百块大洋，我正等着他还钱哩。如果你弄坏了这窑瓷，我就只能找你要了。"

啊，原来是这么回事，但这是什么理由？石老三在鼻腔里哼了一声："我只听会长的。"

"你口口声声听会长的，但你即使是个木头脑瓜，也应当明白，真的到了紧要关头，会长是向着你还是向着我？"

这句话起了作用，俗话说：亲人亲，打断了骨头连着筋。如果真的动起手来，不小心让这个爱管闲事的单边照破皮出血、伤筋动骨，自己还能有好果子吃？

就在石老三犹豫的当儿，春莺又开口了："我比你更了解我叔叔，叫你们来闹腾闹腾，不过是要做做样子，表示已为维护老规矩黑了脸、尽了力。这样在其他窑主面前好说话，也使其他人不敢跟着烧春窑。想不到你们倒是一根筋，想来真的？真是个木头脑瓜。"

一听这话，石老三顿时心里像十五个吊桶打水——七上八下。细一琢磨，还真是这么回事。那我也做做样子，你春莺我不敢碰，把这方浩揍一顿，打他个鼻青脸肿、腿断臂折，也就可以向祝老板交差了。

石老三对石老四喊着："先让那姓方的见见红再说。"

有人凶狠地提着棍棒向方浩走近。

春莺急了："且慢，我还有话说。"

还有什么话要说？石老三满不在乎地看着春莺，说时迟，那时快，如白鹤亮翅，如老鹰扑食，春莺对着石老三脸上"啪啪"就是两巴掌。

石老三捂着脸、瞪着眼问："你为什么打人？"

"打人？这还算是对你客气。再把老娘惹急了，便把你们统统给枪毙了。"春莺明亮的眸子里，此刻喷出来的是炙人的火焰，周身迸发出来的不光是霸气，还有几分匪气了。

这时，石老四一把将石老三拉到一边，悄声说："哥，这春莺眼皮是个单边照，本来就厉害。更厉害的是，她老公是浮梁县保安大队的副队长。"

石老三一下醒悟了：怪不得这春莺像只母老虎，这年头谁不怕有枪的？只要他随便找个茬，就可能让你缺胳膊少腿，甚至脑袋搬家。

帮祝老板办事，也不过几块大洋的好处，若因此搭上自家性命，那就真是木头脑瓜一个。

石老三对随行的人一挥手："既然女老板强行阻止，并且还要动枪，那就只好到此为止了，看祝会长怎么办吧。"然后带着那班人像打了败仗的兵丁一样，垂头丧气地走开了。

这一幕犹如一出大戏，惊心动魄，让方浩看得心惊肉跳。他还没有完全缓过神来，便听见春莺告诉他："我该走了。"

方浩又生出担心，不过这回是为春莺担心："你叔叔肯定会大为光火，你怎么办？"

"不碍事。我这就去找他，我已想好了，只要一句话就可以压制住他的火气。"

"什么话有如此威力？"

"因为你欠我钱，所以我才帮你，他最不喜欢人家欠他钱。当然更重要的是，县长为你破例烧一窑说过话，他可以进退自如。"

方浩会心地一笑。

春莺又叮嘱说："见好就收。烧了这一窑就停下来吧，清明节很快就到了。"说罢，扭身离去。

方浩一直望着春莺的背影消失在绚丽的云霞之中，此时的窑里也像彩霞一般绚丽。

到了停火的时间。方浩大喊了一声："停火！"

窑厂上所有的人都停了下来，调匀气息，擦去汗水。这是最疲乏的时候，但大家又都很兴奋，犹如打了一场胜仗。不过还是心有担忧：有女人到窑厂，并且还手口并用，针尖对麦芒地大闹了一场，这一窑瓷会是一个什么结果？

开窑的时候到了，匣钵一个个搬了出来，瓷器一件件地取了出来，整窑瓷器熟而不伤，美而无瑕。

原来，旧规矩并不可信，更不可怕。

在等待清明后开火的日子里，方浩足不出户，用了几天时间，写成《关于发展景德镇瓷业的忧思与建议》，提出：要发展瓷业，除了兴办教育、革新技术之外，还要摒除陈规旧习，设立新规新制。他将这封信直接寄给了现在已是江西省主席的熊式辉。

瓷业改良

熊式辉 1931 年主政江西以后，便雄心勃勃地想着如何提振工业，特别是发展瓷业。他把方浩的信细细看过后，批转给了省瓷业管理局局长。

在景德镇，人们忽然发现，许多窑厂、工厂、商铺贴出了告示，告示还盖上了省政府或是县政府的朱红大印，特别醒目。古往今来，民众对官方告示从来都有着浓烈的兴趣，因而纷纷围观，相互转告。

告示的内容是有关于兴办瓷业教育的：建立省办江西景德镇瓷业学校；开办瓷业工人晚间培训班。

告示中关于铲除行业陋规的内容最为引人注目：取消禁窑制度；建立新的窑工酬金制度；统一柴窑尺寸；鼓励机器制瓷，等等。

瓷业界许多人见到告示后，就像在窑里待久了，走出窑门后，呼吸顺畅，眼前敞亮，大加赞赏，但疑虑相伴而生：这写在纸上的东西靠得住、行得通吗？只怕是道士画在纸上的符——只能吓唬鬼，却是镇不住人。随后又得到消息，为了有力有效地推进瓷业改良，省上已把浮梁县的阮县长撤换，另选了一位懂瓷业、有魄力的武县长任职。这武县长到任后，声言如不能行新规、废旧制，就不活着离开景德镇。这样看来，这瓷业改良的事又好像是做衣的裁缝——玩真（针）的。

景德镇第一次有了一所正规的瓷业学校，方浩办的陶艺研习所并入其中。方浩被委任为瓷业学校的副校长，这让他在兴奋中充满期待，或许由此可以大展宏图。他向校长建议，将"焚其旧叶，吐我新烟"作为校训，并提出了新的办学理念和课程设置，校长一一允准。

瓷业改良犹如矿井口绞车摇动时的绳索，一下比一下紧。不久后，又有消息传出，省长熊式辉已派遣省瓷业管理局局长到景德镇，检查督办瓷业改良各项措施的落实。这位局长与武县长略作商议后，委任了一批知名人士作为废旧规、行新规的稽查特派员，方浩名列其中。

这一天，方浩以稽查组组长的身份，带着三个稽查员来到了祝鸿来的公司。祝鸿来听说方浩奉命前来稽查，心里很不自在，但推行瓷业改良是省政府的命令，而且现任县长还是一个犹如黑脸包公的官员，他不得不认真对待。

当方浩到来时，祝鸿来已是一身长袍马褂，恭敬地等在公司门口，像个笑面罗汉，很不情愿地叫了一声："方校长！"喉咙下面的话却是：这年头真是奇事怪事多，就像舞台上上演的猴戏，红屁股的猴子背上插几面小旗也成大将军了。且看你方浩今天如何动作？

方浩说明来意，随之请祝鸿来介绍情况。

祝鸿来早有准备，先是明褒暗贬地数落了一通新规：新规非常好。只是多年来的规矩一改，就像男人穿着女人的鞋子上街，一下很难适应，难免跌跌撞撞。不过新规虽有种种弊端，我们公司还是遵从政令，废旧行新。接着，半是认真、半是敷衍地介绍了一番情况。

方浩打开了随身携带的记事簿，然后是一连串提问：新规的执行情况如何？还存在什么问题，又打算如何改进？有没有布告上写得明明白白，实际上却没有好好执办的情况？

祝鸿来心想，这家伙还真煞有介事地摆出架势来了，像个钦差大臣似的。神气什么，你这不过是临时差遣，少则十天半个月，多则一两个月，这件事就像划过天空的流星雨，吹过窑顶的一阵风，很快归于无形了。在景德镇这地面站，还得靠窑多、瓷多、钱多。不过，暂且不与他一般计较，打发他走人算了。

对一连串问题，祝鸿来来了个笼统作答："对新规，我们件件遵行，条条照办，不存在任何问题。还准备争办模范瓷厂哩。"然后反问方浩，"还有什么要问的吗？"意在催促方浩结束问话。

方浩看了一眼祝鸿来："第一次就谈到这里吧。"

什么叫第一次就谈到这里？难道还要第二次、第三次来找麻烦？祝鸿来心里很不高兴地嘀咕着。

方浩这时合上记事簿："待我们更多地了解情况后再谈。"

"那好，相信方校长一定会秉公办事。我们也是老熟人了，并且都是在瓷器上混饭吃，将来还少不了打交道。"祝鸿来的话里，既是明里套近乎，又是暗带威胁。

祝鸿来有分别起名为鸿运、鸿远、鸿达的三座柴窑。方浩首先来到了鸿运窑，这正是当年烧造龙凤双尊等御瓷的柴窑。刚刚开窑完毕，顾不得窑里余温灼人，方浩和两名稽查员进到窑里，拿起尺子，对窑容进行测量。测出的数据让他吃惊：新规确定，柴窑长度不得超过四丈七尺，高度不得超过一丈六尺，这座窑却是长度有五丈五尺，高有一丈八尺。窑主为了牟利，往往尽可能地扩大窑容，以便多装多烧瓷器。但如果柴火欠好、技术欠精，或是挈窑满窑等环节稍有不当，便会导致火力不足不匀，使瓷器烧得不熟或是老了，严重的则可能导致塌窑。出现这类情况时，窑主对搭烧的小器不承担责任，只是大器可以重烧。所以窑容大了，损失的主要是搭烧瓷器的瓷户的利益，这也使得瓷户被迫以更高的价格争夺好的窑位。政府认为这是一大弊端，故着力改革，要求统一窑制，控制窑容，提高烧熟率。

方浩接着马不停蹄地丈量了鸿远、鸿达窑，问题同样存在；他还到了祝鸿来的鸿通瓷厂了解情况。

几天后，方浩带着他的稽查队员又和祝鸿来面对面地坐在了一起。

"方校长不辞辛劳，出入作坊、窑厂，很让人佩服。如果都似你一般，瓷业何愁不兴？"祝鸿来的话少有地客气，甚至有几分谄媚。

"祝老板，经了解，你的公司还存在有违省政府新规的问题。"方浩的话一针见血。

"请问存在什么问题？"祝鸿来嘴上不慌不忙地发问，心里却有几分不安了。

"至少存在两大问题。"

"存在两大问题，是吗？"

方浩看了一眼记事簿："第一是窑的尺寸不合新规。"

祝鸿来听了不置可否，他自知这个问题确实存在，但并不担心，在他看来，历来如此，且不是我祝某人一家如此。

"没有执行关于支付窑工工钱的新规定。"方浩指明了存在的第二个问题。

按旧规，烧窑的工人不仅从窑主那里拿不到工钱，还要花钱向窑主"买位子"，即先自己掏腰包去换得一个劳作的资格。那窑工的工钱从何而来呢？摊派在搭烧瓷器的瓷户身上，这工钱还有一个听起来很稀奇古怪的名字，叫"吹灰肉"。这个陈规使瓷户要付额外费用，也使窑工的工钱像飘在空中的风筝，很不稳实。所以新规明令取消“吹灰肉”，改由窑主直接向窑工支付工资，这自是窑主们极不愿意的。

方浩刚一说完，祝鸿来便有了应答之词：第一个问题确实存在，因为这几个月大家都要改窑挛窑，挛窑师傅成了闺楼抛下的绣球，人人在抢。第二个问题不会存在，省政府的规定下达后，本公司应声而动，已经改旧制而行新规。

“要求统一柴窑尺度的规定下发已有半年的时间，你的三座窑却连一块砖也没有动。所以不是挛窑师傅不足，而是你在有意拖延。”方浩言词犀利。

祝鸿来正要辩解，只听方浩又说道：“不向窑工支付工资、没有取消‘吹灰肉’，这个旧规你也没有任何改变。”

祝鸿来一听，心里暗暗吃惊，这家伙了解得还真细真准。当然他不会轻易认错认输：“你头上顶着稽查组长的帽子，说话可得有凭有据。”

“我已收集到足够的证据。”方浩说着轻轻拍了拍自己的记事簿。

“既然有证据，不妨拿出来看看。”

“到时候一定会让你看清楚。但先要看看你的态度，因为这关系到对你如何处罚。”

一听“处罚”二字，祝鸿来有点急，有点慌，还有点怕：“你还真的要罚我？”

“窑坏了要修，违规了便要处罚。”

“听你这话，我怎么觉得你有挟私报复的意味？其实你上次违规烧了春窑，最后也没有把你怎么样。”祝鸿来开始转守为攻。

“旧规与新规，一个是帮会规矩，一个是政府政令，二者就好像坯胎与瓷器，不是一回事。”

“这就要看怎么说了，对烧窑制瓷而言，二者的性质并无差别。”

“我只是依规论事，奉命办事。”方浩不想与祝鸿来争论旧规新规的同与不同。

“我若是不照你说的办呢？”祝鸿来在试探方浩的态度。其实，这是方浩因要烧春窑同祝鸿来争执时，方浩对祝鸿来说过的话，现在他信手拈来，掷还给了方浩。

“那就会是更重的处罚。”

"重到什么程度？"

"依照省政府的规定，可以是罚没成百上千的大洋，甚至可能是倾家荡产。"

"你有这等能耐？这般权力？"祝鸿来的话中带着轻蔑。

"即便我没有，但县长有，省长有。我有权提供真实情况和相关建议。"方浩的话软中带硬。

这话让祝鸿来害怕了，在当今情势下，如果这方浩罗列自己的违规行为，甚至还来一个添柴加火，报到县上、省上，省里派来的瓷业管理局局长也正好在景德镇，那就是麻雀撞进窑火里。虽不致倾家荡产，但重罚则完全是可能的。这不仅关乎钱财，还关乎面子。江上行船，必须辨风看水，风浪来了，该转舵还得转舵。

祝鸿来的脸像夏日的雷雨天，云集云散和雨来雨去变得飞快，很快带着笑意说："革除多年旧习就像去除老窑砖上的油泥，实在不易；新规刚刚开始施行，做得不周全也在所难免。还请方副校长高抬贵手。"

"轻罚重罚，全在你自己身上。我的作用有限。"

"逾不逾规，逾规是轻是重，尽在你拿捏；报还是不报，如何上报，也全在你定夺。"

"为了整个瓷业，旧规必须废除，新规必须实行，谁也不得例外。"

这话使祝鸿来大受刺激，他觉得自己一直拥有的优越感受到了挑战。难道我这大老板也要和小业主同等守规、受罚？这等事，我当老板以来还没有碰见过哩。既然你方浩软的不吃，就适当来点硬的，于是板起面孔说道："你不仁，那可别怪我不义。"他想，凭自己的身家、势力，谁都得怕三分，让三分。

方浩偏偏软硬不吃："祝会长有什么想法？"

"哼，礼尚往来，你请了我吃朝饭，我就一定会请你吃昼饭①。"说完紧紧地盯着方浩。

方浩抿了抿嘴，没说话。

祝鸿来想：看来你这小子还算识相，心中暗暗得意起来。

---

① 昼饭：午饭。

但他的得意只持续了喝一口凉茶的工夫，只听方浩不紧不慢地说："你到底什么时间请昼饭，这是你的事。我只是负责任地告诉你，诚恳认错，立即改正，可以从轻发落；继续拖延，拒不改错，只会加重处罚。我给你两天时间，你自己好好盘算清楚。"说罢起身离去。

祝鸿来在心里直骂娘：他娘的，今天是什么日子，真是活见鬼了，想不到这个无钱无势、无职无权的家伙竟是如此难缠。当然，他不会轻易认输认罚，他在转动心思，要释放他的能量做一场搏杀。

方浩回到家里，心里也不平静。革旧图新着实很难，但这件事情实在重大，必须抓住机会，竭尽全力去做。

晚饭后，他点起油灯，提笔调色，开始绘画。他正在日夜赶做的事情是，了却王先生的心愿，画完那一千只青花瓷饭碗。笔起笔落，饱蘸了青花料的笔如游蛇惊鹤般地在碗胎上行走，他很快进入了忘我的状态。

有声音传进屋里，细一听，是一个熟悉的声音在呼喊他的名字。他放下碗胎，搁下画笔，前去开门。

站在门口的是春莺。

方浩连连说着："请进！请进！"

春莺带着一阵轻风、一阵暗香跨进了门，但她却没有吭声，也没有坐下。

方浩有点奇怪，继续说着："请坐，请坐。"

春莺依然没有落座，但开腔了："特来恭贺！"

"我有什么事值得你恭贺？"

"听说你当警察署长了？"

方浩一下明白了春莺话里的意思，为调和一下气氛，便故意来了一句玩笑之词："难道你要给我任命一个警察署长当当？"

"听我叔叔说，你可比警察署长还要厉害三分。"春莺的话语和她此时的脸一样冷峻。

方浩清楚地知道春莺为何而来，心里像有瓷碗被挤碎了，"咔嚓"一声作响：这下可怎么办？

"我今天不想和你多说什么，只问你一句话，我叔叔的事你到底打算怎么办？"春莺的话犹如拉大坯时的转轮，又急又快。

方浩感觉到了一种逼人的气势，缓缓地说："经查，他确实违反……"

没等方浩说完，春莺便打断了方浩的话："你上次不是也确实违规烧春窑了？"

这话犹如那剑客搏杀时的一剑封喉，方浩立即变得哑口无言。春莺手中的剑还在突进："规矩本是人定的。逾不逾规，全在人定；处不处罚，更在人定。"

方浩血管在膨胀：这春莺对他来说，实在是非同寻常的人。别的不说，就说上次自己违反旧规烧春窑一事，若不是她关键时刻英雄豪杰般的出手相助，自己那一窑瓷定是半件无存，血本无归，自己还可能受辱受伤，也不知现在会是什么境况？但，如果这次对这祝老板网开一面，必然妨碍破旧习而立新规，也有违他做事做人的准则。此事大也，当何去何从？他沉吟着，犹豫着，惶惑着。在春莺面前，他像学生站在老师面前，有着敬畏，有点发怵，全没了在祝鸿来面前的锐气与底气。

"我知道，你不是一个贪求荣华富贵的人，并不是想以此邀功请赏。但古人说，得饶人处且饶人。退一步想，你纵然可以对我叔叔不讲情面，难道就不能对我略略高抬贵手？你应当知道，叔叔对我何等重要。"春莺说到动情处，眼睛里闪动着泪花。

方浩更不自在了，他站起身，望着窗户外，一片幽暗，树枝在劲猛的夜风中簌簌作响，似在相互搏击。想不到自己竟然不知不觉陷入了一场冲突之中，这是他不愿意的，但却又是无法回避的。他必须勇敢面对。

方浩真诚地对春莺说："我知道，这十几年来，你一直对我关心有加。没有你，我很难顺利走到今天。我一直对你心存感激，如果能为你办事，是我十分情愿甚至求之不得的。"

听到这里，春莺揩了揩眼睛，抬头望着方浩，带着希望等待着她希望的下文。

但方浩没有立即对春莺的要求做出回应，而是话题另指："在我看来，你一直是让我非常敬重、非常信赖的人。"

这话让春莺听得心跳和血流一起加快。

"其实你也是十分理解、十分支持瓷业改良的人，支持我为此而左冲右突，这一点我心中有盏灯一直明晃晃地亮着。"说到这里，方浩也有些哽咽难言。

这让春莺很受感动，方浩说的是肺腑之言，也说到了春莺的心坎上，对去旧弊而开新风，二人可谓心心相印。但当自己的叔父成为瓷业改良漩涡中面临险境的人，当叔父无奈而迫切地要求自己为他解围时，春莺觉得实在无法拒绝叔父的要求，不忍心看到叔父蒙受痛苦和损失。此时，在她的内心深处，矛与盾的撞击声当当作响。

"我也真切地知道，你也十分反对蹈旧规而乐意行新规。否则，你不会抛头露面到窑厂冲锋陷阵般地为我解围。"

春莺没有接话，她在心里认同方浩的看法。

方浩看了春莺一眼，继续说道："我更深知，你不会轻易向我开口求情。所以你说出来的任何事情，我都应当努力去做。"

春莺轻轻地嗯了一声，心想：莫非方浩愿意帮忙？

方浩却是话锋一转："但是，如果我这次办事敷衍，新规何以立，旧规何以破？景德镇可能失去一次难得的机遇，整个江西的瓷业也可能失去一次美好的希望。这恐怕不仅是我不愿意的，也是包括你等许许多多的人所不愿意的。"

这话直击春莺的心扉，她似乎在动摇了。但她立即又想到，叔父怎么办？她的心里，那两个执矛举盾的人又在激烈拼杀。

方浩接着话语慷慨："我们曾在茶社谈到过，日本人造的茶杯已放在了中国人的桌子上，现在情势已经变得更为严重，已是把刀架在了中国人的脖子上。我在上海亲历了日本人制造的一·二八事变，侵略者的飞机和大炮，中国人的鲜血和眼泪，使我痛切感受到国家正处在深重的危机之中，未来还可能发生更为可怕的事情。危机在前，时不我待，各行各业，整个国家，必须快速变革图强。"

"你说的这些我不反对。当下先说我叔叔的事怎么办？"春莺的语气没有了刚才的风急火烈。

方浩从摆在桌子上的一大摞信中，随手抽出一封，递给了春莺："这是民众的来信，你不妨读读。"

春莺带几分好奇地展开阅读，信中对废除旧规赞扬有加，称之为"景德镇瓷业春天的雷声"，其中有一段写着："擒贼先擒王。如果能让祝老板因违规受罚并奉行新规，其他窑主便都不在话下。"

春莺看到这里，心里大受震动，一时无语，火气也像点到最后的蜡烛，越来越小。

方浩告诉春莺：现在许多大大小小的老板在瞧着、在等着，看如何处理你叔叔的违规问题。有人已放出话来，傻子过年看隔壁，如果能让祝老板认罚，我们没二话。面对佛像，前面的人跪着，后面的人哪敢坐着？所以说，是否依规对他处罚，在很大程度上会影响这次破旧制立新规的成败。

春莺这时已清楚地意识到：如果对自己的叔叔网开一面，将会使景德镇瓷业改良付出沉重的代价。所以，对叔叔的处罚看来无法避免。

"我们一起来商量一个解决办法吧。"方浩话语真挚。

春莺没有出声，眼神里流露的意思是：什么解决办法？你说出来听听。

方浩提出的方案是：让祝鸿来主动认错，从速改正违反新规的行为，这样可以获得从轻处罚，将建议对祝鸿来罚款一百块大洋。如果祝鸿来心里抵触不愿掏钱，我方浩可以先为代缴。为了推进瓷业改良，自己愿意承受委屈和损失。

春莺立即觉得这是一个很完美的方案：叔父钱财损失不大，也没有大折面子，而对整个瓷业新规的施行却十分有利。但她也没有明言表示认同这个方案，只是说了句"罚款由我支付吧"，然后迈着轻快的脚步走了出去。

难耐的酷暑

瓷业改良在艰难地推进，人们似乎慢慢地看到了瓷业的希望，就像看到光秃秃的树枝上在萌发新芽。但不承想，一场天崩地裂的风暴正在袭来。

今年的盛夏来得早，热得猛，小暑刚到，太阳便显得特别毒，落在人脑袋上的不是光，而是火，让人头发热烫，脑袋闷胀，脸上灼痛。在窑边干活的工匠，一大早汗水便顺着脊背像瓦沟里的水一般往下淌。那本来生机勃勃的树叶，全蜷缩起来，像是在铁锅里炒过的新鲜茶叶，全没了精神。一生似乎只会趴在树上喧闹叫嚣的知了，整日里声嘶力竭地叫个没完，这让人平添燥热，多了心烦。生灵进入苦夏。

这一天，方浩走在从窑厂返回学校的路上。突然发现，大街上到处是人。许多人一边呼喊，一边把手臂举起来，像是密密的树林，那树林里悬挂着标语，奔涌出愤怒的狂涛："反对日本侵略，誓死保卫中国！""拼死齐抗战，赶走东洋兵！""保卫华北，还我河山！"方浩很快明白发生了什么，他义愤填膺，加入了游行队伍。

连日来，几乎人人说抗战，天天有游行，整个景德镇像开了的锅一般，激荡着愤怒、咒骂和誓言。

许多人企盼着幅员辽阔、人口众多的中国，能够大奋虎威，迅速击败只有弹丸之地的小小日本，并能收回东北。但传来的却是一个个让人失望、让人心痛的消息，血色膏药旗插上北平城头之后，兵车辚辚，接着向整个华北推进。

这一天的中午，大街上出现了几个穿灰色军服的人，其中一个威武地站在几块窑砖上，以带有几分沙哑的嗓音在演讲：痛斥日本人侵略中国的滔天罪行，述说战场上叫人忧虑的情势，呼唤国人投入抗战洪流……

方浩听着听着，觉得这人的声音和面容都有些熟悉。再一细看，认出来了，这不就是几年前在李家坞的旧窑边，那个救过自己的红军岳排长吗？没错，确实是他。日本发动全面侵华战争后，国共两党迅速达成协议，合作抗日。长征时留在江南各省的红军部队和游击队改编为新四军，当年的小排长已是新四军的一位连长。他带了一部分战士来到景德镇，宣传抗战，招募兵员。

岳连长一边打着手势，一边大声说道："我们国家已到生死存亡的危急关头，就像一座柴窑，正面对着狂暴凶险的山洪。我们必须挺起胸膛，挽起臂膀，拼尽全力，以阻挡疯狂的敌人，挽救国家的危亡，让我们这矗立了五千年的中华之窑岿然不倒，永续烟火。"

瓷业学校的学生当即有多人报名参加新四军。方浩全身热血涌流，要是年轻十岁，他一定会成为一名持枪抗日的军人。普通人如何抗日救国呢？又听那岳连长在大声疾呼：人人都应当为抗战出力，人人也都可以为抗战出力，有钱的出钱，有力的出力，只要四万万人一齐奋起，万里河山就会处处成为倭寇的葬身之地。

方浩回到家里以后，便在苦苦思索，如何为抗战出力？打仗需要钱，首先闪现在脑子里的念头是"出钱"。但他不由得一声长叹，如果战争晚一年爆发，他就能还清全部借款，还能拿出一部分钱支援抗战。可现在自己除了先生遗赠的房子和自己的住房，并没有值钱的东西，且房子还处在抵押状态。怎么办？当他端起茶杯喝水时，立即想到一样东西——瓷器。既而想到那件龙尊，如果献出来拍卖，一定能获得一笔数目不小的款项，可以用来支援抗战，并且这不仅符合义父和王先生的遗愿，还为这件宝物找寻到了最好的归宿。

方浩把手中的茶杯"笃"的一声放在了桌子上，然后快步走去了春莺家里。

"方浩，看你像兔子瞥见老鹰似的，有什么急事？"春莺问。

"确有急事。"

"什么急事？慢慢说。"

方浩却是三句并作两句，两句合成了一句："我要把龙尊捐出去以支援抗战。"

春莺一听，脸上霎时变色，白净的脸犹如被颜料涂抹过，灰一块、红一块、紫一块，一番迟疑后："只是……"

"只是什么？"

"那龙尊我暂时无法交给你了。"

这让方浩吃惊不小，难道丢失了、外借了？或是这春莺见财起心，要私吞这龙尊？他提高了声调："怎么回事？我今天是特地来取龙尊的。"

"唉，真是难以启齿，并且一下说不清楚。"春莺一副十分着急、十分为难的样子。

"那你必须说清楚。我今天必须把龙尊取走。"方浩的话犹如铁锤砸在铁砧上，又重又响。

春莺的眼圈一下变得湿润。

看来她有难言之隐。但任凭有一千个原因，一万条理由，交出龙尊没有丝毫可以商量的余地。铁锤砸在铁砧上的声音继续在响："我是十二分地信任你，才拜托你代藏这件龙尊。怎么到了这要紧，不，是要命的时刻，你却推三阻四？"

春莺没有回答方浩的"怎么",而是问:"这龙尊大概值多少大洋?"

"难道你想以金钱折抵?"

"嗯。"

"这好办,拍卖时你竞价买回来不就行了?"方浩觉得春莺问的是一个虚设的问题。

"现在真的要命的是,这龙尊已经无法拿到拍卖场上。"

"毁了,或是丢了?"方浩又在发问。

"我实在不好说。"

"如果是我私人的东西,你私用、私吞,送人、外借,我可以自认倒霉。可这件东西并不属于我,现在又等着急用,所以你必须利利索索地交出来。"铁锤砸在铁砧上的声音变得一声比一声紧。

"我真的是不好说。"春莺欲言又止。

"不好说也得说!"方浩说着,一拳狠狠地砸在桌子上,震得茶杯跳了起来,杯盖和杯身相互碰撞,哐当直响。这种狂怒的样子,不仅春莺从未见过,就是方浩自己也觉得,这是从未有过的失态。

春莺"哇"的一下哭了起来。

"你今天就是吊颈投河也必须把龙尊交出来。"方浩变成了咆哮,他没有因春莺的哭泣而降调熄火。

春莺双手捂住双眼,泪水从指缝里不断地溢出来,一副极度伤心委屈的样子。但方浩此时却不仅没有一丝一毫的同情和怜悯,而是像站在斗牛场上的公牛,双眼圆睁,怒气冲顶,依然厉声逼问:"究竟是怎么回事?快说!"

春莺从衣兜里掏出一方手帕,擦了擦眼睛,收住了哭声,哽咽着:"好,我说。"接着她一边抹泪,一边述说原委。

自从把龙尊放到家里以后,她便如自己的孩子一般呵护着,每隔一些时日便要看一看,摸一摸,才算放心。

当日军步步南进时,丈夫所在的保安大队调往长江北岸布防。临行前,无意间发现了这件龙尊,他一眼看出,这是一件宝物,便有惊有喜地问:"这瓷尊是从哪里来的?"

"一个朋友委托我保管的。"春莺据实相告。

"这不太可能。谁会把这等贵重的东西放在别人家里?"丈夫并不相信。

"我说的是真话。"

"如果真是这样，那就表明这瓷尊的主人与你关系非同一般。这人是男是女？是老是少？"

春莺一听，不由得心里一沉，这下可是坏了，丈夫显然生疑了。但她觉得瓷白不怕烂泥抹，依然坦坦荡荡地照直回答："一个做瓷兼做教育的人。"

"也就是说，是一个既有钱又有文化的人了。这可比一个提枪带兵的人强多了。"

春莺赶忙解释："你这想到哪里去了？我们只是一般的朋友关系。"

"你这个一般的朋友肯定不一般。他姓甚名谁？"丈夫在追问。

春莺心里有了几分害怕，她本想把方浩的名字说出来，但想到如此可能会使问题更加复杂，甚至这会对方浩构成麻烦甚至危险。

她不得不临时编起故事了："哎呀，刚才不过是考考你，看看你是不是在乎我。实话告诉你吧，这是我用过去的积蓄，通过我叔叔从一个收藏家那里买的。"她提及叔叔，是为了增加自己话语的可信度。

"多少钱买的？"

"你猜猜看。"春莺想缓和一下气氛。

"我不想猜，你说给我听听。"丈夫的态度依然生硬。

春莺伸出了两个指头。

"二百块大洋。"丈夫随口说道。

"我丈夫真有眼力。"春莺还对着丈夫亲了一口。

丈夫的疑虑和火气似乎慢慢消了："这可是捡了一个大漏儿，必须好好收藏，即使有人出两千块大洋也不可出让。我每次回家，一要见到你，二要见到这尊。两者缺一不可，缺了一个就等于缺了两个。"

"那我的命就只值这一个瓷尊？"春莺故作不高兴地问。

"应当这样说，这件瓷尊像你一样珍贵、漂亮，都是无价之宝。"

春莺嘻嘻一笑，但她的心却犹如刀剜箭穿。

在应付过丈夫的诘问之后，春莺又急急地跑到祝鸿来那里，恳求叔父：万一丈夫来求证龙尊的由来，照着自己编的故事打掩护。

然而当她再转身回家的时候，那龙尊已不见踪影。春莺急忙查问，丈夫掷过来的话似是冰冻过的石头，又冷又硬："瓷尊没长腿，跑不了的。"第二天，背起行装，随队伍去了前线。

　　方浩听了春莺的讲述，嘴半天没有闭拢，他相信春莺说的完全是真情，在气恼的同时，也对春莺有了同情。这可如何是好？他用眼睛死死地盯着天花板，似乎那天花板上有龙尊藏在何处的秘密。他的脸似哭似笑，显得十分难看，还有几分可怕，既像一个疯狂者，又像一个绝望者，还像一个决斗者。

　　春莺这时饮泣着告诉方浩：龙尊不知去向之后，我一直像丢了魂一样，常常夜半在梦中哭醒。也还想过拿一笔钱作为赔偿，并愿意为此倾尽所有。

　　方浩依然没有说话，只是双手用力地扶住自己的脑袋，似乎担心脑袋会掉下来。

　　春莺这时擦了擦眼睛，神色庄重地表示：就像我那可恶的丈夫说的，我的命已和那龙尊连在一起了。龙尊肯定还在，我要掘地三尺，拆墙翻瓦，把家里内内外外找一遍。如果找不回来，我愿意用我的性命来抵偿。

　　最后一句话让方浩心里害怕，千万别龙尊没找着，又有一个人因这龙尊赔上性命，便放缓了语气："事到如今，没有别的办法，只能继续寻找。任何宝物也不如性命值钱，况且责任并不在你。"说完，身体摇晃着离开了春莺家。

　　方浩回到瓷业学校，情绪低落，但眼前的情势却容不得他有半点懈怠。他强打精神走进了校办工厂的作坊，但见一片忙乱，牛头正带着许多学生在制作坯胎，与平日大不相同的是，制作的几乎都是以抗战为题材的雕塑和瓷板绘画，其中有怒发冲冠的岳飞，也有横刀立马的戚继光，还有刀劈鬼子的抗日义勇军……

　　学校决定对学生的作品加以烧制，方浩还动员原珠山八友等知名画家绘制精品，窑烧后和学生的作品一起进行义卖，以资助抗日。但他心里一刻也没有放下那件龙尊，如果龙尊也一同为抗日义卖，该是一件多么有意义的事情啊！

　　第二天一大早，有学生来报告：牛头倒在了辘轳车边。

　　方浩急急地来到了拉坯房，只见牛头躺在地上，头部流血，手里还拿着一坨瓷泥。一问才知道，牛头为了赶制坯胎，已经连续两天两晚和转盘一样，一刻没有停歇。

　　方浩摸了摸牛头的胸口，还有心跳，告诉大家："是累倒的，过一会儿也许能醒过来。"

果然，在大家的焦急等待和连连呼唤中，牛头终于苏醒了。他站起身，踉踉跄跄地又要往转盘前走，但被方浩劝阻了，并让两个学生护送他到宿舍休息。方浩发现，许多学生和老师都已经疲惫不堪了。

半个月后，准备义卖的陶瓷作品全部赶制、烧造完毕。当方浩正在饶州会馆布置义卖品的时候，春莺坐着一辆人力车急急地来到了饶州会馆，并在门口大声呼喊着方浩的名字。

方浩闻声快步从展厅走了出来。

春莺指了指人力车上的一个方形大锦盒："东西找到了。"

方浩立即明白是怎么回事，一阵狂喜，冲到车边，一把抱起了锦盒，心里在想：谢天谢地，这龙尊又是怎么找到的？

拍卖龙尊

三天以后，饶州会馆人头攒动，犹如戏院一般。许多人今天走进拍卖现场，为的是一睹龙尊的风采，有的人则是想知道这龙尊将会归属哪位有钱人。当然，也有人怀揣着买下龙尊的念头。

整个拍卖会由县抗日救国委员会组织，拍卖并不规范，完全没有正规拍卖应当有的手续和程序，连拍卖师也是临时拽来的，是原珠山八友中最年轻的刘雨岑。让他执槌，为的是增加竞买者对这件龙尊的认知，从而能拍出好价钱。拍卖底价是三千块大洋。

揭去罩着的一块大红布，龙尊在人们的期待中露了容颜，场上响起了江风卷浪般的惊叫声、喝彩声：官窑御器，果然不同凡响。

刘雨岑简单讲过开场白，正要喊"开始竞价"时，一个人站了起来说话："这件东西底价很高，来历也很神奇。我想知道，关于这龙尊来历的根据何在？谁又能保证这龙尊确是一件官窑御瓷？"说话的是大名鼎鼎的祝鸿来老板。

拍卖场上议论声起，显然有人揣着同样的想法。然而谁能回答这两个至关重要的问题？抗救会主任一脸凝重，他很希望在瓷艺界大有名气的刘雨岑能在关键时刻，口吐莲花，不容置辩地回答场上的种种质疑。

但这位临时拍卖师在场上却像是一个主持祭祀的司仪，一脸认真，说话不多，用词谨慎，不肯有张扬的动作和夸大的言词，更不愿意刻意劝导或是诱使众人追捧拍卖物，对种种议论几乎采取了听之任之的态度。抗救会主任心里发急：茶壶不能当作饭碗用，请这个画家当拍卖师，看来是一个极大的失误。

"如果无人知道这龙尊的真假，谁还敢买？"祝鸿来又大声说了一句分量不轻的话。

"是呀。"有人小声附和。

"抗救会拍卖这件龙尊，本出于爱国救国，但也断不可好心办坏事，成为一场沽名搂钱的把戏。"祝鸿来说得越来越严重了。

这话有如火上浇油，质疑声、议论声、争辩声响作一片。

抗救会的人赶忙紧张地商量：既然如此，这件东西今天就不拍了，待进一步弄清情况后再作定夺。

抗救会主任站到了台上，要宣布这个决定。

但就在这时，局面突变，场上居然响起了应价的声音："为了支援抗战，且不论这件瓷器的真假优劣，我愿意以底价买下。但我这只是出资抗日，而不是花钱买宝。"说话的又是祝鸿来。

见有人应价，抗救会的人顿时舒了一口气，至少可以募得三千块大洋，这也是一个很可观的数字，便向拍卖师示意：可以成交。

刘雨岑犹犹豫豫地将手中的槌子举到最高处，就在他要向下敲击的时候，一个急速而响亮的声音飞起："且慢！我来回答祝老板的提问。"

大家不由得把目光投向说话人，说话的是方浩。

拍卖会场犹如开水锅里落进了冰块，安静下来。刘雨岑手中的木槌慢慢地收回到了腰际。

方浩不慌不忙地把这龙尊的来龙去脉简要讲了一遍。

拍卖场又一次响起了叽叽喳喳的议论声：认同者有之，感叹者有之，怀疑者亦有之。

祝鸿来眼见几乎要成为自己囊中之物的龙尊，被方浩几句话像牵马牵牛般拽回了原来的位置，脸上带着三分意外，心里涌起三分恼怒，冲着方浩质问："你说的是真事还是故事？"

方浩这时不得不补充了自己与这件尊的关系：这尊坯是我和一个拉坯大师制作的，尊上画面是我照着清宫发来的纸样绘制的，也是我作为一般客户的瓷器，把它放在最后一批御瓷中搭烧的，这二十多年来又是我一直藏管的。

祝鸿来直摇头："这不可信，不过是老奶奶吹了灯讲的故事，谁能相信？"

"你说我的话不可信，根据又何在？"方浩反问，也是反击，他觉得不能让自己变成受审者一般，更不能让龙尊低价成交甚至流拍。

"你的话有人能证明吗？"祝鸿来犀利地诘问。

"有。我的义父刘胜远，我的先生王青，还有刘承根，都是这件事的亲历者。"方浩又语调带几分沉重地补充了一句，"只是他们都已经作古了。"

"让我们找死人作证？"祝鸿来这句话故意说得很慢，特别是把最后四个字拖得很长，激起一阵哄堂大笑。

方浩待笑声稍止，理直气壮地说道："这些足以证明，龙尊是多么地与众不同，从制成到保存到今天是多么地不易。我说的无半句假话虚语，这可以用我的人格，不，用我的性命担保。"

"看来，现在世界上除了方浩之外，没有第二个人知道这件事。他为什么愿意在这个时间把瓷尊捐献出来？也很让人莫名其妙。"祝鸿来的话在继续。

"祝老板，你不必莫名其妙。我为什么会献出这件宝物？因为这件瓷尊本不属于我，所以我一直遵从义父和王青先生的意愿，在等待一个适当的时机，把它交给国家，现在终于等到了这样一个时机。"方浩说到这里意犹未尽，"也还因为我对拥有任何宝物都没有兴趣。"

祝老板哈哈一笑："对任何宝物都没有兴趣，天下有这样的傻瓜吗？"

"人各有志，不爱宝物的未必是傻瓜，过分爱钱爱宝的也未必是真正的聪明。"方浩这一番话让在场的许多人点头。

在一旁的春莺对叔叔话中表现出的故意刁难很不满意：关于这件龙尊的许多事情我都已详尽告诉过您了，为什么还过堂审案似的问个不停？

祝鸿来的声音又一次响起来了："贵人出门多风雨，珍宝每每有故事。对这离奇故事信与不信，只能各人自己去判别了。"

方浩觉得，珍珠也忌暗影，不能让祝鸿来的话影响大家对龙尊的判断，他扫视了拍卖大厅一眼，真诚地说了一段话：这龙尊的拍卖所得，一文也不会归我，我为什么要编造离奇的故事呢？今天许多话我是万不得已才说出来的。各位都是瓷业界或是收藏界人士，货真货假，货好货赖，自有慧眼，不会被我或是其他人的话语所左右。

对这些话，许多人点头认可，人们又齐刷刷地把目光落在了龙尊上，似是要验证一下拍卖物的身世。

刘雨岑这时说话了："这件东西的来历我并不知晓，但我现在相信持宝人的话。这龙尊确属瓷中上品，完全拥有御窑重器的特质。如果今天不是让我担任拍卖师，我会参与竞买。"经一番激辩，又经一番察看，临时拍卖师在紧要关口作出了自己的判断，表明了自己的态度。

刘雨岑的短短几句话，其效用不亚于大堂上审判官的判词，又犹如医中圣手开出的药方，让人服膺，让人信然。

开始竞价了。有人先声夺人，一开口便应价五千块大洋，并道明理由："为了支援抗日，我愿意高价买下龙尊。"这人还是祝鸿来。

但他这个很高的第一轮报价并没有使他成为龙尊的主人，有意夺宝者大有人在，许多人已认定这件瓷器确是值得收藏的非常之物。不停地有人往上报价，价格就像猴子爬树，越来越高。奇怪的是，祝鸿来却再也没有吭声，只是双手抱着手臂静静地坐着，有时还半眯着眼睛摇头晃脑，一副坐山观虎斗的架势，只是偶然和身旁的罗秤说一两句什么。

价位已攀升到七千五百块大洋，竞价的人开始变少了，这时春莺举手起身报价："八千块！"

让在场的人大觉惊异，这个女子出手不凡，前几轮未置一词，却选在了高价位角逐，似是志在必得。其中最吃惊的是祝鸿来，侄女为什么突然发声，并且一鸣惊人？他赶忙凑近春莺，快速耳语了几句。

接下来竞买者的热情逐渐如同烧了一阵的木柴，火弱烟淡，但依然有人争夺。又经过几轮角逐，一个一直没有报价的中年男子，最后以一万块大洋竞得龙尊。这人并不是景德镇的大佛、金刚、罗汉，甚至无人认识。落槌之后，在场的一些人包括记者向他询问时，他都只是报以微笑，无一句话语出口，似乎是一个聋哑人。这让所有的人纳闷，买下龙尊的究竟是何方神圣？

龙尊有了归属，拍卖会圆满结束。

就在人们准备散去的时候，突然有人纵身一跃，跳到了拍卖师的位置上，并从刘雨岑手中夺过那木槌，在桌子上用力敲了几下，大喊着："各位请留步，我有话要说。"

方浩一看，是徐一涛，很是奇怪：他这个时候突然登台，是要演什么戏，唱什么曲呢？

只听徐一涛挥着木槌大声说道："为了抗日，有人献出了生命，有人献出了财富。捐出价值一万块大洋龙尊的人就在我们身边，让人敬重。对这场关系到国家民族生死存亡的伟大抗战，任何一个有良知的中国人都决不能袖手旁观。"

一听这话，在场的人知道接下来将会发生什么，有人不声不响地速速离开，但更多的人没有挪步。

徐一涛的话近似呐喊："所以，我们每一个人都应当尽自己所能，为抗日出力，不能流血，但可以流汗；不能捐一棵大树，但可以捐一根树枝，众人添柴火焰高。我认捐八百块大洋。"

"我也捐八百块。"这是刘雨岑的声音。

"我也捐八百块。"这是春莺的声音。

"我也捐五百块。"这是余同的声音。

"我捐三百块。"说话的是一个须发皆白的老者，这是余细苟。

"我也捐三百块。"这是方浩的声音，他现在并没有能力捐这么多钱。他想的是挪用王先生留给云炽的遗产，将来再归还，也以此代云炽表达爱国之心。他相信，如果云炽今日在场，一定会慷慨认捐。

接着表示捐款的声音此伏彼起，有捐三十、五十块的，也有捐一百、二百块的，拍卖会转眼间变成了支援抗战的捐资大会。

这时，抗救合主任登台宣布了一条消息，江西瓷业公司第一任总经理康总刚刚发来电报，他表示要把自己在景德镇的房产捐出来，用以抗日。他在参加完巴拿马万国博览会到南洋后，先是为孙中山反袁筹款，后来便留在了南洋经商，并主营瓷器。他的爱国义举让在场的人一阵欢呼，随之又有一些人认捐。

没有人再表示捐款了，就在人们准备离去的时候，一个又高又瘦的人站了起来，是鄢老板。只是他今天脸色不对，发青发紫，额头还挂有汗珠，并用手紧紧捂着胸口，费力地喊道："我捐两千块大洋。"

的人站了起来，是鄢老板。只是他今天脸色不对，发青发紫，额头还挂有汗珠，并用手紧紧捂着胸口，费力地喊道："我捐两千块大洋。"

场里响起了大风卷过树林般的赞叹声。

春莺见叔父一直没有表示捐款，很是奇怪。不由得抬眼看去，只见他双眼紧闭，口吐白沫，胸脯大幅度起伏，一副十分痛苦的样子，莫非突然发病了，就像鄢老板一样？她心里一紧，便请人帮忙送往医院，但她像是想起了什么，反身走到台上，喊道："我叔父发了急病，要去医院，我替他认捐两千块大洋。"说完，急匆匆地奔医院而去。

鄢老板忍着病痛的高额捐款，春莺一声代叔父认捐的允诺，恰如油旺燃灯，风助烈火，激起又一轮捐款浪潮，有许多人是第二次认捐，那负责认捐登记的书记员也停下笔来，表示自己要再捐二十块大洋。

拍卖会结束后，方浩很是高兴，多年的一块心病终于彻底去除，龙尊有了一个至为完美的归宿。但他心中却有谜团待解，第二天便径直去了春莺家。

进门坐下后，方浩先是向春莺道谢，既而问："你是怎么找到龙尊的？"

"这要感谢我的儿子卫龙。"

方浩听了，大惑不解，三岁的孩子和找到这龙尊能有什么关系？

春莺说出了细节：听你说过王先生地窖藏宝的事以后，我把屋内屋外的地面都挖了一遍，但却没有任何发现。三天前的午间，儿子卫龙把自己的玩具小木偶扔在了衣柜和墙壁之间狭小的夹缝里。我拼尽全力，移开衣柜，找到了小木偶。这时发现，柜子紧靠着的墙壁有些异样，镶嵌着一块约二尺见方的木板，好奇地把木板卸了下来，发现是一个墙洞。用灯一照，发现墙洞里放有一个精致的小木盒子，木盒里有一支短枪和一些子弹。另外还有一个大锦盒，打开那锦盒一看，里面装的正是那件龙尊。

方浩听到这里，暗暗庆幸，但旋即为春莺担心起来："将来你丈夫知道了怎么办？"

"是呀，我也很犯难。所以在今天的拍卖会上，我想用我的全部家当把龙尊买回来，可是我叔叔却坚决阻止我第二次出价。"

"他为什么阻止你竞买？"

"他没有多加解释，只是说龙尊不值那么多钱，不要再出价。"

"我真担心，你要为这龙尊承受苦痛。"方浩忧心忡忡地说。

"是风是雨，由他去了。"春莺淡淡地说。

这使方浩的感激、钦佩、担心一齐涌到心头。

谈及祝鸿来，方浩想起了昨天捐款的场面："你叔父这次是慷慨解囊，和鄢老板捐款最多，让人敬服。"

春莺听了，像是点头又像是摇头，脸上一副奇怪的表情，只是随口说了声"你过奖了"。此刻她心中有说不出的苦楚：祝鸿来从拍卖会场被送到医院后，很快恢复正常。回到家里后，便掩上门对着春莺一阵劈头盖脸地责骂："为什么如此大方地替我认捐？实在要捐，捐个一百、二百的，意思一下便可以了。"春莺却说："叔父是个有钱人，比鄢老板可是有钱多了，捐一二百块怎么拿得出手？况且你还是有影响力的人，一带头，会使更多人跟着认捐。"事实也正是如此。祝鸿来却并不这样想，这钱是呕心沥血一块一块挣来的，怎么能一出手便是两千块大洋？国家弄成这个样子，全是官府的腐败无能造成的，捐的钱再多也只是填了无底的窟窿。别人这么傻，他不能这么傻。现在国家就像一座已经东倒西歪的窑，任你怎么补砖抹泥，也是无济于事。身逢乱世，只能像船翻落水一般，各显神通，各自逃生。春莺这才明白，叔父当时是假装生病，以规避捐款。她对叔父的行为深感怨恨、气恼，伤心地哭了半夜，但家丑不可外扬，这些话又能向谁倾诉呢？

她又看了一眼方浩："昨天捐的钱不少，是因为大家的爱国热忱。不过，国家弄成这个样子，确有许多让人痛惜、值得思索的地方。"她还忍不住把叔父关于国家与窑的比喻说了出来。

方浩对这些话不置可否："当务之急，还是救亡图存。"

临行时，方浩真诚地对春莺说："那天我态度很不好，用粗暴的语言伤害了你，请你原谅。我今天也是特来向你致歉。"

春莺没有回话，把脸扭向一边，然后用衣袖擦拭双眼，并冒出一句话来："猫急了会上树，狗急了便跳墙。"

方浩由此想起了一件事："今天怎么不见虎猫？"

"虎猫经常会往邻居家跑，也许找伙伴玩去了。"

方浩听了，默然无语，心里泛起一个觉得可笑的念头：看来猫也不愿独处。

孟平山索尊

龙尊拍卖的第二天，《浮梁报》以通栏标题对这次拍卖作了报道，黑体字标出的提示语是：清代最后的御窑重器，被一位神秘买家以巨款买走。正文中详细地介绍了龙尊的身世和特点。还特别提及，三年多前在日本一家拍卖行曾预展一件凤尊，当时被称作是大清最后御窑中的唯一重器，完全失实。打败日本人以后，当索回凤尊，使双尊聚首，龙凤呈祥。报纸上还配发了夺宝人捧着龙尊的照片。

一般人对这篇报道并不很在意，只当作茶余饭后的谈资，而有人则别有兴趣，别样关注，这就是那个曾经控制过凤尊的孟平山。

孟平山此时已成了国民党军队的副师长兼一个加强团的团长，正在长江南岸的九江—景德镇一线驻防。他的指挥所设在一个祠堂里，糊在木板墙上的一张旧报纸引起了他的特别注意，因为报纸上有关于景德镇拍卖龙尊的报道。他逐字逐句读过后，一阵自言自语：原来这龙尊和凤尊是同一个窑窝里烧出来的一对龙凤胎。这龙尊拍出一万块大洋，那凤尊也应当值这个价钱，可是我当年卖给遵化县一家古董店的老板后，只得到二十五两黄金，撑死了也只相当于一千块大洋。他娘的，这简直是白菜萝卜的价钱，真是到手的富贵从指缝中流走了。孟平山好像是被别人抢夺了自己的凤尊、骗取了自己的钱财似的，愤愤不平，本来一倒在床上便鼾声如雷的他，竟然好几天到半夜才睡着。

孟平山早已隐隐觉得，自己好像真的和瓷瓶有缘，每一次和瓷器接触之后，都会像拜过有求必应的佛道一般，必有好事发生，或是官阶上升，或是财富增加，"遇瓶则动"的偈语又响在耳边。他脑子里翻腾着一个越来越强烈的念头：从林子里逮的鸟飞走了，还得到林子里去再找回来。这龙尊本是说不清主人的财宝，谁有本事谁便是主人。像那清东陵中的无数珍宝，取了，夺了，最后不也是不了了之，何况一个瓷尊？过去动过凤尊，现在还得动动这龙尊。最后主意想定：十年前以二十五两金子卖了一个凤尊，现在得用二十五两金子买回这个龙尊，这样便是不赔不赚。

他把关副官叫到面前，如此这般地交代了一番。

几天以后，关副官向孟副师长报告：已经探听清楚，报纸上登的消息有误，那件龙尊的真正买主并不是最后叫价的神秘买家，而是一个叫祝鸿来的窑主，他的财富在景德镇属于大佛级别。

孟平山听了，心里更加愤愤不平，猛地唾了一口：这大佛也太有钱了，竟然花一万块大洋买一个不能吃、不能用的瓷罐子？你只不过是一个窑老板、土财主，既不会治国理政，也不会领兵打仗，凭什么靠一堆臭钱便可以拥有这样的宝贝？这也太不公平了。他又觉得"祝鸿来"这个名字有点熟悉，在嘴上念了几遍之后，猛然想起来了，他告知副官："这个祝老板我知道，见见这个大佛。"

"怎么个见法？"关副官问。

"当然不是我去烧香磕头，而是让那大佛下凡，到团指挥部来一趟。"

祝鸿来近期心情甚好，因为一件让他在梦里都一摊摊淌口水的御器，已成了他家的镇宅之宝。

龙尊怎么到了他手里呢？

原来，春莺为了请求叔父替自己藏管龙尊作掩护，如实地向祝鸿来告知了龙尊的身世，当然她隐去了委托人的真实姓名。嗨，原来这是在自家窑里烧造的一件重器。祝鸿来瞬间萌动念头，自己最有资格做这宝尊的真正主人，便开始思谋夺宝方案。不料平地起波澜，龙尊在春莺家突然失踪，这让他也生病遭灾般地难受了好几天。当听说宝尊已经找到并要拍卖时，心中狂喜：天赐良机，不可错过。

他早早地来到拍卖场，粗粗一看，立即认定这龙尊与他记忆中的御窑重器完全一样，夺宝之心变得更为强烈。拍卖场上，他不断地对龙尊挑剔、质疑，意在让其他竞买者对这件宝物产生怀疑，放弃竞争，从而自己能以较低的价格收入囊中。他精心准备了两套夺宝方案：一开拍就把价格抬得很高，以求无人竞争，从而一举拿下；此招不灵，便实施第二套方案，自己不再出价竞买，而是让自己从老家叫来的一位亲戚，采取咬尾巴战术，在别人应价后快要落槌的那一瞬间，再加价一百块大洋。他最终如愿以偿地捧得龙尊，好几天心里都是喜滋滋、甜蜜蜜的，似乎这宝贝不是花钱买的，而是在路边捡的。

这一天，当他又一次欣赏过龙尊，从放置龙尊的三姨太的房间出来时，管家递过来一个大信封。拆开一看，是一张他从来没有见过的大尺寸、极精致的请帖，看来发帖的人身份很不一般。通常来说，那发帖相邀相请的事由，都是人生中值得庆贺的喜事，那就去一趟，无非是破费十块八块大洋而已，却能借此显摆自己的地位和脸面。

但这张请帖上写的内容却是十分罕见："恭请前来一叙，共进午餐。"这人是谁？居然为一次叙话、一顿餐食隆重地发来请帖？再一看请帖左下角的签名，顿时像晚上过坟地看见了忽闪的影子一般，眼前发黑，汗毛竖起来顶着了衣衫，因为上面的具名是：国军副师长孟平山。

人的一辈子会忘记许多人、许多事，但祝鸿来绝不会忘记孟平山这个名字，决不会忘记他带兵过境景德镇，索钱掠瓷那件事。黄鼠狼如今变成了大灰狼，他已经由连长升迁为副师长了。这次要请自己餐叙，无异于豺狼请羔羊赴宴，可以一百个肯定，不会是什么好事。首先想到的是，八成是以抗战为名，索要军费。可以找理由推托吗？万万不可。上次他只带了一连兵卒进到景德镇，便闹得鸡飞狗跳，现在他可是统率着好几千人马，要找一个窑主的麻烦，还不就像用一把铁锤对付一件瓷器？唉，没有办法，就是阴曹地府，也得硬着头皮走一趟。

第二天起床后，他先做了一件事，让三姨太用毛巾蘸着墨汁，把自己的白发全部染黑。因为当年孟平山对他的白发印象很深，不能再让他认出自己，或许由此可以减少一些麻烦。

刚把头发染好，一辆军用吉普停在了门前。

祝鸿来带着疑虑和恐惧坐上车以后，随车而来的关副官特别提醒：近来军务紧张，孟副师长情绪有些不稳，有时火气很大，前天晚上查岗时，还亲手枪毙了一个正在打瞌睡的士兵。所以你同他说话时千万小心，尽量不要逆他的心，违他的意。否则，很难说会发生什么事情。

祝鸿来点了点头，心里随之有了非常不好的预感：怕是有大麻烦。

吉普车在一所有两进院子的大祠堂前停下。副官把祝鸿来领到其中的一间很大的屋子里。孟平山正在打电话，他一只手叉着腰，一只脚踏在一把椅子上，对着听筒大声地又喊又骂："如果两天之内修防御工事的木料还备不齐，老子一枪崩了你。"

孟副师长见祝鸿来进来了，扔下话筒，怒气依然挂在脸上，指了指一把破旧的木椅子，从喉咙里吐出一个字："坐！"

祝鸿来不由得朝孟平山看去，和当年相比，好像没有太大变化，还是那样皮肤黝黑，满身横肉，一脸戾气。只是稍微胖了些，腮帮子下出现了分层的赘肉，胡子比过去更密，牙齿比过去更黄。孟平山似乎并没有认出自己，他暗自庆幸。

祝鸿来把腰弯得像煮熟了的大虾一般，深深地施礼，然后坐了下来。

孟平山见了祝鸿来，倒是有几分奇怪，记得这人原来是一头白发，怎么过了十多年以后头发反倒变得乌黑发亮？难道有钱能让白发变黑？老子且不管他头发黑白，把该办的事办了就行。其实孟平山也打心眼里不愿提及往事，因为那次"筹办军饷"毕竟不是什么光彩的事情。

"今天请祝老板来，是因为一件重要公务。"孟平山说完，把一包已有一支抽出半截的香烟，递向祝鸿来。

祝鸿来一眼瞥见香烟的牌子，如同见到刀枪对着自己，一阵心悸，因为香烟的牌子标的是"老刀"二字。他连连摆动已微微发颤的手，称自己不会吸烟。

孟平山点上火，猛吸了一口，然后"呼"的一声，喷出一团很大的烟雾。

祝鸿来暗想：我无官无职，更不懂什么军国大事，同我谈什么公务？又该怎么应对？

就在祝鸿来心神不定的时候，孟副师长把祝鸿来招呼到一张摊在桌上的地图前，景德镇及附近的山林水域、大街小巷、乡村道路，还有一些较大的建筑物，都在图上标得清清楚楚。祝鸿来是第一次在一张又大又厚的纸上看见景德镇的全貌，这让他觉得很新鲜。不过他不明白，孟副师长为什么要让他看地图呢？

孟平生拿起一支很粗的红铅笔，告诉祝鸿来："为阻击日军进犯景德镇，我军要修筑防御工事，包括碉堡、地堡、壕沟，初步确定这些工事的位置和走向是这样的，"说到这里，孟副师长用铅笔快速有力地在地图上画出了一道长长的红线，"不知道这些工事会不会对景德镇的窑厂、瓷厂有什么影响。因为你是窑业会会长，所以今天先通报给你。"

祝鸿来把脑袋凑近地图，细细地看了一会儿，一看心里慌，二看呼吸粗，三看身发抖。因为许多柴窑瓷厂，其中包括自己的三座窑屋以及瓷厂都被标在孟副师长刚画的红线上。不由得紧张地问："师长，这防线上的建筑怎么办？"

"一切为战争让路。"孟副师长说得斩钉截铁。

"怎么让路？"祝鸿来急切地想知道具体答案。

孟平山发现祝老板的脑门已冒出细汗来，但汗的颜色却不对劲，明显发黑。祝鸿来这时忙乱地用袖子擦了一下脑门，袖子上便有了一片片黑色，便赶紧把袖子藏到身后，再也不敢擦汗了。

孟平山心里暗暗发笑，然后用铅笔敲了几下地图："这要视情况而定，有的要加以拆除，有的要改作工事。"

祝鸿来好半天没吭声，但还是像潜在水里时间久了，憋不住了："师长，这条防线会涉及许多柴窑和瓷厂，那怎么办？"

"啊，这确实是一桩事。那你怎么不早说呢？"孟副师长拖着长腔，然后继续抽烟。

天哪，我怎么会知道要在这一带构筑防线？即使知道了，又找谁说去？不过祝鸿来脑子一转，顺势找到了合适的话语："是啊，要是早把情况申明，孟副师长一定会作更周全的考虑。好在工事还没有动工，恳请孟副师长发菩萨心肠。"

"什么意思？"孟平山半眯着眼睛问。

"能不能把这工事的线路作适当调整？"

"调整线路？嘿嘿，你倒挺能想的。怎么个调整法？"孟平山似真似假地问。

祝鸿来用自己拇指的指甲盖在地图上画了一道清晰的印痕："照这个线路修行不行？"

祝鸿来画的这条线，避开了自己的窑屋、瓷厂，又特地在一个地方拐了个弯，把方浩的窑圈了进去。

"这能行吗？"孟副师长似是对着祝鸿来发问，又似是自言自语。

祝鸿来不由得用手碰了碰关副官，脸上、眼中透着一副可怜巴巴的神情：帮我说句话吧。

"先吃饭，有什么事饭后再说。"关副官的话让祝鸿来既感到很是失望，又得到些许安慰。

几个兵士进进出出之后，七八道菜肴已摆到了桌上，还有浮梁产的烧酒。关副官一次次把盏斟酒，孟平山几次举杯劝饮。

祝鸿来是既没有心思喝酒，也没有胃口吃菜，只是言不由衷地应酬着。对他来说，这不是吃饭，而是受刑，只觉得那饭粒是粗沙细土，酒水是毒药蛊汤。如果窑全毁了，那自己顷刻间便会由大佛变成饿鬼。他不时停下筷子，用眼睛看看孟平山，很希望孟副师长能对自己改线的要求有个回应。可孟平山只是一个劲地大口大口喝酒吃菜，自己刚才的请求似是被他当作下酒菜咽到肚子里了。

总算吃完饭了，祝鸿来鼓起勇气，要向孟平山再一次提出修改防线的事，他嘴边的肌肉还没有动起来，关副官的话已抢先出口了："有什么话我们在车上再说，副师长很忙。"说完，把祝鸿来让到了车上。

车子刚一开动，祝鸿来便迫不及待地开口了："万万请副官在师长面前美言几句，把那防线走向改一改。"

"我也明白，把窑和厂毁了对你是多大的损失。"关副官的话带着几分同情。

"关副官真是一副菩萨心肠。"

"但如果真的照你说的去改动工事线路，难度极大，副师长还要担很大风险。"

祝鸿来听了这句话，不仅没有气馁，而觉得像挣扎在激流中见到了一根长竹短木，有了一线生机，因为副官没有拒绝，只是说有难度、有风险而已。他赶紧表示："我们也不会白白烦劳师长，一定会知恩图报，不能也不会让他无端地承担风险。"

关副官以开玩笑的口吻问："看来祝老板是个很明事理的人，不知将会怎样相报？"

"我愿送一千块大洋作为酬谢。"

"孟副师长从不贪图金钱。"

"那他对什么有兴趣？"

关副官想了一下："他倒是比较喜欢文玩。"

"那我送他一件瓷器。我们现在就去洲店，为师长挑一两件御窑中的下脚瓷。"

"瓷器嘛，倒是可以考虑。"

祝鸿来一阵高兴："那就像你们打仗一样，抓紧行动。"

"谈到瓷器，我觉得有一样东西孟副师长一定会喜欢，就不知道你是不是舍得？"

"舍得，舍得。"祝鸿来此时觉得没有什么东西是不可以舍弃的，甚至觉得三姨太也是可以舍弃的，便催促着，"你说出来，我立马就办。"

关副官说出来了：孟副师长一次在报纸上看到，半年多前，景德镇的一个拍卖会上拍卖了一件龙尊。我发现，他对那件龙尊大有兴趣。

祝鸿来心里一沉，情况不妙，孟师长看上龙尊了。他说了一句既像是认真、又似是玩笑的模糊话语："是吗？你知道是谁买下了这件龙尊？"

"这人远在天边，近在眼前。"

祝鸿来一下愣住了，这孟平山怎么会知道是自己买下了龙尊呢？但他还在耍着太极："抗战以来各种义卖会很多，买下珍贵瓷器等各种文玩的人也很多。"

"是这样。但谁买下御器龙尊这件事确凿无误。我们打仗事先都得进行侦察，弄清这点事，还不易如反掌？"

"真的？你是怎么弄清这件事的？"

关副官拍了拍身边的公文包："我这包里还有当年买龙尊人的新闻照片哩。"

祝鸿来知道无法隐瞒了，也似乎一下明白了孟平山请自己餐叙的真正用意，又不由得联想到了十二年前的往事，也想到了东陵盗宝案，在心里痛苦而绝望地喊着：去了货，去了货。

但他很快恢复了常态，开始思索保住龙尊的办法。

沉默了一阵，祝鸿来又开口了："事已至此，我不得不告诉关副官，这件东西我是为老父亲庆贺寿辰买的，并已放在了父亲那里，取出来送人实在多有不便，还请体谅。我再加一千块大洋，如何？"

"我只知道你买了龙尊，至于为何而买，龙尊现在何处，实在无法判断，你不愿给也就算了。我再说一遍，副师长对金钱并无兴趣。"

祝鸿来一时找不出合适的话来作答，车内很长时间无语。这使车轮碾轧在不平道路上的声音显得更响，车也似乎颠簸得更加厉害，好像要把人甩出车外。

伴随着汽车的上下颠簸，祝鸿来的心一阵阵痛苦地抽动，他又忍不住带着乞求的语调说："关副官你能行行好，帮我想想办法吗？"

"这是我为你想出来的最好的办法。祝老板聪明过人，权衡得失，自会有最好的决断。"

祝鸿来听了，一阵沮丧和恐惧塞满心头：今天只怕是进了阎王府——没有活人回了。

车已近景德镇，一座座柴窑从车窗前晃过，祝老板看见了自家的窑、自家的厂，汗又出来了，并且是不停地出来了，缠绕在心头的念头是：碰上天大的灾星了，那些生金造银的柴窑或许很快就会变成一堆断砖碎瓦了，只怕是做七天七晚的罗天大醮也毫无用处，禳灾的办法只有一个，那就是忍痛割肉了。

但他还在想着绝处逃生的办法，又过了一会儿，他咬了咬牙关对关副官说："既然师长有此雅好，为答谢师长，我愿意奉送瓷尊。那防线的走向能改吗？"

"祝老板果然通情达理，善谋大事。至于你关心的事嘛，你大可放心。"

"那就好。我尽心去办，只是……"

"只是什么？"

"只是这龙尊买下后，我便差人立即送老家去了。"

"老家不会太远吧？"

"走路来回要五六天工夫。"

"那开这辆车去，一天就能取回来。"

祝鸿来骨碌了一下眼珠："我老家属穷乡僻壤，不仅没有汽车路，山道也是又窄又陡。"

关副官猛地瞪了一眼祝老板，怒意涌到了脸上："这瓷尊能从景德镇运到你老家，也一定能从你老家送回到景德镇。你到底是愿意给还是不愿意给？"

"您听我把话说完。我的意思是，取回龙尊需要一些时间。"祝鸿来赶快解释。

"需要多长时间？"

"要走山路，还得走水路，来回总共需要十几二十天的时间。"

"那好，我给你半个月的时间。"

这时车已到了祝鸿来家门口。祝鸿来下车时，关副官口气严厉："十五天后我来取东西。相信这么大的事，你祝老板绝对不会当作儿戏。"

祝鸿来连连说："当然不会。您放心，您放心。"此时他心中的愁云已在慢慢散去，如果这防御工事的线路能改，自己的窑和厂都得以保全，那龙尊丢了也就丢了。况且，河里丢了篙，还可以从河里捞，他已想出了捞回损失的办法。

又一次摊款

第二天，祝鸿来以窑业会会长的身份，把所有的柴窑老板召集在了一起。所为何事？大家一头雾水，心神不定地暗自揣测或相互打听。忽然看见正面墙上挂着一张景德镇地图，便都饶有兴趣地靠向前去，在地图上寻找自家房屋、自家柴窑的位置。

祝鸿来慢慢地走了进来。他表情肃穆，语调沉重地告诉大家："今天有一件重要而紧迫的事情同大家商量。日本人已打到长江边上，景德镇到九江一带，是中国军队的重要防线，正在紧张布防……"

祝老板的话还没有说完，大家便七嘴八舌地开始了议论：是啊，听说省政府一些部门已派人进驻景德镇，以便更好地组织抗战；怪不得近来时常能隐隐听到枪声、炮声；有人还以亲身经历告诉大家，自己在高岭村附近看见过新四军的队伍，新四军的高级领导人陈毅还到了瑶里，就住在汪氏祠堂，整编队伍。

这给了大家一个既朦胧又清晰的感觉，战事随时可能发生。

祝鸿来示意大家安静，接着说："为了抗击日本人，中国军队要在景德镇近郊构建工事。"

"这修建工事与我们这做窑的有啥关系？"有人问。

"大有关系。一些窑厂将要被拆迁或改建为工事。"祝鸿来说着,拿起事先备好的毛笔,在地图上画出了一条歪歪扭扭的黑色线条,然后告诉大家:这条线就是军队要构筑的防线,靠近防线两边的建筑都要拆除或改建成工事。大家睁大眼睛好好看一看,要修建的防线同自己的窑有没有关系?

祝鸿来现学现卖,图上的黑线是他照自己的想法随意描画的。

大家一听,纷纷凑近地图,但见那条黑线像一根又弯又长的藤蔓,一座座柴窑成了挂在那藤蔓上的葫芦。许多人暗暗叫苦,这真是祸从天降,还不见鬼子的人影,自己的窑便先要遭殃。

"所以今天请大家来商量一下,看看有没有什么好的办法,应对眼前险恶的情势。"祝鸿来没有慌乱,很清楚地道明了今天把大家邀到一起的意图。

人们一个个面带忧恐,无人应声。

要打仗,修工事,还能有什么应对的办法?只怕是身子掉到井里,耳朵挂不住哇。

好一会儿,有人说话了:"祝老板,你是窑头,关键时刻就指着你了。"

祝鸿来没有说出应对的办法,而是又抖搂出了让大家觉得更加心惊胆战的消息:在这一带驻防的指挥官是孟副师长,就是十二年前曾经路过景德镇的那个孟平山。

这话,让许多人好半天气也无法喘匀。他上次勒索了八十万块大洋,劫走了一船瓷器,这次莫不是又要故伎重施?

"我还要告诉大家的是,这个孟副师长十年前,作为孙殿英的部下,还带兵参与了清东陵盗宝。"

大家的恐惧马上又添了三分:他连皇帝的陵墓都敢挖,还有什么他不敢干的?

就在大家因害怕、担忧而变得六神无主的时候,祝鸿来又开腔了:"昨天,那孟师长还把我找去专门谈了这件事。"

"什么结果?"几个人迫不及待地发问。

祝鸿来喝了一口茶,好一会儿没说话,这让大家更急。

祝鸿来慢慢放下茶杯:"我冒着吃枪子的危险向他求情,将这防线的走向适当改动,尽可能避开窑厂瓷厂。"

大眼小眼全盯在祝鸿来脸上，紧张地等待结果，这让祝老板很有几分得意。

"情有可原，叫人同情。但这样一来，所需要的费用就大大增加了，我还可能要承担风险。如果你们能适当补偿，也可以商量。"祝鸿来模仿着孟平山的语调。

大家不由得稍稍松了一口气，看来天无绝人之路，如果钱能解决问题，那就破财消灾吧。

"需要多少钱？"

祝鸿来伸出了右手的大拇指和食指。

许多人未加思索，立即条件反射般地吐出了一个数字："八十万？"因为谁都记得清清楚楚，上次孟平山掠走的就是八十万块大洋，这次肯定是旧戏新做，老曲再唱。

但祝鸿来摇了摇头，同时把伸出的两个指头也晃了晃。

难道是要八百万？这可是一个让人魂飞魄散的数字。许多人在心里盘算着，照着这个数摊钱，那就得卖窑卖厂，甚至是典妻卖子了。

"经过反复求告，最后说定为八万块大洋。"祝鸿来说着，还下意识地在脑门上擦了擦汗，意在告诉大家，争取到这个结果是多么地不易。

许多人紧绷的神经松弛了下来，怪不得刚才祝老板还有心思怪腔怪调地学着孟平山说话，大家由担忧和恐惧变成了轻松甚至高兴，因为这个数字比想象的要少得多，就好比瘟疫来时，本来会病死一头牛，实际上只死了一头猪。

有人接过祝鸿来的话说："八万块倒不是一个很大的数字，祝老板这回是劳苦功高。你说个分摊方案吧，这消灾去祸的事，赶早莫赶晚。"

祝鸿来说出了已经想好的：既要考虑修工事对相关窑主可能造成损失的大小，又要秉承长期以来形成的"重担共挑，危难共助"的传统，共渡难关。具体分摊办法是，会直接受损的窑主出两份，其他的窑主出一份，照这个比例算出各个窑主应摊的钱数。

没有人吱声，算是默认了这个方案。经过一番计算后确定，直接受损的每座窑各承担九百块大洋，其他的窑减半。加起来，比八万块还多出了好几百块。

就在事情议妥、众人准备散去的时候，方浩站了起来，他说出了在心里憋了很久的话：这件事疑点重重。军队布防，当属军事秘密，怎么能随意外泄？如果防线已经确定，又怎么能够随意更改？

他的话出口以后，如同大石头滚进河里，发出响声，激起波澜，有些人表示赞同方浩的看法。会场上顿时变得有些混乱，气氛也有些紧张。

祝鸿来却是若无其事地说："我无法回答这些问题，谁有本事，谁找孟副师长问去吧。"

"虽然无法去问孟副师长，但让大家掏钱的事应当清楚明白，就是买一个肚脐眼大小的甜饼也得摸个厚薄。"方浩继续表述着自己的意见。

祝鸿来鼻子一哼，嘴一撇说："你方浩如果有能耐，那就去找孟师长摸摸小饼的厚薄吧。"接着又转而带气地对大家说，"如果你们觉得方浩的主意好，见识高，那刚才议定的方案就作废。这件事就让方浩出面办理吧。"

会场上变得更加混乱了，有了议论声，争论声。

有人站出来当和事佬，这是鄢老板。他觉得方浩说得很有道理，但他还是认为在这多事之秋，多一事不如少一事，花钱免灾去祸吧，好在钱数也不多。万一这事弄砸了，真的要按祝老板刚才画的黑线修工事，那可就如同房倒窑塌，损失的就可能是几个甚至几十个八万块大洋了。便力劝方浩接受祝鸿来提出的方案，甚至表示愿意代方浩交钱。

碍于鄢老板的面子，也为了服从大多数人的想法，方浩只好强忍心中的不平和气恼，不再说话。还有一些人则劝祝老板不要生气，照已经议过的方案筹款。

祝老板依然怒气未消："看在大家的面子上，我就又当一回受气包吧。真是吃人饭，受狗气。"

方浩还想再说些什么，但被鄢老板等劝住了。

第二天，大家便把各自摊到的大洋送到了祝鸿来的公司，清点包装。

祝鸿来看见那一摞摞的大洋，心里阵阵得意。看来世界上许多事，祸福难定，看似是祸，操弄好了，便可成福。这次稍稍动了一下心计，只半天工夫，便凭空赚下八万块大洋，按照龙尊的拍卖价，可以买下八个龙尊。

取龙尊的时间到了。那辆吉普车又停在了祝鸿来的家门口，从车上走出来的是关副官。

祝鸿来从厅堂走到门口，招呼关副官入内用茶。

关副官很礼貌地拒绝了："时间紧迫，把事情办妥便好，不多打搅。"

祝鸿来叫人取出一个已显得有些陈旧的锦盒，捧送给关副官，随手还给了关副官一个包裹着银元的红纸卷。关副官打开锦盒，认认真真地看了好一阵，觉得无误，便放到了车上。然后从夹在腋下的公文包里，取出一个和上次装请柬一模一样的大信封，用双手递向祝鸿来："这是孟副师长给祝老板的，请务必收下。"

祝鸿来连连推辞："不用，不用，孟副师长太客气了。"

"不，桥归桥来路归路，该给的还是要给。"关副官说完，把信封塞到祝鸿来手里，然后钻进吉普车，绝尘而去。

信封里面装的是几根金条，祝鸿来知道这便是龙尊的价钱，不由得一声苦笑：天下有这样的买卖吗？

窑主们依然放心不下，担心孟副师长反复无常，收了钱也照样挖战壕、修工事，更担心战火烧到景德镇。但让人庆幸而又奇怪的是，一切都没有发生。半个多月后，大家得到的确凿消息是，工事刚刚开挖了一天，便有日本人的飞机过来扫射投弹。孟副师长的队伍随后便奉命在夜间开往九江，同其他部队一起投入了庐山保卫战。一些窑主不由得想起方浩对祝鸿来的质疑：这修工事的事到底是真是假？

方浩不明不白地损失了九百块大洋，只能绞尽脑汁，开源节流，以填补一个不明不白的大石头砸成的大窟窿。他正在加紧进行改柴窑为煤窑的实验，煤的火力强劲、持久、均匀，不仅可以节省费用，还能提高瓷器的烧熟率。这是窑业史上一项重大革新，试验成功便标志着中国窑业进入一个新的时代。但这是一项新技术，难度大，风险高。这些年有几位窑主多次试验过，结果都很不如人意。这件事便像是烧成的夹生瓷，留下无用，扔掉可惜，但最后还是被迫一一放弃。

方浩像镂金凿石，锲而不舍，把在日本学得的知识注入了实践之中。他还请来多位曾从事过煤窑试烧工作的师傅，一起对各个环节细加推究，又一次次试烧，觉得已经大有把握了，便确定把窑重挛后，满上坯胎实烧。那一千只青花瓷碗也正好绘就，统统地送进了窑里，若王青先生地下有知，一定会为此感到欣慰，此时他脑海里浮现的是先生笑眯眯的样子。

在满窑紧张进行的时候，鄢老板来到了窑厂，还带来了一瓶一罐两只坯胎。日本飞机在景德镇近郊投下炸弹以后，因害怕柴窑会遭到轰炸，加上瓷器烧好了也难以外运，行事谨慎的他和一些窑户，暂时关停了自己的柴窑。但他一直在进行釉彩的调制，尤其是令瓷人神往已久的红霞雪花釉，根据方浩的建议，配方作了多次改进。鄢老板觉得这种耗费了他半生精力和心血的釉彩，已经到了可以展现无尽风采于人间的时候。基于对方浩的信任，他要把施用了红霞雪花釉的两件坯胎，放在方浩的窑里烧造。

方浩郑重地接过这些坯胎，放进了窑中合适的位置。

这一次的烧窑，方浩比任何一次都更加小心，更加充满期待，还莫名其妙地有几分紧张。

一切有条不紊地进行。牛头、余同和瓷业学校的一些教师也都一起来到了窑边，大家兴奋与紧张交并，担心与期待同在。人人都像是看火的师傅，又像是投柴的窑工，一刻也没有合眼地熬过了二十多个小时。

开窑的时辰到了，窑厂彩旗飘动，还特地准备了锣鼓、鞭炮，只要瓷器出窑后验看合格，便要热热闹闹地庆祝一番。

罕见的是，武县长也带着几位官员和一些窑主来到了窑前。这位县长已真切地感受到，许多人只愿画地守成，不愿放足改良；只愿循旧烧柴，不肯试验烧煤。他想以方浩改柴为煤为契机，力推瓷业创新。

县长看了看天空，又看了看窑厂四周，问方浩："可以开窑吗？"

"可以。"

方浩憋足了一口气，正要喊开窑，只听县长亮开嗓门，抢先大喊了一声："我宣布，现在开窑！"这比把桩师傅平时习惯性的用语多说了五个字，窑厂一片欢声笑语。

一个个窑工带着往日不曾有过的心情，兴冲冲地进到窑里，把匣钵一个个取了出来，放在了窑前的场地上。

县长让先打开大中小三个匣钵验看。但见每个匣钵中的瓷器一件件洁白无瑕，形制规整，色正釉美。虽然并不能由此确定窑里的每一件瓷器都是如此这般，但至少表明，煤窑在很大程度上获得了成功。

武县长大喊了一声："煤窑烧造成功，热烈祝贺！"

顿时，欢呼声、锣鼓声、鞭炮声响成一片。

但人们很快发现，这声音很不对劲，怎么其中还夹杂有"轰隆""咣当"的声音？就像办喜事的音乐中加进了让人哀伤的旋律，极不协调。更不对劲的是，地上还冒出火光，腾起黑烟，有许多人倒在了血泊之中……

瓷都劫难

人们很快反应过来：是日本人的飞机扔下了炸弹。

所有的人本能地尖叫着、狂喊着四散奔逃。武县长单腿跪在地上，大声呼喊："都别跑，趴下，趴下！"

许多人便由没命地奔跑，变成了像离开了墙壁的扫帚一样，就地倒下。身子随着大地一阵阵颤抖，不远处一次次响起的爆炸声，还有那建筑物"轰隆隆"的倒地声，连同妇稚撕心裂肺的哭喊声，不断地撞击耳鼓，在心中化作了无以言状的恐惧。直觉得世界末日正在来临，自己将会血肉横飞或者成为碎砖乱瓦中的一具死尸，甚至可能是尸骨无存。

飞机像怪物狂啸怒吼的声音终于变弱了、消失了。人们纷纷爬了起来，像从竹篓子里蹦出来的青蛙一样仓皇逃遁，本能地、急急地向家的方向奔去。

方浩站起身来，眼前是一片触目惊心的惨象：有一颗炸弹落在了窑顶上，整座窑便像一个打破了的巨型瓷罐，四分五裂，完全没有了原来的形状。高耸的烟囱像一株巨大的枯木倒在了地上，变成了一长溜或散或聚的砖头。还有一颗炸弹落在了窑门前的场地上，地上炸出了一个大坑，刚刚出窑的那些精美的瓷器几乎全部碎裂，有的像狂风中的枯叶一样飞到了很远的地方。

更为可怕的是，有七八个人倒在了地上，有的在痛苦地呻吟，绝望地挣扎；有的已经少了胳膊缺了腿，浑身血肉模糊；有的则已经失去了呻吟和挣扎的能力，一动不动地躺在地上。

牛头也是躺着的，他的背本来驼得很厉害，现在整个身子却是直挺挺的，他的脊椎骨已经断裂；一条胳膊被炸得不知去向，伤口的血像破裂了的茶壶漏水一样汩汩往外流。

方浩把牛头扶成坐着的姿势，并依靠在自己的怀里，大声呼喊着："牛头，醒醒，醒醒！"

方浩的喊声呼天抢地，但牛头久久没有回答方浩的呼唤，并且永远不能回答方浩的呼唤了，这个赫赫有名的鬼手就这样永远地离开了他钟爱的瓷土和瓷都。他剩下的一只手五个指头微微收拢，似是还要去抓取他一辈子不曾离手的瓷泥，继续拉坯；又好像要捏成坚硬的拳头，去迎击疯狂的来犯者。他的眼睛是半睁的，眼珠外凸，愤怒地瞪着灰暗的天空。

方浩胸中烈火激荡，全身抽动，牙齿作响。万万没有想到，一次期待，一场庆典，变成了一次灾难，一场惨祸。

处理完死者伤者以后，方浩开始对废墟进行清理。那一千只青花碗泥胎，已在炸弹的暴力挤压下，全都成了大大小小的瓷片，无一只幸存。先生的遗愿只能成为永远无法实现的遗憾，自己也只能对先生抱着终生无法抹去的愧疚。

他又想起了鄢老板搭烧的红霞雪花瓷器釉，不知究竟烧成了什么模样。他扒开瓦砾，开始寻找，手指皮破滴血了，依然在找寻。终于找到了一块与众不同的瓷片，虽然只有孩童的巴掌一般大小，却是从未见过的色泽，灿烂的火红与纯净的洁白相互辉映，犹如雪中怒放的木棉；质地温润细腻，如珠如玉，果然还有传说中的蓝色条纹。它拥有与许多名釉相同的品质，却又有着与众多名釉不同的特质，万花园中，自成一枝。他一阵惊喜：啊，烧成的正是红霞雪花釉。但，方浩心中的惊喜瞬间化作了悲哀，鄢老板的万千心血只剩下这一块小小的残片，这可如何向鄢老板交代？不过转而一想，残片虽小，也足以证明红霞雪花釉已烧造成功，只要鄢老板按照这次的配方再烧，便可以烧成又一种神奇的釉彩，为景德镇瓷器添一抹瑰丽无比的秀色，他如磐石一般沉重的心由此获得了些许安慰。

方浩带着那块已显得十分珍贵的红霞雪花釉的残片,来到了鄢老板家。一进门,便觉得气氛不对,全家人脸上带着哀痛,带着泪痕。原来,鄢老板在听到方浩的窑被炸了以后,惊叫了一声,顿时晕倒在地。叫来郎中扎针灌药,但不见起色,至今没有苏醒。方浩走近床前,见鄢老板双眼紧闭,脸上发黑带黄,一动不动,只是鼻孔在翕动,还有微弱的气息进出。

方浩紧张而又动情地喊了一声:"鄢老板!"不见有任何回应。

转而改为轻声细语:"鄢老板,您的红霞雪花釉烧成了。"并把小瓷片在鄢老板眼前晃了晃,他希望有奇迹出现,这块小小瓷片能让鄢老板起死回生,但毫无变化,一切依旧,奇迹并没有出现。

方浩含着泪,把瓷片放在了鄢老板手里。这时奇迹出现了,鄢老板紧紧地把瓷片握住了,也许接下来会是他双眼睁开,开口说话,甚至翻身坐起。

但奇迹没有持续,鄢老板的喉咙中一阵轻响后,口鼻中仅存的微弱气息也随之消失了。他带着那块瓷片,带着他一生的追求,也带着无尽的愤懑和遗憾,如长江流水,如窑中轻烟,悄然地离开了景德镇。不知这红霞雪花釉将来何人、又在何时还能再烧制出来?

在回家的路上,方浩的脑海里一次又一次地升腾起愤怒的狂涛:侵略者为何如此丧心病狂,暴殄天物,将炸弹倾泻在这烧造瓷器的柴窑上,倾泻在这些精美绝伦的瓷器上?柴窑何辜,瓷器何罪?

此时,在庐山脚下的一个日军旅团司令部,旅团长正在专注地阅读一份战报,上面写的是两架军机轰炸景德镇的战况:预定的战斗任务完成良好,摧毁了大量目标。

这位旅团长捏了捏拳头,脸上露出得意的狞笑。他不是别人,就是十几年前到过景德镇考察瓷器的冢田次郎。当年他没有胡子,现在不同了,在鼻子下面,他的仁丹胡子长得又黑又密,修剪得十分规整,像一颗黑色的围棋子。他在参与策划建立了"满洲国"以后,被调入日军的前线部队,在卢沟桥事变中扮演了重要角色,接着率领他的部队参与攻取华北、攻陷南京的战斗,现正在庐山一带同中国军队作战。

当年他窃取乌金釉配方失败后,一直对景德镇耿耿于怀,他要发泄当年的怨恨与愤怒,要兑现当年发出的誓言,让景德镇付出代价。他力主进攻景德镇，但上司否定了他的主张，因为日军当前的战略主攻方向是南昌、长沙。他没有死心，转而提出：轰炸景德镇，以此打击景德镇的瓷业乃至中国的一大重要工业门类，摧毁中国的陶瓷文化。为了征服中国，战刀够不着的地方当用长枪，长枪够不着的地方当用大炮，大炮够不着的地方便当用飞机。这一险恶的计划得到批准，今天是日军对景德镇街区的第一次轰炸。

　　冢田看过战报后，命令参谋部门：认真评估轰炸效果，还要再次进行轰炸，除了攻击有军事价值的目标，要重点轰炸柴窑、瓷厂，让这些窑与厂统统在地球上消失。他还取出了当年方浩给他换下的丝制手帕，手帕上的一行小字依然清晰，冢田在手帕上添加了一行小字：昭和十四年七月。

　　冢田还得知，当年和凤尊一起烧制的还有一件龙尊，并在景德镇成功地进行了拍卖。这样，自己从溥仪那里得到的凤尊便不是一件孤品了，他心中泛起一阵失望，并随之涌起了对拥有龙尊的渴望。但他知道，这只是梦中才有可能实现的目标。他在失望和沮丧的漩涡里挣扎了好几天，报复的念头变得更为强烈，以至于异想天开地想着，龙尊会和许多建筑、柴窑、瓷器一样，在炸弹的爆裂中成为碎片。

　　当然，景德镇的人们无法知道冢田们的作战计划，就像善良的人们永远不会知道，强盗会在什么时候以何种方式发动攻击，只能整日在悲愁、惶恐中苦熬时光。这一次轰炸，仅柴窑就被炸毁了三十多座，约占景德镇全部柴窑的三分之一。景德镇的人口大量来自外埠，许多人为避战乱，便关闭门店，离开作坊，回归故籍。柴窑在颤抖，瓷器在呻吟，昌江在哭喊，瓷都在混乱中很快变得萧条。

　　景德镇瓷业学校被一颗炸弹击中，还可能成为下一次敌机袭击的目标。省政府决定，将瓷业学校迁往战火尚未烧到的萍乡，安排作为副校长的方浩随同学校的师生们一道转移。但方浩拒绝了，不能扛枪上战场，便要站在离敌人最近的地方，以特有的方式与敌人战斗。他要留在景德镇，继续组织瓷器的烧制，以瓷业支援抗战；他要尽自己所能，在硝烟中为瓷业文化的延续留下火种，留下希望；他还要继续试烧煤窑，因为柴改煤的试验看来已经接近成功。

　　方浩迅速对自己被炸毁的柴窑重加整修。不久后，新窑如病愈的汉子重新挺身站立，拉制好的坯胎一个个装进匣钵，送进窑里。因为战争，煤已经无法买到，大多数参与烧煤试验的窑工也已经离开，这次烧窑只好仍然使用木柴。

余同一边满窑，一边不由得忧心忡忡地问方浩："那狗日的鬼子又来轰炸怎么办？"

"炸了，接着再挛再烧。人有气，火便不能熄！"

余同大受鼓舞："好，拼着性命也要与鬼子干一场！"

方浩又一次坐在了看火的楼阁里，又一次下令把窑火点着。熊熊窑火透出窑屋，映照着黑暗的天空。虽然在昏天黑地之中，这只是一片小小的光亮，却烧残了夜幕的一角，显出不可劫夺的灿烂。与过去烧窑相比，方浩的脸上多了几分凝重之色和英武之气，他把这一次烧窑看作是同日本侵略者的一次面对面的较量。最近一段时间，日本人的飞机没有飞临景德镇上空，不知是因为轰炸的目的已经达到，还是因为别的地方战事紧张，派不出飞机？方浩满心希望并相信这一窑瓷能够顺利出窑。

熬过了一个晚上，又熬过了大半个上午，已近中午时分，再过几个小时就可以熄火了。方浩抓过茶杯猛喝了几口水，又快速抹了几把脖子上的汗水，一直紧绷着的神经这时像服了镇静剂一样，有了几分松弛。

突然间，比平日灵敏得多的耳朵内听见了嗡嗡的响声，这是令人愤怒而又恐惧的声音。余同赶忙跑到窑屋外，循着越来越响的声音抬眼望去，白与灰相间的云层里，有两架灰黑色的飞机正在飞来，隐约能看见机身上涂着血红色的圆圈，像恶魔张开的血盆大口。难道日本人又要轰炸正在冒烟的柴窑？他又赶忙跑回窑屋，惊慌地大喊着："日本人的飞机又来了！"刚说完，远处传来了爆炸的声响。

方浩从竹椅子上猛地站起，没有慌乱的表情，也没有躲开的念头。他大声呼叫，挥手示意，叫窑屋里的其他人快速跑开。自己则把双手叉在腰间，像山峰一样挺立着，仰起脖子，用愤怒得快要突出眼眶的眼珠紧紧地盯着天空。他已想好了，即使炸弹砸在头上、落在脚边，即使自己会成为齑粉、尸骨无存，也决不趴下，决不逃开。他要挺直身子，以慷慨的死表示对侵略者的愤怒和藐视，以自己的血肉之躯为山河沉沦的祖国殉难。他握紧了拳头，对着越来越响的飞机轰鸣声，张开口近乎疯狂地喊着：日本强盗，你炸吧。老子决不低头，决不眨眼！

几个黑乎乎的东西从天而降，接着便是巨大的爆炸声。如快刀断草，如利斧伐竹，观火的楼阁随同窑屋在瞬间倒下。方浩只觉得天旋地转，身不由己地随着倒塌的楼阁跌落……

飞机的影子掠过以后，余同等爬了起来，对着倒塌的楼阁大喊了一声"方浩"，便冲了过去。几个人手忙脚乱地从方浩身上移走竹木，清掉瓦砾，将方浩拖了出来。

值得庆幸的是，方浩的身上并没有明显的伤口，是那些盖在他身上的柴火和杂物，像防弹衣一样庇护了他。否则，即使没有弹片飞到他身上，那在炸弹中变得像飞蝗一般的破碎瓷片，也足以让他的身子变成一张筛子。但曾经受伤的右臂已经折断，瓷胎色的骨头显露在皮肤的外面，鲜血顺着胳膊流淌，滴到地面的木柴上，一块块木柴被鲜血浸染，变成了红色。疼痛使他的脸扭曲变形，他一边用左手抓着右胳膊，一边咬牙蹙眉，挣扎着站了起来。

在余同的搀扶下，方浩走近了窑边。柴窑比上次受损还要严重，窑顶不知去向；窑身坍塌，变成了一堆杂乱的窑砖，放在窑堂位置的木柴还在燃烧，冒出呛人的烟雾。

方浩咬着牙对着飞机离去的方向骂着："日本鬼子，我操你十八代祖宗！"

方浩被余同送进了医院，但医院里已是人满为患。缺胳膊少腿的，破皮流血的，躺了一地；呻吟声，哭喊声，怒骂声，混响成一片。等了好长一段时间，医生才腾出手给方浩作了诊治：右臂粉碎性骨折。敷上药物，用夹板固定后，回家自养。

方浩回到了王青先生的房子，空荡荡的房屋，使他涌起一阵强似一阵的孤独和哀伤，这是以前不曾有过的。他忽然觉得，人，似乎应当有个家。有了家，不仅会有平日的温馨，尤其是在危难困苦之时，可以减少孤独，缓解痛苦，慰藉伤悲，连虎猫也会到隔壁人家寻找伙伴。但对于自己而言，这不过是一种奢望。

到了中秋节前，余同又来看望，见方浩的臂伤已逐渐愈合，便又苦中作乐地开起了玩笑："看来鬼子的炸弹也不怎么样，只能让我们的副校长受些皮肉之苦而已。"

"鬼子的炸弹对你这个舌头像蛇芯子一样的人，可能更不起作用，最好什么时候验证一下。"

余同摆了摆手说："你替大家承受了痛和苦就行，我就算了吧。"然后一本正经地说，"我现在想的是，要让日本人也尝尝挨炸弹、挨刺刀的滋味。我一次次对儿子冬宝说，长大了，当兵去，开一架装满炸弹的飞机，去轰炸东京。要让天皇住的宫殿，还有日本人的工厂，统统变成像被炸了的窑一样。"

方浩捏了捏左拳："说得好！对强盗就得以牙还牙。"

余同又告诉方浩：在浮梁县政府门前新近立了一组瓷雕，可以去看一看；明天是中秋节，从今天晚上起就会有人在昌江边烧太平窑，不知今年是何景象，不妨也去看一看，可以借此调整一下心绪。

方浩和余同来到了浮梁县政府门口，只见地上立着两尊瓷雕。一尊是，一个日本兵龇牙狞笑着，双手向上举着一把带刺刀的步枪，刺刀尖上挑着一个不到一岁的婴儿。那婴儿可怜地紧闭着双眼，张开只有两颗牙齿的嘴巴，在痛苦而绝望地哭泣；两条小腿似乎在不停地摆动，身上的血顺着刺刀往下流淌，一直滴到地上。另一尊是，五官略略有些夸张，脸上带着猥琐的神情，但一眼可以看出，是汪精卫的模样，这尊塑像是仿照西湖边秦桧在岳飞墓前的跪像设计的。

两尊雕塑由"浮梁县各界民众抗敌后援会"组织捐款制作，作者是徐一涛。洁白的瓷雕上已经痰迹累累，汪精卫和鬼子兵的嘴巴上还被抹上了狗屎。

余同对着鬼子的雕像啐了一口，然后愤愤地说："这日本鬼子和汪精卫都会遗臭万年，只是可惜了这瓷器和瓷艺。"

夜幕降临，二人来到了河滩边，观看烧太平窑。烧太平窑在景德镇已有七八百年的历史，源起于百姓反抗官府的欺凌，后演变成民俗，象征着以烈火烧死残暴的压迫者，求得天下太平。今年的烧太平窑则有了大别于往昔的意义。

每年的太平窑，成年人烧，儿童们也烧。昨天一大早，余同十一岁的儿子冬宝便领着一群孩子，到窑厂捡拾了许多烧窑后废弃的圆形渣饼，然后在河滩上略略错位往上摆放，隔出空间，有两米来高，直径有一米多长，上小下大，很像一座镂空的圆形宝塔，这便是太平窑。

砌好窑以后，冬宝又和小伙伴们分头提着插有一面小三角旗的篮子，小旗上写着"太平神窑"四个字，挨家挨户索要木柴。住户们都会很乐意给几块木柴，路边挑柴的、河边运柴的，也都如此这般。今年的窑大，冬宝觉得柴还是不够，便走向河边的柴垛，向柴行的看柴人索柴。看柴人显得吝啬，说出种种理由，迟迟不肯给柴。

冬宝瞪着圆乎乎的眼睛，大喊了一声："我们自己动手！"孩子们便毫不客气地从柴堆上取柴，然后理直气壮地走开。

看柴人也无可奈何，因为孩子们索要烧太平窑的柴，主人不给，孩子可以自取早已是习俗，就和中秋节要吃月饼差不多。人的自私、算计，在那看不见的习俗面前，有时竟会显得十分地苍白无力。

夜色四合，太平窑里，火光冲天而起，发出呼呼的声响。孩子们兴奋地往窑里添柴，也添进了对侵略者的仇恨，嘴里不停地喊着："点起太平火，烧死日本鬼！"火光映着孩子们红红的、天真无邪的脸，和往昔相比，少了游戏时的轻松与欢悦，多了苦难中的庄重与认真，更有情感的真挚与炽热。

当柴火快要熄灭的时候，要进行最后的仪式——"铲街"，就是拖死人过街，假定敌人这时已经被烧死，要把尸体拖走扔掉。有孩子取过来一个早已备好的小木架和两个有底的破瓷碗，冬宝主动要扮演被烧死的日本鬼子。余同见状，把儿子推倒在一边，自己装成鬼子的死尸，斜躺在那木架子上，双脚踏在碗底上。孩子们七手八脚地拽着木架和余同的胳膊，大呼小叫地在街上快速行走，最后又拖到河边，一场既是游戏又不全是游戏的活动才算结束。

方浩看着，和小孩子们一样兴奋。他还连声称赞余同的儿子长得帅气，浓眉大眼，身材匀称而有力量，一副少年英雄的模样。

余同听了，满心欢悦，并对方浩说："打日本就得有英雄模样。遗憾的是，我三个孩子中只有这一个是男孩。要是你也有一个儿子该有多好！"

第二天是中秋节，这是成年人烧太平窑的日子，方浩和余同再次站在人堆里。成年人烧的太平窑有窑门、窑身、窑眼、进柴口，是个逼真的小型柴窑。一个上了岁数的人把点着的火引子投进了太平窑里，这人是余细苟，他是烧太平窑的高手。柴火被点着，红色的火苗窜起，转眼间烈焰升腾。这时有人往窑中撒放稻谷壳助燃，顿时火势更旺，并发出"噼噼啪啪"的响声，很像子弹飞出枪膛的声音。由于窑身有许多孔洞，火便拥挤着从孔洞中"呼呼"地直往外冒，像是吐出了无数长长短短的血色舌头，整座窑全被红色的火焰笼罩着，像是一座火山，也很像古代烽火台上的烟火。昌江两岸，今夜矗立着无数座火山和烽燧。

余细苟又将随身带来的烧酒泼洒到燃烧的柴上，这不仅使火势更旺，也使火焰的红色中有了蓝光，还使空气中弥漫着酒的味道。余细苟大声许下心愿：打败日本人以后，要买十斤烧酒，自己喝下二斤，其余的用来烧太平窑。

远远近近，一座座大大小小的太平窑火光喷射，蟠天际地，在夜色中分外夺目，这窑火与疆场上的战火遥相呼应，交织成对仇敌的满腔怒火。今年的中秋夜，阴云遮天，月色不明，只有这一座座太平窑发出的火光照近而耀远，使景德镇成了光与火、仇与恨融为一体的不夜之城。但，人们内心祈求的仍然是千古未变的愿望——天下太平。

祝老板失算

方浩摆上画纸，磨墨调色，开始练习用左手在纸上点横撇捺，勾勒涂抹。当他提起画笔时，心生感叹：人们常说财不可恃，势不可恃，原来技和艺也不可恃。从来不曾想过，还要重新学习本领以维持生计，延续生活，真是人生无常。人的左右手竟是如此地不同，右手可以随意写出漂亮的字，画出精美的画，而左手留在纸上的却是笨拙的线条，丑陋的图形，这使他一次又一次心灰意冷，痛苦不堪，但他一次又一次地抖擞精神，挥笔不辍。

这一天，他在画一只老虎，可是画纸上出现的却是一只浑身无力、毛色枯槁的瘦猫，尤其是那本如宝石一般闪亮的猫眼，看上去却是死蛇眼睛的模样。沮丧游走在全身，他一把抓起画纸，揉作一团，扔到地上。依然觉得不解气，又抓起笔，用力扔向门边。恰有一个人推门跨步而入，这笔落在了来人的脸上。

"你这是干什么？是练什么打鬼子的功夫吗？"来人是余同。

方浩看了余同一眼，愤愤地说："只恨手中少了刀和枪。"

"你现在每天干什么？"余同说着抹了抹脸，顿时成了大花脸。

方浩看了看余同沾有墨汁的脸，忍不住发笑："正在……哈哈，练习用左手写字绘画。"

余同连连称赞："射箭能左右开弓的是神射手，满窑能左右手都托起匣钵的是大力士，这写字绘画能左右开弓的自然更不简单。"

方浩收住笑声："什么左右开弓，我这是左冲右突，只是为了绝处求生。"

"嘴里有口气，便要柴和米。只要不躺着，必有柴和米。"余同打趣地来了一段歌谣。

这几句话如清热消炎的草药，让方浩心中的烦躁与怒气一下消解了许多，他告诉余同："这绘画右手改左手实在太难了，怪不得窑由烧柴改为烧煤那般地不易，可见任何改变都很难很难啊！"

余同点头表示赞同，然后捡拾起了方浩刚才扔在地的画稿，放到画桌上展开抚平，整个画面便清晰地展现出来。余同竖起大拇指："这猫画得真好，还很有几分像你过去养过的那只虎猫。我就是吃下三碗饭，喝上三两好酒，再用右手也断然画不出这么活灵活现的猫来。"

这番评论让方浩哭笑不得："你是什么眼神？我画的是老虎。"

"俗话说，草鞋无样，越打越像。用左手绘画也是这样，画着画着就像了。"余同打趣地说。

"你怎么总像是捡了元宝似的，乐呵呵的？"

"这张开嘴大笑小笑，既不花钱，也不要米。何必老是一副哭相、一张愁脸，不但自己不快乐，还会让别人也不快乐。就像脱光了衣服上街，自己害羞，别人看了也会不好意思。"

"今天看你的神情，是不是有什么美事？"

"看来你胳膊坏了，脑子依然很灵光，确是这样。"余同认真地告诉方浩：现在各行各业都像重病缠身，瓷业更是不剩下几口气了，日本人的飞机真他娘的邪了，似乎一发现冒烟的柴窑便会轰炸，所以没有几家窑主敢于举火。但，有一个人却是走夜路不怕撞着鬼，正在谋划着开火烧窑。

方浩大加赞叹："这人倒是很有胆气，是谁？"

"白鳝。"

"他有什么高招？"

"祝老板经过观察，发现日本人的飞机有三不炸。"

"哪三不炸？"

"一是有外国国旗的地方不炸；二是对教堂、寺庙不炸；三是对耶稣、圣母、菩萨、罗汉像等不炸。"

方浩猛地击了一下掌："哎哎哎，好像还真是这样。"

"祝鸿来新近在天主教堂旁边建窑设厂，制作的瓷器中有大量的耶稣和圣母玛利亚的瓷像，还要制作一批如来佛和观音菩萨、大肚罗汉像。"

这祝老板真是厉害，比常人身上多了几个窍，肠子多了几道弯。

"虽然窑还没有牵好，但祝老板已在招徕客户。不知道你有没有要搭烧的坯胎？我今天主要为这件事而来。"余同说完，端起方浩桌子上的茶杯，咕咚咕咚连喝了几口。

方浩看了看余同的花脸，又想笑，但他忍住了，说："太好了。瓷业学校师生还有做好的一批坯胎，其中有些作品水平很高，我也画了一批东西，正发愁没有地方烧呢。"

"八成还会是由我给他满窑，到时同祝老板说定搭烧这批坯胎便是了。"

见余同要走，方浩忍不住又笑了笑说："洗了脸再走吧。"

余同操起镜子照了照，自己也笑了。他打了一盆水，用手抹巴了一阵，再用一小块方浩画画的纸擦了擦，然后吹着口哨，走了。

方浩一边近乎疯狂地继续绘画练字，一边等待着祝鸿来满窑的消息。

这一天，余同来了，高兴中带着不快：祝鸿来开始正式接洽客户，但要价比平时高了三成。

"非常时期，自然是非常价格。祝老板从来不会做赔本的买卖。"方浩说完，又对余同交代，"这些坯胎不要以我的名义送烧。"

余同想起了拍卖龙尊会上的一幕，带笑点了几下下巴。

祝鸿来这次建窑烧瓷可谓是一步出奇制胜的险棋。当然他做了精心准备，不仅把柴窑和制瓷作坊都设在了天主教堂旁边，还特地叫人用油彩绘了一面比十个床单还要大的美国国旗，铺在天主教堂的屋顶上，以便飞行员可以在天上看得一清二楚。哼，看是你日本人的飞机、炸弹厉害，还是西方的天主教、美国人的国旗厉害。

为求万全，祝鸿来又特地选择在中午前点火。因为日本人的飞机几乎没有在下午出动过，更没有在晚上出动过，只要第二天大半个上午不出意外，这一窑瓷便告烧造成功。

装钵、满窑、闭窑、点火，一切照惯常的流程进行。在提心吊胆中，窑厂的人熬到了日头落山。夜幕降临之后，心里便变得略为轻松了。但当太阳出来之后，心情又变得紧张起来，人们希望这让人焦灼的上午像老鼠过房梁一样，哧溜哧溜几下便飞快地过去了。可今天这个上午似乎过得特别慢，太阳像个衰迈不堪的老人，步履艰难，树叶的影子像画在瓷器上的树叶一样，一动不动。不过，让人如在中药罐里煎熬的大半个上午终于过去了。

祝鸿来来到了窑前，他觉得危险已经像柴窑上方的浓烟一样飘远了，再有一个小时左右就可以熄火了。余同也到了，因为窑里有方浩搭烧的瓷器，所以他特别上心。

祝鸿来和余同心里都有些紧张，便开始故作轻松地聊天。二人你一句我一句，一会儿东一会儿西，但究竟想聊什么，又聊了些什么，全然不在心上。

余同看了看快到头顶的太阳："祝老板，看来一切顺利。"

祝鸿来也仰着脖子望了望天空："很快就可以停火，也许运气不错。"

"还是祝老板神机妙算，这日本人虽然狡诈阴险，但也不是祝老板的对手。"

祝鸿来有些得意了："都是两个肩头扛着一个脑袋，难道日本娘们就比中国女人厉害，能生出更聪明的儿子来？小日本也就是这几十年神气活现，敢在中国人头上拉屎撒尿。"

"对，要是一百多年以前，小鬼子见到中国人都得磕头作揖，他们的喉咙让中国人做夜壶都嫌脏。"

"是吗？"祝鸿来故意发问，他此时心情正在变得轻松。

"是，因为中国有白瓷制作的夜壶。"余同笑了笑，又接着说：我听方浩说，中国人制陶已有四五千年历史，黄帝时代就有专门负责烧造陶器的官，在唐代便能烧出漂亮的高温瓷。日本人制瓷是从中国学去的，早知道日本人会这么坏，就不该教这些狗娘养的做瓷，那他们便只能一直用陶碗瓦罐吃饭喝汤了。

"是啊，日本人的好多技艺，像什么剑道、书道、茶道，都是从中国学的、偷的，并且都学得半生不熟。"祝鸿来把自己听闻过的东西也说了出来。

"鬼子虽然很鬼，但若说烧瓷器，他们也只是学了些皮毛而已。现在他们烧出的茶具餐具，很多还像是涂抹了一层酱油，和中国乡间土窑烧的粪缸尿罐差不多。"余同一脸鄙夷地说。

随着时间一点一点地过去，二人的心情越来越轻松，也聊得越来越开心。离瓷熟熄火的时间越来越近了，余同以敬佩的口吻对祝鸿来说："这次窑烧成功，也可以说是你同日本人交战，并打了一次胜仗。"

祝鸿来美滋滋地说："这怎么说呢？做什么事都和做生意一样，得见风知雨，相机行事。你日本人以为我不敢烧窑？我便突然点火；你日本人的飞机上午来，我中午开烧不就行了？"说罢很得意地一阵哈哈大笑，余同也跟着笑了起来。

二人的笑声刚落，便传来了不祥之音——飞机的轰鸣声，远处已经可以看见飞机幽灵般的影子了。祝鸿来的笑脸瞬间变成了哭脸，紧张地连连自言自语："这鬼子怎么改了招数，飞机中午也出来了？这是怎么回事？这是怎么回事？"

余同克制着内心的慌乱，安慰着祝老板："或许只是来侦察，偷偷地瞅瞅祝老板烧窑是真是假？再者说，鬼子飞机扔下来的炸弹比景德镇的窑还多，现在景德镇也没有什么可炸的了。"

祝鸿来还是很紧张："但愿如此。不过鬼子的飞机既然过来了，扔炸弹的可能性便很大。"

余同看了看旁边的教堂："这飞机即使是投弹，也不会炸你的窑。万一炸弹不长眼睛，捎带把美国国旗和天主教堂也炸了，日本人吃得消吗？"

"你说得倒也是。不过我们还是先躲一躲再说。"

二人赶快跑离窑厂，刚刚在几棵樟树边趴了下来，就听"轰！轰！轰！"耳边传来三声巨响，一架飞机带着呼啸掠过头顶。

余同这时抬头朝窑厂方向看去，窑几乎已被夷为平地，四周乱七八糟地铺满了匣钵和瓷器的碎片，柴窑旁边的天主教堂也被炸塌了一只角，绘在屋顶上的星条旗，像一块方形饼干被掰掉了一角，变得残缺不全。

余同把目光收到近前，只见祝鸿来躺在地上哀号，双手捂住眼睛，鲜血顺着鼻子一侧往下流淌，身上还压着一棵比圆桶式茶壶还粗的树。

余同大喊着："祝老板，你怎么了？"

"有一块瓷片飞进我的眼睛里面了。"祝鸿来痛苦地呻吟道。

余同狠狠地跺了几下脚："这日本鬼子已是他娘的疯了，现在怎么连教堂和美国的国旗也不放在眼里了。"他当然不知道，对于想称霸世界的狂徒来说，不会有正常的逻辑思维，全世界都是他们的敌人，况且美国已经向日本宣战了。

余同费力地移开了祝老板身上的大树，又认真察看祝鸿来的伤势，只见他右眼血肉模糊，一条腿已被炸断的大树压得变形，不能动弹，看来已经断了。

罗秤和石老三等这时跑了过来，立即把祝老板送往医院。

余同这时心里沉重，他对方浩有了深深的负罪感，如果不是自己传告消息并牵线联系，方浩和一些教师绘就的珍贵坯胎便不会毁于一旦了。这下可如何向方浩交代？但必须有个交代。

余同心里紧张不安，脚下忽轻忽重地向方浩住的槎窑弄走去。这时，大街上和以往被轰炸过一样，一片混乱。哭喊的、狂叫的，响成一片；救人的、救火的，乱作一团。在急匆匆的行走中，他和一个人擦肩而过，接着双方猛地收住脚步，转过身来同对方打招呼。

"你急急忙忙地要赶去哪里？"问话的是祝春莺。

"我要去告诉方浩，他搭烧在你叔叔窑中的瓷器，刚才全都被日本人的飞机炸毁了。"

春莺不由得"啊"地惊叫了一声，然后语速飞快地对余同说："这件事让我来办。你马上去一趟华光戏院。"

"叫我去戏院干什么？"

"到了你就明白了。快去吧，越快越好。"

余同见春莺一副神情庄重、心情沉重的样子，揣摩着戏院里肯定发生了什么重要的事情，并且还和自己有关，便转而急匆匆地向华光戏院方向走了。

春莺稍稍整了整衣服，理了理头发，然后快步向方浩家走去。

方浩左书

方浩见春莺进来，便停下刚刚握在手里的画笔，热情地招呼着："请坐，好久不见了。"然后又若有所思地说："我还有一件事一直想问你呢。"

"我今天也有重要的事情要告诉你。你先说还是我先说哩？"春莺说话显得有些心慌意乱，常常挂在脸上的笑意今天不知去了哪里。

"你先说吧。"方浩心里想，鬼子的飞机刚走，莫非有什么坏消息？

果然，春莺说出来的是："我要告诉你的是一个非常不好的消息……"

"你全说出来吧，再坏的消息我也能承受。"

"刚听余同说，我叔父建在天主教堂前的柴窑，今天快要关火时被日本鬼子的飞机炸了。"

"被炸得严重吗？"方浩紧张地问，他希望窑没有遭受大的损毁，窑中的瓷器能侥幸地躲过一劫。

"听余同说，窑被炸得像掉在地上的燕子窝，窑里的瓷器就像窝里的鸟蛋一样，没有一件完好的。"

方浩一听，犹如利刃挖心捅肺，剧烈的痛苦瞬间传递到了脸上，他的脸在不停地抽搐，接着疼痛像电流一般传递到他尚未完全痊愈的手臂上，他用左手紧紧地抓住了开始抖动的右胳膊。

"你怎么啦？"春莺有些惊慌地问。

"抗战不赢，中国不存；日本兵不死，中国人难活。"方浩的脸色变得很是怕人。

"是呀，再这样下去，景德镇真是撑不住了。"

方浩的两条眉毛挤在了一起，脸色变得更加灰暗："我越来越明白了，纵然能烧制天下无二的瓷器，国家不强，便可能成为碎片残器，或成为别人家里的陈设品，就像那凤尊。"

为了使方浩暂时挣脱痛苦与愤怒，春莺换了话题："你不是要问我什么事吗？"

"是的。"方浩说到这里，又朝春莺认真打量了一眼，似乎想从她身上找到什么，这种表情让春莺觉得有些奇怪。

"问吧。"春莺催促着。

"我要问的是，龙尊成功拍卖后，你丈夫知道了吗？这事我曾经问过你，但你都有意回避了。"

春莺没有立即接话，转脸对着窗户，像是很需要吸进一些新鲜空气，良久才说："这件事已经过去了，我不想再提了。"

"但我作为给你制造了麻烦的人，很想知道事情的真相，否则我的心里便会老是搁着一个卸不下、移不开的瓷疙瘩。"

确实，有事老憋在心里，总是让人难受，就像眼睛里有了灰尘，说出来也许会像去掉灰尘一样，让人轻松。春莺想到这里，轻声地说："事到如今，我就全告诉你吧。"接着不快不慢地开始了叙述。

丈夫得知龙尊送交拍卖的消息后，立即写回来一封长信，对春莺严词呵责，还夹带着怒骂和威胁。春莺在回信中，细说了这瓷尊的来历，道明这本不是自己的东西，完全不应当无端占有。还动之以情，指明这样做也是为了孩子，如果能尽快结束战争，便可以使孩子们拥有快乐的童年和美好的未来。但丈夫不相信瓷尊的复杂来历，还认为，这一件瓷器的拍卖所得，对支援抗战不过是九牛一毛，而留给孩子的话，可以使孩子终生衣食无忧，这才是真正的为了孩子。信中有措辞严厉的威胁，此事没完，待战争结束，这件事才会结束。当两人见面之日，就是算清旧账之时。

"后来呢？"方浩不由得关切而担忧地问。

"后来我们再也没有通信。"

"再后来呢？"

"再后来，叫我怎么说哩？我不想说了，也说不清楚。"

方浩听得出，春莺有难言之隐，便转而问："你刚才说是代余同来给我报信的，他为什么自己不来呢？"

春莺刚刚收住的眼泪又在眼眶里打转："这是一个比炸塌了窑更坏的消息。我说吗？"

方浩立即意识到有巨大的不幸发生，他真不想知道详情，就像是躲开炸弹一样躲开那可怕的消息，但又很想知道真相，停了一会儿，终于忍不住说道："你说吧，大片国土已经被日本人占领，无数国人已经失去了生命，还有什么不能说的，又有什么不能扛住的？"

春莺定了定神，带着悲伤缓缓地告诉方浩：县抗救会今天组织戏班子在华光戏院举行义演，却不料日本人竟然还轰炸了戏院，当场有几十个人被炸死，其中有余同的儿子冬宝。

方浩大惊大恸，不由得想起了中秋节看孩子们烧太平窑时的一个细节，余同替代心爱的儿子假扮成鬼子的死尸。想不到儿子今天却在鬼子的轰炸中失去了生命。莫不是他当时有什么预感或是联想？余同将如何接受如此残酷的事实？

方浩痛苦地半说半喊着："强盗闯进了家门，不仅家中的珍宝留不住，连孩子的性命也护不住啊。"

"谁来保护我们的孩子？"春莺痛苦地接了一句，然后站起身，伤心地走了。但走了几步，又反身告诉方浩："在上次的轰炸中，我邻居家的一堵墙被炸塌了，虎猫也被压死了，死得很惨，肠子都出来了。"

方浩又一阵悲愤袭到心头："连一只猫也躲不过劫难，真是生灵涂炭啊！"

春莺走后，方浩的心中如同窑火在猛烈地燃烧，山河破碎，瓷窑炸塌，儿童死难，母亲悲苦，自己却无能为力。他捏紧左拳，重重地砸在桌子上，桌子上的笔纸、砚台、茶碗全跳了起来，也发出了愤怒的喊叫。然后他仰起脸喊着："苍天在上，为何不睁开你目极万里的双眼，看一看善良的人正在饱受深重苦难！为何不伸出无所不能的双手，遏止恶魔正在制造的无边灾难和可怕死亡！"然后无力地坐下来，把脸埋在了臂弯里，一声声饮泣。

方浩本想立即去看望余同，但担心在这大悲大伤的时刻见面，会加剧他的痛苦，便想着待余同的心情稍稍平复后再登门抚慰。然而却是日夜牵挂着，或坐或站、睁眼闭眼都是余同一家人的影子。

三天后，方浩实在憋不住了，不由自主地走到了余同的家门口。正要推门，却听见屋里传来了一声重一声轻、并不成调的歌唱：

正月里机房教子，二月里潼台分别。
三月里山伯访友，四月里四九问路。

方浩听出这是余同的妻子在唱歌。正狐疑间，又听见接下来唱的是：

> 五月里英雄聚会，六月里夜访白袍。
> 七月里徐庶荐葛，八月里游龙戏凤。

方浩知道余同的妻子喜欢唱歌唱戏，但很奇怪的是，为什么竟会在承受着丧子的剧痛时作这般歌唱？歌声还在继续：

> 九月里夜攻登州，十月里金桥算命。
> 冬月里打那瓜精，腊月里四郎探母。

方浩熟悉这首曲子，叫《十二月歌》，是将瓷工一年的生活状态和十二出戏的名称巧妙地编在了一起。比如，第一句说的是，正月里瓷工和家人相聚在家，教育孩子；第二句说的是，到了二月，瓷工向家人道别，到景德镇来做工……最后一句说的是，瓷工在十二月则又回到家中，探望父母，家人相聚。余同妻子因何在这个时刻唱这首曲子呢？他百思不得其解，忍不住轻轻地拍了拍门。平常，他们进入对方的屋里时，从来都是既不呼喊，也不敲门，推门抬脚便进。

余同走了出来，哀伤像铁丝一样勒紧了他的脸，平日幽默风趣的他，面部僵硬，毫无表情，眼中无神，像个遭了日晒雨淋的木偶。他声音嘶哑地告诉方浩：儿子出事后，妻子连日来几乎没有合眼，时而哭泣，时而发笑，时而喊叫，时而歌唱。

双方沉默了好一会儿，余同告诉方浩：那天是叔叔余细苟带着冬宝去戏院的。冬宝倒地后，余细苟立即抱了起来，但怎么也唤不醒，他便放下冬宝，纵身跳进了附近的一口水井里……

方浩又是一惊，心里似有一块尖锐的瓷片划过，他在痛苦地呐喊：人间惨剧，竟然爷孙两代人同时同地成为冤魂。他眼前一片模糊，却真切地看到了余细苟和冬宝的模样。

余同抹了一下眼眶说："我已准备带着妻女回都昌老家，另谋生路。鬼子不回老家，我不会再回景德镇。"

为了避免又一次刺激余同的妻子，方浩没有进门，在安慰了余同几句后，默默地离开了。

苦难无法逃脱，生活还要继续。方浩一边绘画，一边在脑海里想着自己如何挣钱买米买柴，并能支援抗战？突然，他脑海中忽闪出一个想法：自己左手绘写的字画不知道能不能卖出钱来？他决定一试。他精心地在宣纸上画了三幅画，写了三张字，送到了字画行。

字画行的老板认真地把这些字画看了看："这些字画虽然不精到，但却有特点，应当会有人收藏。只是现在是战争时期，字画极不好卖，所以价码不会很高。"又问，"为什么落款为'左书'？"

"因为我的右手已经残废，这些字与画都是左手写成绘就的。"

方浩离去后，字画行的老板又把方浩的字画几次审视，越看越觉得很有特点，很有味道，并找到了卖点，但凡有顾客入店，便不厌其烦地推介：本以右手绘画写字的人，改以左手绘写，天下罕见；作者本属一流画家，作品出自左手，更是很好地展示了作者深厚的功力。这些话倒是引起了许多顾客的兴趣，但也只是对着字画多看了几眼再离开。

这一天，又来了一位客人，他叫刘雨岑，就是曾临时充当过拍卖师的那位瓷画家。当他看到方浩的字画以后，细细端详了好一会儿，连称"别有韵味"。刘雨岑对方浩自是熟悉，方浩献出龙尊拍卖的情景时时浮现眼前，一个让人敬佩的艺术家。平时极少见到他的书画作品，今天一看，但见奇逸清迈，不同凡响，虽然笔力有不逮之处，但通体看来，个性鲜明，别具一格。出于对方浩字画的喜爱，也是出于对方浩人格的敬重，当即买下了一字一画。这一买，便似新雨催春，江风扬波，引得许多人也慕名而来。"方浩左书"一时成为街头巷尾广为谈论的话题。

方浩不停地作画写字，还举行字画义卖，所得款项全部捐献给抗日救国会。

这一天，当方浩在抗救会又一次捐款时，见一个人挂着一根很讲究的拐杖，一瘸一拐地走了进来，还戴着一副墨镜，满头的白发宛如霜雪。他很快认出这是祝鸿来，只是明显地苍老了，也似乎变得友善了，主动地同方浩打招呼。还告诉方浩：自己也是来捐款的，这次准备捐两千块大洋。

这让方浩油然而生敬佩之心，这个曾经满腹心机、见钱眼开的大老板，已变成了一个慷慨大方的爱国者了，叫人刮目相看。或许，苦难是一种奇特的药物，可以使怯懦者变得勇敢，也可以使吝啬者变得慷慨。

方浩并不知道，祝老板的捐款大有曲衷。他被日本人的炸弹毁了一眼、伤了一腿之后，不仅全身苦痛，更是内心不安，在痛恨日本人之余，还觉得这是自己假借军队要修工事之名，骗取众多窑户大洋的报应。被孟平山讹去龙尊，他看似损失了一万块大洋，实则白白赚了七万块大洋，这些实属不仁不义、又丑又恶的昧心钱，定会激怒天地神灵。亏得春莺代自己捐了两千块大洋，或许略略减轻了自己的罪孽。否则的话，可能是双目双腿尽毁，甚至性命不保。他听从了罗秤的建议，救赎自己，便一次次捐款资助抗战，要将那诈取的七万块大洋一块不剩地捐出来，过去都是罗秤代他来送捐，这最后一笔他要亲自办理。

他觉得有些奇怪的是，工作人员对他今天捐两千元大洋大加赞扬，对他过去捐出的六万八千块大洋为何却只字未提？这不合常理，便忍不住说道："我先前已捐过六万八千块大洋了。"

对方先是一脸茫然，既而小心地解释：我一直经手这件事情。我清楚地记得，您的侄女春莺在龙尊拍卖会上代您认捐过两千块大洋，除此外，您没有别的捐款。

祝老板有些愠怒了："你好好查查账目。"

"有那么大数额的捐款，我肯定会记得非常清楚。"工作人员说着，从立柜里拿出厚厚的本册，逐页查找。在一旁的方浩也热心地帮助查找，但屏住呼吸、圆瞪双眼，翻到最后一页，也没有祝老板所说的捐款登记。

祝老板用拐杖敲着桌子吼了起来："这是怎么回事？难道我捐的大洋都在昌江打了水漂儿？"

面对狂躁暴怒的祝老板，方浩提醒说："祝老板，你再好好想想，这其中会不会有什么意外或是特别原因？"

祝老板紧咬着嘴唇想了一阵，他像明白了什么，一下变得全身抽动，用拐杖用力戳了几下地面，声音颤抖地说："一定是这个家伙黑了心肝烂了肺。"

祝老板说的"这个家伙"是罗秤,他半个月前不慎落入昌江,连尸首也没有找到。祝老板现在可以百分之三百地肯定:罗秤落水和他代自己捐款,都是精心设置的无耻骗局。

方浩从抗救会回到家后,迅速铺纸提笔,以景德镇的运瓷船过激流险滩、众人奋力撑篙为题材,画了一幅画,以此颂扬民众奋力抗日的精神,画名《过险滩图》。他把这幅画交给春莺,让她转送给祝鸿来,以表达对祝老板的敬意。

几天后,春莺告诉方浩:叔叔很感谢方浩,但他觉得受之有愧,已把这幅画捐赠给了抗救会,同时还再捐了一万七千块大洋。方浩不明白,祝老板为何会如此大方?并且捐出的还是一个让人很费猜度的数字。自然,谁也无法洞悉其中的秘密:祝老板还要补回当年孟平山过境勒索钱财时,他应摊未付的一万七千块大洋。

胜利的日子

这一天,方浩正在挥毫作画,画的是钟馗打鬼,画完最后一笔的时候,忽然听到街上持续传来猛烈的"噼噼啪啪"的响声,似是机关枪的声音。他吃了一惊,莫非日本鬼子打到了景德镇?真是苦难无边。自己手无寸铁,怎么办?但他很快想好了:任子弹飞来,刺刀捅来,他都要直挺挺地站立,决不趴下,决不弯腰。既而他把身子靠在了一根柱子上,这样挨了刀枪之后,便不会快速倒下,死相也不会太难看。

良久,依然是只有响声而没有别的动静,方浩再加分辨,判定那轰轰烈烈的声响是爆竹在天上的狂笑高歌。为什么今天大白天有这么多人放鞭炮?正在这时,门外传来了震天动地的呼喊:"抗战胜利了!""日本鬼子投降了!"

方浩又惊又喜,信手拿起刚刚画就的钟馗打鬼图,悬在胸前,来到了大街上。大街上已是人如潮涌,声若雷响。人们在跳跃,在狂喊,在呼喊;有人敲起了锣鼓,举起了标语;还有人把彩旗挂到了高高的烟囱上,挂到了泊在昌江岸边的船桅上,彩旗鲜艳夺目,似是浸染了鲜血；许多人流出了欢欣的泪水，呼喊着死去的亲人的名字，咒骂着应当千刀万剐的倭寇。当人们看见方浩悬在胸前的打鬼图时，击掌连连叫好，并卷起一阵笑声的浪潮。

这一天虽不是中秋节，但晚上烧起了无数的太平窑，那血色的火光，又一次映红了整个景德镇，在昌江里化作了漫江红浪。这个民俗节日，再次显示了它独特的文化意义，也增添了它的文化内涵。方浩这时情不自禁地想起了余同，想起了余同的儿子冬宝，想起了曾经许诺打败日本人以后，要用八斤酒来烧太平窑的余细苟，想起了……

第二天，当太阳刚刚推开云层，毫不吝啬地向大地喷射光辉的时候，方浩拿起了画板，他要去大街上写生，用画笔记录下抗战胜利这历史性时刻。刚出门没几步，便差点和一个人撞个满怀。方浩抬眼一看，只见这人一头灰白的头发，如一蓬秋天的乱草，已垂到肩上，胡须则或直或曲地飘在胸前；上衣几处露出肉来，裤子上缀着大大小小的补丁。像是一个乞丐，还像是一个疯子。再一看，原来竟然是余同，两人紧紧相拥在一起。

余同告诉方浩，听到日本鬼子投降的消息后，他连衣服也没有换，便急急地连夜从老家赶回了景德镇。

方浩关切地问起余同妻子的情况。

"时而好，时而坏。"余同又带着哀痛和遗憾说，"只是我儿子冬宝和叔叔没有看到这一天。"

方浩要把余同从痛苦和哀伤中拽出来："刚才一眼见到你时，真把我吓了一跳，还以为大白天碰到鬼了。"

"儿子和叔叔遇难之后，我就下了决心，鬼子不败，决不理发剃须，也决不回景德镇。"

"抗战终于胜利了，你也可以恢复过去的模样了。"方浩欣然地说，然后让余同坐好，操起剪子，对着余同的头发胡子"咔嚓咔嚓"地一阵忙乎，嘴里还说着，"在我眼里，你的一根根头发便是一个个鬼子。"

"那就一个不剩地全用刀削了。"余同呼应着。

剪刀声停下以后，余同拿起镶在小木框里的方形镜子一照，嘟哝着："经你这一剪，比鬼还难看了。"

方浩却是扑哧一笑，这是方浩多年来未曾有过的开心一笑。这一笑，也把已远离笑声多年的余同逗得咧开了嘴巴，露出了已有缺损并发黄的牙齿。

此时此刻，全中国、全世界反对日本法西斯的人们都在纵声欢笑。但也有人在悲伤流泪，甚至根本不相信日本无条件投降的消息是真的，那冢田次郎便是如此。

冢田率领部队在湖南与中国军队作战时，遇到了强劲的对手。在一次攻防战中，惨烈的战斗进行了四天四晚，双方多次进行白刃格斗，直杀得天上日月无光，地上尸积如山，日军并没有占到半点便宜。中国军队有一位师长身负重伤，被抬离战场，副师长率领剩下的兵员继续战斗，不肯后退半步。骄横的冢田在盛怒之下亲临前线，指挥攻击。中国军队的副师长却身上别着大刀，在薄暮时分，亲率敢死队进行了一次反冲锋，一直冲到冢田的前线指挥部边。冢田的腿被冲锋枪子弹击中，小腿靠近膝盖的地方，只有一层皮和大腿连接着，被送回东京医治。

在医院里，冢田不止一次地对着医生咆哮："必须保住我的腿，我还要回到中国，继续与中国人作战。"他还告诉医生，中国古代有位著名将领在讨伐匈奴时，曾经发出"匈奴未灭，无以家为"的豪言壮语。我非常欣赏这句话，带兵为将就得有这样的气魄和情怀，身为日本军人，我的志向是："中国不灭，何以为将？"我的腿伤好了以后，还要再去中国作战。

但，这只是他且狂且妄的癔想。医生竭尽全力，也没有能保住他的腿，离开病床后，他需要借助一根拐杖才能行走。这根拐杖却有非同一般的分量，是天皇赐予的，是他效忠天皇、征伐中国得到的最高奖赏。

离开医院后，冢田终日像被困在笼子里的猛兽一般，狂躁不安，有时念念有词，有时张口喊叫，有时放声狂笑。他每天必做的事情有三件：把玩那件凤尊，追忆获得这御窑珍宝的过程，回味在中国操弄成立满洲国和攻城略地的风云岁月，并由此获得极大的满足和快感；第二件事是抚摸那根拐杖，体味天皇对自己的褒奖和恩典；还有一件事便是收听无线电广播，时刻关注着来自中国战场的消息。

情势不妙。收音机里越来越多地传出来的是日本人战场失利、伤亡惨重的消息。这一天他正在厕所里，收音机里的一条消息如重磅炸弹向他袭来：天皇宣布日本终战投降。他顿时手足无措，心脏急跳，既而像在中国战场被打断了一条腿一样，猛地摔倒在地板上。但他决不相信勇猛无敌的皇军会落败，他挺直脖子，握紧拳头，连声狂喊着："这不可能，绝对不可能！"

但事实无情，日本投降的消息像刑场上对罪犯正身的验证一样，确凿无疑。他捶胸顿足地吼叫、恸哭，他父母去世的时候，都不曾如此悲伤。他还在不停地狂呼乱叫，只是词语变了：败了，败了，真的失败了；耻辱，耻辱，巨大的耻辱。征服中国的美梦已经破碎，也许有生之年再也不能去到中国了。

冢田走进浴室，认真沐浴了一番。走出浴室时，他只穿了一条浅色短裤。他把手伸向刀架，"咔嚓"一声响，随他征战了二十多年的军刀从刀鞘里跳了出来，闪着凛凛寒光。他走到阳台上，朝天皇居住的方向跪下，然后双手握住战刀，把刀尖对准了自己的腹部。就在他要闭上眼睛，准备用力送刀的时候，他一眼瞥见了那件凤尊。他突然有了一个想法，便站起身来，提着战刀，摇晃着向那凤尊靠近。

这件凤尊上面，深深地印着他人生的履痕，刻录着他生命的辉煌。每每看到这件凤尊，他便会在心中涌起抑制不住的快意与自豪。从中国夺得的土地必须归还，但这件凤尊他可以带走，生不能征服中国，死也要带着这件取自中国的宝物进入天堂。就在他举起战刀，要用力劈向凤尊的时候，他听到窗外传来声嘶力竭的哭喊："大日本帝国永远不会战败，打回支那去！"

冢田内心产生了强烈的共振："哈依"，还得再打回中国，即使自己不能去，还有子孙后代可以去。中国还有一件龙尊，应当再夺回来，让那象征中国万里河山的双尊都成为大日本的战利品，因而这件凤尊应当留下。于是，他缓缓地把手中的长刀放下，然后回到书房，在一张纸上快速写下了几行文字：

　　　嘱告我的子孙，这凤尊取自中国。中国还有一件同窑烧制的龙尊。如果你是我们冢田家族勇敢而又有作为的子孙，是我们大日本帝国忠诚而又有胆魄的勇士，当不避生死，不计荣辱，纵马挥刀，去往中国，不惜付出任何代价，不惜采取任何手段，再取回那件龙尊。

冢田次郎 于昭和十九年秋

冢田次郎又把字条看了一遍，然后压在了凤尊的底座下。

他复又走到阳台上，慢慢地跪下。然后双手稳稳地操起了战刀，挺胸抬头，深深地吸了一口气，用力地把刀尖旋转着送进了自己的腹部。

另有几个与凤尊有关系的人，也几乎在同一时刻走到了命运的十字路口。

那本是关东军的刺刀支起来的大满洲帝国，随着日本战败而土崩瓦解后，溥仪仓皇离宫出逃，在抚顺成了苏联军队的俘虏。

尤太监这次没有追寻主子，而是乘着火车速速回到了北平，既而风尘仆仆地赶回了遵化县尤家村。他把背着的包袱交给了自己的弟弟，包袱沉甸甸的，装满了他一生在皇宫中积攒下的金银财宝。

尤太监还想着再去看看自己的阉割师，并备有厚礼。但弟弟告诉哥哥：日本人占领遵化以后，尤乡长便投靠了日本人。抗日游击队的一个侦察员在大唐珠宝店住过一夜，他竟然向日本人告密。唐老板因此被日本人吊死在县城西门的城墙上，尤乡长则由此成为了县维持会的会长。但仅仅一个月后，他便被抗日武装的锄奸队用屠夫剁骨头用的砍刀劈开了天灵盖。

尤太监说了声"人生最是难料"，便匆匆告别弟弟。他最后的目的地是恩济庄，这里是雍正皇帝赏赐给清宫太监的墓地。他已经想好了，不再孤独地活在这日惊夜恐、朝不保夕的人世间，他要和他当年的师傅们、同伴们在另一个世界相聚。他选定了一个中意的位置，跪了下来，默默地诉说自己的心语。

一个虽然头发花白、却是气质甚佳的妇人走了过来。她判断出尤太监本是清宫的太监，便同他搭讪，聊着聊着，二人竟然一起忆起了同在宫中伺候太后的往事。原来，这妇人便是四十多年前被慈禧一怒之下，赏给一个老太监为妻的那个侍寝的宫女，今天是老太监满百岁的日子，她特来坟前吊祭。

当年的宫女以很有磁性的声音问尤太监："您来墓地吊唁何人？"

"吊唁自己。"尤太监阴郁地回答。

老宫女一惊，见他脸色不对，便急急地说："人生有路千百条，何必想不开？世道变了，可以重新过自己的生活。"

尤太监哆哆嗦嗦地用手指了指自己的嘴巴，他已经不能言语。接着从口鼻里流出了酱油一样的鲜血，身子像空麻袋一样歪倒在地上。他服用了三十多年来一直藏在身上的药物，当年光绪皇帝便是殒命于这种毒药。

辨识龙尊

抗战的胜利，激起了方浩极大的创作欲望，他开始绘制一幅大型瓷板画——《吐我新烟》。

有人敲门。

门口站着两个身材魁梧的男子，一个是中年人，一个是青年人，青年人手里还提着一只不小的帆布口袋。

中年人很有礼貌地说："我们仰慕方先生大名，有一件事特来求请帮忙。"

方浩看了看这两个人："我并不认识你们。"

中年人笑了笑："但我们认识你，并且很了解你。"

这两人看上去不像是劫匪之类的坏人，方浩略一迟疑后，将他们让进屋里。

中年人让青年人打开了帆布口袋，从里面取出的是一件瓷器。在桌子上放稳摆妥以后，中年人说："方先生，我只想请你鉴别一下，不，是辨识一下，这是不是八年前你献出来拍卖的那件瓷尊？"

当年拍卖龙尊的情景恍如昨天，龙尊不知是被一位什么样的人买走，想不到现在又有人抱到面前，要求辨认，奇也。

方浩专注地看了一眼龙尊，心旌荡漾，如见老友，如遇亲人。他略带兴奋地问来人："为什么需要辨识？"

中年人说出了原由：这瓷尊是我家老爷当年为了支援抗战，委托他人买下的。现在抗战胜利了，我家老爷要将这件瓷尊先是供奉在抗日将士的墓前，告慰英灵。然后还要进行拍卖，将所得款项全部捐献，用于修建一个烈士陵园。为了把一件十分严肃、大有意义的事情做得稳实，特地请您一辨真假。

原来是这样。

方浩的目光再次落在龙尊上。乍一看，这件瓷器与当年的那件真品了无差别，不过再一细看，立即看出破绽：虽然经过了精心修坯，但仍能看出，这件瓷器的成型用的是注浆法，这是他在鄱阳陶业学堂任职时的发明，在清末还没有出现这种成胎方法，仅此一项便可确凿无疑地判定这瓷尊属民国时代的物件。从画工看，虽然即使和真龙尊放在一起，鉴瓷高手也很难看出二者的区别，但自己作为龙尊的绘制者，却能看出眼前这件尊的绘画与自己作品的许多不同。可以毫无悬念地断定，这是一件赝品，至多是一件高质量的仿品。他还隐隐觉得，这件龙尊上的绘画出自徐一涛之手。

中年人很有礼貌地问："看得怎么样？"

说不说出真相？方浩在激烈地思考。如果这龙尊真的是要供奉在抗日英烈的墓前，那就应当说出真相，绝不能以假乱真，否则那是对倒在战场上烈士的极大不敬；但倘若这龙尊并不是用以奠祭英雄，而是别有用途，一旦说出真相，就意味着可能会有难以预测的后果。

"莫不是有什么疑难之处？"中年男子又在询问。

"时间已经过去多年，很难一下作出判断，容我再好好看看。"方浩仍在思索是不是说出真假。

又过了好长一会儿，中年男子再一次开口了："确实需要您好好看看，因为这关乎到对英烈的情感，关乎陵园修建资金的筹措。"

方浩听到这里，打定了主意："按行业惯例，我不便就这件东西判断真假，但你说到这件瓷尊的真假如此重要，我便不得不如实地说出我的看法。"

"太好了。请讲。"中年男子的话中带几分急迫。

方浩的话字斟句酌："若是商业交易，无由说其假；若是祭奠英烈，难以道其真。"

对方说了一声"明白了"，然后快速收起瓷尊，又在方浩的桌子上放下几张纸钞，匆匆离去。

方浩抓起桌子上的纸钞，追了出去。但那两人已快步走近了停在巷弄口的一辆美式军用吉普车，钻入车内，用力"砰"地关上车门，驱车离去。

方浩想，看来这两个人的来头非同一般。

确乎如此。那中年人是孟平山的关副官，青年人则是孟平山的贴身卫兵。

孟平山当年以二十五两黄金从祝鸿来手里强取龙尊之后，便存在了南昌的一家银行里。部队不久开往湖南，参加长沙保卫战，正是他在一次与日军精锐旅团的血战中，身背大刀，把脑袋别在裤腰带上，亲率敢死队，进行了一次高烈度的反冲锋，将日军旅团长冢田次郎打成重伤。这一仗打完后，孟平山由副师长晋升为少将师长，他隐隐觉得，又是那件龙尊以神秘的力量暗中帮助了自己。

抗战硝烟散去，蒋介石筹划从重庆还都南京，孟平山所在的部队奉命开往南京。他知道，部队会有一系列整合，许多人将会有升迁的机会。他已经想定，把龙尊带到南京作为礼物送人。他深信珍宝的威力，当年孙殿英盗掘东陵，如此震惊中外的大案，最后却不了了之，个中原因不言自明，完全是因为珍宝像鬼一样转动了磨盘。现在到了一个关键时刻，要让这龙尊也像鬼一样转动自己命运的磨盘，他对"遇瓶则动"的偈语似乎有了越来越深的体悟。但，送宝办事，一个重要前提是必须保真，如果以赝品送人，便会弄巧成拙。但谁能鉴定这龙尊的真假呢？

解铃还须系铃人，辨宝可找献宝人。那张报纸上明确说过，龙尊是一个叫方浩的人献出来的，并且他还是龙尊的制作者。如果找到此人，万层疑虑，千个谜团，便如滚汤泼雪，狂风吹雾，立即变得清晰无疑。他取出了龙尊，着副官和贴身卫兵驱车速速到了景德镇。于是，便有了方浩辨认龙尊的一幕。

关副官二人从方浩家出来，把车子开行了一段路程后，停在了昌江边，商量对策。卫兵的想法简单明了：既然这是一件假尊，那就胡同里打木头——直来直去，找到祝鸿来，以假换真。

关副官觉得不妥。如果这样做，便有闯入民宅、强掠宝物之嫌，况且也无法确定那件真龙尊现在何人手中。弄不好不仅索回真尊会画虎类狗，还可能招致意想不到的麻烦。因而只可智取，不可强攻。二人一番商议后，定下了办法。

关副官在车上匆匆写了一封短信，又从手枪上卸下一颗子弹，裹在信中，然后放进装龙尊的锦盒里。

二人开车来到了祝鸿来的家门边。祝鸿来住的地方叫低头弄，这并不是因为这里有低矮的建筑，碍人通行，而是因为这形成于明代的弄堂里，曾经住过一位达官贵人，所有经过这弄堂的人都必须目不斜视，低头快行，由此便有了"低头弄"这个名称。关副官不止一次来过，很是熟悉，但停下车以后，却感到变得陌生了。记得过去这里有好几幢毗连的破旧房子，如今已全都拆除，横在面前的是一圈高高的围墙，墙头上覆盖着印有纹饰的瓦当，有极为精致气派的屋檐露出墙外，这里已变成深宅大院。

关副官犹豫了一阵后，准备向前敲门。就在这时，院门吱呀一声打开了，有几个人走了出来，其中一个挂着拐杖的人问："你们找谁？"他隐隐觉得面前的中年人有些面熟，但究竟是谁他想不起来了。

关副官抬头一看，这人的体形尤其是声音都很像祝鸿来，只是看不清他的面容，因为他戴着一副茶色眼镜，并且头发稀疏，与七八年前祝老板的形象相去甚远。

此人究竟是不是祝鸿来？关副官急中生智，用很肯定的语气向前打着招呼："祝老板，您好哇。"

"你好。你找我吗？"对方条件反射般地作出了反应。

不错，此人正是祝鸿来。只是由于岁月的风雨、战争的硝烟，使他的模样和当年已判若两人。

关副官把手中的锦盒放在了祝鸿来的门边："祝老板，这里有一件东西，请你务必好好看一看。"

"是什么东西？"祝鸿来本能地发问。

"你一看就明白。"关副官说完，回到车上，快速离去。

祝鸿来满腹狐疑地转身退回到院子里，然后让管家打开锦盒，见里面装着一只绘有五岳图案的龙尊，还有一张折叠的纸张。伸手取出纸张打开看时，有一件亮晃晃的小东西掉在地上，发出"当啷"一声轻响，循声朝地上搜寻，竟是一颗子弹。他的心"咚咚咚"地跳了起来，立即感到不妙，赶忙用那只正常的眼睛贴近纸面来回移动，只见上面写着：

祝老板：

　　久违了。几年前，你偷梁换柱，以一件假龙尊诓我。因一直身在战场，无暇与你理论。所幸战争已经结束，今日特将假尊送回，以换回真尊。若交换顺利，百事俱解；若再执迷不悟，又耍手腕，那你就当好好琢磨一下可能的后果！

　　　　　　　　　　　　　　　　　　　你的老朋友

信的结尾处还附有一行字体稍小的文字：

　　限你明天早上六点半，将真龙尊送到南门头，信件一并退回。不得有误。

　　祝老板看完信，心肝胆肺一起发胀发颤发痛，立即明白了是怎么回事。

　　原来，当年孟平山索要龙尊时，祝鸿来知道无法抗拒，但他又极不甘心把这花了巨款、费尽心思得到的御窑重器拱手相送，便又冥思苦想着不吃亏、甚至能占便宜的办法。他先是来了个缓兵之计，争得了弥足宝贵的十五天时间。然后迅速聘请了以徐一涛为首的制瓷高手，使用自己库里尚存的高档瓷土，日夜赶工，照着真品制作、烧造了又一件龙尊。当他把这件东西交出去以后，孟平山竟然没有任何怀疑，甚至还给付了二十五两黄金。

　　祝鸿来每每想起这件事，都会暗自得意。谁能料想到，风云无定，在过去多年以后，这孟平山居然发现拿在自己手里的龙尊是一件仿品，并逼迫他交出真尊，这世界上的事也太吊诡离奇了。他又在寻求绝处逢生的办法，但整整想了一夜，没有想出一点头绪。这次孟平山若得不到真尊，决不会轻易罢休，那信中的子弹便是十分明晰的信号。唉，看来这次只能认输了，只是输得有点惨。

　　窗户刚刚发白，祝鸿来便起床了。他像一头濒临死亡的水牛，嘴里依然咬住青草不肯放下，还在苦苦思索避祸求胜之计。就在出发前的一刹那间，他又计上心来，这次他定的是两全之策：赢了，绝处求生，反败为胜；输了，留有退路，无险无虞。

　　他叫随行的管家挑着两个带盖的箩筐，把那真假两个龙尊分别放进筐里，并特别交代，那个放着仿品的笋筐始终要位于身前。然后坐上自家的轿子，向南门头走去。

这南门头是原来御窑厂的南大门，故此得名。御窑厂关闭后，几经变迁，这一带成了景德镇的交通要冲。

祝鸿来走到了预定的地点，见有两个全副武装的士兵持枪在附近走动，实则是在警戒，怪不得今天行人极少。他刚一下轿，便有两个人快速向他靠近。这次他认出来了，那个中年人是孟平山的副官。

关副官凑近祝鸿来，轻声喝问："东西呢？"

祝鸿来用手杖指了指挑着担子的管家。

管家应声放下担子，打开了前面一只笋筐。卫兵弯下腰，打开了笋筐里的锦盒子，认真看了看，然后把锦盒盖上，抱起来便要离开。祝鸿来心里一阵紧张，也一阵喜悦，或许自己的计谋今天又要成功？

但就在这时，只听关副官低沉地喊了一声："且慢！"随后关副官又把锦盒盖打开，但没有取出瓷尊来进行辨认，只是把手伸进瓷尊内，一阵摸索。然后又把手抽出来，放在鼻子前闻了闻，既而一耸鼻，一抿嘴，双手把锦盒猛地扔在地上，锦盒里发出一声瓷器碎裂的声响。

关副官对着祝鸿来怒目而视，从牙缝里蹦出三个字："真的呢？"

祝鸿来有些蒙了，这家伙简直是神仙了，怎么只把手伸进瓷尊里草草摸了几下便立辨真假？好在自己老谋深算，另有准备，便用手杖指了指另一只笋筐。

关副官走近另一只笋筐，也一如刚才，伸手在龙尊里摸索了一小会儿，然后盖上锦盒，示意卫兵拿起、搬走。

关副官对着祝鸿来轻声骂道："你真是一条滑得冒油的白鳝。"这关副官居然也知道祝鸿来的外号。

祝鸿来一脸无奈的样子，辩解说："误会了。我的本意是想让副官把两件东西都带走。"

关副官在鼻子里哼了一声："耍什么把戏？你也不看看打交道的是谁，真是瞎了你的狗眼。"说完，向两个持枪警戒的士兵一招手，四人钻进了停在不远处的吉普车。

祝鸿来像码在窑里的匣钵一般，一动不动地呆呆站立着。关副官最后一句话，像锋利的长矛一样刺伤了他的心。他用手中的拐杖指着那发疯了一般开走了的吉普车，在心里和嘴里一起骂着：他娘的，你们这班家伙，才最不是东西。总有一天，你们会像死狗一样倒在战场上。

望着那车轮卷起的滚滚烟尘，祝鸿来依然不明白的是，这关副官怎么在龙尊的内壁摸了几下便立判真假？

原来，关副官担心祝鸿来又耍伎俩，事先在假龙尊内壁的肩部搽了一些擦枪油。今天为求绝对无误，关副官在假龙尊里摸到擦枪油时，还放在鼻子前嗅了嗅，细加确认。在真龙尊里他也用手摸了一番，确认尊的内壁没有擦枪油，这才让卫兵抱着上车走了。真是强中自有强中手，在珍宝面前，人的手腕、潜能与心计，往往能发挥到极致。

那孟平山见到真龙尊后，心花怒放，便在反复考虑，到了南京之后，将这件龙尊送谁。当然，最好的方案是送给蒋介石委员长，听说蒋夫人宋美龄十分喜爱瓷器。他不由得拍了几下龙尊并喊了起来：伙计，加油！你立功的时候到了。这回一定是你动我也动了。

但情况有变，当部队行进到九江城边、准备北渡长江的时候，接到命令，部队不去南京，原地待命。又过了一些时间，部队转向开往河南。他或许并不知道，蒋介石正在调兵遣将，部署中原逐鹿。

孟平山顺道将龙尊珍藏在了河南老家。后来，他以副军长的军衔统率军队参与了内战，在淮海战役中被人民解放军彻底击败，差点成了俘虏。他速速回到老家，取出龙尊，亡命台湾，这下确是人和瓶一起动，并且是越山跨海的大动。几年后他以中将军长的军衔退出军队。他经常对着龙尊沉默不语，追忆自己与这龙尊相关的军旅生涯。

晚年，他思乡情切，准备携带这件龙尊返回大陆，捐送给景德镇陶瓷博物馆。但却是天不遂人愿，在启程前一天的夜半，他突发心脏病猝死在家中。死前，他的一只手依然直直地指向龙尊。

战后的瓷展

方浩现在日夜盼望的是景德镇瓷业学校迁回复办的消息，但却是云寒水冻无春汛。

这一天，徐一涛来了，他带来的虽然不是他最期待的消息，但也是一个很有意义的动态：为庆贺抗战胜利，浮梁县准备举办一次大型的艺术瓷器展览，县长亲任组委会主任，希望方浩有作品参展。方浩欣然答应。

枫叶举起的火把燃遍山峦，昌江水清沙白，山水构成的画图秀美而雄奇，"景德镇抗战时期艺术瓷展"开幕。一进展厅，跃入眼帘的便是方浩以澎湃的激情创作的《吐我新烟》。画上尽是景德镇的元素：流淌的昌江、连绵的山峦、冒火的柴窑、高耸的烟囱、忙碌的瓷人、精美的瓷器。这是一幅极尽技艺、倾力创新而制成的大尺寸瓷板画，在整个展品中很是抢眼。

整个瓷展的题材十分广泛，风格多样，各呈风采。

有一幅是原珠山八友王大凡的作品：画面上有一个身体壮硕的罗汉端然而坐，旁边有一个瘦弱矮小的丑陋童子，在用拳头猛击罗汉。尽管童子龇牙咧嘴，使尽全身力气，但罗汉依然如山岳般屹立，不动分毫，画名《不自量力》。讲解员说：画家的寓意是，小日本打中国，不自量力。

还另有几位圆月会成员的作品出现在展厅，其中有田鹤仙绘制的梅花。画面上但见：梅干挺拔雄奇，用墨淡雅；梅枝以劲笔勾勒线条，勃然向上；花朵则以轻笔淡墨涂抹，傲寒盛开。画名为《铁杆铜枝对重寒》，寓意中国人民在抗战中的坚贞不屈。

让人心情复杂的是圆月会发起人王琦的作品，这次展出了他两幅遗作。其中一幅是"七七事变"前夕的作品，画的是两个双目失明的算命先生，互相争吵、揭底，并用手中探路的竹棍互殴，画的名称是《瞎闹一场》。讽刺的是军阀为夺地窃国，挖空心思，用尽手段，相互争战，让人哭笑不得，相伴的还有沉重的思考。

展览会结束的那天，徐一涛来到了方浩家里，以瓷展组委会成员的身份告诉方浩："恭喜贺喜，你的大作获奖了。"

"啊，谢谢！"方浩面带微笑，满心欢悦。日本投降后，几乎所有的人都成了养花护花高手，时常是心中的花和脸上的花一起恣意开放。

"还有，你的瓷画被省政府的一位大员看中了。"

"承蒙错爱。"

"哪是错爱？这位大员很有艺术眼光，他看中的瓷器极少，只有你和王大凡、徐仲南、汪野亭、程意亭、刘雨岑等人的作品。"

方浩心想，除了自己，那几位都是原来圆月会的成员，名字如雷贯耳，谁人不知？他们的作品有口皆碑，哪个不爱？但他没有吭声，只是静静地听着。

徐一涛郑重转告："那大员认为你的作品笔力雄劲而细腻，大气磅礴而内敛，用色用釉无一不精，一笔一画都见功夫，很想收藏你的作品。"

"啊，谢谢他。收藏我作品的事改日再说。"方浩和王青先生一样，厌恶他人索画。

徐一涛接过话来："改日不如撞日，他认为这一幅《吐我新烟》就极好。"

方浩微微惊愕，看来这位要员想把这幅瓷画拿走？这断然不可："这幅画是专为抗战胜利而画的，时间和题材都非同一般，不能轻易成为私人的收藏品。"

"那大员很看重这画的题材和绘制的时代背景。"

"我的画已答应捐赠给博物馆。"方浩找到了很适当的理由。

"博物馆倒是应当收藏这类作品。不过，这次展出的作品琳琅满目，博物馆已有足够的收藏品。另外，如果有名画在景德镇以外收藏，可以扩大这次画展的影响力，因而也就更有意义了。"

方浩这时明白了，徐一涛是来做说客的，便以带着揶揄的口吻说："你参展的那件雕塑《壮哉庐山》，水平极高，送给那大员不就行了？"

徐一涛的脸上风云骤变，带着不满和无奈说："早被他盯上了，只是还满足不了他的胃口。他这回是提着篮子进菜园，见到可心中意的就往里面装。"

方浩一阵哑然。过了一会儿，他列出了又一个拒绝的理由："我的画，不但寄托着对抗战后景德镇瓷业的无限希望，还有着深深的担忧，所以我在画里特意地画上了层层阴影，其实也是对一些官员自私、麻木的抨击。这位大员若收藏这种作品，会不会产生什么不好的联想，从而心里不适？"

这几句话使徐一涛一下有了如鲠在喉的感觉。他从心底赞同方浩的观点，但自己是受命而来，真是进退两难。一番迟疑后，他还是选择了前进："方浩，你说得很对。但这毕竟是艺术品，人们首先考虑的还是艺术价值。"接着他又告诉方浩，那放在县政府楼前的瓷雕，在一个晚上突然失踪了，听说是被省上一个官员要去了。要这瓷雕的人显然不是喜欢日本兵和汪精卫，而是看中了这两件艺术品的收藏价值。

"器以载道。如果收藏者只是考虑艺术品的市场价值，却根本不懂艺术，甚至为得到作品不择手段，这对艺术和艺术品都是一种不幸。"

"确是这样，我今天也是没有办法，才同你说了这么多。能不能体谅一下我的苦衷，做点妥协？"

"到底是怎么回事？"

徐一涛道出了底细："我不得不告诉你，我是奉武县长之命来同你谈这件事的。"

"我很难相信。"在方浩眼里，武县长是一位干练而又刚直的官员，抗战中曾调外县任职，这次是第二度担任浮梁县县长，他当然不会做索画以奉承上司这样为人不齿的事情。

"这确实是县长的意思。"徐一涛再次强调。

"战后百废待兴，民众啼饥号寒，县长恐怕无心无力忙碌这些事吧？你可以将我不愿送画的想法原原本本地禀告县长，相信他一定能谅解。"

"方浩，你最好不要因为一幅画驳好几个人的面子，甚至同县长、县政府顶杠子。"徐一涛既是提醒，又是劝说。

方浩的话中有了烟火味："不是我为了一幅画较真，而是有人不顾时局之艰，不问百姓疾苦，却为一己之私，为了得到自己想要的东西大费心机，甚至不惜把廉耻丢在一边。"

徐一涛知道自己不可能说服方浩，显得有些灰心和气恼，不如到此为止，据实向县长交差，便站起来说："我的话全说到了，你的意思我也明白了，我们都节省点时间和口水吧。"说罢离去。

方浩已拿定主意：即使是武县长亲自登门，也决不把自己这幅《吐我新烟》相送，且不管要画的人是大员、中员还是小员。但一连几天，并无任何人再来说送画的事情，看来索画的人本有廉耻之心，改变主意了。

方浩的估计却是完全错了。三天后，报纸上登出来的消息是："景德镇抗战时期艺术瓷展"圆满结束，所有的作品都已经义卖，所得款项将用来恢复景德镇的学校。方浩对此很是赞同，自己的画虽然没有留在博物馆，但也算是实现了它应有的价值。

方浩并不知道的内情是：把这些展品全部作为礼物送出，为抗战时进驻景德镇的省政府各位大员送行，确是武县长的主意，其用意浅显而深邃。后来徐一涛据实向县长报告了方浩的态度，并认为方浩的意见值得重视。武县长几经思索后，改了主意，遂将赠送变为了"义卖"，实则低价内部销售。方浩的那幅《吐我新烟》，被那位一直盯着的省上大员买走，付款六块大洋，相当于六十斤猪肉的价钱。

方浩一直牵肠挂肚的事情终于有了着落。当冬天降临的时候，省立景德镇瓷业学校从萍乡迁回了景德镇，方浩仍然担任副校长。他对未来充满美好的憧憬：抗战结束了，国家必然重建经济，便会有新窑崛起，人才成长，瓷业繁盛。他一如过去，心中矗立的是两座窑：一座是烧制瓷器的柴窑，一座是培育瓷业英才的学校。

但他企盼的一切都没有出现，反倒是令人忧心的局面：到处一片混乱，人心波动不安。少有瓷厂拉制坯胎，也没有几家柴窑冒出烟火。连昌江也变得滩干水浅，码头清冷，少有舟船。他的失望和焦虑日日加剧，不停地问自己：为什么会这样？为什么会这样？

一天晚上，校长急匆匆登门，告诉他：有一项要务需要急办。

"什么要务？"

"暂时不能告诉你。你赶快简单收拾一下，明天一早出发。"校长带几分神秘地回答。

"去哪儿？"

"明天就知道了。"校长说完，屁股没有沾凳，便匆匆离去。

什么事如此紧迫而又神秘？方浩一夜没有睡好，猜想是和恢复发展瓷业有关的事情。

天刚蒙蒙亮，方浩精神不振地和校长坐上了一辆小汽车，车往九江方向开去。

当夜住在九江。这时，校长才告诉方浩：为了答谢一些国家对中国抗日战争的支持，蒋介石要选送一批礼品给盟国的首脑，最后选中了景德镇瓷器，并决定将这批礼品瓷交由我们景德镇瓷业学校设计烧造。这次是去面见蒋主席，领取任务，明了要求。

原来如此。景德镇的瓷器真是有幸，又一次被总统看中。但方浩心里却很是失望，因为这跟他希冀的东西相去甚远。

第二天近午，二人乘车来到了庐山脚下。车最后在一个有岗哨的路口停下，并被告知，上山要坐人抬的轿子。

坐轿子让人抬着上山？这是方浩极为反感甚至厌恶的事情，可今天怎么办？他觉得进退维谷了。但他心里的重负很快冰释，因为总统侍从室只允许校长一人上山。

方浩留在了山下。没有来过庐山，何不借此机会一游这天下名山？他沿着山间小路，越几处沟壑，穿几片松林，走进了一个叫西云寺的古刹。

这西云寺始建于东晋，因白居易、苏东坡等在这寺里留下了足迹而名闻禅林。只是由于战乱，多年来未曾修葺，已是一派衰败景象。多幢殿宇柱损墙塌，缺瓦少砖。院内那唐代修建的七层佛塔，周身长满荒草，并不时有鸟雀飞起落下，有长着翅膀的生灵在那里栖居，这使古塔既少了巍峨，也缺了庄严。不过，这塔有一个非常吸引人的真实故事：砖块砌成的佛塔在道光年间曾经开裂，善男信女们都担心这塔很快会倒塌。结果却出现了奇迹，到了咸丰年间，无任何人补砖加木，塔身裂缝竟然又自行愈合。人们把这视为佛祖之力，大吉之象。于是，破财亏本的商家，失意落魄的士子，婚变家裂的男女，每每会来到这里烧香礼拜，以祈求时来运转，柳暗花明。

方浩走近了供奉如来的大雄宝殿。大殿里传出了讲经的声音，近前一听，这讲经的声音竟是如此熟悉。他凑近门边朝内一看，顿时惊呆了。

惊见江云炻

那讲经的不是别人，是江云炻！

虽然她的一头秀发已经削去，但她秀美的脸庞、修长的眉毛、明亮的眼睛、小巧的鼻子、洁白的牙齿，都一如过去。只见她正襟危坐，声音不高不低，语速张弛有度，从容地对着信众们讲经说法。

方浩差点喊出声来，但有僧人示意他不要出声，可以或是入内坐下，或是悄然离开。他选择了进入大殿，在最后一排的一个蒲团上，仿照其他人的姿势，盘腿坐了下来。云炽讲述的经文句句真切，直入胸扉："因缘生万物。因，是事物的本源，缘是一种无形而强大的助力；果报是因与缘产生的结局。缘有四种，也叫四缘：一为因缘，二为等无间缘，三为所缘缘，四为增上缘。以一棵桃树为例，桃核，即树种，对桃树最为重要，与桃树有着最亲密的关系，可称之为因缘；桃树的生长离不开阳光、水分，这阳光水分可称之为等无间缘；桃种要在适当的地方才能生根，太冷太热不行，荒漠岩石上也不行，这种土地可称之为所缘缘；施用肥料、去病除害、整理枝叶，可以使桃树生长得更为茂盛，这些可称之为增上缘。有了这四缘，桃核便能发芽、生长，进而开出艳丽的花朵，结成香甜的果实。世界上万事万物也是如此，没有这四种因缘，便不能成就正果善果……"

方浩一面听着，一面频频点头。屈指算来，云炽不见踪影已经超过二十个年头了。这几千个日日夜夜的风雨寒暑，黄卷青灯，竟不知她是怎样度过的？期间该有多少凄苦、多少孤独、多少煎熬？！

不知不觉间，讲经结束。信徒们纷纷离去，江云炽手执油壶，给佛灯添了一些油以后也准备离去。机会不容错过，方浩快步向前，尽量控制住自己如火窜浪涌的心绪，压低声音呼唤着："云炽！"

江云炽转过身来，看到了离自己只有五六步远的方浩。她一下怔住了，平静的脸上有云涛滚过，嘴在不由自主地嗫嚅着，全身在微微地战栗。但很快，云去涛平，一切归于常态。只见她双手合十，轻轻说道："阿弥陀佛，这里只有云净法师！"

看来云炽没有认出自己，方浩稍稍提高了声调，加快了语速："云炽，我是方浩。"

"出家人身在寺，心在佛，过往世事都不放在心怀。"

这几句话让方浩有如锥子扎心，想不到久远的离别，刻骨的牵挂，在重新见面时，不仅没有通常应有的亲近和热情，反而是令人心寒的疏离和冷漠。

"你一切好吗？"方浩改为问候。

"在出家人看来，一切若有若无，一切无好无坏。"

"我想找个地方与你说说话。"方浩恳求着。

"若要拜佛，大佛在前；若论俗事，不是此处。"江云炻的话似乎句句带着佛理禅机。

"王先生去世时，留下一笔财产，其中有一半属于你，我一直为你保存着。"方浩找到了适当的话题。

"出家人四大皆空，名与利俱不在眼，更不在心。"

"这些财物如何处置？"

"若与谁有缘，则属谁可也。"

方浩这时联想到了刚才江云炻讲经时阐述的"因缘"。他还想再说什么，但听江云炻又道了声"阿弥陀佛"便移步离去。

方浩像大殿里的一尊金刚站立着，身子没有挪动半步。喉咙也像被堵住了一般，口中没有再吐出半句话来。只有眼睛是睁开的、明亮的，怔怔地看着云炻穿着一身灰色长袍——他似乎这时才看清了她衣服的样式和颜色，从容地走进了寺中的另一座建筑，那是方丈室。

方浩抬眼看了看庄严的佛像，若有所思地跪了下来，有生以来第一次对着如来佛拜了三拜，默默地祈祷着，愿江云炻一切安然，并诉说了心中的愿望。

下午，方浩和校长会合，乘车速速回到了景德镇。

校长迅即邀集校内外的陶瓷名家，商量礼品瓷的制作方案。具体事宜，由方浩和来自余干的陶瓷设计家彭友贤负责，彭是邓碧珊的同乡。

方浩对这件事了无兴趣，他认为当务之急是倾力医治战争创伤，重整窑厂瓷厂，大兴陶瓷教育，加快瓷业重建。如果他见到蒋主席，一定会壮着胆子，力陈这个建议。因而，礼品瓷的设计工作交由彭氏倾力操办。

这些礼品瓷的赠送对象是美国总统杜鲁门和特使马歇尔，还有当时还未加冕的英国女王伊丽莎白二世。送给伊丽莎白二世的是双龙戏珠图案的餐器：画面上，两条金龙在彩云中腾跃缠绕，金龙张开的大口前，一颗明珠灿若朝日。画的中心绘了个很大的"囍"字，周边则绘上了五只蝙蝠。瓷胎烧成后，重工粉彩，用黄金箍边，还以金粉点缀龙须、龙眼、龙鳞及龙爪。炉烧以后，还特别地用玛瑙笔加以打磨刮蹭，使整个画面层次凸现，熠熠生辉。伊丽莎白二世收得这些瓷器后，极为欣喜，亲自给宋美龄回信，表示感谢。后来，这套餐器一直陈列在温莎堡王宫皇家艺术品收藏馆。

送给美国要人的瓷器同样大获赞誉。

方浩在抓紧进行着他要做的事情，把王先生留给江云炀的那一份遗产交给云炀。他还想好了，如果江云炀拒绝接受，将悉数捐给江云炀住持的西云寺。

这一笔数目不小的财物，如何顺利地运到西云寺？方浩想好的方案是：先走水路到九江，再由九江用独轮车推着上山入寺，同时请余同一道前往。

但当他把要去庐山的打算告知余同时，余同却是大唱反调，笑嘻嘻地说："如果到庐山帮你迎娶新娘，我去；如果只是去送钱，那就算了。"

"你别舌头上长疮，又说烂话。这次去庐山只为送钱。"

"哎，你上次和云炀见面的时候，难道她没有露出一点点什么意思？"余同已恢复了过去的开朗和幽默。

"只有一个意思，她对这笔钱没有意思。"

"这谈婚论嫁的事需要本人同意，这收受金银财货的事也得本人同意才行，既然云炀已表示放弃这笔钱财，为什么还要强人所难？"

"这不是强人所难，我是要了却王青先生的遗愿。并且这笔钱本不属于我，留在手头就像捏了一块烧红的火炭，烫手还烧心。"方浩解释说。

"你那被鬼子炸塌的窑还是一堆乱砖，天天躺着哩，你欠的债还没有还清哩。何不先借用一下？待窑修好重烧后，赚了钱再还给她也不迟。"余同少有的一本正经。

"尘是尘来土是土，桥是桥来路是路。我再需要钱，也不能动用这笔钱。"方浩说着，又补充了要尽快去庐山的理由：这些财物放在我手中时间太长了，就像背在身上的包袱，完全成了一种负担。王先生还说过，过了十二年找不着云炀便由我处理。王先生过世到今年正好十二个年头了，如果再不办妥，先生在地下会误认为我另有私心，故意拖延。

余同心想：这不正好吗？云炀不要，王先生限定的时间已到，留下使用，心安理得。现在百事艰难，每一分钱都显得珍贵，先借用、再归还是最好的方案。再者说，那佛寺是吃斋把素的地方，出家人不蓄私财，要这么多钱干什么用？

余同没有说出自己的想法，但找出了新的并且是很恰当的理由：抗战刚刚结束，到处是大盗小偷，山中有大王，湖上有毛贼，杀人越货的事常常发生。从景德镇到庐山，水路加旱路至少要花七八天工夫，路上的安全也不得不考虑啊。万一发生意外，可是既对不起王先生，也对不起云炻。

方浩愣了一会儿，然后故作轻松地说："也许这送给佛寺的钱财会有菩萨保佑吧。"

"这可不一定。抗战时，祝老板认定日本人不会轰炸天主教堂和宗教瓷器，结果怎么样？"

方浩见余同一个劲儿地反对，想是他经历了大劫大难之后，胆子变小了，心里害怕，便带几分赌气地说："如果你不能去或不愿去那就算了。"

"那太好了，那就不去了。免得大家担惊受怕。"余同来了个顺水推舟。

"不是东西不去，而是你不去就算了。"方浩解释。

"那你一只胳膊行吗？"余同反问。

"不行也得行。我决心已定，这件事必须抓紧办妥。"方浩说得斩钉截铁。

余同有点难为情地说："我只好失陪了，近几天正好忙乎，抽不开身。你最好暂时也别去，等过了一些日子，我一定陪你去。"说完嘻嘻哈哈地走了。

方浩犯难了。庐山必须去，但一个人独木难支，他决定去找徐一涛。徐一涛办这件事虽然不如余同合适，但多一个人多一分胆，增一个人增一份力，就像走夜路，有一个三岁小孩做伴，也可以增几分胆量。

第二天一大早，他找到徐一涛，细说情由。他相信，在这紧要关头，徐一涛一定会出手相助。

想不到徐一涛却也是面有难色："武县长正让我创作一件雕塑，时限很紧，实在走不开。"说完还反过来劝方浩，"这事又不是火上房，人落水，先放一放再说吧。"

"那要等你多长时间？"

"也就两三个月吧。"

"两三个月？一年有几个两三个月？想不到紧要关头，想叫你们帮忙办点事，却一个个像稻草编成的墙壁，全靠不住。"他责骂徐一涛的同时，也把余同捎上了。其实，真正该骂的是余同，他估摸着方浩会去找徐一涛，便抢先同徐一涛合纵连横了。

方浩没有改变主意，决定独自带车前往庐山。

二见云炻

几天后，方浩雇好了两辆手推车，车上各放了两个麻袋，麻袋里面装满了稻谷壳，银元和金条塞在其中一辆车的稻谷壳里。

就在装好船准备起航时，一个人出现在船边，这是余同。

方浩瞪了余同一眼："你来干什么？"

余同双手一摊："没法子，只好上贼船了。"

方浩没有高兴，而是绷着脸问："你不是一百个不愿去吗？"

"是呀，但你却是一千个要去，我只能舍命相陪。"

"我还奇怪哩，帮我办点事，你余同怎么会推脱闪避？"

"谁让我这辈子碰上你这么一个属窑砖的货，总是形状不变，色调不换，硬度不改，只能认了。"余同还发现，方浩背上还斜挎着一个布包袱，里面装的似是有棱有角的硬物件，便提醒说，"你背的是什么？这可不是赶大集、看大戏，还是轻装为上，不要拖泥带水。"

方浩表情郑重地回答："这是一件很重要的东西，必须带上。虽说背在身上有点麻烦，但也只是麻烦一次，带去了就用不着带回来了。"

这是什么东西？余同在心里问。

昌江水平风软，船老大扯起风帆，向前行驶。这条水路也是当年御瓷进京的航路，方浩不由得想起与龙尊凤尊有关的许多往事，这让他的心中时而暗流涌动，时而大浪起伏。

几天后，当夕阳用多色丝线织成的锦缎铺满江面的时候，船停泊在了九江码头。方浩叮嘱船老大，船就在码头边等候。然后人和手推车离船登岸，进到城里，在浔阳楼边的一家旅社住下。方浩忽然记起，曾在凤尊上画过浔阳楼，云炀当时还在一边提问，他心中涌起一阵甜蜜，但很快变作了苦涩。

也许是心理作用，方浩只觉得从码头到旅社，不时有老鼠般的眼神、狐狸般的目光，打量自己车上的麻袋。他自己也时不时用目光注视那麻袋，还真发现了异常：一只麻袋上有了个小口子，那谷壳在一点一点往下漏。本是崭新的麻袋怎么会有破损呢？顾不得多想，就近买了针线，在旅社把麻袋的豁口缝了个结结实实。

一路风尘，加之心情带几分紧张，吃完晚饭后，几个人都觉得疲劳像湖风卷浪一样涌遍全身，便"咔嚓"一声把门闩插紧，还移动屋里所有的桌子凳子，把房门牢牢抵住，然后早早上床睡觉。

方浩人在被窝里，心却在麻袋上，睡得很不踏实。不知睡了多长时间，他觉得屋里似乎有动静，猛地睁眼一看，隐隐约约见黑暗中有人影晃动，紧张地大喊了声："有贼！"

黑暗中，方浩听到有急促却是很轻的脚步声出门而去，似是有老鼠在地面上快速爬过。

众人惊醒。方浩开灯，只见房门大开，门边的桌子椅子被挪到一边。再赶紧看那麻袋，四个都在，但有一个已被利器划破，谷壳已顺着麻袋的破口处像小瀑布似的往下掉落，这和白天一个麻袋谷壳下漏的情况一模一样，只是口子更大。再带着担心细细察看，盗贼没有得手，大家这才松了一口气，回到床上再睡。

方浩再也无法入眠，不停地在想，这盗贼真是本领高强，不仅破门有方，而且还好似有神功，如何知道自己的麻袋中藏有财物？

原来，他们刚一登岸，就被一个盗贼盯上了。那盗贼见四个外地模样的人推着两辆车子，便本能地猜想那车上麻袋里装的是什么东西。盗贼掏出了一把用铜钱磨制而成的圆形小刀，找了个机会靠近车子，用夹在指缝中的小刀在麻袋上碰了一下，发现里面漏出来的是谷壳。便琢磨开了：这外地人推四袋谷壳到九江来做什么？这谷壳只能烧火做饭，或冬天放在火盆里作为取暖的燃料，一点也不值钱，其中定有奥秘。他一路跟踪到旅社，见从车上卸下麻袋抬进屋里时，有两个麻袋显得很轻，像是正常谷壳的分量；另外两个麻袋则显得有点发沉，显然装的不全是谷壳，里面肯定别有所藏。所以半夜潜入屋内，却不料被方浩发现，便速速遁去。

方浩想，虽然盗贼第一次没有得手，但料想不会就此收心歇手，四个人赶紧商量对策。

余同第一个说话："性命攸关，安全为上，不如返回景德镇，另做打算。或许，这是菩萨的有意安排。"

两个车夫也是这般想法。

方浩态度明朗而坚决：虽然有歹人光顾，但是我们人多，盗贼未必还会再次下手，小心便行。况且已经到了庐山脚下，不能半途折返。

众人拗不过方浩，便转而你一言我一语地商量应对的办法。

吃过早饭后，余同和第一辆车子先行出发。车上的麻袋里没有装载财物，且没有朝西云寺方向走，只是在人多的大街上行走，起迷惑、引开盗贼的作用。

半个小时后，方浩和另一辆载了财物的车子也离开了旅社，推出街市，径向庐山而行。

一路弯腰弓背、运臂蹬腿，上坡迈坎，人累了个精疲力竭，手推车也一路大哼小叫、叫苦不迭，终于来到了西云寺。

方浩对知客说："烦请告知云净住持，方浩求见，有事相洽。"说着指了指身边的手推车。

知客走进方丈室，告知云净法师：有个叫方浩的施主要见住持，还带人推进来一辆车子，车上装两个麻袋。

云净法师好半晌没有出声，陷入沉思。她首先想到的是避而不见，不过转念一想，方浩跋山涉水，远道而来，显然是为了交付舅父的遗产，不见不妥，便对知客说："在客堂相洽。"

知客把方浩引进了客堂，刚刚坐定，云净法师步履稳实地走了过来。她今天穿了一身黄里发红的长袍，脚上的麻鞋也是与长袍相近的颜色，这使她显得既有几分像观音菩萨，又有几分像云中仙子，还有几分像俗界丽人。

方浩上前主动打着招呼："云炽，不，云净法师好。"

云净法师双手合十，微微低头回应："施主好。阿弥陀佛。"

方浩觉得自己对云炽的称呼和云炽的回话都实在别扭。时光无情，二十多年过去，世界有了太多的变化。遥想当年在佛印湖边，云炽连尼姑和尚都分不清楚，现在却已经成了一个无比虔诚的佛门住持。自己和云炽已是一人在寺，一人在俗，成了僧尼和施主的关系了。也许在人世间，任何人都得屈从无情的时光和冷峻的事实，不知这是造物主的公正还是人的宿命？先把该办的事情办了吧，便说："当年王先生留给你的东西，我已尽数带来了。"

云净法师告诉知客：把车推到库房，将财物清点，造册入库。

知客领着车夫推着车走了，客堂里只剩下方浩和云净。方浩很想和昔日的云炽有一次畅快的交谈，便轻声却是带着亲昵地问道："这二十多年，你是怎么过来的？"

"一言难尽，尽在心里。"云净低眉端坐，目不斜视。

"一切可好？"

"好与不好，也在心里。"

全是似懂非懂的话，不能说些明明白白的话吗？你不说我说："这二十多年来，我一直在苦苦寻你。对你心里常存思念与愧疚。"

"你还有别的事吗？"云净不温不火地发问。

方浩听得出，这是逐客令，便直截了当地把想要说的话说出来了："你可以还俗吗？"

"还俗？已是佛门子弟，岂能叛逆？誓言既出，又怎能更改？"云净法师的话一改平静淡然，有了抑扬顿挫。

方浩觉得，云净的话中分明有着对自己的怨艾与责难。此时，他很愿意听着，还等待着、期待着云净说出更多的话语，哪怕是言词犀利的训斥甚至怒骂。

但云净却没有再言语。方浩此时最怕无言相对，更怕会由此结束会面，便又开口了："抗战时期，有许多和尚道士脱下袈裟道袍，换上军衣军帽，拿刀持枪，走上战场。僧人还俗，不违佛法，这些你比我更清楚。"

云净这时用带几分奇特的目光看了方浩一眼。

这一眼，让方浩心中潮起，这一眼是何意思？在这一刹那间，他猛然想到了一个自认为精妙的话题："绘画有一句口诀是'十鹿九回头'，记得在绘画龙凤双尊时，你曾经问过我，这句要诀如何理解。"

方浩希望这句话有神奇的作用，能唤起云炽的美好回忆，并能融开她心中的坚冰。

云炻胸部大幅度起伏，重重地喘了一口气："人生不是瓷上绘画，佛门没有回头之鹿。"

"如来慈悲，能容万物。"方浩想以一句佛家之语开导云净。

"人间万事，皆有定数。深谢施主的慷慨大方和对佛的虔诚奉献。"云净朗声说道，然后双手合十，嘴里念着"阿弥陀佛"，准备移步走出客堂去。

方浩想起还有事情没有办完，赶忙卸下背着的包袱，一边打开，一边说："且慢，这里还有一件王先生的遗物，送你过目。"

云净一听有舅父的东西，便稳住了身子。抬眼一看，这是一块瓷板画，虽然曾经破碎了，却修补得十分完好。画面上是一对比翼鸟，在青山绿水与蓝天白云之间相伴展翅奋飞。一看这画面，她怦然心动，二十多年前的旧事迅速飞到面前。这是当年舅父专为自己和方浩画的，舅父画这张画时，她不止一次看过。她的呼吸变得急促，心中风卷云起，万千话语，纷纭往事，排山倒海般地涌到面前。她担心自己会被这波涛推倒、吞没，便轻轻地闭上了眼睛，胸中的波涛化作泪滴冲出了眼眶。但很快，她以超常的力量压制住了心中奔涌不息的浪头，遏制住了眼中像泉水一样不断涌出的眼泪，轻轻地擦了擦眼睛，带几分凄切地看了看方浩，又望了望桌上修复过的瓷板画，也一下明了方浩出示这幅旧画的用意。她顿时又觉得有点心神不定，情迷意乱了，便赶忙用力捻动挽在一只手上的一长串念珠，嘴唇在轻轻地开合。

"你留下这幅画吧……"方浩说到这里，便深情地望着云净，等待着她的回答。

云净声音不重却是十分清晰："云起云散，今天不是昨天。舅父的这幅作品价值极大，出家人不蓄私财。"说罢忽地站起身，又把头转向一边，用手擦了擦眼睛，然后一步一步地走出了客堂。

方浩真想拉住她的手，阻止她就这样离去。但他不敢，只是默默地望着她的背影。他发现，云净比刚才来的时候步履缓慢了许多，步履也显得不太稳实，有些跌跌撞撞，还不时把手抬到脸部，以袍袖轻轻揩拭脸颊。最让方浩注目的是云净头上那块朱砂记，在削净头发之后，显得更加清晰，更加红润，极像一件精美瓷器上的朱红印章。他的心一下飞到了佛印湖，第一次见到云炻头上朱砂记的情景真切地浮现眼前。此刻,那朱砂记,在阳光下殷红发亮,更似凝固了、风干了的鲜血。他曾把这朱砂记比作印章,此刻,这印章在他心田留下了永远不会变淡,更不会消逝的印记。

方浩百感交集,直到云净的身影隐进了方丈室。

车夫推着空车走过来了,自己该走了。他步履沉重地向寺门挪步,刚走出寺门,他又心情复杂地停下脚步向寺中回望,看到的是幢幢殿宇隐身在绿荫丛中,听到的是阵阵诵经声从殿宇中隐隐传来。他忽然觉得:在这青山绿树之间参禅悟道,在晨钟暮鼓中读经修行,似乎也是人生的一种选择。

他的心潮时起时伏,脚步时疾时缓,走回了九江码头。但江边不见有余同的身影,景德镇雇来的帆船也没有影踪,顿时心中一沉:难道出什么事了?

向往新窑

方浩眼不停、脚不停地沿着江岸寻船觅人,走了五六里地,终于发现,那只船正在离岸不远的水面上停泊着,余同站在船头向岸边不停地张望。

方浩跳到船上,迫不及待地向余同询问情况。

余同故意咳嗽了一声,然后轻松地说:"确实与几个毛贼进行了正面交锋,但有惊无险。"接着绘声绘色地开始了讲述:当他们的车推出旅社不久,便发现有四个形迹可疑的人跟在后面,其中一人还挑着箩筐,另有一人扛着一截扁担长短的粗大竹杠,显然有备而来。

余同并不慌张,叫车夫只在最繁华的街道上不紧不慢地行走。一直耗到太阳悬在头顶,估摸着方浩已经安全了,便将车子转而向码头方向推去。

江边,雇来的帆船正在静静地等候,余同快速向船边靠近。就在这时,那一直跟在后面的四个人呼啦一下围了上来,其中一人恶狠狠地喝道:"要命的话,把车子留下。"随后,那扛着竹杠的人把竹杠"咚"的一声扔到地上,然后从凿空的竹杠里面叽里咕噜抽出了三根棍棒；挑箩筐的则扔下肩上的担子，双手操起了扁担。

余同示意车夫放下手推车并赶快上船，自己则疾步走近手推车，猛地伸出双手，把车子一把操起，然后像满窑时托举匣钵似的举过头顶，那四个劫贼见状，吓得退了一丈多远。趁这个当儿，余同用力将手推车对着近身的匪徒扔了过去。在劫匪慌乱躲闪的时候，余同来了个青蛙连跳，几步冲到船边，跃上船头。船旋即如脱弦之箭，离岸而去。

余同朝岸上看去，那几个劫贼一阵犹豫后，手忙脚乱地把麻袋从车上卸了下来，装进了箩筐，急匆匆离去。余同担心劫贼发现一无所获后会恼羞成怒，返回报复，便让船驶离了原来停泊的地点，在水中来回漂动，等待方浩的归来。

方浩听完余同的讲述，又惊又喜，随口念了一声"阿弥陀佛"。怪了，去了两趟西云寺之后，便会不由自主地念起这佛语了。

升帆举桨，帆船开始返回景德镇。余同注意到，方浩原来背着的包袱依然还在背上，他不是说这包袱不会再带回来吗？他本想问个明白，但看见方浩脸上的肌肉像剥下来的猪脸，毫无表情，还一副心事重重的样子，没有开口，心里则在想：肯定是被那尼姑冷落了。那就重打锣鼓另开张呗，何必傻乎乎地跪在佛前等待佛开口？

从西云寺回来后，方浩一直若有所失，云炀的面容与话语，时常晃在眼前，响在耳畔。但现实生活中的难题却接连不断地扑来，容不得他有半点慵懒、犹豫彷徨。

当务之急是重建柴窑。

这一天，方浩正走在去往柴窑的路上，只见三个十来岁的男孩，正在围殴一个年龄相仿的男孩，出手凶狠，一边打还一边不停地骂着：打死你这个汉奸崽子！

被打的男孩也不示弱，一面奋力还击，一面大声辩解："我爹不是汉奸，是抗口英雄。"

方浩这时发现，被打的孩子是春莺的儿子卫龙。

对方的怒气更盛，拳头更加密集。

卫龙被打倒在了地上，鼻孔里嘴里全是鲜血，但攻击者的拳脚依然没有停下。或许是经历了战争和苦难，孩子们此时全没了这个年龄应当有的天真可爱，而是成了一只只狂躁的狮子，有一个孩子还操起了一块窑砖。

方浩暗叫不好，这样下去会出人命。便快步走上前去，推开了打人者，对着怒气冲冲的孩子们发问："你们怎么知道他爹是汉奸？"

为首的孩子回答："我爹参加了清理汉奸的事，汉奸花名册上有他爹的名字。"

"即使他爹是汉奸，他这么小，更没有帮日本人干坏事，就不能称作小汉奸，更不能打。"

另一个男孩愤愤地说："汉奸的儿子就是小汉奸，就得让他见阎王。"

方浩没有和孩子们再争执，拉起被殴的小男孩："我送你回家。"

卫龙很感激地点了点头，他眼神里充满的是委屈和愤怒，并没有恐惧，这让方浩不由得暗暗称许。

春莺出来开门。方浩本想立即离去，但刚才发生的事情让他心有疑虑，便在春莺的招呼下进到屋里。

春莺心疼地为孩子擦洗伤口，又询问为什么遭人殴打？

孩子哭泣着告诉母亲："他们说我是汉奸的儿子。"

春莺听到这里，脸上如彩笔落在瓷面上，立即变了颜色，然后无言地呆坐在椅子上，接着是眼泪扑簌簌地直往下掉。

方浩不由得问："究竟是怎么回事？"

"我真不想说。"春莺饮泣着。

"你不是曾经告诉我，有事不能老搁在心里吗？"方浩想起了春莺曾说过的一句话。

春莺让孩子进了自己的房间，然后带着眼泪向方浩诉说：孩子的父亲奉命从景德镇开到前线后，编入正规部队，参与对日作战，并担任了连长。但后来在一次战斗中，他和所在的部队共六百多人，全部成了俘虏。可恶而又可怕的是，几天后这些被俘者便被日本人收编为伪军，转而把枪口对准了中国人。这支伪军队伍后来被新四军歼灭，孩子的父亲也被打死，并落了个汉奸的骂名。

屋里爆发了雷霆，孩子从房间里冲出来大喊着："原来我父亲真是汉奸！我不想活了。"然后用头撞向门框。

方浩一下把孩子死死抱住，卫龙也把方浩紧紧抱住，失声痛哭。

方浩一下明白了上次谈到春莺的丈夫时，春莺为什么支支吾吾，原来有如此惊人的隐情。方浩瞬间萌动了一个想法，问春莺："孩子有继父吗？"

春莺带着厌烦的表情连连摇头。

"我想当孩子的义父。"方浩说得十分恳切，卫龙当下的处境和未来的人生，是他作出这个决定的原因。

"啊，你怎么忽然有了这个念头？"春莺问。

"孩子应当有父亲。看到现在的卫龙，我想起了自己的童年，如果没有人收养我，我的人生不知会是什么模样。肯定是十分可怜，非常悲惨。"

就在春莺思绪滚动的时候，方浩接着道出了自己的心语："我愿意收养卫龙为义子，还另有一大心愿，就是因为我们都将老去，我要把我拥有的关于瓷器的理念、知识、技术，全部传授给他。我一生追求的是瓷艺创新与人才成长，我真切地感受到，这二者才是真正的珍宝，胜过任何御窑官瓷。"

"太谢谢你了。"

"还有，我很希望卫龙有一天能找回那流落在日本的凤尊，让双尊聚首。"方浩说到这里，以真挚而期待的目光看着这时已停止了哭泣的卫龙。

"这可能吗？"

"可能。"方浩说得很肯定，"按有关国际条约，通过战争掠夺的文物，不能取得所有权。当然，追回宝物需要有人坚持不懈地去做。"

"如果是这样，你当孩子的继父不是更好吗？"春莺动情地说道。

方浩愣了好一会儿，然后轻轻地摇了摇头。

"为什么？"

"为了一个人，虽然我现在知道她已经出家了。"

"既然出家了，因何还要苦苦等待？你不是说过，知道了云炽的确切消息后，就可以另作考虑？"

想不到春莺对他多年前说过的话记得如此准确，方浩沉默了一会儿，回答说："出家了还可以还俗。即使她不还俗，只要她还活着，我便要继续等待。"

春莺无语，一脸失望，沉默良久，然后又把话题转到了双尊："那龙尊凤尊已经损害了许多人，其中包括几乎毁了你的人生，你为什么还对这双尊牵肠挂肚？"

"我的先生王青多次说过，器以载道，我对此有了更深刻的理解。这龙凤双尊虽然无口无舌，永远是沉默无语，但身上却凝聚着千言万语：山河的圆缺，国家的兴衰，人性的善恶，都融在了瓷胎里，刻进了釉彩中，胜过许多名瓷珍品。"

"确是这样。"春莺对此深表赞同。

"我还想起，当年为拍卖寻找龙尊时，卫龙实际上起了很重要的作用，看来他与龙尊有缘，找回双尊的担子或许就落在卫龙这一代人身上了。"

"我从叔父那里得知，龙尊在孟平山手里，要是龙凤双尊能够聚首该有多好。"春莺看了看方浩，又看了看小卫龙，闪着泪花又一次说道，"方浩，为了那龙凤双尊，为了瓷艺，为了孩子，你不可以改一改自己的主意吗？"

为了龙凤双尊，为了瓷艺，为了孩子，这些话似狂飙骇浪，对方浩产生了巨大的冲击。慢慢地，春莺的话犹如一阵春风细雨，使他埋在心底深处的一颗种子突然开始吐芽生长了。他闭了一下眼睛，讷讷地说："是吗？我该怎么办？"

春莺饮泣着："凤尊、卫龙，还包括我，都需要你。"

方浩默念着：是啊，为了陶艺瓷画的不断传承与创新，为了龙凤双尊聚首的美好愿望，为了卫龙的顺利成长，也为了报答春莺多年来的深情厚爱，他似乎应当作适当的改变，但云炻的影子这时又浮现在眼前，他一下陷入了深深的困惑之中。

忽然，卫龙抬起了头，闪动着他那浑圆明亮的眼睛，对着方浩说道："感谢您今天像父亲一样救了我，如果我有一个不是汉奸的父亲该多好啊。"说着，捂着脸跑进了自己的房间。

方浩的神经再也绷不住了，他心中一条看不见的堤坝，由无比坚固变得摇摇晃晃。他轻声对春莺说："我现在觉得，你说的也许是对的。"

春莺的眼泪唰的一下奔出眼眶，她向方浩扑了过来，方浩没有拒绝，两人紧紧地拥抱在一起。

春莺觉得自己像是靠紧了一棵大树、一堵厚墙，有了前所未有的安全感、踏实感，并且这树这墙在坚实中有着弹性，并透出温暖，这使她因激动而全身发颤。不曾想到，多少年的渴望、期待，突然成为了现实。她觉得如果不是方浩抱着她，她会晕眩、会倒下。这时她感到方浩的手放在了自己的腹部，继而再伸向自己的胸前，她没有闪避，甚至带着一种期盼，她呼吸变得更急促，全身抖动更厉害。但那只手没有再游动，变成了对肌肤的压迫，她很快明白，方浩是以手在推开自己。

伴随手的动作，方浩说出来的话是："我还有话要说。"

春莺一下变得茫然、失望，又开始抽泣。

"中国人讲究事不过三，敬祖、拜佛也都是拈香三炷。所以我要三上庐山，再去见一次云炻。"

春莺眼泪汪汪地问："那你什么时候再去西云寺？"

"等我把被鬼子炸毁的窑修复后就去。"

方浩离开春莺后，便立即着手修复被毁的柴窑。但，接踵而至的却是一件又一件让他无法理解、难以接受的事实：物价像脱手的风筝，不断呼呼地升高。银元早已不用了，纸币则成了草纸，一个月前能买一头猪的钱，转眼间只能买一只鸡，既而连买一个鸡蛋也不够了。他粗粗匡算了一下，要修复自己的窑，需要能塞满整座窑的纸币；税务局的人找上门来，要对他仍是废墟的柴窑征税；由于财政困难，景德镇瓷业学校的经费省政府无法正常拨付，办学即缺钱的魔咒又在可怕地再现，现在又似乎回到了那令人诅咒的过去。

大街小巷怨声鼎沸，骂声潮涌，进而变成了大街上的人群集结和同声呼喊。先是圆器各业瓷工罢工，既而琢器瓷工罢工，随之灰可器、饰瓷工人、窑业工人支援，罢工者散发的传单上，有一首歌谣：

> 穷人无衣无粮，
> 官家如虎如狼；
> 若不更弦改张，
> 要你五斤四两①。

一些刚刚修复的柴窑又纷纷关门熄火，大量瓷业门店关闭……景

---

① 五斤四两：指脑袋。

德镇犹如风雨飘摇中的旧窑，一片破败，一片混乱，让人气馁，叫人绝望。

又一次日出东方。方浩正走在大街上，忽然发现有一支队伍在威武地行进，有一个指挥员模样的人一边行走，一边对着路边的民众大声演讲："乡亲们，日本鬼子已经被打败，但战争却没有结束……"

方浩觉得这是熟悉的声音，循声望去，一下认出来了，这不就是当年红军的那位排长、后来新四军的那位岳连长吗？方浩没有认错。这位岳连长在新四军中，几次荣立战功，却不幸遭逢"皖南事变"，他和一些新四军官兵浴血苦战后突围，后进入新编的新四军，成为了营长，坚持在江南抗击日军，打击伪军。正是他率领的一支新四军，将春莺丈夫所在的伪军队伍一举歼灭。现在，所有的新四军都已改编，正奉命开往长江北岸，他已是一位团长了。

那岳团长在继续演讲："乡亲们，战争使景德镇遭受了极大的破坏。国家已经像一座百孔千疮的柴窑，必须推倒重建，才能冒出新烟，烧出好瓷，有五千年历史的中华民族，完全有力量在新的历史条件下，重建国家。让我们一起为此奋斗，曙光就在前头……"

岳团长的话在方浩心里产生了巨大的回响，他一直目送队伍跨过昌江，消失在山水相接的远处。

方浩心神不定地过了一段时光后，带着挛窑师傅，又一次来到了自己的窑前，反复察看，筹划着如何对窑加以重修。

这时候，不远处有一个报童挥舞着报纸在大喊："特大新闻，重磅消息。国共两党的军队已经交火，内战爆发！"

听闻这个消息，方浩觉得有炮弹在身边炸响。又有战争爆发，修窑恐怕已无太大意义了。他颓然地坐在了一堆瓦砾上，瓦砾堆承受不住重压，"哗啦"一声坍塌。他费了很大劲才从这坍塌中爬起身来，又用力地挠了几下头皮，落在手里的头发，有一小半是白色或灰色的。看着眼前残破的柴窑，几个人关于窑与瓷的话语依次重重地响在耳畔：

"如果窑不好，坯胎再美，柴火再好，技术再精，也无法烧出好瓷。"这是义父的话。

"现在国家像一座窑顶塌陷、窑门歪斜的柴窑，全得靠我们用枪杆子顶着。"这是孟平山的话。

"现在国家就像一座已经东倒西歪的窑，任你怎么补砖抹泥，也是无济于事。身逢乱世，只能像船翻落水一般，各显神通，各自逃生。"这是祝鸿来的话。

"如此下去，国家只会像一孔东倒西歪的旧窑，纵然神仙施法，也只能是窑塌器毁，无计起死回生，真是愧对列祖列宗。"这是王青先生的话。

"国家已经像一座百孔千疮的柴窑，必须推倒重建，才能冒出新烟，烧出好瓷，有五千年历史的中华民族，完全有力量在新的历史条件下，重建国家。"这是岳团长的话。

如晓日照尽残夜，劲风驱散云雾，方浩这时似乎一下洞彻了这些话的真正含义和深刻内涵。一种强烈的祈盼不可遏制地涌上心头：但愿内战的炮火能使现存的一切，像破败不堪的旧窑一样，彻底坍塌。然后再加重修重挲，从而浴火重生，呈现出崭新的面貌，成为傲视天下、超越千年的新窑。

方浩不由得望了望天空，天上奔涌着硝烟般翻滚的乱云，并挟带着犹如炮火轰鸣的隆隆雷声。他似乎看见：铺满碎瓷破砖的废墟上，有新窑拔地而起，窑火犹如万里彩霞，辉映着山川树木。高耸的烟囱里喷出一缕缕青烟，忽聚忽散，幻化成八个字在空中飘动：

　　焚其旧叶，吐我新烟。

2018 年 7 月初稿

于北京四边居室

2019 年 6 月修改

于景德镇南湖丽景

2020 年 2 月再改

于三亚馨海湾

2020 年 8 月定稿

于北京四边居室

图书在版编目（CIP）数据

御窑重器 / 吴仕民著. -- 北京：作家出版社，2021. 11
ISBN 978-7-5212-1291-4

Ⅰ. ①御… Ⅱ. ①吴… Ⅲ. ①长篇小说 – 中国 – 当代
Ⅳ. ①I247.5

中国版本图书馆CIP数据核字（2020）第270888号

御窑重器

作　　者：吴仕民
作者画像：夏　展
插　　画：陈　虹
责任编辑：宋辰辰
装帧设计：意匠文化·丁奔亮
出版发行：作家出版社有限公司
社　　址：北京农展馆南里10号　　邮　　编：100125
电话传真：86-10-65067186（发行中心及邮购部）
　　　　　86-10-65004079（总编室）
E-mail:zuojia@zuojia.net.cn
http://www.zuojiachubanshe.com
印　　刷：唐山嘉德印刷有限公司
成品尺寸：152×230
字　　数：434千
印　　张：28.25
版　　次：2021年11月第1版
印　　次：2021年11月第1次印刷
ISBN　978-7-5212-1291-4
定　　价：68.00元